乔国强 / 著

美国犹太文学
（修订版）

上海外语教育出版社
SHANGHAI FOREIGN LANGUAGE EDUCATION PRESS

图书在版编目（CIP）数据

美国犹太文学（修订版）/ 乔国强著．
—上海：上海外语教育出版社，2019（2021重印）
ISBN 978-7-5446-5806-5

Ⅰ．①美… Ⅱ．①乔… Ⅲ．①犹太文学－文学研究－美国 Ⅳ．①I712.06

中国版本图书馆CIP数据核字（2019）第076436号

出版发行：**上海外语教育出版社**
（上海外国语大学内） 邮编：200083
电　　话：021-65425300（总机）
电子邮箱：bookinfo@sflep.com.cn
网　　址：http://www.sflep.com
责任编辑：梁晓莉

印　　刷：江苏凤凰数码印务有限公司
开　　本：635×965　1/16　印张 42.25　字数 606千字
版　　次：2019年10月第1版　2021年3月第2次印刷

书　　号：ISBN 978-7-5446-5806-5 / I
定　　价：118.00 元

本版图书如有印装质量问题，可向本社调换
质量服务热线：4008-213-263　电子邮箱：editorial@sflep.com

目 录

绪 论 ··· i
  一、关于本书 ·· i
  二、主流文学与非主流文学 ······································ iv
  三、国内研究的现状 ·· vi

第一章　犹太历史与文化 ·· 1
  第一节　国家、法典及思想的构成 ································ 1
  第二节　犹太思想的解放与犹太启蒙运动 ·························· 4
  第三节　历史语境和文学作品中的犹太人 ·························· 8

第二章　意第绪语与犹太性 ·· 12
  第一节　意第绪语、民族身份与东欧犹太文学 ······················ 12
  第二节　美国犹太移民与犹太性 ·································· 14

第三章　应许之地 ·· 19
  第一节　犹太教遭遇基督教的挑战 ································ 19
  第二节　犹太宗教的调整、改革 ·································· 23
  第三节　最早的犹太抒情诗人和早期的犹太小说家 ·················· 28
  第四节　爱玛·拉匝鲁斯：一位杰出的犹太女诗人 ·················· 33

第四章　犹太文学的兴起 ·· 38
  第一节　从东欧到美国 ·· 38

第二节　亚伯拉罕·卡恩：纽约贫民区生活的描写者 …………… 41
　　第三节　《应许之地》："再生"的玛丽·安亭 ………………………… 49
　　第四节　安吉娅·叶吉尔斯卡与安娜·玛高林 ……………………… 55

第五章　犹太文学发展趋于多样化 ……………………………………… 62
　　第一节　"排犹""反犹"下的犹太人与犹太作家 …………………… 62
　　第二节　文学怪人：格特鲁特·斯坦因 ……………………………… 68
　　第三节　为"民族事业"写作的作家：鲁德威格·卢因森 ………… 74
　　第四节　倡导"内省主义"的诗人：A. 莱耶理斯 …………………… 81
　　第五节　表现犹太人集体悲伤的著名诗人：雅各·格莱特斯坦 …… 86

第六章　融入主流 ………………………………………………………… 94
　　第一节　无产阶级作家：迈克尔·戈尔德 …………………………… 94
　　　一、无产者的创作立场 ……………………………………………… 94
　　　二、贫穷犹太移民与美国政治司法 ………………………………… 97
　　　三、两种"同化"与犹太移民的宗教 ……………………………… 101
　　　四、父亲、母亲：犹太文学的两个典型 …………………………… 104
　　第二节　揭穿"梦想"的作家：纳撒尼尔·韦斯特 ………………… 108
　　　一、现代手法与荒诞的爱情、友情 ………………………………… 108
　　　二、梦与"美国梦"的破灭 ………………………………………… 111
　　第三节　反映"再生"主题的作家：亨利·罗思 …………………… 114
　　　一、据事实所写成的故事 …………………………………………… 114
　　　二、批评家眼中的"经典" ………………………………………… 117
　　　三、"肮脏""死亡"与犹太人 ……………………………………… 120
　　　四、承前启后的意义 ………………………………………………… 126
　　第四节　"寻根"作家：迈耶·莱文 ………………………………… 127
　　　一、记者式的追问：美国人还是犹太人 …………………………… 128
　　　二、悖论的"同化"与二战犹太人大屠杀主题 …………………… 130

三、引进、介绍《安妮·弗兰克的日记》…………………………… 132

第七章　走上前台……………………………………………………… 136
第一节　"左翼"戏剧创作家：克利福德·奥德茨 ………………… 137
第二节　群星璀璨 ……………………………………………………… 140
　　一、莱昂内尔·特立林与乔治·欧品、哈依姆·格雷德 ………… 140
　　二、保罗·戈德曼、戴尔默尔·施瓦兹与卡尔·夏皮罗 ………… 149
　　三、阿尔弗莱德·卡津与艾萨克·罗森费尔德 …………………… 162
第三节　犹太文学中的别林斯基：欧文·豪 ……………………… 172

第八章　面对现实 ……………………………………………………… 183
第一节　现实主义小说家：欧文·肖 ……………………………… 183
　　一、家庭伦理故事：《露西·克朗》………………………………… 184
　　二、徒劳的"虚空"：《水上面包》………………………………… 187
第二节　最重要的犹太戏剧家：阿瑟·密勒 ……………………… 193
　　一、生平与杰出戏剧家地位的奠定 ……………………………… 193
　　二、麦卡锡主义与《严峻的考验》………………………………… 197
　　三、萨勒姆镇：历史、现实与文学的重叠 ……………………… 200
第三节　文坛上的"怪人"：J. D. 塞林格 ………………………… 207
　　一、生平、创作概况及《麦田里的守望者》……………………… 207
　　二、霍尔顿：隐讳的犹太性 ……………………………………… 211
第四节　E. L. 多克托洛：技巧下面的政治意识 ………………… 216
　　一、奇特技巧中的"内容"………………………………………… 216
　　二、《但以理书》：对真实事件的"修订"………………………… 218
　　三、艾萨克松夫妇："左派"激进主义的一笔政治遗产 ………… 222

第九章　回眸战争 ……………………………………………………… 228
第一节　约瑟夫·海勒：黑色幽默 ………………………………… 228

一、生平与创作 ……………………………………………… 228
　　二、《第二十二条军规》：对庞杂官僚体系的讽刺 ………… 231
　　三、"奇异的恐惧"：重复的意义 …………………………… 235
　　四、其他代表性作品 ………………………………………… 241
　第二节　辛西娅·奥兹克：愿意坦陈犹太身份的女作家 …… 245
　　一、创作概述与犹太立场 …………………………………… 246
　　二、考恩费尔德拉比：犹太文化重负的象征 ……………… 251
　　三、《围巾》：一位犹太母亲的无奈 ………………………… 255

第十章　艾萨克·巴舍维斯·辛格 …………………………… 258
　第一节　生平与创作 …………………………………………… 258
　第二节　不同历史时期的三部代表作 ………………………… 264
　第三节　"同化"主题在作品中的表现 ………………………… 273
　　一、"同化"与三种"同化"模式 ……………………………… 273
　　二、基督教徒皈依犹太教与犹太人皈依天主教 …………… 275
　　三、彻底"同化"的不可能性 ………………………………… 282
　第四节　辛格的现代性 ………………………………………… 286
　　一、向"契约论"发起挑战 …………………………………… 286
　　二、阐释斯宾诺莎的现代思想 ……………………………… 299
　第五节　辛格作品中的女性 …………………………………… 310
　　一、传统宗教文化的牺牲品 ………………………………… 310
　　二、修补、拯救男性世界的理想女性 ……………………… 315
　第六节　批评家笔下的辛格 …………………………………… 320
　　一、有关意第绪文学传统、现代性的论争 ………………… 320
　　二、有关"美国化""二元化"和色情的论争 ………………… 328

第十一章　索尔·贝娄 ………………………………………… 336
　第一节　生平与创作 …………………………………………… 336

第二节 "无根基"主题与"二元"对立 ………………………… 340

第三节 文本与阐释 ……………………………………………… 345

　　一、约瑟夫：迷失在"自由"中的人 …………………… 345

　　二、利文萨尔：一位社会"受害者" …………………… 349

　　三、奥吉、汤姆：进取与混乱 ………………………… 353

第四节 有关"成长"主题的小说 ………………………………… 360

　　一、"成长"的过程："探索"和"走出去" ………………… 360

　　二、"成长"的结局：摆脱历史的重负 ………………… 367

第五节 对历史"含混的"阐释 …………………………………… 371

　　一、创作思维：重复与循环 …………………………… 371

　　二、思辨式写作：爱情与意志 ………………………… 374

第六节 贝娄小说中的现代性 …………………………………… 378

　　一、贝娄与西方现代主义文学 ………………………… 378

　　二、现代"荒原"情结 …………………………………… 385

　　三、女性人物与现代性 ………………………………… 392

第七节 贝娄、托洛茨基与犹太性 ……………………………… 400

　　一、贝娄与托洛茨基 …………………………………… 401

　　二、贝娄"纠结"的犹太性 ……………………………… 411

第十二章 伯纳德·马拉默德 …………………………………… 422

第一节 生平与创作 ……………………………………………… 422

第二节 表现"苦难"：隐喻犹太性 ……………………………… 424

　　一、苦难与救赎 ………………………………………… 424

　　二、自我的救赎与救赎他人 …………………………… 429

第三节 与政治主题相关的小说 ………………………………… 434

　　一、新的生活：政治、民族与生存 …………………… 434

　　二、种族问题与政治问题 ……………………………… 441

第四节 复杂、多义的象征喻体 ………………………………… 447

一、创作转向：卑琐与无奈 ·················· 447
　　二、莱瑟与斯皮尔敏特：犹太作家与黑人作家的对话 ·········· 454
　第五节　创作上的清算与总结 ·················· 462
　　一、杜宾：一个逾越犹太道德的人物 ·············· 462
　　二、科恩：一个诘问上帝的犹太人 ··············· 470
　第六节　艺术手法与宗教传达 ·················· 474
　　一、黑猩猩布兹：基督教义的承载者 ·············· 474
　　二、犹太人的幽默与喜剧效果 ················· 478

第十三章　菲利普·罗斯 ······················ 483
　第一节　生平与创作 ······················ 483
　第二节　20世纪60年代：早期小说的代表作 ············ 485
　　一、《再见，哥伦布》与《狂热者伊莱》 ············· 485
　　二、一部"脏书"：《波特诺的抱怨》 ··············· 495
　第三节　20世纪70年代的文学创作 ················ 499
　　一、TRICKY总统：对现实政治人物的讽刺 ············ 499
　　二、荒诞的《乳房》：现代犹太人的生存寓言 ············ 509
　第四节　20世纪70年代末到2000年的创作 ············· 514
　　一、《鬼作家》与《反生活》 ··················· 514
　　二、90年代以后：创作高峰期的再次来临 ············· 520

第十四章　艾伦·金斯堡 ······················ 524
　第一节　生平与创作 ······················ 524
　第二节　《祈祷》：献给母亲的挽歌 ················· 527
　第三节　《嚎叫》：献给"同代人"的歌 ················ 533
　　一、肉体的疯狂与反神圣 ··················· 533
　　二、莫洛克与卡尔·所罗门 ··················· 538
　　三、戏剧化的表演与夸张 ··················· 543

第十五章 诺曼·梅勒 ··· 548
第一节 生平与创作 ··· 548
第二节 描写人类战争的百科全书式的小说 ········· 554
一、《裸者与死者》：一场法西斯性质的战争 ········· 554
二、两种不同命运的犹太士兵 ······························· 558
第三节 力图"对时代产生一点影响"的作家 ······· 564
一、《巴巴里海岸》：批评家及作家本人的解析 ····· 564
二、《鹿苑》与《为我自己做广告》 ······················ 568

第十六章 问题与拓展 ··· 573
第一节 美国犹太"大屠杀文学" ························· 573
一、研究的滞后问题 ··· 573
二、文学再现"大屠杀"的道德问题 ······················ 577
三、文学对"大屠杀"的超越 ································ 582
第二节 叙事主题与叙事模式 ································ 585
一、"同化"主题与"多元叙事模式" ···················· 585
二、"受害者"主题与"反讽叙事模式" ················ 589
三、"大屠杀"主题与"创伤叙事模式" ················ 591
第三节 叙事时间与叙事空间 ································ 595
一、时间：一种历史经验的认知形式 ···················· 595
二、空间：一种历史经验的表现形式 ···················· 597
三、时间与空间：一种独具特点的二元结构 ········· 600
第四节 美国犹太作家笔下的现代城市 ················· 603
一、说不尽的"城市"话题 ···································· 603
二、城市：一个迷人的陷阱 ································ 605
三、城市：一个迫人逃离的空间 ··························· 608
四、城市：魂魄所系的归宿 ································· 611

结　语 …………………………………………………… 615

中文参考书目 …………………………………………… 618

英文参考书目 …………………………………………… 620

中文索引 ………………………………………………… 630

英文索引 ………………………………………………… 639

绪 论

一、关于本书

美国犹太文学是美国文学的一个重要组成部分。它既有一般意义上的美国文学的特征,又有其独特的族裔文学特质。也就是说,美国犹太文学无论是在思想表达还是形式的构成上,都具有明显的民族文化特性。

本书重点所要考察、论述的就是存在于美国犹太文学中的这种个性差异。但是由于本书主要是从文化的视域进入美国犹太文学的,所以,其研究重点就落到了美国犹太文学的发生、发展以及美国犹太文学与犹太文化、犹太宗教与美国社会现实之间的互动关系上。在绝大多数的章节中,论述的内容主要是围绕着美国犹太文学中所洋溢着的宗教、文化底蕴,深入发掘和论述这些文化底蕴在美国犹太文学作品中的表现内容及表达方式,找出其发生和发展的内在机制,并进而揭示美国犹太作家、作品中多样化的犹太性。

对于一个课题的研究,可以有多种的研究视角和方法。本书为何要选择从"文化"的层面进入美国犹太文学呢?其实,这主要是由犹太作家的创作特点所决定的。由于犹太民族在历史上曾受歧视、迫害,乃至惨遭种族灭绝式的大屠杀,加之长期以来他们没有其民族特定的社会境遇,决定了犹太作家的一些特殊创作习性,抑或说是犹太作家的创作共性。例如,他们在创作中喜欢探讨"同化"主题、"犹太身份和犹太性";他们倾向于把个人的经历、思想以及遭遇与整个犹太民族的历史、命运扭结在一起;甚至他们还会在创作中思考一些所谓的"生存策略",等等。总之,与美国其他"主流文学"相比,美国犹太文学更具有一些独特的综合性文化特征。

当然，除了上述原因以外，选择从文化的角度进入美国犹太文学也与我对本课题的研究定位有关：本课题研究以"史"为线索，以"论"为主导，试图从犹太"大文化"入手，结合欧洲，特别是东欧犹太历史和文化、美国犹太移民史、美国犹太知识分子的思想状况及其对美国文化、文学创建的贡献等内容中，寻找、归纳出犹太人这一特殊群体在美国这个多元化社会中所处的地位及其独特的思维定势，以此来反观、总结犹太文学的发展规律。不过，尽管本课题总体说来属于宏观性研究，但是在研究中却具有如下的几个特点：一、紧密结合文本，即几乎所有的结论都是建立在文本细读基础上的；二、注重对近两百年来美国犹太文学中的主要作家、作品和文学现象进行较为系统的梳理。尤其是对重要的作家和作品都做了较为全面、细致的论述与分析；三、为了使课题的研究与国外保持同步性，尽可能地借鉴、参考美国本土及西方文学批评家对美国犹太文学的相关看法。为了使读者便于寻找与参考，本书对所有引用、借鉴的观点都一一注明了出处；四、注重对史料的运用，即尽可能地处理好文学文本与宗教、文化史料之间的关系。为了保持正文中的简洁、逻辑性，有些相关资料放在了注释中。

在正式进入本课题研究之前，首先有一术语需要认真地加以鉴别。即对目前所要加以研究的文学，应该称之为"犹太裔美国文学"（Jewish American Literature），还是"美国犹太文学"（American Jewish Literature）呢？这样说并不是在玩弄辞藻，而是因为其确实牵涉到一般分类学所不能解决的一些重大是非问题。[①] 姑且撇开"文学"二字不谈，先从语法结构的方面来探讨"美国犹太人"与"犹太裔美国人"这两个词语的真实含义。首先，我们应该确定这两个词语是偏正结构的词语，还是联

---

① 《犹太美国文学：诺顿选集》（*Jewish American Literature: A Norton Anthology*）的编撰者也提出了类似的问题。本节讨论参考了这个选集中的部分观点。Cf. J. Chametzky, J. Felstiner, H. Flanzbaum and K. Hellerstein (eds.), "General Introduction", *Jewish American Literature: A Norton Anthology*, New York and London: W. W. Norton & Company, 2001, pp. 1—3.

合结构的词语？其次，还应该判断这两个不同结构的词语是否负载了同质与同量的信息？

  一般说来，从词语的语法结构上看，无论是"美国犹太人"还是"犹太裔美国人"都是一个偏正结构的词语。① 这两个词语的中心词是不言而喻的：前者为"犹太人"，后者为"美国人"。如果是前者（即美国犹太人），那么犹太人在美国社会中便处于一种类似"身在曹营心在汉"的景况。而这几乎是所有的犹太人所不愿意直言或承认的。但如果是后者（即犹太裔美国人），那么综观美国历史和社会现实，这又与他们的真实处境所不符或至少有出入。具体地说，如果称其为"犹太裔美国人"，给人的感觉是他们已经被美国主流社会所"同化"了；而如果称其为"美国犹太人"，它首先与"美国黑人"等称谓又有所不同，黑人至少曾有过自己的故土——非洲，而犹太人则没有。他们自从成为了巴比伦之囚以来，就开始世世代代地游离、散居在世界各地。与此同时，称他们为"美国犹太人"还容易让人感到这些犹太人与美国的联系不过是一种历史的偶然，美国不过是他们临时借居的一个处所而已。这其实也并不完全符合历史的事实。另外，对犹太人自身而言，说"美国犹太人"还会让他们感觉被"另类"对待了。这种待遇，犹太人在历史上曾受到过许多。如阿道夫·希特勒曾在1919年9月16日的一封信中指责说，"正是那些犹太人从来不称自己为犹太裔德国人、犹太裔波兰人或犹太裔美国人，而总是称自己为德国、波兰或美国犹太人。"②希特勒指责的是与非是昭然若揭的。由此看来，这个词语是有着深刻的历史和文化含义的。因而，对这个词语的选择和使用是需要慎重的。

  在这模棱两可中，取"美国犹太文学"为本书书名主要是基于如下考

---

① 美国犹太学者雅各·瑞德·马库斯将20世纪晚期生活在美国的犹太人分为两类——与犹太人的关系若即若离的犹太裔美国人（Jewish Americans）和乐于认同他们的祖先的美国犹太人（American Jews）。参见雅各·瑞德·马库斯：《美国犹太人》，杨波等译，上海人民出版社2004年版，第271页。

② Quoted in J. Chametzky, J. Felstiner, H. Flanzbaum and K. Hellerstein (eds.), "General Introduction", *Jewish American Literature: A Norton Anthology*, p. 2.本书所引用的文句除作出说明外，均为本书作者的译文，不再逐一说明。

虑：首先，它是隶属于美国文学的，但同时又是"犹太的"，即文学创作者的民族身份是"犹太人"。换句话说，在美国这个多民族的国家中，由其身份为犹太人的作家所写成的小说、诗歌、散文、戏剧等文学作品，统称为"美国犹太文学"。从某种意义上说，这样界定可以较为准确地标明美国犹太文学的性质和归属；其次，尽管在不同程度上，美国犹太作家在文化和宗教上虽已大都被美国社会所同化，而且他们中也有为数不少的人不愿承认自己是"美国犹太作家"，而只承认自己是"美国作家"，但是他们在其作品中所关心、探讨的又大都是与其民族相关联的事情；最后，从创作论上看，他们在作品中所表现的主题、刻画的人物以及透露出的种种文化蕴含等，还都是或与犹太民族相连，或与犹太文化相关。尽管某些犹太作家在作品中所表现的人物，可能是已被美国文化所同化了的"犹太人"，但是这些犹太人与本土美国人不同：无论是他们的举止言谈，抑或是他们的思维方式和价值取向等，都无不透露着犹太人民族的和文化的特征，这导致他们永远摆脱不掉"客民"心态，只能生活在远离美国主流社会的"边缘"地带。基于以上几方面的考虑，用"美国犹太文学"为本书的书名可能会更准确地标明美国犹太文学的性质和归属。

二、主流文学与非主流文学

有部分学者认为，美国文学有"主流文学"和"非主流文学"之分。他们认为，由祖先是英国新教徒的美国人（WASP）创作出来的作品才算是"主流文学"，而由其他少数民族作家，如亚裔作家、黑人作家和犹太作家创作出来的作品则只能属于"非主流文学"。严格说来，这种区分方法既不科学，更有种族歧视之嫌疑。

首先，判断一部作品是"主流文学"还是"非主流文学"不能以作家的民族身份来作为一个绝对标准。如果一位犹太作家的作品或美国黑人作家的作品恰好抓住了时代的脉搏，成功地反映了美国社会的主要问题，谁能说这部作品仅仅是"非主流文学"？20世纪60年代以来，美国许多主要作家，如索尔·贝娄、菲利普·罗斯、诺曼·梅勒、伯纳德·马拉默德、

J. D. 塞林格、约瑟夫·海勒、E. L. 多克托罗、阿瑟·密勒等等,都出色地在其作品中反映了美国社会的主要问题。他们已成为当代美国文学的主要干将。如果把上述作家划归为"非主流作家",把他们的作品定为"非主流文学",实在是不可取的。

其次,判断一个作家是不是少数民族作家不能完全以他自己对外的宣称来定,而是要看这些作家究竟写的是什么,他们的立场怎样,他们所关心的又是什么,等等。以美国犹太文学为例,许多美国犹太作家并不把自己看成是美国"犹太作家"。他们认为,如果承认自己是"犹太作家"就等于承认自己仅仅是为美国犹太少数民族而写作的作家,就会被认为"狭隘"和不入主流;当然,更深层的原因是对"反犹"的戒备甚或恐惧已深深地植根于他们的"无意识"中。他们唯恐以犹太作家自称会被打成"另类"——一旦"反犹主义"者兴风作浪,灾难便会殃及自身。但事实上,尽管这些作家以"美国作家"自居,他们所写或所表现或所关心的无不是关于犹太人、犹太民族,抑或犹太民族文化。如索尔·贝娄关心的是犹太知识分子的精神生活状况等。他在作品中将其"犹太性"置于美国城市文化之中;① 菲利普·罗斯借用大众文化和欧洲场景来表现他的犹太主题——犹太移民的"同化"问题等。根据伽德默尔的阐释学,一部文学作品一经产生,它便独立于原作者,即自身便有了独立存在的权利,因而,读者也就有了可以有别于原作者阅读和理解的权利。因此,那些自认为不是美国犹太作家,或不被认为是美国"主流作家"的美国犹太作家,到头来只能说明一个问题,即这些美国犹太作家的确写出了"美国主流"文学作品,但他们又确确实实的是美国犹太作家。

再其次,如何判断什么是"美国主要问题"是解决问题的另一个关键。美国是一个多民族的国家。因此,民族问题是美国社会所必须认真对待的一个问题。20 世纪 60 年代兴起的"民权运动"就很能说明问题。尽管同为少数民族,因人口数量、政治与经济地位等原因,各少数

---

① Cf. Stephen Wade, *Jewish American Literature Since 1945*, Edinburgh: Edinburgh University Press, 1999, p. 52.

民族在美国社会中的地位也不是同等的。亚裔文学的崛起正是和亚洲人民在国际事务和经济文化等方面在国际社会中起着越来越重要的作用分不开的。犹太人则与其他美国少数民族还有所不同,即其他少数民族不管怎样还都曾有过自己的祖国,近两千年来,犹太人则一直没有。直到1948年以色列建国,犹太人才划时代地有了一个属于自己民族的国家。但问题是,生活在美国的犹太人绝大多数为欧洲移民的后裔,而绝少为以色列的移民。这样一来,他们还是一个没有自己祖国的犹太人。因此,在美国,犹太人有着自己不同于其他少数民族的独特地位。这一地位的特殊性在第二次世界大战后,显得愈发突出,成为检验美国民族政策的重要的试金石之一。或者说,成为美国国内主要的问题之一。因此,描写或反映"美国主要问题"的文学作品,自然会成为美国的文学主要方面之一了。

最后,美国不仅在政治上是多元化的,在文化上更是多元化的。当然,美国的政治与文化常常相互交融,并行不悖。不论是美国犹太移民,还是非洲美国人,抑或是亚裔美国人,随着文化移入和同化的进行,他们在很大程度上都已被同化了:他们掌握并熟练运用美国英语;他们与"当地美国人"通婚;他们在社会生活中已不再遭受或很少遭受公开的歧视和迫害,而在一定程度上"进入"了美国的政治和文化生活;他们自身也在很大程度上接受了美国的价值观等。因此,划分少数民族的界限已不似以前那么清晰了。当然,这并不是说美国的少数民族已不复存在,而是说他们身上的民族特色已不像以前那么明显了。我们并不是以此说明美国少数民族可以完全等同于祖先是英国新教徒的美国人,而是说明美国少数民族可以如同祖先是英国新教徒的美国人一道在美国这片土地上共同构成"主流"——"主流"即"多元化"。

三、国内研究的现状

国内学者对美国犹太文学的全面介绍和研究起步较晚,大致是从改革开放之后开始的。确切地说,国内学者对美国犹太文学的介绍和研究是从1979年梅绍武、冯亦代两位先生在《读书》杂志上介绍艾萨克·巴舍维斯·辛格以来①才开始的。

1979年初,梅绍武、冯亦代两位先生分别在《读书》杂志上发表文章,介绍辛格的创作和批评情况。梅绍武先生所发表的《1978年诺贝尔奖金获得者艾萨克·辛格》一文主要是评介性的。他在文中指出:"辛格的作品情节生动,富有趣味性,文笔清晰简练,大都是描写波兰犹太人往昔的遭遇和美国犹太人现今的生活,其中也有不少是神秘的灵学和鬼怪故事。"②应该说,梅先生的这番概述是准确而到位的。辛格本人也特别强调自己对犹太题材的喜爱,他曾强调说:"我最了解犹太人,最熟悉意第绪语文,所以我的故事的主人公和人物总是犹太人,讲意第绪语。我跟那些人在一起感到自在。"③辛格本人的谈话,印证了梅绍武先生的论断。

不过,梅绍武先生在介绍的过程中也并不是一味地赞赏辛格。他在文章的最后,尖锐地指出了辛格创作中存在的问题。他说:"辛格对于共产主义和斯大林抱有某些不正确的看法。"④的确,辛格在不同的场合中都表达过对共产主义和斯大林的一些看法。在1979年写文章对辛格的这些言论持有批判的态度是可以理解的。不过,以今天的眼光来看,辛格的看法是否真的"不正确"还值得考虑,至少应该对具体情况做些具体的分析。

冯亦代先生的《卡静论辛格》一文与其说是介绍卡静对辛格的评论,不如说是冯亦代先生借助卡静对辛格的评论,来阐发自己对辛格创作的真知灼见。他在文章的开篇指出,辛格不但拥有大量的美国读者,而且就是在世界上懂意第绪语和英语的人中也拥有大量的读者。这么多人对他顶礼膜拜的主要原因是,"他在作品中,借写神画鬼,对犹太人传统生活与美国现代生活的冲突,作了深入的哲理探讨,显示了故事巧妙安排的魅

---

① 参见梅绍武:《1978年诺贝尔奖金获得者艾萨克·辛格》,《读书》1979年第1期;冯亦代:《卡静论辛格》,《读书》1979年第1期。
② 梅绍武:《1978年诺贝尔奖金获得者艾萨克·辛格》,《读书》1979年第1期,第114页。
③ 转引自梅绍武:《1978年诺贝尔奖金获得者艾萨克·辛格》,《读书》1979年第1期,第114页。
④ 梅绍武:《1978年诺贝尔奖金获得者艾萨克·辛格》,《读书》1979年第1期,第117页。

力。"①然而,也正如冯亦代先生自己在文中所承认的那样,他读的辛格作品不多,②这就导致了无论是对卡静观点的介绍,还是他自己的评介,给人的感觉是宏观的东西多,微观的东西少,抽象议论的多,具体论证的少。当然,这可能也与他所处的时代以及《读书》杂志对文章文体的要求有关。尽管这样,冯亦代先生这篇及时而又高屋建瓴地评介辛格创作总体情况的文章,还是为我国学者进一步开展对辛格的研究甚或对美国犹太文学的研究开了一个好头,起到了一定指导、推动的作用。

1979年《译林》在创刊号(即1979年第1期)上刊登了伯纳德·马拉默德写给杨仁敬先生的信。马拉默德在信中除了对杨仁敬先生翻译他的小说《店员》表示致谢外,还表达了他对中国人民的赞赏。③ 同年的8月22日至9月1日间,在烟台召开的"全国美国文学研究会"上所提交的20余篇论文中,讨论辛格作品和创作成就的就有四篇④,引起了国内学术界对辛格等美国犹太作家的研究兴趣。随后,国内另有一些学者开始翻译和评介美国犹太文学作家和作品,山东大学美国文学研究所主编的《美国文学丛刊》(后更名为《美国文学》)成为翻译和评介美国犹太文学的一个重要平台。该刊先后刊载了如董乐山翻译的菲利普·罗斯的《鬼作家》,董鼎山的论文《杰·台·塞林格和遁世作家》⑤,郭继德翻译的阿瑟·密勒的《回忆两个星期一》⑥,鲁竤、赵仲沅、王铮、李乃坤、崔希智和郭文等翻译的马拉默德的系列短篇小说。⑦

进入20世纪80年代后,评论文章也开始见诸学术期刊。不过,这一时期的著述对美国犹太作家的作品进行评介或赏析的文章居多,而对这

---

① 冯亦代:《卡静论辛格》,《读书》1979年第1期,第113页。
② 参见冯亦代:《卡静论辛格》,《读书》1979年第1期,第118页。
③ 参见《译林》1979年第1期,第226页。另外,还可参见杨仁敬:《会见马拉默德先生》,《译林》1981年第1期,第265—266页。
④ 参见《读书》1979年第7期,第11页。因此处所引为一篇简短的会议通讯稿,所以文中没有详细报道所提交论文的作者、题目、内容摘要等。向会议提交讨论海明威的论文有三篇。
⑤ 以上两篇文章见《美国文学丛刊》1982年第2期,第2—54、第156—159页。
⑥ 参见《美国文学丛刊》1983年第3期,第73—96页。
⑦ 参见鲁竤:《莱文天使》,《美国文学丛刊》1983年第4期,第52—59页;赵仲沅:《要我的命》,《美国文学》1987年第2期,第12—15页;王铮:《犹太鸟》,《美国文学》1987年第2期,第16—21页;李乃坤:《我的儿子:杀人犯》,《美国文学》1987年第2期,第22—25页;崔希智和郭文:《上帝的惩罚》,《美国文学》1987年第2期,第26—30页。

些作品的深入分析和宏观把握却不多见。董鼎山和黄家修是两位能够从宏观上评价美国犹太文学的为数不多的学者。董鼎山在《犹太小说与犹太作家》一文中除了对美国当代犹太文学进行扫描式的点评外,还提出了一些颇为新颖、独到的见解,如他认为:"如果说美国的'南方小说'是农村小说,那么'犹太小说'便是城市小说。这两个流派的对比极为显著:一是代表南方、农村,思想保守;一是代表北方、城市,思想开明。"①他还认为,"几乎所有的犹太知识分子都对他们的文化与宗教背景特别敏感。有些人在表面上似乎是自觉地否定了他们的犹太遗产,可是这又造成了内心的苦闷和复杂的心理状态……很多作家不愿将自己作品中的犹太特性被人指为特点。可是事实上美国文坛上犹太作家的作品已成为一种独特的势力。"②可以说,董鼎山先生的论断对我们开展美国犹太文学研究具有重要的指导意义。黄家修则在梳理了20世纪30年代以来的美国犹太文学后指出:"犹太小说家们把自己民族的文化传统与美国的现实生活巧妙地结合起来,通过犹太文学的传统主题揭示西方社会的普遍矛盾,对社会和人生的问题进行探索,加上在艺术风格和艺术手法上的创新,使战后的犹太小说的影响远远超出其民族的范围。当今杰出的犹太小说家不仅是犹太文学的卓越代表,而且是整个当代美国文学的卓越代表。"③应该说,这一观点是颇有见地的。

进入到20世纪90年代后,从已发表的文章来看,不仅在数量上有了很大的改观④,而且文章论述的广度和深度也有了很大的突破。在国内学者尚处于对美国犹太文学的内涵和性质的认识有所模糊不清的年代⑤,徐崇亮对犹太文学的界定具有很高的参考价值。他说:

---

① 董鼎山:《犹太小说与犹太作家》,《读书》1984年第4期,第135页。
② 同上书,第136—138页。
③ 黄家修:《当代美国犹太小说发展述评》,《现代外语》1983年第4期,第67页。
④ 据不完全统计,20世纪90年代发表的有关美国犹太文学的文章有近百篇。本文作者的《所要来的都是虚空》(北京:北京出版社1999年版)一书中也收录了多篇本文作者论述美国犹太文学的论文。
⑤ 如1982年中国大百科全书出版社出版的《中国大百科全书·外国文学卷II》中对"犹太人文学"词条的解释是"犹太人文学。"(第1223页)

> 凡是以犹太文化、历史、宇数、哲学为其创作背景，直接以犹太人及其生活为创作原型，展现了具有犹太民族特征的社会生活和精神世界的文学作品，包括当代那些描写犹太人同化于其他民族，异化于现代社会生活的过程的文学作品，都属于犹太文学范畴，或者说，都属于我们对犹太文学的研究范畴。①

徐崇亮对犹太文学范畴的这一界定基本上涵盖了犹太文学的本质和特征。不过，他如果能够将"直接以犹太人及其生活为创作原型"这句话改为"**直接或间接地**以犹太人及其生活为创作原型"似乎更能涵盖犹太文学，特别是美国犹太文学的内容和特质。在这一时期，还有刘洪一提出的美国犹太文学中的"父与子"的文化母题这一重要观点。② 其后，也有论者沿用他的观点，对这一母题在具体作品中的表现进行了论述。③

总的来看，这一时期的国内美国犹太文学研究虽在研究范围和发表论文数量上均有所突破，但是，对美国犹太文学，甚至对某一作家、作品所进行的系统性研究还很少，似乎还没有从宏观上把握美国犹太文学发生与发展的肌理和特质。这一现象的出现，可能既是由于资料欠缺所致，也许是因为认识不足。其实，徐崇亮早在1992年就提出了美国犹太文学研究范畴的问题。遗憾的是，他的观点没有引起足够的重视。

进入21世纪后，我国的美国犹太文学研究出现了新的气象：一是出现了较为全面评价美国犹太文学的多部专著④以及多篇综述性论文⑤，开

---

① 参见徐崇亮：《辛格和〈萧莎〉——兼论犹太文学》，《上海师范大学学报》（哲学社会科学版）1992年第4期，第82页。
② 刘洪一：《父与子：文化母题与文学子题——论美国犹太文学的一种主题模式》，《外国文学评论》1992年第3期，第38页。
③ 刘兮颖：《索尔·贝娄长篇小说中隐喻的"父与子"主题》，《外国文学研究》2004年第3期，第61—68页。
④ 参见刘海平、王守仁（主编）：《新编美国文学史》，上海：上海外语教育出版社2002年版；刘洪一：《走向文化诗学：美国犹太小说研究》，北京：北京大学出版社2002年版；乔国强：《美国犹太文学》，北京：商务印书馆2008年版；乔国强：《辛格研究》，上海外语教育出版社2008年版。
⑤ 韩玉群：《略论美国当代犹太作家的整合精神》，《佳木斯大学社会科学学报》2004年第4期，第67—68页；刘佳媚：《当代美国犹太文学发展轨迹探究》，《南方文坛》2005年第5期，第35—38页。

启了系统地研究美国犹太文学的先河;二是文章发表的数量增多了,一些在校的硕士生、博士生也开始以此为题撰写学位论文;三是研究文章的领域也有所拓宽。研究者不仅在继承前人研究成果的基础上,继续研究一些一般性问题,还另辟蹊径,拓宽观察、研究的视域,如从宗教、哲学、性别、叙事等视角来分析研究美国犹太文学作品;有的还用比较的方法,讨论美国犹太文学作品与我国现当代文学作品之间的异同,为我国美国犹太文学研究领域增添了许多可喜的成果。不过,综观近年来论文的发表情况,多数研究者的目光主要还是集中在艾萨克·巴舍维斯·辛格、索尔·贝娄、伯纳德·马拉默德、菲利普·罗斯等几位重要作家身上,对其他重要的作家如阿瑟·密勒、诺曼·梅勒、辛西娅·奥兹克、E. L. 多克托洛、亨利·罗思、艾尔吉拉·古德曼、迈克·谢邦等虽有论述,但数量不多。

在这一时期,国内对索尔·贝娄的研究进入了丰收期,主要议题有贝娄小说中的存在主义①、父与子主题②、对犹太知识分子的人文关怀③、流浪主题④、文化身份⑤、犹太性⑥,以及对贝娄的学术史研究⑦等。对马拉默德的研究成果多数是在谈论他的两部小说《基辅怨》和《店员》⑧,只有

---

① 韩玉群:《索尔·贝娄小说中的存在主义》,《黑龙江教育学院学报》2004 年第 5 期,第 87—88 页。
② 刘兮颖:《索尔·贝娄长篇小说中隐喻的"父与子"主题》,《外国文学研究》2004 年第 3 期,第 61—68 页。
③ 杨玉英、廖进:《从索尔·贝娄小说看其对犹太知识分子的人文关怀》,《韶通师范高等专科学校》2005 年第 6 期,第 35—38 页。
④ 朱路平:《精神的漂泊与回归——论索尔·贝娄作品中的流浪主题》,《浙江社会科学》2005 年第 5 期,第 174—177 页。
⑤ 龙纲要:《从种族到人性——对索尔·贝娄文化身份及其小说人物文化身份的辨析》,《湖南师范大学社会科学学报》2005 年第 5 期,第 100—103 页。
⑥ 吴晶:《贝娄小说〈晃来晃去的人〉的犹太性》,《名作欣赏》2007 年第 1 期,第 128—130 页。
⑦ 乔国强:《贝娄学术史研究》,南京:译林出版社 2014 年。
⑧ 参见韩玉群、杨志芳:《马拉默德和〈店员〉》,《绥化师专学报》2004 年第 7 期,第 87—88 页;赵海燕:《论〈店员〉中犹太文化的悖论性》,《佳木斯大学社会科学学报》2006 年第 1 期,第 73—74 页;张现红:《原型与〈基辅怨〉中的"受难"情结》,《现代语文》2006 年第 7 期,第 79—80 页;李慧源:《战后美国犹太文学的发展——从〈基辅怨〉到〈犹太人的改宗〉》,《湖北经济学院学报·人文社会科学版》2007 年第 12 期等。

少数学者论及马拉默德的其他作品。① 对菲利普·罗斯的研究是这一时期国内美国犹太文学研究的一个亮点。发表的相关文章虽不多,但有新意和深度的文章却不少。② 总的说来,这一时期国内对罗斯研究的起点较高,论及的作品也较多,而且很多是从文化的维度切入的,较好地揭示了罗斯作品中的文化意蕴、价值取向以及审美旨趣。还有一些论文论及了辛西娅·奥兹克③、多克托洛④、阿瑟·密勒⑤等。

作为美国文学的一个重要组成部分,美国犹太文学既有一般意义上的美国文学的特征,又有其独特之处。具体地说,美国犹太文学无论是在创作题材、主题思想上,还是在人物塑造、场景描写、叙事策略上,都具有明显的民族文化特性。

就创作题材而言,早期的美国犹太作家(如安吉娅·叶吉尔斯卡、玛丽·安亭、爱玛·拉匝鲁斯、迈克·戈尔德等)多喜欢写犹太家庭里的感情纠葛、时代和社会变迁引起的犹太人社区的变化和犹太人移民文化情感的归宿、犹太文化传统与非犹太文化传统之间的碰撞、犹太文化身份或同化问题、犹太文化自身发展等问题。二战以后的美国犹太作家(如索尔·贝娄、伯纳德·马拉默德、艾萨克·巴舍维斯·辛格、菲利普·罗斯、

---

① 乔国强:《美国黑人作家与犹太作家的生死对话》,《外国文学评论》2004年第1期,第25—30页;《一部寓言犹太民族历史的启示录——论马拉默德的长篇小说〈上帝的恩赐〉》,《当代外国文学》2007年第2期,第133—139页等。

② 参见刘文松:《〈鬼作家〉对〈安妮日记〉的后现代改写与困惑》,《当代外国文学》2005年第4期,第56—60页。张生庭、张真:《〈朱克曼三部曲〉的叙述学阐释》,《西北师大学报·社会科学版》2005年第4期,第63—65页。韩嫣薇:《从〈鬼作家〉看菲利浦·罗斯反叛姿态背后的民族关怀》,《许昌学院学报》2004年第6期,第83—85页,等等。

③ 参见杜艳春:《罗莎:一个不幸的幸存者》,《吉林师范大学学报·人文社会科学版》2005年第6期,第70—72页;陈红、成祖堰:《奥齐克小说的叙事艺术与文化意蕴——析〈普特尔梅塞与赞瑟普〉》,《牡丹江大学学报》2006年第12期,第8—16页;陈红、张爱雄:《奥齐克小说的叙事艺术和主题意义探微》,《邵阳学院学报·社会科学版》2006年第5期,第75—76页。

④ 参见陈静、殷明明:《多克托罗〈上帝之城〉中的宗教问题》,《广西社会科学》2005年第11期,第94—97页。

⑤ 参见姜杨、万连增:《〈推销员之死〉中隐含的犹太性》,《湖北教育学院学报》2006年第5期,第17—23页;黄娟:《〈推销员之死〉中的文化诗学》,《宿州教育学院学报》2006年第5期,第64—65页。

辛西娅·奥兹克、E. L. 多克托洛等)则着重描写现代犹太人的困惑、二战的幸存者、反省犹太文化传统等。美国犹太作家在处理这类题材时,多以通过描写忍受苦难、救赎自我与他人、寻找新生活、表现家庭伦理关系(如父与子)等方面的主题来折射犹太文化宗教传统的一些特质。

　　就人物塑造而言,美国犹太作家笔下的犹太人物大致可以分为两大类:一类是傻瓜型,如辛格笔下的傻瓜吉姆佩尔(《傻瓜吉姆佩尔》);另一类是受迫害型,如马拉默德笔下的雅可夫(《基辅怨》)。不过,这两大人物类型还可以再做细分,如傻瓜类有聪明的傻瓜、睿智的傻瓜,也有至死也不醒悟的真正的傻瓜。同样,受迫害者也可以再细分为多种,如有受反犹主义者迫害的,也有受自己的传统宗教文化迫害的,更有因不适应新的环境而感到自己受迫害的,如是等等。美国犹太作家笔下还会有一种傻瓜和受害者相结合类型的人物。这类人物像辛格所说的那样,是一些"不得安宁、焦虑烦躁的家伙,他们必须总是做点什么,计划点什么……是那种不管经历多少次失望,会立即制造出另外一些幻想来的人。"① 他们常常会因此而遭人忌恨,也因此而招致挫伤或失败。

　　美国犹太作家在场景描写方面也有明显的特点。这里所说的场景是一个广义的概念,它包括犹太教堂、犹太社区、犹太家庭的书房、厨房、犹太民族服装、犹太饮食、犹太礼仪、犹太禁忌、犹太民族语言等。一些较为传统的美国犹太作家常常将自己描写的场景聚焦在这些地方或这类事物上。对传统的犹太人而言,是否去教堂,是否谨守犹太礼仪,遵从宗教禁忌、穿犹太民族服装、使用犹太民族语言、按照犹太饮食习俗要求等直接或间接地反映出他们的民族文化立场和民族身份,是一件很重要的事情。比如说,在传统的犹太人家里,书房常常是父亲或家庭里其他男人所待的地方,而厨房则是母亲和孩童所待的地方。显然,作家如何描写家庭成员在家中所处的位置,能直接或间接地反映出这个家庭与犹太传统之间的亲疏关系。

　　当然,有些现代或后现代美国犹太作家(如诺曼·梅勒、欧文·肖、约

---

① Richard Burgin, "Isaac Bashevis Singer Talks ... About Everything" in *The New York Times Magazine*, November 26, 1978, p. 32.

瑟夫·海勒、J. D. 塞林格)已经很少按照传统的方式进行写作了。在他们的作品中,大部分场景已经是很"现代"、很中性的了。尽管如此,我们还是能够在字里行间感受到那鼓荡在其间的犹太文化底蕴。如诺曼·梅勒在长篇小说《裸者与死者》中写了两个美国犹太士兵,他们的举止言谈、思维方式以及命运结局中包含了许多犹太元素,甚或都无不暗扣着犹太民族的精神气韵。因此可以肯定地说,美国犹太作家不论怎么写或不论他们是否愿意接受被冠以美国犹太作家这样的头衔,他们的作品都程度不同地、直接或间接地反映了本民族的文化底蕴。正如美国社会学家霍勒斯·M. 卡伦所说的那样:"人们可以更换衣服,政治观点,妻子,宗教或哲学观点,但在很大程度上,人们无法更换他们的祖先。"[1]同样,美国犹太作家可以变换写作方法,但却无法改变自己的民族文化立场和秉性。这是我们研究美国犹太文学所需要注意的问题。

还需要注意的是,美国犹太作家的写作手法尽管与同代作家一样,花样百出、变化多端,注意使用现实主义、魔幻现实主义、现代主义、后现代主义中的一些表现技巧,但其叙事的要义却始终不离犹太传统的或非传统的伦理道德观这个轴线。也就是说,无论他们写什么或怎么写,作品的落脚点始终是在张扬一种犹太的伦理道德关系。对这种关系的处理可能有多种——正面的或反面的,但不管是哪一种,都直接或间接地表达了犹太文化元素。常见于这类表达的犹太元素有艰辛、苦涩、不安、无奈、悖论、没有出路、不知所终等。这些犹太元素在叙事中起到了很大的作用,它们在很大程度上决定了作者在写作中所采用的叙述话语运用(包括时间、空间、语态、语式等)。或者说,作为具有自身逻辑的话语力量,它们在遵循故事自身发展的同时,规定着一个故事该如何被叙述。[2] 这一点对理解美国犹太文学有着举足轻重的意义。

---

[1] Horace M. Kallen, *Culture and Democracy in the United States*, New York: Boni and Liveright, 1924, also in Milton M. Gordon, *Assimilation in American Life*, New York: Oxford University Press, 1964, p. 145.

[2] Cf. Jonathan Culler, "Story and Discourse in the Analysis of Narrative" in *The Pursuit of Signs*, Ithaca: Cornell University Pres, 1981, pp. 174—176.

第一章　犹太历史与文化

第一节　国家、法典及思想的构成

从文化的视域来考察、研究美国犹太文学需要对犹太历史和文化有个大致的了解。对有关犹太历史的发轫,犹太学者迈克思·I.狄芒特在他的《犹太人、上帝及其历史》一书中曾做过精彩的描述:

> 犹太人挤进历史晚得让人难以察觉。他们没有经历石器时代或铜器时代。他们也没有自己的铁器时代。他们出现在历史的头八百年,徜徉于周边地区的伟大文明之中。他们没有自己的建筑,没有自己的城市,没有自己的军队,事实上,也没有自己的武器。他们所有的是自己的思想,他们用这些思想最终征服了世界,但却没能做世界的主人。
>
> 犹太历史起始于四千年前。其时,有个名叫亚伯拉罕的男人遇见了名叫耶和华上帝。① 犹太人与上帝的对话自此就开始了。这一直持续到今日的对话就构成了犹太人的历史,与此同时,世界上其他人也开始了侧耳偷听。②

---

① 犹太唯一的神名应叫亚卫,希伯来文写成 YHVH,正确的读法是 Yahweh,"H"不发音。旧圣经译本作"耶和华",是因为 16 世纪时开始被误读,在中央的"H"上加了一个"O"韵母标号,读成"耶和华"。见朱维之、韩可胜:《古犹太文化史》,经济日报出版社 1997 年版,第 3 页——本书作者注。

② Max I. Dimont, *Jews, God and History*, New York: New American Library, 1962, p. 27.(如无特别注明,所有引文均为本书作者所译。不再一一说明。)

大约在四千多年前，犹太人①的祖宗从两河流域来到位于中东地区的迦南（即现今的巴勒斯坦地区）开始了他们的生活。在从公元前 13 世纪中叶摩西率领希伯来人走出埃及和十二部落定居迦南的大约二百多年的时间里，这个部落一直是"由士师和祭司统治的一个高度统一的共同体"。② 公元前 586 年犹太人的第一圣殿遭到毁灭，犹太人在这场灾难中沦为了"巴比伦之囚"。③ 公元 70 年，罗马人毁坏了犹太人的第二圣殿。在反抗中失败的犹太人，被罗马人掠至莱茵地区。犹太男人被迫充当罗马人的工匠和奴隶，女人则被迫做妾。圣殿的两次被毁和反抗的失败对犹太人的打击甚大。他们自此以后再也没有建立自己的国家，而是被迫散居到世界各地，开始了漫长的流亡生涯（Diaspora）。这种状况一直持续到一千八百七十多年后以色列建国。

大约在三千多年前，犹太人开始有了文字记载。有关最初的犹太历史和文学的记载可见于《托拉》（*Torah*）④、"先知书"及其铭记。相传，《托拉》是由上帝口述给摩西的。它由《圣经·旧约》的前五章组成，分别为"创世记""出埃及记""利未记""民数记"和"申命记"。它们是犹太人宗教和民事的法典。犹太人另外的一部重要法典是《塔木德》（*Talmud*），又称《口述托拉》。古斯塔夫·卡皮理斯（Gustav Karpeles）曾称，就世界所有文学作品来看，没有一本书会像《塔木德》⑤那样命运多舛、盛衰无常的。⑥ 基督教徒

---

① "犹太人""以色列人"和"希伯来人"三个称谓虽略有区别，但实际上指的还是同一民族。只是在不同历史时期，用不同的称谓而已。为避免出现歧义，文中用"犹太人"来统称"以色列人"和"希伯来人"。
② 查姆·伯曼特：《犹太人》，冯玮译，上海三联书店 1991 年版，第 22 页。
③ 具体地说，公元前 597 年，新巴比伦国王尼布甲尼撒二世初次攻陷耶路撒冷后，把几千名犹太人掳到巴比伦。公元前 586 年尼布甲尼撒二世再次攻陷耶路撒冷，灭犹大王国，又把大批犹大王室、祭司、工匠掳往巴比伦。公元前 538 年波斯国王居鲁士攻陷巴比伦，新巴比伦国亡。犹太史上常把公元前 597 年至公元前 538 年的历史称为"巴比伦囚房"，参见周燮藩：《犹太教小辞典》，上海辞书出版社 2004 年版，第 165 页。
④ 犹太人称《圣经·旧约》的前五章为《托拉》，或"希伯来《圣经》"。
⑤ 希伯来文意为"学习"。Cf. Dr. R. J. ZWI Werblowsky and Dr. G. Wigder (eds.), *The Encyclopedia of the Jewish Religion*, London: Phoenix House, 1965, p. 194.
⑥ Cf. Gustav Karpeles, *Jewish Literature and Other Essays*, New York: Books for Library Press, 1971, p. 52.

把《塔木德》视为是一本愚蠢的、反基督教的反书。于是,犹太人改用阿拉姆语称《塔木德》为《革马拉》(Gemara)。① 尽管如此,它仍逃脱不掉被焚毁的命运。《塔木德》传至现在的有两个版本,一个版本为约在公元400年间重新编写的"巴勒斯坦版本"(Yerushalmi),另一版本是约为公元500年间重新编写的"巴比伦版本"(Bavli)。一般认为,后一个版本更为权威。简言之,《塔木德》是一部有关犹太宗教和犹太人世俗生活的律法书。它内容丰富,不仅包括历代犹太拉比对犹太教的讲解,还讲述了犹太民族多灾多难的历史、民间传说、医学、天文、箴言以及有关历代著名拉比的故事,等等。

一般说来,犹太思想主要包括两个部分:唯一神祇上帝耶和华和与之相伴随的伦理道德戒律。这两个主要部分又与上帝所表明的他与宇宙和历史的关系,即创世与出埃及这两个重大事件相关联。前者主要说明是上帝创造了这个世界和人类;后者则强调了上帝耶和华是宇宙间唯一的神祇并借摩西之口,传述上帝神谕:"除了我之外,你不可有别的神"②等"十戒"。"十戒"强调了道德因素。因此,犹太教也被称作"伦理一神教"。犹太民族是世界上第一个信奉一神教的民族。而且,犹太人的一神教是彻底的,"它通过使自己的神祇一般化,否定所有其他神祇的神圣性,而达到上帝的唯一性。"③

另外,犹太教中还有一个可以说是关键性的思想——"契约论"(Covenant)。它是犹太人赖以生存的根本。一般说来,"契约论"指的是上帝和他的子民之间订立的一种契约。上帝的子民通过遵守这个契约以获得上帝的友谊和庇护。犹太人把自己看作是上帝的选民,那么,这个契约实际上就是上帝和犹太人之间订立的。其实,"契约论"是非常复杂的。从它诞生的那刻起直至今日,一直都处于众说纷纭、莫衷一是的境遇中。德国著名学者朱利叶斯·威尔豪森(Julius Wellhausen,1844—1918)认为,"犹太人和耶和华之间的契约指的是犹太人是上帝的儿子,因此,他们

---

① 陆谷孙先生主编的《英汉大词典》中称 Gemara 为《塔木德经》的第二部分",值得商榷。
② 《圣经》(20:3),中国基督教协会1998年版,第72页。
③ 罗伯特·M. 塞尔茨:《犹太的思想》,赵立行、冯玮译,上海三联书店1994年版,第27页。

在体魄中就有了神性。"①他进一步论述说:

> 与上帝结合的思想不是说［这结合］是一种自然关系或巫术仪式,而是一种道德。犹太人是［上帝的］特殊的朋友,是上帝的契约伙伴,因为而且是只要他们遵守［上帝的］律法。②

在这一定义里,威尔豪森主要强调了两点:其一,上帝与犹太人之间的特殊关系,即,犹太人是上帝的儿子,因而犹太人具有了神性;其二,这一契约是以犹太人遵守上帝的律法为条件的。鉴此,这一契约与其说是仪式的,不如说是道德的。这一定义的意义在于,在为犹太人正名为"上帝的选民"之同时,又揭示了"契约论"的社会作用。

但是,另有学者从词源学的角度考察"契约"一词。他们认为,希伯来语"契约"一词(Berit)的原意为"按更强大一方的意志单独建立的一种法律结合"。③换句话说,"上帝只不过允诺给人类一方以特殊的庇护和特殊的结合。这一允诺对附属方不附带以任何条件和要求,同时也不要求他们表示接受这一允诺。"④也就是说,照此解释,上帝对"契约"负有全部责任。如果"契约"没有得到履行,上帝也应负有责任。犹太人在历史上历经劫难,尤其是第二次世界大战中,600万犹太人被屠戮,虔诚的犹太人也开始诘责上帝的违约。因此,犹太人赖以生存的"契约论"再次遭到了质疑。

第二节 犹太思想的解放与犹太启蒙运动

为适应生存,犹太思想在历史的磨难中作出了一些相应的调整或

---

①② Quoted in W. Zimmerli, *Gesammelte Studien zum Alten Testament* in Dennis J. McCarthy, S. J. (eds.), *Old Testament Covenant: A Study of Current Opinions*, Oxford: Basil Blackwell, 1972, p. 1.

③④ W. Zimmerli, *Gesammelte Studien zum Alten Testament* in Dennis J. McCarthy, S. J. (eds.), *Old Testament Covenant: A Study of Current Opinions*, p. 2.

变化。这些调整或变化就像是一种内旋的力量,将其民族文化加以凝练和扬弃。发生在犹太历史上的数次思想文化运动和宗教改革,划出了一道清晰的轨迹——这条轨迹越来越与现实生活相接近,越来越与基督教文化相并行,也越来越与世界其他各民族相共存。但是,对正统犹太教而言,"接近"和"并行"已是目前他们所能做得最好的了,因为从根本上说,他们所信仰的不是同一个上帝,不是同一种教义,因而他们不可能希冀一致;而对现实生活中的犹太人而言,"共存"却是他们在现实中很难实现,甚或无法实现的一个梦想,因为世界性的反犹主义根深蒂固,随时随地都在不同程度上演绎着迫害犹太人的惨案。

纵观欧洲犹太教历史,随着伊斯兰教的兴起和希腊科学、哲学的出现,犹太教在内部的需要和外部的压力下,经历了几次大的变革,涌现出一些带有革命性的见解或学说。萨迪亚·本·约瑟(Saadiah Ben Joseph,882—942)撰写了第一篇重要的中世纪犹太神学论文《信仰和意见书》。这篇论文的重要性在于,他在文中首次讨论了如下的几个问题:第一,明确否定了基督教、袄教和伊斯兰教有关宇宙的起源、灵魂的本质等。在这之前,还不曾有人像他那样系统地讨论过这个命题。第二,论述了上帝的属性和上帝的统一性等问题。他在文中认为,生命、力量和智慧这三种属性是作为造物主的上帝所包含的,因此是和上帝的本质一致的。第三,他强调了戒律、禁忌、工作以及道德在人类获得拯救过程中的重要性。第四,维护了人的意志的自由。他坚持认为,人类应该对自己的行为负责。第五,他在文中指出,磨难是一种净化和考验,同时也是一种奖赏:弥赛亚时代到来之际,也就是犹太君主国复兴之日。犹太人所饱尝的贫穷、战争和压迫将告结束。[①] 萨迪亚·本·约瑟在论文中讨论的这些论题,为后来犹太哲学家、神学家开展讨论开拓了广阔的疆域,并为整个中世纪犹太教的中心论题定下了基调:"怎样以符合逻辑的严谨的方式,将一定的属性

---

① 参见罗伯特·M. 塞尔茨:《犹太的思想》,赵立行、冯玮译,第 380—386 页。

归之于上帝,以便既不破坏它的本质的单一性,也不暗示永久的原则并非只有一个。"①

巴鲁赫·斯宾诺莎(Baruch Spinoza,1632—1677)是另一位十分重要的犹太哲学家。他承接中世纪,开启了现代社会思维方式。他虽不被当时许多正统犹太教徒所理解,但是对启发和推动犹太教的变革起到了举足轻重的作用,尤其对后来的一些犹太教学者或作家等产生了很大的影响,如著名美国犹太作家伯纳德·马拉默德和艾萨克·巴舍维斯·辛格等。犹太历史学家麦克斯·I. 狄芒特在其《犹太人、上帝及其历史》一书中,曾对斯宾诺莎的思想做过这样的描述:

> 19世纪犹太启蒙运动像是一道折射出卓越鲜明的智慧之光柱,横扫了整个西欧世界。这光柱是通过一位1632年出生于阿姆斯特丹的犹太人的思想折射出来的。这位犹太人的思想是如此的现代,以至于人们在20世纪下半叶也难以理解他。在17世纪,巴鲁赫·斯宾诺莎被开除教籍,在18世纪,他为基督教社会所厌恶,在19世纪,又被认为"伟大",或许在21世纪,人们也可能很难将他参悟透。②

尽管斯宾诺莎的超前思想使他一度成为时代的"怪物",但当时钟指向19世纪的时候,他的那些大逆不道的思想学说却突然迸发出了异彩。一般说来,斯宾诺莎的思想价值在于,他试图为建立一个自由的、由法律来统治的,同时又与神圣的自然相协调的新型社会而打下理论基础。他是新时代第一位把宗教视为想象产物的哲学家。他宣称,宗教的社会功能在于把人们引向虔诚。另一方面,他认为理性和本能能够引导人们与世界上一切物质的本源相结合,这也就是他所称之为的"对上帝的理智的爱",即在理解上帝中热爱上帝。而且,正是基于对上帝的这种认识,人类

---

① 罗伯特·M. 塞尔茨:《犹太的思想》,赵立行、冯玮译,第380页。
② Max I. Dimont, *Jews, God and History*, p. 330.

的灵魂才得以永存。

在斯宾诺莎生活的时代敢于提出这样的"灵魂永存"观,可谓是非常"现代的",因而也是异常危险的。简言之,斯宾诺莎的哲学——关于人类需要虔诚,渴望自由和正义,一切思想要合乎理性的秩序以及关于宇宙存在无所不包的科学的理念,尤其是关于上帝的属性,人类的情感和生存的原则等,不但打破了中世纪的思想桎梏,成为犹太现代文明的先驱,而且还同伽利略,笛卡尔等其他哲学家一道,为18世纪人们对传统的社会制度重新审定奠定了理论基础。

在犹太现代史上,还有一场重大的思想解放运动,也就是狄芒特在前文中所提到的犹太启蒙运动(Haskalah)值得一提。起始于18世纪末和19世纪初的犹太启蒙运动,主要是发生在生活在东欧一些国家的犹太人中间。这场运动旨在获取现代欧洲文化和世俗知识,即试图通过普及教育和广泛传播西欧文化来加快本民族解放运动的进程,所以它反对主宰犹太人生活的拉比正统教派将教育和文化仅限制在对《塔木德》的学习和研究上。与此同时,这场启蒙运动还特别强调纯洁希伯来语并把希伯来语作为自己的文学语言,以此来培养自己民族的文化意识。

在东欧的一些地方,犹太启蒙运动几乎成了一场西方化运动。犹太启蒙运动者对长期以来统治着犹太人思想的蒙昧主义、盲信主义、哈西德主义和塔木德学派等展开了猛烈的批判。他们在崇尚理性之同时,也开始追求浪漫主义和享乐主义。然而,毕竟彻底的社会、文化解放仅仅依靠强调使用希伯来语是难以来完成的。尽管如此,这场犹太启蒙运动还是唤醒了犹太人的"国家意识",为后来的"犹太复国主义"运动打下了思想基础。尤其是发生在19世纪90年代法国的德雷福斯案,[1]更是大大激发了犹太人自我个性的觉醒。

---

[1] 阿尔弗莱德·德雷福斯(Alfred Dreyfus,1859—1935),法国犹太军官,著名的德雷福斯事件的当事人,因遭诬陷,被军事法庭以叛国罪判处终身监禁(1894)。这一判决激发了要求释放他的政治风波,后经重审德雷福斯得以平反昭雪。

第三节　历史语境和文学作品中的犹太人

一部犹太史在很大程度上可以说就是一部犹太人民与"反犹主义者"抗争的历史。因篇幅所限,在这里只能简述一些十分重要的问题和这些问题在欧美文学作品中的典型表现。

徐新先生在其《反犹主义解析》一书中说明,"反犹主义"(anti-Semitism)一词是由一位名叫威廉·马尔的德国学者于1879年率先创造出来并加以使用的。它的基本定义为:一切厌恶、憎恨、仇视犹太人的思想和行为。就时间而言,"反犹主义"约起始于公元前6世纪,即从犹太人开始散居以来就有了"反犹主义"的存在。它的起因主要是:作为一个少数民族的犹太人,团结紧密,笃信自己的宗教,固守自己的文化,而且,这些在《圣经·旧约》里以"选民"自居而在《圣经·新约》里则被描绘为基督的背叛者的犹太人,随着外界对其仇视的加强而更加笃信、固守自己的宗教和文化,因而招致更大的怀疑和妒恨。如公元前4世纪以降的"希腊化"时期,犹太人采取一系列措施,拒绝接受希腊文化。当时的统治者异常恼怒并下决心采取措施——同化"犹太人"。公元前168年,安条克四世下令,宣布犹太教为非法宗教,并以死刑相威胁等便是其中一例。① 无论是在基督教国家,还是在穆斯林社会,那些固守自己宗教和文化的犹太人都被视为"另类",即便是那些已皈依了基督教或伊斯兰教的犹太人也同样得不到信任,甚至也遭到同其他犹太人一样的迫害。

犹太人的国家被消灭了,赖以生存的土地被剥夺了,其他"体面的"行业也被禁止参与,犹太人只好从事一些禁止基督徒从事的行业,如"放贷"等。犹太人因此而遭到迫害(如1290年在英国;1306年在法国;1348年

---

① 参见徐新:《反犹主义解析》,上海三联书店1996年版,第1—19页;*The Macmillan Encyclopedia*, London: Macmilian, 1997, p.60。

在德国；1391年和1492年在西班牙等）。犹太人—放贷者——的这一形象在威廉·莎士比亚的《威尼斯商人》中得到了充分的展现。换句话说，犹太人不仅在现实生活中遭受凌辱和迫害，即便在文学作品中也未逃出反犹主义者的丑化和诅咒。犹太人似乎已成了一种"原型"——邪恶、丑陋人或事物的代名词。这在英、美等国的文学中也都有所表现，如英国作家杰弗里·乔叟、查尔斯·狄更斯以及美国的马克·吐温、亨利·詹姆斯等作家的作品中都有突出的表现。

先以马克·吐温的《傻子国外旅行记》(The Innocent Abroad; or, The New Pilgrim's Progress, 1869)为例。马克·吐温在这部游记中讲述了他于1867年在欧洲和中东地区的所见所闻。他在这部近20万字的游记中有30余处提到犹太人，几乎是纵贯全书。在马克·吐温的笔下，犹太人常常与黑人、摩尔人等相联系，说他们"就像画像上和舞台上的那些身穿粗布长袍、头戴无檐便帽、脚穿拖鞋的那些犹太人一样，无疑就像三千多年前一样"①古老。马克·吐温还在其游记中鄙夷地对他所见到的犹太人做了一些细节的描写，如说犹太人"总是打着赤脚，他们的鼻子都是钩状的，而且其钩状的形态全都一样。他们彼此长得都很相像，几乎让人相信他们是一个家庭里的人。他们的女人长得丰满、漂亮，用最后一个级别的令人欣慰的笑容向基督教徒微笑"。②尽管马克·吐温并不认为当今的犹太人还放高利贷或做守财奴，但他还是乐此不疲地将传说中的犹太人，强加在其所见到的真实的犹太人的头上。他在游记中写道："这些犹太兑换钱币者将自己的窝安置在附近，整天都在数那些铜币，将它们从一个蒲式耳的篮子里转移到另一个。"③总而言之，马克·吐温在游记中对犹太人的这些充满鄙夷的描述，深刻地道出了根植于他意识中

---

① Mark Twain, *The Innocent Abroad; or, The New Pilgrim's Progress* from http://marktwain.classic-literature.co.uk/the-innocents-abroad/ebook-page-26.asp.
② Mark Twain, *The Innocent Abroad; or, The New Pilgrim's Progress* from http://marktwain.classic-literature.co.uk/the-innocents-abroad/ebook-page-29.asp.
③ Mark Twain, *The Innocent Abroad; or, The New Pilgrim's Progress* from http://marktwain.classic-literature.co.uk/the-innocents-abroad/ebook-page-30.asp.

的反犹主义思想。①

再以英国文学中 19 世纪批判现实主义作家狄更斯的小说《雾都孤儿》(Oliver Twist, 1838)为例,来看一下犹太人在文学作品中所处的地位。狄更斯在小说中描写了一个名叫法根(Fagin)的犹太人,一个令人厌恶、憎恨的罪犯。狄更斯的小说出版后,有一位名叫伊丽莎·戴维斯(Mrs. Eliza Davies)夫人写信给狄更斯,指责他怂恿人们对已被社会所瞧不起的犹太人产生一种卑鄙的偏见。戴维斯夫人要求狄更斯作为补偿,他应为犹太穷人疗养院捐款。② 狄更斯允诺捐款,但却特意地强调说,他捐款并不是为其刻画了一个犹太人而赎罪。换言之,他并不认为这样刻画犹太人有什么不妥,他说:"在《雾都孤儿》中法根是个犹太人,因为,不幸的是,这在那个时期是真实的,而且,那些罪犯几乎恒定不变的都是犹太人。"③狄更斯并不避讳自己的看法,他认为当时的真实社会现实是,罪犯与犹太人总是画等号的。其实,狄更斯在《雾都孤儿》的"序言"中也指出说,他是按照现实主义的创作原则,如实地来反映和表现社会现实的。④ 即不管读者怎样抗议,狄更斯始终都认为他所塑造的罪犯法根——犹太人是真实、可信的,是对维多利亚时代危害社会改革现象的一种批判与揭露。《雾都孤儿》出版 25 年后,社会达尔文主义作为一种思潮,开始在学术界崛起。社会达尔文主义者把生物学中的遗传、变异、自然选择等概念引进了社会学领域。他们认为,人类的本性、行为以及语言

---

① 马克·吐温在 1898 年初曾发表文章谈及维也纳帝国议会。他在这篇文章中再次以不屑的口吻提到犹太人,结果遭到当地犹太人的质疑和抗议。1898 年 3 月,他撰文回复一位犹太律师的批评时,为自己的言行做出辩解。他的这封公开回信名为"关于犹太人"(Concerning the Jews)。该文最初发表于 1898 年 3 月号的《哈泼杂志》(Harper's Magazine),后收入他的短篇故事及随笔集《败坏了海德莱堡的人及其他故事和随笔》(The Man that Corrupted Hadleyburg and Other Stories and Essays, New York and London: Harper & Brothers Publishers, 1900;另见 The Man that Corrupted Hadleyburg and Other Stories and Essays, New York: Oxford University Press, 1996, pp. 252—283)中。
② Cf. Mrs. Eliza Davies, "letter to Charles Dickens," June 22, 1863, in Cecil Roth (ed.), Anglo-Jewish Letters (1158—1917), London: Soncino, 1938, p. 305.
③ Charles Dickens, "letter to Mrs. Davies," July 10, 1863, in Cecil Roth (ed.), Anglo-Jewish Letters (1158—1917), p. 306.
④ Cf. Charles Dickens, Preface, Oliver Twist, London: Chapman and Hall, 1842, p. 3.

等直接源自其生物性。狄更斯对这个新兴的"进化论"理论颇为感兴趣，并从中找到了解释法根，替自己辩护的理论依据：犹太人既然从古希腊、古罗马时期就被划分为劣等民族，是被神与人所共同反对的异己另类，那么他在《雾都孤儿》中塑造的法根形象尽管令人厌恶、痛恨，但却是对他那个种族性格的真实刻画。所以，狄更斯在回复戴维斯夫人的信中说，法根之所以"被称为'犹太人'不是因了他的宗教，而是因了他的种族"。狄更斯用社会达尔文主义的观点，从生物学的角度来说明犹太人天生就带有邪恶的基因。因此，他说出了下面的一番话：

> 如果我把法国人或西班牙人写成"罗马天主教徒"，那我就是做了一件很不体面和没道理的事。但是，我提到法根是个犹太人是因为他是犹太人中的一个，而且因为这种叫法转达了有关他那类人的意思，就像我对我的读者说中国佬（Chinaman）为中国人（Chinese）一样。①

一个民族，不管是其性格中的闪光点还是劣根性，都源自种族的遗传，即具有不可更改、消灭性。犹太人之所以称为犹太人，犹太人之所以等同于罪犯，就是由其犹太种族的生物遗传所决定的。这样说来，法根身上所具有的种族劣根性还会遗传给无数个"小法根们"，这就是作为作家的狄更斯对犹太人的认识。

总之，狄更斯在《雾都孤儿》中选择法根作为残害儿童和破坏社会道德的代言人并不是偶然的，而是承袭了欧洲历史上对犹太人存有偏见的传统。狄更斯所谓的写实，其实也难以逾越根深蒂固的种族观念的制约。

---

① Charles Dickens, "letter to Mrs. Davies," July 10, 1863, cited in Roth, *Anglo-Jewish Letters*, p. 306.

第二章　意第绪语与犹太性

第一节　意第绪语、民族身份与东欧犹太文学

犹太民族在自诞生以来的约四千多年中,曾先后使用过多种语言。意第绪语[①]只是其中之一。作为一种文学语言,意第绪语的存在只有短短的一个多世纪。然而,作为一种口语,意第绪语的存在则可以追溯到13世纪。在某种意义上说,这种从右往左书写的意第绪语使用范围不广,而且地区性强,故有"隔都"(ghetto)[②]语言之称。

那么,什么是意第绪语呢?它源自何处?是否所有的犹太人都说这种语言?这得从犹太人开始散居以来说起。犹太人的基本语言是闪米特语,即希伯来语。犹太人的《圣经》就是用这种语言写成的。再往后一点,约在公元前9世纪,通用于古叙利亚的阿拉姆语开始被犹太人所使用。部分《圣经·旧约》和部分《塔木德》都是用这种语言写成的。在"希腊化"时期(前323—27年),犹太人所使用的语言在很大程度上被"同化"了。在罗马人占领时期,拉丁语对犹太人有一定的影响,但不及希腊语的势力强大。公元70年,犹太人被罗马占领者最终逐出巴勒斯坦地区,他们又开始使用自己的语言闪米特语,其中也夹杂一些希腊语和阿拉伯语。这一时期是犹太人生死存亡的重要时期。他们在向北非的流浪过程中,开始逐步意识到民族

[①] Cf. Sol Gittleman, *From Shtetl to Suburbia: The Family in Jewish Literary Imagination*, Boston: Beacon Press, 1978, pp. 7—14.

[②] 犹太人"隔都"起源于中世纪的意大利。在16至17世纪期间的罗马天主教推行"反改革运动"中,在欧洲许多城市都建立了"隔都",以迫害被视为异教徒的犹太人。

身份的重要性。毫无疑问,无论在何种情况下,语言总是一个民族身份的重要标示。因此,犹太拉比们开始为如何维系、加强自己的民族语言而努力。尽管被逐出家园的犹太人为了生存,不得不同异族人打交道,不得不接受、学用一些异族的语言。但是犹太拉比们主张,不管使用何种语言,必须用传统的希伯来语字母和语法作为书写的标准,且须从右边向左书写,以此使犹太人不至于在和其他民族的交往中忘记自己语言的基本特征。

公元711年,摩尔人征服西班牙。犹太人随之穿过直布罗陀海峡,进入西班牙。在这一时期,随着阿拉伯文化的繁荣兴盛,犹太文化受到了很大的冲击。许多犹太人不得不转而学习、使用西班牙语和阿拉伯语,但唯独犹太人的书写和使用希伯来语字母的习俗保持了下来。这种"掺和"了的犹太—西班牙语,被称为拉第诺语(Ladino)或诸地莫语(Judezmo),并成为了当时犹太人的文学语言。公元11世纪,基督教徒再次征服了西班牙。犹太人遭到残酷的迫害,许多犹太人为了生存下去,不得不皈依天主教。公元1492年,犹太人最终被逐出了西班牙。他们只好四处流浪,多数人去了北非和土耳其。但是犹太人使用犹太—西班牙语——拉第诺语进行写作的传统并没有因此改变。17世纪,巴鲁赫·斯宾诺莎因使用拉丁语写作而被逐出教门。可见,在当时使用何种语言对犹太人是至关重要的。

公元10世纪,有相当数量的犹太人居住在莱茵地区。犹太人在这一地区的生活相对地宽松。他们能够直接地与当地人打交道,和当地人做生意,甚至学习他们的文化。居住在这个地区的犹太人仍然沿袭着祖传下来的书写习惯,即仍然使用希伯来语字母从右向左书写的方式。但是他们也学习、使用当地人的语言,即德语,并由此发展成了现今的意第绪语,或称之为"犹太人说的德语"。除了犹太学者或犹太宗教仪式中仍然坚持使用希伯来语外,意第绪语很快传遍了西欧,并成为犹太人所使用的主要语言,"犹太人每日所必穿的衣服"(mamaloshen)。公元11世纪末开始的"十字军"东征,给犹太人带来了极大的灾难。公元1215年,第四拉特兰公会认定犹太人为异端分子,犹太人被迫住进了"隔都"。"隔都"的生活,即共同的命运反而加深、巩固了犹太人之间的交流和身份感的确认。1215年后,德国天主教会当局颁布法令,开始驱逐犹太人。犹太人又一次开始了他们的"民族迁徙"。他们不得不投奔当时在政治、文化上较为开明的波兰。在这一时期,特别是1500年后,意第绪语成了整个欧洲犹太人的母语。

对美国犹太作家影响较大的欧洲犹太文学,当属俄国和波兰的犹太文学。其原因主要有三个方面:其一,居住在俄国、波兰的犹太人较其他国家和地区更多,因此他们的生活、经历也更能集中地反映欧洲犹太人的生活和经历;其二,具有相当规模的犹太人启蒙运动最先是在俄国和波兰展开的——俄国、波兰犹太文学的产生和发展不但比其他国家和地区都早,而且影响也大;其三,在美国的犹太移民中,俄国和波兰犹太人占有很大的比例,而且他们当中不乏学者和作家。

在现代东欧作家中,对美国犹太作家影响较大的有俄国的门德尔·默彻·斯弗瑞姆(Mendele Mocher Sforim)——肖罗姆·阿布拉莫维奇(Sholom Abramovitch,1835—1917)的笔名和肖洛姆·阿莱汉姆(Sholem Aleichem)——肖洛姆·拉比诺维奇(Sholem Rabinovitch,1859—1916)的笔名。他们两人都是最早用意第绪语来写作的,而且作品风格都是以幽默而著称。重要的是,他们还都是以擅长描写"小人物"而见长的作家。如斯弗瑞姆的《肉税》("Die Takse"或"The Meat Tax")和阿莱汉姆的有关特夫叶的故事等。他们对美国犹太作家的影响是深远的,许多当代美国犹太作家,如马拉默德等都继承了这一传统,写出了许多让读者欲笑还哭、欲哭无泪的"犹太式"幽默作品。

第二节 美国犹太移民与犹太性

相传,第一个到达美国的犹太人是艾利阿思·勒伽都(Elias Legardo)。他于1621年到达现今的弗吉尼亚州。① 至于原因则不详。

---

① Cf. Anita Libman Lebeson, "The American Jewish Chronicle" in Louis Finkelstein (ed.), *The Jews*, 2 vols., New York, 1949, I, p. 317.

有史记载,最初一批到达荷兰殖民地新阿姆斯特丹的犹太人是在 1654年,共有 23 人。① 这些人的到达起初遭到了当时北美殖民地总督彼德·斯图文森特的抵制。他以宗教和社会负担等为理由,拒绝让这些犹太人在他的领地内居住。后来,经过在荷兰的犹太人的一番努力,斯图文森特收回了成命,允许这些犹太人在北美殖民地居住和"停留",条件是他们必须保证他们中的穷人不能成为(西印度)公司和当地社区的负担。这些犹太人们答应了这一要求,由此开创了犹太人在北美洲自己照料自己民族利益的先例。②

在美国独立战争时期,美国约有两千犹太人,占人口总数的 0.05%。他们多为西班牙和葡萄牙犹太人。到美国内战结束时,犹太人口激增为 15 万人,约占美国人口总数的 0.47%。美国独立战争的胜利和随后在 1789 年美国政府颁布实施的美国宪法,催生了散居在美国的犹太人的新生活。③ 也就是说,对犹太人而言,从此时起,他们在法律上已经享有了公民权和宗教信仰的自由,这意味着其宗教信仰在法律上并在实际生活中已经成为"选择与良心的事",④ 而不必像过去那样为自己的信仰而担惊受怕了。在这样的一个历史境遇中,美国犹太教会"重新组建了自己的犹太社区,发布他们自己的独立宣言"。⑤ 美国犹太人在社会生活和宗教生活所享有的自由与权利,成为导致犹太人史无前例的移民浪潮的主要原因之一。

---

① Cf. Hasia R. Diner, *The Jews of the United States: 1654—2000*, p. 13;另参见盖里·菲利普·佐拉:《论雅各·瑞德·马库斯和美国犹太历史学的发展》,引自雅各·瑞德·马库斯:《美国犹太人,1585—1990:一部历史》(*The American Jew, 1585—1990: A History*),杨波等译,上海人民出版社 2004 年版,中文本序,第 1 页。
② 参见雅各·瑞德·马库斯:《美国犹太人,1585—1990:一部历史》,第 2 页。
③ 美国宪法第三部分第二十五款规定,所有国家政府机关"将受誓言或确认约束,支持这部宪法;永远不得要求进行宗教测试,并将其作为美国政府机关或公众信誉的一种品质要求"。另外,美国宪法第一修正案第一款中也包含了一些十分有利于犹太人的词语——赋予包括犹太人在内的所有的美国人以宗教信仰与从事宗教活动的自由。参见 Hasia R. Diner, *The Jews of the United States: 1654—2000*, Berkeley, Los Angeles, London: University of Californian Press, 2004, pp. 55—56。
④ Hasia R. Diner, *The Jews of the United States: 1654—2000*, Berkeley, Los Angeles, London: University of Californian Press, 2004, p. 42.
⑤ *Ibid.*, p. 43.

犹太人的两次大的移民浪潮分别发生在19世纪20年代至美国南北战争结束前和美国南北战争结束后至20世纪20年代初。经过近一个世纪的艰苦努力,即截至1924年美国政府向欧洲犹太人关闭大门之前,美国犹太移民,即犹太人口总数猛增到230万(当时世界犹太人人口总数为420万),占美国人口总数的3%。这些多数来自相对封闭的乡村小镇的早期犹太移民到达美国后,不再对自己的犹太身份进行争论。许多年轻的移民已经放弃了传统的犹太社区生活,转而投身到美国都市生活之中。他们"把他们文化和宗教中的很多东西留在了身后,拉比们、学术机构、政治领袖、丧葬团体、知识分子、富裕的人、几乎所有道德上的权威人物都留在了故国"。① 但是,随着东欧犹太移民的大量涌入,特别是在19世纪90年代经济萧条的岁月里,一些激进的犹太移民积极参与或鼓动了当地的一些社会和政治斗争之后,美国社会开始把这些移民视为"掠夺者",担心他们自己的特权地位受到威胁或剥夺。② 于是乎,美国社会开始躁动着一股虽对犹太移民还形不成威胁,但却足以给这些移民的生活带来麻烦的反犹主义情绪,并最终导致美国政府"关闭"了原先向犹太移民敞开的国门。

不过,这时的美国犹太移民在经历了近一个世纪的历练后,已经学会了如何在这片"自由"的土地上生存下来。及至20世纪20年代,犹太移民不但在宗教、政治、文化、娱乐、教育等领域中逐渐站稳了脚跟,而且还能维系自己的文化身份和宗教信仰。然而,犹太移民们对如何维系或界定其"犹太性"(Jewishness)的文化身份,却有着各自不同的看法。

对犹太人或犹太文化而言,"犹太性"一方面是一个不可回避的问题,另一方面又是一个异常复杂、难以用简单话语进行框定的问题。何谓"犹太性",这个问题一直都是处于探讨之中的。美国社会学家威尔·赫伯格将"犹太性"界定为:"嵌入在宗教和文化策源地并融为一个单一的宗教与文化的统一体就是犹太性。"③ 在该定义中,赫伯格着重强调的是"犹太

---

① 欧文·豪:《父辈的世界》,王海良、赵立行译,上海三联书店1995年版,第108页。
② 参见欧文·豪:《父辈的世界》,王海良、赵立行译,第48—50页。
③ Will Herberg, *Protestant-Catholic-Jew: An Essay in American Religious Sociology*, New York: Anchor Book, Doubleday & Company, 1960, p. 183.

性"的构成(犹太宗教与犹太文化)及其存在的方式和两者之间的关系(统一体)。不过,赫伯格在强调犹太性的构成、存在的方式以及两者之间的关系同时,并没有揭示出它所存在的历史语境。譬如,当社会上的反犹主义势力猖獗时,"犹太性"可能更多地表现为对犹太宗教的执着——祈求上帝的庇护;而在和平时期,"犹太性"则可能更多地表现为对犹太文化的张扬——宣扬犹太道德、礼仪等。

另一位美国学者内森·格雷泽则把"犹太性"视为一种犹太人所从事的各种活动,如宗教、政治、文化、知识、慈善事业等所具有的某种共性的东西。他进而给美国犹太人的"犹太性"定义为一种与犹太文化、政治以及社区生活相关的东西。[①] 事实上,他的这个定义主要针对的是在美国的许多没有特别信仰,与犹太教会也没有什么特别联系的犹太人。这个定义的可取之处在于其具体性和宽泛性的统一。也就是说,其一,格雷泽没有把"犹太性"看成是一种固定的模式,而是把它置于犹太人的各种具体活动之中;其二,在格雷泽看来,"犹太性"是在一些具体活动中表现出来的某种具有"共性"的东西。不过,他没有更进一步指出这些"共性"特征是以什么样的方式或形式表现出来的。为本书的论述方便,我们暂且不谈广义的"犹太性",而将对"犹太性"的定义限定在美国犹太文学这个特定的领域之中。因为对犹太性所下的任何定义,都不能不考虑到其所处的时代、所涉及的领域以及其所具有的质地与所呈现的形式。

我认为,就反映在现当代美国犹太文学中的"犹太性"而言,"犹太性"主要是指犹太作家在其作品中所表达出来的某种与犹太文化或宗教相关联的一种思想观念。一般说来,这主要体现在某犹太作家本人或其作品中人物的思维方式、心理机制以及任何能表现犹太人的生活、性格、语言、行为、场景等特点的东西。因此说,"犹太性"可以分为两个层面,即宗教层面的犹太性与文化层面的犹太性。比较之下,前者是比较容易辨别的;

---

① Cf. Nathan Glazer, *American Judaism*, Chicago and London: The University of Chicago Press, 1972, pp. 91—105.

而后者则主要是通过看作者或者说作品中的人物是否使用了犹太人的语言以及语言表达方式、举手投足、穿衣戴帽等是否符合犹太人的习惯等来辨别。也就是说,我们在考察某位具体的美国犹太作家的"犹太性"时,就是看其作品或言行中是否体现了上述的某些方面,进而考察他是如何表现的。

第三章 应许之地

第一节 犹太教遭遇基督教的挑战

在纽约自由女神像的底座，镌刻着一首为支持那些在俄国大迫害时期受压迫的犹太人所写的《新巨人》("The New Colossus"，1883)一诗。作者是美国犹太女诗人爱玛·拉匝鲁斯(Emma Lazarus，1849—1887)。这首诗的主旨是向那些疲惫不堪、穷困潦倒，"为呼吸自由空气而来的拥挤的人们"展开热烈的臂膀。那些以四海为家，到处都为"客民"的犹太人正是被这"自由空气"所吸引，他们不惜远涉重洋，千辛万苦地投奔到他们所认为的"应许之地"——美国。

来到美国之后的犹太人所面临的第一个首要问题就是如何与当地在社会生活中占主导地位的新教徒进行"同化"。其实，"同化"对一个没有自己国家的民族，尤其是对犹太民族来说，是一件必须面对而且时时刻刻都要面对的现实。从犹太人沦为巴比伦之囚以降，"同化"犹太人，即让犹太人皈依基督教似乎就成了基督教徒的神圣使命。早在犹太人到达美国之初，笃信上帝的清教徒们就开始为此作出不懈的努力。殖民地时期，波士顿牧师考顿·马瑟(Cotton Mather，1663—1723)就曾在日记中屡屡表示，希望在他的有生之年至少能够让一个犹太人皈依基督教。他还把此举视为自己神圣的使命。他在1696年7月18日的日记中这样写道：

这一天，从我匍匐在地上的尘土中，在上帝的面前，我扬声高喊：为使犹太民族皈依，为我自己拥有这样的幸福，在某个时刻或其他时刻，为犹太人洗礼，那应在我的任内，将他带回家献给上帝。①

三年后，他又写了一本名为《牧师们的信仰》的小册子献给犹太民族。他在小册子中诚挚地恳求犹太人认识自己的错误，不要顽固不化，要接受那唯一的真理。他所说的唯一真理是指完整的犹太教是由耶稣发展完成的。② 马瑟对说服犹太人皈依基督教一事，可谓是达到痴迷的地步。甚至当他偶尔听说有一个犹太人被允许到马萨诸塞州做生意之事，他好像终于捕获到了"猎物"，天天盼着能见到这个犹太人，即便在夜里也不停祈祷让这个犹太人皈依基督教。要以基督教来替代、同化犹太教，这就是殖民地时期占统治地位的思想意识形态。

从某种意义上说，犹太人在经济上与当地人"同化"并不是件难事，这也是似乎天生就具有经济头脑的犹太人所擅长的。如先期到达美国的犹太人很快就与当地人建立了联系，学会了当地语言并开始与他们进行贸易交流。按照社会学家对有关"同化"的界定，由此似可推演说，犹太人已进入了"同化"的过程。然而，严格说来，要让犹太人在宗教上和政治上与当地人"同化"却绝非这么简单。他们即便有些改变，那也是犹太人为适应生存而作出的"内部调整"，而绝非是本质性的改变。1787年，乔治·华盛顿（George Washington，1732—1799）主持召开了美国大宪章会议，他与12个州的代表共同制定了美国宪法。应该说，美国宪法中制定的有关民权平等等系列条款，对改善犹太人的生存处境非常有利，于是得到了犹太人的热烈欢迎。有一位名叫摩西·西克思（Moses Seixas）的犹太人给当时的总统乔治·华盛顿写了一封热情洋溢的信，以表达对美国政府的感谢和尊敬之情。华盛顿在回信中写道：

> 现在不要再说容忍了，这似乎像一个阶级的人们恩惠另外一个

---

① Quoted in Lee M. Friedman, "Cotton Mather and the Jews," *American Jewish Historical Society Publications*, XXVI (1918), p. 202.
② Cf. Sol Liptzin, *The Jew in American Literature*, New York: Bloch Publishing Company, 1966, p. 10.

阶级的人们享有生来俱有的自然权利。因为美国政府高兴地对偏执行为不给以支持,对迫害者不给以帮助,[但]只要求那些生活在[政府]保护之下的人们应该做一个好公民,并事事处处都给以他们的政府以有效的支持。①

华盛顿的"善举"以及所表现出来的平民姿态虽令犹太人对美国政府"感恩戴德",但却并没有人为此而声明要皈依基督教。其实,早在美国宪法会议召开之前的18世纪50年代,犹太人就兴建了自己的教堂。

在殖民地时期,基督教徒对犹太人还是相对较为宽容的。他们这样做主要有下述几点原因。一、这些基督教徒们基本上是清教主义者。他们沿用了犹太人的"选民"思想,即自认为自己是上帝的选民。他们把自己视为《圣经·旧约》中的以色列人,同时把荒蛮的"新大陆"看作"锡安山"。②他们真诚地希望自己建立在山上的城市会像一座灯塔,为世人作出宗教生活的榜样。二、他们把让犹太人皈依基督教看作为是自己神圣的使命,但是他们希望能用祈祷,而非武力来完成这项使命。三、希伯来语本应是犹太人的宗教语言和身份象征,是犹太人借以维系其民族生存的根本。然而,这些清教徒们却异乎寻常地热衷于学习希伯来语。如哈佛大学的前两任校长——亨利·当思特(Henry Dunster,1609—1659)和查理斯·乔恩塞(Charles Chauncy,1592—1672),都要求哈佛大学的所有学生必须学习希伯来语。除哈佛以外,其他大学,如耶鲁大学、国王学院等也都大力提倡希伯来语。其中,耶鲁大学的两位校长——提茂西·卡特勒(Timothy Cutler,1694—1765)和艾兹拉·斯提理思(Ezra Stiles,1727—1795)本身就是当时很有名气和影响力的希伯来语学者。

美国的政教界和文学界人士在这一时期中,对犹太人的感情异常复杂,是既嫉恨又关注。但一般说来,犹太人在社会上享有和其他人同样的权利,也能得到人们应有的尊敬。对当时的不少人来说,犹太人更像是一

---

① Cf. Joseph L. Blau and Salo Wittmayer Baron (eds.), *The Jews of the United States, 1790—1840, A Documentary History*, 3, vols., New York, 1963, I, p. 9.
② 耶路撒冷山名,古大卫王及其子孙的宫殿及神庙所在地。

个令人费解的谜。这甚至能从文学作品中反映出来,如美国最早的女诗人安娜·布莱德斯特里特(Anne Bradstreet,1612? —1672)在其诗《四个君主国》("The Four Monarchies")中曾这样写道:"如果我们知道这一切/他们将归来,锡安山将见证并为此祝福。"① 她在诗中沉思、追问那失落的十个犹太人部落,是否能在东西部的印第安人中找到踪影。1852年,亨利·沃兹沃斯·朗费罗(Henry Wadsworth Longfellow,1807—1882)也曾在诗中对新港地区犹太人的突然"消失",表示出无限的感慨:

> 它是多么的奇怪! 坟墓中的那些希伯来人,
> 　　紧靠在这座美好海港城镇的街道旁。
> 静静地躺在那永不平静的海浪旁,
> 　　在这上下起伏中安息。
> ……
> 但是,呵! 那曾经有过的已不再有!
> 　　那呻吟的大地在辛劳和痛苦中
> 将这些民族带到人世,但没让其重建,
> 　　那死亡的民族永不会再出现。②

以上片断主要是诗人对躺在"坟墓中的那些希伯来人"表示哀悼和惋惜。在朗费罗看来,希伯来人曾有过自己的生活,但是"那曾经有过的已不再有",即他认为希伯来民族(犹太民族)已经死亡了。当然,这里的"死亡"并不是指一个种族突然地从地球上彻底消亡,而是说这个民族在与美国当地文化的碰撞、交锋中,渐渐地被吸收、同化,最终失去了自己的民族特征。

由于朗费罗的诗和犹太人的真实生存状况有距离,即尽管犹太民族

---

① Anne Bradstreet, *Works*, Charleston: S. C., 1867, p. 196; also in Sol Liptzin, *The Jew in American Literature*, p. 13.
② Henry W. Longfellow, *Poetical Works of Henry W. Longfellow*, 6 vols., Boston, 1886, II, pp. 33—36.

在某些方面受到美国文化的影响,但绝大多数犹太人还是自觉抵制异族文化对其"同化"的。所以,他的这首诗在发表后即遭到非议。

第二节 犹太宗教的调整、改革

为了适应生存,殖民地时期的犹太人也对其宗教行为等作出了相应调整、改革。如 1825 年,居住在查尔斯顿的西班牙和葡萄牙犹太人就放弃了"正统的"犹太教,而重新组织、建立了自己的宗教社团——"以色列人改革社团"(the Reformed Society of Israelites)。① 在宗教上,他们似乎是从拉比解说的"塔木德律法"转向了"摩西律法"。但事实上,他们这样做的目的,只是为了能够在最大限度上使自己适应美国社会的律法,适应这一新的生存环境。② 在这个社团成立一周年的大会上,有个名叫亚伯拉罕·默依斯(Abraham Moise)的犹太拉比,面对他的教众们说了下面的一番话:

> 我们不寻求把古时的习俗和典礼仪式当做我们遵守正义的标准。但我们却要让这些古人的礼仪、古人对这些礼仪的一般使用和特殊做法等来适应我们所处的年代、我们所居住的国家、我们的情感以及我们对美国人的看法。③

默依斯的这番话道出了其生存策略,即"古时的习俗""典礼仪式"在现阶段下,不能再是一成不变的律法,因为我们必须要顾及、考虑到"所居住的

---

① 这个社团的主要领导人之一,艾撒克·哈柏(Isaac Harby)是当时颇有名气的剧作家和记者。美国总统詹姆士·门罗(James Monroe, 1758—1831)曾在 1819 年观看过他编导的戏剧。
② 犹太人似乎有个不成文法,为求生存,散居的犹太人要把自己的居住国作为自己的国家去适应和热爱。从现实的角度来看,他们不得不这样做,以避免不必要的麻烦和成为他人迫害自己的借口。但如果从文化的角度来看,这似乎也是他们的民族得以生存、延续的一个"大谋略"。
③ Quoted in Joseph L. Blau and Salo Wittmayer Baron (eds.), *The Jews of the United States, 1790—1840, A Documentary History*, 3 vols., New York and London: Columbia University Press, 1963, II, p. 658.

国家"以及"美国人的看法"等。事实上,默依斯的真实意思是:生活在异邦的犹太人要尽量地淡化自己的宗教或犹太人身份。从这里我们不难看出犹太人在以后的岁月中,何以能被美国社会或其他社会所"同化"的真实原因。当然,默依斯的这些主张也引起了一些争议。犹太社会学家内森·格雷泽(Nathan Glazer)认为,虽然查尔斯顿的"以色列人改革社团"的一些提议,如将有些用希伯来文祈祷的词语再用英文重复一遍等,就被多数犹太人所拒绝,但他们仍不失为犹太教的"改革先驱"。①

艾撒克·梅耶·怀斯(Isaac Mayer Wise,1819—1900)②是另一位重要的犹太教改革家和作家。1846年,怀斯从波希米亚来到美国,历任奥尔巴尼拉比(1846—1854)和辛辛那提拉比(1854—1900)。他是主张对犹太教进行改革的主要倡导者之一。1873年,他在组织"美国希伯来教众联合会"(Union of American Hebrew Congregations)中起到了很大的作用。尤其是在1875年到1900年间,他曾担任美国希伯来联合大学校长等职,这对他工作的开展提供了有利的条件。怀斯在改革美国犹太教中所做的主要工作是:把全美的犹太人联合起来,倡议增加犹太教堂,编写现代化的祈祷书——为的是能够使全美的犹太人使用统一的祈祷书。另外,他还提倡为了适应美国的文化习俗,对犹太教实施改革。格雷泽认为,如要理解怀斯,首先要把他看作为一个搞美国化的人。③ 的确,怀斯热爱美国,认为美国是一个可以施展理想抱负的自由国度。他努力地学习英语,是当时为数不多的能够完全熟练掌握英语的拉比之一。

怀斯在强调犹太人要适应美国社会的同时,也尝试通过宣传等方式让美国人逐步地了解、走进犹太人。在到达辛辛那提以后,他即着手筹办一份很有影响的英文版周报——《美国以色列人》。与此同时,为了更好地服务于他的"美国化"计划,还筹办了一份德文周报,因为当时犹太移民

---

① Cf. Nathan Glazer, *American Judaism*, Chicago and London: the University of Chicago Press, 1972, p. 35.
② 以下介绍性的基本资料主要参见 Jules Chametzky, John Felstiner, Hilene Flanzbaum and Kathryn Hellerstein (eds.), *Jewish American Literature: A Norton Anthology*, pp. 83—84。
③ Nathan Glazer, *American Judaism*, p. 37.

使用的主要语言是德语。

怀斯除了是一位犹太教的改革家外,还是一位颇有成就的作家。他一生著述甚丰,小说有 27 部(11 部用英文写成,16 部用德文写成),诗歌有数百首,戏剧也有若干种。1856 年,他编写的颇为激进的希伯来宗教仪式修订本《美国以色列》(*Minhag Amerika*)也得以出版。最能体现出其风格的小说是《人民之战:或,希莱尔和何罗德:由美国犹太小说家撰写的关于何罗德一世时代的历史小说》(*The Combat of the People: or, Hillel and Herod: An Historical Romance of the Time of Herod I, by the American Jewish Novelist*)。这部从 1858 年开始在《以色列人》上连载的小说,其独特之处是融说教和历史为一体。他在后来的回忆录中曾介绍了该部作品的主要内容及当时所受欢迎的程度:

> 主要人物是巴·克赫巴和阿其巴拉比以及其他著名的同代人……我不得不创造出一些妇女形象……我尽可能忠实地描写那个时代暴风骤雨中的风俗习惯,他们的观点,爱国主义和英雄主义思想,他们的胜利和失败,以及欢乐与痛苦。犹太爱国主义和使犹太文学中重要部分大众化在我心中成双倍地被再次唤醒……就我所知,成千上万人渴望读这部小说,它给成千上万读者留下了深刻印象……在美国犹太读者圈里,这部小说比其他任何作品都受欢迎。①

由此不难见出,怀斯对自己的这部小说也是颇为自豪的。除了小说创作让他大出风头以外,怀斯为《以色列人》周报所撰写的一系列社论,也受到了读者的追捧与喜爱。这些以犹太人生活和生存为内容的社论所涉及的内容极为广泛,如当地美国孩子们的反犹倾向和粗暴行为、犹太妇女的教育、全欧犹太社区以及犹太人、基督教徒犯罪的数字统计,等等。怀斯这样做的目的很明显,一方面为被涂黑、扭曲的犹太人正名;另一方面争取

---

① Quoted in Jules Chametzky, John Felstiner, Hilene Flanzbaum and Kathryn Hellerstein (eds.), *Jewish American Literature: A Norton Anthology*, New York and London: W. W. Norton, 2001, p. 84.

犹太人在美国的合法权利和地位。我们从发表于1858年7月4日的社论中，也能看出怀斯在这一方面所作出的不懈努力。在该社论中，他先是巧妙地对美国独立日进行讴歌，称其为"我们独立的生日"和"人类从压迫者手中的第二次赎救"。有此作铺垫，他便在接下来的文中，很自然地把犹太人纳入"我们"之中，说犹太人和美国人的这种双重的和彼此依赖的身份，代表了政治历史的两极——摩西和美国革命。他进而认为犹太律法（即摩西十诫）和美国民主法律（即美国宪法）的建立使人类社会日趋完善。在1858年7月16日的社论中，他号召出生于美国的年轻犹太人应该争做拉比，用英文布道，以此来确保犹太教能够在美国这一多民族的国家里生存下来，并希望犹太教在不远的将来能与基督教、伊斯兰教以及孔子思想相抗衡。① 可见，怀斯的文学活动实际是其犹太教改革思想的延伸和继续。

艾撒克·莱瑟（Isaac Lesser，1806—1868）②也是一位重要的犹太宗教活动家和作家。同时，他还是一位出色的翻译家、出版商和社会活动家。

1806年12月12日，莱瑟出生于普鲁士的威斯特伐利亚。在八岁丧母后，开始跟随祖母一起生活。祖母送他到附近的世俗学校学习拉丁语、德语、希伯来语，同时也让他接受犹太文化教育，如学习《塔木德》等典籍。1824年，因叔叔的关系移民到美国弗吉尼亚的里士满——先是被叔叔送到私立学校学习英文，后又被叔叔留在店铺中工作了五年。在这期间，他曾做过祈祷文诵咏人的助手。这个工作就是带领教众做祈祷和给犹太学校的学生上课等，因而，为他熟悉和掌握西班牙、葡萄牙犹太人的宗教仪式提供了便利的条件。

1828年，莱瑟在《里士满辉格党日报》上开始连篇累牍地发表驳斥反犹主义，替犹太教做辩护的文章。他的这一系列文章很快引起了费城西

---

① Cf. Jules Chametzky, John Felstiner, Hilene Flanzbaum and Kathryn Hellerstein（eds.），*Jewish American Literature: A Norton Anthology*，pp. 84—86.

② 以下介绍性的基本资料主要参见 Jules Chametzky, John Felstiner, Hilene Flanzbaum and Kathryn Hellerstein（eds.），*Jewish American Literature: A Norton Anthology*，pp. 73—74.

班牙和葡萄牙犹太教堂拉比的注意,并被后者聘请为该教堂的祈祷文诵咏人。由于当时在美国了解犹太律法和犹太宗教仪式,并能够带领众人一起祈祷的犹太人很少,所以他欣然地接受了这个职位。莱瑟从1830年起开始坚持用英文布道,利用余暇时间还翻译和自行出版了犹太教科书。此外,他还将自己的论文整理出版。① 他所做的这一切都为犹太教的美国化起到积极的作用。

莱瑟翻译出版了许多作品。其中有不少作品在美国还是第一次出版发行,如他从西班牙文(1837)和德文(1848)译成英文出版的祈祷书,还有从希伯来文译成英文出版的儿童初级读本(1838)、《托拉》(1845)以及整部《圣经》(1853)等,开创了美国犹太文化和文学出版的先河,对推动犹太文化和文学在美国的传播起到了积极的作用。莱瑟的另一贡献是创办犹太杂志。1843年,他创办并编辑出版了当时美国最为成功的犹太人杂志《西方文明》(*Occident*)。这份杂志的主要内容是讨论生活在美国和欧洲的犹太人所面临的种种生存问题,可谓为生活在上述地区的犹太人提供了一个可以抒发胸怀的自由论坛。由于这个杂志与犹太人的生活休戚相关,所以其发行量逾年上升。最初杂志的发行量大约为6 000余册,莱瑟去世时,已上升到了15万册。《西方文明》虽不如怀斯所编辑出版的《美国以色列人》那么具有创新性和文学性,但是它在联结散落在美欧大陆和欧洲各处的犹太人方面作出了卓越的贡献。尤为重要的是,《西方文明》还充当了犹太人在美国传播其宗教传统的工具。

莱瑟在对美国犹太社区和文化生活方面也作出了不少杰出的贡献,如美国第一所社区犹太宗教学校(1839)、第一个美国犹太出版社团(1845)、第一所希伯来语高级中学(1849)、第一个犹太防卫组织(1859)以及美国第一所犹太神学院(1867)等,都是由他一手创办起来的。一般说来,莱瑟与倾向于犹太教自由改革的怀斯有所不同,他对传统犹太宗教更为推崇。虽然他在将用希伯来语写成的法典和祷文翻译成英文的时候,也做了一些适当的修改,但总体说来,他是一位犹太人身份的忠实捍卫

---

① 当时,在美国尚没有犹太人开办的出版社。

者。这正如他在正告那些犹太人以及对犹太人身份持怀疑态度者时,所说的一番话:

> 尽管在你周围有许多不同的观点,但你想对提供给你的各种宗教进行选择却是徒劳无益的,即便你打算抛弃犹太教,你也不会让人类对你的存在方式有半点惊讶,一个孤独而又独特的民族,在生活的各个方面都有着强烈的标记,似乎在人类的生存之流中你染着一种完全只属于你的奇特的颜色。①

显然,莱瑟对犹太民族传统是持有认同态度的。他深知,即便你抛弃了自己的传统和宗教,也仍然不能变成另外一个人。莱瑟对弘扬传统犹太教和捍卫犹太人身份的不懈努力,不仅对犹太教在美国的发展作出了贡献,而且还为美国犹太文学的创作树立了一面旗帜。大致说来,美国犹太教和犹太文学正是沿着怀斯、莱瑟所代表的两条不同道路,即是改革犹太教还是捍卫犹太身份发展而来的。

第三节　最早的犹太抒情诗人和早期的犹太小说家

爱达·艾萨克丝·门肯(Adah Isaacs Menken, 1835? —1868)②通常被认为是美国第一位犹太抒情诗人。美国犹太文学史家索尔·李普特津(Sol Liptzin)曾评价说:"尽管19世纪初期犹太诗人就开始出现在美国场景里,他们主要在盎格鲁—犹太杂志上发表诗作,即便是他们当中那些不

---

① Isaac Leeser, "Discourses on the Jewish Religion" in Jules Chametzky, John Felstiner, Hilene Flanzbaum and Kathryn Hellerstein (eds.), *Jewish American Literature: A Norton Anthology*, p. 75.

② 以下介绍性的基本资料主要参见 Jules Chametzky, John Felstiner, Hilene Flanzbaum and Kathryn Hellerstein (eds.), *Jewish American Literature: A Norton Anthology*, pp. 86—87。

是最有才华的,如爱达·艾萨克丝·门肯或佩尼娜·莫伊斯,也能与新英格兰的大诗人亨利·沃兹沃斯·朗费罗、约翰·格林里夫,或奥利弗·温德尔·霍姆斯相媲美。"①从中不难看出她在当时美国诗坛上所具有的地位。不过,对为其作传记的作家们来说,她的个性、外貌似乎比其诗才更具有魅力。她的传记作家之一 E. C. 梅恩(E. C. Mayne)在1909年的《迷惑男人的女巫》(*Enchanters of Men*)一书中,曾将她列入了最为迷人的女巫之中。她的另外一位传记作家干脆将其书名题为《美女门肯》(*La Belle Menken*,1938)和《迷人的叛逆者》(*The Enchanting Rebel*,1947)。起初,有关门肯的身世众说纷纭。有的传记作者说她的母亲是一位法国人,说她曾受洗礼并取名为阿杜瓦丝·道勒莱姒·迈考德(Adois Dolores McCord)。这些当然是子虚乌有、道听途说的事情。事实上,门肯的生身父母都是犹太人。在她出生后,即取名为爱达·波萨(Adah Bertha)。爱达在21岁的时候,嫁给了一位名叫亚历山大·艾萨克·门肯(Alexander Isaac Menken)的犹太音乐家。婚后,她随夫姓,并将其丈夫的中间名字略作改动(在 Isaac 后加 s)后作为自己的中间名。

爱达从1857年开始在艾撒克·梅耶·怀斯编辑的《以色列人》上发表诗作,其主要诗作有:《犹滴》②(*Judith*)、《我自己》(*Myself*)、《听,啊,以色列!》(*Hear, O, Israel!*)。她的诗作在内容上多是缅怀远古时代以色列人的荣耀,渴望她的人民能重取昔日的辉煌。在爱达看来,犹太人并不是注定要在流亡中消亡,也并非生而注定要遭受世人的蔑视或接受少数人的怜悯、恩赐。她坚信犹太人在不远的将来,即弥赛亚降临之际将最终会得到拯救。所以,她在诗中向她的人民呼吁:

醒来吧! 你以色列家园的灵魂,
　　打断你沉寂的酣睡;
起来! 心贴心——起来! 手拉手!

---

① Sol Liptzin, *The Jew in American Literature*, p. 40.
② 犹滴:古代一位美丽善良的犹太妇女,相传杀亚述大将 Holofermes 而救全城。

>   摒弃一切无谓的争斗！①

她认为"以色列家园的灵魂"不应该再这样沉睡下去了，即为了返回家园和曾经有过的荣耀，犹太人必须"心贴心"、"手拉手"地团结起来。爱达在号召她的人民起来战斗的同时，还对自身的矛盾以及那些麻木不仁的同胞予以了深刻的批评：

> 听，啊以色列！辩护我的事业
> > 以反对那些不信上帝的国家！
> 在爱与和平那可怕的冲突中，
> 我离开了你，我的人民，并将我的色彩斑斓的帐篷
> > 支架在埃及的大地上。
> 我用他们血红色优良的亚麻布缠绕了我的身体。
> 宝石的紫色光芒从我头发的阴影中溢出。
> 他们神庙地毯的银色褶层
> > 伸展在我穿便鞋的脚下。
> 因此，我熟睡了整个白日。
> > 熟睡在日光的蒸发中，
> > 熟睡在战斗与喧闹声中，
> > 惊醒于窒息之中，
> > 惊醒于与死亡的斗争之中！②

犹太人的事业远远没有完成，可不少犹太人已沉沦在"宝石的紫色光芒"和"神庙地毯的银色褶层"中。

---

① Quoted in Allen Lesser, *Weave a Wreath of Laurel*, New York: The Coven Press, 1938, p. 31.
② Adah Isaacs Menken, "Hear, O Israel!" in Jules Chametzky, John Felstiner, Hilene Flanzbaum and Kathryn Hellerstein (eds.), *Jewish American Literature: A Norton Anthology*, p. 92.

多数批评家对这首诗歌持不以为然的态度,但是沃尔特·惠特曼对其评价却甚高。另外一位名叫乔昆·米勒(Joaquin Miller)的批评家说,"如果你喜欢诗歌,喜欢其宏大、崇高、庄严,就拿去这本由爱达·艾萨克丝·门肯写的小书,一页一页地读它。就崇高而言,它是美国迄今为止所有的最好的一本。"[1]应该说,这个评价是中肯的,宏大的主题以及崇高的思想性是构成爱达诗歌的主导特色之一。

遗憾的是,由于某种原因,爱达的丈夫后来破产了。曾学习过舞蹈、演唱和表演等艺术的爱达,为维持家计只好登上了舞台。但是她仍然坚持自己的犹太身份和犹太传统中的禁忌,如自从参加演出以来,她从不在犹太人的"赎罪日"里上台表演。在美国的内战期间,她因同情南方,而被疑为南方间谍,并遭到逮捕。不过,据说翌年,受邀与林肯总统一起吃午饭,席间她还为总统表演了莎士比亚《麦克白》一剧中的"梦游"片断。

在旧金山,爱达被奉为文艺女神,受到当地人民的热烈欢迎。她与马克·吐温、布莱特·哈特、阿逖马斯·沃德以及乔昆·米勒等都是好朋友,但在创作上受沃尔特·惠特曼的影响最大。从上面所选的那首诗中可以看出惠特曼所带给她的影响。爱达在纽约逗留期间,曾与惠特曼会晤过,并称颂他为美国最伟大的思想家,其思想远远超越了他同代的人。[2] 爱达一生经历坎坷,结婚四次,离婚四次,被称为"我们的痛苦之女"。[3] 1868年,她在法国巴黎排练时,颓然倒地,不久便与世长辞。在她生命的最后时刻,许多著名人士都前来探望她,其中包括诗人朗费罗和托马斯·布坎南·里德(Thomas Buchanan Read)等。乔昆·米勒更是充满感情地赞叹道:"用许多书,甚至一书架的书,都写不尽这位犹太女性的外在之美。她虽美在外表,但对我来说,她的迷人之处更在于她的心灵之美;在于她的灵魂和她温馨的同情,她的对一切形式美——色彩、行为、生

---

[1] Joaquin Miller, *Adah Isaacs Menken*, Ysleta, 1934, p. 5; also in Sol Liptzin, *The Jew in American Literature*, p. 58.
[2] Sol Liptzin, *The Jew in American Literature*, p. 58.
[3] *Ibid*, p. 57.

活、心灵以及人性的美好感觉。"①可见,爱达以其不凡的美貌和纯洁、温馨的心灵,得到人们的认可与怀念。

内森·迈耶(Nathan Mayer,1838—1912)②是早期为数不多的几位美国犹太小说家之一。迈耶于1838年出生于德国,1849年随其父亲来到了美国。在德国时,迈耶的父亲是一位犹太拉比。来到美国以后,曾先后担任过辛辛那提(1849—1856)、罗切斯特以及纽约(1856—1859)的拉比。他提倡保守的犹太教,反对美国的犹太教改革运动。同时,迈耶的父亲还是一位作家,曾于1854年在美国出版过希伯来语法书,并曾将《次经传道书》译成德文等。

迈耶在1859年法国与奥地利交战期间曾前往欧洲,在法国军队中担任外科医生。在美国内战伊始,他返回美国并加入北方军队,担任外科医生,后被南方军队俘虏并关进了监狱。释放后,被提升为陆军准将,负责北方军队在北卡罗来纳的医务工作。迈耶的文学作品主要为文学批评和小说。从某种程度上说,他的文学活动是服务于他的宗教意识的。如他曾在一篇评论文章中,通过回顾中世纪犹太人遭受迫害、被驱逐的坎坷遭遇的方式,驳斥了犹太人天生不能拥有土地的观点。他进而指出,犹太人与他们的居住国是同呼吸、共命运的,犹太人为了能够居住在一个他们可以像士兵一样捍卫的国家中,甚至可以放弃自由。

迈耶出版的主要小说有两部:《不同》(*Differences*,1867)和《致命的秘密! 或,密谋与将计就计:一部有关16世纪的小说》(*The Fatal Secret! Or, Plots and Counterplots: A Novel of the Sixteenth Century*,1858)。前者主要讲述了美国内战期间犹太人所经历的艰难困苦;后一部小说则描写了在16世纪宗教审判期间,宗教审判所是如何胁迫、利诱葡萄牙犹太人改宗,而犹太人又是如何最终让阴谋破产并顺利逃

---

① Joaquin Miller, *Adah Isaacs Menken*, Ysleta, 1934, p. 6; also in Sol Liptzin, *The Jew in American Literature*, p. 56.
② 以下介绍性的基本资料主要参见 Jules Chametzky, John Felstiner, Hilene Flanzbaum and Kathryn Hellerstein (eds.), *Jewish American Literature: A Norton Anthology*, pp. 94—95。

离葡萄牙的故事。① 迈耶在小说中,无情地揭露了葡萄牙宗教审判所对犹太人的残酷迫害。迈耶写道:

> 所有的以色列人②都被匆匆忙忙地简短审讯了一番,其中许多人被处以火刑,另有一些人则被处以断肢的酷刑,少数人被处以忏悔或流放。当然,所有的财物都成了国王和神圣特别法庭的财产……这些受谴责的新基督徒的孩子们被流放到非洲的一些岛屿上,他们可以在那里长大,而不知道何谓犹太教,并成为虔诚的信仰基督教的定居者。③

葡萄牙宗教审判所为让犹太人改宗,不仅采取了各种残暴手段,抢夺财产、草菅人命,而且对犹太人的孩子也不放过。迈耶为生活在 19 世纪下半叶的美国读者提供的这部反映 16 世纪反犹主义的小说,反映了作者对自己民族在历史上所蒙受灾难的愤懑,同时也折射出作者的宗教和文化立场。

第四节 爱玛·拉匝鲁斯:一位杰出的犹太女诗人

在这一时期中,最为重要的犹太诗人当属爱玛·拉匝鲁斯(Emma Lazarus, 1849—1887)。④ 爱玛于 1849 年 7 月 22 日出生在美国,是葡萄

---

① Cf. Allen Lesser, *Weave a Wreath of Laurel*, New York, The Coven Press, 1938, pp. 94—95.
② 这里指的是西班牙犹太人伪装成改宗的基督教徒。葡萄牙宗教审判所的执法官发觉后,将这些犹太人送进了监狱——原文作者注。
③ Nathan Mayer, *The Fatal Secret! Or, Plots and Counterplots: A Novel of the Sixteenth Century* in Jules Chametzky, John Felstiner, Hilene Flanzbaum and Kathryn Hellerstein (eds.), *Jewish American Literature: A Norton Anthology*, p. 95.
④ 以下介绍性的基本资料主要参见 Jules Chametzky, John Felstiner, Hilene Flanzbaum and Kathryn Hellerstein (eds.), *Jewish American Literature: A Norton Anthology*, pp. 101—103。

牙犹太人的后裔。她的父亲摩西·拉匝鲁斯是一位殷实的企业家,同时也是拉尔夫·华尔多·爱默生的朋友。爱玛·拉匝鲁斯与康考德文人,如内森尼尔·霍桑、爱默生等交往甚密。而且,她尊爱默生为师,两人的友谊一直保持到1882年爱默生的去世。

爱玛·拉匝鲁斯的第一部作品是《诗与翻译:写于14至16岁期间》(*Poems and Translations: Written between the Ages of Fourteen and Sixteen*, 1866)。1871年,她出版了另外一部诗集《阿德墨托斯及其他》(*Admetus and Other Poems*, 1871),爱默生对这部诗集颇有好评,特别是对其中一首名为《英雄》的诗——爱玛用凄楚、哀婉的诗句,讴歌了美国内战中的英雄,更是令他赞不绝口。总体而言,爱玛的诗颇有内在张力,即她将犹太人的情感和清教徒的信仰,以及希伯来文化和希腊精神等几种不同的力量同时注入诗中,在矛盾、对抗中塑造出丰满、可敬,具有高度民主文化素养的新型美国犹太人形象。

爱玛的诗艺高超,可与朗费罗相媲美。她的《在新港犹太教堂里》一诗,能充分地表现出她的诗歌才能与艺术追求:

> 这里,城镇喧嚣繁忙,
> 海洋冲击和咆哮的声浪也无法闯进,
> 我们伫立着畏惧地泪眼凝视四周,
> 沉思默想那灵魂安息神圣地方。

爱玛是描写氛围的高手,短短的四行诗把读者带进了坐落在新港的静谧而动荡、凄悲而神圣的犹太教堂中。我们在前面的第一节中曾提到朗费罗在诗中,也曾以该地区犹太人的经历、传说为背景,感叹他们的突然"消失"。爱玛的这首诗在写法上似乎受到了朗费罗的启发:尽管朗费罗是以犹太人的"墓地"为抒发情感的载体,而爱玛则主要是通过犹太人的"教堂"来感叹犹太人的命运,但两首诗却都没有离开海浪、灵魂安息、墓碑等意象。重要的是,爱玛在诗中也表达了犹太人在美国流浪的途中"死去"

的悲怆：

> 这里没有生命的迹象：就是那镌刻在
> 　　周围墓碑上的祷文也是用已经死亡了的语言；
> "长明灯"的光照耗尽了
> 　　只有一束不死的光辉散发闪现。

"墓碑上的祷文""长明灯"在这里都是犹太民族的象征，即在作者看来，犹太民族已经死亡，剩下的只是"一束不死的光辉散发闪现"。不过，身为犹太人的爱玛并没有到此止步，而是进而诘问历史为何要给犹太民族如此多的不幸和磨难：

> 这殿堂上献给的是何种的祷文呵，
> 　　自从不知人间欢乐的悲苦的心中挤出，
> 千年孤独地流浪，
> 　　从他们出生地那太阳升起的地方。①

犹太人没有幸福和欢乐，从出生的那一天起，他们就注定要"孤独地流浪"。所以，他们的祷文是由"不知人间欢乐的悲苦"写成的。爱玛的诗虽然沾染着犹太人多舛命运的哀伤底色，但她最终仍宣称犹太民族和其宗教会代代相传。因为，对居住在美国的犹太人而言，"那庄严的神殿还是神圣的。"不管犹太人遭遇怎样的劫难，他们的民族信仰绝不会泯灭。可以说，爱玛的诗歌道出了广大美国犹太人的心声。

除了诗歌以外，爱玛还创作戏剧。她的《死亡舞蹈》(*The Dance of Death*, 1882)是根据发生在 14 世纪欧洲"黑死病"期间，基督教当局残酷迫害犹太人的史料写成的。在"黑死病"流行中，犹太人幸免没有被传染

---

① Emma Lazarus, "In the Jewish Synagogue at Newport" in Jules Chametzky, John Felstiner, Hilene Flanzbaum and Kathryn Hellerstein (eds.), *Jewish American Literature: A Norton Anthology*, p. 103.

上,没料到这成了基督教当局迫害犹太人的口实。他们据此断定是犹太人传播了这场鼠疫,因此,成百上千名的犹太人被基督教当局处死。作品的地点是德国的一个小镇,时间是 1349 年 5 月 4—6 日。作品是由一个拿弗他利人①悲叹犹太人命运拉开序幕的:

> 然而,甚至他[上帝]的恩惠
> 也被我们的敌人变为诅咒。
> 看那毁灭之神在惩罚
> 那邪恶的偶像崇拜者但以色列的大门
> 却未有伤害——他们却叫嚣那古老的罪名——
> 我们招致了黑死病——我们投毒于
> 全城的水井中。②

上帝对犹太人的恩惠,竟变成惨遭杀戮的借口。在灾难面前,犹太人是善良的。当剧中人物拉比克立斯林从法国带来犹太人将要遭难的可怕消息时,城里的犹太人却依然乐观。因为基督教徒国王兰迪格拉夫·弗里德里克的儿子威廉姆王子与漂亮的犹太姑娘莉爱海德正处于热恋中。他们相信这场爱情能保佑他们度过劫难。但是兰迪格拉夫国王却被传言吓坏了,他生怕儿子染病,于是把他囚禁了起来。有一位名叫亨利的基督教徒,由于平素与犹太姑娘莉爱海德的父亲有仇,便趁机怂恿国王下令屠杀"投毒"的犹太人。莉爱海德的父亲为了保护女儿和全城的犹太人,便把莉爱海德是亨利女儿的实情透露了出来。然而,他的这一懦弱行为遭到了全城犹太人的鄙视——他们更愿意舞蹈着走向死亡。这部剧的感人之处是犹太人面对死亡时的傲然态度。

爱玛的一生可谓是为犹太人奔走呼号的一生。她不仅用诗歌和戏剧诉说犹太人的苦难、驳斥反犹主义的言论,而且为了使犹太人能生活得更

---

① 以色列人的一个宗族。
② Emma Lazarus, *Songs of a Semite*, New York: Literature House, 1882, p. 6.

好,她几乎做到了竭尽所能。如为美国犹太移民组建希伯来技术学院和农业社团等而努力工作。特别是她为纽约自由女神像所写的那首脍炙人口的十四行诗,更是表达了她对犹太移民的同情和作为一名美国犹太人的自豪。

第四章 犹太文学的兴起

第一节 从东欧到美国

1881年3月1日,俄国沙皇亚历山大二世被称为"自由主义者"的"革命党人"所暗杀。亚历山大三世上台后,即颁布了反犹法令。该法令规定向犹太人征收高额税金,严格限制他们接受教育、从事职业以及活动的区域等。1882年沙俄政府又颁布了"五月法令",剥夺犹太人赖以生存的土地,将犹太人驱逐出农村。1891年,沙俄当局再次颁布法令,决定将犹太人从莫斯科等城市中驱逐出去。这期间的俄国正经历从农村经济向城市制造业经济转型,全国正值经济秩序混乱、政治动乱不安的时期。沙俄政府为了转移矛盾,便拿犹太人做替罪羊,开始疯狂地迫害犹太人。

在1903年到1906年间,在沙俄政府和反动教会的唆使下,不断发生残酷的血腥"犹太人大屠杀"事件:犹太人的商店和住房被焚毁,妇女遭凌辱,成千上万名无辜的犹太人被杀害。在其他东欧国家,犹太人的遭遇也大致如此。波兰也许更为特殊一些:波兰在历史上多次被德国和俄罗斯等列强瓜分。波兰人民饱受外国侵略者,特别是德国侵略军的欺凌。占波兰人口总数近三分之一的犹太人,更是遭受来自多方的压迫和凌辱。因此,终于导致1881年至1924年间的东欧犹太人向美国的移民大潮,大约有两百多万犹太人从波兰、俄罗斯和罗马尼亚等东欧国家移民到美国。根据美国犹太学者欧文·豪(Irving Howe,1920—1993)的统计,从1881年到1914年的33年间,大约有三分之一的东欧犹太人因不堪迫害而背井离乡,移民到美国。① 他们中的多数人选择在纽约低东部落脚。

美国作家亨利·詹姆斯（Henry James，1843—1916）曾在其旅游札记《美国场景》(The American Scene)中记叙说，他被纽约东部如此众多的犹太移民所震撼。他写道："密密麻麻的人群，我们一跨进东部，还没到达罗特格大街，那密密麻麻的人群就开始没完没了地密集起来。即便是古时以色列的城镇也没有这样密集的人群。处处都毫无疑问地充满着那些挣脱了一切束缚的犹太移民的手势和声音。"② 一方面，詹姆斯的描述真切地道出了当时蜂拥而至美国的犹太移民的"盛况"；另一方面，他同许多美国当地人一样，对这些犹太移民采取抵制的态度。可以说，随着犹太移民的不断涌入，当地美国人也随之分成了对立的两派，支持者自然是热烈地欢迎，鼓吹自由移民的胜利；反对者则呼吁制定法律，限制移民的数量。根据欧文·豪的统计，从1882年到1903年间，美国国会曾五次颁布法律，对移民数量、语言要求等方面都做出了具体的规定。③

一般说来，这些犹太移民在美国的生活大致经历了这样三个时期：挣扎、奋斗和发迹。在1881年到1924年间从德国、俄国、波兰、西班牙、葡萄牙等国家迁移到美国的犹太移民，经过一番艰难的创业和奋斗之后，他们当中的不少人都已发家致富，并跻身到美国中产阶级的队伍中。如由阿道夫·S. 奥克斯、约瑟夫·普利策和爱德华·罗思沃特创办的城市报刊，在市场上获得巨大成功，他们因此也成为一方富翁。当然，更多的犹太人到达美国后从事的是商业和服装等制造业，经营的产品也主要限于珠宝、烟草和酒类等。大多数经济基础较差的犹太移民只能做一些小本生意，经营小杂货店或做上门推销商贩。至于那些贫穷的犹太移民只好去工厂做工，挣血汗工资，勉强维持活命。只有少数犹太移民在美国从事银行业和法律业、做医生或是开大百货商店等。在政治上，他们支持共

---

① 参见欧文·豪：《父辈的世界》，王海良、赵立行译，第56—61页。
② Quoted in Jules Chametzky, John Felstiner, Hilene Flanzbaum and Kathryn Hellerstein (eds.), *Jewish American Literature: A Norton Anthology*, p. 109.
③ 参见欧文·豪：《父辈的世界》，王海良、赵立行译，第52—56页。

和党,个别犹太移民还被选为共和党国会议员。其实,犹太人在美国获得成功也早有先例。如在美国内战时期,犹大·菲力普·本杰明(Judah Philip Benjamin, 1811—1884)就曾历任路易斯安那州议员(1853—1861)、杰弗逊·戴威斯(Jefferson Davis, 1808—1889)则为内阁的大法官、南部邦联政府战时秘书和国务秘书等职。

这些先期到达并富裕起来的犹太移民,对接踵而来的犹太移民予以了同情和关怀。一些犹太社区机构和慈善机构向贫穷的犹太移民发放食物,帮助他们寻找工作和为其提供教育服务等。但是,他们那种略带优越感的帮助,也常常会让被帮助的贫穷犹太移民感到难堪、痛苦。因此说,这些后期到达的犹太移民在处境上更为艰难,一方面需要面对来自社会上的反犹歧视,另一方面还要面对自己同胞的轻视。

在1881年到1914年的这30多年间,犹太教在美国也发生了很大变化。在19世纪六七十年代,美国的大部分犹太教堂在几个来自欧洲的著名改革派拉比的帮助下,逐渐变成了"改革派犹太教"。"改革派"在1885年发表了《匹茨堡宣言》,宣称犹太人仅仅是一个宗教联合体,而不是民族共同体。"改革派"特别强调神学要同自然科学、历史进化原则等密切保持一致。1881年至1882年发生在沙皇俄国的犹太人大屠杀事件,给犹太人的情感造成了巨大的冲击,并导致了犹太复国主义运动的形成。但是在美国,有不少美国犹太移民却强烈反对"犹太复国主义"运动。反对的理由、动机是多种多样的,但主要原因是他们经过千辛万苦,刚刚在美国安顿下来,担心过激的行为会给反犹主义者以借口,从而给他们带来新的灾难。这一点在犹太教的另一个派别——"重建派"的主张中,得到了进一步的阐述。"重建派"者认为,犹太人不是一个国家的概念,而是一个由同一文化所维系的一个"文化同胞"。① 他们鼓励犹太移民热爱他们所居住的国家——美国,要与美国社会以及文化相融合。"重建派"的主张在一定程度上抵制和削弱了犹太复国主义运动在美国的开展。

---

① Cf. Sidney Hertzberg, "A Civilization within a Civilization?", *Commentary*, Vol. I, Nov. 1945—June, 1946, p. 42.

第二节 亚伯拉罕·卡恩：纽约贫民区生活的描写者

犹太移民到达美国后面临着严峻的文化冲突,即他们原先的生活习俗、价值观念、宗教信仰以及所使用的语言都受到了质疑和挑战。按照犹太律法,犹太人在"安息日"这天是不能工作的。但是生活的艰难和工厂主的胁迫,使这些贫穷的犹太移民不得不面对现实。而面对现实的代价,就是必须要违背本民族的戒规。早期美国犹太移民的这种两难境况,在美国犹太作家亚伯拉罕·卡恩(Abraham Cahan,1860—1951)以及玛丽·安亭(Mary Antin,1881—1949)等作品中都得到生动的表现。

亚伯拉罕·卡恩①出生于立陶宛靠近维尔纳的一个小村庄里,拿破仑曾称这个小村庄为立陶宛的耶路撒冷。他的祖上信仰正统的犹太教,祖父是一位犹太拉比;他的父亲是一位幼儿教师,母亲是一位家庭主妇。他曾在教师训练学校上学,学习世俗科目。他熟练地掌握俄语,能够读懂当时的一些文学作品,而且比较喜欢阅读一些较为激进的或反沙皇的文学作品。沙皇在1881年被刺后,他和他的一些朋友险遭逮捕。为躲避不测,他逃离家乡,随着移民大潮来到了美国。19世纪90年代,他才有机会回去探望父母。但遗憾的是,此时他与离开父母时已大不相同,他的思想、生活方式和其父母都已不可同日而语,即与父母间的隔阂已无法弥补了。

亚伯拉罕·卡恩是犹太左翼知识分子的领军人物,著名的编辑和记者,但他写的小说也颇受欢迎。艾萨克·巴舍维斯·辛格在其回忆录《爱与流放,早年生活——一部回忆录》(*Love and Exile,The Early Years—A Memoir*,1984)中说,卡恩对他走上文学创作的道路起到过很大的作用,曾帮助他发表过文学作品。哈钦斯·哈普古德(Hutchins Hapgood)对卡恩的创作评论说,卡恩"无论是说和写都是力图做到直接、

---

① 以下介绍性的基本资料主要参见 Jules Chametzky, John Felstiner, Hilene Flanzbaum and Kathryn Hellerstein (eds.), *Jewish American Literature: A Norton Anthology*, pp. 122—123。

简洁以及富有人道主义精神。作为[纽约]东部作家,他想把那些无知的民众教育成社会主义者"。①

在 19 世纪 80 年代,卡恩成为著名的政治演说家(1882 年,他曾用意第绪语讲解马克思主义)、工会组织者、作家以及当时激进杂志的著名英语和意第绪语编辑。他是著名的意第绪语报——《犹太每日前进报》(*Jewish Daily Forward*)的创建者,并且从 1902 年起到去世一直担任该报的权威编辑。《犹太每日前进报》在他的领导下,不但版面活泼,内容丰富,而且思想倾向性强,所以深受读者的欢迎。发行数量高达 6 000 余份,成为当时美国最为成功的"外文"报纸和犹太世界最为重要的报纸之一。在 1892 年之前,卡恩多用意第绪语为他的报纸撰稿。在此之后,卡恩开始用英文创作文学作品。从他对语言所作出的调整中,不难看出他对美国社会的适应性。

卡恩的小说主要写的是发生在他那一代犹太移民身上的两种文化的冲突与调和。在文学创作上,卡恩十分敬仰列夫·托尔斯泰和契诃夫。但比较而言,他似乎更倾向于近在身边的美国现实主义倡导者威廉姆·迪安·豪威尔斯的创作主张。事实上,是豪威尔斯较先发现了卡恩的写作天才,并建议卡恩去写犹太人在纽约贫民区的生活。卡恩根据豪威尔斯的建议,写出了中篇小说《耶考:一个纽约隔都的故事》(*Yekl: A Tale of the New York Ghetto*, 1896)。卡恩在这部小说中,检讨了美国犹太移民所发生的情感蜕变及其所做的美国梦的幻灭。

小说的主要人物名叫耶考·坡德考夫尼克。他来到美国后,为了使自己的名字听起来更具有美国味,便改名叫吉克。吉克在一家制衣厂工作,但却日夜梦想着成为一名垒球运动员和职业拳击家。他虽然也想节省、积攒下一些钱,以便把还滞留在俄国的妻子和儿子接到美国来,可却不自觉地把钱都花费在了舞厅里。他不断地与其他的女人调情,特别是与一位名叫麦米的荡妇打得火热。可以说,传统的犹太价值观,在美国的

---

① Hutchins Hapgood, *The Spirit of the Ghetto*, New York: Schocken New York, 1965, p. 225.

生活时尚面前开始黯然失色了。卡恩在小说中这样写道,"他在俄国的过去对他来说像是一场梦。他的妻子和儿子、他以前的自我以及他的那些旧时的伙计们都成了迷人的故事中的人物。然而,对这一切他既不愿意从记忆中抹掉,但又无法与他现在在美国生活的真真切切的一切相妥协。"[1]也就是说,对他而言,曾经有过的不可能彻底地丢弃,可归复原来的生活轨迹也是不可能的。所以,当戴着一个巨大的假发,[2]仍是一副虔诚的犹太妇女打扮的妻子吉陶来到他的身边时,他为妻子的寒酸相而感到恐惧和羞愧。尽管他喜欢儿子约塞尔(后来将儿子的名字改为乔伊),但却没有缘由地痛恨妻子。女友麦米为了达到与其结婚的目的,愿意出钱帮助他离婚。然而,当他与麦米再婚后,却发现自己过得一点也不幸福,好像被美国这架机器卷入其中——怅然若失、惶惶不可终日的感觉纠缠着他。一场美妙的美国梦就此破灭了。

这部中篇小说出版后,受到豪威尔斯的高度赞扬。但事与愿违,小说的销售量却不尽如人意。然而,1975 年由乔安·米克林·西尔弗将小说改编成电影《海斯特街》(*Hester Street*,1975)后,却引起很大的轰动,并久演不衰。

卡恩的小说创作主题与当时犹太人的真实生活状态是相一致的,即在描写犹太移民成功地完成对美国文化移入的同时,又不得不面对自身情感和精神双重迷失的痛苦。正如卡恩小说中的一位主人公安娜·特芙金[3]所说:"在我们的心底,我们犹太民族是悲惨的民族……在我们心理上有很宽广的一道创伤。"[4]这其实是作者卡恩的内心独白,或者说民族的创伤性心理是主导他写作的内在精神力量。

1898 年,卡恩出版了短篇小说集《进口的新郎和有关纽约隔都的其他小说》(*The Imported Bridegroom and Other Stories of the New York*

---

[1] Abraham Cahan, *Yekl: A Tale of the New York Ghetto*, New York: D. Appleton and Company, 1896, p. 54.
[2] 犹太妇女结婚时要将头发剃去,佩戴假发。
[3] 安娜·特芙金是卡恩小说《戴卫·莱文斯基的发迹史》中的人物。
[4] Abraham Cahan, *The Rise of David Levinsky*, New York: Harper & Brothers, 1917, p. 443.

Ghetto, 1898)。其中,有一篇名为《隔都的婚礼》(*A Ghetto Wedding*)的短篇小说,读来耐人寻味。这篇小说讲述了一对在血汗工厂(服装厂)工作的年轻恋人——格尔迪和内森为了筹备婚礼而不得不煞费苦心的故事。他们的婚礼即将举行,但由于收入微薄,根本无法承担婚礼的费用。于是,他们只好把希望寄托在客人们的礼物上,祈祷客人所送礼物的价值能超过他们的支出。然而,来的客人都是像他们一样穷的人,结果可想而知了。婚礼结束后,这对希望落空的夫妇孤独、凄凉地走在漆黑的街道上,跌跌撞撞地朝自己寒酸的家走去……但是,涌上心头的爱意和婚礼的余兴又让这对新婚夫妇很快把烦恼忘掉了。卡恩在小说中虽写了不少犹太人愁酸悲苦的不幸遭遇,但他所渲染的那份贫穷中的忘我之爱,也着实令人感动。比较之下,《进口的新郎》可能更能体现出卡恩对犹太移民复杂心境的把握。

《进口的新郎》的女主人名叫弗罗拉·斯特隆。她深受美国文化的影响,是一位充满现代意识的犹太女性。当父亲和女佣在做祈祷时,她却埋头阅读狄更斯的小说。她对婚姻大事有自己的想法,希望能嫁给一位有着良好教养的,诸如医生之类的男人。可父亲却对其民族之外的男人不放心,趁回国探亲之际,擅自主张给她"进口"了一位精通《塔木德》、博学多才的新郎。在他们的家乡,像这样博学的年轻人总是很受姑娘青睐的,但具有现代思想的弗罗拉却对这位"进口"新郎不以为然。她对他说:"先生,你最好走吧。你以为你将成为我的新郎,那你可是犯了一个可悲的错误。"[1]但是固执的父亲根本不顾及女儿的感受,还是坚持了这门婚姻。然而,不久,弗罗拉的父亲发现自己打错了算盘。这位"进口"新郎自"入住"美国后,很快就发生了变化:从一位《塔木德》的研习者变成贪图享乐、嗜烟如命的浪荡子,甚至就连他与弗罗拉的婚礼也没有按犹太人的习俗举行。婚后,他更是把弗罗拉置于脑后,而整日与一帮激进的知识分子混在一起。面对这一切,弗罗拉的父亲只能感叹道:"都是美国干的。"[2]

"都是美国干的"是卡恩创作中的一个十分重要的主题。他的自传体

---

[1] Abraham Cahan, *The Imported Bridegroom and Other Stories of the New York Ghetto*, New York: Houghton, Mifflin and Company, 1968, p. 53.
[2] *Ibid.*, p. 111.

小说《戴卫·莱文斯基的发迹史》（The Rise of David Levinsky, 1917）以其生动的艺术形象，再次成功地表达了这一主题。

这部小说主要讲述了一个名叫戴卫的犹太少年的成长经历。戴卫生长在俄国的一个名叫安陀米尔的小村庄。这个村庄像其他所有的犹太人的村庄一样，有自己的教堂、小学、破败的房舍、贫穷的犹太人以及对这些贫穷犹太人虎视眈眈的哥萨克兵。安陀米尔村虽不算大，但因学校特色而闻名遐迩，以至远近几个省份的犹太学生都慕名前来求学。小说主人公名叫戴卫，他的母亲鼓励他要好好地在这里学习，让他们的"敌人"，也就是那些敌视犹太人的人看了眼馋。但是悲剧很快发生了，戴卫的母亲为了保护犹太人为"复活节"制作的彩蛋，与非犹太人发生了冲突。出于报复，他们把戴卫毒打一顿，后又把其母亲杀害了。母亲死后，戴卫只能寄住在明斯克家。这家人追求"现代"的生活方式，这使戴卫以往的生活信念受到了挑战。加之，戴卫平素最要好的朋友背叛了犹太教，这让戴卫在惊讶、难过之余也开始反思自己。1881年至1882年，在俄国发生了"犹太人大屠杀"事件以后，戴卫决定到美国去。这个消息对安陀米尔村的拉比来说，简直是一个晴天霹雳。他绝望地哀叹道："到美国去！世界的主！犹太人会忘本的！"①戴卫对拉比的安慰是："在美国也有好的犹太人，他们没有忘记《塔木德》。"②然而，拉比的话还是言中了。戴卫一抵达美国纽约后，便开始明显感觉到其宗教信仰、穿衣打扮以及饮食习惯等，都处处表现出一副怪异的样子，与周围环境极不协调。他说：

> 我到纽约时，如果你是我这一类型的犹太人，试图让你的宗教适应你的环境氛围，那肯定要失败。而且，败得很惨。我所穿的衣服和我所吃的饭对我的宗教习惯有着致命的影响。像我这样的穿着浆过的衣领和打着领结长大的犹太人，如果写书，那么整本书都会受到这些服饰的影响。我迟早会让理发师剪掉我那些长出来的胡须，这是不可避免的。③

---

①② Abraham Cahan, *The Rise of David Levinsky*, New York: Harper & Brothers, 1917, p. 61.
③ *Ibid.*, p. 110.

生活在美国这个充满诱惑与机遇的"大熔锅"里,戴卫不可避免地选择了改变"穿着浆过的衣领和打着领结长大的犹太人形象"。有一天,一个小商贩对他说,他留着胡须、鬓发的样子,使他看上去像是一个刚出道的"生手"。于是,他把胡须和鬓发都剃掉了,即抛弃了犹太人用于自律的613条律法。在做完这一切之后,他终于感觉自己不再是"生手"了。他开始为自己的前途筹划,最初计划着去大学读书,但由于生活所迫,只好先到制衣厂去打工。

应该说,戴卫比卡恩小说中的其他主人公更为幸运。因为,经过一番残酷的生存竞争,他终于从一个挣血汗工资的工人变成了百万富翁。代价是他抛弃了犹太人的上帝,转而变成信奉赫伯特·斯宾塞的社会达尔文主义的自由主义者。"适者生存"成为他的生活信条和准则。

戴卫和他的那一代移民一样,忠诚美国远胜于自己的民族。他们把美国当成了真正的家园,"在这面旗帜下我们不会遭受迫害。我们终于找到了一个家。"[①]戴卫还曾这样描述他们对美国和对自己民族传统的不同感受:一帮犹太人在一起听音乐会时,对意第绪歌曲会无动于衷的,但美国国歌则会让他们肃然起敬,立即站立起来。卡恩在小说中通过一系列细节安排和外部描绘,令人信服地说明戴卫是如何一步步地抛弃他的犹太性的:他不再使用犹太人的语言,不想读用意第绪语写成的文章;他不再去犹太教堂,也不再回忆抑或记起他的过去、家人和家乡;他早已没有了沉浸在《塔木德》中的习惯,更不再为那些还在欧洲或巴勒斯坦等地挣扎着的同胞们担忧。他已成为一个彻头彻尾的"美国人"。然而,戴卫融入、挤进美国富人社会所花费的代价却是十分昂贵的:他不但牺牲了一切能够维系身为犹太人的宝贵的民族遗产,而且与他事业的成功相比,个人生活充满不幸:他没有结婚,更没有孩子。而对犹太人来说,孩子是至关重要的一件大事,因为这关系到能否延续民族生存以及承继犹太教等大是大非的问题。卡恩将所有的这一切最终归结为"都是美国干的",在揭示美国社会的"腐蚀性"的同时,也深刻地反思了犹太人自身所存在的问题。

---

① Abraham Cahan, *The Rise of David Levinsky*, p. 424.

一般说来,《戴卫·莱文斯基的发迹史》在一定程度上反映了早期美国犹太移民的真实生活,以及在与美国社会"同化"过程中所产生的一些严峻问题。但从严格的意义上来说,卡恩在这部小说中更多地实践了豪威尔斯所提出的写生活中"微笑的一面"的创作主张。他回避了更能表现早期美国犹太移民真实生活的另一侧面,如欧文·豪在《父辈的世界》里所描述的那些穷困潦倒的犹太移民在美国社会"排犹""反犹"中是如何在生活中挣扎或颓然死去;发迹的犹太老板是如何剥削、压迫自己的同胞;虔诚的犹太人如何忧心忡忡、不知所终;犹太知识分子怎样为了自己的信念而奔走呼号;以及积压在犹太移民心中无法排遣的郁闷——他们虽然逃离了迫害他们的国家,但对苦涩、悲凉的过去却又有着难以忘记的复杂情怀等。卡恩对这一题材选择、处理方法与其说是他的兴致所在,不如说是为了满足英语读者的阅读期待有意识而为之的。换句话说,卡恩在创建小说话语结构的时候,考虑更多的是占社会主流地位的非犹太读者的口味,而不是犹太人的真实处境。由于卡恩在故事的叙述中采用了将作者自己与叙述者混为一体的叙事策略,有时甚至直接以作者的身份进行叙述或议论,因此,他以让小说的主人公戴卫成为殷实、成功的工厂主来收尾,在很大程度上反映了他自己想成为一名成功的美国人的愿望。

《戴卫·莱文斯基的发迹史》在结构上有些松散,经常会出现游离主题之外的情节。如小说中穿插了不少女性人物,但看不出作者让这些人物出场的真实用意之所在。而且,每当出现这种情况时,作者总是毫无例外地站出来以叙述者的口吻解说这些饱受《塔木德》浸润的犹太人的心理,同时还作出一些不合时宜的议论等,给读者一种说教的感觉。当然,这种议论偶尔也有做得恰到好处的时候。例如他借用《圣经·诗篇》中的第104首"称颂创造主",作为他判断戴卫·莱文斯基对美国的认识的一个根据:"因此,我祈祷上帝不要将他的形象藏匿,而要他向我伸开双手;让我记住:我的母亲是被非犹太人所谋杀的;此刻的我正走向陌生的土地。"[1]在文本中插入这样的议论,虽说与整个小说的故事情节有所矛盾,

---

[1] Abraham Cahan, *The Rise of David Levinsky*, p. 87.

而且也给读者设下含混不清的阅读障碍,但却很有力度地彰显出嵌入在戴卫·莱文斯基的身上,实际也就是作者骨子里的民族悲剧意识。

在围绕着卡恩这部小说所展开的批评中,美国犹太学者艾萨克·罗森费尔德对它的解读尤其值得重视。1952年,艾萨克·罗森费尔德在对《戴卫·莱文斯基的发迹史》做出重新评价时说:"莱文斯基的性格是因饥饿形成的。他生活中的经历——贫穷、愁惨、孤儿、历年的宗教学习和性压抑、母亲自我牺牲的爱以及在暴力中的惨死,所有的这一切经历作为普通因素,共同构成了他性格中永久不满的内核。"①罗森费尔德的上述分析,实际运用的是心理分析理论。他从莱文斯基的童年经历以及成长史中得出了这样的一个结论:莱文斯基被"剥夺"的经历,对他性格的形成以及成年后的思维、行为方式都有着非常深刻的影响。换言之,莱文斯基虽然长大成人了,但在其生长期内所形成的被"剥夺"的心理定势,一直都在跟随、制约着他。而这种被"剥夺"的心理定势,在莱文斯基那里通常表现为强烈的"饥饿"感。罗森费尔德是这样界定"饥饿"的:

> 就饥饿来说,从这个词的更为广义,甚或说从我所用的形而上学的意义上来说,不只是指出自诱发渴望免除痛苦和改善处境这样一种紧张状态;严格说来,因为渴望是在它的征兆下形成的。渴望与它相同,将它转化成所有价值观念的主要来源。因此,人在追求他认为令人愉快的和好的事物中,又会在努力逃避的同时回转到他的渴望之中。②

饥饿与渴望是一回事,或者说饥饿导致了渴望,渴望又促使人不断地去追求。总之,在罗森费尔德看来,莱文斯基之所以要不惜一切代价地追求成功,归根结底是由他的心理定势,即饥饿——渴望所决定的。罗森费尔德

---

① Isaac Rosenfeld, "The Fall of David Levinsky", *Commentary*, 14: 2 (1952); Reprinted in Mark Schechner (ed.), *Preserving the Hunger: An Isaac Rosenfeld Reader*, Detroit: Wayne State, 1988, p. 155.
② Quoted in Mark Schechner (ed.), *Preserving the Hunger: An Isaac Rosenfeld Reader*, pp. 155—156.

认为,这种"饥渴导致渴望说"可以用来解释整个犹太人的生存状况。他从考察犹太人的文化心理入手,指出犹太人年复一年地渴望能回到自己神圣的家园——耶路撒冷,并认为犹太人的这种渴望已成为一种民族的存在方式和生存目标,一种与世界关系的最原始形式。然而,在现实生活中,犹太人又宁愿时时抱有这种渴望而不愿意真的去实现它。这是一种很微妙的,抑或说不能言传的特殊的民族情结。应该注意的是,罗森费尔德除了把渴望与物质利益联系在一起外,还把渴望引申到更深层次的精神满足。他在文中把犹太人的渴望回归耶路撒冷的民族情结与美国人的奋斗精神相联系。美国人尽管热衷于追求物质利益,但也有"金钱不是一切"的说法,这表明他们并不相信物质上的成功能确保个人的幸福。这一认识将引导人们去渴望、寻求另外一种更深层次的满足感。应该说,罗森费尔德的这种解读不仅帮助我们认识到卡恩的个人经历与其作品之间的关系,还让我们了解到犹太文化的一些深层次的意蕴,为美国犹太文学的文化解读提供了一种范式。

第三节 《应许之地》:"再生"的玛丽·安亭

玛丽·安亭(Mary Antin,1881—1949)[①]是这一时期中另一位重要的美国犹太女作家。1881年,她出生于俄国犹太人居住区的一个名叫波罗特斯克的隔都里。玛丽·安亭是家中六个孩子中的第二个女孩。她的父亲是一位鞋匠,私下里教女儿们学习希伯来语。1891年,父亲的生意倒闭,窘迫之下去了美国。1894年,父亲将全家人带到了美国波士顿。

玛丽初到美国时,在一家女帽及妇女头饰厂当学徒。随后,她进入一所语法学校学习。她学习努力,进步很快,在很短的时间内就熟练地掌握

---

① 以下介绍性的基本资料主要参见 Allen Guttmann, *The Jewish Writer in America: Assimilation and the Crisis of Identity*, New York: Oxford University Press, 1971, pp. 25—28,不另作注。

了英语,并能用英语写作散文和诗歌。在老师的帮助下,她的这些散文和诗歌先后发表在波士顿地方报纸上。她也随之逐渐有了些名气,成为同学们学习的楷模。1899年,她的第一部作品《从波罗特斯克到波士顿》(*From Plotzk to Boston*)问世。这部作品最初是用意第绪语写成的,后在当地犹太拉比的帮助下,译成了英文。该书主要记述了作者从波罗特斯克隔都到波士顿的旅途见闻。这原本是玛丽在1894年写给叔叔的一封长信,经她重新改写后以旅游札记的形式出版。该书出版后销售量不错,为玛丽带来一笔可观的收入。她用这笔钱进入波士顿最好的一所女子拉丁文学校。毕业前夕,她与路德教神职人员的儿子、刚刚获得哈佛大学地质学和古生物学博士学位的阿玛迪厄斯·威廉·格拉博结婚。婚后,她随丈夫去了纽约,并在1901年至1904年间到哥伦比亚师范学院和巴纳德学院学习。不过,她没有能够在此拿到学位。

1910年,玛丽回到波罗特斯克。她的这次故地重游和其好友约瑟芬·拉匹鲁斯(她是诗人爱玛·拉匹鲁斯的妹妹)的不幸去世,激发了她从事其自传体小说《应许之地》(*The Promised Land*, 1912)的写作。从1911年11月起,这部自传体小说开始在《大西洋月刊》上连载,1912年便以书的形式出版发行。与玛丽的第一部小说相比,这部自传体小说的"期待视野"发生了很大的转变。换句话说,她的这部自传体小说所面对的主要是非犹太读者,亦即她用东欧犹太移民的语言与文化来"教化"美国非犹太读者,让他们在聆听她赞美美国的同时,又深深地同情这些远涉重洋、饱经艰辛地来到美国的犹太移民。

这部自传体小说《应许之地》以事件为线索,从多个层面记叙了她以及她的亲人在沙俄时代俄国和后来移居到美国的生活遭遇。玛丽在这部自传体小说的开篇,首先描述了犹太人所经受的精神压抑、困惑以及与非犹太人间的关系。她写道:"在我还是一个小姑娘的时候,世界就被分成了两个部分:波罗特斯克——我居住的地方,和那个被称为俄国的陌生的地方。"[①]也就是

[①] Mary Antin, *The Promised Land*, Boston and New York: Houghton Mifflin Company, 1912, p. 1.

说,对一个犹太小姑娘而言,除了她所生活在的波罗特斯克这个狭小的空间外,其他的一切都并不属于她。然而,更为不幸的是,她的生活不仅受到地域上的限制,而且还受到来自异族人的压制与迫害。她从孩提时代起,就学会了对异族人的逆来顺受:"接受非犹太人的使唤就像接受天气一样。这个世界是按一定的方式做成的,我不得不生活在其中。"①

玛丽除了要承受来自非犹太人的歧视外,还要接受波罗特斯克镇严格的犹太宗教礼仪和生活习俗的洗礼。正如我们所知,正统的犹太教是重男轻女的,女人只能料理家务和侍候男人,没有资格看书学习或参加重大的社区活动。生活在这里的少女玛丽只能眼巴巴地看着弟兄们走向学校,或躲在角落里羡慕地聆听他们大声地朗读课文。她在这部自传体小说中曾这样记述了身为女人的痛苦:

> 安息日下午老师来到家中当着全家的面,检查男孩子的作业。全家人围坐在桌子旁,如果男孩子读书读得好,大家就满意地频频点头。然后,男孩子就会得到一大些好吃的果酱和夸奖,并得到祝福,他们也真的得到了许多。怪不得他说,他在早祷[按习俗要求]中说,"我感谢你,主,没有把我造成一个女的。"做女孩可得不到什么……女孩不能做学者。②

不管是女人还是女孩,凡是出生在犹太人的家庭就注定了"得不到什么"。不过,玛丽的状况在全家迁移到美国后便得到了改观。她的父亲打破了女孩子不能读书的陈规陋习——不但让玛丽学习希伯来课程,还开始让她接受犹太教的训导。玛丽通过使用这种对比记叙的手法,表达了自己对移居到美国这片"应许之地"的内心感激之情。

但移居到美国后的玛丽仍然有不少的困惑。她开始对父辈信仰的宗

---

① Mary Antin, *The Promised Land*, p. 5.
② *Ibid.*, p. 33.

教提出了质疑。她像这部自传体小说中的人物一样向老师发问:"谁创造了上帝?"①同样,她也像这部自传体小说中的人物一样,从没有得到过一个令自己满意的答案。玛丽开始试着挑战上帝:在一个安息日里,她有意识地将手绢装在口袋里上街,以此来违反在犹太教的安息日里不能带东西上街的规定。在一个偶然机会下,玛丽发现父亲在安息日这一天也有"秘密"——他趁家人熟睡后,悄悄地将油灯一点一点地拧小,最后完全熄灭。她明白了,原来违反、挑战犹太教教规的并不只是她一个人。

不过,在美国这片充满希望的土地上,宗教的困惑对玛丽而言已经不是主要的问题了。美国已经成为玛丽及其家人渴望发生奇迹的"应许之地"。所以,当玛丽接到父亲让全家人立即动身去美国的信时,激动不已,"星星变成了上百万个太阳。风儿从外面吹进家中,在我耳畔轰鸣。'美国! 美国!'"②美国没有让玛丽失望,自从她踏入这块国土后,感觉一切都是那么的如愿以偿:顺利地从大学毕业,并且还幸运地嫁给了一个路德教牧师的儿子。每每想到自己和乔治·华盛顿一样都是美国公民时,她都会激动得战栗不已。她虽然有时也怀疑犹太人是否能彻底地皈依异教,但是,她在美国的亲身经历和她对美国的无限憧憬让她认识到自己对美国的皈依是自己生命的"再生"。她无限感慨地写道:"我仿佛死去一般地重生了,因为我与故事中所谈的我完全不同了……我的再生不亚于一次真正的出生,因为在我的再生中并没有什么明显的化身。"③对她来说,这种"死去一般地重生"的感觉是由美国这个"应许之地"赠与她的礼物。因此,她在"自传"的结尾充满激情和希望地写道:

不! 不是我属于过去,而是过去属于我。美国是最为年轻的国家,继承历史上所有的东西。而且,我是美国最年轻的孩子,传到我手中的是她所有无价的遗产,直到最新的从望远镜中观测到的白星,到最新的伟大哲学思想。我所拥有的是整个庄严的过去和光彩夺人

---

① Mary Antin, *The Promised Land*, p. 115.
② Ibid., p. 162.
③ Ibid., xi.

的未来。①

玛丽的这番总结是站在主人公的立场上有感而发的,即她无论在情感上还是道义上都已把自己视为美国社会中的一员——身上肩负着"所有无价的遗产"的"美国最年轻的孩子"。玛丽对自己能够融入美国社会之中的欣喜之情溢于言表。

从某种意义上说,《应许之地》诉说了一位从生活的重负和严酷的种族歧视下,得以解脱了的年轻犹太移民所掩饰不住的喜悦与自豪。不过,通篇读下来,令人感觉作者本人的幸运使她忽略了那些挣扎在社会底层、靠血汗钱养家糊口的普通犹太移民的感受。她似乎既没有经历过犹太移民在纽约艾丽斯岛的遭遇,也没有看到或加入涌动在纽约东部的人潮;她似乎并不知道纽约除了欢乐、笑声和成功的故事外,还有许多无家可归的犹太寄宿者、遗弃者的悲惨遭遇;美国社会对犹太人的漠视,甚至歧视以及发生在犹太家庭中"两代人"的冲突等等,似乎她都无所耳闻。她的笔下除了欣喜还是欣喜。应该说,一部真正的犹太移民史绝非是像她所叙述的那样富有诗意和一路凯歌。但是,我们从她在传记中所透露出来的对家乡的无限缅怀,也可以看出曾有过的生活并不能彻底地被忘却,"美国化"或者把美国当成"应许之地"更多的不过是一种理想寄托罢了。

《应许之地》出版后,玛丽写了一个短篇小说《谎言》("The Lie",1913)。其所表达的思想内容与前者是一致的,即在对美国社会认同的前提下,表达了她想融入美国主流社会的迫切心情。

小说主要是在一位美国女教师——拉尔斯顿小姐和一位犹太移民的孩子——戴卫之间展开的。犹太移民鲁丁斯基为了让儿子戴卫能接受美国教育,以使他将来能成为美国公民,便向校方谎报了戴卫的年龄(少报了两岁)。由于年龄的关系,入学后的戴卫在同学中显得拘谨、孤单。这时任课老师拉尔斯顿小姐向他伸出了热情之手,不但帮助他学

---

① Mary Antin, *The Promised Land*, p. 364.

习,还让他参加班级节目的排练并让他担任重要的角色。戴卫被拉尔斯顿小姐深深地感动了,拉尔斯顿小姐的心灵在他看来,就像是"一面照耀所有崇高思想的镜子"。① 因此,他为自己在年龄上说谎一事感到万分羞愧,结果一病不起。拉尔斯顿小姐亲自登门来看望病中的戴卫,这让戴卫一家人受宠若惊、感激涕零。玛丽在故事的结尾这样写道:"拉尔斯顿小姐永远都不会忘记接下来的时刻,戴卫也永远不会忘记。这个女人总是想起那躺在昏暗角落里的男孩的目光是如何的灼热。那男孩也总是记起他老师的声音如何在他心上悸动,她那双冰凉的手放在他的手心里以及屋里的灯光如何在她的头上罩出一个光环来。"②拉尔斯顿小姐在灯光的照耀下,显得格外可敬与伟大。如果这是发生在同一个民族间的故事,拉尔斯顿小姐的举动自然没有什么更深刻的寓意。但是《谎言》的作者和小说中的戴卫及家人都是犹太人,那么他们眼中拉尔斯顿小姐就超出了教师的身份,而成为美国这一"应许之地"的象征。也就是说,他们对拉尔斯顿小姐的感激、敬佩,实际是对接纳、收容他们的美国表达敬意。

《谎言》中有一个细节描写是耐人寻味的。当戴卫被安排演唱《美国》这首歌曲时,他拒绝了。经拉尔斯顿小姐的再三询问,他道出实情:这首歌是讴歌美国国家开创者的,"我的父辈没有死在这儿。我怎么能唱这样的谎言呢?"③拉尔斯顿小姐对此的解释是:"我们将会发现你们这个民族的人民——就像你的父亲,戴卫——无论在何地,只要得到允许,他们就加入为自由而战的行列中。甚至在这个国家——戴卫,我将会给你找出有多少犹太人参加了独立革命……一个人只要勇敢,我们就不管他的信仰如何。"④在这里,玛丽借美国女教师之口,为把美国看成是自己的祖国找到了一个理由。这也说明作者对自己的身份和归宿是很在意的。

---

① Mary Antin, "The Lie" in Jules Chametzky, John Felstiner, Hilene Flanzbaum and Kathryn Hellerstein (eds.), *Jewish American Literature: A Norton Anthology*, p. 200.
② *Ibid.*, p. 206.
③ *Ibid.*, p. 194.
④ *Ibid.*, pp. 194—195.

第四节　安吉娅·叶吉尔斯卡与安娜·玛高林

　　安吉娅·叶吉尔斯卡(Anzia Yezierska, 1885—1970)[①]是另一位重要的犹太女作家。她的作品主要是反映了那些深受迫害和贫困潦倒的东欧犹太人移居到美国后的生存状况。她笔下的主人公多为女性，主要描写她们在与美国社会"同化"的过程中，如何一步步与犹太文化传统相背离的过程。从某个角度说，叶吉尔斯卡对美国犹太文学的最大贡献，是她塑造出了一系列个性独立、勇于追求个人幸福的犹太女性形象。

　　安吉娅·叶吉尔斯卡于1885年出生于靠近华沙的一个名叫普林斯克的隔都里。据她女儿的回忆，她母亲从来不知道自己确切的生日，总是将生日换来换去，结果是越换越年轻。1898年她全家移民到美国，投奔到先于他们移居到美国的大哥迈耶那里。一家人在纽约低东区安顿下来，父亲在家研习圣书，母亲靠给人家做下人，维持全家的生活。尽管家中生活拮据，但父母还是支持她的兄弟们去接受高等教育。而她只读了两年小学就不得不辍学去血汗工厂做工和在家做家务。她的姐姐们出嫁早，但由于与父亲在许多问题上观点不同，如瞧不起他的保守思想等，而争吵不断。不堪忍受家庭纠纷的安吉娅·叶吉尔斯卡，只好搬到一所女子寄宿学校居住——她决定读书，这是一所由德国犹太移民于1897年建立的商业学校。安吉娅·叶吉尔斯卡因学习成绩优异，获得了四年奖学金，遂能到哥伦比亚大学学习。但因她没有高中毕业证书，只好求人编造了一个，并且向担保人保证学习家政专业以便为犹太社区服务。在大学期间，她开始涉猎诗歌和哲学，并且熟练地掌握了英语语言。从1908年到1913年，她在一所小学教书，有时也去旁听戏剧课。

[①]　以下介绍性的基本资料主要参见 Allen Guttmann, *The Jewish Writer in America: Assimilation and the Crisis of Identity*, New York: Oxford University Press, 1971, pp. 33—35; Charlotte Goodman, "Anzia Yezierska" in *Twentieth-Century American-Jewish Fiction Writers*, Detroit: Gale Research, 1984, pp. 332—335, 不另作注。

安吉娅·叶吉尔斯卡于1910年结婚,但婚后不久即解除了婚约。1911年,她再次结婚,并于1912年有了一个女儿。1913年,她的婚姻再度出现了危机。在这期间,她写出了第一篇短篇小说《免费度假房舍》("The Free Vacation House")。这个小说的主要内容是控诉了那些所谓慈善机构如何像管理犯人一样监禁房客的。小说于1915年发表。翌年,她离开丈夫,和女儿一起搬到了旧金山,并于同年与丈夫解除了婚约。不久,她又返回纽约,从事于教育事业。在这期间,她认识了在哥伦比亚大学任教的世界著名教育家约翰·杜威。杜威曾给她写过不少热情洋溢的信件和诗歌,并鼓励她写作。安吉娅·叶吉尔斯卡在其小说《我永远都不可能十全十美》(*All I Could Never Be*,1932)和《白马颈上的红丝带》(*Red Ribbon on a White Horse*,1950)中,婉转地记叙了自己与杜威之间的爱情历程。在叶吉尔斯卡看来,虽然她与杜威之间的爱情在现实生活中无法实现,但却是两种文化理想融合的典型。重要的是,她在上述小说中所描写那位非犹太人老师和求婚者,成为其日后小说中的一个原型,并借此考察犹太移民女性是如何从一个蹩脚的移民,逐步转变成一个地道的美国人的。

1920年,安吉娅·叶吉尔斯卡出版了其第一部短篇小说集《饥饿的心》(*Hungry Hearts*,1920)。好莱坞的电影大亨看中了她的作品,并将它们改编、拍摄成无声电影。这部短篇小说集开篇的第一个带有寓言性质的故事为全书定下了基调。这个故事讲述了一位名叫史娜·匹萨的姑娘的生活际遇。史娜·匹萨年约21岁,是个看门人。她居住在暗无天日的地下室里,常常为自己无家可归的命运哀叹:"我的心像监狱一样闷塞!"①就像有关王子童话故事中所讲述的那样,有一天,一位相貌英俊的陌生男子突然闯入了她的生活。他是一位从事教育研究的工作者,此时正在对有关"俄国犹太人的教育问题"进行社会调查。他在史娜工作的地方租用了一间房子。他被史娜的纯真、可爱所迷住,同时又为她渴望学习

---

① Anzia Yezierska, *Hungry Hearts*, Boston and New York: Houghton Mifflin, 1920, p. 1.

的热情所感动。史娜对他说:"书就像给我长了翅膀,让我有更高的思想。"①在接触中,史娜觉得这位社会学家很有学问,似乎就是上帝送来的正在寻找妻子的摩特凯。而且,他还带史娜到波士顿公共图书馆,在这里她从玛丽·安亭的作品中找到了自己真正想要的东西。不久,两人开始相爱了。但是,美国并不是什么人间乐园。迫于种种压力,史娜的白马王子不久便悄然搬走了。

失恋后的史娜只好在书本中寻找安慰。这位社会学家尽管具有童话中"王子"般的情愫,但最终却不能像王子那样逾越社会的偏见与陋习。

史娜这一人物形象在其第二个短篇小说——《饥饿》("Hunger")中再次出现了。在这里,她向同情自己处境的一位名叫山姆·阿肯的年轻人讲述她是多么眷恋故乡,而厌恶这个没有爱的美国。她说:"我爱那里的房子,用草盖成的屋顶,还有那泥土街道、牛、孩子和山羊。没有了这些,我总感到心疼。"②然而,当山姆·阿肯向她求婚时,却遭到了史娜的拒绝。她告诉山姆·阿肯,她仍然爱着那个社会学家,爱着他所象征的那个更为宽广的世界。她说,"我内心的这团火,不只是一个女人想要男人——而是在我背后我的整个民族所有的人民,不分男女老幼,都渴望光明,都渴望着能生活得更好一些!"③可见,在安吉娅·叶吉尔斯卡的早期作品中,这种渴望得到而又难以得到的爱,构成了她作品的主导基调。

安吉娅·叶吉尔斯卡在20世纪三四十年代创作的小说,主要反映了美国犹太移民"两代人"之间的矛盾与冲突。在她的笔下,年轻一代的移民在获得成功后,便看不上年老的一代,并为他们的保守而感到羞耻。或者说,年轻的一代试图把年老的一代"美国化",而年老的一代则固守自己的传统,"两代人"的冲突由此便不可避免地产生了。安吉娅·叶吉尔斯卡对此曾写道:"我开始在美国出生的[犹太人]和我自己之间建造一个桥

---

① Anzia Yezierska, *Hungry Hearts*, p. 7.
② *Ibid.*, p. 56.
③ *Ibid.*, p. 63.

梁。既然他们的生活像我的生活一样都是闭锁的,我开始向他们开放我的生活和我的人民的生活……在写有关隔都的同时,发现了美国。"①对叶吉尔斯卡来说,美国是一个不可思议的国家。一旦踏上这块土地就面临着被"改造"的命运。于是,她试图通过作品去理解那些出生于美国的年轻犹太人,向他们开放自己的,同时也是民族的心灵。因此,在她的小说中,"两代人"的冲突常常转而侧重描写年轻一代人的精神"悬空":他们既无法彻底地摆脱掉那虽严格但却色彩斑斓的传统文化的影响,又不能完全融入他们津津乐道、孜孜以求却又冷漠无情的"新世界"中。

安吉娅·叶吉尔斯卡曾被邀请到好莱坞写电影剧本,但她在那儿待了不长一段时间又回到了纽约。她发现离开了自己所熟悉的隔都生活,根本无法进行创作。这一点不仅说明了创作与生活的密切关系,更说明了犹太移民的所谓"同化"从来都是令人怀疑的。

这一时期最为著名的女诗人是安娜·玛高林(Anna Margolin, 1887—1952)。② 她的真实名字叫罗萨·李本斯鲍姆(Rosa Lebensboym)。她于1887年出生于白俄罗斯的一个名叫布莱斯特·里托富斯克的城市里。她的父亲起先信仰哈西德教派,后来转而笃信犹太启蒙思想和犹太复国主义。安娜·玛高林在奥德萨读完高中后,于1906年移民到美国。来到美国后,她即刻热爱上了哈依姆·吉特夫斯基博士所宣扬的哲学思想,并成为了他的秘书。随后,她开始在犹太人主办的报纸上发表作品,并很快成为犹太人主办的最主要的报纸《劳动自由之声》(*Fraye arbiter shtime*)的秘书。她用卡瓦·格罗斯笔名在这份报纸上发表短篇小说。1910年到1911年间,她分别在伦敦、巴黎和华沙居住。安娜·玛高林结过婚,但婚姻维持不长的时间就破裂了——她在儿子出生后就离开了丈

---

① Cf. Charlotte Goodman, "Anzia Yezierska" in *Twentieth-Century American-Jewish Fiction Writers*, Detroit: Gale Research, 1984, p. 333.
② 以下介绍性的基本资料主要参见 Jules Chametzky, John Felstiner, Hilene Flanzbaum and Kathryn Hellerstein (eds.), *Jewish American Literature: A Norton Anthology*, p. 264,不另作注。

夫。先是去华沙待了一段时间,后又于1914年回到纽约,并成为意第绪语报纸《日子》(*Tog*)的专栏作家和编辑,写一些有关妇女问题的文章等。

1919年,她和意第绪语诗人陆温·艾尔兰德结婚。1921年,她开始用安娜·玛高林笔名发表诗作,曾出版过一本诗集《诗》(*Poems*,1921)。她的诗作发表后即受到热烈的欢迎,尤其是得到和她同代的意第绪语批评家的好评。直到现在,她仍然被认为是最完美的现代主义诗人。她在1928年写成的《海边城市》("A City by the Sea")一诗便是其中一例。

> 何时发生的这一切?我无法想起。
> 它悬挂空中宛如幽灵之歌:
> 一个海边小镇,肖邦小夜曲,
> 阳台铁百合。
>
> 夜。两姊妹用她们纤细的手指
> 梦幻般触摸镶嵌在旧式相册里
> 朦胧如烟的记忆。
> 旧照片慢慢地变得簇新。
>
> 穿过半敞的门,在蕨类植物中,
> 恍惚般,迷醉的人影交叠
> 在最后的华尔兹。呵,逝去的青春!
> 舞者鱼贯而去影子般地消失。
>
> 它是——它是——我无法想起。[①]

我们无法猜测安娜·玛高林是否读过爱伦·坡的诗或受到其影响,但这

---

① Anna Margolin, "A City by the Sea" in Jules Chametzky, John Felstiner, Hilene Flanzbaum and Kathryn Hellerstein (eds.), *Jewish American Literature: A Norton Anthology*, p. 268.

首《海边城市》与坡的《乌鸦》一诗有着异曲同工之妙。同是发生在夜里，同样的虚无缥缈，又是同样的凝重凄婉。虽然两首诗所悲悼的对象不同：一个为逝去的青春，另一个为作古的妻子。但笼罩在两首诗中的神秘氛围和梦境般滑动着的语言，既将读者带到久远的过去，同时，又将读者拉近到能触摸着今日悲悼伤逝的那种无以名状的疼痛。安娜·玛高林在这里对逝去的过去的悲悼与凭吊是一般意义上的"怀古"，还是在更深一层意义上对犹太文化的追想，是不得而知的。下面的这首她在同年为自己写成的《墓志铭》("Epitaph")，或许能从另一个方面给我们一些启示。

> 说她无法原谅
> 自己沉郁的心境，
> 因此她步步歉疚地
> 走过一生。
>
> 说她直到死去
> 赤手空拳地捍卫
> 交她托管的火
> 最终在这火中焚毁。
>
> 说在情绪激昂的时刻
> 她如何地与上帝斗争，
> 如何变得沉默
> 小人们将她毁伤。①

这首诗中有两个意象是至关重要的，一是"火"，再一个是"小人们"。如果我们将"火"和"小人们"分别理解为犹太教和历史上对犹太人的迫害者，

---

① Anna Margolin, "Epitaph" in Jules Chametzky, John Felstiner, Hilene Flanzbaum and Kathryn Hellerstein (eds.), *Jewish American Literature: A Norton Anthology*, p. 269.

那么,便会很容易地掌握这首诗的要旨:犹太民族在历史上为了捍卫自己的信仰,他们不顾一切,赤手空拳地与迫害者进行斗争。他们捍卫着自己的信念,但最终却被这信念焚毁了。这是令人痛心的事情。他们也有情绪激昂的时刻,他们诘问上帝:为何受害的却是他的"选民"?但是,历史上被说得太久、太多的谎言,将他们毁伤并终于让他们沉默了。他们为这沉没或者说消沉而感到内疚。安娜·玛高林用凝练的诗句,通过追忆一个女人的一生,真切地道出了犹太民族的悲怆的历史,并在第一诗节中表明了自己的立场:她为自己民族的消沉而感到歉疚。至此,应该感悟到"同化"或"美国化"对她,抑或对所有犹太移民,究竟意味着什么。

第五章　犹太文学发展趋于多样化

第一节　"排犹""反犹"下的犹太人与犹太作家

从第一次世界大战结束到第二次世界大战结束的这一段时间,是美国历史上最为活跃的时期之一。这一时期对犹太人来说更有着特殊的意义。在美国,他们越来越感受到国外不断增长着的"纳粹"的威胁和国内持续增长着的"反犹"势力。尽管如此,犹太人在美国的社会地位和经济地位都有着显著的提升,即便是在30年代的大萧条时期,犹太人在美国的政治、经济以及文化生活等各方面都发挥着举足轻重的作用。总之,由第二和第三代东欧犹太移民在美国打造的"新天地"在这一时期内更趋稳固,他们的个性也更受重视。所有这一切都为他们在战后的发展与扩张奠定了有利的基础。就整个西方世界而言,罗伯特·M.塞尔茨曾对这一时期犹太人的地位做过如下的描述:

尽管处境艰难,但是在战时,一些犹太人还在政府中占据着重要职位(莱昂·布鲁姆,30年代中期法国总理;哈罗德·拉斯基,英国工党的政治理论家;富兰克林·德拉诺·罗斯福新政执行机构中的犹太人)。……西方的犹太人不断成为中产阶级和同化了的群体。犹太人统一于一个更大的社会的征象是1900年以后大批犹太人或犹太人的后裔在美术、音乐、文学、人文学科和自然学科各领域得到了社会的承认。①

---

① 罗伯特·M.塞尔茨:《犹太的思想》,赵立行、冯玮译,第639页。

美国的状况也是如此。经过第二、三代东欧犹太移民的努力，大批的犹太人及其后裔开始占据了政府的要职和掌管了社会的经济命脉。特别是到了 20 世纪初期，犹太人全面崛起，在美术、音乐、文学、人文学科和自然学科等方面都取得了令人瞩目的成就。犹太人在美国的社会地位开始逐渐地巩固了起来。

从第一次世界大战结束到第二次世界大战结束的这 30 余年，又可分为两个阶段：第一阶段为 20 年代至 30 年代的萧条时期；第二阶段从罗斯福实施"新政"到二战的结束。一般说来，在 1929 年证券市场发生大崩溃前，20 世纪 20 年代还是一个充满乐观、向上的年代。在此之前，由于第一次世界大战"没有给任何人带来好处，在这一代人当中，那些没有阵亡的不是终生残废，就是受到创伤或被弄得筋疲力尽……使人们的幻想彻底破灭"。① 所以，社会一度进入低迷时期。但是，经过一段不长的调整时期，战争给美国经济所带来的实惠很快就凸显出来。一些先进加工工艺和先进管理方法的使用，使美国企业资本主义很快进入了全盛的时期。物价的提高、信贷的扩大、分期付款办法的实施、住宅建房的恢复以及股票市场利润的飙升等，都极大影响了人们的生活方式和思维方式。与此同时，意识形态领域和文学创作等也受到了很大的冲击。海明威的《太阳照样升起》(*The Sun Also Rises*，1926)、菲茨杰拉德的《了不起的盖茨比》(*The Great Gatsby*，1925)、威拉·凯瑟的《迷失的女人》(*A Lost Lady*，1923)、T. S. 艾略特的《荒原》(*The Waste Land*，1922)以及辛克莱·刘易斯的《巴比特》(*Babbitt*，1922)等，分别从不同侧面描绘了第一次世界大战后和整个 20 年代美国的社会现实，以及美国战后一代人的真实的精神风貌。

美国犹太移民和当地美国人共同经历了时代变迁的风风雨雨。不过，与当地美国人比较起来，这些新变化对他们似乎更具有冲击力。因为这意味着新、老移民都将面临新一轮的"美国化"。1917 年 4 月，美国总统威尔逊在国会发表参战演说，当时几乎百分之百的听众都高举和挥动

---

① Richard H. Pells：《激进的理想与美国之梦》，上海外语教育出版社 1992 年版，第 13 页。

着美国国旗,充分体现了"百分之百的美国主义"的宣传威力。事实上,早在1915年5月,美国总统威尔逊在参加费城的一次群众集会上就发表了类似意思的演说。美国移民当局抓住这一机会,成立了一个"国家美国化委员会"来进一步推动"美国化"运动。同年的7月4日,在美国的国庆日里,该委员会又提出了"多个民族,一个国家"的口号。于是乎"归化美国"成了一种"时尚"。那些对"归化"美国本来还有所保留的犹太移民在汹汹大势下,也不得不或噤若寒蝉,或随风而动。

但是,美国移民当局推行的"百分之百的美国主义"运动在风光了一段时间后,就不了了之了。美国政府意识到,通过法律手段来限制移民数量和移民在美国的活动,能更有效地完成"百分之百的美国主义"运动所未完成的事业。1917年美国国会通过的"间谍法"直接或间接地诱发并促进了新的种族歧视。随后在20年代各州颁布的"许可证法"更进一步明确、细化了对少数民族歧视的内容,犹太人当然也不例外。他们被禁止从事医药、建筑以及工程技术等行业。1920年11月,美国国会通过了"完全百分之百美国移民法"。从1920年至1921年,大约有119 000名东欧犹太人移民到美国。1921年5月,一项曾被美国总统否决过的限制移民的"约翰逊法案"又被提了出来,并在美国参、众两院获得通过。自此以后,美国的大门基本上就对犹太人关上了。犹太人被打入了"另类",他们受教育的权利也受到了限制,许多大学对犹太人实行配额制度。更有甚者,在美国出现了许多"反犹"团体。据不完全统计,参加臭名昭著的"三K"党的当地美国人,在1924年就高达四百万。"三K"党人不仅攻击和迫害黑人、天主教徒,而且也攻击和迫害犹太人。许多犹太人的店铺被焚毁,犹太教堂遭受攻击,犹太人的人身受到凌辱。一些"反犹"分子,如亨利·福特(Henry Ford)等,也趁机站出来兜售他们的"反犹"言论,刻毒地攻击犹太人。当时的一些文学作品,如波顿·J.亨德里克(Burton J. Hendrick)的《在美国的犹太人》(*The Jews in America*, 1924)、海明威的《太阳照样升起》和菲茨杰拉德的《了不起的盖茨比》等,都在不同程度上歪曲或丑化了犹太人。他们认为,犹太人根本无法融入美国社会,他们对美国最为宝贵的价值观形成了威胁,等等。一时间,"反犹"情绪甚嚣尘上。

就美国犹太人的内部而言,犹太教在"美国化"盛行的环境里,受到了严重的冲击。这时,犹太移民中已很少有人像以往那样严守犹太教规和传统的价值观念以及文化习俗。犹太教在美国经历了从"改革派"到"保守派"再到"正统派"的转换。这里所说的三个不同派别的"转换",并不是指一般意义上的"消亡"和"出现",而是指它们自出现之日起,在不同历史时期起到过不同的历史作用。它们虽互有消长,各领风骚若干年,但它们并未真正地退出历史舞台。老一代犹太移民虽把美国视为"应许之地",但他们更觉察到这"应许之地"里潜伏、叫嚣着的"排犹""反犹"情绪的危险性。他们在担心后代精神颓废和道德堕落的同时,更担心今天所拥有的相对稳定的生活是否能够保持下去。所以说,他们寄希望于犹太教和传统价值观念也是形势所逼、情有可原的。

与此同时,生活在这一时期的美国第二代和第三代犹太移民,虽目睹或经历了一桩桩"反犹"事件,但他们在生活的压力下和"美国化"的冲击下,开始有些"数典忘祖"了。他们不仅改变了服饰、仪表、语言等,而且,与非犹太人结婚也已是司空见惯的事了。他们开始更多地学习世俗知识而不是研究犹太教法典;他们参加社团组织,随着爵士乐翩翩起舞,或坐进咖啡馆中闲聊。一些热衷于演讲的犹太激进分子则走上街头,慷慨激昂地"描绘普遍正义或民族解放的前景"。[①] 犹太人关于重视家庭的观念也开始动摇了。妇女在家中的地位随着她们走上社会而发生了显著的变化。许多妇女一改过去在家相夫教子,辛勤劳作以供养丈夫读书等传统习俗,她们或走进学校、工厂,或参加社团组织,在不同程度上赢得了经济和政治上的独立。总的来说,犹太人没有因"反犹"而放弃自身发展的机会。相反,他们在许多领域都取得了令人瞩目的成就。

进入 30 年代大萧条时期,国际、国内形式的发展对犹太人更为不利。国际上,法西斯主义和纳粹势力在德国和意大利开始占据主导地位;在美国国内,法西斯主义和"红色"运动相继出现。1932 年美国总统选举时,

---

① 欧文·豪:《父辈的世界》,王海良、赵立行译,第 231 页。

许多作家和知识分子,包括西奥多·德莱塞和约翰·多斯·帕索斯等,都公开支持共产党候选人。与此同时,法西斯"反犹"势力也迫不及待地公开立场。一个名叫查尔斯·库格林的神父在每周的无线电广播中公开毁谤犹太人,据说听众高达2千5百多万人。犹太人对此并非无动于衷。他们成立了"反毁谤联盟",对法西斯主义者予以了坚决的反击。直到1941年末美国参战以后,法西斯的"反犹"气焰才被扑灭。

这一时期美国犹太文学创作总的趋势是向左转。在大萧条时期,犹太人的失业率高达25%,而且还呈上升态势。美国犹太人多生活在美国中、下层,其生活艰辛程度可想而知。美国犹太戏剧家克里福德·奥德茨(Clifford Odets,1906—1963)在他的《醒来唱歌》(*Awake and Sing!*,1934)中就生动地描绘了犹太人的艰苦生活。迈克·戈尔德(Michael Gold,1893—1967)的带有半自传性质的小说《没钱的犹太人》(*Jews without Money*,1930)也叙述了下层犹太人的艰难生活。20世纪30年代的美国文学创作的主流是现实主义文学,这是对20年代现代主义文学的一种"拨乱反正"。30年代的经济危机和社会危机要求文学对时代作出直接而又准确的反映。亨利·罗思(Henry Roth,1905—1995)的《就说是睡着了》(*Call It Sleep*,1934)堪称是这一时期的最为成功的作品之一。生活在这一时期的犹太作家的特点是,他们中许多人都或多或少地与某个运动或某个党派相联系,社会主义者、共产主义者、斯大林主义者或反斯大林主义者等等。另外一个特点是,这些作家开始从原来游离于"主流文学"的边缘逐渐走进"主流文学";从原来被称为专事写少数民族问题的作家,开始变为写带有"普遍意义"的"主流文学"作家。例如,犹太作家中,剧作家克里福德·奥德茨便是一个典型的代表。但值得注意的是,在30年代的危机时期,少数民族作家只有在"政治上正确"时,他们的民族身份才能得到确认与庆幸。这似乎是一个悖论。

这一悖论在犹太作家的身上表现得尤为明确、清晰:他们在危机中不得不更加依赖和靠近美国。一般说来,他们这样做与其说是出于经济上的考虑,不如说更是出于政治上的需要。当然,他们之所以这样做还有一些其他的具体原因。首先,生活在二三十年代的美国犹太人已很少使用,甚至不再使用意第绪语了。在这一时期,虽仍有意第绪语报纸、杂志和书籍等的出版发行,但大多数美国犹太作家已开始完全使用英语进行创作了。语言的改变一方面为他们进入"主流社会"或"主流文学"提供了方便;另一方面,也使他们与犹太传统文化有了更大的距离和隔阂。其次,由于经济危机的出现,此时的美国颇有"百废待兴"的势头。经济危机诱发人们去思考如何摆脱危机,重建家园。于是,罗斯福的"新政"出现了。"兄弟会"、基层政治、国家教会等新生事物随之出现。美国社会一方面同衰落的经济和涌动在暗处的腐败、邪恶势力作斗争;另一方面,又竭力宣扬兄弟或姐妹情谊、相互帮助等精神以此来凝聚国人力量、鼓舞国人斗志。联邦政府还开展了资助艺术家、作家和戏剧工作人员的慈善项目。政府鼓励这些艺术家和作家搜集和整理民间故事、记载历史庆典以及编撰多卷本有关美国各州的历史、地理等介绍的书籍。许多有价值的材料和发现因此保存了下来。最后,在危急时刻当选为美国总统的罗斯福在这一时期扮演了一个十分重要的角色。他个人的魅力和其推行的政策,极大地鼓舞了犹太人并使之成为其忠实的政治盟友。

第二次世界大战爆发伊始,美国以所谓的"中立国"姿态出现。1940年,罗斯福在他竞选第三任总统之前还发表演说,信誓旦旦地保证不派兵出国参战。尽管此时德国纳粹占领了波兰,兵发英国、苏联等地,形势极其严峻。但美国一直"袖手旁观",只卖军火,而不发一兵一卒。美国国内有不少人认为,这场战争是犹太人的战争,与自己无关。直到1941年12月日本军队袭击了珍珠港,美国才宣布参战。

在第二次世界大战中,大约有600万欧洲犹太人被屠杀了。在美国,大约有55万犹太人参军。其中,约有6万1千人获得战斗奖章,约有8千人战死,4万人在战斗中负伤。没有上前线的美国犹太人也积极地投入到支援战争的工作中去。他们或在军工单位、政府部门、慈善等部门工作以支援前线;或从事新闻、电影等其他大众传媒,鼓舞士气,揭露纳粹罪行,宣传反纳粹思想。这一时期可以说是美国犹太人最热衷于"美国化"的时期。但有一个奇怪的现象是,二战后,即从20世纪40年代后期一直到70年代中期,美国文化、文学界对二战中犹太人的遭遇却噤若寒蝉。

几乎没有一本小说反映二战中犹太人所经历的苦难,甚至几乎没有一本历史教科书提及二战中德国纳粹分子对犹太人的暴行。美国的学者们将二战中的"犹太人大屠杀"事件等给"美国化"了。

第二节 文学怪人:格特鲁特·斯坦因

从美国历史上看,1924 年到 1945 年这段时间,可谓是"多事之秋"。美国犹太文学的发展也因之而趋多样化。著名美国犹太作家格特鲁特·斯坦因(Gertrude Stein,1874—1946)[1]是这个时代的先行者,对 20 世纪 20 年代兴起的现代主义艺术和文学起到过重要作用,也是美国"迷惘的一代"作家的"命名者"。[2] 琳达·瓦格纳曾评价斯坦因说:"没有任何小说家像格特鲁特·斯坦因、F. 斯各特·菲茨杰拉德和欧内斯特·海明威那样对美国现代小说的发展起到过那么大的影响。"[3]

格特鲁特·斯坦因是一位长期侨居在法国巴黎的美国犹太作家。她在解释长期侨居在法国巴黎的原因时曾说:"重要的不是法国给了你什么,而是它没有从你那儿夺走什么。"[4]换句话说,她认为在法国可以随心所欲、不受干扰地生活和写作。

格特鲁特·斯坦因在 1874 年出生于美国宾夕法尼亚州的阿勒格尼山区。她的父亲丹尼尔·斯坦因是 19 世纪 40 年代移民到美国的德国犹太

---

[1] 以下部分介绍性基本资料主要参见 James R. Mellow, "Gertrude Stein" in *Dictionary of Literary · Biography American Writers in Paris: 1920—1939*, Detroit: Bruccoli Clark, 1984, pp. 361—373。

[2] 格特鲁特·斯坦因曾对欧内斯特·海明威说:你们是"迷惘的一代"。后来,海明威将这句话题写在他的《太阳照样升起》卷首。美国"迷惘的一代"作家一名由此而来。

[3] Linda W. Wagner, "Ernest Hemingway, and Gertrude Stein" in Emory Elliot, et al. (eds), *Columbia Literary History of the United States*, New York: Columbia University Press, 1988, p. 873.

[4] James R. Mellow, "Gertrude Stein" in *Dictionary of Literary · Biography American Writers in Paris: 1920—1939* (Vol. 4), p. 361.

人,曾是一位成功的服装商,因此家境颇为殷实。她两岁的时候,随全家移居到维也纳和巴黎。1879年,她们全家又搬回美国,分别在奥克兰和加利福尼亚居住。19世纪80年代后期,斯坦因的父母陆续过世。双亲去世后,她和其兄弟寄居在亲切、友好的亲戚家,生活可谓无忧无虑。

1893年至1897年间,斯坦因在拉德克里福学院学习,与诗人兼哲学家乔治·桑塔亚纳(George Santayana,1863—1952)和心理学家、实用主义的创始人威廉姆·詹姆斯(William James,1842—1910)一起从事研究工作。后者曾鼓励她到医学院深造,做一位专职心理研究工作者。她在哈佛大学的《心理学评论》上曾发表过两篇论文:《正常原动无意识行为》("Normal Motor Automatism",1896)和《培养的原动无意识行为》("Cultivated Motor Automatism",1898)。从拉德克里福学院毕业后,她受威廉姆·詹姆斯的鼓励到巴尔的摩的约翰·霍普金斯学院学医。实践证明,她对学医很不感兴趣,放弃学医对她来是说如释重负。

1903年秋,斯坦因与弟弟利奥一起移居到法国巴黎,住在塞纳河左岸的花园街27号。她们将自己的家建成了现代文化沙龙,并成为欧洲现代艺术的圣地。斯坦因搜集了许多现代主义艺术家的作品,其中有亨利·马提斯、帕布罗·毕加索、皮埃尔·伯纳德、卢安·格里斯以及艾都阿德·马奈和后印象派画家保罗·兹赞因、保罗·高昆和亨利·都鲁斯-劳特莱克等画家的作品。毕加索曾于1906年为她作画。这位身材魁梧,体魄健壮的女作家在毕加索的笔下成了一尊"伟大的犹太佛"。①

1903年,斯坦因完成了她的第一部著名的中篇小说《Q.E.D》。② 这是一部关于不幸的女同性恋的故事,主要讲述了一位热情奔放的年轻妇女阿黛丽与一个名叫海伦·托马斯的年轻妇女相爱并陷入了性的困惑中。但不幸的是,海伦因受一个富有的老处女的控制而失去了自由。这个故事主要取材于她在巴尔的摩的生活经历,其风格冷静坦率,十分感人。

---

① Jules Chametzky, John Felstiner, Hilene Flanzbaum and Kathryn Hellerstein (eds.), *Jewish American Literature: A Norton Anthology*, p. 334.
② 在她去世后出版时,书名为《事情原本如此》(*Things As They Are*, Pawlet, Vt.: Banyan Press, 1950)。

1909年,斯坦因发表了她的第一部小说《三个女人》(*Three Lives*)。卡尔·凡·维奇坦在为这部短篇小说集所作的序言中指出:"《三个女人》也许堪称一部杰作,尤其是在考虑到这是作者的第一部作品时,更可以说是一部相当惊人的杰作。"① 这是一部由三个短篇小说组成的系列作品,分别讲述了三个生活在社会底层的普通女人的故事。第一个短篇《好安娜》("The Good Anna")描述了一个德国女管家一生只为她的女主人玛蒂尔达小姐、她的寡居的朋友莱恩特曼太太等人而生活的故事。她没有自己的生活,一生都在为他人忙碌。即便是在死去的时候,心里想的还是她的朋友。第二个短篇《梅兰克萨》("Melanctha")是这三个短篇小说中最长的一部,主要讲述了一个黑人女孩的故事。这个黑人女孩为人随和、充满热情,但是却不懂得男人的情感世界。她因此而常常陷入与男人的感情纠葛之中。在她与男人诸多的交往中,其中有一个名叫杰姆·理查德的赌徒玩弄了她的感情,让她痛苦不堪。卡尔·凡·维奇坦在评价这个短篇时说:"一个故事要得到读者,倒不一定要是杰作,但是,梅兰克萨这篇故事,即使暂时会被读者所完全忽视,它终将是美国文学的漫长的道路上一块真正的里程碑。"② 维奇坦的评价在一定程度上说明了这部小说无论是在创作主题,还是在艺术表现方面所取得的成就。第三个短篇《温柔的莉娜》("The Gentle Lena")讲述了一个犹太姑娘莉娜的故事。莉娜从德国移民到美国后,找到一份做女佣的工作,结果受到女主人及其厨师的虐待。她后来嫁给一个年轻的裁缝,生育了三个孩子,但在怀有第四个孩子时不幸死去。

斯坦因在《三个女人》中对生活在社会底层的妇女寄予了深切的同情。这三部小说在写法上,颇有些法国作家古斯塔夫·福楼拜的风格。③ 为此,她的弟弟利奥曾鼓励她阅读和翻译福楼拜的作品。

---

① 卡尔·凡·维奇坦:"原序",见格特鲁德·斯坦因:《三个女人》,曹庸、沈峪译,作家出版社1996年版,第28页。
② 同上书,第29页。
③ 福楼拜著有小说《三个故事》(*Three Tales*, 1877)。斯坦因的小说在结构上与作品中人物心理的处理上都酷似福楼拜的小说《一颗普通的心》(*A Simple Heart*)。

《三个女人》出版后受到好评,一些批评家称之为"一部现实主义的非凡之作"。① 尽管作品中所描写的发生在黑人姑娘梅兰克萨和黑人医生杰弗逊·坎贝尔之间的爱情故事,明显地重复了《Q.E.D》中的爱情故事,但小说的成功之处除了在于深刻地反映了真实的社会生活之外,还在于成功地运用了地道方言的对话技巧。

不过,斯坦因认为其早期在巴黎生活的主要文学作品应该是《美国人的素质》(The Making of Americans, 1925)。其实,这部小说辞藻堆砌,重复不断,加上抽象人物分析等,令人不堪卒读。然而,斯坦因却坚持认为这部小说是她的代表作,堪与马塞尔·普鲁斯特(Marcel Proust, 1871—1922)②的《追忆逝水年华》(Remembrance of Things Past, 1912—1927)和詹姆斯·A.乔伊斯③(James Augustine Joyce, 1882—1941)的《尤利西斯》(Ulysses, 1922)相媲美。这部小说虽然让斯坦因花了整整五年时间(1906—1911)才得以完成,但是读来却给人以草草完成的感觉。小说完成后,美国和英国的出版商都不愿意出版这部作品,理由是小说太长,太"反常"。这部小说最终在1925年得以出版发行。该小说出版后,一方面给斯坦因带来了荣誉,即它的出版使实验体小说创作进入了高潮;另一方面也给她带来"丑名",即她被称为"一位文学上移居国外的人"。④

斯坦因在写作《美国人的素质》的过程中,将所遇到的各种类型的人物做了详细记录和评价,这为她后来做"生动的肖像描绘"提供了素材。利用搜集到的这些肖像描写,她写出了其最初的两部戏剧作品——《发生了什么,一部戏剧》(What Happened, A Play, 1913)和

---

① James R. Mellow, "Gertrude Stein" in Dictionary of Literary · Biography American Writers in Paris: 1920—1939, p. 364.
② 法国小说家,其创作强调生活的真实和人物的内心世界,以长篇小说《追忆逝水年华》(七卷)而闻名世界。
③ 爱尔兰小说家,作品揭露西方现代社会的腐朽的一面,多用"意识流"手法进行创作,语言隐晦,代表作《尤利西斯》。
④ James R. Mellow, "Gertrude Stein" in Dictionary of Literary · Biography American Writers in Paris: 1920—1939, p. 364.

《完全为了国家,一部书信体戏剧》(*For the Country Entirely, A Play in Letters*, 1916)。斯坦因在戏剧创作过程中,放弃了所有传统的创作方法,如舞台布景,情节线索以及人物性格的发展等,而只凭台词延续故事。这一创作上的革新后来在荒诞派戏剧作品中得到了进一步的发展。

她的实验性作品在第一次世界大战前发表了一些,如《马贝尔·道奇在库劳尼亚别墅中的肖像》(*Portrait of Mabel Dodge at the Villa Curonia*, 1912)。这部作品最初是由马贝尔·道奇本人私下编印出版的。再版时,斯坦因还把她为艺术家马提斯、毕加索所作的肖像描绘一并收入进去。在第一次世界大战前,她还出版了一本晦涩难懂、悖逆传统语言习惯的随笔文集《软纽扣:物体、食物、房间》(*Tender Buttons: Objects, Food, Rooms*, 1914),她的文学怪人形象即由此而确立起来。

一般说来,斯坦因的《软纽扣:物体、食物、房间》是她的第一部最为极端的实验性作品。这部作品最初出版时没有引起人们的注意,但在 1928 年再版时,却引起了不小的轰动。斯坦因在这部作品中尝试完全不按照字典中的释义来使用词语。她把这些词语只是作为一个个富有联想的抛掷物抛给读者,以期对读者造成一种冲击。这部作品由三个部分组成:物体、食物、房间。在第一部分中,斯坦因试图对一些实物,如一杯咖啡、一架钢琴等做出类似于格言的定义,同时还使用一些自由联想的意象来创造出一种意义不定,但却令人喜爱的超现实的效果。在第二部分中,斯坦因使用了类似的手法,试图对肉类、蔬菜等作出富有联想的界定,以期强调视觉和嗅觉的效果。在第三部分中,斯坦因则对人的主观经验进行了讨论。在某种意义上说,斯坦因的作品用文字实践了以毕加索等为代表的立体主义的艺术主张。

在整个 20 世纪 20 年代和 30 年代期间,斯坦因结交了许多超现实主义作家和艺术家。虽然其诗歌创作手法与超现实主义有不少近似之处,但她对超现实主义文学运动并不是太热心。因为,斯坦因并不相信这场运动会取得成功。然而,她对战后聚集在巴黎的美国和英国的年轻作家却情有独钟,称他们为"迷惘的一代"。① 与她当时结交的主要文学朋友有欧内斯特·海明威、F. 斯各特·菲茨杰拉德和舍伍德·安德森。海明威曾不客气地评价斯坦因说,她懒散、虚荣,为自己发明了一种专用的风格。因为这种风格没有判断标准,因此也就无法与其竞争者相比较。② 斯坦因对海明威的为人和创作也颇有微词。她认为海明威是"黄色的",并暗示他对自己的前途和形象看得太重,以至于永远也不能忠实地写出他自己经验中的东西。③

1933 年,斯坦因出版了自传体小说《艾丽丝·B. 托克拉斯的自传》(*The Autobiography of Alice B. Toklas*)。这部自传体小说实际上是以斯坦因的女友托克拉斯的口吻,讲述了斯坦因自己的生活。斯坦因使用这种叙事策略的最大好处是,可以十分便利地对自己的性格、才能等做出评价甚或说赞美。小说是从斯坦因孩提时代在美国宾夕法尼亚州的生活写起,一直写到她在法国巴黎塞纳河西岸花园街 27 号的生活。书中还穿插了许多对当时一些艺术家和艺术作品的精彩介绍和评价,为读者认识斯坦因以及当时法国巴黎艺术家们的生活及其作品提供了十分有价值的背景资料。

在斯坦因的诸多创作中,最富有争议的作品是她的歌剧《三幕剧中的四位圣者》(*Four Saints in Three Acts*,1934)。实际上,这部歌剧共有五幕(不包括序幕)和十五位圣者(不包括合唱队中的圣者)。这部歌剧的早期版本没有音乐,1934 年在康涅狄格州上演时,著名音乐家维吉尔·汤普逊为歌剧的歌词谱曲,获得很大成功。有批评者认为,这部歌剧的歌词几乎没有任何指示意义,也没有情节悬念等,属于超现实主

---

① 斯坦因曾坦率地承认,这一绰号最早是由一位法国客栈老板叫起的。这位老板断言,18 岁至 25 岁之间的所有年轻人都需要一个开化过程。这个开化过程通常是与一个年龄大一些的女人"有点事"。但那些上了战场的年轻人失去了这种机会,因此,他们是失去机会的一代。Cf. James R. Mellow, "Gertrude Stein" in *Dictionary of Literary · Biography American Writers in Paris: 1920—1939* (Vol. 4), p. 366.

② Cf. James R. Mellow, "Gertrude Stein" in *Dictionary of Literary · Biography American Writers in Paris: 1920—1939* (Vol. 4), p. 366.

③ James R. Mellow, "Gertrude Stein" in *Dictionary of Literary · Biography American Writers in Paris: 1920—1939* (Vol. 4), p. 366.

义一类的东西。①

斯坦因富有争议的作品还有其著名的诗句:"玫瑰是一朵玫瑰是一朵玫瑰是一朵玫瑰"(Rose is a rose is a rose is a rose)。这一诗句不断地或被人们所引用、误引或被人们所嘲弄、讽刺。就我有限的阅读所知,现有的理论似乎无法对斯坦因的这一诗句作出令人信服的解读。不过,我们可以尝试从犹太文化、宗教的角度来看待斯坦因对"重复"的厚爱。

兴起于18世纪的"哈西德主义"(Hasidism)教派认为,重述和聆听有关犹太人的故事即为宣扬和奉行犹太教的思想。我们是否可以认为,斯坦因的"重复"从某种意义上说,符合于犹太人所主张的"重述""聆听"的心理要求?或许也正是由于这个原因,"重复"的创作手法被后来许多的美国犹太作家所使用,如约瑟夫·海勒的《第二十二条军规》、索尔·贝娄的《赫佐格》和《更多人为伤心而死》、艾萨克·巴舍维斯·辛格的《敌人:一个爱情故事》,等等。众多美国犹太作家共同选择"重复"这样一种创作方法,这似乎不能用偶然性来解释。

第三节 为"民族事业"写作的作家: 鲁德威格·卢因森

在20世纪的上半叶,在美国犹太文学界还有一位颇为引人注目的作家,即鲁德威格·卢因森(Ludwig Lewisohn, 1882—1955)。② 有论者认为,他虽不像格特鲁特·斯坦因那样激情澎湃,把巴黎各界朋友聚集在一起论诗说文谈艺,但他一生都在做着将欧洲文化和美国文化交融在一起的努力。③ 也有论者认为,他更多的是主张坚持自己的"民族性"。如美

---

① Cf. Donald W. Heiney, *Essential of Contemporary Literature*, New York: Great Neck, 1954, p. 70.
② 以下介绍性的基本资料主要参见 Ralph Melnick, "Ludwig Lewisohn" in Daniel Walden (ed.), *Twentieth-Century American-Jewish Fiction Writers*, pp. 141—154,不另作注。
③ Cf. Ralph Melnick, "Ludwig Lewisohn" in Daniel Walden (ed.), *Twentieth-Century American-Jewish Fiction Writers*, pp. 144—154.

国文学批评家和史学家艾伦·古特曼指出:"在许多极力主张回归到'民族性'的作家中,没有一个人比鲁德威格·卢因森更雄辩或更有说服力……作为一个作家,卢因森至少是同化过程中一个阶段的样板:在某种意义上,他是一个回头浪子式的犹太作家。"① 这事实上也就是说,卢因森是一位更为看重自己文化身份的犹太作家。

鲁德威格·卢因森于1882年5月22日出生于德国柏林。1890年随父母移居到美国南卡罗来纳州,先后在查尔斯顿中学、查尔斯顿学院就学,获得文学学士和文学硕士学位。1914年,查尔斯顿学院授予他荣誉博士学位。卢因森一家早在德国期间就被德国社会所同化,移居美国后,他们又皈依了基督教。卢因森曾有十年时间是一个积极的循道宗信徒,但因他有犹太人的背景,所以一所教会中学拒绝他出任该校的校长。后来,美国哥伦比亚大学也以同样的借口拒绝他到该校任职。由此可略见犹太人"同化"的实质,即无论是犹太人还是非犹太人都认为,"同化"了的犹太人还是犹太人,这是一个不可变更的事实。

1902年,卢因森进入哥伦比亚大学攻读英国文学的博士学位,也由此开始了他的文学生涯。但是,朋友们告诫他,美国的任何一所大学都不可能让犹太人来讲授英国文学的。这一打击使他醒悟到,即使是喜爱济慈和雪莱,一个德国犹太人不管他被"同化"与否,抑或他早已皈依基督教,还是同样地没有机会。而原因只有一个——他是犹太人。于是,在1904年,也就是即将完成学业的前夕,他毅然地放弃了学业,转而回归到其民族行列中来。20世纪20年代,他投身到犹太复国主义运动中,终于了结了对基督教的"皈依"。

卢因森从学校退学返回到查尔斯顿后,仓促地走进了婚姻的殿堂。没有料到的是,婚姻不久就破裂了,可妻子却拒绝与他离婚。在此期间,卢因森开始写小说、诗歌并完成了一部长篇小说的写作。随后,他回到了纽约。1908年,在西奥多·德莱塞的帮助下,出版了第一部小说《破碎的

---

① Allen Guttmann, *The Jewish Writer in America: Assimilation and the Crisis of Identity*, pp. 100—101.

罗网》(*The Broken Snare*)。这部作品描述了一位年轻的妇女越来越听从,甚至任凭自己本能的呼唤,包括对性的渴望等,开始了对自己生活追求的历程。卢因森在作品的开篇引用《圣经·诗篇》第 124 首,"我们的灵魂好像鸟雀,从捕鸟人的罗网里逃脱;罗网破裂,我们逃脱了。"这种"灵魂的逃脱"的主题贯穿了全书,给人以一种历史的和人性的沉重感。在某种意义上来说,卢因森讴歌"灵魂的逃脱"是对仍滞留在人们意识中的传统道德规范的一种反叛。读卢因森的作品,总能让人产生一种异样的感觉,即仿佛他总在故事中讲述一个"异化"的犹太人,站在基督教文化的墙外向里窥视的复杂心绪。他虽然渴望但也深深地明白,作为一个犹太人,他是无法真正进入这个文化中去的。而且,在他看来,这个文化从本质上说也是拒绝他进入的。于是,他只好回过头来反窥自己的文化和灵魂,在确认、讴歌人的本性的同时,对现实的这张"罗网"进行反抗。

《破碎的罗网》就是一部真实记载着作者感悟自己生活经历的作品:犹太人在现实中遭受压迫和劫难,被视为人类的"另类",但他们的内心却非常渴望融入主流社会,过上像正常人一样的生活。因此,他们试图通过"皈依"或"同化"等方式摆脱生存之困境。然而结果是,他们既融入不到所渴望的主流社会中去,又回归不到自己的同胞中来。事实上,卢因森本人的生活经历也说明了这一点。

卢因森离开哥伦比亚大学后,在威斯康星大学教了一年德国文学,尔后从 1913 年到 1917 年间,又到俄亥俄州立大学任教。他在研究德国文学方面,特别是对歌德的研究作出了成就。1916 年,他出版了《现代德国文学精神》(*The Spirit of Modern German Literature*)一书。在美国参战时,由于他同情德国文化和不支持美国的民族主义,被迫离开了俄亥俄州立大学。他辗转又回到纽约,以卖文为生。1919 年至 1924 年间,他出任《国家》杂志的戏剧和小说编辑。他的两部自传:《中间渠道》(*Mid-Channel*)和《港口》(*Haven*)分别于 1929 年和 1940 年出版。

1927 年,卢因森发表了长篇小说《罗马夏天》(*Roman Summer*)。他在这部小说中,通过对人物形象和故事情节的描写与刻画,深刻表达了对犹太身份问题的一些看法。

小说主要讲述了主人公约翰·奥斯汀与一位犹太妇女的情感纠葛。约翰·奥斯汀是一位记者兼诗作家。他经常去古罗马广场,并在那儿遇见了一位名叫爱瑟·阿赞克特的十分漂亮的年轻妇女。阿赞克特不但是犹太人,而且还是一位犹太复国主义者,有着强烈的民族意识。奥斯汀希望并劝慰阿赞克特忘记过去,不要背负着沉重的历史前行。但阿赞克特的回答是:"你所认识的犹太人可能已经自封为美国人并信仰另外一种宗教"①了,但她自己绝不会为做一名犹太人而感到难堪。阿赞克特曾经有一个十分要好的朋友,但这位朋友在知道了她的犹太身份后,竟动手打了她。这件事虽然让她十分伤心,但却并没有改变、动摇她继续做犹太人的决心。所以,当怂恿其放弃犹太身份的奥斯汀向她求婚时,她拒绝了。奥斯汀在失落中回到了美国,过着一种空虚的中产阶级生活。卢因森通过对阿赞克特的描写,讴歌了那些敢于坚持民族身份的犹太人的美好。与此同时,通过奥斯汀这一人物形象深刻反省、批判了那些模糊、放弃其民族文化身份的犹太人的自私与卑琐。

卢因森的《罗马夏天》实际上也是一部表现幻灭感的小说。在作者看来,这种幻灭感的因由,其实就是源于民族文化身份的丧失。他在翌年发表的小说——《在岛屿里》(*The Island Within*, 1928)②中进一步清晰、雄辩地揭示了这一主题。

《在岛屿里》这部小说主要记述了祖孙三代犹太人在民族文化身份方面所遭遇到的情感历程。在小说的开篇,卢因森便对20世纪20年代空虚的美国生活进行了无情的揭露。美国在卢因森的笔下,是一个"厚颜无耻、疏远而又不可饶恕的形象","占卜者、大腹便便者在大街上相互吼叫着;这片土地的大门封闭了;那些被欺骗和麻木的大众——已不再成其为一个民族——围绕着基要主义鼓吹者、棒球投手以及罗马尼亚女王跳舞。"③面对这样的一个丑陋、荒诞、龌龊的生存环境,犹太人的唯一出路就是到巴勒斯坦去。这是作者卢因森给犹太人所开出的药方。

---

① Ludwig Lewisohn, *Roman Summer*, New York and London: Harper, 1927, p. 120.
② 这部作品的原名为《被打败者》(*The Defeated*)。
③ Ludwig Lewisohn, *The Island Within*, New York and London: Harper, 1928, p. 5.

小说首先描写了一位名叫门戴尔的犹太人。他因受到一个名叫西曼的"坏人"的影响,开始阅读一些禁书,并不再把其犹太身份和宗教信仰当成行事的准则。他跟着一个不再遵奉犹太教的犹太人哈依姆学习造酒技术。门戴尔的这种转变也影响到了家人,如他的儿子艾福莱姆离开了犹太学校,也不再穿犹太人的服装。他与一个名叫翰娜的犹太姑娘结婚后移居到了德国,并在那里开了一个酒厂。为了生意上的方便,艾福莱姆干脆把自己和妻子的名字都改了,"他们到达因斯特波格时用的名字是赫尔和福罗·艾福莱姆·莱威。"①

艾福莱姆和翰娜初到德国时还算平静。他们虽然改了名字,但却并没有放弃自己的犹太身份。他们仍遵从犹太人的律法,去犹太教堂。但是,他们的儿子托比亚斯违抗父命,在 1870 年参加了俾斯麦军队并获得一枚铁十字勋章。战争结束后,与一位皈依基督教的犹太姑娘结婚。婚后,自己也随之成了基督教徒并很快成为当地的巨富。随着儿子的飞黄腾达,艾福莱姆的生活和思想也愈来愈脱离了犹太传统,整日悠然自得地混迹于非犹太人的世界。看上去,他似乎已经非犹太化了。然而,当他得知儿子死在战场上时,却又情不自禁地叹息道:"听,啊,以色列!"②也就是说,在关键时候,闪现、迸发出的还是其民族性。

卢因森在小说第三部分的伊始,借托比亚斯的弟弟雅哥·莱威到达美国之事讨论了"自恨"问题,即犹太人自恨自己背弃了民族文化身份。到达美国后的雅哥·莱威先是在一家被"同化"了的犹太人开设的制衣和家具厂工作,后经过一番奋斗,自己也成了一个颇有实力的家具制造商。开始时,他的孩子亚瑟和黑兹尔并不知道自己是犹太人。后来,亚瑟在美国哥伦比亚大学医学院上学期间发现了自己的犹太身份。亚瑟所在的医学院里的病人主要是以精神病人为主,而且多数为犹太人。特别是在女病房中,犹太人占了绝大多数。卢因森为何要在小说中描写这样的一群精神病患者呢?其实,他使用这些犹太病人的"病症"来暗示犹太人在美

---

① Ludwig Lewisohn, *The Island Within*, p. 38.
② *Ibid.*, p. 65.

国社会所遭受到的困苦与磨难,即他们为了能与美国主流社会相"同化",付出了沉重的代价。

亚瑟信奉弗洛伊德主义,当他遇见一位非犹太女权主义者伊丽莎白·耐特时,便爱上了她并与其同居。伊丽莎白不久就怀孕了,亚瑟的父母以非犹太人根本是无法教化为由,反对他们的婚约。但是亚瑟不顾父母的反对,坚决与伊丽莎白结婚了。作者就亚瑟与伊丽莎白的婚姻向读者提出了一个问题,"同化"了的或自认为"同化"了的犹太人,能否完完全全将自己的过去一笔勾销?① 事实表明,与种族相连的民族性是难以勾销、抹杀掉的。亚瑟与伊丽莎白的婚姻很快出现了问题:围绕着儿子该接受什么样的教育,他们展开了激烈的争论。亚瑟主张儿子应该接受犹太人的教育,而妻子则坚决地反对。最后,两人终于以离婚来收场,儿子被伊丽莎白带走了。这时,亚瑟才真正意识到自己的身份是难以改变的,犹太人就应该生活在犹太人的圈子里。

如果说亚瑟与伊丽莎白的情感纠葛使他意识到民族身份的不可逆转,那么与远房亲戚的一次偶遇,则使他彻底改变了对犹太身份的看法。这位亲戚告诉他,他的曾祖父给其哥哥留下了一箱子重要文件,这些文件上记载着犹太人的苦难过去。亚瑟的灵魂受到了极大的震动,决定要与自己的民族同呼吸、共命运,并在这位远房亲戚的鼓励下,开始为犹太人做慈善事业。他的精神与行动也让前妻深受感动,她最终决定让他们的儿子接受犹太人的教育。故事的结尾虽然有些多愁善感,但却坚定地传达出这样的一个信息:要坚持住犹太人的民族文化身份。

卢因森在随后创作的系列作品中,更加注意张扬《在岛屿里》中所表达出来的主题。如他在1929年发表的自传《中间渠道:一部美国编年史》(Mid-Channel: An American Chronicle, 1929)中,就曾断言说,"同化"的结果事实上恰与"同化"的愿望相悖,"正是同化将我们从铸成我们命运的文明中剔除。"② 卢因森在1931年发表的《夏洛克最后的日子》

---

① Cf. Ludwig Lewisohn, *The Island Within*, p. 237.
② Ludwig Lewisohn, *Mid-Channel: An American Chronicle*, New York and London: Butterworth, 1929, p. 99.

(*The Last Days of Shylock*)中,虽未将犹太民族性作为作品的主题,但他在小说中对历史的清算更是深化了犹太民族性的意义。

《夏洛克最后的日子》是对莎士比亚《威尼斯商人》中犹太人物——夏洛克的创造性和批判性的"接续"。在莎士比亚的笔下,犹太人物夏洛克是一位贪婪、残酷、唯利是图、令人憎恨与厌恶的人物,但是卢因森在《夏洛克最后的日子》中却反其道而行之,用生动的形象揭露了犹太人遭受迫害的历史根源。卢因森在1933年出版的一部由多个短篇组成的故事集《这个民族》(*This People*)中再次重申犹太人身份的这一主题。

1920年,卢因森成为一名犹太复国主义者。1924年,他曾经接受哈依姆·威茨曼(Chaim Weizmann,1874—1952)①的秘密使命,前往东欧和巴勒斯坦了解犹太人的生存状况。陪他同行的是一位名叫撒尔玛·斯皮尔的女士,卢因森向海关谎称撒尔玛·斯皮尔是他的妻子,结果查明并非如此。美国政府以此理由没收其护照,他不得不在欧洲逗留多年。一直待到1954年,才得以返回美国。

由于卢因森具有强烈的社会、政治参与意识,所以他除了用文学作品来阐发自己的犹太性外,还用政论文等形式来表达自己的政治立场。他在《回答:犹太人和世界,过去,现在以及未来》(*The Answer: The Jew and the World, Past, Present, and Future*,1939)一文中,用德国犹太人的苦难经历,驳斥了所谓的文化多元论,并表明他对美国的民主已失去了信心。他认为,"忠诚于美国精神的唯一犹太人是犹太复国主义者。"②他在1950年出版的《美国犹太人:个性与命运》(*The American Jew: Character and Destiny*,1950)中,再次重申了这一观点:"真正的犹太人是,而且必须是犹太复国主义者。"③美国犹太教委员会(The American Council for Judaism)反对犹太复国主义和犹太民族性,他对此

---

① 威茨曼(1874—1952),以色列第一任总统(1949—1952),世界犹太复国主义组织主席(1920—1930;1935—1946)。原为化学家,以发明合成丙酮的方法而闻名。
② Ludwig Lewisohn, *The Answer: The Jew and the World, Past, Present, and Future*, New York: Liveright, 1939, p. 24.
③ Ludwig Lewisohn, *The American Jew: Character and Destiny*, New York: Farrar, Straus, 1950, p. 165.

颇有微词,指责美国犹太教委员会"身心都变成奴隶,将自己囚禁在自我放逐的冰冷而又空虚的地狱里"。① 他坚持认为,信仰哈西德主义的犹太人才是真正的犹太人;犹太人只有坚持自己的民族性和遵循摩西律法,才能在美国生存下来。② 他还断言,希特勒的"最终解决",彻底否定了犹太人为"同化"所做出的一切努力。

1944年,卢因森成为美国犹太复国主义组织机关刊物《新巴勒斯坦》的编辑。1948年,他到新成立的布兰代斯大学任职,一直到去世。卢因森对犹太人命运的高度关注以及他在作品中对犹太人,尤其是战争期间犹太人对自己民族身份等问题的种种再现,都为美国犹太文学谱写了一个崭新的篇章。

第四节 倡导"内省主义"的诗人:A. 莱耶理斯

A. 莱耶理斯(A. Leyeles)是艾伦·格兰兹(Aaron Glanz,1889—1966)③的笔名,是内省主义④诗人和主要理论家。莱耶理斯出生于波兰的一个拉比世家。他的父亲在一所犹太学校任教,偶尔也为希伯来语新闻界写稿。莱耶理斯在其父亲的学校就学,12岁时转入俄语学校。在1905年到1908年间,他就读于英国伦敦大学。在校读书期间,他积极参加社会主义—犹太复国主义党的活动。1909年,他移居美国,继续参加在美国的社会主义—犹太自治区主义党的活动。1910年至1913年,他到哥伦比亚大学学习文学。

---

① Ludwig Lewisohn, *The American Jew: Character and Destiny*, pp. 47—48.
② Cf. Ludwig Lewisohn, *The American Jew: Character and Destiny*, p. 114.
③ 以下介绍性的基本资料主要参见 Jules Chametzky, John Felstiner, Hilene Flanzbaum and Kathryn Hellerstein (eds.), *Jewish American Literature: A Norton Anthology*, pp. 351—352,不另作注。
④ 内省主义是美国意第绪语现代主义文学运动。1919年,主要由 A. 莱耶理斯、雅各·格莱特斯坦以及 N. B. 闵可夫三人组建而成。

莱耶理斯是意第绪文化的积极倡导者和传播者。他帮助有关机构在加拿大的多伦多、温尼伯和美国的芝加哥、苏城等地建立意第绪学校,并亲自在纽约的意第绪学校授课。在这期间,他一直未脱离犹太自治区主义者的活动,并为犹太移民在美国阿拉斯加定居作出了积极的努力。莱耶理斯将毕生的精力几乎都投入到了犹太文化在美国的传播和发展上,他曾在数个犹太移民组织,如世界犹太文化大会、意第绪语笔会等中担任领导职务。

莱耶理斯从1906年开始发表作品,并于1914年开始使用笔名莱耶理斯。同年,他成为意第绪语日报《日子》(*Tog*)政治和文学栏目的编辑,并为此栏目工作了50余年。1913年,莱耶理斯在德国出版了第一部著作。这是一部关于犹太自治区主义的政论性著作。1918年,他在纽约出版了第一部诗集:《曲径》(*Labirint*);1922年,第二部诗集《初秋》(*Yungharbst*)出版。他在这两部诗集中摒弃传统诗作的形式,忠实地实践了内省主义的美学主张。

内省主义(introspectivism)是莱耶理斯和雅各·格莱特斯坦(Jacob Glatstein)以及 N. B. 闵可夫(N. B. Minkov)三人在1919年提出的,而且,他们还自称为内省主义诗人。首先,他们把诗歌看成是通过情感、感官以及智慧等,对所有现实——美学的、个人的、政治的以及社会的——进行过滤和反映的个人心理的一个产物或过程。在他们的理论中,主要强调的是诗歌的完整性;其次,他们还提出了"万花筒"理论,即诗歌通过拼贴的方式和手段,将具有现代世界特征的混乱的观念片断互相堆砌、联系在一起;最后,内省主义诗人在创作时注意使用精致的形式;他们把意第绪语看成是一种最为复杂的诗的语言工具。这种理论还强调韵律的个性和自由诗体。[1]

1918年,莱耶理斯发表了《纽约》("New York")一诗。他在这首诗中,表达了对美国现代城市"纽约"的批判与讽刺。他在这首诗中,巧妙地

---

[1] Cf. Jules Chametzky, John Felstiner, Hilene Flanzbaum and Kathryn Hellerstein (eds.), *Jewish American Literature: A Norton Anthology*, p. 352.

运用了内省主义的一些诗作主张,如观念片断的拼贴和堆砌等,表达了他对现代世界的认识。

> 金属。花岗岩。骚乱。喧嚣。铿锵声。
> 机动车。公共汽车。地铁。高架铁道。
> 盗窃。怪诞。咖啡馆。电影剧院。
> 电灯闪烁在刺耳的迷乱中。一个符咒。
>
> 在眼中——尚未做出的裁决、脸庞——陌生人:
> 没有微笑,没有祝福,没有点头示意,没有文雅的话语。
> 迷路,闲逛,迫近的危险。
> 丛林,拥挤的人群,动乱,失控的荒诞。①

纽约是一座繁华、热闹的现代都市,但在诗人的笔下,这里非但没有丝毫的温情、浪漫和爱意,而且,还到处涌动着世界末日来临前的骚动和不安。

1926年,莱耶理斯出版他的第三部诗集《回旋诗及其他》(*Rondeaux and Other Poems*)。在这部诗集中,他轮番尝试使用了各种不同的诗体,如古典的回旋诗节、维拉内拉诗、②十四行诗以及自由诗体等。这部诗集主要歌颂了城市中的城市文化设施和宏伟建筑。1937年,莱耶理斯发表了《菲比俄斯·林德的日子》("Fabiu Lind's Days")一诗。这首诗深刻表达了一位城市现代主义者的精神历程,如:

> 菲比俄斯·林德的日子充满活力地度过。
> 失败那红色的毒蛇吮空了他的血管。
> 他头脑中——白色泥土污点。混乱。
> 他的心灵重负般沉重。

---

① A. Leyeles, "New York" in Jules Chametzky, John Felstiner, Hilene Flanzbaum and Kathryn Hellerstein (eds.), *Jewish American Literature: A Norton Anthology*, p. 356.
② 16世纪法国的一种十九行诗。

> 他会有……
> 他会有……
> 灰色忧郁的蜘蛛网
> 遮蔽了他的心,挡住了他的眼
> 另有一个奇怪绷紧弓形物
> 瞄准他的鼻尖。
> 菲比俄斯·林德,陷入沉思,
> 在谈话中,在读书中,绷紧——
> 在完全的失神中——
> 那缠绕在他脖子上的绞索。①

这首诗歌的主人公是菲比俄斯·林德,这是一个什么样的人物呢?莱耶理斯说"菲比俄斯·林德的日子充满活力地度过"。但读下来,会发现作者在此实际是有意识地正话反说。菲比俄斯·林德非但不是"充满活力"地生活着,相反痛苦不堪、身心疲惫,"红色的毒蛇吮空了他的血管","灰色忧郁的蜘蛛网"也"遮蔽了他的心,挡住了他的眼",脖子上还"缠绕"着"绞索"。显然,陷入"沉思"与"失神"中的菲比俄斯·林德是现代人的象征,他的"混乱""沉重""忧郁"都不是源于具体的人和具体的事,而是源于现代人自身对社会与自我所产生的深刻绝望。

莱耶理斯先后发表过四部诗体剧,其中发表于 1926 年的《什洛莫·莫尔科在他燃烧的前夜唱歌》(*Shlomo Molkho Sings on the Eve of His Burning*)和 1928 年的《阿舍·莱姆兰》(*Asher Lemlen*)最为重要。这两部诗体戏剧,在主题上主要探讨了与犹太人命运攸关的身份、生存以及作者对此所作的内省等问题。如诗人在《什洛莫·莫尔科》一诗中写道:

> 夜晚,形式的变形者,

---

① A. Leyeles, "Fabius Lind's Days" in Jules Chametzky, John Felstiner, Hilene Flanzbaum and Kathryn Hellerstein (eds.), *Jewish American Literature: A Norton Anthology*, p. 353.

在自己的黑暗中堆积起疑惑的你，
使虚弱和疲惫的灵魂变得软弱——
现在做我的实际情况的见证人吧。
夜晚，隐藏着的恐惧的唤醒者，
扩大了危险的你，
逼迫分裂的人格做出不必要的招供——
现在，把你黑色的封印
贴在我的供状的
快乐而又自由了的意志上。

很快它将会来到这里——我最为真实的时刻，
我骄傲的名声将会成为虚无和灰烬。
火焰将会很快剥掉我的
虚假的苦境，它用甜蜜把我哄骗。
巨大的沉默很快就会来临。①

　　这是一部探讨犹太人该如何生存的诗体剧。这个诗片段有两个关键词，即"你"和"我"。"你"在诗剧中主要指"夜晚""黑暗""恐惧""危险"等，是一种外在压力的象征。而被"黑暗"包围着，被"火焰"烘烤着的"我"，则喻指犹太人的生存处境：在各种"危险""火焰"的逼迫下，灵魂、人格不得不分裂。这部诗剧在莱耶理斯的整个创作过程中都占有重要的位置，它不但总结了诗人前期所创作的主题思想，也代表了莱耶理斯所能取得的最高艺术成就。

　　1963年出版的诗集《美国与我》(*Amerike un ikh*)是莱耶理斯诗歌创作历程的一个转折点。其标志是：他不再对美国社会抱有成见，不再批判现代化给美国社会所带来的混乱。相反，还在诗中热情地讴歌了美国

---

① A. Leyeles, "Shlomo Molkho Sings on the Eve of His Burning" in Jules Chametzky, John Felstiner, Hilene Flanzbaum and Kathryn Hellerstein (eds.), *Jewish American Literature: A Norton Anthology*, p. 354.

精神。这种转变或许可以理解为,作为一位意第绪文化的热情传播、鼓吹者,莱耶理斯在美国这个大"熔锅"里渐渐地被熔化了,由最初对美国的批判转向对美国的讴歌。但不管怎样,他为意第绪文化工作所做出的努力和取得的建树都是不可否认与抹杀的。

第五节　表现犹太人集体悲伤的著名诗人:雅各·格莱特斯坦

被誉为意第绪自由诗的大师和意第绪现代主义建筑师雅各·格莱特斯坦(Jacob Glatstein, 1896—1971)[①]在继承意第绪语文学传统的基础上,把詹姆斯·乔伊斯、T. S. 艾略特以及西格蒙德·弗洛伊德的诸种理论学说运用到诗歌创作中,从而为意第绪语诗歌创作开辟了一片新的天地。

1896年,雅各·格莱特斯坦出生于波兰的卢布林。他母亲出身于拉比世家;父亲这方则为教堂领唱者和作曲家。雅各·格莱特斯坦接受过传统教育并学习一些世俗学科,其中包括古典意第绪语作家的作品等。所以,他最初是用意第绪语来写短篇小说的。在他13岁时,曾专程到华沙将其习作送给当时意第绪语文学大师佩雷兹(I. L. Peretz)阅读批评。1914年,父母将他送到美国纽约与哥哥团聚。他在"血汗工厂"工作一段时间后,于1918年到纽约大学学习法律,他在此结识了N. B. 闵可夫和A. 莱耶理斯。1919年,他们三人共同提出"内省主义"创作主张。同年,他在犹太人文学刊物《诗》上发表了三首用意第绪语写成的"实验诗"。其中一首名为《1919》。

> 最近,伊茨考克的儿子彦考
> 没有留下任何痕迹,
> 除了一个小圆点

[①] 以下介绍性的基本资料主要参见 Jules Chametzky, John Felstiner, Hilene Flanzbaum and Kathryn Hellerstein (eds.), *Jewish American Literature: A Norton Anthology*, p. 370。

疯狂地滚过街道
两腿着迷、笨拙。
高居在上的上帝
用天蓝色将世界包围
无处逃遁。
从上苍落向各处"多余的!"
压扁我汗淋淋的额头。
某人的长舌
为了我好用一抹红色涂脏了我的眼镜,
红色,红色,红色。
你知道:
某一天将有某种东西在我脑中爆炸,
郁闷地一碰就会点燃
然后留下一堆肮脏的尘灰。
我,
和那小点,
将会在太空中为永恒旋转,
包裹在红色的面纱中。①

这首诗歌的内涵非常丰富。首先需要说明一下诗中的几处用典。诗中第一行出现的名字"伊茨考克"是《圣经》中雅各的为人所熟知的称呼。他是艾萨克的儿子。实际上,它是诗人和其父亲的名字。意第绪语"Yankl"一词,在此喻指美国英语"Yankee"(意为美国新英格兰人或美国佬)。诗中的"小圆点"则喻指意第绪语中的"犹太性的小圆点"或"犹太人身上的犹太本质"。② 由此,我们不难看出这首诗的主旨之所在。

---

① Jacob Glasstein, "1919" in Jules Chametzky, John Felstiner, Hilene Flanzbaum and Kathryn Hellerstein (eds.), *Jewish American Literature: A Norton Anthology*, p. 371.
② Cf. Jules Chametzky, John Felstiner, Hilene Flanzbaum and Kathryn Hellerstein (eds.), *Jewish American Literature: A Norton Anthology*, note 3, p. 371.

诗中人"我"是犹太人的后裔。美国正在进行着一场将外来的民族和文化统统"挤碎",然后再抛进"熔锅"中重新熔炼的声势浩大的运动。这场运动虽可以将诗中人"我"搞得"没有留下任何痕迹",但却消除不掉"我"身上的犹太本质。诗人在诗中运用了一个很巧妙的字,即"滚"。这个字一方面可以与意象"小圆点"相呼应,另一方面又可以暗示出"我"被美国社会所驱逐或追赶等。犹太人自沦为"巴比伦之囚"后,世人就将他们视为邪恶、劣等的"多余人"。而这个"滚"字就异常传神地揭示出犹太人无处躲藏的尴尬处境。诗中所出现的"红色,红色,红色"是指1919年间世界上所发生的一系列政治事件,如美国总统威尔逊为试图建立起一个永久、和平的世界所采取的措施,俄国布尔什维克的"十月革命"以及随后发生在美国的"红色恐怖"和发生在乌克兰的大屠杀等。这太多、太多的历史变故,使诗中的人"我","郁闷地一碰就会点燃,/然后留下一堆肮脏的尘灰"。原来的信仰被破坏了,"我"只能舍生取义了。但是"我",也就是那个"小圆点"——犹太本质将会永存在宇宙之中。

诗的最后一行"包裹在红色的面纱中"颇有些费解。诗人在此是指"我"无论逃到哪里,即便是在太空中,"红色"也会将其"包裹"呢?还是指"我"将以"红色的面纱"来"包裹"自己?究竟是指哪一种情况,诗人并没有明说。我们知道,前者是一种被动的行为,而后者则是主动的。"被动"与"主动"抑或两者兼而有之,代表了各自不同的价值取向。结合诗的语境来看,这两种情况都是有可能的。诗人似乎在这里暗示主观的"我"与客观世界之间存在着某种既相互依存,又相互转变的关系。这样写,给读者留下了诗韵想象的空间。

另外,诗中还将"我"和"那小点"分裂开来也是值得深思的。因为,诗的开篇即已言明"我"只剩下"一个小圆点"而"没有留下任何痕迹",为何到最后则又出现分裂开来的"我"和"那小点"呢?是"我"并未真正地消失,还是"我"又得以重生了呢?抑或还有其他什么更为深刻的含义?但无论如何,诗人通过"我"和"那小点"的关系,道出了"我"和犹太本质的关系:即便这个世界没有"那小点"的存身之地,而不得不逃遁到太空中去,被毁灭如"一堆肮脏的尘灰"的"我"也要紧随其后,在太空中为永恒而旋转。诗中人"我"的坚定信念和执着追求已是不言自明的了。

1921年,格莱特斯坦发表了他的第一部诗集《彦克·格莱特斯坦》(*Yankev Glastshteyn*, 1921)。从1925年起,一方面由于生活所迫,另一方面也因未能通过纽约大学法律课程的考试,所以,格莱特斯坦开始为意第绪语刊物写稿,并经常在刊物上发表专栏文章和短篇小说。他的第二部诗集《自由诗》(*Fraye ferzn*, 1926)和第三部诗集《信条》(*Kredos*, 1929)分别于1926年和1929年出版。格莱特斯坦在这三部诗集中,运用自由体诗作法、文字游戏、语言拼贴以及感官体验等手法,创作出不少脍炙人口的好诗。《自传》("Autobiography")一诗,便是选自他的第三部诗集《信条》:

> 昨天我向儿子倾诉了如下故事:
> 我的父亲是个独眼巨人,当然,有一只眼,
> 我十五个弟兄要吞食我,
> 因此,我勉强逃离他们的毒手
> 就开始浪迹全世界。
> 浪迹,我在两天内长大,
> 但我不愿回到我父亲的房子。
> 因此,我去了逊法尼亚并学说犹太话,
> 我割去了包皮成了犹太人。
> 因此,我开始贩卖亚麻、蜂蜡、咬掉了尖的枸橼,
> 挣得一点糊口的小钱。
> 后来我遇见一位老公主
> 她立遗嘱送给我一笔财产,然后死去。
> 因此,我成了地主
> 开始暴饮暴食。
> 我发现自己开始变胖,
> 就决心结婚成家。

> 婚后,我的房子被火焚毁。
> 因此,我成了一个可怜的报刊撰稿人。
> 我的父亲,独眼巨人,我有时候写信给他
> 对我的十五个兄弟——伸出手指。①

首先需要解释的,是诗中的三处用典:一、"独眼巨人"源自于古希腊神话。在传说中,他们是为宙斯掌管雷电的神。古希腊著名诗人荷马在史诗《奥德赛》中,曾将"独眼巨人"描写成强壮有力的巨人。他们住在遥远西方的洞穴里,不知耕耘,不敬神灵。在赫西俄多斯笔下,"独眼巨人"是乌剌诺斯和该亚的三个儿子:布戎忒斯、斯忒洛珀斯和阿耳戈斯。乌剌诺斯对"独眼巨人"也像对自己的其他几个子女一样,把他们关在地下。克洛诺斯在"独眼巨人"的帮助下取得了宇宙统治权,取得胜利的克洛诺斯由于害怕这些野蛮力量,于是给他们钉上了镣铐。宙斯将他们释放后,他们成为赫淮斯托斯的助手,帮他给雷神锻造电火,给英雄们锻造武器。② 二、"咬掉了尖的枸橼"是指一种像柠檬一样的水果,该水果主要是用在犹太人的"住棚节"仪式上。而且,"枸橼"上的"尖"只有在完好无损时,才被认为是"洁净的",才可在"住棚节"仪式上使用。三、"伸出手指"是指犹太人之间所使用的一种粗野手势,而这个手势不为异族人所知道。③

通过对上述几个典故的解释以及结合诗歌的题目"自传"来看,可以明白该诗主要讲述了"我"与"父亲"(独眼巨人)以及"十五个兄弟"之间的恩怨关系。问题是,格莱特斯坦在诗中为何要引用"独眼巨人"这个异族

---

① Jacob Glatstein, "Autobiography" in Jules Chametzky, John Felstiner, Hilene Flanzbaum and Kathryn Hellerstein (eds.), *Jewish American Literature: A Norton Anthology*, note 3, pp. 371—372.

② Cf. Alan Isaacs (ed.), *The Macmillan Encyclopedia*, London, Macmillan, 1997, p. 337;《神话辞典》,M. H. 鲍特文尼克、M. A. 科甘等编著,黄鸿森、温乃铮译,商务印书馆1985年版,第86页。

③ Cf. Jules Chametzky, John Felstiner, Hilene Flanzbaum and Kathryn Hellerstein (eds.), *Jewish American Literature: A Norton Anthology*, notes 5, 7, p. 372.

文学作品中的人物和意象呢？这是颇为令人寻味的。犹太教是唯一神教，所以犹太人从不谈及异教的神祇，且也绝少在文学作品中提及异教的神祇。否则，会被人们视为背教。由此看来，目前的诗歌写作格局只有一种解释，即诗人是以非犹太人的身份，即站在非犹太人的立场上来写作这首诗歌的。这一点其实从诗中人"我"离开父亲，"浪迹"世界后，才开始"学说犹太话"、"割去了包皮成了犹太人"以及贩卖"咬掉了尖的枸橼"等诗句中也不难看出。因为在正常的情况下，犹太男人一生下来，就要接受"割礼"。而诗中人"我"却是直到被迫出走到了一个新地方，即遂法尼亚①后，才"割去了包皮成了犹太人"。诗中人"我"虽没有细说离家出走的具体原因，只是笼统地说"十五个弟兄要吞食我"、"我勉强逃离他们的毒手"，但不难想象出基督教内部派别林立、相互倾轧的情况。也就是说，"我"之所以逃离"父亲"的房子，加入犹太人的行列，完全是由于被"十五个兄弟"所迫害的结果。

然而，归根结底"我"在"出身"上毕竟是一个异教徒，"皈依"到犹太教后，虽与同胞兄弟们反目成仇，但对象征着自己文化根本的"父亲"还是崇敬有加。所以，"我"有时候还会写信问候"父亲"。总之，这首诗主要反映了基督教徒内部的分歧、斗争及其诗中人"我"皈依犹太教后的一些情况。

诗歌的后半部分主要讲述了"我"在偶遇年老的公主后，先发迹，后衰败的原因及过程，既诙谐，又颇具戏剧性，让读者在莞尔一笑中，领悟到"我"在被自己的"兄弟"逼走，即脱离自己的宗教文化后，是如何成为一个房子被烧毁的畸零人的。结合上面分析的格莱特斯坦在十年前写的《1919》一诗来看，这首《自传》则不仅从另一侧面表达了文化之根对一个人的重要性，而且还道出了信仰其他宗教文化的人也将面临与犹太人相类似的问题——有时可能会被迫脱离自己的族群或信仰。所不同的是，犹太人是被外部势力所迫，而非犹太人则是由内部原因所致。

1934年，格莱特斯坦回波兰卢布林探望病危的母亲。通过这次的回访，他敏感地觉察到反犹势力已经威胁到犹太人的生存，并将最终毁

---

① 遂法尼亚是作者虚构的地方。

掉欧洲犹太宗教和文化。他在 1937 年出版的诗集《意第绪意思》(*Yidishtaytshn*, 1937)中,强烈地表达了对整个欧洲犹太世界的关注。然而,由于这部诗集的创作过于集中在政治上,即通过关注政治来关注人类世界,特别是欧洲犹太世界,因此诗集中的绝大部分诗作都或多或少地流露出几许沉闷和晦涩。1943 年,他出版了诗集《记忆诗》(*Gedenklider*, 1943)。这部诗集中收录了《晚安,世界》("Good Night, World")等名篇。由于格莱特斯坦在诗歌中深切地表达了对欧洲犹太文化命运的担忧,所以常被批评家称为表现犹太人集体悲伤的诗人。①

1946 年,他创作了《没有犹太人》("Without Jews")一诗。在这首诗中,他通过描写犹太人与上帝间的依存关系,把自己复杂的宗教情感揭示了出来。他在诗中这样写道:

> 没有犹太人将没有犹太人的上帝。
> 如果我们从世界上走开,
> 灯光将在你那寒酸的帐篷里熄灭。
> 自从亚伯拉罕在云端里见到你,②
> 你的火就一直燃烧在所有犹太人的脸上,
> 你的光芒就一直闪耀在所有犹太人的眼中,
> 我们用我们自己的形象塑造着你。
> 在每一个国家、每一座城镇里,
> 一个陌生人与我们同住,
> 犹太人的上帝。
> 犹太人每一个破碎的头颅
> 都是上帝的耻辱,破碎的碗,

---

① Cf. Jules Chametzky, John Felstiner, Hilene Flanzbaum and Kathryn Hellerstein (eds.), *Jewish American Literature: A Norton Anthology*, p. 370.
② 此处指上帝出现在亚伯拉罕面前,将迦南地区许诺给犹太人的后代,并因此订立第一个契约。Cf. Jules Chametzky, John Felstiner, Hilene Flanzbaum and Kathryn Hellerstein (eds.), *Jewish American Literature: A Norton Anthology*, p. 374.

因为我们是你的光的容器，
你可感触摸得到的奇迹的活的符号。
……①

显然，在格莱特斯坦看来，"犹太人的上帝"是犹太人自己创造出来的，所以这个上帝与犹太人的命运是息息相关的：犹太人所蒙受的一切灾难与痛苦，实际也都是上帝的耻辱。这首创作于第二次世界大战之后的诗歌，既控诉了德国纳粹屠杀犹太人的罪行，又对无所作为的"犹太人的上帝"进行了严厉的诘问。诗人在最后写道：

对一个死亡的民族而言，夜晚是永恒的。
天空与大地都一扫而光。
灯光在你那寒酸的帐篷里熄灭。
犹太人最后时刻摇曳。
犹太人的上帝，不久你也不复存在。②

假若犹太人作为一个民族已不复存在了，你——"犹太人的上帝"还有什么存在的必要和意义？可见，诗人把批判的矛头直接指向了上帝。

纳粹"犹太人大屠杀"事件给格莱特斯坦所带来的影响是深远的，他在后来出版的《诗集》（Poems，1970）和《我不断回想：雅各·格莱特斯坦的关于犹太大屠杀的诗》（I Keep Recalling: The Holocaust Poems of Jacob Glastein，1993）中，再次对残暴的德国纳粹给予强烈的谴责。就诗歌创作技巧而言，格莱特斯坦在后期的创作中，又重新回归到了早期注重实验的精神上来。因为他认为，只有这样才能把丰富、细腻、委婉的民族情感表达出来。由此也可看出，格莱特斯坦的诗作主要关心的是犹太民族情感问题，因此说他是一位杰出的民族诗人是恰如其分的。

---

① Jacob Glatstein, "Without Jews" in Jules Chametzky, John Felstiner, Hilene Flanzbaum and Kathryn Hellerstein (eds.), *Jewish American Literature: A Norton Anthology*, pp. 374—375.
② *Ibid.*, p. 375.

第六章 融入主流

第一节 无产阶级作家：
迈克尔·戈尔德

尽管美国无产阶级文学的出现不能说完全是犹太人所为，但从作家的民族身份来看，多数重要的美国无产阶级作家都是犹太人。一般说来，这些作家的思想、创作路程是相似的，即从信仰正统犹太教转而信仰马克思主义，进而成为一名激进主义者。西方学者将此种现象称为"犹太现象"。① 在美国首部重要的无产阶级文学作品是迈克尔·戈尔德的自传体小说《没钱的犹太人》。

一、无产者的创作立场

迈克尔·戈尔德(Michael Gold)是美国犹太作家欧文·格兰尼克(Irwin Granich, 1893—1967)②的笔名。他从1921年开始使用这个名字，主要是为了躲避当时美国司法机关对激进主义者和激进主义组织的注意。戈尔德于1893年4月12日出生于美国纽约。他的父母是穷困潦倒的比萨拉比亚犹太移民，家境赤贫。父亲是个沿街叫卖的小贩，同时还兼制吊带裤补贴家用。12岁时，戈尔德就不得不辍学去做工，曾先后做过夜间行李员、小职员和司机等。1914年，戈尔德成为一名激进主义者。

---

① Cf. Allen Guttmann, *The Jewish Writer in America: Assimilation and the Crisis of Identity*, p. 140.
② 以下介绍性的基本资料主要参见 Richard Tuerk, "Michael Gold" in Daniel Walden (ed.), *Twentieth-Century American-Jewish Fiction Writers*, pp. 83—87.

据他后来的回忆说,他曾闯进一支浩大的失业人员示威游行的队伍中;当看到一大队警察从四面八方袭击示威者,并把一位妇女按倒在地时,他冲上前去援救,但是却被警察当做示威者抓走了。他第一次接触到激进主义者的机关刊物《群众》是他在参加这次示威游行时,用口袋里仅有的一点钱买的。① 从1914年到1917年间,他为激进主义者刊物《纽约号召》和《群众》写稿。另外,他还曾为普罗文斯敦剧团②写过一部具有强烈社会意识的独幕剧。1918年,为逃避兵役,他去了墨西哥。20世纪20年代,他参加编辑《解放者》并成为美国共产党机关刊物《新群众》的编辑。他积极参加党派活动,立场坚定,即便是在他所向往的苏联国内发生了许多变故的情况下(如"莫斯科审判"、纳粹德国与苏联签署所谓互不侵犯条约以及苏联众多犹太知识分子惨遭杀害等事件),他也依然如故地站在激进主义者一边。戈尔德的主要作品除了《没钱的犹太人》(*Jews Without Money*, 1930)外,还有《一亿两千万》(*120 Million*, 1929)和《改变世界》(*Change the World*, 1937)。

戈尔德写过多部具有倾向性的剧本和其他文学作品,但唯有《没钱的犹太人》在当时具有一定的影响。小说曾先后再版多次。在1996年版重印本中,刊出了阿尔弗莱德·卡津(Alfred Kazin, 1915—1998)③为该书撰写的介绍。卡津写道:

> 说来也奇怪,自传体小说《没钱的犹太人》(1930)并没有驳斥对低东区贫穷的犹太人的毁谤和侮辱。④ 戈尔德并没有袒护他的人

---

① Cf. Richard Tuerk, "Michael Gold" in Daniel Walden (ed.), *Twentieth-Century American-Jewish Fiction Writers*, pp. 83—84.

② 普罗文斯敦剧团是20世纪初叶美国小剧场运动中崛起的一个有影响的剧团组织。它是由乔治·克兰姆·库克和妻子苏珊·格拉斯贝尔等人于1915年在马萨诸塞州普罗文斯敦市建立的。

③ 美国重要犹太作家、评论家。主要作品有《走在大街上的人》(1951)、《三十年代初露锋芒》(1965)和文学评论集《论本土》、《内心深处的一页》、《当代人物》等。

④ 美国作家亨利·詹姆斯、威廉·迪恩·豪威尔斯以及亨利·亚当等人对美国犹太移民颇有微词。亨利·詹姆斯将犹太移民比作从笼子里跑出来的猴子;而亨利·亚当曾贬称犹太人不像人类,使用的怪诞的意第绪语等——本书作者注。

物。这部小说愤怒地详述了所有一切有关肮脏、唯利是图、悲惨、粗俗、残忍暴力、蒙昧宗教以及迷信;戈尔德说所有这一切玷污了幼小的心灵。这部小说是一种尖利巨大而又悲痛的呐喊和对妓女们在街上公开展示她们"肉腿"的痛恨……我不知道还有哪部小说像《没钱的犹太人》那样如此有力地——如此令人难忘地——描述大移民年代里的低东部。①

卡津对《没钱的犹太人》的公正评论,在很大程度上驳斥了某些批评家对戈尔德《没钱的犹太人》的非难。如 C. 贝匝莱尔·谢曼曾这样批评这部小说:"在这个国家,人们无法找到有哪位重要的犹太诗人或小说家是受世俗思想提倡者的非宗教思想影响的。"②显然,他对成功运用了"世俗的思想",生动描绘出美国纽约"隔都"众生相的《没钱的犹太人》是持否定态度的:他认为作者没有受到宗教思想的影响,所以他的创作不具有"重要的犹太诗人或小说家"的禀赋。在这样的一种舆论导向下,卡津的评论更显得难能可贵。

戈尔德在小说《没钱的犹太人》中,以近似左拉自然主义的笔触,对生活在美国的犹太移民的生存状况进行了披露。他在第一章——"50 美分一晚"中,突出地再现了美国纽约贫民区的悲惨、龌龊的景象:拉皮条者和赌棍们到处横行;妓女、码头装卸工人等四下出没;政客、拳击师等堂而皇之地混迹于人群之中。在街上,"人们推推搡搡,扭作一团。推手推车的小贩成群结队,女人尖叫,狗儿狂吠、交媾,婴儿啼哭。"③戈尔德在对背景展示、描写的基础上进一步写道:

这些犹太人逃离了发生在欧洲的屠杀;[他们]带着祈祷、感恩以

---

① Alfred Kazin, "Introduction" in Michael Gold, *Jews Without Money*, New York: Carroll & Graf Publishing, INC, 1996, p. 2.
② C. Bezalel Sherman, "Secularism and Religion in the Jewish Labor Movement" in Theodore Friedman and Robert Gordis (eds.), *Jewish Life in America*, New York, 1955, p. 127.
③ Michael Gold, *Jews Without Money*, p. 13.

及庄严的信仰从新埃及来到新的应许之地。

他们发现等待他们的竟是血汗工厂,淫猥下流的房子以及坦慕尼协会会堂。①

街上有成百上千名妓女。她们占领一些空商店,她们拥挤进每所经济房屋。虔诚的犹太人厌恶车辆。但他们是穷困的陌生人;他们对一切都无能为力。他们耸耸肩膀低语道:"这是美国。"他们得设法活下去。②

这段话基本是作者的议论和评判。从"欧洲的屠杀"中逃离出来的犹太人,怀着一颗虔诚、感恩心投奔到"应许之地"——美国,但等待他们这群"穷困的陌生人"的却是另一种意义上的不幸——"血汗工厂"和"淫猥下流的房子"。为了生存,犹太姑娘甚至还必须不知羞耻地出卖肉体。生活的贫困使她们变得麻木,但街头少年的顽皮嘲笑更是深深地刺伤了她们的心。同时,这里也是犹太孩子们的"课堂"。他们从小浸润在这种卑劣的环境中,耳濡目染地接受着"教育"。正如小说中所写:"这是我的世界;也是我母亲的世界。我们不得不生存在里边,而且学到了这个世界教给我们的东西。"③这个地方是肮脏、恐怖的,但贫穷的犹太人不得不一代一代地在此居住、生存下去。

二、贫穷犹太移民与美国政治司法

严格说来,戈尔德的《没钱的犹太人》是没有什么情节可言的。换言之,《没钱的犹太人》与其说是一部小说,不如说是一部回忆录。他的人物纷纷登场,但很快又消失;故事前后也绝少有什么必然的关联。但戈尔德在小说中努力营造了一种混乱不堪的氛围,并由此烘托出犹太贫民的艰难生活状况。戈尔德在作品的第二章——"孩子是如何生出来的"中,通

---

① 坦慕尼协会是成立于1789年的纽约市一民主党实力派组织,由原先的慈善团体发展而成,因其在19世纪犯下的种种劣迹成为腐败政治的同义词——本书作者注。
② Michael Gold, *Jews Without Money*, pp. 14—15.
③ *Ibid.*, p. 19.

过一个孩子的眼睛,在向读者展示一个肮脏、丑陋世界的同时,也对深受其害的无助者表示了深切的同情。

玛莎是一位俄国犹太姑娘,一个盲人。她的父母在俄国"犹太人大屠杀"事件中都惨遭杀害。为了生存,她不得不出卖肉体。戈尔德对她的描绘用字不多,看似不动声色,但字里行间却透露出深深的同情。他写道:

> 她长着一张温顺的脸,而且总是很安静。她伴着七弦吉他,唱基辅之歌……
>
> 许多夜晚我随着她伴随着七弦吉他唱出的忧伤的基辅之歌睡去。我们在家就能听见。她在"会客"之间唱歌。①

作者笔下的卖淫女丝毫没有粗野、放荡的痕迹,相反她是那样的"温顺"与"安静"。在深夜,当她伴着吉他唱着忧伤的歌曲时,就像是一位误落到人间的天使。可以想象,戈尔德在这个人物身上投入了相当的感情。

当然,戈尔德对贫穷犹太移民的同情是广泛的。早在 1921 年,即当他成为激进主义者机关报《解放者》的编辑后,就曾为劳苦大众写了一首赞歌,称"群众永不悲观。群众永不贫瘠。群众从不远离大地。群众从不远离天堂。群众前进——他们是永恒的真理。群众朴实、强大、坚定。他们永远不会长久迷失;每个年代,他们总有自己的目标。"②由此不难看出"群众"在他心目中的地位。所以,在《没钱的犹太人》中,他不仅以悲凉的笔触叙说妓女的辛酸,就是对乞丐的苦难和无助也予以深切的关注。与此同时,还对那些有钱有势但无同情心的资产者,予以无情的揭露和鞭挞。如杰克·伍尔夫在小说中是个操纵每年选举的"了不起的大人物",③为了揭露杰克·伍尔夫的虚伪和残忍,戈尔德叙述道:

---

① Michael Gold, *Jews Without Money*, pp. 32—33.
② Quoted in Daniel Aaron, *Writers on the Left*, New York: Columbia University Press, 1961, p. 88, 142.
③ Michael Gold, *Jews Without Money*, p. 52.

一个乞丐被从沙龙里扔了出来。他滑稽地摔了一个跟斗,脸着地狠狠地摔在人行道上。血从他的脸颊上涌出;……杰克·伍尔夫看了看地下那堆血糊糊的烂布堆,剔着牙,啐了一口,打了个哈欠转身走开了。

"揍他,孩子们!"他笑着说,友好地冲我们眨了眨眼睛。"我忙。"①

寥寥几笔,就把一个冷酷、凶狠、残忍的"有产者"形象展示在读者的面前。乞丐在这位"了不起的大人物"的眼中,就是一堆没有生命的,可任人宰割的"烂布堆"。深刻的阶级差异与不平等性,通过寥寥几笔的人物神态与语言就自然而然地裸露了出来。

一般说来,戈尔德很少在小说中直接描述美国犹太移民的贫困状况。他喜欢写"猫"、写"马",即常常"以物喻人"地表达对美国犹太移民生存状态的深切不满与同情。他对一匹一生都为主人辛勤劳作,而在某一天颓然死去的马的描述感人至深。描述虽然简约、不露声色,但却寓意深刻,令人久久不能忘怀:

在夏日的一天,这匹马干完活后颓然倒地。他们松开马具,向他浇了一桶水。他设法站立起来,但很虚弱。他把车拉回马厩。他像往常一样等着从车上解下来吃晚饭时,却喘息着倒下了;他死在街道上。②

戈尔德用人称代词"他"来称呼这匹马,说明他并没有把这匹马仅仅看成是个牲畜,而是引为自己的同类。他为这匹马的悲酸一生愤愤不平。他诘问道:"上帝造的加努夫[马匹名]吧?那么,上帝为何要让加努夫死呢?……是那个仁爱的上帝创造的臭虫吧,也是他把痛苦与贫穷塞进这个世界的?咳,一匹像我的加努夫这样善良的马从来不会做这类事情。"③戈尔德通过

---

① Michael Gold, *Jews Without Money*, p. 53.
② *Ibid.*, p. 70.
③ *Ibid.*, pp. 71—72.

斥责上帝不如一匹马的方式,来鞭挞那个让犹太人吃尽苦头的上帝。在很大程度上,他的这种对上帝的批判精神是对犹太文化传统的一种反叛,同时也对后来的美国犹太作家有着深刻的影响。

戈尔德对美国社会的认识是深刻的。他在作品中写道:"美国非常富有和肥胖,因为它吞噬了数百万移民的悲苦。"① 他把外来移民,特别是犹太移民的苦难归咎为美国社会对这些移民的剥削和掠夺。在他眼中,美国社会是个像贼一样的社会。他为穷苦的犹太移民鸣不平:"诅咒哥伦比亚!诅咒美国,这个贼!这是一片虱子可以发财致富、好人挨饿受穷的土地!"② 戈尔德从无产阶级的立场出发,通过叙说大量有关美国社会如何将好人逼成恶人的故事,生动地揭示了美国社会的本质。如在小说中,路易斯原来是一个虽然贫穷,但很优秀的犹太青年。他"身材细长、轻灵,像条蛇一样优雅。他长了一头印第安人头发,并有着犹太人高傲的秉性"。③ 但就这样一个出色的犹太青年在生活的挤压下,被美国社会变成了一个残忍的无赖。他为了保护母亲不受父亲的殴打,将父亲从窗口推了出去。父亲险些摔死,他也因此进了劳教所。狱卒用皮带将他的一只眼打瞎,"美国用仔细地教他成为罪犯和夺走他的一只眼睛的方法'改造'了他。"④ 戈尔德在尚未展开叙述有关路易斯如何与社会为敌、横行霸道之前,就直接介入进来质问道:"有哪儿的歹徒能像眼下这个法治国家里的歹徒一样残酷无情?"⑤ 在写到有关路易斯的无赖行径时,戈尔德揶揄道:"他的一些偷窃行为像政客一样公开……他镇定自若地从手推车上拿水果吃而且不付钱,似乎自己是个警察。"⑥ 把"偷窃""抢劫"与"政客""警察"相并论,表达了作者对美国政界和司法机关的厌恶。

戈尔德对美国社会的批判是广泛的。许多批评家只看到他在经济方面对20世纪30年代美国社会的揭露和批判,而绝少有人谈及他对美国所谓民主政治的讽刺和鞭挞。事实上,在《没钱的犹太人》中,这样的细

---

① Michael Gold, *Jews Without Money*, p. 41.
② *Ibid.*, p. 112.
③④⑤ *Ibid.*, p. 128.
⑥ *Ibid.*, p. 136.

节、段落比比皆是。譬如穷困潦倒的父亲,由于听信了一个政客的游说,参加了所谓的投票选举。结果被政敌一方打得头破血流。试看政客游说时的片断:

"很简单,"他告诉我父亲。"明天我让你做公民,然后,后天你去投票。还有什么比这个更简单的?"

"听起来简单,"我那着了迷的父亲说。

"当然!"那个大人物拍着我父亲的后背说。"你所做的一切就是在星号下画个叉。是在星号下画,记住!你将挣到三美元并成为民主党人。在美国当个民主党人是件好事,赫曼。它将会给你带来钱财和朋友。"①

"那个大人物"道貌岸然地诱导父亲在"星号下画个叉",并把这一举动与能否"做公民"以及"民主党人"画等号。这就让父亲感觉到自己是在从事某项崇高、正义的事业,无辜的下层人就这样稀里糊涂地沦落成政客手中争斗、牟利的工具。好在挨打后的父亲有所醒悟,回家后对妻子说:"凯蒂,你是对的……我再也不会做这样危险的事了。"②戈尔德对美国所谓的民主政治的讽刺,由此可略见一斑。

三、两种"同化"与犹太移民的宗教

"同化"从来都是美国犹太作家十分关心的问题。换句话说,戈尔德在批判美国社会、反映犹太移民存在状况的同时,对美国犹太移民的精神状况也进行了反观。③ 面对贫穷的侵蚀,一些犹太移民即便挨饿、受苦也

---

①② Michael Gold, *Jews Without Money*, p. 208.
③ 值得注意的是,戈尔德在小说中描写了一位虔诚的非洲犹太人。这在美国犹太文学史上还是第一次,对后来美国犹太作家伯纳德·马拉默德的创作也有很大的影响。戈尔德在小说中描写非洲犹太人并非是偶然的。据说,古犹太人在沦为巴比伦之囚后,有十个部落失落了。有论者说,他们散居于美国东、西印第安人中;也有论者认为,失落的犹太人在非洲。尽管我们无法猜测戈尔德为何在写贫穷的美国犹太移民的同时,插入描写非洲犹太人的真正动机,但从他的描写中,我们可以看出他对这位非洲犹太人的推崇。

不愿意背叛犹太教;但另有一些人则靠"机智"来苟活,即他们虽笃信犹太教,但为了生存,只好选择走"同化"的道路。戈尔德在小说中真实地写出了美国犹太移民,在贫穷面前所采取的两种不同的生存方式和彼此间的思想交锋。不过,值得注意的是,"同化"在作者的笔下,似乎被赋予了另一层的含义。如一个寄居在戈尔德家名叫门德尔的贫穷犹太移民,以皈依基督教的形式,换取了一点充饥的土豆,并将土豆拿到戈尔德的家。而当戈尔德的母亲得知门德尔给她带来的土豆,竟是用皈依基督教的方式换来的时,立即大惊失色。她喊道:

"把它们立刻拿出我的房子,"她[戈尔德的母亲]说,"那些基督徒的土豆!"

"你饿的时候这些土豆有什么不好?"门德尔狡猾地说。

"不。用你的犹太人的灵魂换一袋子土豆——受洗礼——这是有罪的,门德尔!你在匈牙利的妈妈知道了会难过死的。"

"她怎么会知道呢,我会告诉她吗?"门德尔抗议道。"谁说我受洗礼了?没有,妈妈,你错了;我不会因什么东西而放弃做犹太人的。这只不过是一种生存方式罢了;我失业了,我为什么要挨饿?那些基督徒,愿他们今年倒霉,狂热地想让犹太人受洗礼,他们甚至愿意为此付钱。因此,我所做的就是——我愚弄他们。我让他们把水浇到我的头上——但自始至终,我都悄声地诅咒他们,我说,见你的鬼吧,白痴!你的圣水也见鬼去吧!他们做完之后,我拿起土豆就走了——但我还是同一个门德尔,犹太人中的一员!"①

门德尔为了得到土豆,虽接受了基督徒的洗礼,但他并不认为这样做是放弃了做犹太人的表示。相反,他认为这不过是为了生存下去的一种策略罢了,根本用不着大惊小怪。尤其是当他在内心悄悄地诅咒那些为他作洗礼的基督徒们为"白痴"时,他还充满着愚弄、报复的快感。很显然,这

---

① Michael Gold, *Jews Without Money*, pp. 78—79.

种"同化"与有意识地接受、融入基督教中的"同化"是不一样的。戈尔德对"同化"的上述认识是颇为独特的。

另外,戈尔德在作品中还认为,"同化"不只是一种单向的行为,即不只是基督教"同化"犹太人;犹太人也可以通过善行来"同化"或感化非犹太人。作者通过戈尔德的母亲来说明这个问题。

由于历史的原因,戈尔德的母亲对基督教徒有许多偏见,甚至认为基督教徒算不上是人类。但说归说,她却无法真正做到恨任何人。她有不少邻里朋友都是基督教徒,其中有一个名叫贝特西的意大利妇女——丈夫因杀人被捕入狱,没有工作和朋友的她,需要独自养活三个孩子。戈尔德的母亲闻知后,设法帮她找到一份在家里做的加工活。这样一来,贝特西既可以赚钱养家糊口,又能照看自己的孩子。贝特西对戈尔德的母亲感恩戴德,甚至是崇拜有加。为了表达敬意,贝特西在"苦难中,她找时间为我妈妈织了一条大羊毛围巾,让我妈妈吃惊不小……我妈妈把它看得比什么都珍贵"。[1] 因为

> 一条像那样的围巾值十个多美元,比她干一周挣的钱还要多。她一定花费了许多周来织这条围巾,在她每天干完 16 小时的缝缀衣服加工活后,在油灯下熬夜织成的。像这样的礼物是值得珍惜的;它们是用爱织成的。[2]

戈尔德的母亲用自己的善行,感动了一位苦难中的异族妇女。从而消弭了民族之间的隔阂和怨恨,使人与人之间的关爱超越了历史的偏见。

严格说来,戈尔德的《没钱的犹太人》不只是一部纯粹反映美国犹太移民贫穷生活的所谓无产阶级小说。戈尔德还在小说中使用了一定的篇幅,较全面地反映了 20 世纪 30 年代美国犹太移民的宗教、文化生活。但是,这种反映常常是批判性的,即作者认为犹太人的上帝是个不主持公道

---

[1] Michael Gold, *Jews Without Money*, p. 167.
[2] *Ibid.*, pp. 167—168.

的势利眼，对犹太贫民的苦难无动于衷，而对有钱人则曲意逢迎。

戈尔德对上帝的批判主要是通过对上帝的传教者——犹太拉比——的揭露以及美国社会对其的腐蚀来完成的：生活在纽约低东区的哈西德派犹太人没有教堂，也没有拉比。虔诚的哈西德派犹太移民从活命的生活费中挤出钱来，从波兰请来一位祖上曾是犹太虔诚派领袖的拉比。据说，这位拉比的祖上是以色列36位圣贤之一。大约在1810年间，这位圣贤的后裔还显示过奇迹，因此，深为犹太大众所敬仰。虔诚的哈西德派犹太贫民就像盼望弥赛亚的到来一样，盼望着这位波兰拉比的到来。结果，让戈尔德失望的是，盼望已久的拉比不是想象中的那样像天使般灿烂。恰恰相反，他所看到的是一个肥胖、面容"显出一种愚钝的沾沾自喜"①的家伙。在欢迎宴席上，他不停地忙着把东西送进嘴中，几乎将所有的东西都吃光了。更为过分的是，他在接下来的日子中，越来越追求物质享受，不断地向为数不多的教众们索取财物，使原本就十分贫穷的哈西德派犹太移民陷入了绝境。等他看到这里犹太移民实在无"油水"可榨时，便悄然离开，转向了另一富有的教派。面对这一状况，小说作者不无感慨地议论说："这位拉比，一位在欧洲曾经是多么了不得的圣人和奇迹创造者，在美国惊心动魄的环境里变了。"②无疑，戈尔德认为拉比的蜕变与美国的环境有着直接的因果关系。

四、父亲、母亲：犹太文学的两个典型

除了真实、全面地反映了美国犹太移民方方面面的生活之外，《没钱的犹太人》的另一贡献是，他成功塑造了两个具有原型意义的人物形象，一个是母亲，另一个是父亲。

母亲在戈尔德的《没钱的犹太人》中占有十分重要的地位，这与犹太文学传统是一脉相承的。母亲是他家中的精神支柱。母亲勤劳、善良、坚韧、明事理、有主见。她对犹太宗教有着一种朴素而又虔诚的感情。她虽

---

① Michael Gold, *Jews Without Money*, p. 200.
② Ibid., p. 202.

然对非犹太人有偏见,但绝未因偏见而不向与自己同样受苦的邻里行善。她毫无私心杂念,十分爱自己的丈夫和孩子,常常忽视了自己的需要,甚至自己的存在。在一个大雪纷飞的黄昏里,她的爱女艾瑟到街上捡柴禾,不料被邮车碾死。戈尔德笔端醮情地写母亲受此打击后的痛苦与绝望,读来催人泪下:

> 艾瑟死了。我母亲一生中承受了一切事情,但唯独这件事她承受不了。看到她变得那么的安静很吓人。她不再活跃了,不再快乐了,也不再爱争吵了。她整天都坐在窗边,读着她的祈祷书。她念着没完没了的希伯来祈祷文,泪水顺着面颊静静地淌了下来。她不说话,但我们知道她为什么哭。艾瑟死了。
>
> 几个月来,她一直处于这种恍惚状态中。她忘了做饭或清扫……她也担心我会被卡车压死,不让我出去卖报。她疯狂地抱紧我的弟弟和我,大口大口地吻我们,一连几小时都不让我们离开她的身边。①

女儿死了,母亲没有大喊大叫,而是安静地念着祈祷书,安静地流着泪,忘记了做饭和打扫卫生。她唯一的疯狂举动就是会突然抱紧我和弟弟……一位感人至深的母亲形象跃然纸上。

在犹太文学传统中,父亲常常是以一个失败者,抑或是以丑角的身份出现的。戈尔德笔下的父亲既是一个生活中的失败者,也是生活中的一个丑角。戈尔德的父亲原来是个很有抱负的犹太移民。他曾与人合伙开办了一家生产吊带裤的工厂,就在眼看着要成功之时,他的合伙人却不声不响地席卷财产而去。变得一无所有的他,只好给人打工做油漆匠。当然,他也有过好运的时候——做上了工头,还用抵押的方式从老板那儿买了房子。但是,命运好像总是与他过不去。工头没做几天,他就从脚手架上摔了下来。人摔伤了,房子也因付不起款而被收回。他梦想着借钱从

---

① Michael Gold, *Jews Without Money*, p. 288.

头做起,自己开办一家生产吊带裤的工厂。但时世艰难,没有人肯借钱给他。他整日卧病在床,只能靠妻子来养活。好心的邻居看他无所事事,便劝他租辆手推车到街头卖香蕉。他觉得自己是做大事情的人,怎么可能做推车卖香蕉这样丢人现眼的事呢?邻居被他骂走了,"我必须得去卖香蕉吗,凯蒂?我做不了;那屈辱能杀了我!"[1]他对妻子大声喊道。然而,家已陷入绝境,妻子因受女儿之死的刺激而变得一蹶不振,已不能继续工作了。四处找不到工作的父亲只好推着手推车,到街头去卖香蕉。一天,戈尔德在卖报回来的路上,看见了正在卖香蕉的父亲:

> 我认出了他,一个包裹在旧大衣,站在放了香蕉的手推车旁,驼背,冻僵了的人影。他看上去很孤单,泪水涌入我的眼中。他看见我,他脸上露出了凄惨但且美丽的笑容——查理·卓别林的笑。[2]

酷寒似乎把"手推车旁"的父亲冻成了"雕像"。失败的父亲总是失败,即便是卖香蕉,也是一个失败者。美国文学批评家莫里斯·查尼曾指出:"作为一个犹太作家几乎意味着你将在本质上以讽刺的方式进行写作。"[3]戈尔德的小说也体现出了犹太作家所特有的这一创作特征。如果说前面的引文还不是特别明显的话,那么,他在接下来所写的文字中,就带有强烈的"黑色幽默"味道:

> "我应该喊叫,"我父亲悲哀地说。"我应该像其他小贩们一样弄出很大声响,但那样会弄得我嗓子疼。不管怎样,我羞于开口喊叫,这让我感到像个傻瓜。"
>
> ……

---

[1] Michael Gold, *Jews Without Money*, p. 297.
[2] *Ibid.*, p. 299.
[3] Maurice Charney, "Stanley Elkin and Jewish Black Humor" in Sarah Blacher Cohen (ed.), *Jewish Wry: Essays on Jewish Humor*, Bloomington and Indianapolis: Indiana University Press, 1987, p. 178.

"我来替你喊,爸,"我自告奋勇。

"啊,别,"他说,"回家吧;你今天干得已足够了。就跟你妈说我回去晚些。"

但是,我喊了又喊。我父亲站在旁边,偶尔表扬我两句说我是很出色的叫喊者。没有人注意我们……没有人停下来买香蕉。我喊了又喊,没有人在听。

我父亲最终设法不让我喊了。"啊,"他笑着安慰我,"你喊得真棒,米克。但我们今天显然不走运!我们回家吧。"①

为了养家糊口,有着强烈自尊心的父亲不得不走向街头卖香蕉,但是他却不会像其他的小贩那样喊叫着来招揽生意,而只是尴尬、悲哀、无奈地站在香蕉旁。戈尔德在描写"父亲"想喊喊不出,不喊又着急的复杂心境时,并没有采用一悲到底的写法,而是重点描写悲苦中所流露出的那抹苦涩、辛酸的笑容。

戈尔德早在1914年就开始参加激进主义者运动。1930年《没钱的犹太人》发表时,戈尔德从事激进主义者运动已经有十多年,可以说已经是一位激进主义者运动的老战士了。从某种意义上说,《没钱的犹太人》是戈尔德对其过去活动的一个总结。这一点从小说的结尾中也能反映出来:

我工作着。我的父、母亲越来越愁惨,也越来越老了。这样持续了好几年。我不想都记住;我的青少年时代。我只不过是千百万中的一个。

一天晚上,因了千百万人的绝望、忧伤和无助的愤怒,一个人站在东部肥皂箱上宣布说,一场旨在消灭贫穷的世界运动已经产生。

我听他演说。

啊,工人的革命,你给我,一个孤独、想要自杀的男孩,带来希望。你是真正的弥赛亚。你到来时,你将毁掉东部,并为人类精神建立起

---

① Michael Gold, *Jews Without Money*, pp. 299—300.

一个花园。

啊,革命,它让我去思考,去斗争,去生存。

啊,伟大的开端!①

戈尔德不愧为一位无产阶级作家,他对这场"旨在消灭贫穷"的"革命"持赞不绝口的态度,称正是这场"工人的革命"给他——"一个孤独,想要自杀的男孩"带来了希望,并指导他如何思考与生存。

作为美国无产阶级犹太作家的戈尔德,通过《没钱的犹太人》这部小说,不仅揭示了犹太人的美国梦的幻灭,而且还进一步挖掘出了幻灭的根源——美国资本主义的剥削制度。应该说,这在当时是一种了不起的认识,对后来其他美国犹太作家也产生了积极的影响。

第二节 揭穿"梦想"的作家: 纳撒尼尔·韦斯特

纳撒尼尔·韦斯特(Nathanael West, 1903—1940)原名为纳森·温斯坦(Nathan Weinstein),②1903 年出生于美国纽约一个犹太移民家庭里。父亲迈克斯·温斯坦和母亲安娜·温斯坦均是来自拉脱维亚的犹太移民。父亲是一位建筑承包商。纳撒尼尔·韦斯特于 1930 年开始创作。1932 年,他协助威廉·卡罗斯·威廉斯编辑《联系》杂志。1933 年,他开始为好莱坞写电影剧本。他于 1940 年结婚,在与新婚爱人爱莲·迈克肯尼从墨西哥狩猎回到好莱坞时,不幸因车祸丧生。

一、现代手法与荒诞的爱情、友情

纳撒尼尔·韦斯特早年生活在被他的小说家朋友约翰·桑福德

---

① Michael Gold, *Jews Without Money*, p. 309.
② 以下介绍性的基本资料主要参见 Daniel Walden, "Nathanael West" in Daniel Walden (ed.), *Twentieth-Century American-Jewish Fiction Writers*, pp. 323—331,不另作注。

(John Sanford,原名 Julian Shapiro)称之为"镀金隔都"的纽约中央公园西部。韦斯特的家庭生活虽颇为优裕,但他却不愿意过按部就班、循规蹈矩的生活,先后从就读的德威·克林顿中学和塔夫特大学中途退学。后来,他借用同名同学的材料申请布朗大学,结果被录取了。正是从这时开始,他才决定认真学习并准备从事于文学事业。从布朗大学毕业后,他曾在巴黎逗留了几个月。在 1927 年和 1931 年间,他在纽约格林威治村附近的一家旅馆里做夜工,因此有机会得以结识一些知名作家,其中包括威廉·福克纳,左翼作家圈里的迈克尔·戈尔德、爱德华·达尔伯格、达西尔·哈密特以及当时在《新共和》工作的多斯·帕索斯和爱德蒙·威尔逊等。

韦斯特在布朗大学上学期间曾写过一个讽刺小说,讲的是生活在基督腋窝里的一个名叫圣普斯的虱子的故事。后来,他将这个颇有些不恭的故事扩展后,用到他的第一部小说《巴尔索·斯奈尔的梦幻生活》(*The Dream Life of Balso Snell*, 1930)中。这部小说运用了超现实主义的创作手法,写孤独自我的瓦解和个人绝望的情绪等。作品中主要人物斯奈尔是一个十分平庸之辈,他梦想从特洛伊马的肛门和内脏进入到马的身体中,遇见了各种各样的蹊跷事情(包括遇见虱子圣普斯)。他谱写歌曲,编写戏剧,漫骂讽刺虚假的文雅以及艺术上的宗教信仰和知识分子世界等。这部旨在引起轰动的作品在威廉·卡罗斯·威廉姆的推荐下得以出版,但出版后几乎无人问津。

韦斯特喜欢在小说中写"变化"。在很大程度上,"变化"也就成了推动他小说情节发展的一种主导力量。在他的《巴尔索·斯奈尔的梦幻生活》中,韦斯特为了把梦境写得逼真,总是让各种形体在巴尔索·斯奈尔面前不断变化着。如巴尔索·斯奈尔第一次见到迈克吉妮小姐时,她还是一个苗条的小姑娘,"赤裸着站在他面前……正在公共喷泉里洗她那隐秘的迷人处。"[1]她用一种挑逗的语言来招呼巴尔索·斯奈尔,而当

---

[1] Nathanael West, *The Dream Life of Balso Snell*, in Alan Ross (ed.), *The Complete Works of Nathanael West*, New York: Farrar, Straus and Cudahy, 1957, pp. 31—32.

巴尔索用胳膊抱住了她,打断她的背诵,将舌头送进她的嘴里。然而,就在他闭上眼睛,想提升一下乐趣,他感到自己拥抱的只是一件花呢衣服。他睁开眼睛,看见他所拥抱的是一个身穿男式短上衣、戴有角质架眼镜的中年妇女。①

在故事结尾,巴尔索梦想着与迈克吉妮小姐寻欢作乐。此时此刻,迈克吉妮小姐又奇怪地变了回来。不过令人遗憾的是,迈克吉妮小姐的那双眼睛却无论如何也变不回来,仍然是那位中年妇女的。在某种意义上说,韦斯特写"变化"与他追求弗洛伊德主义和超现实主义不无关系。但是,如果将他的创作手法仅仅归结为追求一种心理真实和变化美就失之偏颇了。韦斯特写"变化"其实还有更为深刻的含义,即他写"变化"在很大程度上反映了变化着的人类社会和人类的命运。

韦斯特的第二部作品《孤心小姐》(Miss Lonelyheart,1933)是一部中篇小说。小说的男主人公在纽约的一家报社工作,从事负责回答失恋者或其他寻求帮助者来信的工作。在工作中,他使用笔名"孤心小姐",自称是个没有鼻子的16岁的姑娘。他每天收到的大量来信中讲述的悲惨故事深深地触动了他。他认真回复每一封信件,对那些急需心灵安慰的人给以忠告和劝慰。但是,负责这个专栏的编辑却是个玩世不恭的家伙。他每一次精心写好的回信,总是被这个编辑改得乌七八糟,他因此而精神失常。后来有一天,他遇见一位精神落魄的瘸子多伊尔。他从床上爬下来,伸出双臂想去拥抱多伊尔,并想给他医治好他的瘸腿,结果被误以为攻击而被开枪杀死。小说反映了美国下层社会里人们的不幸遭遇和美国这个畸形社会中的病态现象,深刻地揭示出在商业主义盛行的美国,爱情和友谊被看成是一种毫无意义的举动。应该说,韦斯特在小说中所反映、揭示的问题已超出了犹太移民所独自面临的问题,因而更具有普遍性。

值得注意的是,韦斯特在小说中所谈论的宗教是基督教而非犹太教。

---

① Nathanael West, *The Dream Life of Balso Snell*, pp. 31—32.

他似乎得上了"基督情结",将信仰基督教与性、爱及性欲与暴力和毁灭等混淆在一起。当孤心小姐向贝蒂、玛丽以及多伊尔夫人谈论爱情时,竟将基督教与一个方尖碑形物相联系,说它像一个巨大的男性生殖器"在快速抽动中闪电";它"在日暮中又红又肿",似乎"将要喷射出一束死亡的花岗岩种子"。① 另外,韦斯特还将基督与海这一意象相联系,如他将基督与生殖器状的蛇以及鱼等相联系,②借此暗示了人的性本能。韦斯特在描写孤心小姐与菲·多伊尔见面时,就使用了大量的与海有关的词语。多伊尔在黑暗中脱衣服,孤心小姐听到的却是"海的声音":

> 某种东西像船帆一样拍打着;有吱吱嘎嘎的绳索声;随后,他又听到像海浪拍打码头般的胶皮拍打肉体的声音。她召唤他快点的声音简直就像是海在呻吟。他躺到她的身旁,她起伏、涨落,像是月亮影响潮汐。③

韦斯特所使用的语言,给他努力建构的基督形象罩上了阴影。他写道,孤心小姐十五分钟后蹒跚地下了床,"像一个离开海浪累得筋疲力尽的游泳者。"④ 简言之,孤心小姐用不恰当的性生活,来缓解紧张的神经和减轻对自己的憎恨。而用基督谦恭的精神来升华自己的性欲,到头来不过是一场自欺欺人的游戏罢了。

二、梦与"美国梦"的破灭

1934 年,韦斯特的《整整一百万》(*A Cool Million*,原名:《美国,美国》;*America, America*)出版发行。这部小说以欢快的笔触,揭穿了所谓靠艰苦奋斗发家致富的美国神话。

小说的主人公莱缪尔·皮特金是一个农夫的儿子,他相信靠勤奋工作和纯洁心灵,即能实现传说中的人人机会均等的美国梦。然而,他的每

---

① Nathanael West, *The Dream Life of Balso Snell*, p. 89.
② *Ibid.*, pp. 75—76, 138—139.
③④ *Ibid.*, p. 101.

一次努力都遭到失败：他失去一只眼睛、一条腿以及他的头皮。最后，他因参加美国法西斯集会而被枪杀，成为美国资产阶级政治的无辜牺牲品。韦斯特从政治和社会角度全面抨击了现代美国社会的丑陋和龌龊。他虽未直言小说主人公的民族身份如何，也未直接描写主人公与犹太移民的关系，但他所写的主人公坎坷的流浪经历、乖舛的生活磨难，无不与犹太人在历史上的遭遇相吻合。事实上，在这一时期里，韦斯特在政治上是个左派。一方面，20 世纪 30 年代的美国大萧条，从根本上动摇了他对美国梦的看法。与此同时，美国大众商业文化的兴起也让他很感失望；另一方面，在 20 世纪 30 年代，美国大约有 100 多个反犹组织存在。美国法西斯主义运动的出现，更让他倍感焦虑不安。反犹主义者攻击犹太人既是世界银行的领导者，又是"国际共产分子"，企图以此蛊惑人们对犹太人的憎恶。韦斯特在小说中讽刺和批判了反犹主义者的荒诞不经，指出这些谣传不过是美国右派势力的异端邪说而已。其实，从 20 世纪 20 年代起，在美国就有不少人开始攻击和污蔑犹太人；①从 1937 年起到 1940 年，一个名叫查理·考林的神甫，每周都在电台上广播反犹言论。据统计，当时的听众高达 2 500 万，由此可见反犹主义气焰在美国是如何的嚣张。应该说，韦斯特的政治嗅觉还是相当敏锐的，他能迅速捕捉到这一信息并反映到小说中，充分显示了作为一名犹太作家的责任感。换言之，他通过文学作品来捍卫犹太人利益和尊严的这一举动，具有深远的历史意义。

韦斯特在 1939 年出版的《蝗虫日》(*The Day of the Locust*) 被誉为美国小说史上第一部"好莱坞小说"。这部小说通过描写好莱坞和南加利福尼亚的光怪陆离的生活，揭示现代美国生活的无聊和厌倦情绪。韦斯特在小说中刻画了寄生于好莱坞的形形色色的人物，他们中有名不见传的小演职人员、假冒的牛仔、电影替身演员、不道德的电影明星、小侏儒、妓女以及种种不合时宜的倒霉家伙等。小说的主要人物之一荷马·辛普森就是其中的一个。他来自美国西部，事事处处都不随心如愿，整天凄然

---

① 20 世纪 20 年代，亨利·福特就曾在他的报纸 *The Dearborn Independent* 上连篇累牍地发表文章攻击犹太人是国际共产分子和世界银行家。

恻恻。故事的所有情节都是围绕着主人公托德·哈克特展开的。哈克特是一位画家。小说开始时,他正在画一幅名为《洛杉矶燃烧》的油画,结果不幸被他言中。一群美国中产阶级人士为了追逐好莱坞电影梦而来到洛杉矶。他们梦断影城而聚众闹事,结果凶杀喋血,混乱不堪。韦斯特在这部小说中揭示了美国畸形社会中的许多"怪"现象,特别是普遍存在于演艺人员中的凄楚和惶恐。这部小说所描写的场景,很容易使人联想到T. S. 艾略特的《荒原》。

从1933年起,韦斯特为好莱坞写电影剧本。他在演艺圈的生活经历为他提供了丰富的生活素材。但是,他作品的主题却远远超出了一般生活的意义而更具有普遍性。他在作品中企图阐释的是人性的双重性,即人的神经质般的自我孤立和社会冲动,人的自我欺骗和自我嘲弄。他与其他美国犹太作家,如艾萨克·巴舍维斯·辛格等不同,他不写人类生活中的悖论,如人类理想追求与现实生活的局限,信仰与怀疑以及秩序与混乱等。他所关注的是社会强加给人们的一些不适当要求,但人们为了生存又必须面对、必须去做的矛盾冲突。在韦斯特的作品中,这一矛盾冲突无法解决,甚至达到不可调和的境地。在某种意义上,韦斯特追求的正是这种绝对主义的境界。正如《巴尔索·斯奈尔的梦幻生活》中的主要人物之一约翰·吉尔森曾感叹道:"真实!真实!如果我能发现真实就好了!"①"真实"是他真正所乞求的。因此,韦斯特每一部小说的结尾,都对不实际的梦想,如诗人梦(《巴尔索·斯奈尔的梦幻生活》)、基督献身的梦(《孤心小姐》)、霍雷肖·阿尔杰关于靠艰苦奋斗发家致富的"美国梦"(《整整一百万》)以及好莱坞的电影梦(《蝗虫日》)等进行嘲讽和批判。

概言之,作为一位美国犹太作家,韦斯特在反映美国犹太人民生活的同时,更时刻注意把批判的锋芒指向整个美国社会。尤其他在创作中所使用的悲喜剧手法,使他成为同时代的作家,如弗兰纳里·奥康纳等所效仿、学习的榜样。

---

① Nathanael West, *The Dream Life of Balso Snell*, in Alan Ross (ed.), *The Complete Works of Nathanael West*, p. 14.

第三节 反映"再生"主题的作家：亨利·罗思

美国文学批评家邦尼·莱昂斯(Bonnie Lyons)认为,亨利·罗思的文学声誉完全仰仗他的小说《就说是睡着了》(*Call It Sleep*, 1934)。他说:"尽管罗思从没写过另外一部小说,这唯一的一部小说如此感人,如此优雅艺术,以至于使罗思成为一位重要的文学人物。"[1]这番话是他在为1984年出版的《二十世纪美国犹太小说家》(*Twentieth-Century American-Jewish Fiction Writers*)一书作评论时所说的。自然,在当时他还不可能读到亨利·罗思发表于1995年的第二部小说《哈德逊河上的潜水石》(*Diving Rock on the Hudson*, 1995)。据邦尼·莱昂斯分析,罗思的《就说是睡着了》所以如此受欢迎与他的个人生活经历不无关系。

一、据事实所写成的故事

亨利·罗思(Henry Roth, 1905—1995),[2]1905年出生于当时属于奥地利的加利西亚。在他18个月大的时候,被父母带到了美国。一家人起先是住在布鲁克林的布朗斯维尔,后来搬到了低东部地区。1914年,罗思一家又迁往哈莱姆地区。这一次的搬迁对罗思震动很大。他离开了属于自己的社区,没有同胞,听不到相同的语言,看不到昔日司空见惯的服饰和物件。更为重要的是,小罗思失去了自己赖以生存的梦想——这时的罗思只有八九岁,他对自己民族的认识,对自己犹太身份的确认以及对犹太教义的理解,虽还处于朦胧的初始阶段(如他在犹太学校读书,能够读希伯来文个别单词,尽管还并不完全懂它们的意思),但作为一名犹太人的后裔,他天生便能感受到本民族文化的朦胧存在。而在哈莱姆地

---

[1] Cf. Bonnie Lyons, "Henry Roth" in Daniel Walden (ed.), *Twentieth-Century American-Jewish Fiction Writers*, p. 257.

[2] 以下介绍性的基本资料主要参见 Bonnie Lyons, "Henry Roth" in Daniel Walden (ed.), *Twentieth-Century American-Jewish Fiction Writers*, pp. 257—264,不另作注。

区居住的多为爱尔兰人和黑人。在这样一个与异族同住的环境里,他的言行经常受到这些异族孩子们的欺侮和嘲笑。年幼的罗思感到陷入一种陌生、不安全,甚至恐惧的境地里。他如果要融入这里的生活,唯一的办法是尽快地忘掉自己的犹太身份和犹太礼仪等。而所有的这一切,在他的成名作《就说是睡着了》中均得到详尽的反映。

罗思父母之间的关系就像小说开篇所介绍的那样:一位先到美国的犹太移民累死累活地挣足了路费钱,买好船票寄给留在家乡的妻子和孩子。其实,这位犹太移民在感情上早已与妻子和孩子疏远了,这倒不是因为时间和地域的关系,而是因为他们的孩子有些"来路不明"。除了父母间的不和而造成的家庭关系紧张外,罗思一家与其他犹太移民,特别是东欧犹太移民一样,还要面对适应新生活的考验:他们离开了沉寂、毫无生气的东欧乡村,来到嘈杂、混乱的美国大都市。罗思的父亲个头矮小,但在罗思的心目中,父亲永远都是一个耸然在上,没完没了发脾气的"巨人"。正如他在《就说是睡着了》中将父亲描述得比现实中的高大,借此来强调孩子对父亲无法预料的脾气和威势的恐惧。而对母亲的描述虽优雅、高贵,但她无论对人、对事都是一种冷淡、漠然的样子。罗思生活在这样一个不和谐的家庭中,自然得不到关怀和温暖,只能转而到社区里去寻找。

罗思的父母也算不上是虔诚的犹太教徒。由于母亲莉厄的父亲是个狂热的正统派犹太教徒,所以出于反抗父亲对子女的严厉约束,母亲婚后对犹太教并不十分上心,言谈话语中还常带有讽刺的意味。父亲赫曼也不是一个虔诚的犹太教徒,吸引他的只是那些犹太教的主要节假日,而对犹太教的其他律法、规定等则不甚关心。因此说,在宗教信仰方面,罗思父母没有给年幼的罗思以很大的影响。另外,从曼哈顿低东部地区搬迁到哈莱姆地区,对罗思的打击是双重的。具体说,他生活在这样一个敌视犹太人的环境里,一方面得不到犹太社区的关怀,另一方面也怯于甚或不敢表明自己的犹太身份,这对他的精神成长和性格形成都产生了很大的影响:在这一时期中,他的学习成绩落后,性格乖僻,不愿与他人交往。唯一的乐趣是读童话故事。因此说,童话故事对罗思的创作有十分明显的影响,如在扣人心弦的叙事方法、创始性原型人物的描述方法等方面均得到表现。

1924年,罗思从曼哈顿德威·克林顿高级中学毕业后,进入到纽约城市学院学习。在这一时期,他的理想是想成为一名生物教师或动物学家。他在大学一年级时所遭遇到的两件事,使他放弃了原来的计划并改变了他一生的命运。1925年,罗思的英语教师要求学生写一篇有关实验或建筑的论文,但罗思却写了一篇关于如何安装管道的散文。罗思在文章中运用印象主义的手法,描述了铅管工工作的状况等。这篇作品的文章结构、人物对话以及语言运用等俱佳,初次展露了他的创作才华。这样,他的第一篇文学作品《铅管工印象》在老师的推荐下,在该学院的学生刊物《薰衣草》(1925年5月)上发表了。另一件事是,他在同年认识了纽约大学女教授和诗人艾达·娄·沃尔顿(Eda Lou Walton)。

与艾达·娄·沃尔顿的相识,对罗思的个人生活和文学生涯是至关重要的。沃尔顿组织了一个诗人俱乐部,邀请一些诗人朗诵他们自己的诗作。罗思经朋友介绍,在一次诗歌朗诵会上认识了沃尔顿。沃尔顿对美国现代主义作家比较熟悉,经常介绍她的学生阅读一些现代主义作品,并鼓励她的学生从事创作。从1928年起,罗思开始与沃尔顿同居。沃尔顿比罗思大12岁,不是犹太人。罗思的父母对罗思的做法不置可否。在这一时期,罗思基本上也不与父母来往了,他对犹太教义等也搁置脑后。罗思随沃尔顿一起步入了知识圈,结识了一些著名知识分子,如人类学家卢斯·本尼迪克和诗人哈特·克莱恩等。

1930年夏,沃尔顿应邀到匹兹堡和新罕布什尔州。罗思陪同前往,也就是在这时,罗思开始创作他的《就说是睡着了》。小说是用第一人称写的,前75页自传性很强,无论是人物描述还是对事件、环境的描写,基本上都是根据"事实"写出来的。但在随后的章节中,罗思充分运用他在文学创作中长于虚构和写实相结合的创作技巧,将现实生活中的人物转换成文学作品中的人物,如他将母亲这一形象分裂成两个人物:金娅和波萨;同时,父亲这一形象也得到了扩展和充实。在写作的过程中,不管是在经济上还是在感情上,沃尔顿都给罗思以很大的支持。整个小说写作费时三年,在这漫长的时间里,罗思几乎过着隐居的生活。他或在沃尔顿的家中,或在租借的工作室里埋头写作。1933年底,初稿完成。1934年初,他开始四下投稿,但最初均遭到拒绝。原因是,当时美国经济萧条,出版商担心没有人肯花钱买一本有关犹太儿童的书。

二、批评家眼中的"经典"

《就说是睡着了》在1934年出版时,并未引起当时批评界的重视。30年后,美国文学批评界又重新提起了这部小说,并将其视为美国现代经典作品。许多著名文学批评家,特别是著名美国犹太知识分子、批评家,如阿尔弗莱德·卡津、欧文·豪以及莱斯里·费德勒等,从心理学、宗教、政治、象征、神秘主义以及神话传说等不同角度,撰文介绍和评价了这部小说。如费德勒指出,"在美国小说中,没有一本[小说]比[这部小说]更具有犹太性"。① 阿尔弗莱德·卡津在为这部小说1991年版作序时说,它是"我曾阅读过的由美国人写的有关犹太人生活的最为深刻的小说"。欧文·豪则称这部小说为"在20世纪美国为数极少的非常出色的小说之一"。② 他在后来的著作中又再次评价说:尽管小说是按现代主义叙述方法来建构的……,但亨利·罗思的《就说是睡着了》却是从犹太移民的经历中来收集素材——所有未揭示的有关社会、民族的细节都成为小说的创作素材。整整一代读者都将此书视为美国犹太文学的代表作。③

不过,批评家加利·爱泼斯坦在1979年撰文提出了与众不同的看法。他认为,这部小说并非是通过一个犹太小孩的神秘经历来讲述有关"创作性醒悟"的问题。恰恰相反,这部小说的题目"'睡觉'象征了一种精神死亡",小说的主人公戴维并没有从水面中醒来,"如果仔细阅读,小说

---

① Leslie Fiedler, "Henry Roth's Neglected Masterpiece", *Commentary*, August 1960, p. 106.
② Irving Howe, "Life Never Let Up", *The New York Times Book Review*, 25, October 1964, 1, pp. 60—61.
③ Cf. Irving Howe, *World of Our Fathers*, New York: Harcourt Brace Jovanovich, 1976, p. 588.

的结尾很能说明罗思以后为什么没能写出另外一部小说。"① 其实,罗思本人早在 1975 年就提出了与爱泼斯坦相类似的观点。罗思在一次采访中曾悲观地表示,小说的结尾表明了戴维创作性生活的结束,也预示了他本人创作的结束。罗思说道:

> 经验本身,在火车上与在船上——如果你愿意,这些就是灵感,创作时刻,但是,在我看来,结尾的短路就是创作的某种完结。依我看,从现在起,戴维的问题将会向更为普通一些的生存方式妥协。我不知道此后他会做什么,或许离开到某个地方教小学。但是他的特殊的礼物已经没有了。我看不出这孩子还能过什么具有创造性的生活,正基于此种看法,我把它看成是具有预言性的。②

罗思的意思是说构成创作灵感的"经验"是动态、发展的,它主导着小说人物(包括作家)的命运走向。而让戴维之所以能成为戴维的那些"特殊礼物",即"经验"已经被使用、发掘一空了。戴维以后所面对的问题都是些普通人都能碰到的,尽管我们不知道他会干什么和去哪里,但他"将会向更为普通一些的生存方式妥协"则是毫无疑问的选择。这实际上是在说戴维这个人物已没什么继续写作的价值了。

对批评家们用各式理论来解读《就说是睡着了》的做法,罗思很不以为然。例如,当有人采用弗洛伊德的观点来阐释这部小说时,罗思的反应是:至少他在写这部小说时与弗洛伊德无关。他指出:

> 当然,我知道弗洛伊德,但我只是皮毛地知道一点。我只知道几乎每人都知道那一点点,那可是不多。别忘了那可是 35 年前的

---

① Gary Epstein, "Auto-Obituary: The Death of the Artist in Henry Roth's *Call It Sleep*" in "Special Issue: Henry Roth's *Call It Sleep*: 1934—1979," *Studies in American Jewish Literature* 5, Spring 1979, pp. 38, 39.

② William Freedman, "A Conversation with Henry Roth", *Literary Review* 19, Winter 1975, p. 155.

事，那时弗洛伊德并没有像后来那样广为人知。我猜，我肯定偶尔用弗洛伊德的词语来想一下那些关系，但我想说我并没有追随弗洛伊德。当然那是艺术家所做的事。如果他是个好的艺术家，如果他写作方法得当，他用不着让别人来告诉他什么，他自己会独立思考。①

罗思断然否认自己是弗洛伊德的追随者，他认为一个好的艺术家根本不必"让别人来告诉他什么，他自己会独立思考"。同时，他对把《就说是睡着了》与政治相联系也持否定态度。他在邦尼·莱昂斯的采访中进一步指出，这部小说没有什么政治意义。他说，"我年轻时就不愿卷入政治。在我成长的时代，政治完全遭人鄙视。"②他还声称，他年轻的时候受到文学现代主义的影响——"为艺术而艺术"。他说，正是乔伊斯的《尤利西斯》"让我大开眼界认识到文学素材遍及你周围。"③罗思的这番话对评论界有一定的影响，如莱昂斯便据此著书立说，大谈、特谈意识流和重复主题在罗思小说中的运用等问题。

另一位美国文学批评家萨姆·B. 吉尔格斯认为，《就说是睡着了》是一部关于"再生"的小说。他认为，尽管罗思本人不承认受弗洛伊德的影响，但用弗洛伊德理论来分析这部小说还是很有说服力的。他采用诺曼·布朗分析马丁·路德的模式来分析罗思的这部小说。他认为，布朗通过使用有关战胜压抑、死亡中重生以及人体复活这样一种心理分析理论，来分析路德宗教改革的革命性。他指出，路德的方法为弗洛伊德提出有关升华、压抑和高层次精神与艺术创作之间的关系打下了理论基础。在布朗看来，路德的意义可归纳为下述三点。其一，像弗洛伊德一样，路德将被称为高层次的宗教和精神体验的心理与人类基本生物功能相联系；其二，路德将"魔鬼"视为

---

① William Freedman, "A Conversation with Henry Roth", p. 152.
② Bonnie Lyons, "Interview with Henry Roth, March 1977" in "Special Issue: Henry Roth's *Call It Sleep: 1934—1979*," *Studies in American Jewish Literature* 5, Spring, 1979, p. 54.
③ *Ibid.*, p. 53.

一个中性词,代表"受虐欲",与宗教、钱财和性格有关;其三,"新基督教主义"及其社会和心理意义可解读为一种与魔鬼的新型关系。魔鬼控制物质世界和肉体成为有关死亡本能的基督教版本。路德认为,地狱不是一个地方,而是死亡的体验。在路德看来,魔鬼是拟人化了的死亡。①

三、"肮脏""死亡"与犹太人

一般说来,一部小说的意义常常会超出或不同于作者本人的"期待视野"。不同的阅读方式会有不同的阅读理解。如果我们从犹太宗教和文化的视域来分析戴维的成长过程,就不难看出这部小说其实并不是一部关于"精神死亡",而是一部关于"精神再生"小说。而且,只有从这一层面进入,才能把存在于戴维心中的那些与死亡等相联系的意象和思想解释清楚,从而发现、认识这部小说的真实意义之所在。

首先,罗思在《就说是睡着了》中将"肮脏"与"死亡"两种意象与犹太人相联系,这对揭示作品主题和人物精神的发展具有十分重要的意义。罗思在小说中巧妙地将秽物与戴维的姨妈波萨,以及他的父亲阿尔伯特相联系。波萨在小说中出现后不久,就因乱开玩笑招致姐夫阿尔伯特的怨恨。如她跟阿尔伯特说,英文字"可卡因"(cocaine)听起来像意第绪语的"粪便"(Kockin)一词。还有,当阿尔伯特陪她去看牙医时,她对阿尔伯特说,在波兰,"他们说'Kockin'能消除眉间疼痛。但在美国这儿——他不这么说吗?'Kockin?'——将会消除嘴疼。"②这个玩笑对阿尔伯特触动很大,因为其潜在意思的其一是,阿尔伯特需要"释放"一下心理的和体内的压力;其二是,犹太人污秽。波萨这样说虽有些自嘲或出于玩笑,但她的话语有意无意地将犹太人与污秽联系在一起。阿尔伯特虽在美国已经居住了几年,被艰难的生活已折磨得身心交瘁,但他仍然不愿听到任何有损或羞辱犹太人的话。阿尔伯特因此而厌恶波萨也就不难理解了。

戴维的思想发展也是与"肮脏"这一意象联系在一起的,而且这一意

---

① Cf. Sam B. Girgus, *The New Covenant: Jewish Writers and the American Idea*, Chapel Hill and London: The University of North Carolina Press, 1984, pp. 99—100.

② Henry Roth, *Call It Sleep*, New York: Ballou, 1934, p. 160.

象在对与犹太民族的联系上起到了重要的作用。小说中,潘蔻沃拉比帮助一个名叫门戴尔的犹太学生准备成年礼仪式上所要背诵的戒条,①门戴尔按要求高声朗诵,戴维则认真地聆听。门戴尔所读的那一段是解释上帝如何用煤炭来清洁以赛亚的唇。拉比翻译了这一段并解释说,"我,一个普通人,见到过全能的神,我,一个不洁的犹太人见到过他! 看,我的唇部干净,我住在一个不干净的地方——对犹太人来说那时是罪孽深重的——。"②戴维一方面对煤炭的神力深感敬畏,另一方面,他又因听说犹太人肮脏而感到震惊。他思忖道:"——干净? 光明? 想知道如果——? 但愿我能问他犹太人为什么脏? 他们干了些什么?"③戴维努力思考着这些问题,并试图将这些疑问和有关用煤炭清洁不洁的犹太民族等意象融合到一起,但他的思路被身旁的孩子们打断了。坐在他身边的那些孩子们用街头俚语说着些乌七八糟的事情。让他感到惊讶的是他竟然在思考宗教问题的同时,也和那些孩子一样想些乌七八糟的事。他想:"以赛亚在某个地方见到过他[上帝],就那样,我敢断定! 他坐在一张椅子上。他有椅子,他可以坐。哎呀! 坐臭屎!④ 臭屎! 如果上帝愿意,我不是这个意思! 如果上帝愿意,那是别人说的! 如果——"⑤他为了不让自己去想那些脏话,不得不重复同一句话。但是,尽管如此,也还是无济于事。他不得不承认:"我说了脏话,我敢断定。臭屎,臊尿,滚你的畜生——闭嘴! 你自己再说。又犯罪了! 这就是为什么他——哎呀! 我不是这个意思。你的嘴不要弄脏。我没感到脏。"⑥以此看来,戴维不仅将犹太人与"肮脏"相联系,而且还自认为自己也有份。

然而,尽管在潘蔻沃拉比看来戴维的宗教意识"提高"了,但戴维仍然无法用通过拉比认识的犹太人取代社会上流传的对犹太人的看法——肮

---

① 犹太少年13岁时即为成年人。届时,少年所在的学校或教堂将会为其举行成年礼宗教仪式。在仪式上,该少年将被要求朗读《圣经》的部分章节。
② Henry Roth, *Call It Sleep*, p. 227.
③ Ibid.
④ 英文"坐"(sit)和"屎"(shit)音韵相近。
⑤ Henry Roth, *Call It Sleep*, p. 230.
⑥ Ibid., p. 231.

脏、邪恶。起先,戴维并没有将"邪恶"与犹太人直接相联系。他认识的第一个信仰基督教的小朋友列奥·杜格乌卡告诉他犹太人是杀害基督的凶手,结果让他吃惊不小:"'犹太人?'戴维重复道,既害怕又不敢相信。"①"没错,"列奥回答说。"犹太人是杀基督的凶手。他们把他放到那儿的。"②罗思接下来叙述说,戴维不得不承认自己对有关耶稣的故事知道得太少了,他有数百个问题想问,因怕问出真相,又憋了回去。后来,他到列奥家,看到基督的画像和十字架,感到十分惊讶,尤其是对基督的画像上的光环。他将犹太教中罩在以赛亚头上的光环与基督画像上的光环相比较后说:"那是基督的光——它更大些。比犹太人的大。"③言外之意,基督比以赛亚伟大。他在赞羡基督徒列奥的独立、自由和孔武有力的同时,对自己作为犹太人的低下而感到汗颜。他以为,讽刺和嘲笑其他犹太人就能取悦于列奥,因而也就能减少自己因犹太身份而产生的忧虑。他的这一举动恰好说明他对自己犹太身份的看法,由"不安全感"转为"罪恶感"。罗思写道:"他因罪恶而感到一些不安,是的,罪恶,因为他背叛了这所门上放着门柱圣卷④的房子里所有的犹太人;但是,如果列奥说这事滑稽,那么,这事就是滑稽了,就没事了。"⑤因此,戴维的成长不仅要摆脱对母亲的依赖和对父亲的恐惧,还要认识和处理好摆在他面前的有关民族与身份等问题。在整部小说中,戴维时时刻刻都处于生理和情感上的压抑之中。这种压抑迫使他不断地使自己从自己的民族中异化出去。

其次,从社会生活层面上来看,戴维的生存方式从一开始就处于一种与"恐惧"和"死亡"相搏斗的境地。"死亡"这一主题在小说的一开始就建立起来了。小说开始时,戴维看到街头上进行着的葬礼。他母亲向他解释说死亡就是长眠,"他们冰冷;他们一动也不动。他们闭上眼睛永远地睡了。"⑥小说第一部分的标题是"地下室"。在家里,戴维得不到应有的关爱:父亲怀疑

---

①② Henry Roth, *Call It Sleep*, p. 323.
③ *Ibid.*, p. 322.
④ 门柱圣卷:一面记有《圣经》文字,一面写着神的名字的羊皮纸卷;一些犹太家庭将其装在盒内,挂于右门柱上,以示他们的信仰。
⑤ Henry Roth, *Call It Sleep*, p. 306.
⑥ *Ibid.*, p. 69.

他"来路不明",父亲的那张脸对他永远都是愠怒的;戴维从踏上美国这块土地的那一刻起,就领受到父亲的冷峻和家庭中充满的敌意。他母亲总是战战兢兢地伺候父亲,精神上似乎总有些恍恍惚惚。另外,母亲在婚前与异教徒的恋情也让戴维感到一种背叛。在街道上,戴维总是受人欺负。住在到处都是异教徒的社区里,语言的差异使他无法与其他孩子交流;不同的生活习惯更招致异教徒恶少们的鄙视、羞辱甚至殴打。因此,他根本交不上什么朋友。在孤独无助的情况下,戴维只好走进地下室,寻找属于自己的天地。但地下室里一片漆黑,恶气逼人,老鼠横行。对戴维来说,到地下室里"探险"简直就是一场噩梦——罗思在小说的一开始就将对生活和死亡的恐惧,深深地植根于戴维的精神和感情的世界中。

戴维面对来自家庭和周边环境的"压抑",渴望自由。罗思安排戴维在犹太人"逾越节"的早晨品尝"自由",绝不是偶然的巧合。"逾越节"对犹太人来说是自由的节日,也可以说是所有受压迫的人的节日。这天早晨,戴维去参加一个宗教仪式,焚烧家里剩下的"秝米孜"(chumitz)。① 看着那燃烧着的"秝米孜",戴维感到非常兴奋。"——没有'秝米孜'了,"他想。"都烧黑了。看,上帝,我好吗?现在只剩下白色的'麦酢斯'(matzohs)。"② 随后,他走到河边。阳光照在河面上,波光粼粼,诡谲奇异,戴维感到非常神秘。罗思写道:"美妙的景色催人入睡。他[戴维]无法将自己的目光移开。他的精神松弛了,融进那阳光里。"③ 在这个象征着自由的节日里,作为受压迫人中的一员,戴维品尝到了"自由"意义:他可以无拘无束地去看、去想。他在恍惚中不知不觉地走到河边,眼看就要掉进水里。一艘拖船驶近,戴维也全然不知。船上人冲他喊道:"醒醒,孩子!"那人的叫喊声把戴维从白日梦中惊醒过来。戴维这一天的经历预示了他后来的精神历程。在小说的结尾,戴维从昏死中醒过来时,拖船上那

---

① "秝米孜",亦称"发酵饼":犹太人做的一种发酵的面包。"麦酢斯"亦称"无酵饼":犹太人做的一种未发酵的面包。按照犹太人的礼仪要求,在逾越节这天,家里剩下的面包都要烧掉,以此来表示逾越节这天他们只吃未发酵的面包。因为,犹太人逃出埃及时,他们只能做未发酵的面包吃。

② Henry Roth, *Call It Sleep*, p. 246.

③ *Ibid*., p. 247.

人的喊声再次出现在他的耳畔。戴维挣扎着从"睡梦"中醒来这一细节在小说中前后呼应,暗示了戴维如死一般的生活品质。

但是,戴维,这个在精神上和感情上无依无靠的犹太儿童,并非只是一味地听命于这种如死一般的生活。在小说的结尾,他开始与这种生活搏斗。他遭电击昏迷,他的父母着急万分,但不知所措。旁观的人说:"他在挣扎……他还没醒来。"①但事实上,戴维的意识已经恢复了,许许多多景象和过去的事情出现在他的脑海里,其中有《圣经》中的人物、犹太教堂以及希伯来文学校等。这时,罗思写道:"在那黑暗破败的路边上,那软弱无力的身体喘息和颤抖着。实习医生抬起他,厉声地对警察说。'抓住他的胳膊!他要打人!'"②戴维"要打人"这一细节的描写是十分重要的。它预示了戴维的精神发展方向。在他昏迷中反复出现的宗教意象,也昭示着他潜意识中的自我确认。难怪一个旁观者说:"呵,我看像犹太人似的。"另外一个旁观者回应说:"是啊,耶路撒冷地图,没错。"③另外,罗思记录下那些旁观者使用的各种不同语言和表达方式,也从另一个侧面表明戴维——犹太人——成了人们共同关注的一个焦点。从某种意义上说,戴维完成了本书作者和其他犹太知识分子渴望通过一定的话语方式,让其民族能被美国社会所认可并能由此获得参与重建美国社会的权利。

戴维在恢复意识后,总想着矗立在纽约港口的那尊高大的自由女神像。在戴维看来,自由女神像是力量的象征,但同时也让他感到模糊不清,难以分辨。从表面上看,罗思是在描述自由女神像是如何在戴维的意识里不断变换着的,事实上,罗思是在暗示戴维与美国之间关系的变化。在小说的开篇,即戴维和母亲初到纽约时,看到自由女神像感到非常害怕。对他来说,这尊自由女神像与其说是象征着将要获得的自由,不如说是象征着对陌生世界的畏惧。加上父亲看到他们时那种掩饰不住的愠怒神情,自由女神像就更显得令人生畏了。罗思写道:

---

① Henry Roth, *Call It Sleep*, p. 426.
② *Ibid.*, p. 431.
③ *Ibid.*, p. 427.

在他们面前,阳光照射着簇簇灿烂海浪,海水中高高的底座上向西耸立起自由女神像。下午的太阳像一个旋转着的盘子斜照在她身后,对那些在船上看着她的人来说,她的面貌让阴影遮黑了,她的底气都已耗光了,她的整个身体好像被烙压成平板了。在明亮天空的衬托下,她的光晕成了一簇簇乱穗搅动着空气。阴影将她高擎的火炬锤扁成一个黑色的十字架,映衬在无瑕的光线里——一个变黑了的断剑的剑柄。自由女神像。那孩子和他的母亲再次惊讶地凝视着那巨大的身影。①

在小说的结尾,自由女神像又变成了一个女性,成为美国的象征。罗思写道:"在面目慈善的美国妇女平均的热情之上:'你知道,花25美分你就可以一直走进她的身体里。告诉你,只花25美分!每一个美国男人、女人和孩子都应该进去。简直太棒了。自由女神像是——'"②在这里,罗思以调侃的笔触戏谑自由女神像并做出性的暗示,既表明他对自由女神像,抑或说对美国的看法,又暗示出他笔下的人物戴维对美国的认识。另外,罗思还叙说戴维在恢复记忆后,想起了拖船上的人冲他的喊叫声和帮他清醒过来的氨水味。这氨水味又让他想起赎罪日③犹太教堂里的气味。总而言之,围绕着戴维从死亡中恢复意识,罗思有意在作品中呈现出许多与犹太人或犹太宗教等相关联的意象和意境。这些意象和意境的综合帮助说明,戴维的"重生"在很大意义上说是犹太人的"重生"——从古老的东欧来到新世界美国,蝉蜕掉犹太人沉重的文化和思想包袱而焕发出开始新生活的信念。过去的一切"懵懵懂懂"就算是"睡着"了。

罗思在小说中表现出的犹太人"再生"这一主题,在某种意义上也可以说是他试图将犹太问题"美国化"。所谓"美国化"有两重意思:其一,戴维的"昏迷"与"重生"是在美国这片土地上发生的。换言之,与其说是

---

① Henry Roth, *Call It Sleep*, p. 14.
② *Ibid.*, p. 415.
③ 在这一天,犹太人赎还自己所犯的罪愆,希望来年改过自新。赎罪日是紧接在犹太新年之后犹太人的一个重要节日。

戴维在地下室里遭电击并昏死过去,不如说是戴维在美国这片令犹太移民窒息的土地上遭受到"文化震惊",从而形成他对美国所特有的体味和认识;其二,戴维的"重生"也提出了一个非常现实的问题:美国犹太移民今后在美国的发展趋势和美国如何改变对犹太移民的态度等。后者,随着美国犹太移民及其后裔人数的不断增加,以及犹太文化对美国本土文化影响和冲击的不断扩大、加深,如何对待犹太人和犹太文化也越发显得重要了。

四、承前启后的意义

罗思在美国当代文学史上占据重要的地位。从某种意义上说,他是美国犹太文学创作从"纯犹太文学"向"美国犹太文学"过渡,从传统创作方法向现代创作方法过渡的衔接人和里程碑。他的小说《就说是睡着了》承前启后。就题材而言,它既着力描写了美国犹太移民的困苦精神和艰难生活,又将他们的这种困苦精神、艰难生活放置于美国社会的大背景下考察,从而使美国犹太移民的思想、生活与美国社会形成了一种积极的"互动"关系。戴维——这个美国犹太移民的孩子,还没来得及体味欧洲大陆所给予犹太人的一切,就随母亲来到美国——体验了陌生、冷漠、歧视、惶惑和孤独。在他的眼中,这个世界只不过是一个黑咕隆咚、充满紊乱的可怕空间。他对自己眼睛所看到的现实真实性也充满怀疑,但他既没有先验的东西可供参考,也没有"良师益友"可去请教。他只能像一片轻盈的羽毛,在生活的旋风中飘来荡去。说他"轻盈",是因为他的思想和身体可以被人们,包括他的亲人,随意支配又随意地漠视;而且,他也可以在不经意中就将自己的生命完结。说他"飘来荡去",是因为他挣扎在既要做犹太学校的好学生,以此来讨得父母和老师的欢心,又要结交街头异教的顽童以便融进美国这个大"熔锅"里。他被父母送进犹太学校学习犹太律法和犹太教义等,但他所学到的东西却使他无法见容于所生活的社会。百般无奈下,戴维不得不走进黑暗的地下室,寻找属于他的世界。罗思在作品结尾安排戴维在这样的寻找中遭电击,尔后又从昏迷中醒了过来,这是颇为耐人寻味的。

就《就说是睡着了》一书所使用的语言而言,罗思使用了大量的美国街头俚语和用意第绪语发音方式说出的美国英语,既生动地再现了作品中人物的心理活动和精神风貌,又表现出美国犹太移民笨拙、尴尬的社会处境。美国文学评论家史蒂芬·J. 亚当姆斯曾称这部小说为"最为吵闹的小说"。① 不过,小说中所有这些"吵闹的声音"不是简单的"录制",而是具有深刻的象征意义。例如,在酒吧里所进行的有关扑克牌游戏的谈话,就具有象征的意味,"给你一个星!看它!我有三个王……呵!嘿!嘿!玛丽,什么也别做,就等到天亮然后回家。等到红公鸡啼叫。"②在这一段话语里,不仅有"性"和基督教的意蕴,而且还暗指爱玛·拉匝鲁斯的诗《红公鸡啼叫》("The Crowing of the Red Cock")。③ 这简单的片言只语,实际上已是与牌桌上的环境没有什么必然的联系,而是有意识地将犹太文化与基督教文化同时凸显出来。

就创作手法而言,罗思深受爱尔兰小说家詹姆斯·乔伊斯的影响,在《就说是睡着了》中,大量运用了现代主义小说家的写作技巧,如注重主体、精神,注重对深层意识探索的"意识流"等方法的运用。还诸如,在小说中"自我"的背景被大大地淡化,或者说寓意化了,它仅仅体现为一种氛围或情调;小说中戴维在做什么和怎么做已无关宏旨,重要的是他在体验什么和这些体验所具有的意义。

第四节 "寻根"作家:迈耶·莱文

迈耶·莱文(Meyer Levin, 1905—1981),④1905 年出生于美国芝加哥。他的父母是东欧犹太移民。1924 年,莱文在芝加哥大学毕业后到

---

① Stephen J. Adams, "The Noisiest Novel Ever Written: The Sound-scope of Henry Roth's *Call It Sleep*", *Twentieth Century Literature*, Spring, 1989, pp. 43—64.
② Henry Roth, *Call It Sleep*, pp. 418—419.
③ 拉匝鲁斯在这首诗中叙说了犹太人在整个西方历史发展中所遭受的迫害。
④ 以下介绍性的基本资料主要参见 Mashey M. Bernstein, "Meyer Levin" in Daniel Walden (ed.), *Twentieth-Century American-Jewish Fiction Writers*, pp. 136—141,不另作注。

《芝加哥每日新闻》(Chicago Daily News)做记者。20世纪20年代,他到欧洲和巴勒斯坦旅游。这次的旅游对他至关重要——从此他开始了终生的犹太寻根活动。1929年,他加入了基布兹(Kibuttz),①但很快又回到美国,开始了他的文学创作生涯。在随后的30多年中,他经常往来于巴勒斯坦、以色列和美国之间,并最终于1958年在以色列定居。他是为数不多的几位用英文写作,讴歌以色列国的美国犹太作家;也是最早以二战中的"犹太人大屠杀"事件以及以色列国为题材,从事创作的美国犹太作家之一。

一、记者式的追问:美国人还是犹太人

莱文从事文学创作50余载,与同代的作家相比,他所获得的声誉和所受到的重视要逊色得多。然而,50年来,无论在什么情况下,他一贯地坚持写美国犹太人的生活,这在美国犹太文学发展史上是不多见的。而且,他写作的题材广泛,形式多样,几乎触及了20世纪美国犹太人生活的各个方面,如犹太人的"同化"问题、激进分子的抗议活动以及犹太复国主义者的生存状况等。

不过,除了他的小说《强迫》(Compulsion,1956)曾引起美国小说界的重视外,莱文的作品出版后几乎一无例外地受到冷落。究其原因,主要有二。其一是因为他所采用的文体不合读者的胃口。他早年做过记者,他在作品中所采用的叙述语言与其说是"文学的",不如说是"新闻的"。马什·M.伯恩斯坦(Mashey M. Bernstein)总结说:"他〔莱文〕在写作中使用了一种带有浓郁的道德主义情感的现实主义准文献式的文体。"②其二是他喜欢用一种乐观、肯定的语气来刻画他笔下的人物,特别是犹太人物。或者说,由于他笔下的这些人物缺乏犹太人所特有的文化底蕴,不像是从犹太文化背景里走出来的,不具有广泛的意义,因而不被广大读者所认同。或许,这是莱文的刻意所为,即有意识地避免按犹太文学传统模式

---

① 以色列的合作居留地,尤指合作农场。
② Mashey M. Bernstein, "Meyer Levin" in Daniel Walden (ed.), *Twentieth-Century American-Jewish Fiction Writers*, p. 137.

来刻画他的人物——在他的人物画廊中,既没有犹太传统文学中的"傻瓜"或受"迫害的人",也不是一般意义上的"存在主义式"的人物。

1925年,莱文访问了以色列。这次访问奠定了他对自己犹太身份和对以色列犹太人的坚定信念。他回忆起自己早年在美国的生活,深深地被当时经受的恐惧和羞辱所刺伤。他在踏上以色列这片土地后,深切地感受到他不需要再为做犹太人而感到耻辱了,也不会再因为是犹太人而挨打被罚了。尤其是他在以色列参加了一所希伯来大学的开学典礼后,彻底改变了他对犹太身份和犹太性等问题的看法。他认为,以色列犹太人已经摆脱了历史的羁绊,现在应该用一种肯定、积极的态度看待过去和发扬光大其犹太性。他在自传《探索》(*In Search*,1950)中表示,他接受弥赛亚理想,但这一理想须体现在以色列人民的身上,而不是某个具体的人。对莱文来说,犹太历史足以给全人类以勇气。这也是贯穿于莱文全部著作的主题思想。

莱文在《探索》中提出这样几个一直烦扰他的问题:我是谁?我在美国干什么?我是美国人,还是犹太人?有可能两者兼顾吗?在涉及以色列问题时,我的立场又如何呢?他在书中回答说:

> 我知道无论住在哪里的犹太人都会问自己这些问题。在美国,犹太人的人口总数是以色列的五倍。除去那些对以色列国诞生所做出的直接和热烈的反应外,许多在外的犹太人认为以色列国的诞生会最终导致居住在外的犹太人的同化。每当有什么新问题出现时,在事情的定向没有搞清楚前,总会出现混乱。居住在巴勒斯坦以外的犹太人必须重新明确他与其人民的关系——他必须决定如何引导他的子女,是否要让他们接受更多的犹太教育,否则,如亚瑟·考斯特勒所建议的那样,解除子女的犹太的重负。[①]

应当说,莱文对犹太人在新环境中的生存状况和实现自己犹太身份等问

---

① Meyer Levin, *In Search*, New York: Horizon, 1950, p. 11.

题的复杂性,有着充分的认识。他从以色列回到美国后,精神上就一直处于一种矛盾之中,即他既不能舍弃身上的"美国性",又无法剔除他骨子里的"犹太性"。

二、悖论的"同化"与二战犹太人大屠杀主题

1937 年,莱文出版了他的一部重要小说《昔日的一伙人》(*The Old Bunch*, 1937)。全书共 964 页,可谓是一部鸿篇巨制。莱文在小说中展示了与他同时代的美国犹太人在 1921 年到 1934 年间的生活。这是一个由繁荣至衰落的特定时期,在这一时期中,美国犹太人如同多数美国人一样,也在追求着美国梦。但事过不久又不得不凄然面对梦幻的破灭——1929 年美国股市的大崩盘和随之而来的市场大萧条,使作为移民的美国犹太人的生存状况越发举步维艰;20 世纪 20 年代又重新复活的三K党,彻底搅乱了人们追梦般的生活。作为遭受三K党迫害的主要对象之一的犹太人,此时不得不考虑自己在美国社会中的生存方式和策略。尽管有不少美国犹太人在迫害面前毫不畏惧,毅然决然地坚持自己的信仰,但仍有为数众多的美国犹太人选择了"同化"。就是在这种大的社会背景下,莱文创作了他的小说《昔日的一伙人》,旨在反映美国犹太人所面临的严峻考验。

《昔日的一伙人》着重描写了生活在芝加哥的第一和第二代美国犹太人。在莱文的笔下,他们抛弃祖先所信仰和推崇的东西,竭尽全力地挤入美国中产阶级的行列。尽管第一代美国犹太人初到美国不久,但是,随着他们在财富、社会地位以及对美国的态度等方面所发生的变化,绝大多数第一代犹太人都或多或少地被美国这个大"熔锅"同化了。笃信犹太教义的第一代犹太人只剩下为数极少的几个人了。小说中西莉娅的父亲鲁布·莫斯考维奇,就是一个集财富与地位于一身的第一代犹太人的典型代表;而他的妻子莫斯考维奇夫人也是一个被同化了的犹太人。正如作者所说:"你从来看不到她手里有意第绪报。"[①] 小说中的第一代美国犹太人尚且如此,第二代则更是"慌不择路"地融入美国社会。在小说中,这主

---

① Meyer Levin, *The Old Bunch*, New York: Viking, 1937, p. 13.

要表现在他们的道德价值取向和对职业的选择方面,采取了顺应或俯就美国社会的态度。

然而,这些在莱文的笔下看上去已被美国社会和文化所同化了的人物生活得并不自在。他们在得到物质满足和社会地位的同时,似乎又都意识到自己在生活中好像失去了什么。因此,小说中的各色人物,如律师、医生、艺术家、商人或激进的中学教师等 20 多个人,在逢迎或追随美国生活时尚的同时,又都在孜孜以求地追寻着他们自己还无法确认的某种东西——犹太身份。莱文通过叙说他的同胞在现代社会中的种种际遇,揭示了现代犹太人的两难处境。比如说,小说中有些人选择随波逐流,享受天伦之乐,过上富裕的中产阶级的生活。但是,不管他们的社会、经济地位如何,抑或他们多么努力地与美国社会相融合,他们永远不能被这个社会所认可,甚至永远都会遭到鄙视乃至仇视。换句话说,在莱文的笔下,这些人物生活在或者说挣扎在"犹太性"与"美国性"的这一悖论中。他们仿佛一群水陆两栖的动物,既过不惯陆地生活,又游不到深水中去。在这种意义上说,《昔日的一伙人》的价值并不在莱文刻画了多少人物或反映了什么事件,而在于他通过这些形形色色的人物呈现给读者一个完整的社会体系,并使读者透过这个体系窥视到历史与自己和自己家人等方面的实在关系。

1940 年,莱文出版了他的另一部小说《公民》(*The Citizens*)。这部小说是以发生在 1937 年阵亡将士纪念日这一天,警察残酷杀害十位企图设置罢工警戒线的钢铁工人事件为背景的。小说采用了纪实文学的手法,较为仔细、周详地陈述了事件发生的来龙去脉。不过,就这部小说的艺术价值而言,在当时却是颇受非议的。詹姆士·T. 法莱尔就认为,莱文用记者的眼光看待一切细节。确切说,他似乎是用一种记者常有的独裁者的眼光来看待人物和事件。这就导致了人们在阅读他的作品时,常常感到好像是在阅读一份昨日的号外,而非一部现实主义的小说。①

---

① Cf. Mashey M. Bernstein, "Meyer Levin" in Daniel Walden (ed.), *Twentieth-Century American-Jewish Fiction Writers*, p. 138.

20世纪40年代对犹太人来说是一个至关重要的年代。第二次世界大战中的"犹太人大屠杀"事件和1948年以色列国的建国,均对美国犹太人产生了巨大的影响。当然,作为一位向来对政治、文化都十分敏感的作家,莱文也毫不例外地做出反应。他加入了美国战时情报部门,负责在美国和英国拍摄电影。另外还在法国的心理战部门工作过;他还曾随美国部队解放欧洲和德国纳粹的集中营。战后,他报道了非法进入巴勒斯坦地区的犹太人所面临的种种困境,并据此写成了小说《我父亲的房子》(*My Father's House*, 1947)。在这部小说中,莱文讲述了一个发生在第二次世界大战,德国纳粹制造了"犹太人大屠杀"事件和犹太人寻找精神家园,并最终回归巴勒斯坦的故事。就艺术成就而言,这部小说显然不及他在十年前所写的《昔日的一伙人》。

三、引进、介绍《安妮·弗兰克的日记》

20世纪50年代,一部反映二战中犹太人遭受迫害的日记体小说《安妮·弗兰克的日记》(*The Diary of Anne Frank*, 1947)引起了美国社会的高度重视,莱文可以说是功不可没。《安妮·弗兰克的日记》于1947年最早在荷兰出版。最初,莱文的妻子发现了法文版的《安妮·弗兰克的日记》。经莱文的安排,1952年这个版本在美国得以重印;同时,他为《美国纽约时报书评》撰文,竭力推崇这部日记体小说。后来,莱文又将其改写成剧本,虽被百老汇剧院最终拒绝,但他为这部小说和戏剧在美国的盛行起到了十分积极的作用。

作者安妮·弗兰克是一位犹太小姑娘。她在日记中记叙了自己如何为躲避德国纳粹的迫害而藏在朋友家中,并因此而对保护她的朋友所产生的真挚感情,但她最终未能逃脱纳粹搜索的故事。故事的结尾是,一个天真纯洁、对未来满怀希望的犹太少女,在被关进集中营后不久即被处死了。

这是一部用"甜蜜的"叙事,将犹太问题"美国化"了的日记体小说。在二战中,美国媒体报道欧洲犹太人,特别是德国和东欧犹太人遭受纳粹迫害和屠杀的新闻片、专题报道等不可谓不多,但有一个奇怪的现象是,

第六章　融入主流　133

  从二战伊始直至 20 世纪 60 年代末,甚或 70 年代中,除了《安妮·弗兰克的日记》之外,几乎没有一本书或一部文学作品谈及犹太人在二战中所遭受的磨难。即便是当时的美国历史教科书也未提及犹太人在二战中惨遭屠戮的这一事实,而只是简单地介绍了德国纳粹党魁阿道夫·希特勒。①

  这一现象的发生是值得分析和研究的。其重要性首先在于厘清历史事实,深入了解美国公众和美国犹太人的心态,从而能够梳理清楚在那一历史阶段,美国文学史上为何没有出现关于二战中"犹太人大屠杀"事件的有影响的文学作品;其次,也可以借此揣测莱文推崇《安妮·弗兰克的日记》的真实动机,以及美国公众欢迎这部小说和根据这部小说改编而成的戏剧的真正目的。

  首先,让我们来简单回顾一下《安妮·弗兰克的日记》在美国的发行和获奖等情况。从 20 世纪 50 年代初出版英文版起,到 20 世纪 70 年代的 20 年间,《安妮·弗兰克的日记》共售出约五百万册;1955 年第一次以话剧的形式在百老汇上演,即获得普利策文学奖、纽约批评界奖和托尼最佳剧作奖;②据不完全统计,1959 年,大约也有数百万人观看了根据小说改编拍成的电影,③并因此成为美国中学关于"犹太人大屠杀"问题的主要教科书——大多数学生被要求阅读这部小说。④ 长期以来,这部小说被视为"将'犹太人大屠杀'问题美国化最为重要里程碑式的"小说。⑤

  所谓的将"犹太人大屠杀"问题美国化,主要是指如下的两点:其一,对"犹太人大屠杀"问题不是从政治、种族以及宗教等层面来进行分析,而

---

① Cf. Philip Friedman, "Problems of Research in the Study of the Jewish Catastrophe 1939—1945" in Leon A. Jick, "The Holocaust: Its Use and Abuse within the American Public," p. 305.另外,本书作者在英国学习期间,曾通过检索查阅了英国的一些主要图书馆,发现最早叙说和论述二战中"犹太人大屠杀"问题的著作均为 20 世纪 70 年代以后出版的。

② 百老汇的剧院老板谢里尔·克劳福德最终采用的是阿尔伯特·哈克特和弗朗西斯·古德里奇改编的剧本。

③ Cf. Hilene Flanzbaum, *The Americanization of the Holocaust*, Baltimore and London: The John Hopkins University Press, 1999, p. 2.

④ Cf. Katherine Bischoping, "Interpreting Social Influences on Holocaust Knowledge", *Contemporary Jewry* 17, 1996.

⑤ Hilene Flanzbaum, *The Americanization of the Holocaust*, p. 1.

是从广义的"人道"方面进行渲染,从而淡化了犹太民族遭受迫害的这一带有根本性的问题;其二,将在二战中受迫害的犹太人神圣化,好像他们每个人都在为人类受苦,而不对具体问题做具体分析。对美国犹太人而言,[①]将"犹太人大屠杀"问题美国化的原因主要有二:其一,就现实生活而言,生活在20世纪50年代的美国犹太人正开足马力挤进美国的主流社会,他们不愿让人们把自己看成是受迫害的人,从而被社会"边缘化";其二,从历史上来看,由于犹太人自沦为"巴比伦之囚"以来,在历史上一直是以客民的身份寄居在各个国家的。他们最不愿意被人视为"另类",担心会为此威胁到生存。尽管美国政府在对待少数民族问题上还是相对开明的,但由于犹太民族在历史上的"特殊地位",生活在美国的犹太人还是饱尝做"客民"的艰难。莱文推崇这样一部"粉饰可怕题材"[②]的《安妮·弗兰克的日记》的真实动机,可以说是"司马昭之心,路人皆知"了。说白了,在骨子里,莱文既不想放弃他的犹太性,又不想放弃挤进美国主流社会的大好时机,更不想因过于渲染犹太人所蒙受的苦难而被社会"边缘化"。简言之,他实际上接受了"双重文化"的身份,过着文化"两性人"的生活:一方面不放弃犹太人的身份;另一方面又不拒绝美国的价值观念和生活准则。

出人意料的是,莱文对阿尔伯特·哈克特、弗朗西斯·古德里奇、奥托·弗兰克和克米特·布卢姆加登,所改编的剧本大为不满并起诉了他们。莱文认为:他们的改编一方面抄袭了他改编的版本,另一方面又背离了犹太人对原作的理解。他虽然最终赢得了这场官司,并获得一万五千美元的赔偿,但对此他一直心怀不满,耿耿于怀。严格说来,就反映二战中的"犹太人大屠杀"事件而言,无论是原作,还是所有这些改编的剧本,都从根本上混淆了民族与文化的界限。[③] 也就是说,所有这些版本均没有把犹太少女安妮的厄运,与整个犹太民族的厄运相联系;没有与在动

---

① 这里暂且不论及非犹太人将"犹太人大屠杀"问题美国化的动机。因为,这不仅牵涉到非犹太民众对"屠犹"问题的看法,而且还与美国政府、宗教团体以及其他社团组织等对此问题所相应采取的政治、宗教或文化策略等相关。
② Hilene Flanzbaum, *The Americanization of the Holocaust*, p. 3.
③ 参见本人拙著[Guo Qiang Qiao]: *The Jewishness of Isaac Bashevis Singer*, Oxford, Bern, Berlin, Bruxelles, Frankfurt am Main, New York, Wien: Peter Lang, 2003, p. 122.

荡中重新整合的世人对犹太人的认识相联系。而是撇开具体的语境与事件,妄谈人性和性爱的美好等。事实上,莱文与阿尔伯特·哈克特、弗朗西斯·古德里奇、奥托·弗兰克和克米特·布卢姆加登之间的争论与信仰无关,只是在表述上有所不同而已。

1956年,莱文出版了文献体小说《强迫》。这部小说追述了发生在1924年利奥波德和洛布劫持并杀害博比·弗兰克的案件,并以记者的身份报道了围绕这个案件而开展的法庭调查和审判。莱文将小说分成两个部分:第一部分探索犯人的犯罪心理动机,故事的基本情节是以现实中发生的故事为依据;第二部分集中描写法庭调查和审判,这部分是作者杜撰出来的。小说出版后,美国《纽约先驱论坛报》(*New York Herald Tribune*)曾发表文章将其誉为"一出美国悲剧";美国《纽约时报》(*New York Times*)则将其称为一部"文学技艺精湛"的作品。[①] 他随后发表的几部作品,如《伊娃》(*Eva*, 1959)、《狂热者》(*The Fanatic*, 1964)、《堡垒》(*The Stronghold*, 1965)、《定居者》(*The Settlers*, 1972)、《困扰》(*The Obsession*, 1973)、《时间的魅力》(*The Spell of Time*, 1974)以及《收获》(*The Harvest*, 1978)等,在艺术上都没有什么新的突破。但他去世后出版的最后一部小说《建筑师》(*The Architect*, 1981),无论在风格上,还是在创作态度上都有所改观——一改过去说教与浮夸的文风。马什·M. 伯恩斯坦(Mashey M. Bernstein)对其评价说,莱文的这部作品的笔触轻灵,句子结构灵活且气势雄伟。而且,行文中不见怒气、怨恨;相反,爱与宽恕充满字里行间,想象力丰富,莱文好像在写作此书中找到了自己的平和与欢乐。[②]

[①] Mashey M. Bernstein, "Meyer Levin" in Daniel Walden (ed.), *Twentieth-Century American-Jewish Fiction Writers*, p. 139.
[②] Ralph Melnick, "Ludwig Lewisohn" in Daniel Walden (ed.), *Twentieth-Century American-Jewish Fiction Writers*, p. 141.

第七章　走上前台

在第一、第二代美国犹太移民中,有不少人信仰马克思主义。他们或撰文积极传播马克思主义、社会主义思想或到街头摇旗呐喊,公开宣传自己的政治主张。他们当中还有不少人加入了共产党组织或社会主义者组织,有的甚至奔赴莫斯科,投身到苏联的国家建设之中。虽说不上轰轰烈烈,但也形成了一定的气候。总之,对美国犹太文学和知识界来说,20世纪30年代是一个躁动不安的年代。在这一时期中,由于美国的经济和政治都遭到了前所未有的危机,社会上反对阶级分化、同贫穷作斗争的浪潮此起彼伏,各种思想、思潮、主义纷纷涌现,轮番上阵。其中,马克思主义占有一定的主导地位。

然而,20世纪40年代中期以后,以群众运动形式出现的马克思主义,和以马克思主义观点为主导的美国犹太无产阶级文学开始淡出,取而代之的是无政府主义、存在主义等思潮。导致这一现象出现的历史原因是复杂多样的,①但下列事件应该说是其中一些主要原因:1931年起开始的莫斯科审判和随后对孟什维克党人及其同情者进行的大清洗;1939年斯大林与希特勒签署的"互不侵犯条约",让反法西斯主义的国家和人民感到心寒和背叛;二战后,苏联的势力范围急剧扩张,让西方国家,特别是美国感到恐惧,"冷战"由此开始;1950年麦卡锡主义"应运而生",许多坚持正义的知识分子遭到迫害;1956年,苏联出兵干涉匈牙利内政,1968年又侵入捷克;另外,在20世纪30年代投入到苏联怀抱的美国犹太共产党人中,许多人被卷入苏联的"大清洗"中,有些人"下落不明",另

---

① 丹尼尔·阿伦(Daniel Aaron)在他的《左翼作家》(*Writers on the Left*, 1961)中曾提出,美国犹太人的生活改善和社会地位的提高是导致他们脱离马克思主义的主要原因。Cf. Allen Guttmann, *The Jewish Writers in America: Assimilation and the Crisis of Identity*, p. 148.

有些人回到美国后,大谈亲身体会,这使得在美国的许多同情苏联的犹太人或心灰意冷,或干脆改弦更张,其中有不少年轻人祭起无政府主义或存在主义的旗帜,与"民权"运动和"反越战"运动等融为一体,揭开了战后美国犹太文学的新篇章。

在这一历史时期中,重要的美国犹太作家有克利福德·奥德茨、欧文·肖、阿瑟·密勒、艾萨克·巴舍维斯·辛格、莱昂内尔·特立林、乔治·欧品、哈依姆·格雷德、保罗·戈德曼、戴尔默尔·施瓦兹、卡尔·夏皮罗、伯纳德·马拉默德、索尔·贝娄、阿尔弗莱德·卡津、艾萨克·罗森费尔德、欧文·豪、诺曼·梅勒、艾伦·金斯堡、辛西娅·奥兹克、E.L.多克托洛以及菲利普·罗斯等。

因篇幅所限,在本章中,将简要评介奥德茨、特立林、欧品、格雷德、戈德曼、施瓦兹、夏皮罗、卡津、罗森费尔德以及欧文·豪。而其余的作家,将另辟专章做较为详尽的介绍与分析。

第一节 "左翼"戏剧创作家:
克利福德·奥德茨

20世纪30年代的美国戏剧,与当时的社会发展和经济形势形成了鲜明的对比。自1929年美国大萧条开始,美国社会经历了急剧的变化:一方面,大资本家和金融寡头巧取豪夺,利用危机大发国难财;另一方面,失业工人流离失所,造成阶级矛盾和民族矛盾的进一步加剧。在这一时期中,有不少出身于中产阶级的知识分子和文化界人士,在苦闷、彷徨中寻找精神上的出路——这在思想、政治上主要表现为某种程度的"左倾"倾向。美国的戏剧界也同当时整个文化界一样,表现出一种向左转的局面。而且,在这一时期上演的剧目,绝大多数都与当时的社会现实有关,如经济萧条、工人罢工、失业、种族歧视、战争和法西斯主义的威胁等。其中,尤以"剧场协会"(Theatre Union,1933—1937)和"同仁剧场"(Group

Theatre, 1931—1941)里上演的剧目引人注目。克利福德·奥德茨便是这批剧作家群中最为出色的一位犹太戏剧家。

克利福德·奥德茨(Clifford Odets, 1906—1963)[①]是美国30年代崛起的杰出的现实主义剧作家,美国30年代"左翼"戏剧创作的领军人物。他的早期作品敢于触及重大社会问题,针砭时弊,为美国"左翼"戏剧的繁荣和发展起到了积极的作用。美国文学史家史蒂芬·韦德认为,奥德茨是一位专写美国犹太移民"同化"和文化转换主题的剧作家。奥德茨深信美国剧场应起到社会教化作用,为突破百老汇剧场的束缚,建立"外百老汇",甚至"外外百老汇"做出了独特的贡献。[②]

奥德茨生于美国费城一个来自立陶宛的贫穷的犹太移民家庭。六岁时随父母迁居到纽约的布朗克斯区。15岁上高中时,因家庭经济困难辍学,投身到了演艺圈中。1931年,他成为美国戏剧史上最有影响的"同仁剧团"的创始成员。他于1933年开始戏剧创作,1934年加入美国共产党,但八个月后又宣布退党。1961年获美国文学艺术院奖章。他的第一部重要作品是独幕剧《等待莱弗蒂》(又译《等待老左》, Waiting for Lefty, 1935)。这是为了配合当时形势的需要,他在五天内匆忙赶写出来的政治鼓动剧。不料想,演出的效果格外好。演员与观众情绪高涨,形成少见的互动关系。每每剧情到达高潮时,全场就齐声高呼"罢工!罢工!"这在美国戏剧演出中是罕见的。无疑,该剧演出后获得全面的成功,并荣获了美国新戏剧协会颁发的最佳独幕剧奖。

《等待莱弗蒂》共分为六场,主要内容是围绕着出租汽车司机一次罢工斗争来展开的。戏剧开始时,一群参加罢工的工人正等待着罢工委员会的领导——莱弗蒂的到来。在此期间,右翼工会的代表力图阻挠工人罢工,但却遭到了罢工工人的坚决反对。这幕剧还以"活报剧"的形式,从不同侧面展示了当时工人的实际生活和精神状态,如第二场写试验员米

[①] 以下介绍性的基本资料主要参见 Jules Chametzky, John Felstiner, Hilene Flanzbaum and Kathryn Hellerstein (eds.), *Jewish American Literature: A Norton Anthology*, pp. 451—452, 不另作注。

[②] Cf. Stephen Wade, *Jewish American Literature Since 1945*, p. 94.

勒由于不愿按照资本家老板的要求,生产毒气和监视老科学家而愤然辞职;第三场写青年司机希德和女友弗罗由于没有钱而无法结婚的苦恼;最后一场写青年医生由于没能处理好复杂的人事关系而遭到排挤,最终在老医生的启发下,他决心要同恶势力斗争到底。

这部戏剧的新颖之处在于剧作者奥德茨塑造了一些十分贴近生活的人物和生动鲜明的场面,让观众直接参加到戏剧的演出当中去,从而激发了观众的切身体验感并进而引起强烈的共鸣,收到了极好的演出效果。应该说,独幕剧《等待莱弗蒂》是奥德茨直接反映工人斗争的一个十分成功的剧本。

奥德茨的《醒来唱歌》(Awake and Sing, 1935)虽然创作的时间早于《等待莱弗蒂》,但完成的时间却晚于后者。这部剧描写的是在大萧条年代,纽约布朗克斯区的一个中产阶级犹太家庭命运沉浮的故事。该剧主要是围绕着一位有信仰的犹太老人展开的:经济萧条,他找不到生活的出路。无奈,只好假装从楼上摔了下来,实际是以跳楼的方式自杀。而这样做的目的不过是为了让儿孙能够领取到一份保险金。显然,这部戏剧秉承了奥德茨一贯的批判精神,对美国30年代初期经济萧条期间的社会现实进行了真实、全面的反映。不过,这部戏剧的更重要之处,并不在于批判性上,而在于该剧成功地刻画了一个觉醒者的形象——拉尔夫。祖父的死,促使他离开了家庭,投身到了工人斗争的洪流中去。应该说,这部剧对阿瑟·密勒所创作的《推销员之死》有一定的影响。

《天才宠儿》(又译《金孩子》,Golden Boy, 1937)是奥德茨的另一部力作。该剧主要描写了有音乐天才的穷苦青年乔·伯纳巴因生活所迫,不得不放弃音乐,改做拳击运动员,结果在比赛中不慎打死了对手,从此陷入精神抑郁并最终自杀了的故事。伯纳巴从小酷爱小提琴,勤学苦练长达十余年。功夫不负有心人,他成了城里最优秀的小提琴手,还在比赛中荣获过金奖。应该说,在音乐的道路上,他有着美好的未来。然而,当时经济萧条,世风日下,音乐不过是一件可有可无的附庸品。伯纳巴不满足于自己的地位,一心想通过赚大钱的方式,达到跻身美国上流社会的目的。于是,他放弃了拉琴而改学拳击。在情妇的鼓励、怂恿下,他玩命地苦练拳击,并取得了极大的成功。他的目的似乎达到了,但与此同时他的精神也崩溃了。最终选择与情妇双双自杀来告终。

奥德茨的《失乐园》(*Paradise Lost*, 1935—1936), 上演于1935年底。这部戏剧写的仍然是美国中产阶级,在30年代所面临的经济与精神的双重危机。他们一方面不得不面对由于经济危机而导致的生活质量的下降;另一方面,又无法摆脱由所谓的美国民主与自由的幻灭感所带来的折磨。剧中的主要人物之一利奥·戈登是一位善良而又诚实的小工厂主,他笃信美国的民主与自由,所以当其工厂与工人发生了劳资纠纷时,他不愿意像其他的工厂主那样对工人采取强硬、逼迫的手段,而是希望通过某种合理的方式来解决争端。后来,由于遭到同伙的暗算,工厂濒临倒闭,可他却拒绝用卑劣手段骗取保险金。就是这样一个遵纪守法的人,不仅最后失去了财产,也失去了精神的"乐园"。然而,不知出于何种考虑,奥德茨给该剧留下了一个"光明"的尾巴:生意上的失败和精神上的幻灭,非但没有把利奥·戈登置于死地,反而更促使他对现实社会有了清醒的认识。在剧中,经过一番自我调整,他又充满信心地开始了对新生活的追求。

奥德茨的其他剧作还有《射向月球的火箭》(*Rocket to the Moon*, 1938—1939)、《夜晚的音乐》(*Night Music*, 1940)、《大刀》(*The Big Knife*, 1949)、《乡下姑娘》(*The Country Girl*, 1950, 在英国上演时被称为《冬日旅行》, *Winter Journey*)、《盛开的桃花》(*The Flowering Peach*, 1954)以及电影剧本《成功的芬芳》(*The Sweet Smell of Success*, 1957)等。

第二节　群星璀璨

一、莱昂内尔·特立林与乔治·欧品、哈依姆·格雷德

史蒂芬·J. 惠特费尔德在介绍莱昂内尔·特立林(Lionel Trilling, 1905—1975)[①]时说:"在20世纪美国批评家中,莱昂内尔·特立林是特别

---

① 以下介绍性的基本资料主要参见 Stephen J. Whitfield, "Lionel Trilling" in Daniel Walden (ed.), *Twentieth-Century American-Jewish Fiction Writers*, pp. 305—309, 不另作注。

富有启发性、敏锐与睿智。"①莱昂内尔·特立林1905年7月4日出生于纽约。他的父母是信仰正统犹太教的犹太移民。1925年,他从美国哥伦比亚大学毕业,获硕士学位。在1932年到1938年间,他分别在威斯康星大学和亨特学院做讲师;1938年获博士学位。翌年,被任命为哥伦比亚大学英语系教授。在当时的情况下,犹太人能在哥伦比亚大学获得职位已是一件了不起的事了,成为该大学英语系的教授几乎更是不可能的。特立林被任命为哥伦比亚大学英语系教授,在该校历史上恐怕是第一个犹太人。

在对待自己的犹太身份问题上,特立林的态度有些自相矛盾。一方面,他不愿意承认自己是一位美国犹太作家,他说:"我并不把自己看作是一个'犹太作家'……如果我的批评家在我的作品中发现他们称之为犹太性的东西,不管是不好的还是好的,我都会感到愤恨。"②另一方面,他又参与编辑并为犹太人的刊物 *Menorah Journal* 撰稿。特立林将自己采取这种态度的原因归结为反犹主义。他曾回忆说:"反犹主义的压力帮助他和 *Menorah Journal* 中的其他同事们'确定自己和我们社会的界限;我们能够发现我们是谁和我们希望是谁'。这种社会关系'最终在我的想象之中',而且对他的身份感的形成起着重要的作用。"③

特立林一生著述颇丰,著作就有15部之多。他从小就想做一名作家,而不是批评家。但事与愿违,他的主要著作几乎都是文学批评和文化批评方面的。在他的批评实践中,他更为注重的是作品中的道德和文化方面的意义,而不太看重其美学方面的价值。因此,他的评论虽犀利,也不乏文采,但总有一些说教的成分。他本人坦称这与他早年在犹太社区的生活环境以及所受的家庭教育有关。④

---

① Stephen J. Whitfield, "Lionel Trilling" in Daniel Walden (ed.), *Twentieth-Century American-Jewish Fiction Writers*, p. 306.
② Jules Chametzky, John Felstiner, Hilene Flanzbaum and Kathryn Hellerstein (eds.), *Jewish American Literature: A Norton Anthology*, p. 632.
③ Quoted in Stephen J. Whitfield, "Lionel Trilling" in Daniel Walden (ed.), *Twentieth-Century American-Jewish Fiction Writers*, p. 306.
④ Cf. Stephen J. Whitfield, "Lionel Trilling" in Daniel Walden (ed.), *Twentieth-Century American-Jewish Fiction Writers*, p. 306.

在创作方面,特立林在二战前发表的短篇小说中,只有《在这个时间,在那个地方》("Of This Time, of That Place",1943)和《另一个玛格丽特》("The Other Margaret",1945)较有影响。前者最初发表在美国犹太人的重要刊物《党派评论》上,讲述了一位爱挑剔的英语教师与他的两个学生的故事。按照特立林本人的话来说,这个短篇小说表达了这样一个刻板的暗示,即"有一种社会不能接受的疯癫,也有一种社会的确能接受的疯癫。"[1]故事中的两个学生一个酷爱哲学和艺术,结果被人们认为"疯癫";另一个则为人浅薄、控制欲强、爱投机取巧,结果在社会上获得了成功。其实,这个故事本身而言还是很落"俗套"的。不过,从中可以看出犹太人的道德价值取向,即结合米歇尔·福柯的有关"疯癫"的理论分析的话,会发现"疯癫"在小说中其实有更深层的意思:社会对所谓"疯癫"的定义,决定着一个人的社会价值和前途命运。

特立林的另一部短篇小说《另一个玛格丽特》也发表在《党派评论》上。该小说主要讲述了一个有教养的、富有的家庭中的女佣,故意毁坏一件艺术品的故事。女佣的这种有意识"破坏",实际上是对自由主义情感和由此所产生的逃避个人责任行为的一种挑战。换言之,特立林试图通过这个故事来检测、考评自由主义情感的限度,并以此揭示出存在于人类生活中的那不可名状的痛苦以及诡秘的情感世界。

第二次世界大战后,特立林只创作了一部被认为是政治小说的《旅行的中途》(The Middle of the Journey,1947)。小说是以美国自由主义者崇尚共产主义思想的这一特定时期为背景的。小说主要讲述了政治叛徒吉福德·马克西姆如何热衷于右翼思想,背叛了自己的组织(地下共产党),从而使该组织遭受到了严重损失,他的这一背叛行为又如何瓦解了生活在康涅狄格州的一些知识分子的信仰。值得注意的是,这部小说虽然同特立林的其他小说一样,没有直接描写犹太人物,但贯穿于小说中的美国知识分子与斯大林主义关系的主题,容易使人联想到20世纪三四十

---

[1] Stephen J. Whitfield, "Lionel Trilling" in Daniel Walden (ed.), *Twentieth-Century American-Jewish Fiction Writers*, p. 307.

年代里的美国犹太知识分子。美国犹太知识分子长期以来所感受到的那种被社会体制所排斥、被主流道德观念所挤压以及犹太民族自身所具有的追求理想的传统,都迫使美国犹太知识分子易于用激进态度来看待和处理社会问题。特立林在作品中对这一现象的描写,间接反映出他作为犹太知识分子骨子里的政治立场与道德观念。

与特立林对待自己犹太身份言不由衷的态度相反,乔治·欧品和哈依姆·格雷德却是两位明确表明自己犹太身份的美国犹太作家。有人问乔治·欧品:"你是犹太人吗?"他回答说:"是的,我将说,是的,我是,是的(我是)。"① 而哈依姆·格雷德则说:"我穿着你的意第绪就像溺水人穿的衣裳,/承受伤害。"② 乔治·欧品对以色列深有情感,他在《出埃及》一诗中,对新诞生的犹太人的祖国以色列反复吟唱:"才华横溢的孩子 奇迹他们的才华奇迹。"③

乔治·欧品(George Oppen, 1908—1984)④ 于 1908 年 4 月 24 日出生于纽约,父辈是德国犹太移民。他四岁时,母亲过世。1918 年父亲再婚后,举家移居旧金山。1931 年,美国《诗歌》杂志称欧品为"客观主义诗人"。⑤ 他注重诗的形式,认为一首诗应该像一件工艺品一样。1934 年,他与威廉·卡洛斯·威廉斯以及利兹尼科夫合作,出版了第一部诗集《不

---

① Quoted in Jules Chametzky, John Felstiner, Hilene Flanzbaum and Kathryn Hellerstein (eds.), *Jewish American Literature: A Norton Anthology*, p. 643. 这一回答与詹姆斯·乔伊斯的《尤利西斯》的结尾:"于是我说好吧　我愿意　好吧"(詹姆斯·乔伊斯《尤利西斯》,萧乾、文洁若译,南京:译林出版社,2002 年,第 1200 页,英文原文:"yes, I said yes I will Yes.")有异曲同工之妙。
② Quoted in Jules Chametzky, John Felstiner, Hilene Flanzbaum and Kathryn Hellerstein (eds.), *Jewish American Literature: A Norton Anthology*, p. 648.
③ George Oppen, "Exodus" in Jules Chametzky, John Felstiner, Hilene Flanzbaum and Kathryn Hellerstein (eds.), *Jewish American Literature: A Norton Anthology*, p. 645.
④ 以下介绍性的基本资料主要参见 Jules Chametzky, John Felstiner, Hilene Flanzbaum and Kathryn Hellerstein (eds.), *Jewish American Literature: A Norton Anthology*, pp. 643—645,不另作注。
⑤ 客观主义诗人强调去看并用心去意识具体的物体为客观物体;在客观主义诗人的诗中,不似意象派诗人那样观察物体,而是像象征主义诗人那样"占用"物体。Cf. Jules Chametzky, John Felstiner, Hilene Flanzbaum and Kathryn Hellerstein (eds.), *Jewish American Literature: A Norton Anthology*, p. 644.

相关联系列》(*Discrete Series*)。他和妻子玛丽·欧品加入美国共产党后,将近20年不再写诗,因为他看到"一千五百万家庭……面临饥饿的威胁"。[①] 二战期间,他奔赴欧洲战场,同德国纳粹军队作战。1945年因伤重回国。1950年,为躲避麦卡锡主义的迫害,他带领全家流亡墨西哥。八年后返回美国,也返回久别了的美国诗坛。1968年,他的《来自无数》("Of Being Numerous")一诗获得普利策奖。不过,他写于1965年的《赞美诗》("Psalm")却是最受人们欢迎的一首。

在那座美丽的小树林中
野鹿在安顿床铺——
它们就在那儿!

它们的眸子
倦慵,柔软的唇
挨擦,陌生的小牙
撕扯着青草

青草的根须
在他们嘴上摇晃
根须上的泥土散落在陌生的树丛里。
它们在那儿。

它们的路
一点一点啃过田野和为它们遮阴的树
远方悬挂着
太阳

[①] Jules Chametzky, John Felstiner, Hilene Flanzbaum and Kathryn Hellerstein (eds.), *Jewish American Literature: A Norton Anthology*, p. 644.

  那些小名词
哀求着信仰
在此中那野鹿
惊讶,向外张望。①

  这首小诗的副标题是"真理跟随……"——这个副标题实际上是从圣·托马斯·阿奎纳斯的诗句"真理跟随存在的事物"(Veritas sequitur esse rerum)引用而来的。不过,欧品在引用中有意识地省略了诗句中的后两个单词,即"存在的事物"(esse rerum)。其实,这个"存在的事物"即是理解这首诗的关键所在。那么,何谓"存在的事物"呢?从诗的语境中看来,这个"存在的事物"就是指那群在美丽的小树林中"撕扯着青草""安顿床铺"的野鹿。诗人描写了这头野鹿在祥和、宁静的环境里(一点一点啃过田野和为它们遮阴的树/远方悬挂着/太阳)安适、倦慵的可爱神态。也就是说,在诗人看来,我们只有在这样"存在的事物"后面,才能认识或揭示真理。而"那些小名词/哀求着信仰"对闲云般的"野鹿"来说,有的更多的是不可理解的"惊讶"或"张望"。

  自从欧品从流亡中回来,特别是在他的后期诗作中,创作风格发生了很大的改变,即以往缅怀犹太历史、抨击时弊、直面生活的锐气不见了,取而代之的是形而上的思辨,如上文所分析的《赞美诗》即属此类。从美学意义上讲,欧品的诗艺——对意象的把握、诗境的凝造以及语言的使用等方面都大有长进,但从世界观与人生观的发展轨迹看,他的创作似乎缺乏了知识分子所最为珍贵的一致性。换言之,作为一名作家,他有权利选择自己的创作风格和题材,但是对一名背负着历史使命的犹太知识分子而言,似乎还不适宜采用"超脱"的态度面对历史与现实。他发表于1978年的《灾难》("Disasters")一诗,更为直接地表达了其对"政治""立法者"的厌倦:

---

① George Oppen, "Exodus" in Jules Chametzky, John Felstiner, Hilene Flanzbaum and Kathryn Hellerstein (eds.), *Jewish American Literature: A Norton Anthology*, p. 645.

战争的　哦　西方的
风与暴雨

我以诗人的自负
厌恶政治　立法者们

未被确认

世界　让人郁闷
降临

做一个陌生人　我们
将如何降临

在这阵风中已经成为陌生者
……①

面对"让人郁闷"的"世界",诗人的选择是做一个与世界无关的"陌生者"。可见,与其早期昂扬斗志的创作风格,已大相径庭了。

与欧品不同,哈依姆·格雷德(Chaim Grade, 1910—1982)②表现出了自始至终的道德勇气。他不仅勇于承认自己是美国犹太作家,而且还为捍卫意第绪文化做出了积极的贡献。

格雷德1910年出生于拉脱维亚的维尔纽斯。他的父亲是东欧犹

---

① Jules Chametzky, John Felstiner, Hilene Flanzbaum and Kathryn Hellerstein (eds.), *Jewish American Literature: A Norton Anthology*, pp. 646—647.
② 以下介绍性的基本资料主要参见 Jules Chametzky, John Felstiner, Hilene Flanzbaum and Kathryn Hellerstein (eds.), *Jewish American Literature: A Norton Anthology*, pp. 648—649,不另作注。

太启蒙运动的忠实信徒,也是早期犹太复兴运动的热情参与者。少年时代的格雷德受过严格的宗教教育,①曾深受"穆萨运动"(Musar Movement)②的吸引。20世纪30年代,格雷德开始发表诗作,成为拉脱维亚进步文学运动"青年维尔纽斯"的领导者。1941年,由于德国纳粹入侵了苏联控制下的维尔纽斯,格雷德选择离开家乡,到达塔吉克。而留在家乡的母亲和妻子则惨遭德国士兵的杀害。等他再次返回家乡时,看到的则是战争留下的一片废墟。

从1948年定居美国开始,直至20世纪70年代,格雷德一直在为犹太意第绪语《每日前进》报撰稿,为弘扬犹太意第绪语做出了积极的贡献。他的主要短篇小说是《我与赫什·拉瑟内的争吵》("My Quarrel with Hersh Rasseyner", 1954)。该小说是以二战前后的东欧犹太人为背景,讲述了小说叙述者哈依姆·维尔纳和从事"穆萨运动"的犹太教师赫什·拉瑟内之间的"争吵"故事。

哈依姆·维尔纳是一位思想活跃的作家,在第二次世界大战前,即1937年回访了他已经离开了七年的"穆萨"犹太学校。七年过去了,贫穷、困苦以及郁闷使昔日的同学变得面目全非,"他们的青春热情之火已经慢慢地燃尽了。他们仍然谨小慎微地遵循着律法和惯例,但脸上却明显流露出因精神搏斗而带来的疲惫。"③但是,他的另一位同学,即现任犹太居住区学校教师的赫什·拉瑟内则似乎还充满着当年的斗志。固守"穆萨"教义的拉瑟内,对七年前离开犹太学校的维尔纳一直充满敌意。

---

① 有关格雷德前半生的生平介绍可参见他的《我母亲的安息日》(*Der mames shabosim*, 1955;英文版: *My Mother's Sabbath Days*, 1986)。

② "穆萨":中世纪犹太人有关道德和伦理方面的教诲。"穆萨运动":19世纪中叶发生在拉脱维亚的犹太宗教改革运动,主要发起人是以色列·萨兰特拉比(Rabbi Israel Salanter, 1810—1883)。"穆萨运动"的要点是:1)犹太人的法典《塔木德》不是终极,学习它同时必须也要学习犹太道德并按犹太道德行事;2)从日常生活中退缩是不合适的,信教的犹太人应该完全融入社区生活;3)"穆萨运动"的创始人萨兰特拉比努力树立一个既具有学识又具有情感的精神领袖形象;4)学生应该经常检验自己的行为,记录自己的缺点,像苦行僧一样刻苦学习犹太教义,等等。

③ Chaim Grade, "My Quarrel with Hersh Rasseyner" in Jules Chametzky, John Felstiner, Hilene Flanzbaum and Kathryn Hellerstein (eds.), *Jewish American Literature: A Norton Anthology*, p. 649.

因此,当两人在街道相遇后,维尔纳的一句不经意地问候"你好吗"即引发了一场"争吵"。因为对信仰"穆萨主义"的犹太人来说,见面问"你好吗?"就意味着在询问对方的宗教状况。所以,拉瑟内愤愤地说:

  哈依姆·维尔纳,你以为逃离犹太学校就能得到救赎吗?你知道我们之间流传的那句话:不管是谁只要学习了穆萨,生活中就不再有享乐。你将永远畸形。哈依姆·维尔纳,你的余生都将是个残废。你写没有上帝的诗,他们拍拍你的脸颊以示奖励。现在,他们就像把食物填给鸭子一样,用掌声来让你饱受折磨。①

针对拉瑟内的讽刺与指责,"与时俱进"的维尔纳指出:"你的谦逊是一种傲慢,而不是自我克制"。② 同时,他还进一步尖锐地指出,拉瑟内想让自己相信,穿着用毛线穗饰边的衣服或待在犹太学校里就能将自己和外部世界之间分开,不过是一厢情愿而已。他们之间的争吵反映了犹太人面对变化的外部世界所采取的不同态度。作者格雷德让争吵的双方都凿凿有据地提出自己的或反驳对方的观点而不加以评论,让读者感到争吵的双方似乎说得都义正词严,都很有道理。这种思辨的叙事策略表现了美国犹太作家所惯有的写作风格,为读者提供了思考与选择的空间。

  格雷德在随后的章节里仍沿用这种思辨的叙事策略,讲述了二战中及二战后十余年间所发生的故事。尽管世事变迁,叙述者维尔纳和拉瑟内都经历了许多变故,拉瑟内也由一个身着民族服装的犹太教师变为一个身着西装的普通犹太人。但是,他们各自的信仰都没有改变。只是德国纳粹对犹太人的大屠杀让他们的思想观点更为接近了。他们从原来的争吵变为共同认识到自己民族所处的历史时刻和自己作为犹太人所负有的历史使命。换句话说,尽管他们对自己的宗教信仰仍然有着不同的理

---

① Chaim Grade, "My Quarrel with Hersh Rasseyner" in Jules Chametzky, John Felstiner, Hilene Flanzbaum and Kathryn Hellerstein (eds.), *Jewish American Literature: A Norton Anthology*, p. 650.

② Ibid., p. 651.

解,或者说对自己的"犹太性"仍然有着不同的表达方式,但是,在经历了德国纳粹对犹太人的种族灭绝式的大屠杀之后,他们都自觉地认识到"在夜晚,你和我都没有权利睡觉"。①

实事求是地说,这部小说其艺术性有些差强人意,很有些说教的意味。不过,在小说的"说教"中所蕴含的厚实的文化、宗教以及历史底蕴和所闪耀的富有人性的思想道德光芒,却具有一种十分强烈的震撼力量。

二、保罗·戈德曼、戴尔默尔·施瓦兹与卡尔·夏皮罗

保罗·戈德曼(Paul Goodman,1911—1972)②1911年9月9日出生于美国纽约。他出生后不久,父亲即离家出走,母亲将他托付给自己家境殷实的姐妹们收养。保罗的童年是在无拘无束中长大的。他时常自己一个人徜徉于街道、公园或图书馆中,接受了不少"社会教育"。1931年,他从纽约城市学院毕业后,到哥伦比亚大学任教,同时在那里攻读博士学位。但因经常与自己的学生闹出绯闻而被迫离开了教学岗位。

戈德曼在婚后因生活所迫,长期从事多种体裁的写作工作。他是一位多产作家,总共出版了40多部著作。其中有6部长篇小说、4部短篇小说集、18部戏剧和多部诗集。然而,在社会上引起巨大反响的,却是他在20世纪60年代出版的两部非文学著作:《长大后荒诞:现组织体系中的青年问题》(*Growing Up Absurd: Problems of Youth in the Organized System*,1960)和《必须接受的错误教育》(*Compulsory Mis-Education*,1964)。戈德曼从无政府主义立场出发,批判美国政府对民众的压迫,要求政府善待年轻人,主张性解放。他的部分观点,特别是有关性解放的观点,在《评论》(*Commentary*)上发表后,对社会,特别是年轻

---

① Chaim Grade, "My Quarrel with Hersh Rasseyner" in Jules Chametzky, John Felstiner, Hilene Flanzbaum and Kathryn Hellerstein (eds.), *Jewish American Literature: A Norton Anthology*, p. 664.

② 以下介绍性的基本资料主要参见 Jules Chametzky, John Felstiner, Hilene Flanzbaum and Kathryn Hellerstein (eds.), *Jewish American Literature: A Norton Anthology*, pp. 522—523,以及 http://dwardmac.pitzer.edu/ANARCHIST_ARCHIVES/bright/goodman/goodman-bio.html,不另作注。

人产生了巨大的影响。在20世纪60年代反对越战的声浪中,许多年轻人以此为武器,反对政府和家庭对年轻人所实施的精神压迫。因此,就文化这一层面而言,戈德曼无疑是一个开放的现代主义者。

但是,戈德曼毕竟是一个犹太作家,他的创作仍没有脱离传统的美国犹太文学的框架,其创作的主题主要有两个。其一是几个世纪以来一直困扰犹太人的身份问题。如他在两个短篇小说集《生活的真相》(*The Facts of Life*, 1945)和《我们阵营的分裂与其他小说》(*The Break-Up of Our Camp and Other Stories*, 1949)中,就提出了什么样的犹太人才算做犹太人的问题。戈德曼在标题小说《生活的真相》中更是借人物之口,清楚地表达了他对怎样才算做犹太人的看法。其二是德国纳粹在二战中疯狂屠杀犹太人和战后犹太人对此所采取的态度。他的短篇小说《纪念教堂》("A Memorial Synagogue")是这一创作主题的代表性的作品。

《纪念教堂》最初写于1935年,但直到1947年才最终完稿,小说主要分为两大部分:第一部分主要讲述的是年轻的叙述者和他的朋友不愿"只是活一阵儿",[1]于是跑到街头上散发传单,呼吁兴建战争纪念馆——"纪念教堂",并通过观察过路人对待传单的态度,来揭示出美国民众对待二战中犹太人大屠杀问题的不同态度;第二部分主要是围绕着如何设计和兴建这座教堂而展开的争论。在这第二部分中,作者通过讲述如何装饰"纪念教堂",引出了关于约柜、自然、暴力之间的关系。负责装饰的雕刻家原先的设计是在放有犹太人法典的约柜两边,再雕刻自然和暴力两个天使。但是,他设计好模型图案后,却又分不清约柜两旁哪一个是自然天使,哪一个是暴力天使了。对此,人们众说不一,莫衷一是。有人借此得出结论说,它们俩像是在为了争夺约柜打架。而雕刻家则突然灵机一动,宽慰大家说:"它们根本不是在打架,它们在试图相互拥抱。不过,那

---

[1] Paul Goodman, "A Memorial Synagogue" in Jules Chametzky, John Felstiner, Hilene Flanzbaum and Kathryn Hellerstein (eds.), *Jewish American Literature: A Norton Anthology*, p. 524.

个约柜碍事。"①然后,他又补充说,他"按照古代的方式,把约柜做成一种能移动的家具。里面装的是一箱子用死的语言写成的书。如果我把这个箱子移开——移开一点儿——或者把它推到后面不要让它碍事!它们不就投到彼此的怀抱里了吗?"②作者通过这一富有戏剧性的对话和讨论,深刻地揭露了美国犹太移民后裔,对象征犹太宗教的约柜的无知和所持有的那种缺乏尊重,甚或说玩世不恭的态度。这里需要注意的是,雕刻家在约柜的两旁安置了并不符合犹太宗教理念的两个意象——自然天使与暴力天使,却是颇为令人费解和值得深思的。另外,作者戈德曼还借助英文 Ark 这个具有多义的词,嵌入了一个非常富有哲理的故事——诺亚方舟的故事,意在说明犹太人在灾难中应听从上帝的安排,同舟共济,否则将遭受灭顶之灾。

在第二部分的结尾处,戈德曼还就在教堂内部如何安排"视线"问题,做了颇具讽刺意味的议论。负责设计"纪念教堂"的建筑师提出:"在这类建筑里,交流的首要问题是教众的意向。因此,我们必须对设计视线要小心一些。"③起先,他将座位分为两组,让教众们可以相互对视,同时又都能看到约柜。但是,他转而又担心,这样一来,教众们会因相互对视而感到尴尬。不过,有人却提醒他说,人们都在哭泣。他因此而长舒一口气,释然地说:"这就解决问题了!……所有的人都隐藏在闪亮的泪水后面;他们谁也看不见谁。"④这个结尾似乎在暗示,犹太幸存者为了缅怀在战争中被屠杀的犹太人而千辛万苦地兴建了"纪念教堂"。然而,在这样一个承载着犹太历史灾难的建筑物里,活着的犹太人却只知道沉浸在徒劳的悲悼之中而不敢正视自己,或者不愿被他人所正视。作者对小说中所暗示的按照这种设计理念所建立起来的"纪念教堂"进行了善意却又颇为辛辣的揶揄和讽刺。

总之,这篇只有数千字的小说,从不同侧面生动地再现了二战后美国

---

①②③ Paul Goodman, "A Memorial Synagogue" in Jules Chametzky, John Felstiner, Hilene Flanzbaum and Kathryn Hellerstein (eds.), *Jewish American Literature: A Norton Anthology*, p. 527.

④ *Ibid.*, p. 529.

犹太人面对自己民族灾难所采取的不同态度,并且表达了作者面对愚钝、麻木的同胞时所怀有的苦涩与无奈的情愫。

我们从戈德曼的作品中可以看出,他虽然在性解放方面颇有些超前意识,但在宗教方面却并不开放。他始终坚持认为,犹太教对犹太人来说是至关重要的,不信犹太教,就算不上是个犹太人。应该说,这种观点是颇为老派、保守的。19世纪后半叶以来,犹太教在美国经历了很大的变化。美国犹太教"重建派"(Reconstructionism)所提出的区别公民身份和民族主义的观点,对当时美国犹太人的影响不可谓不大。从这一点看来,戈德曼在宗教上又应该算是一位保守主义者。

戴尔默尔·施瓦兹(Delmore Schwartz,1913—1966)[1]1913年出生于美国纽约的布鲁克林区,父母是来自罗马尼亚的犹太移民。14岁时,施瓦兹随父母移居到纽约曼哈顿;1931年从乔治·华盛顿中学毕业后,先是到威斯康星大学读了一年,后又转到纽约大学,在哲学家西德尼·胡克(Sidney Hook)、詹姆士·伯纳姆(James Burnham)等名师指导下学习哲学,获得学士学位。后来因没能获得继续深造的奖学金转而从事文学创作。1938年,他的第一部作品《责任在梦中开始》(*In Dream Begin Responsibilities*)出版后,受到批评界的广泛关注。20世纪40年代,施瓦兹曾担任《党派评论》的编辑和《新共和》的诗歌编辑。他一生都没有找到一个固定的职业,去世前的四年到一所大学任教。后来,他因自己的"行为古怪",又不得不离开该大学,客居到纽约的一家小旅馆里。同年,因心脏病突发,在一家小医院里去世。去世后,先是有两天多时间没人前来认领尸体;后来众多当时走红的学者、文人出席了他的葬礼,其隆重空前,也给后人留下了许多感慨。

施瓦兹在创作中深受现代主义作家叶芝、艾略特等人的影响。美国南方重要诗人和批评家艾伦·泰特(Allen Tate,1899—1979)曾评价说:

---

[1] 以下介绍性的基本资料主要参见 Mark I. Goldman, "Delmore Schwartz" in Daniel Walden (ed.), *Twentieth-Century American-Jewish Fiction Writers*, pp. 305—309,不另作注。

"自从庞德和艾略特以来,施瓦兹的诗作风格是唯一具有天才革新性的……[在他的诗中]有一种全新的感觉,在普通的诗作中有一种全新的韵律体系,十分奥妙和新颖。"①T. S. 艾略特本人曾对施瓦兹的一篇文章回应说:"你当然是一位批评家,但我想看到你能写出更多的诗;《责任在梦中开始》给我留下了深刻的印象。"②施瓦兹的诗看似晦涩,但细读起来确实给人一种寓意深刻、非常别致的感觉,如他的《夏日的消息》("Summer Knowledge", 1959)就是这样的一首诗:

> 夏日的消息不是冬日的真相,衰落的事实,
> 　　秋日的实现、幻想以及识别:
> 它不是五月的消息,幼小,抽芽,变绿,
> 　　枝叶繁茂、鲜花洁白,
> 它不是认识和金秋的消息
> 　　和成熟的变得暗淡的葡萄园,
> 也不是那黑色的,受折磨、被浸透以及带雨的出生的消息,
> 　　四月,还有劳作,
> 子宫痉挛的消息,盘绕的脐带
> 　　纠缠的动脉,切断和切开,
> 　　就像根从黑暗的地下破土而出:
> 对第一次疼痛认识的极度痛苦比死还要糟糕
> 　　或者比死的思想还要难受:
> 没有鸦片,没有准备,没有指引,没有幻觉,只有
> 　　那开始,与所有的知识,所有的结论,
> 　　所有的犹豫不决,以及所有的幻觉都相隔遥远。
> 夏日的消息是绿色的消息,乡村的消息
> 　　成长的消息与对丰满、肥硕以及成熟的圆润的

---

①② Quoted in Jules Chametzky, John Felstiner, Hilene Flanzbaum and Kathryn Hellerstein (eds.), *Jewish American Literature: A Norton Anthology*, p. 539.

　　　　　顺应的赏识。
　　……
　　　　因为,在某种意义上,夏日的消息根本就不是消息:它是
　　　　　第二自然,第一自然得到满足,一个新的诞生
　　　　还有为重生的新的死亡,从十月的火焰,燃烧的十一月
　　　　那升腾和跌落的火焰中翱翔、蹿升起来
　　　　变得越来越生动和高大
　　在秋日火焰的消耗和湮灭中。①

　　应该说,这首诗很容易使人联想到艾略特《荒原》中的"死者葬仪"的前半部分。同样都有"四月""夏日""冬日""根""雨""出生""死亡"等意象的出现。这样说是否意味着施瓦兹是在有意识地模仿艾略特的创作?艾略特在《荒原》自注中曾交代了该诗的理论资源。他说:"在更一般的意义上,我还得益于另一本人类学著作,一本深刻地影响了我们这一代的书;我指的是《金枝》,我采用的主要是关于阿童尼斯·阿梯斯和奥利西斯的两卷,知道这两卷著作的人立即会在诗中认出有关祈丰仪式的地方。"②这段话可以传达出以下信息:一、指出了《荒原》中有描写"祈丰仪式"的片断,而且片断主要源于英国著名人类学家弗雷泽的《金枝》中的两卷;二、说明《金枝》这部以原始宗教习俗、仪式为研究对象的专著影响了整整的一代人。由此可以推测,施瓦兹的《夏日的消息》同样也是受到《金枝》一书的影响。有关季节的运行与更替以及与生命的神秘隐喻、互动是构成该书的主要内容之一。《夏日的消息》一诗,实际就是借"植物再生的戏剧表演同真实的或戏剧性的两性交媾结合在一起,……表演一年一度的生命兴衰,特别是被人格化为一位年年都要死去并从死中复活的神的

---

① Eelmore Schwartz, "Summer Knowledge" in Jules Chametzky, John Felstiner, Hilene Flanzbaum and Kathryn Hellerstein (eds.), *Jewish American Literature: A Norton Anthology*, pp. 547—548.

② 参见赵毅衡编译《美国现代诗选》(上),外国文学出版社 1985 年版,第 217 页。

植物生命循环。"① 具体说，《夏日的消息》是抓住"春""夏""秋""冬"四个意象来构筑全诗的，抑或说全部的诗句都是围绕着植物（包括人类）的枯荣来展开的。在诗歌中，"春天"代表了出生与成长，"四月，还有劳作，/子宫痉挛的消息，盘绕的脐带/纠缠的动脉，切断和切开，/就像根从黑暗的地下破土而出"。春天尽管要经受分娩的痛苦，"对第一次疼痛认识的极度痛苦比死还要糟糕"，但毕竟没有这种撕心裂肺的疼痛就不可能获得生命的新生。"秋天"代表了成熟、丰收与实现；"冬天"则代表了万物的衰落与死亡。那么，"夏天"，或者说"夏天的消息"代表什么？这是该诗的关键之所在。

把"春天"与"秋天"架通起来的正是"夏天"。从诗句中来看，"夏天"这一意象主要表达了对"春"与"秋"的赞美，"夏日的消息是绿色的消息，乡村的消息/成长的消息与对丰满、肥硕以及成熟的圆润的/顺应的赏识。"也就是说，"夏天的消息"是指万物生长和成熟的消息，是死而复生的消息。事实上，借季节之循环来表达对自然和生命的认识，正是西方文学中的极为重要的主题之一。

除了诗歌之外，施瓦兹的主要文学成就还体现在他以编年史的形式，对犹太知识分子在美国的生存体验作了宏观上的记叙，如他的《责任在梦中开始》。施瓦兹在该部书中充分展示了他对各种文学创作体裁的天才把握。这部著作中收录了他近年来创作的小说、诗歌以及戏剧，如标题小说《责任在梦中开始》，长篇叙事诗《克里奥纳斯和他的母亲》(*Coriolanus and His Mother*)；戏剧《伯艮博士的信仰》(*Dr. Bergen's Belief*)。其中，标题小说"责任在梦中开始"被批评界认为是他的代表作。

这篇小说最初发表在 1937 年秋季的《党派评论》上，后来又被收入施瓦兹的第一个短篇小说集《世界是一个婚礼》(*The World Is a Wedding*, 1948)中。小说的故事讲述了叙述者在昏暗的电影院里观看一部有关其父母求婚的电影时的情绪变化，曲折地反映了叙述者的内心情感世界。故事中的叙述者先是看到世纪之交的布鲁克林的变化而感到高兴，但突

---

① 参见叶舒宪选编《神话——原型批评》，陕西师范大学出版社 1987 年版，第 50—51 页。

然间,他感情崩溃,哭了起来。坐在旁边的一位老妇人安慰他说,这只是一部电影,不要难过。老妇人的一番话让他安静了下来。然而,当他看到父亲向母亲求婚时,他忍不住站了起来,大声喊道:别这样!你们改变主意还不晚,这样做没有任何好处,只能造成懊悔、憎恨、丑闻以及两个性格乖戾的孩子。电影院的引座员前来请他坐下,不要吵闹。他坐下了,但情绪上还是没法平静下来。最后,他实在是抑制不住自己,又大喊大叫起来,结果被引座员拉到了影院的前厅里。他从梦中醒来了,看到的是清冷的晨曦和白皑皑的雪,并迎来了他21岁的生日。这部小说从道德的层面上探讨了婚姻、家庭以及责任等问题,深刻地分析了造成家庭悲剧的社会原因。美国著名犹太学者、文学批评家欧文·豪曾回忆说,他和其他《党派评论》的年轻读者被小说中的故事"惊呆"了,读过后让人有"不可忘记"的认同感。① 这部小说的自传性很强。童年时,施瓦兹的父母关系紧张,让他在感情上经受了不少打击,这对他成年后的世界观、人生观的形成都起到了决定性的作用。施瓦兹几乎一生都在为摆脱过去的家庭不幸做着努力。

施瓦兹的第一个短篇小说集《世界是一个婚礼》从多方位反映了他对美国社会、美国犹太移民,特别是美国犹太知识分子等的认识。欧文·豪试图从历史的角度来阐释施瓦兹的文学作品。他在为施瓦兹的短篇小说集所写的序言中说道:

> 施瓦兹在发表《责任在梦中开始》和1948年出版《世界是一个婚礼》期间所写的小说,用一种美妙而又强烈的喜剧方式,捕捉到了20世纪30年代和40年代的纽约生活的品质——当然,不是整个纽约的生活,而是那些犹太移民的有知识的孩子的一些有趣的东西。他们在寻找进入更广阔的世界的道路的同时,又向身后投去了不安、沮丧的目光。这些故事使我们在感情上与我们父辈世界达成休战,因为这些故事中所表现的主题遥远,有一种超脱感,因而带有一种自我批

---

① Quoted in Jules Chametzky, John Felstiner, Hilene Flanzbaum and Kathryn Hellerstein (eds.), *Jewish American Literature: A Norton Anthology*, p. 539.

判和同情的因素。①

欧文·豪十分中肯地评价了施瓦兹在作品中对美国犹太移民及其后裔感情世界的发掘所做出的努力。美国犹太移民,特别是来自东欧的犹太移民,在到达美国后一般面临这样几种选择:其一,无情地扫除他们所带来的一切;其二,横下心来抗拒他们现在所遇到的每一影响;其三,走向双重文化。② 施瓦兹以其深刻的内省力和颖悟力捕捉到美国犹太移民在新时代、新环境里其思维方式和感情世界所发生的微妙变化:美国犹太移民既渴望在新世界里得到发展,又不愿无情地扫除他们带来的一切;他们只好试着走双重文化的道路,但他们在走着这一道路的同时,却又无法使过去和现在长久地保持平衡。于是,"又向身后投去了不安、沮丧的目光"。美国犹太移民的这种微妙的心理活动和情感变化,在施瓦兹的短篇小说中得到了很好的艺术再现。

除了在诗歌和小说方面取得了斐然的成就外,施瓦兹还是一位杰出的文学批评家。从他去世后出版的评论集《论文选》(*Selected Essays*, 1970)来看,施瓦兹主要是一位诗论家,他特别关注现代诗的写作和批评。该书的编辑曾指出:施瓦兹的论文是"对特别聪颖和敏感的心灵——一个饱受乔伊斯、莱克、艾略特以及现代主义的英雄们的滋养的心灵——的不连贯的记录"。③ 美国著名犹太学者、批评家菲利普·拉夫(Philip Rahv)则评价说,施瓦兹是"一位卓越的文学批评家。智力上远不止于老练,而且非常熟悉理性方面的问题,结果把自己变成了一位各种独特方法的阐述者。他也明白,批评话语超越界限而偏向哲学或社会学方面时所要面临的陷阱"。④ 如施瓦兹在论述莱昂内尔·特立林的小说《公爵夫人的红鞋》时,就抨击了特立林在小说中对人物的举止言谈等的过分强调。

---

① Quoted in Mark I. Goldman, "Delmore Schwartz" in Daniel Walden (ed.), *Twentieth-Century American-Jewish Fiction Writers*, p. 288.
② 参见欧文·豪:《父辈的世界》,王海良、赵立行译,上海三联书店1995年版,第220页。
③④ Quoted in Mark I. Goldman, "Delmore Schwartz" in Daniel Walden (ed.), *Twentieth-Century American-Jewish Fiction Writers*, p. 289.

然而,这并不等于说施瓦兹不关心在文学作品中所反映出来的哲学或政治,而是不赞成过分强调这些话语。其实,在他的诗论中,如《现代诗歌的孤立》("The Isolation of Modern Poetry", 1941)、《现代世界中诗人的使命》("The Vocation of the Poet in the Modern World", 1951)、《诗歌的现状》("The Present State of Poetry", 1958)等,他将诗歌创作与现代文化紧紧地结合起来了。他认为,诗人的孤立是导致现代诗错位的根源;而现代诗人的根本孤立不是源自诗人和诗人的生活方式,而是源自于现代社会的整个生活方式。[①]

施瓦兹在诗歌与小说创作以及文学批评方面所取得的成就,不但为现代主义文学运动做出了杰出的贡献,也为美国犹太文学的发展谱写了新的篇章。

艾伦·古特曼曾抱怨说,美国犹太诗人"穆里尔·鲁吉瑟、戴尔默尔·施瓦兹以及霍华德·内梅洛夫是有天赋的诗人,但他们的作品几乎不带一点他们犹太人的痕迹(除内梅洛夫的《与拉比的对话》一诗外)。其他诗人则讴歌革命,而不是传统的'末日'"[②]。古特曼的抱怨虽有些道理,但他的话说得也有些绝对。就以在前面所介绍和论述施瓦兹的诗歌创作为例,欧文·豪对施瓦兹的评价应该说是切中肯綮的。由此引发出一个问题来,就美国犹太文学而言,对同一个作家或诗人的作品,为什么有些批评家能看出该作家或诗人作品中的"犹太性",而另一些批评家则不以为然呢?这里牵涉到的其实不只是一个方法论的问题,而更是认识论的问题。那么,是否有什么客观标准可用来判断一部文学作品是否具有"犹太性"?如果有,它又是什么?我在"序言"中对"美国犹太作家"一称谓所作的界定,可以作为判断一部作品是否具有犹太性的主要参考"指标"。[③] 简言之,一部作品是否具有犹太性主要看该作品中所表现的主

---

① Cf. Mark I. Goldman, "Delmore Schwartz" in Daniel Walden (ed.), *Twentieth-Century American-Jewish Fiction Writers*, p. 289.
② Allen Guttmann, *The Jewish Writer in America: Assimilation and the Crisis of Identity*, p. 128.
③ 参见本书"序言"中"关于本书书名"一节。

题、所刻画的人物,以及所透出的文化底蕴是否与犹太民族相连或与犹太文化有关;作者或作品中人物的思维方式等是否透露着犹太民族的文化特征。如果说欧文·豪在阅读美国犹太作家的作品中捕捉到了上述品质,那么,艾伦·古特曼则只是简单地"察看"该作家作品中有无直接谈及或描述与犹太人相关的事情。这也难怪他说卡尔·夏皮罗是一个"奇怪的案例"①了。

卡尔·夏皮罗(Karl Shapiro,1913—2000)②的创作与发展是有些特殊。卡尔·夏皮罗 1913 年出生于美国巴尔的摩的一个虔诚的犹太家庭。他曾先后在多所大学就学。在弗吉尼亚大学上学期间,他曾有作为东欧犹太移民的后代而遭到社会的摒弃感。他后来说,犹太人和诗人一样都是生活中的"局外人"。③ 毫无疑问,夏皮罗在对待自己的犹太身份上是明确的;在如何看待"犹太人"这一问题上也有自己的独到见解。在他看来,犹太人是人类原始自我的象征,是剥去了国籍和宗教外衣后人类最基本的品质。④ 应该说,这一观点比一般的"上帝的选民"说,还要更"进了一步"。因为,"上帝的选民"说带有宗教性质,虽有一层神圣的色彩,但在当代社会中是很难被世人所接受的;而说犹太人是人类原始自我的象征,虽是一种形而上学的说法,也容易产生一些歧义,但在通观犹太民族的历史和犹太文化的特质后,也不能简单地斥为一面之词。且不谈犹太文化的源远流长和对人类文明的贡献,就犹太人在历史上所蒙受的苦难和他们顽强的生存能力而言,也确实是具有"人类最基本的品质"。这实际上与阿尔弗莱德·卡津和莱斯里·费德勒所提出的"人人都是犹太人"的说

---

① Allen Guttmann, *The Jewish Writer in America: Assimilation and the Crisis of Identity*, p. 128.
② 以下介绍性的基本资料主要参见 Jules Chametzky, John Felstiner, Hilene Flanzbaum and Kathryn Hellerstein (eds.), *Jewish American Literature: A Norton Anthology*, pp. 553—554,不另作注。
③ Jules Chametzky, John Felstiner, Hilene Flanzbaum and Kathryn Hellerstein (eds.), *Jewish American Literature: A Norton Anthology*, p. 553.
④ Cf. Allen Guttmann, *The Jewish Writer in America: Assimilation and the Crisis of Identity*, p. 129.

法,有着异曲同工之妙。①

夏皮罗对犹太人等问题认识的独特性,也体现在他的诗歌创作上。他的早期诗作中常以亚当与夏娃、药店、车祸以及士兵的生活等为题材,如"我抽烟读圣经嚼口香糖/想着基督和去年的圣诞节",②即多写一些与犹太人生活、文化不相干的诗歌。但他随后的诗作则多涉及犹太人的文化、生活以及情感等。如他在诗集《一个犹太人的诗》(*Poems of a Jew*,1958)中的第一首诗中,就这样赞美、讴歌了犹太人的语言:"犹太人使用的字母黑且干净/在基督徒的书本里频频出现。/那些被选用的字母像有刺铁丝一样直立/围护着人类的肉……"。③ 他在另一首诗《我的祖母》("My Grandmother")中这样写道:

> 我祖母在悲伤中走进我的心间
> 仿佛意识到死亡临近,穿上黑衣衫;
> 不管是端坐在椅子上,她那干燥紧绷的喉头因悲伤而絮絮叨叨,
> 抑或是守着破烂的书沉浸在希伯来人的祈祷之中,
> 抑或是温柔、顺从、泪眼相对陌生人;
> 不管是在阳光充足的客厅,或背向关闭的百叶窗。
>
> 尽管时间与口舌使得任何爱情都不相干
> 在用达盖尔银版法拍的照片④上有典雅景观
> 我感叹其美丽,为之心软的是她美丽的容颜。
> 我同情她死一般的生活,她自己的创痛,

---

① Cf. Leslie Fiedler, "Saul Bellow" in Irving Malin (ed.), *Saul Bellow and the Critics*, New York, 1967, pp. 2—4.
② Karl Shapiro, "Christmas Eve: Australia" in *Poems: 1940—1945*, New York, 1953, p. 26.
③ Karl Shapiro, *Poems of a Jew*, New York, 1958, p. 3; Quoted in Allen Guttmann, *The Jewish Writer in America: Assimilation and the Crisis of Identity*, p. 128.
④ 早期在银版上制作的一种照片。这种银版是对碘敏感。制作这种照片的方法是路易斯·达盖尔(Louis Daguerre, 1789—1851)在法国发明的——本书作者注。

> 但这许多的往事促使她踏进
> 许多陌生人的土地和房舍,
> 把流亡视为当然,让她的孩子的孩子的
> 话不知怎么说,路不知怎样走。①

对祖母的怀念其实就是对历史的缅怀。夏皮罗在这首《我的祖母》一诗中,充满深情地刻画了他心目中的祖母的形象——一位美丽典雅、历经沧桑但仍然潜心于自己的信仰并对自己的民族前途深感担忧的犹太老人。岁月让她的容颜褪色了,让她的肌肤失去了往日的光彩,但却不能让她忘怀对自己民族命运的追问。

祖母的沧桑经历,其实就是犹太民族的沧桑写照:颠沛流离,战战兢兢地生活在异国他乡;为了能生存下去,还不得不学会顺从,学会如何"泪眼相对陌生人"。这种没有自主、自由,甚至没有人身安全的生活是"死一般的生活"。在诗中人——祖母,或更确切地说,在作者看来,这种把"流亡"视为理所当然的理念,让犹太人的后代无所适从:"话不知怎么说,路不知怎样走"。其实,这最后一句诗是全诗的关键,道出了诗人真正的担心与隐痛:在这变化如此快捷的世界中,犹太人该如何处理信仰与现实、传统与未来的关系?如果选择"同化",将失去民族身份,但却能得到一些现实的实惠;如果选择拒绝"同化",民族身份是守住了,但面临的是艰难、危险的生存。到底孰轻孰重,实在是令人难以定夺。

不过,单从字面意义上看,最后这一行诗句可以有两种理解。这主要是因为英文 confusing 一词,所具有的两个基本意思使然。这个词有 mix up in the mind(使困惑)的意思;另外还有 mistake one thing for another(搞乱、搞错)的意思。② 如果取其第一层意思,译文则便如上所

---

① Karl Shapiro, "My Grandmother" in Jules Chametzky, John Felstiner, Hilene Flanzbaum and Kathryn Hellerstein (eds.), *Jewish American Literature: A Norton Anthology*, p. 554.

② Cf. *Oxford Advanced Learner's Dictionary of Current English*, London: Oxford University Press, 1974, p. 180.

译;但如果取第二层意思,译文则应为:"不能记得/她孩子的孩子的口音和所做的事。"这样一来,这最后一行诗句的焦点则集中在老一辈犹太人看其后代所发生的变化上。因此说,这行诗句还并不只有喟叹世事变化的意思,还曲折地反映了现代社会对犹太人传统的侵蚀与"同化"。

夏皮罗的诗在风格上多受沃尔特·惠特曼和威廉·卡洛斯·威廉斯的影响,但在创作生涯中他却以反权威而著名。他对 T. S. 艾略特、艾伦·泰特、罗伯特·罗威尔等颇有微词,不满意艾略特的保守主义倾向和新批评的学究气;对埃兹拉·庞德更是不能容忍。他曾投票反对将伯林根奖授予庞德的《比萨诗章》(*Pisan Cantos*),认为该诗中有反犹的内容。在维护犹太人声誉这一问题上,夏皮罗可谓是旗帜鲜明的。

三、阿尔弗莱德·卡津与艾萨克·罗森费尔德

随着文化的移入和同化观念的不断深入,美国犹太移民的信仰以及生活方式都发生了巨大变化。艾伦·古特曼认为,信仰并严守正统犹太教教规的美国犹太人,到第三代就几乎销声匿迹了。[①] 根据社会学家的统计,有 67% 的第一代美国犹太移民,按照犹太人的习俗过安息日;这一比例到第二代美国犹太移民则降至 12%;而到第三代则约有 2%。[②] 因此,回忆童年时代,特别是洋溢着浓郁的犹太宗教和文化气息的童年生活,就成为那些敢于坚持自己犹太身份的美国犹太作家重要而又迫切的题材之一。他们这样做,不能简单地视为一种怀旧。因为从他们所描写的往昔生活的酸甜苦辣以及日常生活中的细枝末节看,他们分明是在通过回忆来缅怀和弘扬犹太文化。即便是那些拒绝或不愿承认自己为犹太人的美国犹太作家,在"关键"时刻也会发现自我,并回归到民族传统文化中去。1944 年 2 月,阿尔弗莱德·卡津(Alfred

---

[①] Cf. Allen Guttmann, *The Jewish Writer in America: Assimilation and the Crisis of Identity*, pp. 86—87.

[②] Howard W. Polsky, "A Study of Orthodoxy in Milwaukee" in Marshall Sklare (ed.), *The Jews: Social Patterns of an American Group*, Glencoe, Ill., 1958, p. 332.

Kazin，1915—1998）^①在战时听说德国纳粹屠杀犹太人时宣称:"无需成为任何有意义的犹太人的生活或文化的一部分,我很久以前就知道接受我是个犹太人这一事实……不过,我的心与犹太文化没有直接的联系。"^②但是,战后他在广播里听到犹太人安息日的仪式时,却情不自禁地流下了泪水:"我最后一次这样清晰地看到我们的厨房,是在战争结束后——在伦敦的一个下午,那时我在一个音乐商店的入口处避雨。一台收音机播放的节目传到街道上来,我站在那儿听到在贝尔森集中营进行的第一个安息日……"^③他这个"迷途"的犹太人其实还是犹太人!据说他反映童年时代生活的《城市里的步行者》(*A Walker in the City*,1951)就是受此"启发"而创作的。他在该小说中这样写道"我"踏上自己生命"开始的地方"时的亲切感受:

每次我回到布朗斯维尔,都好像我从来就没有离开过。从我在洛克维大街走下火车、闻到男厕所冒出来的臭味和从地铁台阶下那卖腌菜的摊位上,散发出来的气味的那一刻起,我就立刻怒火中烧,其中掺杂着某种敬畏和温柔的情愫……我回到我开始的地方……我想念那些破烂的小木屋和生下来就闻到的潮湿气味……我想念那险恶的"科尼岛"食品店。在那里,上学前、后以及上课中间,我们心急火燎地狼吞虎咽吃着夹着泡菜和芥末的红肠面包……^④

---

① 以下介绍性的基本资料主要参见 Jules Chametzky, John Felstiner, Hilene Flanzbaum and Kathryn Hellerstein (eds.), *Jewish American Literature: A Norton Anthology*, pp. 770—771; Allen Guttmann, *The Jewish Writer in America: Assimilation and the Crisis of Identity*, pp. 128—129,不另作注。

② Alfred Kazin, "Under Forty", *Contemporary Jewish Record*, VII (February 1944), II.; also see Jules Chametzky, John Felstiner, Hilene Flanzbaum and Kathryn Hellerstein (eds.), *Jewish American Literature: A Norton Anthology*, p. 771.

③ Quoted in Jules Chametzky, John Felstiner, Hilene Flanzbaum and Kathryn Hellerstein (eds.), *Jewish American Literature: A Norton Anthology*, p. 771.

④ Alfred Kazin, *A Walker in the City* (New York, 1951), pp. 5—6. Quoted in Allen Guttmann, *The Jewish Writer in America: Assimilation and the Crisis of Identity*, pp. 89—90.

如果说上述内容主要表达了对故乡的思念、眷恋之情,那么卡津在小说的第二章"厨房"中,更是集中表达了一种强烈的家庭和民族团结的情绪:

> 就是这样:我们必须总是在一起:不管是信教者,还是非信教者,我们还是一个民族;我是该民族的一员。无法想象走自己的路,怀疑或逃避自己是一个犹太人这一事实。我听说过有些犹太人装作不是犹太人,但我不能理解他们为什么这么做? 我们这么长久地在一起生活,以至于即便是想也不知道该如何去分开。最可怕的词是 aleyn,孤独。我脑子里总是有同样的一幅画面:一个人走在黑暗的街道上,报纸和香烟屁股在他眼前轻蔑地飞舞着,他品尝着空气中的尘粒,即做陌生人的全部苦涩。Aleyn! Aleyn! ①

显然,作者在这里强调了"民族"的不可更改性。即不管你愿意不愿意做犹太人,你都是该民族中的一个成员。无论是谁,一旦离开了这个种族群体,必将陷入孤独、苦涩的陷阱。可以说命运注定了"我们必须总是在一起"。

卡津 1915 年 6 月 5 日出生于纽约,父母是讲意第绪语的俄国犹太移民。父亲是一位油漆匠和社会主义者,母亲是一位专做女士服装的裁缝。家境虽谈不上富裕,但也算过得去。卡津的父母是个守教者,童年卡津在家庭的影响下,苦读犹太经书,遵从犹太礼仪,但深为自己不能说出流利的英语而苦恼。他每日往返于犹太教堂和去往学校的地铁之间,经受着传统犹太和现代美国的两种文化之熏陶。在犹太教堂里,他面对的上帝既是他的负担和不幸,也让他格外着迷;而在美国非犹太人开设的学校里,他既经受着"异族"的歧视,又为无法融进"异族"而苦恼。

卡津在文学创作方面的成就,主要体现在他的两部作品中,即《城市里的步行者》和《在本国土地上》(*On Native Grounds*, 1942)。卡津曾坦

---

① Alfred Kazin, *A Walker in the City*, in Jules Chametzky, John Felstiner, Hilene Flanzbaum and Kathryn Hellerstein (eds.), *Jewish American Literature: A Norton Anthology*, pp. 776—777.

言他在创作方面几乎没有受到任何犹太作家的影响。1944 年,他为《当代犹太纪录》(*Contemporary Jewish Record*)撰文说:"我深受影响的作家有布莱克、麦尔维尔、爱默生,17 世纪英国宗教诗人以及俄国小说家——我的心与犹太文化没有直接的联系。"①从卡津的作品来看,他的这一说法是值得怀疑的,或他另有隐情也未必得知。卡津在文学批评方面,特别是对美国现当代文学批评方面,也做出了一定的贡献。

艾萨克·罗森费尔德(Isaac Rosenfeld,1918—1956)②被人誉为"一个非凡的、有天赋的、生气勃勃的人"。③ 尽管他发表的作品并不多,只有一部长篇小说《离家》(*Passage from Home*,1946)、一部文学评论集《深邃的年代》(*An Age of Enormity*,1962)和一部短篇小说集《始与终》(*Alpha and Omega*,1966),但是索尔·贝娄却热情地称赞他是一位很有才气和活力的美国犹太作家。④

1918 年,艾萨克·罗森费尔德出生于居住在美国芝加哥的贫穷犹太移民家庭。他不到两岁时,母亲去世;父亲再婚后,父亲和继母对小艾萨克另眼看待,这让小艾萨克很小就体味到了人世间的辛酸和苦涩。

第二次世界大战前,反犹主义在美国颇为盛行。这一状况只有在二战和"纽伦堡审判"结束后才有所缓解。1944 年,艾萨克·罗森费尔德在谈及美国犹太人的生存状况时尖锐指出:

在开始所有与犹太人相关的讨论之前必须先做一些悲观的考察。不管在何处,犹太人都是一个少数民族,特别不幸的是在美国做少数民族的那些日子。少数民族中的一个神志清醒的成员有必要非常地清

---

① Alfred Kazin, "Under Forty", *Contemporary Jewish Record*, VII (February 1944), II.
② 以下介绍性的基本资料主要参见 Bonnie Lyons, "Issac Rosenfeld" in Daniel Walden (ed.), *Twentieth-Century American-Jewish Fiction Writers*, pp. 252—256。
③ Bonnie Lyons, "Issac Rosenfeld" in Daniel Walden (ed.), *Twentieth-Century American-Jewish Fiction Writers*, p. 252.
④ Cf. Saul Bellow, Foreword to *An Age of Enormity*,Cleveland: World, 1962.

醒:他被种族和宗教搞得心烦意乱,为在一个健康的国度里被视为健康的差异而苦恼。做犹太人最一般的状况是——他的注意力中只有他的民族历史中的一些普通的事实——创痛、对暴力的恐惧以及对侵犯的抵制。①

罗森费尔德有强烈的民族身份感,对犹太人在美国的生存现实有着清醒的认识。他并不简单地认为"多元化"②就是医治"反犹"顽疾的良药,而是从所谓的"多元化"中看出了"差异"——将美国少数民族边缘化。他因此指出:一个美国

> 犹太作家不知不觉地感到,无论何时,人们在谈论他时,所谈的不是他的艺术,也不是他的生活,而是他的犹太性。在一个充满敌意的世界里,只有勇敢的人才能成为勇敢的艺术家,不要去管他是不是个好的艺术家。因此我清晰地认识到,犹太作家对美国文学所做出的贡献如何,完全取决于超出他们作为作家所能控制的因素。③

然而,尽管他认识到犹太作家在美国生存的艰难,但他还是义无反顾地坚持他的犹太身份,坚持使用意第绪语进行创作。他的第一语言是意第绪语,他早年曾就读于肖洛姆·阿莱汉姆学校,成年后翻译了许多肖洛姆·

---

① Isaac Rosenfeld, "The Situation of the Jewish Writer" in *Under Forty: A Symposium of American Literature and the Younger Generation of American Jews*, 1944; also in Jules Chametzky, John Felstiner, Hilene Flanzbaum and Kathryn Hellerstein (eds.), *Jewish American Literature: A Norton Anthology*, p. 571.

② "文化多元化"是从生存这一人类基本需求阐发出来的,是美国犹太学者霍勒斯·卡伦最早提出的。他将美国各民族喻为一个交响乐团,各种乐器同生共存,各有各的声音和作用。Cf. Horace Kallen, Culture and Democracy in the United States, and "Democracy Versus the Melting-Pot."

③ Isaac Rosenfeld, "The Situation of the Jewish Writer" in *Under Forty: A Symposium of American Literature and the Younger Generation of American Jews*, 1944; also in Jules Chametzky, John Felstiner, Hilene Flanzbaum and Kathryn Hellerstein (eds.), *Jewish American Literature: A Norton Anthology*, pp. 571—572.

阿莱汉姆(Sholem Aleichem)①的作品以及 T. S. 艾略特的《J. 阿尔弗莱德·普鲁弗洛克的情歌》等,并用意第绪语写了不少短篇小说和寓言故事,成为一位出色的意第绪语学者。他的一生都把从事意第绪语工作和做犹太知识分子当做自己的最大乐趣。他在论述"肖洛姆·阿莱汉姆"时认为,意第绪语与自然疏远,物质名词词汇贫乏,与意第绪文化拒绝流亡、不再渴望回归耶路撒冷的思想观念有密切关系,颇有见地地指出了意第绪语与其相关文化之间的关系。②

罗森费尔德在一篇小说性质的回忆文章《天花板上的世界》("The World of the Ceiling")中回忆说:"我是个严肃的青年,只对哲学和政治感兴趣,像黑格尔一样,皱着眉头苦思冥想。"③索尔·贝娄在罗森费尔德去世后,曾撰文回忆说,罗森费尔德在 13 岁还穿着短裤时,就能滔滔不绝、很有权威地谈论叔本华了。④罗森费尔德在少年时代还参加了"托洛茨基斯巴达克斯青年党"。但后来因偶尔阅读到麦尔维尔的《莫比·迪克》,罗森费尔德放弃哲学和政治而转向了文学,开始经常为《新共和》《党派评论》《评论》《新领导》以及《国家》等刊物撰稿。他在其文学评论文章中热情地赞扬现实主义和自然主义作品,但在自己的创作实践中却倾向于超现实主义。他唯一的一部长篇小说《离家》是一部准自传体小说,讲述了书中主人公伯纳德·米勒与其父亲的不和谐关系,表现了主人公寻找"家"的主题。

《离家》中的主人公伯纳德·米勒和作者罗森费尔德的经历一样,年幼丧母;父亲再婚后,他从父亲和继母那里都得不到应有的关爱。于是,

---

① 俄国犹太作家,肖洛姆·拉比诺维奇(Sholem Rabinovitch, 1859—1916)的笔名。1859 年出生于乌克兰;于 1880 年被乌克兰当局任命为驻卢宾的拉比;1883 年开始从事写作,一生写了 40 余部作品,其中有长篇小说、戏剧以及短篇小说集。译成英文的作品主要有:《犹太儿童》(*Jewish Children*)、《故国》(*The Old Country*)、《领唱人的儿子莫托尔历险记》(*The Adventures of Mottel, the Cantor's Son*)等;1905 年离开俄国并暂住在瑞典,1914 年后定居美国纽约。
② Cf. Bonnie Lyons, "Isaac Rosenfeld" in Daniel Walden (ed.), *Twentieth-Century American-Jewish Fiction Writers*, p. 253.
③④ Quoted in Bonnie Lyons, "Isaac Rosenfeld" in Daniel Walden (ed.), *Twentieth-Century American-Jewish Fiction Writers*, p. 253.

他转而盼望祖父母能给他一些安慰。罗森费尔德在小说中,详细描述了伯纳德·米勒和祖父母以及亲戚等一起度过"逾越节"的情景,凄楚、哀婉地告诉读者犹太文化在与异族文化的"冲撞""交流"中,已经走向了衰落:伯纳德·米勒的姨妈交了一个非犹太裔男朋友威利。威利到伯纳德·米勒的祖父母家中过逾越节……但他打断伯纳德·米勒家人为逾越节所举行的仪式,独自唱道:"我信仰那本好的旧《圣经》,/我信仰那本好的旧《圣经》,/我信仰那本好的旧《圣经》,这对我来说诗已经够好的了。/……那古老的宗教。"①逾越节对犹太人来说是一个非常重要的节日。在这个节日里,犹太人不仅要对家里,特别是厨房的卫生进行彻底清理,将所有的旧食物清扫出去,扔掉所有发酵的食品,而且所有的旧餐具,如锅、刀叉、盘子等,都要更换成新的。传统上,犹太人所有的家庭成员在节前都要剪发和洗澡;家中的长子要戒斋至逾越节家宴开始,以此来纪念被杀的埃及人家的长子。在逾越节家宴,犹太人要朗读《旧约》中的部分篇章和背诵远古时代犹太拉比写的祷文。② 一般说来,外族人不会被邀请参加逾越节家宴,更不会允许外族人在犹太人的逾越节家宴上唱诵非犹太教祷文。威利不是一个犹太人,他参加犹太人的逾越节家宴就已经是出格了,而在家宴上唱诵与基督教相关的祷文就更有悖于情理。按理说,伯纳德·米勒的祖父母应该予以制止,或至少表示不满。然而,他们非但没有这样做,反而还异口同声跟随大家一起说"阿门(诚如所愿)"③来表达他们的赞许。

罗森费尔德在小说的另一处还记述了这样的一件事:伯纳德·米勒的继母一方面强迫伯纳德·米勒要"对犹太人的生活更加感兴趣",④但另一方面她却无视上帝和犹太祖先的教诲,向非犹太人一样只欣赏自己的身体。伯纳德·米勒对此感到疑惑不解。他自忖道:

---

① Isaac Rosenfeld, *Passage from Home*, New York: Dial, 1946, p. 20.
② Cf. Nicholas De Lange, *An Introduction to Judaism*, Cambridge: Cambridge University, 2000, pp. 97—99; Robert M. Seltzer, *Judaism: A People and Its History*, (New York: Macmillan Publishing Company, 1987), pp. 236—238.
③ Isaac Rosenfeld, *Passage from Home*, p. 20.
④ *Ibid.*, p. 79.

在故国,女人们在星期五的傍晚黄昏降临的时刻通常都会做些什么呢?她们去参加洗礼,以求纯洁。然而,我们现在没有正统的安息日里的这些仪式了。我的继母不做那种传统的面包……;她也不包一下头和拱着手掌,但她在日落之后却点上了蜡烛。①

对犹太人来说,安息日里点蜡烛是犯了大忌。玛丽·安亭曾在其《应许之地》中讲述过她父亲在安息日里点蜡烛,违反教规的故事。显然,罗森费尔德在此重复了玛丽·安亭曾讲过的故事,但他的讲述立场却与安亭不同:安亭是以赞许的口吻来叙说的,因为,她也曾试着在安息日里违反教规;但作者罗森费尔德在这里却是以批判的语气,谴责了继母的这一行为。不仅如此,他还以批判的笔触讽刺了他的祖父母,称他的祖父为"这个可怜、过时的老人"。②

罗森费尔德的《离家》在某种意义上与亨利·罗思的《就说是睡着了》有许多相同之处。仅以两部小说中主人公的身份为例:《就说是睡着了》中的小主人公戴维的身份遭到了其父的怀疑——父亲不知道这孩子到底是自己的,还是妻子与另一个非犹太情人所生;而《离家》中的小主人公伯纳德·米勒的身份也遭到了怀疑。他被怀疑、揣测为在其母亲去世后、父亲与继母结婚前,父亲与姨妈悄悄生下了他。一般说来,在小说中这种猜测是推动故事情节、揭示人物性格的一种有效手段。但是,如果从犹太文化的角度看,身份问题就不仅仅是推动故事情节发展的有效手段,而且还是一个十分严肃的话题。因为,这是牵涉一个人的文化归宿和道德归宿的大问题。其实,两千多年来,身份问题一直缠绕着犹太人。所以我们不能简单地认为罗森费尔德的创作没有摆脱前辈的创作模式,这是他在继承传统的基础上对这一问题所做出的不同阐释。

当然,两部小说也有所不同。在亨利·罗思的笔下,第一代犹太移民面临的首先是与旧时代、旧环境的诀别。也就是说,他的人物首先要清算

---

① Isaac Rosenfeld, *Passage from Home*, pp. 77—78.
② *Ibid.*, p. 86.

与过去生活相关的一切瓜葛——这更多是一个文化问题;而在罗森费尔德的笔下,第二代、第三代移民首先要解决的是自己的文化和道德的归宿问题。虽然伯纳德·米勒的母亲去世后,他的父亲娶了一个具有"新思想"的妻子,但米勒仍不能在自己的"家"中过上新的生活,反而被继母送到了祖父母家(传统文化的象征)生活;他的姨妈被继母怀疑与父亲有染而被赶出家门。由于他厌恶这种无休止的家庭争吵,而搬到了姨妈家生活。结果姨妈家的臭虫咬得他全身瘙痒肿胀——象征他无法与姨妈共同生活,最后又不得不搬出姨妈家。最后,米勒决定回家向父亲问个明白。他梦想着要与父亲和好如初,他也到了父亲的那个年龄,头发也变得灰白了,眼睛的形状、颜色都和父亲的一样,他与父亲之间的隔阂消除了;①然而,回到家后,父亲对他仍然是冷眼相待、吹毛求疵。无论是父亲、继母,还是姨妈都不能勇敢地面对现实,说出真相,让他们的后代有一个明确的身份感。在某种意义上可以说,罗森费尔德的《离家》和亨利·罗思的《就说是睡着了》是一对绝妙的姊妹篇——前者恰好是对后者的延续。

  美国文学批评家邦尼·莱昂斯认为,尽管罗森费尔德经常改变自己的兴趣,但他对犹太人、犹太教以及犹太人在美国和欧洲的生活始终都予以高度的关心。② 罗森费尔德在《离家》中对主人公伯纳德·米勒带着爷爷参加犹太哈西德教派③宗教仪式时的描写,就足以揭示出他的价值取向:一群犹太哈西德教徒聚集在菲德曼拉比家,他们按照哈西德教派举行宗教仪式时的规定,一起拍手掌、蹲着迂回行走和跳舞。这时伯纳德·米勒说:"尽管我弄不懂这其中的意思,但我与他们一起分享了欢乐,而且,我对此感激不尽。"④

  除了从事小说创作外,罗森费尔德还写出了不少颇有见地的评论

---

① Cf. Isaac Rosenfeld, *Passage from Home*, p. 241.
② Cf. Bonnie Lyons, "Isaac Rosenfeld" in Daniel Walden (ed.), *Twentieth-Century American-Jewish Fiction Writers*, p. 254.
③ 哈西德教派:犹太教的一个分支,特指大约于 1750 年发生于犹太教内部的宗教复兴运动。这个教派主张进行纯朴、虔诚和欢愉的祈祷,反对学究式地讲解犹太教法经或只研究《塔木德》。
④ Isaac Rosenfeld, *Passage from Home*, p. 94.

文章,如他在评论亚伯拉罕·卡恩的《戴卫·莱文斯基的发迹史》时认为,卡恩笔下的莱文斯基是一个典型的在外散居的犹太人,他注定要不断地追求成功。罗森费尔德因此指出,尽管犹太人与其他当地美国人有许多的不同之处,但就"追求成功"这一点而言,犹太人和其他当地美国人并没有什么不同。不过,也诚如邦尼·莱昂斯所指出的那样,罗森费尔德在对犹太文化的看法上有值得商榷的地方。例如罗森费尔德在一篇分析犹太人饮食方面的律法时认为,犹太人主张洁净的律法,很容易变成"一种不知不觉间加害于生活的"东西。因为其含有反性爱的意思,食物禁忌就象征着阻止与异族结婚;犹太教要求要把牛奶和肉分开食用,就意味着把男人和女人分开。因此,犹太人的有关饮食方面的律法实际上就是禁止男女性交。① 对于罗森费尔德关于犹太宗教方面的观点和主张在美国虽多有非议,但有一点是可以肯定的,即他对与犹太相关的事物的热爱和对"隔都"情感的无限执着。这一点可以从他对德国纳粹疯狂迫害犹太人的态度上看出来,他认为,屠杀六百万犹太人是一次干预人类历史的极端行为,瓦解并抵消了先前所有有关人与道德的观念。

  1962年,罗森费尔德出版了文学评论集《深邃的年代》。在这部评论集中,他没有将自己的全部文学批评文章收入其中。不过,从其所收入的文章来看,他的大众批评立场和审美观点已足以显示其作为批评家的思想深度。他相信人类对文学的需求,认为文学是大众的文学而不是某些专家学者的文学;判断一个作家、一部文学作品的价值主要是看这个作家或作品的价值取向,和作者对生活的了解程度以及作者的感情倾向等。应该指出的是,罗森费尔德的这种依赖个人情感上的好恶来判断一部文学作品的主张,在批评实践中要面临着判断力或智力上的挑战。尽管罗森费尔德本人在这方面做得好一些,但却也无法避免时代的和文化的局限。

---

① Cf. Bonnie Lyons, "Isaac Rosenfeld" in Daniel Walden (ed.), *Twentieth-Century American-Jewish Fiction Writers*, p. 254.

第三节　犹太文学中的别林斯基：
　　　　欧文·豪

　　欧文·豪(Irving Howe, 1920—1993)①是以文学批评家和学者的身份，跻身于美国犹太文学的。在某种程度上说，他就是美国犹太文学中的别林斯基。正是他那种点石成金式的批评，成就了一批又一批的美国犹太作家，如艾萨克·巴舍维斯·辛格等，可谓是为美国犹太文学的繁荣起到了举足轻重的作用。

　　不过，他的批评也时常会引起一些争论，如他在20世纪70年代对美国犹太文学繁荣与发展的判断就有失偏颇。1977年，他曾悲观地断言，美国犹太文学的高潮已经过去。② 对这一断言最为直接、有力的回答便是以索尔·贝娄、菲利普·罗斯为代表的美国犹太作家的创作力的经久不衰。他们大作迭出，题材不断扩大、更新，为美国犹太文学的发展注入了巨大的活力。美国文学批评家马克·谢克纳也曾撰文指出："最容易获得的有关美国犹太小说家的综合性事实是人口统计方面的：他们在美国小说家行列中众多的人数以及他们的明显的上升率。……犹太人这样涌入美国小说领域是否构成一种文学运动，不能确定；这样的事情实在无法给它下个精确的定义，但它肯定可以称作是一种已经产生巨大文学成果的社会运动。"③

　　欧文·豪在1963年发表的关于美国黑人作家理查德·赖特(Richard Wright, 1908—1960)的《黑孩子们和土生子们》(*Black Boys and Native Sons*)的论文，④在美国文坛引起了轩然大波：引发了一场以

---

① 以下介绍性的基本资料主要参见 Jules Chametzky, John Felstiner, Hilene Flanzbaum and Kathryn Hellerstein (eds.), *Jewish American Literature: A Norton Anthology*, pp. 784—785，不另作注。
② Irving Howe (ed.), *Jewish-American Stories*, Introduction, New York: Penguin, 1977, pp. 1—17.
③ 马克·谢克纳：《犹太作家》，转引自丹尼尔·霍夫曼主编《美国当代文学》，中国文联出版社1985年版，第264页。
④ Cf. Irving Howe, *A World More Attractive*, New York: Horizon Press, 1963, pp. 98—122.

拉尔夫·埃里森(Ralph Ellison, 1914—1994)、詹姆士·鲍德温(James Baldwin, 1924—1987)为首的美国黑人作家与以豪和马拉默德为首的美国犹太作家之间的文学论争。其实,豪所写的不过是一篇普通的文学评论。他在文中主要是不满意鲍德温对赖特的评价。因此,他对赖特作品的评论便带有一种"拨乱反正"的意味。他的主要观点是,美国文化自赖特出版《土生子》(Native Son, 1940)之后就永远地改变了。但他同时又认为,自赖特之后,美国黑人文学创作缺乏赖特那种对美国社会和美国黑人的社会处境,做鞭辟入里的分析和展现。他认为,鲍德温对赖特的评论,实际上是主张摒弃黑人作家写"抗议小说"的传统,推崇和仿效弗洛伊德的动机腐蚀说,并怀疑作家,特别是自然主义作家和激进派作家,在作品中所表现出的对理想的追求。①

美国黑人作家埃里森对豪褒扬赖特,贬抑鲍德温的这种做法深感不满。起先,他撇开赖特的作品不谈,而专门指出,作为犹太作家的豪并不了解黑人,也不必对美国黑人作家的创作指手画脚。豪对埃里森的反应表示不解,因此撰文进一步说明自己的评论仅限于他个人对当代美国黑人文学的评论,并没有他意。而对埃里森德的指责未予理会。然而,正是因为豪的"未予理会"激怒了埃里森。他责问豪为什么不对他的论点做出反应,并进而愤怒地指出,美国犹太人不应以为自己的肤色和白人一样,就以白人的口吻来教训黑人;犹太人也是移民,而且是后于美国黑人的移民,如是等等。② 至此,这场论争并非是单纯的文学之争了,而是有着深刻的历史、文化以及社会背景的。从表面上看,美国黑人作家与犹太作家间的文学之争,为相互确认其在美国这个多元文化社会中的地位起到了很大的作用;但与此同时,这场论争实际上是抵制了相互间的民族同化和最大限度地争取民族自治。就此而言,美国黑人作家尤甚于犹太作家。当然,也有论者认为,美国黑人作家与犹太作家间的文学之争,在一定程度上反映了存在于美国黑人作家中的

---

① Irving Howe, *A World More Attractive*, pp. 100,108.
② Cf. Emily Miller Budick, *Blacks and Jew in Literary Conversation*, Cambridge University Press, 1998.

"反犹"意识。① 纵观美国黑人与犹太人的关系史,也不能说这一观点是没有丝毫道理和根据的。

先让我们回顾一下黑人与犹太人在美国历史上的关系。根据爱兰·海姆里奇(Alan Helmreich)和保罗·玛尔库斯(Paul Marcus)所列的美国黑人与犹太人关系时间表表明,②美国黑人与犹太人的关系史可以追溯到美国内战期间。1862年,当时身为美国南方邦联政府国务秘书,犹太人犹大·P.本杰明(Judah P. Benjamin)提出解放南方黑奴以让他们参战的方案。他的方案虽然未获得通过,但是对美国黑人的解放却有着划时代的意义。1868年,黑人布克·T.华盛顿(Booker T. Washington)集资筹建了塔克基学院。他与美国德裔犹太人上层保持良好关系,鼓励黑人向犹太人学习。但是,华盛顿也有着一定的"反犹"情绪,不过,他的"反犹"是那种传统的"黑人反白人",而非"纳粹式"的"反犹"。1882年,纽约教育部成员、德裔犹太人雅各·席夫(Jacob Schiff)提出结束该市学校种族分离制度,关闭"有色人种学校"。他的提议得到了通过,为黑人争取平等权利、免受种族歧视开了先河。美国黑人在1895年发生在法国的"德雷福案"(Dreyfus Affair)中表现出来的正义感,为加强黑人与犹太人两个少数民族间的相互支持奠定了基础。然而,1903年发生在沙俄的"犹太人大屠杀"③事件却为美国黑人与犹太人的关系罩上了阴影。部分黑人以此对照自己的处境,抱怨社会舆论同情犹太人,而忽略了黑人的苦难,并因此生妒。1909年美国有色人种进步协会成立(National Association for the Advancement of Colored People)。美国德裔犹太人为这个协会的成立做出了很大的贡献,并且在协会中扮演了十分重要的角色。他们不仅为黑人提供资金支持,也为协会的组织工作等提供极大的帮助。直到此时,美国黑人与犹太人才真正

---

① Cf. Mortimer Ostow, "Black Myths and Black Madness: Is Black Antisemitism Different?" in Alan Helmreich and Paul Marcus (eds.), *Blacks and Jews on the Couch*, Westport: Praeger Publisher, 1998, pp. 85—102.

② Cf. Alan Helmreich and Paul Marcus, "Time Line of Black-Jewish Relations" in Alan Helmreich and Paul Marcus (eds.), *Blacks and Jews on the Couch*, pp. 15—28.

③ 在这次"犹太人大屠杀"中,共有49名犹太人被杀,另有数百人受伤。

地结成了同盟。这种同盟关系在随后时间里经受了几起几落的严峻考验,而最终于 20 世纪 60 年代末及 70 年代间开始走向衰落。

事实上,发生在 19 世纪末和 20 世纪初的两次大移民和随后发生在 1929 年的经济大衰退,确定了两个少数民族间的经济关系。1925 年美国黑人 A. 菲利普·兰道夫(A. Philip Randolph)组织成立了卧铺车行李员兄弟会,与犹太劳工领导人如默里斯·希尔奎特(Morris Hillquit)等协调一致,为以后的建立黑人—犹太人劳联奠定了基础。但是,1929 年的大萧条和随之而来的劳资矛盾在很大程度上削弱了这一基础。本来就生活在社会底层的黑人,此时更加困顿不堪。他们开始对犹太老板和犹太房东抱怨工资低、房租费用高等,双方关系日趋紧张。1935 年 3 月 25 日,纽约哈莱姆区发生了暴乱,许多犹太人商店被抢或毁坏。起因仅为有谣言说,有一波多黎各青年因偷窃被捕,后又被警察殴打致死。犹太人成了这场暴乱的替罪羊。被犹太人引以为同盟的黑人终于利用这一事件,发泄了他们对犹太人的不满和怨恨。

第二次世界大战爆发后,犹太人再次成为社会的焦点。六百万犹太人被杀,引起美国社会的广泛同情。美国在参战后,全国上下原应形成一种团结一致、同仇敌忾的局面,但部分黑人却因犹太人受到关注,自己的事业受到冷落而愤愤不平——他们近二百年的苦难迄今少有人问津! 更有甚者,犹太幸存者在战后短短的数年内即发家致富,而祖祖辈辈奋斗不息的黑人至今仍生活在社会的最底层! 1943 年,在底特律和哈莱姆两个地区再次发生暴乱。在黑人与白人的打斗中,约有 9 名白人、25 名黑人被打死。无独有偶,犹太人再次成为这场暴乱的牺牲品。数百家犹太人的商店被抢和被毁。及至 1948 年以色列建国,特别是以色列赢得六日战争,黑人与犹太人的关系更趋紧张。黑人将自己视为第三世界的成员,反对以色列的"军事扩张"。

1954 年至 1965 年间是美国"民权运动"最为辉煌的时期。其间(1957),以小马丁·路德·金(Martin Luther King Jr.)为首的美国"南部基督教领导大会"(Southern Christian Leadership Conference)在与犹太人的积极配合和帮助下,开展了卓有成效的民权运动。其中,"左翼"律师犹太人斯坦雷·莱文森(Stanley Levison)为黑人和犹太人的真诚合作做出了极大的贡献。但是,于1960年4月间部分黑人组织成立的"学生非暴力协调委员会"则走极端主义路线,主张采取军事手段,与许多同情黑人民权运动的人士分道扬镳,当然其中包括他们的盟友犹太人,成为"隔离主义"者。1963年,犹太"新保守主义"创建人之一,犹太人诺曼·波德霍雷茨(Norman Podhoretz)发表了一篇名为《我的黑人问题与我们自己的问题》文章。他在文中记叙了童年时,黑人是如何地伤害他的身心。他的这篇文章为随后的黑人与犹太人的"紧张对话"起到了里程碑的作用。但总的来说,这一时期在主流上,黑人与犹太人的同盟关系还是较为牢固的。如1963年8月28日20万民权主义者向华盛顿的大进军,就昭示了黑人与犹太人的精诚合作。虽然犹太人做的大多是幕后的工作,但美国犹太人大会主席乔其姆·普林兹(Joachim Prinz)拉比向示威群众发表演说,公开支持黑人的民权运动,与小马丁·路德·金遥相呼应,共同成功地领导了这场史无前例、声势浩大的民权运动。

在随后的年月里,美国黑人和犹太人的关系几起几落,但总的发展趋势自然不似当年"民权运动"时期,强硬"对话"的格局已经形成。1997年秋,由犹太人导演的一部名为《勇者无惧》(Amistad)①的电影,再次成为美国黑人和犹太人进行强硬"对话"的导火索。1994年后,有关黑人与犹太人"对话"的专著和论文大量出现,如保罗·伯曼(Paul Berman)的选集《黑人与犹太人:同盟与论争》(*Blacks and Jews: Alliances and Arguments*, 1994)、莫瑞·弗莱德曼(Murray Friedman)的《错在哪儿:黑人与犹太人同盟的缔结与崩溃》(*What Went Wrong? The Creation and Collapse of the Black-Jewish Alliance*, 1995)等。黑人与犹太人的论争成为美国文化的一大景观,而其文学之争的"肇始者"则是欧文·豪。

欧文·豪1920年6月11日出生于美国纽约布朗克斯的一个贫穷的犹太移民家庭。他在纽约城市学院获理学士后,又到布鲁克林学院继续深造,但不久他发现在这个学院学习枯燥乏味,就中途退学。第二次世界

---

① 这是一部关于在贩奴船上发生黑人暴乱的电影。

大战爆发后,他从教条的马克思主义立场出发,反对美国参战;不过,他还是应征入伍,在阿拉斯加驻守三年。战后,他编辑出版了利奥·贝克拉比(Rabbi Leo Baeck)的选集(1948)、舍伍德·安德森的论文集(1951)以及威廉·福克纳的论文集(1952)。1954年,他还编辑了《意第绪短篇小说名作选集》(*Treasury of Yiddish Stories*,1954)和《犹太美国故事集》(*Jewish American Stories*,1977)。他早期信仰马克思主义,后又转而信仰民主社会主义。他创办并编辑出版的《异义》(*Dissent*,1953—1993),对美国知识界和文学界曾有过很大的影响。

欧文·豪对美国犹太民族文学的发生、发展以及在当今美国社会的地位都做过十分精辟的评论。他在1977年出版的《犹太美国故事集》的序言中指出:

> 数十年来,现在已经延伸至数世纪,美国文学已经稳定地从地区、亚文化群以及族裔群体中吸收新鲜力量,如果将它们放置在一起,便组成一种令人高兴的多样性。这些社区在我们大陆不被注意的空间里为自己做好准备,然后,通过一种魅力与侵略闯进国家文学。我说"闯进"是因为常常受到来自那些地位稳固的精英们的抵制。精英们把这些新的作家群看成是文化的,有时候包括物质的群氓,或者看成是对英语语言纯洁性的威胁,或者看成是颠覆思想的载体。[①]

欧文·豪对自己民族文学所发生的嬗变和对美国文学吸取族裔文学新鲜力量所作的分析,不仅敏锐地观察到数十年来,甚至数世纪来美国文学发展的大致走向,而且还尖锐地批判了美国的所谓主流文化对美国犹太文学所采取的抵制态度。他的这一文化立场虽不能完全被当时来自自己阵营里的作家或批评家所接受,但是,我们现在看来却是十分精辟的,因而

[①] Irving Howe, *Jewish American Stories*, Introduction, New York: New American Library, 1977, p. 1.

也是十分难能可贵的。

欧文·豪的其他主要著作还有:关于政治与小说关系的文论《政治与小说》(Politics and the Novel, 1957)、关于犹太文学的论文集《一个更迷人的世界》(A World More Attractive, 1963)以及关于东欧美国犹太移民生活经历的里程碑式著作《父辈的世界:东欧犹太人移民美国的历程与他们在美国发现和经历的生活》(World of Our Father: The Journey of the Eastern European Jews to America and the Life They Found and Made, 1976)。在《一个更迷人的世界》中,他对俄国意第绪语作家肖洛姆·阿莱汉姆的评论,表明了他对犹太文学的价值评判标准。他认为,肖洛姆·阿莱汉姆"是唯一的一位可以被称作为文化英雄的现代作家",①因为他使用的意第绪语言,达到现代文学最为辉煌的成就;他所塑造的人物形象已经成为犹太文学的典型人物;在他的作品中,一些怪诞,甚至超现实的因素已经出现……。② 从这些话语中可以看出,欧文·豪所看重的是阿莱汉姆在作品中所表现出的民族性,是他所具有的那种能看出原本世界并热爱它,但却又不屈服于它的顽强能力。

欧文·豪在《父辈的世界》中以历史学家的严谨和文学家的情愫,精心描摹了1881年至1924年间东欧美国犹太移民的生活和心路历程,深刻地展示了这一时期东欧美国犹太移民的精神骚动和生活以及文化上的变迁。不过,他在解释《父辈的世界》为何引起如此大的影响时说,公众之所以接受、认可这本书,是因为公众们需要"向一种文化和将这种文化带进这个国家的那一代人道别"。他明确反对将其书视为一种真诚的"寻根行为",并深深地怀疑他的书能成为犹太民族复兴的一部分。③ 不管欧文·豪是出于自谦还是策略或其他的原因,他的《父辈的世界》还是获得了整个美国社会的关注。哈西娅·迪纳(Hasia Diner)和马修·弗莱·雅

---

① Irving Howe, "Sholom Aleichem: Voice of Our Past" in Jules Chametzky, John Felstiner, Hilene Flanzbaum and Kathryn Hellerstein (eds.), *Jewish American Literature: A Norton Anthology*, p. 786.

② Irving Howe, "Sholom Aleichem: Voice of Our Past", pp. 786—787.

③ Quoted in Daniel Soyer, "Introduction" in *American Jewish History*, Volume 88, Number 4, December 2000, The Johns Hopkins University Press, p. 431.

各布森(Matthew Frye Jacobson)指出,无论是对犹太人来说,还是对非犹太人来说,《父辈的世界》对民族的复兴做出了巨大的贡献,是美国多元文化主义的一部奠基作品。① 欧文·豪本人也在《父辈的世界》的序言中说,这本书真实地记录了"东欧犹太人大规模移居美国的历程",是一部"社会与文化史著作"。②

对《父辈的世界》持否定看法的人也不在少数。一般说来,主要有如下的三种观点。第一,批评者认为,就《父辈的世界》书名而言,欧文·豪忽视了妇女在犹太移民运动、构建美国犹太社区以及促进犹太事业发展中的作用。西德尼·斯达尔·温伯格在其《父辈的世界与母辈的世界》中就尖锐地指出,欧文·豪本人喜欢公众和知识界的生活,因此,他在书中自然将没有投身到这类生活中的女性给排除在外。即便是书中偶尔提及女性,在欧文·豪的笔下,这些女性也都是被脸谱化了的。而且,她们的形象也多是从她们儿子的眼中折射出来的,而母亲与女儿之间的关系则完全没有提及。③

实事求是地说,温伯格等人对书名的男性化提出批评是正确的,抱怨欧文·豪在书中对女性"不了了之"也有一定的道理,但是,说欧文·豪瞧不起女性则是不恰当的。欧文·豪在书中单辟一节,专门用来谈女性在劳工运动中的作用。这一节的题目是"姑娘与男子",欧文·豪将"姑娘"放在男子的前面,这在一定程度上说明他还是尊重女性的。他在书中写道:

> 在罢工中,没有什么能比姑娘本身更加突出了。有些人结果成了理所当然的领袖,战斗起来胆大勇猛。一位观察家写道:"只要需要,姑娘们的身影就一一出现在前台,她以异乎寻常的简洁和流畅,面对任

---

① Quoted in Daniel Soyer, "Introduction" in *American Jewish History*, Volume 88, Number 4, December 2000, p. 431.
② 欧文·豪:《父辈的世界》,第1页。
③ Cf. Sydney Stahl Weinberg, "The World of Our Fathers and the World of Our Mothers" in *American Jewish History*, Volume 88, Number 4, December 2000, pp. 547—555.

何听众,不带丝毫娇揉造作和自我标榜,陈述她的工作条件、她的工资以及她家中的贫困艰难。"①

他对女性在劳工运动中的表现大为赞赏,也充分说明他对女性是没有什么偏见的。

第二,批评者认为,传统的犹太教丝毫没有唤起欧文·豪的想象力,倒是犹太人的劳工运动让他兴奋不已,这不能不看作是欧文·豪偏执的价值取向。② 这一观点也同样有失公允。欧文·豪在《父辈的世界》中也是单辟一节,论及犹太教堂、拉比和领唱者。只是由于他的叙述策略有别一般的史书,即不是对每一个时期或每一个阶段作全面、详尽的论说,而是将犹太移民史分解开来,或按事件或按主题分别加以叙说。这种写法容易招致误解,以为作者厚此薄彼,或未尽心意。其实,如果认真阅读欧文·豪对犹太教在美国犹太移民心目中的地位等描写,不难发现他对犹太宗教的感情和对虔诚的犹太人民的热爱。同时,也会被他的实事求是精神所折服。他在书中写道:

> 犹太教堂构成了犹太移民生活中不可分割的一部分,在教徒看来显而易见,在非教徒看来也多少如此。对一般人、广大普通群众而言,犹太教堂清楚地象征着上帝:它并不要求天天出席,像在故国一样,虽然它不再能自命为道德和行为的独一无二的裁判,但它仍是一大现实,是犹太人持续力和凝聚力的见证……
> ……
> 这些移民群众是信徒吗? 也许不全是,随着岁月流逝,可能更为减少,而且无疑不如他们的父辈坚贞不移。他们不是信徒吗? 也非如此,肯定不像极端激进分子那样疯狂。③

---

① 欧文·豪:《父辈的世界》,第 287 页。
② Cf. Kenneth Libo, "My Work on *World of Our Fathers*" in *American Jewish History*, Volume 88, Number 4, December 2000, pp. 439—448.
③ 欧文·豪:《父辈的世界》,第 180 页。

显然，欧文·豪意识到美国社会对犹太移民的同化作用，对自己同胞急于跻身美国主流社会的心理也十分了解。他这样讲述犹太教及犹太移民的存在状况，表明他对社会现实有着深刻的认识，而并非如一些批评家所认为的那样——有意回避或忽视传统犹太教对犹太移民的意义。

第三，批评者认为，欧文·豪偏执地将犹太移民到达美国后所从事的社会主义运动作为该书的重点。① 托尼·米歇尔认为这对欧文·豪来说是再自然不过的事情了，因为豪本人就热衷于社会主义，强调民族团结，把犹太社区精神视为犹太人的伟大遗产。② 应该说，这一批评是切中肯綮的。《父辈的世界》一书从根本上体现了豪所理解的社会主义的世界观和价值观。另外，从《父辈的世界》全书的谋篇布局来看，也体现了豪的聚焦所在。《父辈的世界》中的多数章节都涉及与犹太劳工、犹太社会主义运动等相关的人或事，即便是没有直接谈到这些人或事，其思辨方式和叙述策略也都无不透露出作者的感情所系。如豪在"社会主义高潮"一节中写道：

> 犹太社会[主义]党人的氛围紧张而令人兴奋，包含了连对手也要佩服的崇高精神，这种氛围给人以如归之感和一种使命感。移民的年轻子女们受到父母榜样或者潘肯和伦敦之类的雄辩家激发，总是"自然而然地"转向社会主义思想；这成了他们向世界迈出的第一步，对少数人来说，这成了他们生命所系的信仰，对大多数人而言，成了转向其他世俗事务之前所注入的第一股理想主义精神。③

欧文·豪对社会主义思想在美国犹太移民心目中的地位不是从史学角度陈述的，而是用文学的语言抒发出来的，其仰慕之情溢于言表。许多美国

---

① Cf. Daniel Soyer, "Introduction" in *American Jewish History*, Volume 88, Number 4, December 2000, p. 435.
② Cf. Tony Michels, "Socialism and the Writing of American Jewish History: *World of Our Fathers* Revisited" in *American Jewish History*, Volume 88, Number 4, December 2000, pp. 521—546.
③ 欧文·豪：《父辈的世界》，第 296 页。

犹太知识分子和作家都被豪的热情所感染,并从豪对美国东欧犹太移民生存状况和精神状况的描写中得到启发和灵感。可以说,尽管后来有不少史学家从治世的方法上对豪多有质疑,但毕竟瑕不掩瑜。豪的《父辈的世界》对美国犹太社会、犹太文学以及犹太知识分子起到了不可估量的影响。

第八章 面对现实

第一节 现实主义小说家：欧文·肖

欧文·肖（Irwin Shaw，1913—1984）[①]1913年出生于纽约布鲁克林，曾使用过欧文·吉尔伯特·沙姆福洛夫这一名字。他的父母是俄国犹太移民。沙姆福洛夫（Shamforoff）是他们家原来使用的姓，移居美国后改姓肖（Shaw）。欧文·肖的童年时代是在布鲁克林度过的。1934年，欧文·肖毕业于布鲁克林大学，获得学士学位。在校期间，欧文·肖经常为校报撰写文章，已初步展露出作家的天才。后来，他还曾做过卡车司机、工人和足球运动员。1936年，他因运用表现主义手法创作的反战戏剧《埋葬死者》（*Bury the Dead*，1936）[②]而一举成名。

二战期间，欧文·肖加入美国军队。他起先在部队里担任军需官，后来又被派作信号兵。1947年至1948年间，欧文·肖在纽约大学任创作课讲师。欧文·肖的文学声誉也建立在短篇小说创作上，其主题多为反对德国纳粹对犹太人的迫害，主要作品有：《离开不来梅的水手》（"Sailor off the Bremen"）、《八十码跑》（"The Eighty Yard Run"）以及《穿夏装的

[①] 以下介绍性的基本资料主要参见 Jules Chametzky, John Felstiner, Hilene Flanzbaum and Kathryn Hellerstein (eds.), *Jewish American Literature: A Norton Anthology*, pp. 548—549，不另作注。
[②] 这部戏剧主要讲述了战争中有六个士兵的尸体在等待埋葬，但出人意料的是，尸体在被埋葬前竟发出了呻吟声——他们死而复活了。六具尸体复活的消息不胫而走，在社会上引起了巨大的反响。军队当局却不允许对此事予以报道。负责处理此事的将军，让六位士兵的家属来劝说"尸体"同意被埋葬未果后，便下令用机枪对"尸体"进行扫射。他们六人却昂首挺胸地走出了墓穴，离开了战争。而活着的士兵也跟在他们的后面走了。这个故事的寓意十分明显，号召士兵们离开战争。

姑娘们》("The Girls in Their Summer Dresses"),据说这最后一部短篇小说是美国总统肯尼迪最喜欢的一篇小说。1948 年,欧文·肖出版了反映战争生活的长篇小说《幼狮》(*The Young Lions*, 1948)。故事是以第二次世界大战欧洲战场为背景的。这部小说反映的问题十分宽泛,其中美国犹太士兵与美国军队中反犹主义的斗争,成为作品中故事发展的一条主线。该作品在 1958 年被拍成了电影,造成一定的影响。

一、家庭伦理故事:《露西·克朗》

1956 年,欧文·肖出版了他的另一部长篇小说《露西·克朗》(*Lucy Crown*, 1956)。① 这部小说主要讲述了一个美国中产阶级家庭悲欢的故事。男主人公奥里弗·克朗是一个印刷厂的厂主。他为人诚恳、英俊潇洒;他的妻子露西·克朗贤惠贞淑、端庄美丽。他们有一个聪明、可爱的儿子托尼。故事是以倒叙的手法来讲述的,即作者在小说的开篇安排孤独的露西,在法国一个夜总会里巧遇多年不见的儿子托尼,故事由此展开。在托尼 13 岁那年,因健康原因,在父母陪伴下来到美国的一个美丽湖滨度假。托尼的父亲奥里弗因工作原因需要提前返回,临走前,他雇了一名叫邦纳的大学生帮助露西照料托尼。不料,邦纳早已私下爱上比其年长许多的露西。露西经不住邦纳的诱惑,便与其同居了,结果被儿子托尼发现。托尼向父亲告发了母亲,母子因此而反目成仇。然而,当奥里弗闻讯赶来后,不得不做出痛苦的选择——原谅妻子并把儿子送到寄宿学校上学,而且永远不能让他回家。很快二战爆发了,郁闷的奥里弗决定"积极"响应政府的号召——参军。不久,他便在法国的一个小镇上被一群战败的德国士兵打死了。人们都议论他是特意来送死的。

显然,《露西·克朗》是一部关于家庭伦理的小说。小说主要是从三个层面,即丈夫与妻子、父母与子女及朋友与朋友间的关系,展示了当时美国社会所面临的一些伦理道德问题。露西做了十多年的贤妻良母,只因一个偶然机会,就背叛了丈夫并放弃了还在生病的儿子,这在逻辑上似

---

① 北京出版社 1988 年出版的中文版将书名译为《一个家庭的悲欢》,译者钱雨润。

乎是说不通的。她一方面明明知道丈夫奥里弗"这些年来的操劳",并且"心里很感激",①但另一方面又仍然以奥里弗"从来不帮助她……独断专行,什么事情都是一个人说了算;他以保护人自居,把自己的麻烦瞒着她"②等理由背叛他。这或许在女权主义者看来是天经地义的,但如果从现实生活的逻辑上分析,却不够那么令人信服。其实,我们从作者的叙述和人物的交谈中,不难找出露西背叛丈夫的真正原因。奥里弗的朋友帕特森医生曾委婉,但却一针见血地告诉他:"通奸是美国上层中产阶级女性的一种自我表现形式",③也就是说,美国上层中产阶级的女性通常是通过"通奸"的形式来表达、展示自我个性的。按照这一逻辑,露西自然也有理由,甚至有权利以奥里弗"独断专行"和"剥夺了她的工作"④为由,通过"通奸"来表示自我的存在了。露西本人为自己行为所作的内心独白与帕特森的说法有着异曲同工之妙:

> 许多女人都是这样干的,看看她们就可以知道。韦尔斯夫人就是一例,她的行动很诡秘,到山区度周末,每月两三个下午在纽约度过。克劳迪娅·拉金平时跟教她打高尔夫球的职业运动员在一起鬼混,每到星期六下午就同比尔·拉金在一起。伊迪丝·布朗是全世界最愚蠢的女人,除了她丈夫外,人人都知道她跟纽黑文的一位化学教授私通。即使是这样,她跟丈夫在一起的时候,总是装得那么贤惠,那么正经。⑤

这番话看上去似乎是露西在为其不忠的行为进行辩解,其实说明她的背叛并不是偶然的,而是有着深刻的社会基础,"许多女人都是这么干的",这句话便道出了露西背叛丈夫和儿子,与一个比她小近15岁的男孩私通

---

① 欧文·肖:《一个家庭的悲欢》,钱雨润译,北京出版社1988年版,第83页。
② 同上书,第82页。
③ 同上书,第150页。
④ 同上书,第151页。
⑤ 同上书,第84页。

的原因了。换言之,露西背叛丈夫,并不是因为她完全不爱他了,而是因为社会上流行着女人,尤其是上流社会的女人在丈夫之外再拥有一个情夫的潮流。

其实,露西的以上所为并不符合传统犹太文化对女性的要求。在犹太人的道德伦理价值观中,女人在婚姻中占有重要的地位。犹太法典《塔木德》中有这样的记载:

> 据说有位虔诚的男人娶了一位虔诚的女人,因为没有孩子,他们离婚了。这男人又娶了一个邪恶的女人,这女人使他也成了恶人;而那位虔诚的女人又嫁给了一个邪恶的男人,结果却使他变成了一位正直的人。所以,一切取决于女人。①

也就是说,在婚姻家庭中,妻子的好坏决定了男人的品质——一个男人是成为"正直的人"还是"恶人",完全取决于做妻子的德行。这充分说明犹太教重视女性对男性的"教化""引导"作用。露西就是《塔木德》中所说的那种使男人变坏的女人。首先,她亲手毁了丈夫奥里弗的性命。奥里弗本已超过了服兵役的年龄,但由于痛苦的情绪无法排遣——妻子无情的背叛,而儿子又永远不能再回家……正是这种身心交瘁促使他毅然决然地抛弃家业、报名参战,并在战争中毫无意义地"送死"。其次,她亲手毁掉了母子关系,让无辜的儿子从此上上无家可归的日子。当病中的儿子托尼无意中发现了她与邦纳的"故事"后,惊恐地打电话告诉了父亲。这对一个13岁的孩子来说,本是一个很正常的反应。然而,恼羞成怒的露西却逼迫善良的奥里弗,在她和儿子之间做出抉择:如果奥里弗还不想离婚,托尼就永远不能回家;否则,她会首先提出离婚。照常理,需要请求原谅、宽恕的应该是露西。但她非但不承认错误,反而把一切责任都推到无辜的孩子身上,其自私、歹毒、绝情的一面由此不难窥见。从某种意义上说,露西这个人物形象所代表的是美国中产阶级的而绝非是犹太人的

---

① 赛妮亚编译:《塔木德——犹太智慧羊皮卷》,内蒙古人民出版社2004年版,第129页。

道德伦理观。

欧文·肖在小说中还揭露了美国中产阶级虚伪的人际关系。例如，露西在事情败露之后，就报复性地告诉奥里弗，他最亲密的朋友帕特森医生也曾追求过她。帕特森医生是奥里弗上中学时的校友。当他第一次见到露西，就"意识到他那业已13个月的婚姻是个失策"，①并借着酒劲开始追求她，还经常以各种借口到奥里弗的家里。而他对自己的婚姻却采取听之任之的不负责态度，他对自己的婚姻和妻子凯瑟琳的评价是："凯瑟琳是个堕入地狱的、听天由命的女人……在她19岁时就失去了自信……也许她没有失去自信。也许我根本不了解她。也许她有一大串情人，从这里可以一直排到'长岛之声'。但我没有发现，因为我们很少在一起聊天。这是一种不同的婚姻。"②而当奥里弗问他既然如此，为何不尽早了断这个无爱的婚姻时，他的回答是："似乎不值得找这样的麻烦。"③因为对他而言，离不离婚都是一样的，他可以随心所欲地在外面找情人，可以继续对妻子进行欺骗而不必对家庭负任何的责任。

小说的结尾似乎让人感到有些意外。露西在巴黎的一家小夜总会里，偶然碰见了阔别多年的儿子托尼，最终母子俩言归于好。从这一富有人情味的大团圆结局的安排中，可以看出欧文·肖的价值取向以及对人物处理的轻率性。不过，这一点在他后来作品中逐渐得到克服，特别是在《富人、穷人》(*Rich Man, Poor Man*, 1970)、《拜占庭之夜》(*Evening in Byzantium*, 1973)、《乞丐、窃贼》(*Beggar, Thief*, 1977)以及《水上面包》(*Bread upon the Waters*, 1981)等小说都有明显的改观。

二、徒劳的"虚空"：《水上面包》

1981年，欧文·肖出版了他最重要的一部批判美国社会的长篇小说——《水上面包》。应该说，这是了解当代美国社会的一部极好的教科书。欧文·肖以其娴熟的技巧，从不同的角度探讨了当代美国严重

---

① 欧文·肖：《一个家庭的悲欢》，钱雨润译，第47页。
② 同上书，第152页。
③ 同上书，第153页。

的社会问题:社会治安混乱、青少年吸毒、社会暴力、虚伪的法律和伪善的爱情等,在这部作品中都有深刻的反映。如果说司各特·菲茨杰拉德是以一部《了不起的盖茨比》终结了 20 年代的美国梦,那么欧文·肖则以《水上面包》断然地宣告:现在的美国是没有希望的,一切的努力都是徒劳的"虚空"。事实上,这部小说就是一首以"虚空"为主调的绝望的歌。

欧文·肖在小说的开篇,引用了《圣经》第 11 章第 1 节"论施舍"中的话作为题言:"将你的面包撒在水面,因为日久必能得着",这也是小说书名的由来。如果仅从引文来看,似乎是在劝谕人们,好心自有好报。然而,完整的这一节话的意思似乎又并非如此。因为,这一节最后的一句话是"所要来的都是虚空"。① 在这里,欧文·肖有意识不全文引用《圣经》中的这一节,而是让读者在阅读过程中自己感悟并得出结论。

欧文·肖在创作上继承了现实主义传统,在小说中深刻而又真实地刻画了他的一些主要人物。拉塞尔·黑兹恩是纽约的一位著名律师,"华尔街最大的法律事务所的头儿"。② 他既有钱、有势、有地位,又左右逢源,是个"凡事总有一个能了解此事或者助他人一臂之力的朋友"③的人。可以说,他正处在人生和事业的巅峰。更重要的是,他心地善良、乐善好施,"以慷慨捐助闻名于众"。④ 然而,他却是一个内心孤独的老人:妻子背叛了他,儿子吸毒自杀,两个女儿也不争气,可他并没有被个人的不幸所击倒。相反,正是这些问题促使他开始对美国社会中的一些重大问题进行思考。首先,他把反思的矛头对准了美国社会的政治。在他看来,"美利坚合众国似乎是稀里糊涂地强盛起来的,民族命运并未注定他会这样,而现在我们又懵里懵懂地重蹈欧洲没落倒退的旧辙,恐怖主义、宗派主义泛滥,私生活和公共生活中犬儒主义盛行"。⑤ 显然,黑兹恩认为美

---

① 《新旧约全书》,中国基督教协会印,1989 年版,第 627 页。
② 欧文·肖:《水上面包》,李晓和译,四川文艺出版社 1987 年版,第 54 页。
③ 同上书,第 232 页。
④ 同上书,第 54 页。
⑤ 同上书,第 55 页。

国的强盛有些来路不明。所以,当虚假的光环退却后,真实的面目就裸露了出来。正如在他对美国社会的总结中所指出的那样:"无法无天就是当今社会秩序,藐视不劳而获的特权就是当今社会的特征。"① 他的这一刚正不阿的倔强性格贯穿着作品的始终,如在遭到三个歹徒袭击,身受重伤时,他仍坚定地认为私人财产是神圣不可侵犯的,这也是导致了他人生悲剧的一个主要原因。

其次,黑兹恩对美国社会的教育、司法进行了猛烈的抨击。可能是由于家庭生活的不幸和几个孩子的忤逆,他认为美国社会的教育已经沦丧到不可挽救的地步。有不少年轻人被剥夺了受教育的权利,而"公立学校的暴力,行凶抢劫,学生中偷盗成风"。② 甚至有的学生持刀威胁自己的任课老师,如中学历史教员艾伦·斯特兰德就曾被男学生持刀威胁说,如果考试不给个及格,就将一刀干掉他。尽管如此,黑兹恩仍然没有放弃对下一代人的拯救责任。他认为,不能任整个一代人或一代人中的大部分陷入虚无主义的泥潭,必须要对他们中的精华——不管他们是来自贫民窟、农场、大庄园,还是犹太人区,采取拯救的措施。于是他与艾伦·斯特兰德决定实施他们的"纪塞斯·罗梅罗"的计划。

纪塞斯·罗梅罗是历史教员艾伦·斯特兰德班上的一个 17 岁学生。这是一个身材矮小的波多黎各男孩,家境贫困,早年离家,只身一人闯社会。他为人聪明机敏,性格倔强、反叛性强。但与一般孩子相比,他懂得如何用礼貌、文明的方式去反抗其所痛恨的社会和教育。而且,他是班里预习最认真的学生,并有着惊人的记忆力,能从读过的书中逐字、逐句引用里面的段落来论证、说明自己的观点。黑兹恩和斯特兰德之所以选中罗梅罗作为试验的对象,其一是看中罗梅罗的聪明机敏,更重要的是欣赏他身上的那股反叛的精神。在斯特兰德的推荐和黑兹恩的资助下,罗梅罗得以进入一所富人子弟才有资格去的预科学校读书。也就是说,他们两人把对下一代拯救的希望寄托在他的身上。但是由于罗梅罗对现行的

---

① 欧文·肖:《水上面包》,李晓和译,第 31 页。
② 同上书,第 41 页。

社会已有了自己的一套看法,对自己的阶级和民族有了清醒的认识,所以,他未能使黑兹恩和期待兰德的"试验"获得成功。在一次与同学——一个富人子弟——的打斗中,他因持刀刺伤了这个有权有势的孩子而锒铛入狱。

不可否认,罗梅罗"试验"的失败,是导致黑兹恩自杀的一个重要原因。但是,最终毁掉他的并不是纪塞斯·罗梅罗,而是他对整个美国社会现状的彻底绝望。正如他曾对艾伦·斯特兰德说:"看来,在这个世界,已无纯洁的友谊可言,人们不相信善举,有的只是恶意,无穷无尽的恶意。"① 而对于他所服务的美国法律,他更是深恶痛绝。在临终前的一次电视演说中,他第一次面对众人坦白心迹,说出了真正想说的话:

"我初涉法律界时,至少相信,一般来说法律面前人人平等。不幸的是,经过多年实践后,我再也无法坚持这一信仰……

"司法部门的腐败,法官们对地区和种族抱有偏见的情况在我们报纸上的头版上屡有揭露,……通过政治捐款来购买官职是由来已久的风俗,收买伪证,教唆证人,隐匿证物的现象甚至蔓延到了这个国家的首脑机关,贿赂警察已经家喻户晓,那些宜暂做法官的我的同行们采用的正当回避手段已列入我们所有大学的教程。

"……但是在一些重要的问题上,如人权、主权国家的边境不受侵犯,国家的保卫和毁灭等问题上,同战时和游牧部落时期的情况相比,我们并未取得多大的进展,我们在联合国里实行偷盗和污蔑……"②

面对这样一个缺乏最基本公正、公平的社会,正直和坚持原则的黑兹恩只能选择自杀,因为他不愿意配合司法部门提供假证来伤害、牵连他的老朋友和同事。当然,黑兹恩的死除了上述原因之外,还与他对爱情、家庭的绝望有关。妻子疯狂地折磨他,甚至雇人监视他;他与斯特兰德的妻子莱

---

① 欧文·肖:《水上面包》,李晓和译,第 229 页。
② 同上书,第 495—496 页。

丝丽间柏拉图式的暧昧关系以及女儿的飘摇婚姻等,都令他感到自己所做的一切都是毫无意义的"虚空"。

"虚空",可以说是《水上面包》所要表达的主题。这一点从欧文·肖对小说中的另一主要人物艾伦·斯特兰德一家感情纠葛的描写中也能反映出来。

艾伦·斯特兰德是一位年约50岁的普通中学历史教师,他有三个孩子——两个女儿,一个儿子。在故事开始的时候,一家人过着平静的小康生活。他的妻子莱丝丽娘家殷实富有,受过良好的教育,是位多才多艺的家庭主妇。在黑兹恩先生未进入这家人的生活之前,莱丝丽的情感生活还是稳定的。但是,黑兹恩先生的富有、慷慨以及潇洒的风度,使这位人到中年的斯特兰德太太颇为心动,她对这位"自己曾为其包扎伤口的男人有着某种特别的钦佩"。① 黑兹恩先生的那座坐落在东汉普顿的错落有致的白色大板房结构的别墅,以及黑兹恩先生所过的那种上流社会的生活,都对她有着极大的诱惑力。尤其是在她尝受过富人那种优雅安适的生活后,她的心就再也没有回到自己的家。斯特兰德先生因健康原因,转到邓贝里的一所预科学校工作。但莱丝丽却不愿随同前往,她借在纽约给学生授钢琴课之际,私下里与黑兹恩先生幽会。尽管有时她也觉着对不起朴实、真挚的斯特兰德,"艾伦,所有的人都利用你的好心,包括我,尤其是我。"②但说归说,做归做,她仍自私地不肯回到斯特兰德先生的身边。

莱丝丽对斯特兰德的不满,其实在小说的一开始就已表露出来。黑兹恩先生因受伤第一次来到莱丝丽的家时,曾问及斯特兰德先生的职业。就在斯特兰德先生有些犹豫之际,莱丝丽好像感到羞愤似的气势汹汹地替其丈夫作答。在对待子女的教育问题上,莱丝丽同样背叛了斯特兰德的选择:她纵容儿子吸毒;在女儿16岁生日的时候,让女儿偷服避孕药,还为另一个17岁的女儿堕胎。事实上,他们一家人一直生活在虚伪的情感生活之中。当然,这种虚伪情感的存在是有其社会基础的。70年代的

---

① 欧文·肖:《水上面包》,李晓和译,第89页。
② 同上书,第370页。

美国在经历了越战之后,经济衰退,社会治安混乱,失业人员猛增。截止到 1972 年底,失业总人数高达 3 000 万人之多。特别是尼克松政府的丑闻披露后,人们对政府和对未来的生活都失去了信心。吸毒、暴力、种族问题、教育问题、"性解放"等在社会上的泛滥和政府的日益腐败与官僚,使人们生活在一种恐慌、自危之中。莱丝丽纵容儿子吸毒并非是出于母爱,而是其所生活的现实社会使然。否则,儿子下场也只能像黑兹恩先生的儿子那样——死于非命。

欧文·肖在小说中还通过埃莉诺与济恩奈里的爱情这一线索,从另一视角来反映生活在美国社会里一切都是"虚空"的主题。埃莉诺是斯特兰德先生的大女儿,她与济恩奈里的爱情在美国这样的社会里应说算是高尚的。在黑兹恩的推荐下,他们满腔热忱地双双到一个小城镇办报。由于他们在报纸上大胆地抨击了当地的陈规陋习,并揭露了一些人的不法行为,从而得罪了当地的一些人。这些人用炸弹炸毁了他们家的前廊并威胁说要杀了他们。埃莉诺因为恐惧而离开了丈夫,但济恩奈里面临死亡,却毅然选择坚守在家,等待她的回来。埃莉诺在经过一番感情的争斗后,又毅然决然地回到了丈夫的身旁。至此,我们也许应该说,终于看到了"黑暗王国里的一线光明"。然而,作者并未就此罢休。作为一位现实主义小说家,欧文·肖并未主观地、想当然地来安排人物,而是让人物的命运随着故事情节的发展自然地得到属于他们的结局。埃莉诺回家了,她与济恩奈里的爱情似乎有了归宿。但实际上是他们"正在惊恐中生活"[1],这便是社会馈赠给这对坚持正义的夫妻的礼物。

值得注意的是,在小说中,黑兹恩在东汉普顿的那套别墅非常重要,具有一定的象征意义。黑兹恩不屈不挠地坚持拥有它,这在一定程度上反映了黑兹恩在内心深处还牢牢地抓住昔日的"美国梦"不放。然而,这幢别墅却是"一幢晦气的房子":[2]斯特兰德在此险些送命;黑兹恩在此招待宾朋,因此而受到他妻子指派的人的监视,并导致他妻子大闹巴黎;卡

---

[1] 欧文·肖:《水上面包》,李晓和译,第 503 页。
[2] 同上书,第 494 页。

罗琳在此结识了一个恶少,因此而被打得毁容,虽然她"因祸得福",整容后更加漂亮,但她所遭受的心理创伤却是无法弥补的,她与罗梅罗以及与斯旺森教授的关系就足以说明她的心理遭受了何等程度的创伤!作者刻意利用这一场景,其目的无非是想用这座象征美国社会的别墅向人们宣示,整个美国也正如这座富丽堂皇的别墅,不过是"一幢晦气的房子"。

虽然有些评论家对欧文·肖的现实主义创作颇有微词,如理查德·吉尔曼(Richard Gilman)把欧文·肖贬得一钱不值。他认为欧文·肖的作品表现了"不可救药的虚伪的创造性"。[1] 这些可以视为一家之言,但是如果我们认真考察一下美国20世纪六七十年代的文学创作情况,不难看出这些指责其实是有些偏颇的。欧文·肖的现实主义的批判力量就在于其作品楔入现实的深度。

第二节 最重要的犹太戏剧家: 阿瑟·密勒

阿瑟·密勒(Arthur Miller,1915—2005)[2]是美国最重要的犹太戏剧家,也是20世纪世界最重要的戏剧家之一。他所创作的剧本、小说、电影剧本、电视剧剧本以及论文等,都毫无例外地将关怀人性、关注个人良心、个人对道德和社会责任的需求等问题作为自己探讨的主旨。同时,他也以易卜生式的笔触,将批判的锋芒指向美国现实社会,成为一位严肃的社会剧作家。

一、生平与杰出戏剧家地位的奠定

阿瑟·密勒1915年10月17日出生于纽约曼哈顿哈莱姆区。他的

---

[1] 转引自王文彬:《当代美国社会的现实主义写照》,《现代美国文学研究》1983年第1期,第1页。
[2] 以下介绍性的基本资料主要参见 Jules Chametzky, John Felstiner, Hilene Flanzbaum and Kathryn Hellerstein (eds.), *Jewish American Literature: A Norton Anthology*, pp. 558—559,不另作注。

父亲出生于第一次世界大战前的奥地利—匈牙利,后移民到美国,靠经营妇女时装,挤进了美国中产阶层。阿瑟在家里的三个孩子中排行第二,少时被认为是个喜欢足球、曲棍球、"只知道到处闲逛"[①]的孩子。在20世纪30年代美国经济大萧条时期,阿瑟·密勒的父亲所经营的服装业遭到沉重打击,全家不得不搬到布鲁克林居住。阿瑟·密勒在亚伯拉罕·林肯中学就读。因家庭生活困难,无法支持他读大学,他只好先到一家仓库里做职员。他积攒了一些钱后,在1934年至1938年间到密执安大学新闻系和英文系学习,开始尝试写剧本。他在这一时期写成了两部戏剧《黎明的荣誉》(Honors at Dawn,1935)和《没有恶棍》(No Villain,1936)。这两部戏剧都获得了专为学生设立的艾弗里·霍普伍德奖。毕业后,他曾为曼哈顿的联邦戏剧项目工作过。在此期间,他创作了一部有关墨西哥战争的悲剧。不过,这部悲剧从没出版或演出过。另外,他还为电台写广播剧,以维持生存。1940年,他靠这笔收入娶了大学同学——一位社会工作者玛丽·安格尼斯·斯莱特里为妻,生有两个孩子。1956年,因感情纠葛,他们最终还是分道扬镳了。

1941年,阿瑟·密勒因中学时代踢足球时受伤,参军未果。但他到布鲁克林海军船厂工作,并参观了军队营地,这为他在1944年出版的第一部小说《形势正常》(Situation Normal)收集了大量素材;同年,他的第一部戏剧《福星高照的人》(The Man Who Had All the Luck,1944)问世,并于翌年在百老汇剧场上演,但该剧只演出了一个星期就匆匆收场,未能引起批评界的广泛重视。1945年,他的以反映反犹主义为主题的第二部小说《焦点》(Focus)出版。1947年,他的第二部戏剧《都是我的儿子》(All My Sons)上演,并获得巨大的成功,为他的戏剧生涯奠定了基础。他为此获得三项纽约剧场最高奖项:戏剧节批评奖、安托万内特·佩里奖以及唐纳森奖。

《都是我的儿子》反映了二战时期,一个名叫乔·凯勒的生产飞机配件的制造商为维系自己家庭在社会上的地位,在生产中偷工减料,向军方

[①] W. John Campbell, *Death of a Salesman Notes*, Toronto: Coles Publishing, 1989, p. 1.

交付不合格的飞机配件,致使包括自己儿子在内的 21 名飞行员坠机身亡。事后,他嫁祸于人,逃脱了法律的制裁。但由于受到良心谴责,认识到牺牲的那些飞行员"都是我的儿子",最后开枪自杀。一般说来,这是一部"易卜生式的社会道德剧"。① 但细读起来,我们不难发现阿瑟·密勒像其他所有美国犹太作家一样,宣扬的是一种犹太人的道德观和用苦役、自我惩罚等方式进行的犹太式救赎。

1949 年 2 月 10 日,阿瑟·密勒的《推销员之死》(*Death of a Salesman*, 1949)在百老汇莫罗斯克剧场上演。美国最有影响的杂志之一《纽约客》发表评论说,这是一部综合了"激情、想象力以及厚重的舞台艺术"②于一体的戏剧。美国戏剧评论家 J. F. 波宁认为,《推销员之死》是"一部创造了历史的戏剧"。③ 这部戏剧的上演为阿瑟·密勒赢得了包括上述三大奖项外,还赢得了普利策戏剧奖,他在国际上作为杰出戏剧家的地位也就此得以奠定。

《推销员之死》是一部两幕剧,第一幕有 13 场,第二幕有 14 场。该剧主要讲述了一位从事路销工作 36 年的推销员,一生落魄,后来被生活所迫,为了能给家庭留下一笔人寿保险而自杀身亡的故事。这部戏剧的意义不仅在于揭露了资本家对雇工的无情剥削,而且还揭示了当代美国社会悲剧的性质。另外,这部戏剧还充分展示了深厚的犹太文化底蕴。在美国犹太文学中,对父亲在犹太人家庭中的角色的描写已经成为一种"母题"。父亲常常成为"背运"、被亲人误解以及忍辱负重的代名词。这在阿瑟·密勒的《推销员之死》中也有生动的表现。

威利·洛曼是一位 63 岁的父亲。他有两个儿子:彼弗和海佩。彼弗曾在旅馆里发现父亲与另一个女人有染,心理遭受创伤,无论在学业上还是事业上,都没有任何起色。威利也因此负疚终生。他不但要为养家

---

① 梅绍武:"阿瑟·密勒",见吴富恒:《外国著名文学家评传·第五卷》,山东教育出版社 1990 年版,第 525 页;Cf. Jules Chametzky, John Felstiner, Hilene Flanzbaum and Kathryn Hellerstein (eds.), *Jewish American Literature: A Norton Anthology*, p. 558.
② W. John Campbell, *Death of a Salesman Notes*, p. 4.
③ Jane F. Bonin, *Prize-Winning American Drama*, New Jersey: Scarecrow Press, 1973, p. 104.转引自汪义群:《当代美国戏剧》,上海外语教育出版社 1992 年版,第 96 页。

糊口而四处奔忙,而且还要帮助两个不争气的孩子安身立业。他每日为许多没有偿付的账单而发愁,看到儿子们对自己鄙夷的神情而伤心。当他听说儿子有机会借到钱,能开始做点自己的生意时则"安稳入睡"。然而,命运似乎总是跟他过不去。自己因年迈体弱,想要求留在办公室里工作,结果反被"炒了鱿鱼";儿子借钱做生意也不过是南柯一梦。无奈之下,他只能靠借钱度日,还不敢把实情告诉家人。儿子们责备他从小就给他们灌输了一些不切实际的幻想,从不教他们如何做些实实在在的事情。他百感交集、悲愤难当,最后,只能用自己的生命为儿子换来经商的本钱。面对这一悲剧,W. J. 坎贝尔指出:

> 威利是所有的人。他面对古典道德剧中的主人公所面对的所有的抉择和诱惑。他引起人们对他的蔑视、同情、恐惧以及愤怒。他让我们向一般的假定做出质疑。密勒说,威利是在找寻"正确的生存方式,以便能让世界变成家园"。①

说威利是"所有的人"——与其宽泛地说明了威利代表了普天下的父母心,不如具体地理解为威利是犹太家庭中,特别是生活在美国社会的穷苦犹太家庭中的父亲的缩影。他之所以"引起人们对他的蔑视、同情、恐惧以及愤怒",就是因为他是"所有的人",即他让人们,特别是犹太人看到其所不愿正视的一面和在命运的捉弄中,所不能认识和无法控制的一面。阿瑟·密勒是一位非常清醒的美国犹太作家:其一,他与迈克尔·戈尔德不一样,后者可以在《没钱的犹太人》中直陈美国犹太移民的艰难困苦,而很少牵涉关于这个民族的其他深层次的问题。阿瑟·密勒则不然:他常常以马拉默德的"人人都是犹太人"②的思维方式来叙说犹太人的故事;其二,在如何对待犹太人的问题上,他的政治立场常常和他的艺术实践相悖。如在对待二战中"犹太人大屠杀"问题上,不少美国犹太作家认

---

① W. John Campbell, *Death of a Salesman Notes*, p. 54.
② Allen Guttmann, "All Men Are Jews" in Harold Bloom (ed.), *Modern Critical View: Bernard Malamud*, New York: Chelsea House Publisher, 1986, p. 156.

为,不去写反映二战中"犹太人大屠杀"问题,主要是因为不想重新搅起潜伏的反犹主义。① 阿瑟·密勒也抱有类似的观点。他认为,写犹太人的一些不好的特点只能是为反犹主义者提供攻击的弹药。② 但是,在他的戏剧创作中,尽管他没有明言他的人物是否是犹太人,但他写来写去,仍然无法彻底摆脱他本民族的思维方式。他笔下的人物并不都是尽善尽美的,而是仍然有着犹太文学传统中"背运"的人和"傻瓜"的特点。

二、麦卡锡主义与《严峻的考验》

1953年,阿瑟·密勒创作并演出了《严峻的考验》(The Crucible)③一剧。《严峻的考验》中所反映的社会背景,与麦卡锡主义横行时期的美国社会有着惊人的相似之处。

美国历史上的清教徒是一个特殊的群体。他们为了逃避迫害,冒险来到美洲大陆,兴建他们心目中的耶路撒冷。他们以严格的教义和对上帝的敬畏而著称。他们认为自己的生活方式是唯一正确的生活方式,而所有其他的生活方式则都是错的,因而应受到最严厉的惩罚。他们要求所有的教民必须坚定地站在教会的一边,否则就被逐出教门,甚至驱至荒野。在清教教义中,魔鬼的存在是一个很基本的概念,同魔鬼斗争是清教徒的一项神圣职责。而巫则被认为是魔鬼的代理人,因此,对生活在那一个时代的清教徒们来说,不是有没有巫的存在,而是如何来确认谁是巫。

戏剧中的萨勒姆建镇已有40余年了,居住在此的居民已不似当年乘坐"五月花"号商船来美洲大陆的清教徒们那般虔诚和质朴。他们有了自己的土地,并为争夺土地而相互攻击。清教徒们建立了政教合一的政权。1688年至1689年间,美国的宗主国英国发生了"光荣革命",英王詹姆士二世王朝被推翻,王位被他的女儿玛丽和女婿威廉占据,英国国内的政治局势动荡不安。宗主国局势的变化影响了其殖民地,殖民地的人民也开

---

① Cf. Allen L. Berger, *Crisis and Covenant: The Holocaust in American Jewish Fiction*, Albany: State University of New York Press, 1985, p. 34.
② Allen L. Berger, *Crisis and Covenant: The Holocaust in American Jewish Fiction*, p. 34.
③ 梅绍武先生将其译为《炼狱》。

始怀疑统治阶级的公正性,甚至向他们的权力发出了挑战。因此,统治阶级为了维护自己阶级的利益,以"驱巫"的名义,对异见者进行了残酷的迫害和打击。一部分人为保护自己,昧着良心乱指他人为巫;另有一部分人则借机报复异己,以泄私愤;更有一部分人虔诚地以为能跟随大家一起谴责,抑或说出某人是巫则是一种很神圣的表现。因此,在 1692 年"驱巫案"在美国萨勒姆地区发生时,就有许多人为了保住自己的性命,歇斯底里地胡乱控告 300 多人为"巫"以泄私愤。其中有 19 位男女和两只狗被该地区的清教法庭处死。这些人和狗被处死后,有的被浅浅埋葬,有的暴尸荒野,以示加重处罚。

类似的情况也发生在 20 世纪 50 年代的美国。二战之后,美国进入了"冷战"时期。严格说来,"冷战"的序幕在 1946 年 3 月 5 日丘吉尔发表著名的"富尔顿演说"①时就已拉开。随后,在美国又出现了针对苏联的"遏制"理论、"杜鲁门主义"等。美英等国采取一系列措施,如实施复兴欧洲的"马歇尔计划";对"不发达地区"提供技术和经济援助的"第四点计划";成立《北大西洋公约》组织以及进攻北朝鲜等,以求遏制社会主义国家的发展和影响。1950 年 2 月 9 日,来自美国威斯康星州的参议员约瑟夫·R. 麦卡锡(Joseph R. McCarthy, 1908—1957)在参议院发表演说,提出至少有 205 名美国共产党分子埋藏在政府部门,意图推翻美国政府。据此,他提出了反共和迫害民主进步力量的法案。1950 年 6 月,有三位前美国联邦调查局特工人员和一位右翼电视制片人,共同出版了一份名为《红色渠道》(Red Channels)的小册子,将 151 名作家、导演和演员列为反政府组织的成员。在以打击和迫害进步人士为主要目的的麦卡锡主义时期,美国国会非美活动委员会(House of Un-American Activities Committee)充当了急先锋和打手的角色。凡是被非美活动委员会调查的人如不指控他人,则均被列入"黑名单"而遭到迫害。

在那个时代,作为崇尚自由主义思想的知识分子,阿瑟·密勒深深地

---

① 1946 年 3 月 5 日,已从首相位置上退下来的丘吉尔在美国小镇富尔顿访问时发表演说,提出"英语世界""英语民族"团结起来,以共同对抗以苏联为首的"铁幕"后的国家。

体味到麦卡锡主义对美国社会的危害和对进步事业以及人性的摧残。他因拒绝美国国会非美活动委员会的审问而被控犯有蔑视国会罪,自己不但被列入黑名单,而且还遭到非美活动委员会的长期迫害。他在"《戏剧集》引言"中回忆当时的情景时说:"我吃惊地看到,曾经跟我有多年交情的人从我面前走过连头也不敢点;而且,不能不使我大为震惊的是,我了解到存在于这些人中间的恐怖气氛是有人蓄意策划造成的。"①

其实,在麦卡锡主义猖獗的前后,美国政府就相应地采取了一系列反进步、反民主以及排外,特别是排犹的措施。其中,1940 年 6 月 29 日美国国会通过的"外国人登记法案"(Alien Registration Act)、②1950 年和 1952 年美国国会先后通过麦卡伦法和麦卡伦—沃尔特移民和归化法,③从法律的形式上对已加入美国国籍的侨民进行控制和迫害。严格说来,这几个法案在很大程度上就是针对美国犹太移民的,因为在美国的进步知识分子、社会主义者或共产党人等中,犹太人占有很大的比例并起着举足轻重的作用。1947 年,美国国会非美活动委员会调查了好莱坞动画制片厂中的 41 位演职人员。这些演职人员自愿接受调查并成为"友好见证人"。他们在调查中指控了 19 人持有"左翼"思想观点并致使其中的 10 人遭到迫害,这就是所谓的"好莱坞十君子"④事件。正是美国当局所推行的一系列对进步知识分子的迫害政策、法令,和部分人为了保护自己

---

① 阿瑟·密勒:《阿瑟·密勒论戏剧》,郭继德等译,文化艺术出版社 1988 年版,第 144 页。
② 这个法案要求所有 14 岁以上外国人都要登记说明他们个人的政治信仰等,旨在瓦解美国共产党人以及其他左翼进步团体。
③ 麦克伦法的主要内容为,一切"共产主义组织"包括"共产主义行动组织",必须向司法部登记,并提供其成员名单和财务报告。该法禁止共产党员在政府机关和国防企业工作;禁止发出国护照给共产党员。违反这些规定或拒绝登记者,都被认为是犯罪,得判处徒刑或罚款。麦卡伦—沃尔特移民和归化法除包括麦克伦法的所有规定外,还对加入美国国籍的侨民从政治上加以各种限制。该法规定:加入美国国籍 10 年以内的公民,当国会委员会传讯时,如果本人拒绝提供自己"参加颠覆活动"的供词,即可构成蔑视国会罪,就有可能遭到起诉而开除国籍和被驱逐出境;加入美国国籍 5 年以内的公民,如司法部部长认为他参加了"颠覆性组织",也要开除国籍,等等。见刘绪贻:《美国通史》(第 6 卷),人民出版社 2002 年版,第 110—111 页。
④ "好莱坞十君子"有: Herbert Biberman、Lester Cole、Albert Maltz、Adrian Scott、Samuel Ornitz、Dalton Trumbo、Edward Dmytryk、Ring Lardner Jr.、John Howard Lawson 和 Alvah Bessie。他们拒绝回答"非美活动委员会"所提出的任何问题,因而遭到迫害。

而歇斯底里地对他人乱加指控的社会现实,促使阿瑟·密勒回想起 17 世纪末发生在美国臭名昭著的萨勒姆"驱巫案"。① 正如阿瑟·密勒在谈到他创作《严峻的考验》时指出:

> 这不仅仅是"麦卡锡主义"的崛起唤醒了我,而且还有一种似乎更为神奇古怪的力量。事实是,极右派掀起的一场有预谋的政治运动不仅能制造出一种恐怖气氛,而且能造成一种新的主观现实,一种真实的,甚至能逐渐引起广泛共鸣的神秘气氛。它使我最感到忧虑的是,这些显然荒唐的人们所干的一桩实用主义的卑鄙勾当只能窒息人们的思想。更糟糕的是,还会在人们心中煽起令人信以为真的"神秘"感的阴影。……外界显然使他们思想感情上产生了巨大波动,真是令我难以置信。正是这种恐怖气氛浸透着《炼狱》(即《严峻的考验》)的字字句句。②

也就是说,阿瑟·密勒的《严峻的考验》一剧不仅艺术地再现并辛辣地批判了历史上的萨勒姆"驱巫案",而且还深刻地揭露了当时美国极右势力的政治预谋以及因此而造成的严峻的社会现实。

三、萨勒姆镇:历史、现实与文学的重叠

《严峻的考验》一剧,艺术地重现了 1692 年发生在美国马萨诸塞州萨勒姆镇的"驱巫案"。剧中有一明一暗两条线索:明线主要讲述了萨勒姆镇的地方官员和教会人员勾结在一起,借护教的名义,残酷迫害一些诚实而又无辜的人们。以丹福思等为首的政、教权力人物竭尽卑鄙之能事,千方百计地为维护自己的权力而不惜滥杀无辜;以艾比盖尔为首的一些秉

---

① 阿瑟·密勒在密执安大学读书时第一次听说萨勒姆"驱巫案";1949 年他阅读了马里恩·斯塔基(Marion Starkey)撰写的《马萨诸塞州的魔鬼》(The Devil in Massachusetts)。Cf. Christopher Bigby, "Introduction" in Arthur Miller, The Crucible, New York: Penguin Books, 1995, viii – ix.

② 阿瑟·密勒:《阿瑟·密勒论戏剧》,郭继德等译,第 144 页。

性奸诈者,为泄私愤而丧心病狂地污蔑他人为巫并导致这些无辜者不是被处死就是被监禁等惨案的发生;以及以约翰·普罗科特为代表的善良和诚实的人们在大难当头,宁死也不屈从当局淫威的气节。暗线主要是指在这一事件的背后,当权者以及一些贪婪、心怀叵测的人,为了争夺土地所有权而借机迫害对手的种种阴谋。两条线索一明一暗犬牙交错,为推动剧情的发展提供了有效的动力。

剧情主要是围绕这样一组人物展开的:马萨诸塞州副州长丹福思,萨勒姆镇受人尊敬的农民约翰·普罗科特,教区牧师帕里斯以及曾在约翰·普罗科特家做过女佣的年轻姑娘艾比盖尔。艾比盖尔在约翰·普罗科特家做女佣,勾引男主人约翰·普罗科特,并与之发生了关系。当他们的"私情"被约翰·普罗科特的妻子伊丽莎白发现后,就将艾比盖尔辞退了。艾比盖尔为此怀恨在心,伺机报复。在一个夜间,她带领几个女孩在林中跳舞,并让一黑人女仆喝血画符,诅咒伊丽莎白。在当时,妇女跳舞,特别是夜晚在林中跳舞是违反教规的,所以是要受到惩罚的。教区牧师帕里斯恰巧在这一个晚上路过树林,碰上了在林中跳舞的女孩们。出乎他意料的是,他的女儿贝蒂竟也在其中。贝蒂感到特别害怕,回家后就病倒了。有人散布谣言说,萨勒姆镇有巫,贝蒂的病就是巫造成的。

清教徒们相信,他们是上帝的选民,同魔鬼(巫)作斗争是他们的神圣责任。于是,萨勒姆镇开始了"驱巫"活动。马萨诸塞州的副州长丹福思亲自出任法官审理此案。他为人专横跋扈,容不得任何人对他的权威提出挑战。他和其他参加审理此案的法官一道,采取逼供的方式,强迫参与跳舞的女孩随意指控镇上的人为巫。艾比盖尔为了报复约翰·普罗科特的妻子伊丽莎白,便借机指控她为巫。约翰·普罗科特为了拯救妻子,在法庭上道出了事实的真相。于是,许多人为了保全自己的性命,一起指控约翰·普罗科特为魔鬼的代理人。约翰·普罗科特为此虽受尽种种折磨和凌辱,但他视死如归,用自己的生命救赎了遭受灾难的萨勒姆镇。

在事隔260多年后的1957年,马萨诸塞州州议会对此案作出了一项决议。决议中文过饰非地将萨勒姆"驱巫案"的发生,归结为"民众对魔鬼歇斯底里般的恐惧"。① 美国文学批评家克里斯托弗·彼格贝认为,阿瑟·密勒的《严峻的考验》首先应该是"对权力的研究和维系、挑战以及丧失这种权力的机制的研究"。②《马萨诸塞州的魔鬼》一书的作者马里恩·斯塔基则进一步指出,萨勒姆案具有更广泛的含义,而密勒则想扩大这些含义。他认为,"驱巫"不只是历史的产物,现在又复活了。在很大程度上,人们用"种族""国籍"等伪科学取代了中世纪关于邪恶的巫术等观念,用对立斗争的思想意识取代宗教争论。因此,重新提起发生在1692年的故事就不只是一般的对历史感兴趣,而是讽喻了我们这个时代。③ 应该说,这一观点对我们认识阿瑟·密勒的《严峻的考验》一剧有着十分重要的指导意义。

如果我们对照一下1692年萨勒姆审巫案、阿瑟·密勒的《严峻的考验》以及阿瑟·密勒本人在麦卡锡主义盛行时被审时的部分记录,不难看出阿瑟·密勒的《严峻的考验》这部戏剧是如何"重叠"了历史、现实与文学,又如何透过这种"重叠"来"关照"社会的。

先让我们看一下1692年2月29日萨勒姆审"巫"的部分审讯记录:审讯被控犯有女巫罪的萨拉·古德(Sarah Good),审讯由萨勒姆镇治安官的两位助手约翰·哈桑(John Hathorne)和乔纳森·考文(Jonathan Corwin)主持。

> 问:萨拉·古德,你不明白你都做了些什么,你为什么不告诉我们实情呢,为什么折磨这些可怜的孩子[?]
> 答:我没有折磨他们。
> 问:那么你雇了谁[?]
> 答:我谁也没雇,我鄙视这样做。
> 问:那么他们怎么会受折磨呢[?]
> 答:我所知道的是你们把这些人带来,然后又来指责我折

---

① Christopher Bigby, "Introduction" in Arthur Miller, *The Crucible*, vii.
② *Ibid*., xvii.
③ Quoted in Christopher Bigby, "Introduction" in Arthur Miller, *The Crucible*, ix—x.

磨他们。①

再看一下阿瑟·密勒在《严峻的考验》中的对话：丹福思是马萨诸塞州的副州长，是这次"审巫案"的特别法官，他决心要除掉在马萨诸塞州所有的巫，而且不允许任何人挑战他的权威。

> 丹福思：普罗科特，你误解了我。我并没被授权用谎言和你的生命做交易。你一定看见某人和魔鬼在一起了。[普罗科特沉默不语。]普罗科特先生，有十多个人已经证实他们看到这个女人和魔鬼在一起。
> 普罗科特：那么就证实了。为什么必须让我来说呢？
> 丹福思：为什么"必须"让你说！啊，让你说你应该感到高兴，如果你的灵魂对地狱一点都不爱的话！
> 普罗科特：他们以为会像圣人一样地走开。我不愿败坏他们的名声。
> ……
> 丹福思：先生，你看，我想你没有弄明白你在这儿的义务。她怎么想无关紧要——她犯了谋杀孩子们的罪，而你则让你的灵魂追随玛丽·沃伦。你的灵魂本身就是个问题，先生，你要么作证玛丽·沃伦和魔鬼在一起，要么离开基督的国家。你现在告诉我是谁和你共谋加入魔鬼的行列？[普罗科特沉默不语。]就你所知，丽贝卡·纳斯曾经——
> 普罗科特：我只说我自己的罪责；我不能判断别人的。[憎恶地喊叫道：]我无权说别人的事。②

---

① Denis m. Calandra and James L. Roberts, *Cliffs Notes on the Crucible*, Lincoln: Cliffs Notes, Inc., 1995, p. 55.

② Arthur Miller, *The Crucible*, pp. 130—131.

克里斯托弗·彼格贝在《严峻的考验》1995年版的序言中这样写道:

> 三年后,密勒本人被[调查]委员会传讯。当他被要求说出其他人的名字时,他的回答几乎完全是普罗科特回答的意译。他宣称:"我一直在努力,而且我将捍卫我自己的理性。我不能利用他人的名字,给他人带来麻烦。"三十年后,当被问及当时的情景时,他回答说:"只能跟他们讲一件事。你没有多少选择。"①

上述引文清晰地印证了阿瑟·密勒对待历史和现实的立场,也表明了他在这场严酷的政治斗争中的鲜明立场。

另外,阿瑟·密勒在《严峻的考验》中还模仿了麦卡锡臭名昭著的反人民的逻辑——凡是反对出席听证会或拒绝回答调查委员问题的人,即被看成是意在颠覆美国政府的共产党人,诚如马萨诸塞州的副州长丹福思的叫嚣:"你们要么站在本法庭的一边,否则必被认定为反对本法庭,没有中间道路可走。"②换言之,他们的逻辑可简单地归纳为这样一个公式:顺之则昌,逆之则亡。双手沾满人民鲜血的副州长丹福思就直言不讳地说:"经他签字,将近四百人被关进监狱……另有72人被处死。"③在他们采用这种反人民逻辑的背后,至少还暗含了这样一层意思:政府当局对维护他们权力的"秩序"没有信心,他们唯恐这种"秩序"混乱,从而引发权力的混乱,即权力中心的转移。因此,为了维护"秩序",政府当局不得不对人民在法律上或"道德"上作出严厉的约束——限制或干脆取消他们进行自由表达的话语权,乃至消灭他们的生命。萨勒姆镇当局面临的局势和20世纪50年代的美国所面临的局势有许多共同之处:都害怕人民不服从他们的统治,都害怕自己的统治被颠覆。如同美国国会的非美活动委员会所进行的调查一样,在萨勒姆"审巫案"中,民众稍有不从或对他们的指控稍作辩解,即被指责为攻击法庭。萨勒姆镇的牧师帕里斯也对所有在法庭上为自己或

---

① Christopher Bigby, "Introduction" in Arthur Miller, *The Crucible*, xiii.
② Arthur Miller, *The Crucible*, p. 87.
③ *Ibid.*, p. 81.

他人辩解的人大呼小叫:"他是来推翻法庭的"或"这是对法庭的明目张胆的攻击"。① 其不可一世但又色厉内荏的真实面目由此可见一斑。

对阿瑟·密勒的《严峻的考验》一剧还可以从道德的层面上来进行解读。虽说这种解读在某种程度上是一种形而上的解读,但仍然可以作为我们认识《严峻的考验》这部剧的内在结构、张力的一个重要途径。中国戏剧中有"程式"这一说法,主要是指"把一种生活动作,经过长期的琢磨、洗练,变成节奏化或舞蹈化的动作,固定为一种定型的、有规矩的法式"。② 西方戏剧中也有"程式"。不过,与中国戏剧重在表现形式上的"程式"不同,西方戏剧的"程式"更多的是想通过表现人物的道德情感及其命运发展,来尽量"掩盖"人物/舞台的表演"程式"。《严峻的考验》一剧中的两个主要人物约翰·普罗科特和艾比盖尔·威廉斯的道德情感及其命运发展,就代表了西方戏剧/文学作品中人物的道德情感及其命运发展的两个基本"程式":

1) 约翰·普罗科特:犯了与人类祖先亚当所犯的同类错误,属于好人因经不住艾比盖尔·威廉斯的诱惑而犯错;然后,历经磨难(失乐园),最后以正当的行为,捍卫了做人的尊严,而成为"烈士"。

2) 艾比盖尔·威廉斯:魔鬼撒旦式的人物,先是诱惑了约翰·普罗科特。然后,在被约翰·普罗科特之妻逐出(逐出天堂)后,又开始进行疯狂的报复,致使全镇人受到牵连,许多人或被处死或被关押。最后,她流落波士顿,做了妓女。

其实,我们在阅读美国犹太文学作品时,不难发现这两种"程式"。在某种意义上说,也是犹太人最基本的有关道德的思维定势和价值取向。③

---

① Arthur Miller, *The Crucible*, pp. 85, 87.
② 戴平:《戏剧——综合的美学工程》,上海人民出版社1983年版,第243页。
③ 将这种"程式"推向极致的是美国犹太作家艾萨克·巴舍维斯·辛格的《卢布林的魔术师》(*The Magician of Lublin*, 1961)。这部小说将在本书第十章"艾萨克·巴舍维斯·辛格"里做详细论述。

在《严峻的考验》一剧中,阿瑟·密勒还将批判的矛头指向了因强迫公众忏悔、坦白而引起的"大众歇斯底里"。[1] 法国哲学家、思想家米歇尔·福柯(Michel Foucault,1926—1984)在《归训与惩罚》中曾指出,规训权力对人体活动作了精心的设定,使人的身体成为"一种被权威操练的肉体,而不是理论物理学的肉体"。[2] 纵观美国历史发展,尤其是从萨勒姆"驱巫案"和麦卡锡主义盛行时期对知识分子的迫害等事件来看,福柯的论断可谓一针见血。美国清教教会和当局不仅对教民的"道德情操"作出明确规定,而且还对他们的思维方式等进行反复"操练"。然后,再在严格的教规、仪式的管理下将个人结合起来成为教众,从而使"它的组合成效高于其基本构成力量的总和"。[3] 麦卡锡主义盛行时期的美国政府也是这样"规训"和"操练"其公民的。《严峻的考验》一剧中的"大众歇斯底里"是这样产生的,麦卡锡时代的"大众歇斯底里"也是这样产生的。阿瑟·密勒有意无意间揭示了人类社会存在的一个"秘密"——权力制造"歇斯底里"。

1955 年,阿瑟·密勒出版了两部喜剧:《桥头眺望》(*A View from the Bridge*)和《两个星期一的回忆》(*A Memory of Two Mondays*)。在沉寂八年之后,他又出版了《堕落之后》(*After the Fall*,1964)、《维系事件》(*Incident at Vichy*,1964)、《代价》(*The Price*,1968)、《创世记与其他》(*The Creation of the World and Other Business*,1972)、《大主教的天花板》(*The Archbishop's Ceiling*,1977)以及《美国时钟》(*The American Clock*,1980)等。一般说来,阿瑟·密勒的艺术成就主要奠定在《推销员之死》和《严峻的考验》两部戏剧上。他后期创作的戏剧题材虽然更为广泛,主题也更加的多样化,但其关心社会和人性及对自由和民主的追求始终都未曾减弱过,"他不仅具有职业捍卫人道主义斗士般的热情,而且还

---

[1] Jules Chametzky, John Felstiner, Hilene Flanzbaum and Kathryn Hellerstein (eds.), *Jewish American Literature: A Norton Anthology*, p. 559.
[2] 米歇尔·福柯:《归训与惩罚》,刘北成、杨远婴译,上海三联书店 1999 年版,第 175 页。
[3] 同上书,第 188 页。

具有富有想象力作家对人道主义所具有的敏感。"①

第三节 文坛上的"怪人":J.D.塞林格

杰罗姆·戴维·塞林格常常被人们认为是美国文坛上的一个怪人。他拒绝把照片印在书上,拒不接受记者的采访,甚至不想知道读者对他小说的看法。他长久以来把其封闭在新罕布什尔州的考尼什镇的农舍式的房屋中,拒绝任何人的窥探。他不停地写作,但自1951年后就很少公开地发表。正如他的研究者常常抱怨说,他们"无法知道更多有关塞林格这个人的事情——他不仅是一个隐居者,而且还故意地消失了"。② 许多文学史书中鲜有介绍,一些美国犹太文学批评家并不将他归为美国犹太作家。③ 毫无疑问,塞林格的"怪"不但使其人变得莫测高深,也对掌握他整个创作过程的轨迹平添了许多困难。

一、生平、创作概况及《麦田里的守望者》

杰罗姆·戴维·塞林格(Jerome David Salinger,1919—2010)于1919年1月1日出生于美国纽约的一个犹太富商家庭。其祖父是一位犹太拉比,父亲索尔·塞林格年轻时从事商业,获得了很大成功。母亲米丽亚姆是一位基督教徒,曾为此而得不到婆家的认可。为了"取悦未来的婆家人",她在婚礼举行前不久,决定"把她那听起来有天主教味的名字'玛丽'改成了听起来有犹太味的'米丽亚姆'(Miriam)"。④ 1934年,塞林格从曼哈顿麦克波尼中学毕业后,被父亲送到坐落于宾夕法尼亚州的"山谷锻造军事学院"学习,两年后毕业。其间,他担任过学院学术年鉴的编

---

① W. John Campbell, *Death of a Salesman Notes*, p. 3.
② James Lundquist, *J. D. Salinger*, New York: Frederick Ungar Publishing Co., 1979, p. 1.
③ 例如 Jules Chametzky 等编辑出版的《犹太裔美国文学选读》(*Jewish American Literature: A Norton Anthology*)中就没有将他选入。
④ 保罗·亚历山大:《守望者塞林格传》,孙仲旭译,译林出版社2001年版,第14页。

辑。1937年,他在纽约大学注册入学,但后来受父亲的派遣,又转而到奥地利和波兰学习做进口肉类的生意。1938年,他在宾夕法尼亚的俄西纳斯学院学习了半年后,又转到哥伦比亚大学学习短篇小说的创作。

1940年,塞林格在《小说》(Story)杂志的第3—4期上发表了第一部短篇小说《年轻人》("The Young Folks")。他的另外一部短篇小说《去看艾迪》(Go to See Eddie)则在晚些时候发表在《堪萨斯大学城市评论》(University of Kansas City Review)的第12期上。此后,他在《绅士》(Esquire)、《纽约客》(The New Yorker)等刊物上陆续发表了多部短篇小说,如《香蕉鱼的绝佳日子》("A Perfect Day for Bananafish",1948)、《康涅狄格州的威吉利叔叔》("Uncle Wiggily in Connecticut",1948)等,一时成为了小有名气的作家。1942年,他应征入伍,先是在国内受训从事反间谍工作,后来又被派往欧洲,一直工作到1946年退伍回国。在这期间,即1945年,他在《柯里尔》(The Collier's)上第一次发表关于霍尔顿·考尔菲德故事的短篇小说。1951年,他出版了篇幅类似于中篇的长篇小说《麦田里的守望者》,一举奠定了其在美国文学史上的地位。他主要作品还有:短篇小说集《九故事》(Nine Stories,1953)、《弗兰妮与佐伊》(Franny and Zooey,1961)①以及《木匠们,把屋梁抬高;西穆尔:一个介绍》(Raise High the Roof Beam,Carpenters;and Seymour: An Introduction,1963)等。1965年,塞林格发表了长篇小说《哈普沃兹16,1924》(Hapworth 16,1924,1965)。

据詹姆士·伦德奎斯特的考察,塞林格的创作应该分为四个阶段:第一阶段早期创作以短篇小说为主,主要刻画了作品中人物受困于二战的影响,他们感到窒息、孤独;第二阶段以《麦田里的守望者》为其代表作品,主要处理了主人公与社会疏隔的主题,并且表达了带有禅宗意味的"悟道"思想;第三阶段以《九故事》为主,在艺术上融合了禅宗艺术原则和短篇小说的创作传统,但在主题思想的表达和对社会的认识上却未有明

---

① 其他有关格拉斯家庭的短篇小说还有《泰德》("Teddy",1953)、《弗兰妮》("Franny",1955)、《佐伊》("Zooey",1957)等。

显的突破;在第四阶段,塞林格开始对小说的文体或叙事手法进行试验,具体体现在他的小说《弗兰妮与佐伊》和《木匠们,把屋梁抬高;西穆尔:一个介绍》中。① 在这四个阶段中,其创作无疑是各有所长。但如果要论其对社会和文坛的影响,自然应该首推第二阶段的代表作品,也是塞林格的奠基之作《麦田里的守望者》。

塞林格在《麦田里的守望者》(*The Catcher in the Rye*, 1951)中成功地塑造了一个名为霍尔顿·考尔菲德(Holden Caulfield)的孤独、叛逆的少年形象。16岁的霍尔顿是一位富家子弟,父亲希望他将来能进牛津大学读书,之后能在社会上出人头地。可他厌恶学校中的一切,认为周围的人不是伪君子,就是势利鬼。在被从著名的贵族学校潘西中学开除前——他五门功课有四门不及格,且还不知道好好用功——他已经换过三所学校了。小说是从霍尔顿将要第四次被勒令退学开始写起的。按规定,霍尔顿还可以在潘西中学待到下星期三,但到了星期六的晚上,他就决定立即离开这座被其称为"混账"的学校。可他又不愿这时回家,因为校长写给父母的"通知函"要等到下星期三才能抵达。于是,他乘夜车来到纽约,先找了一家小旅馆住下。因为口袋里还有不少钱,他想在等待的这几天里过一次大人般逍遥、自在的日子。然而,去酒吧喝酒、和陌生姑娘们调情、和女友约会、在旅馆召妓等荒唐生活只过到了星期一,霍尔顿就彻底地厌烦了。他发现学校固然"混账"、不可爱,但这种喧嚣,充满色情的生活也绝非是其所追求。他决定不再回家了,要马上远走高飞,过上自己所真正向往的生活。②

应该说,霍尔顿这个人物形象是复杂的、有深度的。表面看,他是一

---

① Cf. James Lundquist, *J. D. Salinger*, p. 2.
② 他所向往的生活是远离人烟的世外桃源,所以有研究者认为塞林格受到东方哲学与禅宗的影响。从塞林格对霍尔顿人生理想的设置看,"我准备把小屋造在树林旁边,而不是造在树林里面,因为我喜欢屋里一天到晚都有充足的阳光。一日三餐我可以自己做了吃,以后我如果想结婚什么的,可以找一个同我一样又聋又哑的美丽姑娘。我们结婚以后,她就搬来跟我一起住在我的小屋里,她如果想跟我说什么话,也得写在一张混账纸上,像别人一样。我们如果生了孩子,就把他们送到什么地方藏起来。我们可以给他们买许许多多书,亲自教他们读书写字。"应该说,这一论断是有道理的。

位处于青春骚动期的"问题少年",他不但黑话连篇、没有理想抱负,而且还对什么都不感兴趣。但实际上他的内心非常纯洁、善良。他关心中央公园浅水湖中的那些鸭子们是怎样过冬的;他喜欢马,而不是人们所向往的凯迪拉克汽车。他厌恶成人世界中的那些"假模假式"①、"窝囊废"②以及"粗俗不堪"③的伪君子,但却非常地喜欢小孩子,如已死去的弟弟艾里和10岁的妹妹菲芘在他的眼中,是"一辈子再也不会见过那么漂亮、那么聪明的小孩子"。④ 他甚至在深夜冒险潜伏回家,为的就是与妹妹聊聊天。即便在他心情最灰暗、沮丧的时候,一个在马路上边走边跳边唱"你要是在麦田里捉到了我"⑤的小孩,就能使他的心情变得舒畅与明朗。他的最大人生理想就是要"当个麦田里的守望者","有那么一群小孩子在一大块麦田里做游戏。几千几万个小孩子,附近没有一个人——没有一个大人,我是说——除了我。我呢,就站在那混账的悬崖边。我的职务是在那儿守望,要是有哪个孩子往悬崖边奔来,我就把他捉住——我是说孩子们都在狂奔,也不知道自己是在往哪儿跑,我得从什么地方出来,把他们捉住。我整天就干这件事。"⑥对孩子世界的迷恋,表明霍尔顿在内心实际是拒绝长大的。

不少研究者把霍尔顿划分到美国20世纪50年代"反文化""垮掉的一代"人物谱系之中。从霍尔顿不循规蹈矩的外在形象以及放荡不羁的语言来看,这种划分是合理的。但如果真正走进霍尔顿的内心世界的话,会发现这种划分可能是偏颇的。因为,在他冷漠、毫不在乎的外表下隐藏着一颗纯真,追求远离世俗的高洁之心。如他稀里糊涂地把妓女招进房间,可当她真的要脱掉衣服时,他却紧张地表示只"想聊一会儿天"。⑦ 他约漂亮的女朋友萨丽·海斯出来约会,但当她对其隐居山林小屋,靠打柴

---

① J. D. 塞林格:《麦田里的守望者》,施咸荣译,译林出版社1998年版,第9页。
② 同上书,第49页。
③ 同上书,第79页。
④ 同上书,第62页。
⑤ 同上书,第107页。
⑥ 同上书,第161页。
⑦ 同上书,第89页。

为生的婚后设想不感兴趣时,他沮丧万分,说:"喂,咱们走吧,""你真是讨人厌极了,我老实告诉你说。"①他对爱情的态度是"那种关系应该是肉体和精神的,而且也应该是艺术的"。② 可见,霍尔顿的所谓颓废、垮掉、反英雄都是表面的。其内心所真正追求、向往的还是纯洁与崇高。换言之,霍尔顿不过是通过"另类"的方式,对现有的社会流行规则——"挣许许多多钱,打高尔夫球,打桥牌,买汽车,喝马提尼酒,摆臭架子"③等发起挑战而已。这正如历史老师斯宾塞先生告诫他说的:"人生的确是场球赛,孩子。人生的确是场大家按照规则进行比赛的球赛。"④也就是说,每一个人都必须按照"规则"来出牌,不能追究到底是对还是错。

霍尔顿的问题是,他不但不接受、认可这一潜在的规则,反而要从这种规则中挣脱、分裂出来。他所采用的办法就是离开家、离开纽约,远走高飞。离开家乡,到远方去寻找新生活,这是美国文学,特别是美国犹太文学中所经常表现的主题。身上有着一半犹太血统的塞林格是否秉承了犹太作家所特有的这一传统呢?或者说,他所塑造的霍尔顿这个人物形象是否有犹太人的影子?

二、霍尔顿:隐讳的犹太性

与其他犹太作家所写的小说相比,《麦田里的守望者》中的犹太气氛和情调都不浓厚。以至于有研究者质疑,"塞林格出生在父亲是犹太人、母亲是爱尔兰人的曼哈顿上西区中产阶级家庭,跟他所创造的人物没有共同性。因为这一点,一定会有人问究竟是什么动力让他去写那个'高等白人'的世界呢?他为什么不写他生于其中的那个团体,即在美国开创了新的成功生活的东欧犹太人团体呢?塞林格不想成为犹太文化的一部分吗?"并进而肯定地断言:"要是索尔⑤当初通过和一个天主教徒约会并结

---

① J. D. 塞林格:《麦田里的守望者》,施咸荣译,第 124 页。
② 同上书,第 136 页。
③ 同上书,第 160 页。
④ 同上书,第 7 页。
⑤ 塞林格的父亲——本书作者注。

婚来拒绝他的犹太人身份的话,那么他舍纽约别的地方不住,而是住到了和'高等白人'及财富为同义词的上东区公园大道上则当然是对犹太身份的抛弃。无疑,索尔也把他的价值观和偏好传给了他的儿子,在日后他选择不以犹太人移民及其后裔的生活为写作题材,而是写上东区'高等白人'的生活——这个世界正是索尔·塞林格全身心投入的。"①总之,这位研究者认为塞林格完全抛开了犹太文化传统,而一心一意地描写"高等白人"的生活。

应该说,塞林格的确与那些专门把犹太移民及其后裔作为写作题材的犹太作家不同。不过,就《麦田里的守望者》一书而言,这一论断是不甚准确的。首先,霍尔顿这个人物自身并不是典型的"高等白人"。虽然他的父亲是一位公司中的律师,算是家境不错,但是他不信天主教。正如霍尔顿所说:"我的确从来不上教堂。主要的,我父母信不同的教,家里的孩子也就什么教也不信了。"②其实,小说中的人物与生活中的塞林格一家是有些相似的。在生活中,他的父亲是犹太人,母亲是天主教徒;在小说中,塞林格把父母亲的身份互调了一下,即主人公霍尔顿的父亲变成了天主教徒,后来由于与母亲结婚而离开了天主教。这一调换具有深刻的宗教含义。根据犹太传统,判断一个人是否是犹太人,主要是看其母亲是否是犹太人。霍尔顿的母亲是一个犹太人,那么根据犹太传统,霍尔顿自然也就是犹太人的后裔了。另外,结合着霍尔顿一家从来不去教堂来看,小说中的霍尔顿一家不能隶属于"高等白人"。③

第二,小说中隐晦地表达了对基督教教义的修正。由于《麦田里的守望者》基本是反宗教的,所以小说中牵涉宗教以及对其发表议论的章节并不多。但是从霍尔顿把寺院中的僧侣称为"傻杂种""杂种"④以及不信

---

① 保罗·亚历山大:《守望者塞林格传》,孙仲旭译,译林出版社2001年版,第11、17页。
② J. D. 塞林格:《麦田里的守望者》,施咸荣译,第93页。
③ 根据美国改革派犹太教的规定,只要其父母一方为犹太人,子女亦即为犹太人的后裔。也就是说,我们从这个角度来看,生活中的塞林格也是犹太人的后裔。按照当时美国社会阶层划分标准,他的一家人,也不能划分到"高等白人"这个世界之中。
④ J. D. 塞林格:《麦田里的守望者》,施咸荣译,第47页。

《圣经》中的"那些玩意儿",厌烦"十二门徒"①,但却喜欢耶稣的情节设计分析,不难体悟出塞林格的良苦用心。在小说中,霍尔顿之所以喜欢耶稣,并不是因为其人其事有多么的伟大,而仅是因为霍尔顿坚信耶稣并没有把出卖他的犹大打入地狱。他的同学亚瑟·查尔兹达是一位虔诚的信徒,一天到晚抱着《圣经》读,他认为那个犹大自杀以后被耶稣打入了地狱。霍尔顿则坚决反对这种说法,"我可以跟他赌一千块钱,耶稣并没有将犹大打入地狱。我现在依旧愿意跟人打这个赌,只要我有一千块钱。我觉得任何一个门徒都会把犹大打入地狱——而且打得极快——不过我可以随便拿什么打赌,耶稣绝不会这么做。"②犹大自杀后是否被打入地狱,而且一厢情愿地坚信耶稣绝不会这样做,只有心地善良的霍尔顿才会如此看重这个问题。可以说,这样在意、计较犹大的命运,实际也折射出霍尔顿对传说中耶稣形象的批判,抑或说他对基督教教义的修正——把耶稣从神的圣坛上拉下来,让他变成富有人性的普通人。其实,这也是历代犹太学者所极力否认或力求证明的一个问题,即耶稣不是神。犹太人认为,世界上只有一个神——上帝。

第三,霍尔顿身上的"犹太性"还可以从他的性格上体现出来。具体说,他身上的那种"走出去"的叛逆性,从一所学校走向另一所学校,从纽约要奔赴西部的决心,实际就是对犹太民族传统的继承。由于犹太人在历史上处于漂泊不定的境遇之中,长此以往就形成一种"走出去",家在远方的思维定势。而霍尔顿的思维方式正是对此的影射。他不满意于周围的一切,正如他的妹妹菲芘所指出的那样,"你不喜欢正在发生的任何事情。……你不喜欢任何学校。你不喜欢千百万样东西。你不喜欢。"③换句话说,能看到的和触摸到的他几乎都不喜欢。学校、同学、电影、戏剧、好莱坞、电影明星、父母、《圣经》等统统都不感兴趣。真正能吸引他的是那些远方东西,尽管他并不知道远方到底有什么,但骨子里却有一种渴

---

① J. D. 塞林格:《麦田里的守望者》,施咸荣译,第92页。
② 同上书,第93页。
③ 同上书,第157页。

制不住向前冲的激情,"我一路搭人家的车到西部去。我想先到荷兰隧道不花钱搭一辆车,然后再搭一辆,然后再一辆、再一辆,这样不多几天我就可以到达西部"。① 小说中的琴·迦拉格是一位值得注意的人物,她不时地被霍尔顿提起、想起,但却始终没有正面出现。在纽约的一天两夜的生活中,霍尔顿约并不太熟悉的女孩子喝酒;与他并不喜欢的萨丽·海斯搂搂抱抱,但唯独没有与"可她的确让我神魂颠倒"②的琴·迦拉格见上面。其原因不是打电话没有人接,就是拿起电话又不想打了。在决定去西部之前,他想与琴·迦拉格通个电话,可到了电话间,"我没那个心情。主要是,我甚至都不知道她已放假回家了没有。"③在霍尔顿的心目中,琴·迦拉格之所以能高出其他的女孩子,就是因为她遥不可及。或许可以说,塞林格把她设计成霍尔顿记忆中的偶像,是为了更好地反映、衬托霍尔顿膜拜远方的性格。

综上所述,尽管据现有资料还不能确切知道塞林格对其民族宗教的态度,但从其所塑造的霍尔顿这个人物形象来看,犹太教、犹太传统对其创作还是有很大影响的。

《麦田里的守望者》自1951年出版以来,不但上了《纽约时报》畅销书榜,而且截止到1997年,在美国卖出了大约1 500万册左右,④已无可争议地成为美国当代文学中的"现代经典小说"之一。尤为重要的是,霍尔顿这个艺术形象经过三四十年岁月的淘洗,其魅力在大、中学生那里依旧是经久不衰,他倒戴红色鸭舌帽、冬天穿风衣的着装风格以及痞子式的语言都成为校园里的一道风景。因此,在美国,不仅文学批评界研究塞林格的作品,一些社会学家和历史学家也对塞林格产生了浓厚的兴趣。美国文学批评家詹姆士·伦德奎斯特甚至认为,美国学术界对塞林格的研究已经形成一种"塞林格工业"。⑤ 美国传记作家保罗·亚历山大采用了一

---

① J. D. 塞林格:《麦田里的守望者》,施咸荣译,第184页。
② 同上书,第72页。
③ 同上书,第188页。
④ 保罗·亚历山大:《守望者塞林格传》,孙仲旭译,第232页。
⑤ James Lundquist, *J. D. Salinger*, p. 2.

种较为简单实用的方式,总结了塞林格对美国文坛和美国社会所造成的影响,即他考察了塞林格在1951年发表《麦田里的守望者》后,美国文坛和美国社会所发生的一些变化。他指出:

> 塞林格的重要性最能从《麦田里的守望者》如何影响了在它之后所写的小说而衡量出来。如伊宛·亨特(Evan Hunter)的《去年夏天》(Last Summer),西尔维娅·普拉斯(Sylvia Plath)的《钟形罩》(The Bell Jar),拉里·麦克默特里(Larry McMurtry)的《最后一场电影》(The Last Picture Show),吉姆·凯罗尔(Jim Carroll)的《篮球日记》(The Basketball Diaries)等等——这些还只不过是承袭《麦田里的守望者》的风格而写出的许多书中的几本而已。
>
> 但是,塞林格的小说除了对美国文学产生影响以外,它也对美国社会产生了影响。当反叛的20世纪50年代过渡到激进的60年代时,在美国出现了一种青春文化,有人称之为"青春大骚动"(Youthquake),而且继续在70、80和90年代成为流行文化的一个特色。《麦田里的守望者》对于美国文化的各方面都产生了影响。一大批电影——《无因的反叛》(Rebel Without a Cause),《美国风情画》(American Graffiti),《死亡诗社》(Dead Poet Society),《四二年之夏》(Summer of' 42)……——如果没有《麦田里的守望者》作为范本在之前出现,它们是不会拍成那个样子的……美国大众文化的哪一方面没有被霍尔顿和他所代表的一切影响到?①

的确,塞林格对美国社会的影响是全方位的。这不仅是指塞林格的长篇小说《麦田里的守望者》启动了美国青年对社会进行"霍尔顿式"的反抗和美国文化进行"霍尔顿式"的演变,而且还是指美国犹太文学从此开始汇入美国文学的主流,并在一段时间内,成为美国主流文学的一个极其重要的组成部分。

---

① 保罗·亚历山大:《守望者塞林格传》,孙仲旭译,第2—4页。

第四节　E. L. 多克托洛：技巧下面的政治意识

爱德加·劳伦斯·多克托洛（Edgar Lawrence Doctorow，1931—2015）[①]是一位颇受争议的美国犹太作家。批评界多对他在小说中表现的历史主题及其表现方式、[②]激进的犹太思想、政治观点[③]以及他的叙事策略、文体风格等感兴趣。[④] 虽好评如云，但也有不少非议者。一般说来，批评者普遍认为，多克托洛的创作为美国文坛带来了新的想象形式和发出了新鲜的声音，[⑤]他也为此两次获得美国国家图书奖，一次美国国家图书批评界奖和艺术与文学奖，成为一位颇为瞩目的当代美国后现代主义作家。

一、奇特技巧中的"内容"

多克托洛是美国犹太移民的后裔，于1931年1月6日出生于美国纽约。1952年毕业于肯庸学院，获得文学士学位，后又于1976年获得古典

[①] 以下介绍性的基本资料主要参见 Mildred Louise Culp, "E. L. Doctorow" in Daniel Walden (ed.), *Twentieth-Century American-Jewish Fiction Writers*, pp. 41—46,不另作注。

[②] Cf. Barbara Foley, "From *U. S. A.* to *Ragtime*: Notes on the Forms of Historical Consciousness in Modern Fiction" in *American Literature*, No. 50 (1978), pp. 85—105; Paul Levine, "The Conspiracy of History: E. L. Doctorow's *The Book of Daniel*" in *Dutch Quarterly Review of Anglo-American Letters*, Vol. 11 (1981—1982), pp. 82—96; Marilyn Arnold, "History as Fate in E. L. Doctorow's Tale of a Western Town" in *The South Dakota Review*, Vol. 18, No. 1 (Spring 1980), pp. 53—63.

[③] Cf. John Clayton, "Radical Jewish Humanism: The Vision of E. L. Doctorow" in Richard Trenner (ed.), *E. L. Doctorow: Essays and Conversations*, New York: Ontario Review, 1983, pp. 109—119; Barbara L. Estrin, "Surviving McCarthyism: E. L. Doctorow's *The Book of Daniel*" in *The Massachusetts Review*, Vol. 16, No. 3 (1975), pp. 577—587; Richard Trenner, "Politics and the Mode of Fiction" in *The Ontario Review*, No. 16 (Spring-Summer 1982), pp. 5—16.

[④] Cf. Arthur Saltzman, "The Stylistic Energy of E. L. Doctorow" in Richard Trenner (ed.), *E. L. Doctorow: Essays and Conversations* (New York: Ontario Review, 1983), pp. 73—108.

[⑤] Cf. Douglas Fowler, *Understanding E. L. Doctorow*, South Carolina: University of South Carolina Press, 1992.

文学博士学位。从 1959 年起,他先后担任过新美国图书馆高级编辑、日暮出版社编辑、加州大学驻校作家以及耶鲁大学萨拉·劳伦斯学院教师等职。从 1960 年他创作出版第一部长篇小说《欢迎来到艰难岁月》(*Welcome to Hard Times*,1960)起,共出版 12 部长篇小说、一部戏剧和一部中短篇小说集。它们是《与原物一般大》(*Big as Life*,1966)、《但以理书》(*The Book of Daniel*,1971)、《散拍节奏》(*Ragtime*,1975)、《潜鸟湖》(*Loon Lake*,1980)、《美国国歌》(*American Anthem*,1982)、于 1986 年获美国国家图书奖的《世界交易会》(*World's Fair*,1985)、《比利·巴思盖特》(*Billy Bathgate*,1989)、《供水系统》(*The Waterworks*,1994)、《上帝之城》(*City of God*,2000)、《甜蜜土地的故事》(*Sweet Land Stories*,2004)、《行进》(*The March*,2005)等,以及戏剧《晚饭前饮酒》(*Drinks Before Dinner*,1979)和中短篇小说集《诗人的生活:六部短篇小说和一部中篇小说》(*Lives of the Poets: Six Stories and a Novella*,1984)。

作为一位作家,多克托洛主要是由其新颖、奇特的叙事技巧引起人们关注的。这正如美国犹太文学批评家米尔德里德·路易斯·卡尔普所说:

> 多克托洛主要是被作为叙事技巧的创新者来加以讨论的。不过,他也是一位具有鲜明特点的犹太作家,他在所有作品中复制的人物和事件反映了他对历史上经久不衰的道德危机的关注,并对现代人对邪恶问题与个人责任心的回应提出了质疑……多克托洛的小说值得阅读。他的主人公虽并不总是犹太人,但都是一些能够在充满暴力与邪恶的混乱世界里活出点道理来的知识分子。①

卡尔普对多克托洛的评价是中肯的。多克托洛所采用的创新性叙事策

---

① Mildred Louise Culp, "E. L. Doctorow" in *Twentieth-Century American-Jewish Fiction Writers*, p. 42.

略——尤其是在故事情节的安排方面,不但在美国犹太作家群中是罕见的,即使在20世纪中、后期的整个美国殿堂也是耀眼的。总之,技巧上的创新使多克托洛显得独树一帜。不过,也诚如卡尔普所说,除此之外,多克托洛"也是一位具有鲜明特点的犹太作家"。① 从第一部长篇小说《欢迎来到艰难岁月》描写19世纪80年代美国达科他矿区起,他将每一部小说的背景都定位于一个特定的历史时期,以此来表达一个犹太知识分子对变化不定的美国社会的认识。这也就是说,多克托洛虽然最初是以杰出的艺术才能被人所接受的,但这并不说明他不关心作品的内容,相反,他的不少作品中都有对历史和现实的批判,特别是发生在20世纪五六十年代美国社会的政治、文化等意识形态中的一些大事件,如卢森堡夫妇间谍案的审判等都在其作品中有所表现。从某种程度上说,他的作品与其说在形式上给人耳目一新的感觉,不如说在内容及创作立场上更让人感到振聋发聩。

多克托洛在接受记者采访时曾谈及政治立场与艺术形式之间的关系。他说,在美国,作家虔诚地表达自己的政治理念是危险的,"每一个作家都知道做一件好事,他的处境会有多危险"。基于这一认识,他认为在创作中使用一种不破坏"审美严格的审美可能"是一种"迫切的需要"。② 这句话的通俗意思是,形式上创新的真实目的是不破坏其"审美严格",即政治立场的表达。这说明多克托洛更为看重的还是作品的内容。

二、《但以理书》:对真实事件的"修订"

在多克托洛的创作中,最能反映、代表其犹太性与政治观点的作品是其长篇小说《但以理书》。这是一部思想繁复、多义的小说。美国犹太文学批评家萨姆·B. 格古斯曾指出:"E. L. 多克托洛的《但以理书》是一部

---

① Mildred Louise Culp, "E. L. Doctorow" in *Twentieth-Century American-Jewish Fiction Writers*, p. 42.
② Quoted in Richard Trenner, "Politics and the Mode of Fiction" in Richard Trenner (ed.), *E. L. Doctorow: Essays and Conversations*, New York: Ontario Review, 1983, p. 48.

特别复杂的小说。它在太多的意义层面上展开,表达了太多的主题思想,想谈论关于其人物及其对美国文化的意义的东西也太多,以至于几乎使其作者不知所措。"[1]《但以理书》尽管所讲述的东西太多,但还是可以从繁杂的意义层面以及主题思想中理出若干头绪来。

首先,多克托洛通过对时间跨度的巧妙安排,彰显了小说的创作主题。诚如美国文学批评家保罗·莱文所指出的那样,《但以理书》"不单纯是对一个历史事件进行忠实的再创作,而且还是对一个历史时代进行想象的修订"。[2] 莱文在此处所说的"忠实的再创作"和"想象的修订"的历史事件和历史时代是有特定所指的:具体说是指发生在50年代初美国联邦调查局,逮捕犹太共产党员卢森堡夫妇并将他们送上电椅的事件;宽泛地说则是指在20世纪五六十年代这两个时期内发生在美国的历史事件。也就是说,该小说的时间跨度是20世纪50年代初至60年代末。在美国,这两个十年是各有鲜明的特点并充满悖论的时代。一方面,美国战后经济迅速发展,人民生活、民权状况都得到一定程度的改善;另一方面,美国政府对外发动侵朝、侵越战争,同以苏联为主的社会主义国家展开"冷战";对内压制和迫害进步人士和持不同政见者。[3] 在这样一个复杂的国际、国内环境中,作为政治上的自由主义者,犹太人又首当其冲地成为美国国内矛盾的焦点。

犹太人倡导的改善民权、废除种族歧视、支持联合国、国家追加教育投资以及从公立学校中取消宗教歧视等主张,令美国主流社会感到不安。

---

[1] Sam B. Girgus, "In His Own Voice: E. L. Doctorow's *The Book of Daniel*" in Herwig Friedl, Dieter Schulz (eds.), *E. L. Doctorow: A Democracy of Perception*, Essen: Die Blaue Eule, 1988, p. 75.

[2] Paul Levine, "The Conspiracy of History: E. L. Doctorow's *The Book of Daniel*" in Richard Trenner (ed.), *E. L. Doctorow: Essays and Conversations*, p. 182.

[3] 具体地说,与小说背景相关的20世纪50年代的标志性事件主要有麦卡锡主义、麦卡伦法和麦卡伦—沃尔特移民归化法以及艾森豪威尔总统上台不久,支持美国法院用电刑处死被指控向苏联提供有关原子弹的秘密文件的犹太共产党员卢森堡夫妇等;与小说背景相关的60年代的标志性事件主要有以肯尼迪为代表的自由主义复兴、约翰逊总统上台后通过的1964年民权法与由他提出的"伟大社会"的施政纲领,以及与之形成鲜明对照的冷战思维、民权运动和反越战浪潮。参见刘绪贻:《美国通史》(第六卷),第239—244页。

特别是犹太人在许多重大问题、事件上所持有的与美国主流社会不同的立场,更引起了美国主流社会的敌视,进而导致美国主流社会对他们的防范和打击。1952年盖洛普民意调查显示,56%的天主教徒和45%的新教教徒支持约瑟夫·麦卡锡参议员提出的反共法案,与之形成鲜明对照的是98%的犹太人反对这项法案,①就是一个很好的例证。1952年6月27日美国国会通过的一项旨在对加入美国国籍的侨民,从政治上加以各种限制以防止具有进步倾向的外国人,进入美国的麦卡伦—沃尔特移民和归化法,②其实主要就是针对美国犹太移民中的那些进步人士和持不同政见者的。

另外,小说中的这个时间跨度的安排还体现了多克托洛的另外一种思想。他让受害者的子女,即小说中的主人公但以理·艾萨克松从60年代的视角反观50年代,并且在这一反观中进一步审视60年代的社会现实。这两个十年也恰是美国政府对社会主义国家进行高度"冷战"的时期和美国"老左派"运动处于低潮阶段;美国对越战争处于低潮阶段和"新左派"运动处于上升阶段。也就是说,60年代的美国从50年代那里接受了两份遗产:一份是美国政府接受了"冷战"思维而发动了侵越战争;另一份是美国部分知识分子接受了"老左派"遗产而展开了"新左派"运动。在小说中,这两份遗产具体体现在小说男主人公但以理和其妹妹苏珊的身上。

其次,美国犹太批评家莱斯里·费德勒在1953年曾撰文指出,事实上有两种卢森堡夫妇案件:第一种是发生在1951年3月经审判后被判处死刑的卢森堡夫妇案件。在这个案件中,卢森堡夫妇被指控为向苏联

---

① Cf. Hasia R. Diner, *The Jews of the United States*, London: University of California Press, 2004, pp. 276—277.

② 该法规规定:加入美国国籍10年以内的公民,当国会委员传讯时,如果本人拒绝提供自己"参加颠覆活动"的供词,即可构成藐视国会罪,就有可能遭到起诉而开除国籍和被驱逐出境;加入美国国籍5年以内的公民,如司法部部长认为他参加了"颠覆性组织",也要开除国籍;未加入美国国籍的外侨,必须随身携带证明他们在美国履行过注册手续的证明文件,否则就会遭到罚款、监禁或者两者并科。参见刘绪贻:《美国通史》(第六卷),人民出版社2002年版,第111页。

出卖有关原子弹的秘密文件。这个事件发生后,美国国内和欧洲媒体都没有做什么特别报道,美国共产党机关在事件发生后的一年多时间里也未置一词。第二种卢森堡夫妇案件则是传说中的版本,即这个案件是制造出来的。这对被"修正"过的卢森堡夫妇不再是间谍,而是政治囚徒,是斗争和"冷战"的牺牲品,是那些受迫害、不愿在法庭上宣誓效忠的少数人。费德勒认为,卢森堡有罪是毫无疑问的,然而他们的辩护人要么是秘密警察,要么是受一个更大阴谋集团愚弄的人。① 据此,美国犹太批评家保罗·莱文认为,多克托洛在小说中描写的卢森堡夫妇案件是第三种卢森堡夫妇案件。② 换句话说,多克托洛是根据自己的认识和判断来重新书写卢森堡夫妇案件的。不过,多克托洛在小说中对真实事件也做了一些必要的更改。除了把卢森堡夫妇的名字改为艾萨克松夫妇外,还有几处重大的改动,如将卢森堡夫妇的两个儿子改为一个儿子和一个女儿;小说中的艾萨克松夫妇比真实案件中的卢森堡夫妇更为贫穷和更为属于无产阶级:"他不雇佣任何人,因此也不剥削任何人"。③

  多克托洛在小说中所做的这些改动看似无关大局,其实包含了许多深邃的含义,也透露出了他的价值取向。首先,将卢森堡夫妇的两个儿子改为一个儿子和一个女儿,这在性别结构上取得了一种平衡。这种平衡的基本寓意是上一代的经历,或者说是一种遗产完整地传至下一代。虽然下一代所蒙受的苦难与上一代在内容和形式上有所不同,但其性质和对其心灵遭受的摧残程度应该是一样的。小说中艾萨克松夫妇因被指控向苏联出卖有关原子弹的秘密文件被判坐电椅处死。他们的女儿苏珊因此而精神失常。儿子但以理虽没有精神失常,但也必须间接地承受这种折磨。其次,小说中的艾萨克松夫妇比真实案件中的卢森堡夫妇更贫穷、更属于无产阶级,因此也更具有代表性。艾萨克松夫妇代表的是20世纪

---

① Cf. Leslie Fiedler, "Afterthoughts on the Rosenbergs" in Paul Levine, "The Conspiracy of History: E. L. Doctorow's *The Book of Daniel*" in Richard Trenner (ed.), *E. L. Doctorow: Essays and Conversations*, pp. 184—185.

② Cf. Paul Levine, "The Conspiracy of History: E. L. Doctorow's *The Book of Daniel*" in Richard Trenner (ed.), *E. L. Doctorow: Essays and Conversations*, p. 185.

③ E. L. Doctorow, *The Book of Daniel*, London: Pan Books, 1982, p. 39.

50 年代早期的左派人士。这些左派人士多来自社会的下层,且多为犹太贫穷知识分子。他们因贫穷而向往苏联的社会制度("社会主义俄国喂饱了每一个公民,让每一个公民分享国家财富"①);因贫穷而抗议美国白人的种族歧视和富人社会的压迫("这已超过列宁提出的用反动派的设置来保卫自己的建议,这是一种情感"②);因贫穷而成为"激进主义者"("资本主义美国的每一桩事都他妈的把他们逼疯了"③);又因"激进"而成为美国"冷战"时期的替罪羊。因此,从这样的改动上来看,多克托洛的这部小说实际上已经"不是关于卢森堡夫妇的小说,而是关于卢森堡夫妇思想的小说"。④

多克托洛在小说中通过不断变化的叙事角度,即在追溯、评判艾萨克松夫妇的生活和其案件、50 年代"老左派"运动以及祖母的生活经历来反映卢森堡夫妇的思想,例如在小说的第一章"阵亡将士纪念日"中,多克托洛用了大量的篇幅回顾了但以理的生身父母艾萨克松夫妇的生活、但以理的外祖母的生活、50 年代的"左派"运动情况、民众要求释放艾萨克松夫妇的集会以及但以理和苏珊在 60 年代的生活遭遇等。

三、艾萨克松夫妇:"左派"激进主义的一笔政治遗产

在小说中,艾萨克松夫妇投身于 50 年代的"左派"激进运动,并不是因所谓的被苏联招募为间谍或是年轻而头脑发热,而是因为他们从父辈的和自己的生活经历中体悟到了投身这场运动的必要性。

罗谢尔·艾萨克松的父母是俄国犹太人,在 20 世纪初为逃避沙俄政府的种族迫害来到了美国。他们两人在纽约的艾里斯岛相识,在共同受到美国移民官员的歧视中相爱并结婚。但是,这些"见识过异教徒哥萨克铁骑兵和沙皇官僚酒鬼的龇牙咧嘴"的犹太移民,在美国仍然还要"为挣几分小钱,每天连续 16 个小时在昏暗的灯光下做缝纫,全家挤住在一间

---

① E. L. Doctorow, *The Book of Daniel*, p. 36.
②③ *Ibid.*, p. 41.
④ Paul Levine, "The Conspiracy of History: E. L. Doctorow's *The Book of Daniel*" in Richard Trenner (ed.), *E. L. Doctorow: Essays and Conversations*, p. 184.

小屋里，孩子们在厨房的洗衣槽里洗澡，在黝黑且散发着臭味的大厅那端的公用厕所里漂浮着死老鼠"。① 罗谢尔父母的"第一个孩子死在街上，另外两个女儿在一场大火中丧生，第二个孩子又死于伤寒"。② 罗谢尔的父亲也因过度操劳，身患肺结核而早早地过世。这在但以理的父亲保罗·艾萨克松看来，岳父的死"并不是因为肺结核，置他和他们于死地的是贫穷和剥削"，③ 这就是他和妻子奋起反抗富人阶级剥削的主要原因之一。另外，艾萨克松夫妇自己的亲身经历也迫使他们认识到反抗虚伪、反动的美国政府的必要性。有一次他们和几位朋友一起参加黑人共产党员罗伯逊的演唱会。美国政府当局采取了种种措施以阻挠民众参加：他们设置路障不让参加演唱会的车辆通过；在演唱会现场组织军乐团干扰演出；演唱会结束后，警察则指挥参加演唱会的车辆进入反犹主义者和反共分子组成的暴力团伙的伏击圈，结果许多参加演唱会的人遭到暴徒的袭击。但以理的父亲艾萨克松冒着生命危险从歹徒的袭击中救出了自己的同胞。这个事件的发生更让他坚定了与美国政府进行抗争的决心。

总的说来，艾萨克松夫妇是一对贫穷的犹太夫妻。他们生活俭朴、勤劳、忠于夫妻感情并信仰坚定。丈夫保罗·艾萨克松是50年代"左派"激进人士较为典型的代表。他"瘦得皮包骨头，有些神经质，自私，靠不住，满脑子的激进热情，对自己的信仰不容任何人的质疑，忠诚于马克思—列宁主义，目光逼人且富有倾向性"。④ 他向往苏联社会主义国家，利用业余时间参加鼓动民众反对社会不公的活动，并"费尽心血地来保持革命精神"。⑤ 他开了一爿修理收音机的小店养活家庭，像所有的犹太人一样，做事认真得几近有些书呆子气甚或孩子气。他热爱家庭，还常常为妻子理发。妻子罗谢尔·艾萨克松是一位典型的犹太家庭妇女，勤勤恳恳地操持家务。她遵循犹太人的风俗习惯，保持家里的卫生，常常"干到晚上

---

① E. L. Doctorow, *The Book of Daniel*, p. 67.
②③　*Ibid.*, p. 71.
④　*Ibid.*, p. 38.
⑤　*Ibid.*, p. 41.

很晚,周末也干"。① 她同情丈夫的理想和抱负,但力求务实,坚信"收入就是防卫"②,而不愿对抽象的东西抱任何幻想。她的政治信仰"就像祖母的宗教一样——购买未来以抵御现在可怕的生活"。③ 在但以理看来,祖母的宗教是:"在周五的晚上点上蜡烛,她祈祷时,头上披上头巾,双手捂在脸上。她放下手来时,她的眼睛,她的蓝色的眼睛,充满了泪水,脸上一片荒凉",而这也就是他"母亲的共产主义"。④ 不过,他母亲罗谢尔在青年时代却是意气风发的,即在中学时代就参加过激进活动,是一个受过高等教育的妇女,一个在她男朋友当兵服役时就与其同居的现代妇女。她坚信,她从事的事业就"像一位经历怀孕和分娩才能得到孩子的妇女一样。孩子会让她的痛苦值得。即将到来的社会主义会证实那些受过苦的人的行为正当"。⑤ 就是这样一对抱着为民请命思想的夫妇却因"间谍案"而被投进了监狱,并最终被送上了电椅。

　　在美国政府的说辞中,艾萨克松夫妇完全与现实生活中的他们判若两人。美国政府认为,他们是一对"被提供充沛资金和假护照"的夫妻,他们"要么去过新西兰,要么去过澳大利亚",并因此而"为自己所没有犯的罪而被处死"。⑥ 多克托洛在小说中没有直接评价艾萨克松夫妇的案件,而是通过细腻地描写他们出身的普通、生活的贫寒以及其信仰、行为的"无害"来反讽美国政府的宣判。

　　艾萨克松夫妇的死,为60年代的美国社会和"左派"激进主义者留下了一笔政治遗产。在小说中,这笔遗产的继承主要是体现在但以理和苏珊兄妹二人身上。但以理的外祖母曾经对但以理说:"像你一样,他们也从我这里继承了过多的热情,继承了积聚的闪光而丰满生命,这永远是受害者的特征",⑦但以理的母亲罗谢尔在被处死前说:"让我们的死成为他的成年仪式。"⑧但以理和妹妹苏珊在父母亲倒下的地方站了起来。然而,他们虽然继承了外祖母所说的"过多的热情"和"积聚的闪光而丰满生

---

①②　E. L. Doctorow, *The Book of Daniel*, p. 42.
③④⑤　*Ibid.*, p. 43.
⑦　*Ibid.*, p. 72.
⑧　*Ibid.*, p. 63.

命"外,却没有像他们的父母那样按照马克思、列宁主义的观点思考问题和采取行动。换句话说,他们在 20 世纪 60 年代这个大时代背景下,无法按照父辈的方式来抗争。苏珊尽管积极参加社会抗议活动,但却找不到出路,结果成了美国这个"国际道德主义宣传工具的受欺骗者",①并在"对过去的迷恋和对现在的憎恨中"②精神失常了。她在绝望中割腕自杀,救起后又被关进了精神病院,失去了人身自由。在医院里,她不得不接受包括电击在内的各种足以使其精神彻底崩溃的治疗。她受尽了折磨,直到在痛苦中死去。

苏珊接受电击治疗对但以理来说也同样十分痛苦,因为她每次接受这种治疗时发出的痛苦的喊叫,都会让他联想到父母被判坐电椅处死之事。苏珊的精神失常和最终的去世深刻地影响了但以理,使他背负着这沉重的"遗产"而终日不得安宁,甚至精神变态,如他竟然在驱车疾驰中让妻子脱下裤子——要与她做爱。

但以理从父母那里继承的还有另外一种政治遗产,即他因拒绝签署"忠诚书"而被美国政府完全剥夺了"做出危险事情的权利"。③ 也就是说,在美国政府的看管下,他什么事情也做不成,"不管是温和的还是极端的……他们要确保我没有任何可能与美国政府打交道,既不能作为社会的受益人,也不能作为不管多么卑下的仆人。他们不会给我钱。他们不会强迫我穿制服到政府部门里工作。没有任何管理机构会与我联系而致使他们受到国会议员机会主义者的攻击。"④这意味着但以理被彻底地封杀了。值得注意的是,多克托洛还借但以理之口,在说明他与美国政府之间关系的同时,也道出了 20 世纪 60 年代部分激进主义者所抱有的对国家与人民之间关系的认识。⑤ 在但以理看来,"每一个人都是自己**国家的敌人**,每一个国家都是它自己公民的敌人。"⑥他举例说,一战中,法国一

---

① E. L. Doctorow, *The Book of Daniel*, p. 10.
② Paul Levine, "The Conspiracy of History: E. L. Doctorow's *The Book of Daniel*" in Richard Trenner (ed.), *E. L. Doctorow: Essays and Conversations*, p. 191.
③④ E. L. Doctorow, *The Book of Daniel*, p. 74.
⑤ 这种观点在"垮掉的一代"的作品中尤为突出。
⑥ E. L. Doctorow, *The Book of Daniel*, p. 75.此处引文中的重点强调为原作者所用。

队士兵拒绝接受将军的命令进攻德国军队,结果拒绝接受命令的士兵抽签决定谁被处罚枪毙。执行枪毙任务的那些士兵恰好就是这些被枪毙的士兵的战友。他以此例想说明的是,"所有的社会都是武装起来的社会。所有的公民都是士兵。所有的政府都准备好为自己的利益将自己的公民处死。"①多克托洛对国家和政府的这一认识,在一定程度上反映了美国政府与其公民之间的关系,特别是20世纪50年代麦卡锡主义盛行时期、60年代"民权运动"及反越战时期冷峻的美国社会现实。

在总结但以理和苏珊这两个人物的区别时,美国犹太文学批评家保罗·莱文指出:"苏珊的问题不是她把自己的情感窝在心里,而是她无法把这个世界排斥出去。但以理的问题恰恰与此相反:不是他不能释放自己的情感,而是他拒绝让这个世界进入他的心中。"②即是说,苏珊无法忘怀她父母是如何被美国政府处死的。在她看来,只有将过去的一切纠正过来,现在才有意义。但是,在她生活的年代,纠正过去——为她父母平反昭雪是不可能的。她因此而无法正视和接受现实。但以理则不同,他千方百计地想在排斥现实中忘掉过去。他因此而与养父母闹不和、挑剔妻子、厌烦儿子,甚至对自己的生身父母也予以否认。不过,经过矛盾和抉择,他最终还是决定投身到现实生活的斗争中去。

多克托洛曾在《虚假的文件》一文中指出:

> 小说是一个不完全理智的话语方式。它给予读者的不只是信息。错综复杂的理解,非直接的,直觉的以及非词语的,都会从讲故事用的词语中产生,通过读者与作者之间的仪式般的转换,读者从不属于他自己的虚幻的痛苦体验中产生出一种有教育性的情感。小说是印刷出来的电路,读者自己生命的力量在这个电路中流淌。③

---

① E. L. Doctorow, *The Book of Daniel*, p. 75.
② Paul Levine, "The Conspiracy of History: E. L. Doctorow's *The Book of Daniel*" in Richard Trenner (ed.), *E. L. Doctorow: Essays and Conversations*, p. 191.
③ E. L. Doctorow, "False Documents" in Richard Trenner (ed.), *E. L. Doctorow: Essays and Conversations*, p. 16.

也就是说,多克托洛不仅试图从读者接受的角度来谈小说的存在方式,而且还表达了对读者的希冀和信赖。结合小说《但以理书》来看,上文中所说的"印刷出来的电路"就是指他在这部小说中对时间跨度的安排。这个安排既很好地凸显了小说的主题思想,也表达了对但以理一家,甚或对所有在 20 世纪 50 年代那场灾难中死去的斗士们的缅怀。这实际上从小说的章节设置上也能显示出来。小说的第一章为"阵亡将士纪念日",①为那些死去的和即将死去的人们举行哀悼;而小说的最后一章为"圣诞节",即在这个象征着复活的季节中,那些死去的精神又复活了。在小说中这表现为但以理的最后觉醒。多克托洛是一个犹太作家,他本应该信仰犹太教,但为了表达对小说中人物的崇敬和希冀,他借用了基督教中耶稣复活的教义。这似乎对他来说,一个为捍卫真理而死去的人的"复活"远比宗教偏见重要得多。

还需要注意的一个问题是,多克托洛的小说《但以理书》与《圣经》中的"但以理书"之间似有一种只可意会、不可言传的微妙关系。《圣经》中的"但以理书"讲述了大约从公元前 617 年始,犹太人但以理②被俘在巴比伦尼布甲尼撒等王朝的生活遭遇。但以理得到神佑,虽屡经磨难、险遭杀戮,但最终还是活了下来。《圣经》中的叙述充满了一种情感复杂的哀歌情调和富有预言性的悲怆氛围。多克托洛为自己的小说取名为《但以理书》,其用意是显而易见的。

---

① (美国)阵亡将士纪念日原定为每年的 5 月 30 日,现定为 5 月最后一个星期一。
② 但以理这个名字的希伯来文是 Daniye'l',意思是"我的法官是上帝"(My Judge Is God.)。参见"*All Scripture Is Inspired of God and Beneficial*"(New York: Watch Tower Bible and Tract Society of New York, 1990), p. 138。

第九章 回眸战争

第一节 约瑟夫·海勒：黑色幽默

约瑟夫·海勒被誉为美国"黑色幽默"的杰出代表作家之一。《理解约瑟夫·海勒》一书的作者桑福德·平斯克在总结海勒的创作时说：

> 海勒早早地而且痛苦地了解到生活有一种龌龊的习惯，即扔出唾沫球，然后又用谎话来掩盖犯规。他的小说提供了一种既摹制又控制混乱宇宙的方法，其中老式的英雄主义已经被逐渐地腐蚀了。然而，他的主人公，就像卡夫卡的约瑟夫·K.的荒唐的版本，设法坚持并强迫他们的对手进行隐晦的喜剧对话，甚至在许多时候，获得成功。……他是当代美国文学最杰出、最令人眼花缭乱的文体家之一，是一位将自己不能否认的印章盖到自己那一代最好小说风景画上的作家。①

应该说，桑福德·平斯克对海勒的评价较为恰如其分地概括总结了海勒的文学创作，并给予海勒在美国文学史上以较为准确的定位。

一、生平与创作

1923年5月1日，约瑟夫·海勒（Joseph Heller，1923—1999）②出生

---

① Sanford Pinsker, *Understanding Joseph Heller*, Columbia: University of South Carolina Press, 1991, p. 17.
② 以下介绍性的基本资料主要参见 George J. Searles, "Joseph Heller" in Daniel Walden (ed.), *Twentieth-Century American-Jewish Fiction Writers*, pp. 41—46，不另作注。

于美国纽约布鲁克林区的科尼岛。他的父亲艾萨克·海勒是俄国犹太移民,1913年为逃避沙皇当局的征兵而移居美国,做运送面包的卡车司机;母亲丽娜·海勒也是俄国犹太移民,于1919年嫁给艾萨克·海勒。约瑟夫有一个哥哥和一个姐姐,他们都为父亲前任妻子所生。约瑟夫四岁时,父亲在切除溃疡病灶的手术中意外去世。这时,幼小的约瑟夫尚不知道愁滋味,正如他在日后的回忆中说:"那时我没有意识到自己多么伤痛。"[1]

约瑟夫·海勒先后在科尼岛第188小学和纽约城亚伯拉罕·林肯中学就学。1941年,中学毕业后,他先在一家灾害保险公司做档案管理员,后又到诺福克海军码头做铁匠的助理。1942年,他应征入伍,受训做空军投弹手。1944年至1945年间,他所在的第340轰炸大队第488中队驻扎在法国科西嘉,但他却因执行作战任务,而经常往来于意大利、法国之间。他先后参加过60次战斗,获得过空军奖章、总统军队嘉奖并因此被提升为空军中尉。但据《理解约瑟夫·海勒》一书的作者桑福德·平斯克介绍,海勒到海外参战时,战事已近尾声,敌军的空袭已经很少。海勒参加的战斗任务"可以被描述为'消遣'——在执行轰炸任务间隙,与战友们一起打垒球或篮球,或者干脆消磨掉这一大段时间"。[2] 海勒这一段在军队的生活经历,后来较为详尽、但也"黑色幽默"式地反映在《第二十二条军规》中。

1945年,海勒同雪莉·赫尔德结婚。同年,他在文学杂志《故事》(Story)上发表了第一个短篇小说《我不再爱你》("I Don't Love You Any More"),[3] 并根据美国军人议案,进入美国南加州大学学习。1946年,在《故事》杂志的编辑,同时也是其精神导师的惠特·伯内特的劝说下,海勒转到了纽约大学继续深造。1948年,海勒在纽约大学被选入ΒΚ联谊会。[4] 同年,他又到哥伦比亚大学攻读英语硕士学位,师从当时大名鼎鼎

---

[1] Joseph Heller, "Coney Island: The Fun Is Over", *Show* 10 (July 1962), p. 51.
[2] Sanford Pinsker, *Understanding Joseph Heller*, pp. 1—2.
[3] Joseph Heller, "I Don't Love You Any More", *Story* 28 (September/October 1945), pp. 40—45.
[4] 美国大学优秀生和毕业生的荣誉组织,成立于1776年。

的文学批评家莱昂内尔·特立林。这一年,他在《绅士》(*Esquire*)杂志上发表了三个短篇小说:《雪城堡》("Castle of Snow"),①《格林威治来的姑娘》(Girl from Greenwich)② 以及《无所事事》("Nothing to Be Done")。③ 1949 年,他好事连连,先是从哥伦比亚大学毕业,获得文学硕士学位;随后,他发表在《大西洋月刊》上的短篇小说《雪城堡》被选入《1949 年美国最佳短篇小说》;再后来,他又获得福布赖特奖学金,到牛津大学圣凯瑟琳学院学习。不过,海勒这时候的兴趣已从学术研究转向了文学创作。

1950 年,海勒到宾夕法尼亚州立大学担任英文作文讲师,但由于浓重的布鲁克林口音而不被大家所接受。两年后,他离开了这所大学。1952 年至 1955 年间,他应聘到《时代》(*Time*)与其他一些小的广告公司做广告文字撰稿人。在这期间,海勒一边赚钱养家,一边从事文学创作。他在这一时期的作品主要是短篇小说和一部当时定名为《第十八条军规》(*Catch-18*)的长篇小说的第一章。他还用马克斯·奥林奇笔名写电影和电视剧本。1955 年,《第十八条军规》④因"与他早些时候写的短篇小说不一样,也与人们能记得读过的其他作品大相径庭,即这个选段有一种大胆、灰暗的幽默,令人眼花缭乱的各种试验,最佳之处是它有一种不同的声音"。⑤ 所以,发表后即引起了文坛的不小反响。《第十八条军规》在 1961 年完成并正式出版时,作者又将书名改为《第二十二条军规》。

海勒的作品数量不多,主要作品除《第二十二条军规》(*Catch-22*, 1961)外,还有《我们在纽黑文轰炸》(*We Bombed in New Haven*, 1967)、《发生了某件事情》(*Something Happened*, 1974)、《柯里温格的审判》(*Clevinger's Trial*, 1974)、《像格尔德一样美好》(*Good as Gold*, 1979)、《上帝知道》(*God Knows*, 1984)、《不是件可笑的事》(*No Laughing*

---

① Joseph Heller, "Castle of Snow", *Atlantic Monthly*, 181 (March 1948), pp. 52—55.
② Joseph Heller, "Girl From Greenwich", *Esquire*, 29 (June 1948), pp. 40—41, 142—143.
③ Joseph Heller, "Nothing To Be Done", *Esquire*, 30 (August 1948), pp. 73, 129—130.
④ Joseph Heller, "Catch 18", in *New World Writing No. 7*, New York: New American Library, 1955, pp. 204—214.
⑤ Sanford Pinsker, *Understanding Joseph Heller*, p. 4.

Matter，1986，与斯皮德·沃格尔合著)、《画出这个》(*Picture This*，1988)、《关闭时间》(*Closing Time*，1994)、《时时刻刻》(*Now and Then*，1999)以及自传体小说《作为一个老人的艺术家的画像》(*Portrait of the Artist as an Old Man*，2000)等。另外，他还与他人合作创作了两个电影剧本：《性与独身姑娘》(*Sex and the Single Girl*，1964)和《肮脏的丁格斯·马吉》(*Dirty Dingus Magge*，1970)。

1961年,《第二十二条军规》正式出版后,美国《新闻周刊》惊呼"自从《麦田里的守望者》和《蝇王》[①]以来,没有一部小说受到不同赞美者如此热烈和一致的欢迎"。[②] 海勒本人也坦承,他"几乎惊讶地发现对这部书接受面既包括了广泛的政治学层面,也包括了社会学层面"。[③]

二、《第二十二条军规》：对庞杂官僚体系的讽刺

《第二十二条军规》主要讲述了第二次世界大战前,驻守在地中海皮阿诺萨岛上的一支美国空军部队生活与战斗的故事。小说的主要人物是美国空军中尉约翰·尤索林。在小说的开篇,尤索林中尉"因为肝有点疼"[④]而住进医院。实际上,他的肝疼早已经好了,他不告诉医生真相的原因是他不想出院,因为在医院里,"要什么有什么。伙食不算太坏,而且每餐都送到他的床前来,还有额外配给的新鲜肉。"[⑤]当然,赖在医院里的更重要原因是,尤索林不想回去参加战斗或者说是去送死——他担心自

[①] 《麦田里的守望者》(*The Catcher in the Rye*，1951)是美国犹太作家 J. D. 塞林格(Jerome David Salinger，1919—2010)的代表作;《蝇王》(*Lord of the Flies*，1954)是英国诺贝尔文学奖获奖作家威廉·格尔丁(William Golding，1911—1993)的主要作品之一。

[②] "The Heller Cult", *Newweek* 1 October 1962, pp. 82—83; also in Adam J. Sorkin (ed.) *Conversation with Joseph Heller*, Jackson: University Press of Mississippi, 1993, p. 3.

[③] Paul Krassner, "An Impolite Interview with Joseph Heller", *Realist* November, 1962, pp. 18—31; also in Adam J. Sorkin (ed.) *Conversation with Joseph Heller*, Jackson: University Press of Mississippi, 1993, p. 6.

[④] 约瑟夫·赫勒:《第二十二条军规》,南文、赵守垠、王德明译,上海译文出版社1981年版,第2页。

[⑤] 同上书,第3页。

己所在的那个空军中队的每一个人都想杀害他。① 后来,不得不出医院后,尤索林为求生存,又装疯卖傻。一次,在将军授勋仪式上,他赤裸着身子走了上去。但是,军队里有一个"第二十二条军规",即"凡是想逃避战斗任务的人,不会是真疯子"或"无论何时,你都得执行司令官命令你所做的事",甚或为当官的"有权为所欲为,我们不能拦阻他们"。② 尤索林在目睹了部队中的官僚主义丑行、死亡的战友后,为摆脱他永远无法摆脱的圈套——第二十二条军规,最后决定逃往瑞典,一走了之。

乔治·J. 塞尔斯认为,《第二十二条军规》的基本故事情节,是海勒根据自己在第二次世界大战中的作战经历写成的。③ 像小说中的主要人物约翰·尤索林一样,海勒也是一个空军投弹手。他曾在意大利与法国之间的航线上执行过60次战斗任务。这个数字与小说中卡斯卡特上校规定的飞行次数是一样的。海勒在一次到阿维格农上空执行任务时险些丧命,这让他意识到战争的恐怖和生命的脆弱。在小说中,尤索林经历的死亡考验和军事官僚对他的迫害,在很大程度上就是海勒本人经历的夸张、变形的表现。

一般说来,批评者习惯把海勒的《第二十二条军规》视为其代表作。在某种意义上说,其主要原因是该部小说创造出了一种独特的有关战争题材的叙事方式和表现方式,即被批评者称之为的"黑色幽默"。④ 桑福

---

① 参见约瑟夫·赫勒:《第二十二条军规》,南文、赵守垠、王德明译,第18页。
② 约瑟夫·赫勒:《第二十二条军规》,南文、赵守垠、王德明译,第66、86、622页。
③ Cf. George J. Searles, "Joseph Heller" in *Twentieth-Century American-Jewish Fiction Writers*, p. 103.
④ 有一个值得注意的现象是,直至20世纪90年代后期,一些较权威的辞书都没有将"黑色幽默"(black humour)作为词条列入,如 *The Macmillan Encyclopedia* (London: Macmillan, 1997), Ian Ousby, *The Cambridge Guide to Literature in English* (Cambridge: Cambridge University Press, 1999)。汤永宽先生对"黑色幽默"所作的定义较为全面地介绍和涵盖了这个文学术语的来历与内涵。汤永宽先生指出:"黑色幽默"作为一个文学流派的名称,其出现是偶然的。1965年3月美国作家弗里德曼(B. J. Friedman)收集了一些美国当代作家的作品,编了一个集子,由于他认为这些作家的作品在创作倾向和手法上具有共同之处,他把这部作品集定名为《黑色幽默》(*Black Humour*)。"幽默"但又是"黑色"的。黑色(black)在英语中含有阴沉,暗淡无望的意思。此后,不少评论家为"黑色幽默"这个流派作诠释,但是由于这些被列为"黑色幽默"派的作家,既没有结社集会,也没有发表过宣言,阐述 (转下页)

德·平斯克也曾指出：

> 如果说《永别了，武器》①和《西线无战事》②界定了开始与幻灭的界限——标志以前战争文学和一战文学之间具有的本质区别，那么说，《第二十二条军规》则探究了关于二战小说的新的表现方式。这种方式不仅可以避免重复诺曼·梅勒在《裸者与死者》中所采用的表现方式，而且更接近战争本身的真相。③

平斯克认为，海勒采用的这种"新的表现方式"的价值，在于它能更接近真相地表现战争。在他看来，这是因为：

> 海勒选择重点写生存而不是写开始，把军队里的官僚主义及其荒诞的逻辑——以"第二十二条军规"为其象征——看得比纳粹的炮火还要恐怖。在某种意义上说，《第二十二条军规》既是对战争的滑稽模仿，又是一部名副其实的战争小说；另一方面，说它是一部战争小说只是因其事件发生的时间和地点，情节梗概以及表面环境。因为《第二十二条军规》告诉读者更多的是关于在整个美国社会生活中

（接上页）他们共同的文学主张，因此论者所述，未必尽然，只是各有所见而已。但是如果我们从"黑色幽默"的词义，并证之以一些代表作家如约瑟夫·赫勒(J. Heller)、托马斯·品钦(T. Pynchon)、弗拉季米尔·纳博科夫(V. Nabokov)、库特·冯尼格(K. Vonnegut Jr.)等人的作品，那么，这一派作家的创作倾向也许可以大致做这样的表述：他们对于自己所描述的世界怀着深度的厌恶以致绝望，他们用强烈的夸张到荒谬程度的幽默、嘲讽的手法，甚至不惜用"歪曲"现象以致使读者禁不住对本质发生怀疑的惊世骇俗之笔，用似乎"不可能"来揭示"可能"发生或实际发生的事物，从反面来揭示他们所处的现实世界的本质；以荒诞隐喻真理。他们把精神、道德、真理、文明等等的价值标准一股脑儿颠倒过来（其实是现实把这一切都已经颠倒了），对丑的、恶的、畸形的、非理性的东西，对使人尴尬、窘困的处境，一概报之以幽默、嘲讽甚至"赞赏"的大笑，以寄托他们阴沉的心情和深渊般的绝望。见汤永宽：《"黑色幽默"与〈第二十二条军规〉》，见约瑟夫·赫勒：《第二十二条军规》，南文、赵守垠、王德明译，上海译文出版社1981年版，前言。

① Ernest Hemingway (1898—1961, American), *Farewell to Arms*, 1929.
② Erich Maria Remarque (1898—1970, German), *Im Westen Nichts Neues* (tr. *All Quiet on the Western Front*, 1929).
③ Sanford Pinsker, *Understanding Joseph Heller*, pp. 4—5.

存在的没有审查过的且组织过度的生活,而不是第二次世界大战。①

实际上,平斯克道出了这部小说的聚焦所在。表面上看来,这部小说主要是讲述了美国空军士兵尤索林及其战友在二战期间,如何陷入荒诞的"第二十二条军规"以及他们如何千方百计地想摆脱这条"军规"的故事。但细究起来,这部小说真正描写战争的场面却并不多,海勒把更多的笔墨用在精心勾勒造成这个荒诞世界庞杂的官僚体系,并以此来影射整个美国社会生活,乃至整个现代社会的"生存"问题。

海勒在接受采访时,曾被问及其小说是否在某个地方遭到了禁止。他的回答是:他的小说没有在"道德和意识形态方面得罪任何人"。② 不过,他转而又说,如果说"这部小说得罪了人",那么,它是在"文学价值这个方面得罪的"。③ 海勒所说的"文学价值"主要是指小说的"混乱的结构"。海勒在小说中所采用的"混乱的结构"为传统观点所反对。事实上,就《第二十二条军规》的叙事技巧本身来看,这种结构却恰到好处地表现、映衬了"混乱""疯狂"的这样一个现代主题。海勒在书中创造了一个奇特的时空"混乱""繁杂"与"重复"的世界。在这个世界中,所有临时的、短暂的事件和人物都被介绍了进来,而且,小说中大部分的事件叙述都可以并入到任何一个重复出现的事件中去,同时,任何一个重述的主题在事件的中心线索上又都明晰可见。一般说来,一部小说中若出现太多的主题,中心线索就有可能会遭到破坏和削弱,但海勒却娴熟地运用他的生花妙笔,打破了传统的时空观念,在小说中"重复"地再现已发生过的事件,从而创造出了一种适合于他这种"重复"话语的新颖画卷。

---

① Sanford Pinsker, *Understanding Joseph Heller*, p. 5.
② Paul Krassner, "An Impolite Interview with Joseph Heller", *Realist* November, 1962, pp. 18—31; also in Adam J. Sorkin (ed.) *Conversation with Joseph Heller*, Jackson: University Press of Mississippi, 1993, p. 6.
③ Paul Krassner, "An Impolite Interview with Joseph Heller", *Realist* November, 1962, pp. 18—31; also in Adam J. Sorkin (ed.) *Conversation with Joseph Heller*, p. 6.

三、"奇异的恐惧"：重复的意义

然而，海勒为什么要在作品中安排这些"重复"呢？或者说，不用这种看似累赘的"重复"，是否也可以同样表达这样的主题？有人认为，海勒不采取一件事、一件事描写的传统叙述手法，而采用不断地重复描写同一个事件、同一个人物或同一个环境（在某些的重复描写中，很少有实质性的变化）的方法，旨在随着对细节的补叙，披露出在其荒诞的喜剧形式下所隐藏的"奇异的恐惧"。

如果对某些"重复"的片断加以分析、考察，会发现海勒的这一创作技巧对表现和加深作品的主题都起到了重要作用。如在《第二十二条军规》中"重复"次数最多的镜头之一，是有关一个从头到脚都用石膏和绷带裹得全身雪白的士兵。这个士兵分别在第一、第十七和第三十四章中出现。第一和第十七章描述的都是他死的那一天。在第一章中，对"全身雪白的士兵"[①]的着墨并不多，只是从外围简述了他的死被许许多多"喜剧性"事件所环绕，其中包括诸如尤索林对随军牧师希尔曼的迷恋、得克萨斯人的政治观点以及食堂的炉子爆炸，引起了火灾，而消防人员放弃救火，回到机场等一系列的琐事。在第十七章中，当再次描述"全身雪白的士兵"的死时，就没有了那些杂七杂八的富有喜剧性事件的发生，取而代之的是大家半真半假地谈论这些住院的士兵为何打仗。在第三十四章中，对"全身雪白的士兵"之死的描写，则不带有任何的喜剧色彩了。在这一章中，海勒没有直接描写"全身雪白的士兵"及其死亡的事件，而是通过描写住院的士兵以及其他周围的人相信邓巴的意外发现："里面没有人"，[②]并因此而引起感到一片恐惧和混乱来重述"全身雪白的士兵"的死亡。

因此说，"重复"在小说中的内涵和意义是多层次的。有时几乎是完全一致的，如"全身雪白的士兵"和斯诺登的死等；有时则只是重复了不同人物活动在相同的场景，如克莱文杰和随军牧师的审讯以及马德和克拉

---

① 约瑟夫·赫勒：《第二十二条军规》，南文、赵守垠、王德明译，第7页。
② 同上书，第559页。

弗特的死；有时还不时地重复相同的一个情景，但时间却是相去甚远，如书中前几章中出现的罗马和后几章中出现的罗马就不一样。也可以说，尽管海勒让作品中的人物、事件等给人一种不断"重复"、循环的感觉，但他又不在相关地方全部"重复"已写过的话。若仔细研读，会发现海勒在每一次的"重复"过程中，都会揭示出一些更为沉郁的东西。

海勒对克莱文杰这一人物的"重复"处理是最具有典型性的。克莱文杰在小说中是个次要的人物，一直到书的结尾，作者才对他在云中消失一事作了严肃的描述。在读过前几章出现的一些有关暗示性描写后，读者或许并没有意识到克莱文杰已经死了。海勒在描述尤索林周围的帐篷时，第一次提到克莱文杰："在哈弗迈耶的另一边，那座帐篷本来是由麦·沃特和克莱文杰同住的，尤索林出院时，克莱文杰执行飞行任务还没有回来。"[①]在第五章中，尤索林问丹尼卡医生："那你为什么不让我停止飞行？我是疯了。你去问克莱文杰好了。"丹尼卡医生回答说："克莱文杰？克莱文杰在哪儿？你把他找来，我就问他。"[②]这两处描写均暗示了克莱文杰在飞行中失事了。但到此为止，书中却尚未交代他的这次飞行。在其他章节中，对克莱文杰的死也着墨不多。在第九章里只有一行文字提及，且不带任何感情色彩；在第十章中，海勒以开玩笑的方式随便说起："克莱文杰死了。这是他那套哲学中的基本缺点。"[③]在小说将近尾声时，作者虽然让尤索林悟出了克莱文杰"失踪"的真实含义，但读者并不一定都能意识到克莱文杰究竟出了什么事。但稍作反思，便会幡然醒悟：一个微不足道的人物，就这样毫不惊动人、悄无声息地死去了，甚至在死后都极少地被人提及。海勒正是利用"重复"这一技巧，深刻地道出了在军事官僚统治下的"小人物"的可悲命运。

海勒在描述阿费和迈洛这两个更为重要一点的人物——两个真正的恶棍时，也使用了同样的技巧。他在书中多处对阿费的描写都采用了静止的和素描的手法。在小说中，阿费只是在巡回战斗的场景中才出现。

---

① 约瑟夫·赫勒：《第二十二条军规》，南文、赵守垠、王德明译，第20页。
② 同上书，第65页。
③ 同上书，第160页。

在这种时候,他对高射炮火的拦击所表现出来的超出常情的无动于衷激怒了尤索林。乍看起来,阿费"和蔼可亲"的迟钝中似乎有些超然的色彩,但经海勒的进一步勾勒,他这种迟钝下的真实面目便暴露了出来:他曾强迫两个女中学生在他的"博爱"下"出航";曾建议用同样的方法对付罗马妓女并"威胁要把她们扔出窗外";在第三十九章中,他终于灭绝人性地把一个被其奸污过的女佣从二楼的窗口扔到街头,摔死了。① 对阿费来说,威胁要把女人从窗口扔出去和真的要把她们扔出去并没有什么区别。这一特殊的"重复"如同对"全身雪白的士兵"和斯诺登的"重复"一样,令人悚然,使作品具有了强大的批判力量。说穿了,阿费的迟钝是对人类生命的一种冷漠表现。

海勒对迈洛的"重复"描写也十分成功,尤其是在第二十二章和第二十四章中的描写格外地吸引人。海勒对迈洛的形象刻画虽不像传统小说中那样精雕细琢,但也是刀劈斧削般地入木三分。迈洛是一个只要听到某处有利可图,就会不惜牺牲一切往前冲的人。在第二十二章和第三十九章中,海勒对其这一特征作了深刻的临摹。在第二十二章中,迈洛终于同意暂停一下他的交易,帮助身心交瘁的尤索林和奥尔找个地方歇息一下。但刚要谈及此事时,他忽听说朝鲜蓟市场大有捞头可赚,就立刻冲出去垄断了这个市场,丢下了尤索林和奥尔无处安身。海勒在第三十九章中又"重复"了这种"玩笑"。尤索林恳求迈洛帮他寻找奈特雷做妓女的妹妹。迈洛同意出面帮忙,且还慷慨激昂地说:"即使把整个城市搜个天翻地覆,我们也要找到那个女孩。"②但是,当警察局局长无意中说出巨额烟草非法贸易时,迈洛即刻又把兴趣转向了这笔生意,而把寻找女孩的事抛到九霄云外了。如果说迈洛为朝鲜蓟那笔买卖而把尤索林丢下不管使人解颐的话,那么,他为了烟草交易而放弃寻找奈特雷的妹妹则令人难以成笑。海勒苦心经营的这一"重复"的"玩笑",其目的就是要逐层、逐层地把迈洛的丑恶本质暴露出来。至于他以对国家有利的名义,盗走奥尔救

---

① 参见约瑟夫·赫勒:《第二十二条军规》,南文、赵守垠、王德明译,第 637 页。
② 同上书,第 626 页。

生衣里的二氧化碳钢瓶、急救用的吗啡以及同德国人签订轰炸自己中队的合同等,更为令人发指。海勒对迈洛所做的这类事情的"重复"性描写,实际还暗示了这个人物的邪恶贪欲并非是一时冲动,而是根深蒂固地扎根于骨子里。

《第二十二条军规》中最重要的"重复",还当属是第二十二条军规。如同海勒在小说中对其他事情所做的描述一样,第二十二条军规也有许多的含义。他在本书的第二页中,就介绍了这条无处不在的军规:"第二十二条军规规定,检察官必须在检查过的信上签名。"①从表面上看,这似乎也算合理。但它的另一条定义则在其合理的外表下暗藏了诡诈的圈套:"在面临真正的,迫在眉睫的危险时,对自身安全表示关注,乃是头脑理性活动的结果。"②也就是说,当你还能意识到危险时,就说明你的头脑还正常,你就继续执行飞行命令。因此,奥尔不得不没完没了地执行飞行任务,直到被打死为止。在第三十九章里,海勒通过一个老妇人之嘴,道出了第二十二条军规的本质:"第二十二条军规规定说,他们有权为所欲为,我们不能拦阻他们。"③第二十二条军规就是军事官僚们想怎么说,就怎么说,即怎么阐释和规定都有理。海勒把第三十九章的标题写为"不朽城",虽指罗马,但也另有他义:与他在这一章中所揭示出的第二十二条军规相呼应,预言了军事官僚们在这个社会里是"不朽"的。这一方面表明海勒对现实的绝望,另一方面也表达了现代人无法逃脱宿命的存在主义思想。

海勒的"重复"在内容上尽管有所不同,但总的来说其性质还都是同一的。即每次"重复"都构成一个陷阱,鼓励读者去嘲笑其中的人物或事件,但最终又使读者笑不出来,不得不陷入沉思。换句话说,海勒有意识地让喜剧效果和灾难气氛相并列,先让读者去笑,笑过后,再让他们恐惧地反思其所笑的对象。

《第二十二条军规》的结构也带有"黑色幽默"的色彩。这部小说大致

---

① 约瑟夫·赫勒:《第二十二条军规》,南文、赵守垠、王德明译,第 4 页。
② 同上书,第 66 页。
③ 同上书,第 622 页。

分成了三部分。他在书的前三分之一,即第一至第十六章中,介绍了尤索林反抗前的大部分重要片断。这些片断都是采用喜剧的或荒诞的手法加以处理的,甚至阿费的自鸣得意和斯诺登的死也都是以幽默的手法来完成的。小说的第二部分,即第十七至第三十三章,是以"全身雪白的士兵"的重新出现为标志的。可以说,在这几章中作品的整个情节几乎没有向前推进与发展。当然,时间是在向前推进,卡斯卡特要求飞行员飞行的次数也在增加,但在近二百页内,并未发生任何重大的事件。只是在不断地重温往事,"重复"前面所出现过的重要片断。应该说,这两部分在结构上并无太多区别,前一部分中的喜剧基调在这一部分仍占据主导地位。但在"全身雪白的士兵"第二次出现时,这一部分的语气开始变得严峻起来。而且,在内容上,似乎更加注重表现高级军官们的惨无人道;迈洛的形象虽不乏喜剧色彩,但其丑恶、贪婪的本性已被揭露了出来。作者对斯诺登之死的描写也更加哀婉动人。这些差异相对来说不是很大,但综合到一处就凝造出了逐渐灰暗下来的氛围。

《第二十二条军规》的第三部分,即第三十四章至第四十二章,随着"全身雪白的士兵"的再次出现,叙述笔调开始明显带有批判的分量了。最后这几章的时间往前推移了,一些关键的事件几乎都是"新的":基德·桑普森的惨死、奥尔的失踪、寻找奈特雷作妓女的妹妹以及尤索林的反抗等。然而,所有这些新事件的高潮又都是由前几部分铺垫而成的,如阿费摔死女佣、迈洛放弃帮助尤索林寻找奈特雷的妹妹等。可以说正是这一切荒诞、反常的事件,促使尤索林重新认识、评价他在皮亚诺萨岛的全部经历,并让他下定决心逃离这个噩梦般的环境。不过,值得指出的是,不管是尤索林的醒悟,还是逃离都是没有多大意义的,正如丹比少校所指出的那样,统治集团为了达到迫害其内部成员的目的,"他们想准备多少官方报告就可以准备多少,这样他们在需要的时候可以任意选用了",[1]为了除掉异己分子,他们甚至还可以盗用国家的名义来行凶:"他们只要对人家讲,干掉你是对国家有利的,就可以找到需要的

---

[1] 约瑟夫·赫勒:《第二十二条军规》,南文、赵守垠、王德明译,第 676 页。

全部证人。"①可见,他迟早还要被这个荒诞、乖戾的世界所击溃。

在小说中,海勒的"黑色幽默"还经常更为具体地表现在话语的表达上,如使用一些修辞手段,让读者出其不意地陷入事情的真相中。他最常使用的修辞手段是反讽与矛盾修辞法。而且,海勒喜欢把反讽、矛盾修辞法结合起来使用,如他对卡吉尔上校的介绍:

  卡吉尔上校身体强健,为人坚强,是佩克姆将军手下解决难题的能手。战前,他是一位机灵的营业主任,敢作敢为,颇有魄力。后来,他成了一个恶劣的营业主任,有本领把事情搞得一团糟,所以为了少纳税而急着要做蚀本生意的公司都争先恐后地聘请他。在整个文明世界里,从巴特里公园到富尔顿大街,人人都知道,他是个转眼之间就能做到不交一分钱税的可靠人物。他的身价很高,因为失败往往来之不易。他得从顶上层开始自己的事业,然后苦心孤诣地往下走。他在华盛顿有些同情他的朋友,做亏本生意可不是一件简单的事。这需要好几个月的苦心经营,仔细制定错误的计划。他用非所学,事事失算,处处出错,把一切全忽略了,造成了种种漏洞,可是他刚刚认为自己已经达到了目的,政府竟然给了他一片湖、一片森林,或是一片油田,弄得他前功尽弃。②

海勒在这里采用了正话反说、反话正说的策略,先介绍卡吉尔上校"为人坚强""敢作敢为""颇有魄力",看似是在为一位好人画像。可接下来,作者笔锋一转,说"后来,他成了一个恶劣的营业主任,有本领把事情搞得一团糟",显然,卡吉尔上校的真实面目被揭露了开来。但海勒并没有沿着正面批判的思路走,而是说"在整个文明世界里",人们都知道他是一个"转眼之间就能做到不交一分钱税的可靠人物",且"身价很高"。在生意中,他想失败都很困难,需要苦心经营和制定严密的计划,但结果往往是

---

① 约瑟夫·赫勒:《第二十二条军规》,南文、赵守垠、王德明译,第 678 页。
② 同上书,第 35—36 页。

他以为目的就要达到了,可"政府竟然给了他一片湖、一片森林,或是一片油田,弄得他前功尽弃"。就这样的一个偷税、漏税的奸商,竟然坐到了上校的位置上,而且还成为佩克姆将军的得力助手。海勒对美国军队,乃至社会的揭露可谓是委婉、曲折,但入木三分。在《第二十二条军规》中,类似的词语、句子、篇章俯拾即是,随处可见。由于篇幅所限,不能一一列举与分析。

《第二十二条军规》在1961年问世后不久就跻身于畅销书之列,十余年内仅国内的销售量就高达八百万余册。如果究其原因,不能不说这与海勒所采用的全新创作风格有一定的关系。即"重复"的写作技巧和"黑色幽默"的表达方式,在突出作品主题方面发挥了重要的作用。

四、其他代表性作品

1967年,海勒创作、上演了一部两幕剧《我们在纽黑文轰炸》。这部戏剧于1967年4月在纽黑文耶鲁戏剧学校上演,次年的10月在纽约大使剧院举行公演后,受到了批评家们的一致好评。

这部戏剧同样是以"反战"思想为主题的。海勒在接受采访时说,他写这部戏剧的目的就是想"让每一个女人哭泣,每一个男人在回家面对自己的儿子时感到内疚"。[①] 该戏剧与《第二十二条军规》也稍有不同,即它与其说是反对战争本身,不如说是反对军事上层建筑。[②] 这表明海勒对战争的认识、描写已从一般表象进入到揭露战争的本质。这部戏剧与当时反映二战的同类文学作品相比,有其深刻和独到之处。不过,总体说来,这部戏剧还没有完全跳出《第二十二条军规》的窠臼,即虽然把批判的矛头指向了军事上层建筑,但却没能更进一步地揭示出这个所谓军事上层建筑存在的原因及危害。

[①] Susan Braudy, "A Few of the Jokes, Maybe Yes, But Not the Whole Book" in *The New Journal* 26 November 1967, 7, 9—10; also in Adam J. Sorkin (ed.), *Conversations with Joseph Heller*, Jackson: University Press of Mississippi, 1993, p. 35.

[②] Cf. George J. Searles, "Joseph Heller" in *Twentieth-Century American-Jewish Fiction Writers*, p. 105.

海勒在完成《我们在纽黑文轰炸》后,有好长一段时间没有再继续写反映二战的作品,而是把写作视角转向了美国国内。1974年,他发表的长篇小说《发生了某件事情》帮助他完成了这一转变。该小说是海勒根据年轻时在一些公司工作时的经验写成的,也是他唯一一部用第一人称写就的小说。库尔特·冯内古特在评价这部小说时指出:

> 据说,从马克·吐温在密西西比河上作领航员所经历的各种各样的冒险起,就感到自己的存在开始大踏步地走下坡路了。如果把海勒先生的两部小说结合起来看,它们就可以被看作是对整个白人、美国男性中产阶级一代、我这一代、海勒先生那一代、赫曼·乌克那一代、诺曼·梅勒那一代、欧文·肖那一代、范斯·布尔吉利那一代、詹姆士·琼斯那一代等等所作的同样的表述——对他们来说,自从第二次世界大战以来,一切都在走下坡路,如其常有的那样荒诞、该死。①

冯内古特的上述点评切中了这部小说的要害。这部小说的确是反映了二战后美国中产阶级所走的"下坡路",或曰"美国中产阶级经验的破产"。② 具体说,海勒在小说中主要描写了鲍勃·斯劳卡姆在生活中的失落、恐惧感。他每天回家关上门后,就会"感到精神紧张",③并总是有某种不祥事情就要落到头上的感觉。他关心的只是如何想办法在这个充满变数和背叛的社会里生存下去,而远不像他的前辈尤索林那样思考如何有尊严地活着。有批评者认为,这部小说至少在一个方面,即写得比《第二十二条军规》更加老道。在《第二十二条军规》中,海勒常常仰仗着一些吵吵嚷嚷的夸张手段,并流于某种自我戏仿,而在《发生了某件事情》中则

---

① Kurt Vonnegut, Jr., "Something Happened" in *The New York Times Book Review*, October 6, 1974, pp. 1—2; also in James Nagel (ed.), *Critical Essays on Joseph Heller*, Boston: G. K. Hall & Co., 1984, p. 93.
② George J. Searles, "Joseph Heller" in *Twentieth-Century American-Jewish Fiction Writers*, p. 105.
③ Joseph Heller, *Something Happened*, New York: Knopf, 1974, p. 1.

避免了这些不太实落的夸张写法。① 不过,从其对社会的认识和批判的深度来看,海勒仍然没有走出他自己所创建的"黑色幽默"。

海勒的第三部小说《像格尔德一样美好》被不少批评者视为是失败的作品。持有这种观点的人认为,这是一部"将犹太家庭喜剧、学术讽刺以及政治挖苦"②混合在一起的小说,因而,其中心不够突出。但也另有批评者则认为,《像格尔德一样美好》是一部"幽默与精妙的深刻相和谐"③的小说。虽然批评界对这部小说看法不一,但有一点是可以肯定的,即海勒首次明确地把犹太人设定为小说的主人公,并通过这位犹太主人公表达了其对美国犹太问题及其他社会问题的一些看法。海勒与采访者的一番对话,对人们理解这部小说有很大的帮助作用。

> 提问者:尽管《第二十二条军规》的背景是第二次世界大战期间,但你却将讽刺的锋芒,更多地指向那时风行的麦卡锡主义的罪行和邪恶。我想知道在《像格尔德一样美好》中是否有某种互补的东西。据说,这部小说关心的是"犹太经历",但是,与此同时,它强烈而又凶猛地评说了基辛格、越南以及越战后的政治。
>
> 海　勒:对你的问题的回答是肯定的。我曾看到过一篇评论与这样一种想法接近,即格尔德只是在他的征候方面是犹太的。这个意思是说(而且是合理的),他代表了这个时期的整个国家。《像格尔德一样美好》的确聚焦于犹太经历,但是,布鲁斯·格尔德最终发现他的经历不比我的更特别多。我感到我这个年龄段的人,那些在战后开始上大学,然后又参与学术或文学活动的人所拥有的经历,与那些非犹太人没有什么上的区别。④

---

① Cf. George J. Searles, "Joseph Heller" in *Twentieth-Century American-Jewish Fiction Writers*, p. 106.
② George J. Searles, "Joseph Heller" in *Twentieth-Century American-Jewish Fiction Writers*, p. 106.
③ Charlie Reilly, "Talking with Joseph Heller", *Inquiry Magazine*, May 1, 1979, pp. 22—26; also in James Nagel (ed.), *Critical Essays on Joseph Heller*, p. 176.
④ *Ibid.*, p. 177.

海勒的这番话无非是想说明,《像格尔德一样美好》虽然写的是犹太人的经历,但同时它也代表了整整一个时代的所有人的经历。而且,在海勒看来,他那个年龄段的犹太人与非犹太人并没有什么本质上的差异。事实上,海勒的这一观点与其他美国犹太作家,特别是马拉默德所表达的"人人都是犹太人"①的说法不谋而合。

《像格尔德一样美好》是海勒根据自己的经历创作而成的。像作者一样,小说犹太主人公布鲁斯·格尔德也生长在科尼岛,也曾根据美国军人议案,进入美国大学学习,尔后又在牛津生活了一年;他在哥伦比亚大学获得硕士学位后,当上了作家和大学教授。中年后,他因厌倦了自己的学术生活,想在华盛顿找一份富有趣味、魅力的工作。然而,最终他大失所望。在小说的开篇,格尔德到特拉华州威明顿城宣读自己的作品,一位妇女要求他写一部关于美国犹太人经历的书。为了能赚到一点钱,他很想写这本书。但烦恼的是他竟然对自己的犹太身份不甚了解:

"我甚至根本不知道什么犹太人的经历,我怎么能去写它呢?"他在乘坐回纽约的地铁上自忖道。"我没有一点也不知道该写些什么。对我来说,究竟什么是犹太经历?我想我从来没有撞上实际的反犹行为。我在科尼岛长大,我认识的每一个人都是犹太人。直到我完全长大成人,才意识到自己是个犹太人。或者说,我曾经觉得世界上所有的人都是犹太人,也都是那么回事。"②

身为犹太人,却对犹太人的历史及经历完全不知。或者说,他从来就没有意识到犹太人作为一个群体有什么特殊性。于是,他向两位从事编辑出版的犹太朋友莱伯曼和坡莫罗伊请教该写些什么。莱伯曼建议他写能激起人们情感的故事,如一个犹太男人和一个非犹太女人的性爱故事;坡莫

---

① Allen Guttmann, "All Men Are Jews" in *Modern Critical View: Bernard Malamud*, edited by Harold Bloom, New York: Chelsea House Publisher, 1986, p. 156.
② Joseph Heller, *Good as Gold*, New York: Pocket Books, 1976, p. 3.

罗伊则建议他写一本"对大学和图书馆有用的作品"。① 但是,由于格尔德忙于出席家庭聚餐、晚会、闹点绯闻、看看医生、外出郊游、上课、会友等许许多多的杂事,所以,他计划中的书最终也没能写成。

这一安排正是小说的高明之处,海勒通过描写格尔德所干的这许多杂事来告诉读者,格尔德没能写出"犹太人的经历",却身体力行了这个经历。也就是说,作者实际在这里安排了一个双重线索——计划写犹太人的经历和身体力行这个经历的悖论,并通过此来表现犹太人在美国社会中的处境:他们以不符合犹太人的思维方式来思考问题,考虑本不应由犹太人考虑的问题。总之,他们过着一种不属于犹太人的生活。

海勒对美国犹太人问题的思考是从多个层面展开的。在随后的作品,如《画出这个》中,他用其独特的幽默方式,解构了历史与现实。不过,他在对其解构的过程中,有意无意地将虚幻与现实、艺术与生活等界限相混淆了。

第二节 辛西娅·奥兹克:愿意坦陈犹太身份的女作家

辛西娅·奥兹克(Cynthia Ozick, 1928—)②自 1966 年发表第一部长篇小说《信任》(*Trust*)和第一个短篇小说《异教拉比》(*The Pagan Rabbi*)以来,一直受到批评界的广泛关注。她在作品中以其新颖、独特的话语视角以及充满犹太文化底蕴的笔触,叙说了犹太历史、犹太文化以及犹太人的命运,并以其强烈的道德力量震撼了 20 世纪美国文坛,被批评界誉为是一位具有希腊人的头脑、犹太人的心灵③的美国犹太女作家。

---

① Joseph Heller, *Good as Gold*, New York: Pocket Books, 1976, p. 8.
② 以下介绍性的基本资料主要参见 Diane Cole, "Cynthia Ozick" in Daniel Walden (ed.), *Twentieth-Century American-Jewish Fiction Writers*, pp. 213—225,不另作注。
③ Cf. Victor Strandberg, *Greek Mind/Jewish Soul*, Madison: The University of Wisconsin Press, 1994.

一、创作概述与犹太立场

辛西娅·奥兹克于 1928 年 4 月 17 日出生在美国纽约。她的父母都是俄国犹太移民,一家人饱尝艰辛地度过了移民的最初几年生活。奥兹克的本科学业是在纽约大学读的,1949 年以优异成绩毕业,获得学士学位。1950 年,她在俄亥俄州立大学获得硕士学位。此后,她用了长达七年的时间来研究亨利·詹姆斯的后期小说,又用了七年时间来从事长篇小说的创作。但是这两项工作都完成得不遂心意,最终不得不选择放弃。① 1952 年至 1953 年间,为了生计,她到波士顿一家百货商店做广告撰稿人员。在这期间,她还在许多文学期刊上发表诗作,主要有《奇迹教师》("The Wonder Teacher")、《在犹太教堂里》("In the Synagogue")等。

除了上面所提到的这些小说与诗歌外,奥兹克的主要作品还有《一群野蛮的人》(The Cannibal Galaxy, 1983)、《斯德哥尔摩的救世主》(The Messiah of Stockholm, 1987)、《围巾》(The Shawl, 1989)、《帕特迈瑟文件》(The Puttermesser Papers, 1997)、《微光闪烁世界的继承者》(Heir to the Glimmering World, 2004);短篇小说集有《异教拉比及其他故事》(The Pagan Rabbi and Other Stories, 1971)、《流血与其他三个中篇小说》(Bloodshed and Three Novellas, 1976)、《升空:五部小说》(Levitation: Five Fictions, 1982);论文有《艺术与热情》(Art & Ardor, 1983)、《隐喻与记忆》(Metaphor and Memory, 1989)、《名声与愚蠢》(Fame and Folly, 1996)、《争论与窘境》(Quarrel and Quandary, 2000)以及根据小说《围巾》改编的剧本《蓝光》(Blue Light, 1993)。

奥兹克曾说:"我是作为一个美国小说家开始写作的,但写完后则成了犹太小说家。我在写作过程中把自己犹太化了。"② 奥兹克的这番表

---

① 其中有两个章节以"蝴蝶和交通信号灯"(The Butterfly and the Traffic Light)为名收入到《异教拉比及其他故事》集中。
② Quoted in Diane Cole, "Cynthia Ozick" in Twentieth-Century American-Jewish Fiction Writers, Detroit: Gale Research, 1984, pp. 214—215.

白,一方面反映了她的作品是以犹太主题及其价值取向取胜的;另一方面也暗示了她自身,即美国小说家与犹太小说家之间的矛盾。更进一步说,奥兹克的作品主要表现了两种力量,希腊精神(异教)与犹太教文化之间的矛盾冲突。她笔下的人物总是被这两种力量所争取或折磨,而其结局似乎是在暗示一个真正的犹太人,有舍弃一切地来信仰和维护犹太教义的责任。奥兹克的第一部短篇小说《异教拉比》就是讲述了一个颇有才华的年轻犹太拉比,在这两种力量的撕扯下走上人生不归路的故事。她的第一部长篇小说《信任》也表达了相类似的主题。除此之外,奥兹克的作品中还表达了女性主义、二战中德国纳粹对犹太人的屠杀以及现代主义等主题。奥兹克所走过的创作道路,再次说明了一个被许多犹太作家所证明了的事实:无论其所处环境、所受教育如何,也无论其最初写作动机或选择的题材如何,犹太作家最终的精神归宿始终是犹太民族文化以及与此相关的宗教信仰。

奥兹克所以采取这种既"矛盾"又"统一"的写作立场是与其童年的经历分不开的,早年的贫苦生活对她的影响是十分深刻的。奥兹克的父母终日辛勤劳作在自己的小药店里,"还不到40岁的母亲,脚踝上缠着绷带,包扎着往外渗血的静脉曲张的血管。她大步地走来走去,一会儿冲上前[照顾顾客],一会儿又跑去[为顾客拿药品],在地下室楼梯或梯子上爬上爬下;她在药店的柜台后和喷嘴式饮水器柜台后忙碌。像我父亲一样,她从早晨一直站到凌晨一点园景药店关门。"①除了生活贫困外,奥兹克一家所遭受的歧视和屈辱更是给其童年留下了难以摆脱掉的阴影。她曾回忆说,作为犹太移民的孩子,她"经历了许许多多邻居和学校的反犹歧视——被称作杀害基督的人等等恶名"。② 更为不幸的是,她也遭到了犹太学校的拒绝。只是在祖母的坚持下,她才勉强进入了异教徒办的公立学校。奥兹克在后来写给朋友维克多·斯特兰德伯格的信中回忆说,她是就读的那所公立学校里唯一的一个犹太学生。这种处境无疑给年幼的

---

① Cynthia Ozick, "A Drugstore in Winter" in Cynthia Ozick, *Art & Ardor*, p. 302.
② Quoted in J. Chametzky, J. Felstiner, H. Flanzbaum and K. Hellerstein (eds.), *Jewish American Literature: A Norton Anthology*, p. 857.

奥兹克带来深刻的影响。她写道：

> 我的同学有爱尔兰人、德国人、瑞典人，(有些)还是意大利人，而且几乎很平均地分为天主教徒和新教徒(不，我猜信天主教的学生多一些)。我是唯一的一个犹太孩子……那儿有两个天主教堂；我被它们吓坏了。在我上学的路上，我不得不经过其中的一个；因此，我经常双膝颤抖地从它们所在的马路对面快速跑过。①

在一群信仰天主教和新教的孩子中，唯有她是信仰犹太教的孩子。不言而喻，她与其他孩子的冲突是不可避免的。就在同一封信中，奥兹克还记述了她与异教文化的第一次冲突：

> 一个名叫珍妮·琼斯(假名)的女同学转到班里来时，我第一次与祖先是英国新教徒的美国人相遭遇——她是从一个称为"中西部"的神秘的地方转过来的。那是在二年级，我清楚地记得我们在举行"交友谈话"。珍妮·琼斯用标准的问题开始问我："辛西娅，你是什么？"(这样问总是指你的宗教信仰是什么。)我回答说："我是犹太人。""嗯，但你是新教徒还是天主教徒？"我回答说："我是犹太人。"珍妮·琼斯有些激怒……"嗯，我知道，你已经说过了。但你是新教徒还是天主教徒？"我回答说："我是犹太人。"珍妮·琼斯(现在真的激怒了)："好吧，好吧，你是犹太人。**但是，你是新教徒还是天主教徒？你总得是其中的一个！**"②

后来，奥兹克在《冬日里的药店》一文中，又再次重述了童年时所受到的屈辱："在公立第71小学上学时，我因被捉到不唱基督颂歌而在开大会时当众受辱；在公立第71小学，我不断地被指责为杀神者。"③对奥兹克

---

①② Cynthia Ozick, "Letters to Victor Strandberg" (6/6/1990) in Victor Strandberg, *Greek Mind/Jewish Soul*, Madison: The University of Wisconsin Press, 1994, p. 6.
③ Cynthia Ozick, "A Drugstore in Winter" in Cynthia Ozick, *Art & Ardor*, New York: E. P. Dutton, 1984, p. 302.

来说,"这些点点滴滴的生活将会永远存留下来。"①1939年第二次世界大战爆发,欧洲犹太人惨遭杀戮,这给少年时代的奥兹克在感情上又造成了极大的伤害。她在随后的作品,如短篇小说《围巾》("The Shawl")中,表达了对这场惨绝人寰的种族灭绝的悲愤和"对西方文明/基督教文明的弥漫性的仇恨"。因此说,奥兹克在作品中所真正关心的"不是生物的/政治的,而是文化的;不是女性身份而是犹太身份"。② 一句话,犹太性高于一切。这也就是为什么奥兹克会"用刻骨的信仰坚持认为犹太'差别'的重要性。"③

奥兹克对自己的犹太人身份毫不讳言。在美国,许多犹太作家不愿以犹太作家自称,④然而,奥兹克却像辛格一样,敢于坦陈自己的犹太性。她在《走向新的意第绪》一文中说:"我的阅读变得越来越急迫,尽管阅读面越来越窄,我不再看很多'文学作品'了。我看书的主要目的不是发现怎样做一个犹太人——我自己本人生活的每天经历已经告诉我了——而是发现怎样像一个犹太人一样思维。"⑤尽管她认为其阅读目的是为了发现犹太人的思维方式,而并不是怎样做一个犹太人,但是如果顺着奥兹克的论述脉络来看,会发现她的"犹太人思维"方式,首先还是体现在怎样做一个犹太人之中的。她认为,

> 做犹太人不只是长着卷发具有被异化、边缘化的情感。简单地说,做犹太人就要[与上帝]缔结契约;或者说,如果不是如此投入,至少要意识到有缔结契约的可能性;或者,最低限度要意识到契约论的存在……如果说做犹太人就是要缔结契约的话,那么,不把这一点考虑

---

① Cynthia Ozick, "A Drugstore in Winter" in Cynthia Ozick, *Art & Ardor*, New York: E. P. Dutton, 1984, p. 304.
② Victor Strandberg, *Greek Mind/Jewish Soul*, Madison: The University of Wisconsin Press, 1994, p. 6.
③ *Ibid*., p. 18.
④ 参见本书"绪论"。
⑤ Cynthia Ozick, "Toward a New Yiddish" in Cynthia Ozick, *Art & Ardor*, New York: E. P. Dutton, 1984, p. 157.

在内就去写有关犹太人的作品,就会忽视所有问题中最深刻的一点。①

犹太传统观点认为,相信不相信或遵守不遵守犹太人与上帝所立的契约,对犹太人来说是赖以生存的大事件,抑或说是检验犹太人信教与不信教的试金石。奥兹克强调犹太教中的"契约论",一方面说明她信仰的是正统犹太教,坚持犹太传统中最根本的东西;另一方面也是在强调犹太人的道德责任而非偶像崇拜。她在另一篇《作为偶像的文学:哈罗德·布鲁姆》的文章中重申了这一思想。②

总而言之,奥兹克尽管"不是一个宗教学家、文学批评家或犹太历史学家",③但在有限的创作生涯中,她不遗余力地阐发对犹太宗教、历史以及文化的认识,使之成为一位实践着的犹太宗教学家、文学批评家以及犹太历史学家的作家。奥兹克的犹太性,主要是体现在对犹太身份的坚持、对犹太历史的尊重以及对犹太传统思想(如契约论)的坚持上。这在二战后普遍怀疑上帝是否遵守了契约的犹太世界中显得尤其难能可贵。

奥兹克的创作题材十分广泛,"犹太人的过去、二战犹太人大屠杀的重负、《圣经》、所有犹太人的思想与文学、宗教本身以及那些实践这个宗教的男人和女人们——这些都是辛西娅·奥兹克小说的题材。"④不过,总结起来,她的创作主题主要集中在以下三个方面:犹太文化身份、二战中犹太人所蒙受的灾难以及女性主义。犹太文学批评家约瑟芬·Z. 诺普曾指出:"作为一位作家,犹太性和犹太教是辛西娅·奥兹克在作品中所关切的中心问题。"⑤她援引奥兹克的《全世界人都想让犹太人死》一文说:"不只是这个题目惊人;奥兹克还真诚地关心'犹太人生

---

① Cynthia Ozick, "Bech, Passing" in Cynthia Ozick, *Art & Ardor*, p. 123.
② Cf. Cynthia Ozick, "Literature as Idol, Harold Bloom" in Cynthia Ozick, *Art & Ardor*, p. 188.
③ Harold Bloom, *Cynthia Ozick*, New York, New Haven, Philadelphia: Chelsea House Publishers, 1986, Introduction, p. 1.
④ Diane Cole, "Cynthia Ozick" in *Twentieth-Century American-Jewish Fiction Writers*, p. 224.
⑤ Josephine Z. Knopp, "Ozick's Jewish Stories" in Harold Bloom, *Cynthia Ozick*, p. 21.

存的不可靠性'"。①毋庸置疑,诺普的评价是中肯的。奥兹克在作品中孜孜不倦、直接或间接地讲述犹太人为自己的民族文化身份而焦虑,为抵御外来压力、诱惑以及为坚持自己的文化传统、宗教信仰而斗争的故事,凸显了她对犹太人在现代社会中生存背景不可靠性的深刻关注。需要指出的是,奥兹克在作品中将造成这种不可靠性的原因不只是归咎为外部原因——异教徒对犹太人的迫害,而且认为本民族内部也有责任,即人民信仰的不够坚定、对自己犹太身份、犹太文化传统等的忽视或背弃。她的第一部短篇小说《异教拉比》和第一部长篇小说《信任》就表现了对这些问题所展开的思考。

二、考恩费尔德拉比:犹太文化重负的象征

一般说来,奥兹克的主要创作思想都凝聚在她的短篇小说中。因此,下面就以分析她的短篇小说为主。

奥兹克在《异教拉比》中主要表达了对犹太身份和犹太文化传统等方面的认识。表面看,该小说的故事情节并不复杂,主要叙述了男主人公艾萨克·考恩费尔德拉比自杀身亡的故事。故事的叙述者在考恩费尔德自杀身亡后,从他的妻子希恩戴尔那里看到了其死前写的日记和留下的信件,由此了解了事情真相的原委:考恩费尔德原本是一位"虔诚、有头脑"、②十分出色的犹太拉比,但由于受到异教的诱惑,放弃了对上帝的信仰和对经书的研读,转而热爱自然并与林中的精灵幽会,结果因追求"灵魂自由"而耽于感官享乐。最后,在他的灵魂被精灵摄走后,在纽约公园的树上用祈祷用的围巾自缢身亡。

奥兹克在此运用象征的手法,通过这个看似简单的故事,形象地反映了数千年来犹太人的文化重负。她在小说的开篇就借人物之口提出了一个重要的命题:"哲学是一件令人厌恶的东西。"③叙述者和主人公考恩费

---

① Josephine Z. Knopp, "Ozick's Jewish Stories" in Harold Bloom, *Cynthia Ozick*, p. 21.
②③ Cynthis Ozick, "The Pagan Rabbi" in Cynthia Ozick, *The Pagan Rabbi and Other Stories*, New York: Alfred A. Knopf, 1971, p. 3.

尔德拉比的父辈尽管相互竞争，言语不和，但他们在看待哲学与犹太教关系方面还是完全一致的。考恩费尔德拉比的父亲认为："希腊人都是些哲学家，但他们还处于玩玩具的孩童期。即便是苏格拉底，那个一神论者，也给庙宇送钱，为他们的玩偶缴香火钱。"①希腊哲学与犹太教是两种截然不同的对世界和人生的认知系统。在奥兹克看来，希腊哲学主张崇拜偶像、投身自然以及精神自由，而犹太教则如小说题词所说的那样，不能心有旁骛，要戒除杂念，一心一意地侍奉犹太人唯一的神和研读犹太经书。小说的题词说：

> 雅各布拉比说："如果有边走边学习的人停下来评价说'那棵树多么可爱！'或'那片休耕地多么漂亮！'——《圣经》认为这样的人伤害了自己。"
>
> ——引自《父辈的道德》②

子承父业的考恩费尔德拉比的故事就是对这条引文的最好诠释。他就是那个边走边学习并停下来评价那棵树、那片休耕地的人。换句话说，正由于他违背了"父辈的道德"而"伤害了自己"——爱上林中精灵后被摄走灵魂。

奥兹克对考恩费尔德拉比的态度是矛盾的。在创作中，她不直接指出考恩费尔德拉比是对还是错，而是采用将事情正反两方面都摆出来的方法，一方面为考恩费尔德拉比的出轨而倍感痛惜；另一方面似乎也在重新审视两千多年来的犹太文化传统。笼统说来，奥兹克在这里主要提出了两个长期困惑犹太人的问题：一是犹太经书与人的身体之间的关系；二是如何看待犹太人对待传统文化的态度。这两个问题并非是毫不相干的，而是相互关联和制约的。

在对待犹太经书与人的身体之间的关系上，考恩费尔德拉比的妻子

---

①② Cynthis Ozick, "The Pagan Rabbi" in Cynthia Ozick, *The Pagan Rabbi and Other Stories*, p. 3.

希恩戴尔的说法代表了犹太人的传统观点。她说:"他们[异教徒]对身体看得比我们重。我们的书是神圣的,对他们来说,身体是神圣的。"① 据此,在犹太传统的信守者希恩戴尔看来,考恩费尔德拉比放弃对犹太经书的研读,转而追求身体自由、热爱自然、贪图感官享乐,最后又自缢身亡则完全是一种背教行为,是不值得同情和饶恕的。但是,从奥兹克对考恩费尔德拉比丢失灵魂的详尽描写以及故事的结局来看,作者对考恩费尔德拉比这一人物的行为似乎又是充满同情的。奥兹克是这样描写考恩费尔德拉比丢失的灵魂:

"'什么都没有,只有一个全身满是灰尘的老人步履艰难地在那儿走着。'

"'一个很丑的老人?'

"'是的,就是这些。我的灵魂不在那儿。'

"'他留着打结的胡子和粗犷的眉毛?'

"'是的,是的,有一个这样的老人在路上走。他半弓着背驮着一个布满灰尘的旧袋子。那袋子里装着书——我能看见它们松开的封皮露了出来。'

"'他边走边看书?'

"'是的,他边走边看书。'

"'他在看什么书?'

"'一本大得吓人的书,像石头一样沉重。'……他看上去很悲哀!他脸上笼罩着那种如此古老的疲惫!他脖子上有被鞭子抽打过的印痕。他的脸颊像古老的旗帜那样折叠起来,他咏诵着律法书,呼吸着灰尘。"……②

其实,这些沉重的笔墨已不能仅仅用同情来涵盖,而是对整个犹太民族滴

---

① Cynthis Ozick, "The Pagan Rabbi" in Cynthia Ozick, *The Pagan Rabbi and Other Stories*, p. 12.

② *Ibid*., pp. 34—35.

血的唁叹。考恩费尔德拉比的灵魂就是犹太文化传统的缩影。两千多年来,犹太人已经被像石头一样沉重的民族传统压弯了脊梁。他们在孤独地承受民族灾难的历史行走中,固执地坚守着自己的信仰和在传统文化中寻找历史的答案。这是怎样的一个沉重而又悲凉的灵魂。考恩费尔德拉比终于不堪重负,在与林中精灵的狂欢中丢弃了自己的灵魂。

如果从现代人的思想出发,考恩费尔德拉比追求身体和精神的自由也有其合理的一面。但奥兹克并没有纠缠于此,而是把这一切都看作是整个民族寓言的一个部分:没有了灵魂的考恩费尔德,虽然还能"在路上一跳就能飘游起来",①但是随着黎明的到来他就会变丑、萎缩,直至成为"空心人"而自缢身亡。奥兹克这样写,不但说明了她对犹太文化和历史的深刻理解,而且也表明了她坚定的犹太立场。

在小说的开篇,有一个细节设计得颇有意味。故事叙述者的父亲失音了,直到去世时也未能说出话来。其原因是他的儿子——小说的叙述者没能遵照父辈的意愿,成为一个虔诚的犹太学者,而是退出犹太学院并娶了一位异教女子为妻。奥兹克在这里做此种安排似乎表明了两层意思:其一,说明父辈对年轻一代的选择已经没有话语权了,只能选择"失语";其二,说明犹太人离开了自己的群体是不会幸福、快乐的。也就是说,犹太人最终是无法和异族人"同化"的。从小说提及的有关叙述者的状况来看,叙述者生活得并不好,不但和妻子离婚了,而且工作也不很遂心如意。在小说的结尾,这个叙述者虽已不再信仰犹太教,但还是具有一颗同情心。他很想娶考恩费尔德拉比的遗孀希恩戴尔,这实际意味他要回归犹太教,但是由于希恩戴尔对自己已故的丈夫缺乏应有的同情心,因而他最终决定还是选择放弃。

这个结尾为读者留下了许多悬念,也给读者把握奥兹克的文化与道德价值立场增加了因难:既不能据此说奥兹克赞成叙述者的选择,但也不能忽视他的这个选择在奥兹克小说中的重要意义。

---

① Cynthis Ozick, "The Pagan Rabbi" in Cynthia Ozick, *The Pagan Rabbi and Other Stories*, p. 35.

奥兹克在另外两部较有代表性的短篇小说《嫉妒,或者,意第绪在美国》("Envy; or, Yiddish in America")和《小提箱》("The Suitcase")中,也都以其独特的叙事方式深刻地反映了犹太人与非犹太人之间的文化碰撞,并借此表现了犹太人的精神气质。

三、《围巾》:一位犹太母亲的无奈

奥兹克的另一个重要创作主题是反映二战中犹太人所蒙受的灾难。短篇小说《围巾》("The Shawl")是反映这一主题的代表作品。《围巾》最初发表在《纽约客》上,①后来收入在以这个短篇小说命名的中短篇小说集《围巾》中。②

《围巾》主要讲述了二战期间一位犹太母亲,在德国纳粹集中营的悲惨遭遇。在严寒刺骨的深冬里,母亲罗莎怀抱着包裹在围巾里一岁多的小女儿玛格达,跟着大批犹太难民在德国纳粹士兵的武装押送下艰难地向"死亡"行进。她饥寒交迫,但却不敢停留片刻,否则"他们会开枪"③;她也不敢把怀中的婴儿让其他的妇女帮忙抱一会,担心她们"会感到惊讶,或害怕";或"会丢下那围巾,玛格达也会因此而从围巾里掉了出来,头摔在地上死去"。④围巾里的小玛格达开始时还吸吮着母亲的奶汁,但不一会儿就放弃了。母亲的乳房已干瘪了,小玛格达也已经没有哭叫的力气了。一个约莫有十四五岁的小女孩斯特拉与罗莎同行。在饥寒交迫的侵袭下,她也很想偎依到罗莎的怀里吸吮几口乳汁,或者用围巾裹起自己以抵御严寒。她嫉妒地看着罗莎怀里的小玛格达,恨不能一口把她吞下去。后来,斯特拉终于夺走了围巾,玛格达死去了。

这是一部故事情节十分简单的小说。故事的背景是德国纳粹集中营,但是,奥兹克并没有直接讲述德国纳粹所实施的种族灭绝的罪行,而是聚焦于一位犹太母亲如何拼命地想让自己一岁多的小女儿玛格达活下来。小说中有三个主要人物和一个道具,即母亲罗莎、斯特拉以及罗莎的

---

① Cynthia Ozick, "The Shawl," *New Yorker*, 56, 26 May 1980, pp. 33—34.
② Cynthia Ozick, *The Shawl*, New York: Alfred A. Knopf, 1989.
③④ *Ibid.*, p. 4.

婴儿玛格达和围巾。其中,围巾在小说中起到了重要的作用,它把上述的三个人串联在一起。这个小说的背景是模糊、朦胧的,作者只是笼统说这些犹太人将被押送到某个地方,而没有交代他们具体要到哪里。读者只有从若有若无、似明还暗的线索中体悟到他们是在走向死亡。

小说的情节、结构尽管较为简单,但其主题却有"两明一暗"的三个,母性的伟大、人的求生本能和德国纳粹的罪恶。母性的伟大主要表现在罗莎为了让孩子生存下去,把剩下的一点饭给孩子吃,把唯一能保暖的围巾裹在了孩子的身上;不管多么疲劳,她都会紧紧把孩子抱在怀里,生怕被人抢去吃了。但除了母性之外,罗莎也有求生的本能,即当孩子掉在地上死去后,她没有像一般的母亲那样哭着扑过去,而是站在那里,连叫喊一声都没有。因为,她知道:

> 如果她跑过去,他们就会向她开枪;如果她想抱起玛格达骨瘦如柴的僵硬的尸体,他们就会向她开枪;如果她让那从她骷髅架般的身体里蹿升上来的狼一般的哀号迸发出来,他们就会向她开枪。因此,她拿起玛格达丢下的围巾,堵住了自己的嘴,往里塞,往里塞,直到她咽下那狼一般的哀号……①

为了不被德国纳粹打死,她只有强行把哀号死死咽进心里。最为神圣、崇高的母性终于被求生的本能所压倒。花季少女斯特拉也是如此,她为了使自己能暖和一些,抢走了裹在玛格达身上的围巾,结果导致了婴儿的死亡。其实,无论是罗莎的"冷漠"还是斯特拉的"自私",都是由德国纳粹一手造成的。即他们用死亡来威逼这些善良的女性,迫使她们的天性、本能遭到扭曲。也就是说,最后一个主题,即声讨德国纳粹所犯下的滔天罪行是在前两个主题的展开中逐渐地凸显出来的。

纵观奥兹克的创作,她的表达女性主义思想的作品比较多,甚或可以说,女性主义思想就像犹太主题一样,渗透到了奥兹克的所有作品之中。

---

① Cynthia Ozick, *The Shawl*, p. 10.

据她的好友维克多·斯特兰德伯格回忆,奥兹克对女性主义的兴趣是在上学期间开始的。他说,1951年,奥兹克在哥伦比亚大学读研究生的期间,有一门讨论课是由著名犹太作家、批评家莱昂内尔·特立林主持的。他班上只有两位女学生——奥兹克和另外一位较年长的同学。这位同学在班上发言说话的语速奇快,而且充满敌意,因此得罪了特立林。特立林在给奥兹克学期论文写评语时,误把她当成了那位较年长的女同学。于是,毫不留情面地把她狠狠地奚落了一通。① 当奥兹克踏入社会后,就更加深刻地体验到了社会对女性的歧视。不过,她也不赞成传统女性主义者的观点,即认为不应该强调女性在性别方面的差异性。奥兹克在较能代表其女性主义文学主张的论文《文学与性别的政治:一种异议》中指出:"用一种过强的女性意识进行写作的女性,追求的不是写作,而主要是性别政治。一个新的政治术语出现了:女性作家,它不是一种描述性的——就像人们说'长着棕色头发身材瘦长的作家'——而是作为政治语言的一部分。"② 她认为:"文学中有人性的组成部分,它不依据性别区分作家。"③ 因此,她主张"在艺术方面,女性主义的概念是反对分离的。这就意味着要取消这种虚构的区分,并宣称这种想象不能自由'释放',因为它已经是自由的"。④ 如果结合着奥兹克本人的创作情况来看,会发现她的这些思想与观点在其作品中都得到了较好的体现。

总之,奥兹克的创作主题明确、文体多样、题材广泛,为美国犹太文学殿堂贡献了许多民族特色异常鲜明的作品。而且,她的一些创作手法、创作主张以及叙事技巧都很值得做进一步的深入探讨。

---

① Cf. Victor Strandberg, *Greek Mind/Jewish Soul*, pp. 12—13.
② Cythia Ozick, "Literature and the Politics of Sex: A Dissent" in Cythia Ozick, *Art & Ardor*, p. 284.
③④ *Ibid.*, p. 285.

第十章 艾萨克·巴舍维斯·辛格

艾萨克·巴舍维斯·辛格(Isaac Bashevis Singer,1904—1991)①是当代美国著名犹太作家。1978年,他获得诺贝尔文学奖,成为继索尔·贝娄之后第二位获得此项大奖的美国犹太作家。他的创作在美国现代文学中占有重要的地位。英国著名学者朱迪·纽曼曾经指出:对辛格而言,"犹太传统就像他自己的皮肤一样附着在身上——非常熟悉它,受制于它,恼怒中抓搔它,愤懑时辱骂它。与此同时,作为犹太传统的信徒和最严厉的批评者,辛格作为一个作家,全部继承了哈西德文化的遗产。"②纽曼的评价深刻地揭示了作为作家辛格及其作品的丰富性和复杂性。

第一节 生平与创作

辛格于1904年7月14日出生于波兰莱昂辛小镇里的一个犹太拉比世家。他的父亲平查斯·迈纳切姆(Pinchas Menachem)是一位笃信哈西德教派的犹太拉比。辛格对父亲非常尊敬,认为他是当时为数不多的几位"严肃认真地对待宗教,完全用宗教教育子女"的拉比。③ 父亲给辛

---

① 以下介绍性的基本资料主要参见 Barbara Frey Waxman, "Isaac Bashevis Singer" in Daniel Walden (ed.), *Twentieth-Century American-Jewish Fiction Writers*, pp. 297—305, 不另作注。
② Judie Newman, "Foreword" in Guo Qiang Qiao, *The Jewishness of Isaac Bashevis Singer*, p. 9.
③ Isaac Bashevis Singer, *A Little Boy in Search of God: Mysticism in a Personal Light*, Garden City: Doubleday, 1976, p. 2.

格创作所带来的影响是显而易见的：一、辛格在作品中所宣扬的人道主义、反对犹太人受异教同化，以及对上帝的信仰等都能在哈西德教义中找到根源；二、辛格创作了大量与哈西德教派相关的小说。从某种意义上说，辛格这种做法的本身就是在宣扬和实践哈西德教派教旨。因为哈西德教派认为，"讲述和聆听有关哈西德教派的故事本身就是从事哈西德教派的活动。"①辛格的母亲出生于一个犹太拉比世家，受过良好教育。不但能阅读用希伯来文写的《塔木德》，甚至还能背诵《圣经》。② 这在当时对一个犹太妇女来说，是十分难能可贵的。母亲还崇尚理性，对犹太教中的一些传说，特别是一些迷信的说法持怀疑态度，因此，常常在家里与丈夫展开争论。辛格十分惊讶于母亲的睿智，但也很同情父亲的迷信、愚钝。不过，辛格在家庭中所受的影响主要还是来自哥哥。他的哥哥以斯雷尔·乔舒亚(Israel Joshua)是位"世俗主义者"，深受犹太启蒙运动的影响，积极参加社会各种活动，追随时代的潮流，被辛格视为精神上的父亲。乔舒亚曾对辛格说："没有上帝。他从来也没跟摩西讲过话，也没让他作出这些献祭。所有的存在不过是自然而已，自然不知道什么是同情。"③辛格虽然不完全同意哥哥的这一说法，但有关上帝残酷无情、不讲正义的议论却深深地刺痛了他，并让他终生难忘。④ 这也是为什么在辛格的作品中，对上帝的诘问和批判构成了一个十分重要的主题。

1914年，哥哥乔舒亚把陀思妥耶夫斯基的小说《罪与罚》送给了辛格，这是他第一次接触世俗书籍。陀思妥耶夫斯基作品中所表现出来的孤独、非理性以及罪恶等情绪，对少年辛格产生了深刻的影响。五十多年后，辛格对此还耿耿于怀，并坦承陀思妥耶夫斯基对他的创作影响很大。⑤

---

① Alan L. Berger, *Crisis and Covenant: The Holocaust in American Jewish Fiction*, p. 41.
② Israel Ch. Biletzky, *God, Jew, Satan in the Works of Isaac Bashevis Singer*, Lanham, New York and London: University of America, Inc., 1995, p. 7.
③ Isaac Bashevis Singer, *Love and Exile: The Early Years—A Memoir*, London: Jonathan Cape, 1985, p. xxii.
④ Cf. Isaac Bashevis Singer, *Love and Exile: The Early Years—A Memoir*, xxii.
⑤ Cf. L. S. Friedman, *Understanding Isaac Bashevis Singer*, Columbia, South Carolina: University of South Carolina Press, 1988, p. 3.

1917年，辛格陪同母亲回到她的故乡毕尔格雷，一住就是四年。毕尔格雷是一个远离华沙的偏远小村落，所以仍保留着两个世纪前遭到哥萨克人袭击破坏时的样子——颓败、古朴和与世隔绝。辛格来这里时正处于思想的形成时期，这无疑对他日后的创作将产生影响。他在回忆录《在我父亲的法庭里》(In My Father's Court, 1966)中曾这样记载了那个小村落对他的冲击："在这个古老的犹太世界里我发现了一种精神瑰宝。我有机会看到我们真实的过去。时间似乎倒流了回来。我经历了犹太历史。"[1]辛格对犹太历史的真实感受正是从那时开始的。换言之，毕尔格雷小镇成为久久缠绕他的精神家园的幻影。他的著名长篇小说《格雷的撒旦》和《奴隶》就是以此为背景写成的。而且，他随后几乎所有的作品都或多或少地带有毕尔格雷的影子。

1921年，辛格没有跟随母亲和弟弟到父亲任犹太拉比的社区，而是去了华沙的一所犹太拉比学院学习。后来，因饥饿和厌倦学院乏味的学习生活，辛格又回到了毕尔格雷小镇，勉强以教书为生。1923年，他回到华沙，为一家意第绪语文学杂志(Literarische Bletter)做翻译和校对工作。辛格早期的一些短篇小说就发表在这个杂志上。20世纪20年代是辛格创作风格、题材以及语言特点形成的时期。

在两次世界大战的间隔期间，辛格在波兰华沙以记者的身份开始了其写作生涯。但在这时，他意识到自己留在华沙的意义已经不大了。1929年，就在辛格的儿子出生的那一年，父亲去世，母亲则和弟弟仍然滞留在加利西亚；已婚的姐姐远走他乡，到英国去了；哥哥也已移居到美国。而他的女友卢尼娅是一位狂热的共产主义者，向往苏联，准备带着他们的儿子前往俄罗斯。因此，他听从哥哥的劝告，于1935年迁居美国纽约。在哥哥的安排下，为犹太人主办的《犹太每日前进报》做自由撰稿人。他后来回忆说：

我来到这个国家后，感到非常失望。那时我感到——比我现在认为

---

[1] Isaac Bashevis Singer, *In My Father's Court*, New York: Farrar, Straus, 1966, p. 290.

的还要严重——意第绪语在这个国家没有前途。在波兰,我离开时,意第绪语还很有生命力。我到这儿来后,我感到意第绪语好像已经消亡了:非常令人沮丧。结果是,有五六年,或者甚至有七年,我一个字都写不出来。那些年,我不但没能发表任何东西,而且写作也变得非常困难,我的语法成问题,写不出一个有价值的句子。①

从波兰华沙到美国纽约,辛格经受了一场严重文化挫折的打击。为此,他甚至一连几年都写不出一个字。这种"文化阻隔"直到1943年才被打破。这一年,他的长篇小说《格雷的撒旦》得以再版,另外还发表了五个短篇小说。1944年,哥哥乔舒亚因病去世,这对辛格的触动很大。翌年,他开始动手写作长篇小说《莫斯凯家族》,从在书中扉页的致谢词中能看出他对哥哥的敬佩之情:

我以此书缅怀我刚刚去世的哥哥 I. J. 辛格,他是《阿什科纳兹兄弟》一书的作者。对我来说,他不仅是兄长,而且还是精神父亲和师傅。我总是将他作为具有崇高道德品质和忠实的文学情操的人而仰慕他。他尽管是一个现代人,但他却有着虔诚祖先所拥有的所有的伟大品质。②

《犹太每日前进报》在 1945 年到 1948 年间连载了《莫斯凯家族》;1950 年又以书的形式同时出版了意第绪文版和英文版的《莫斯凯家族》。这是辛格第一部被翻译成英文出版的长篇小说,总共销售了三万五千册。这部小说的出版与随后在 1953 年由索尔·贝娄翻译出版的短篇小说《傻瓜吉姆佩尔》一起,为辛格步入美国现代作家的行列奠定了基础,并引起文学评论界的广泛重视。

美国文学批评家 L. S. 弗莱德曼认为,"与其他作家相比,斯宾诺莎更

---

① Joel Blocker and Richard Elman, "An Interview with Isaac Bashevis Singer", *Commentary*, November, 1963, p. 369.

② Isaac Bashevis Singer, *The Family Moskat*, London: Jonathan Cape, 1966, Acknowledgements.

有力地动摇了辛格的犹太正统思想。"①的确，斯宾诺莎的宗教、哲学以及伦理学的思想对辛格的世界观、宗教观以及人生观的形成都产生了很大的影响，但让辛格触动最大的是斯宾诺莎宗教哲学中关于上帝的思想。斯宾诺莎认为，上帝只是存在于哲学的范畴里，而不是像犹太教里所宣扬的那样无所不知，无所不在，且具有大慈大悲的心怀。不过，辛格虽受斯宾诺莎的影响很深，但他并不是不加批判地接受斯宾诺莎的观点，如他在责备上帝的同时，又常常用斯宾诺莎的思想来反讽斯宾诺莎关于上帝是一个绝对无限存在，一个有着无限属性的实体的观点。另外，斯宾诺莎关于"自然倾向"(Conatus)的概念，即"执意生存的努力是生物的本性"②对辛格也造成很大影响。斯宾诺莎认为，一个人的行为只有不受情感的约束才是道德的。也就是说，人只有意识到自己的情感是一种生存的必需才是道德的。人可以通过接受这种必需，明白如何来把握它而不是躲避它，才能获得自由。辛格认同斯宾诺莎的"自然倾向"说，但他的认同在很大程度上也不是全盘的接受，而是一种批判的接受。他常常在文学作品中以生动的人物形象和故事情节说明在现实生活中，特别是在世界上"反犹主义"盛行的社会现实中，斯宾诺莎的"自然倾向"说是行不通的。在辛格看来，犹太人生活在一种不确定的、边缘化的，有时甚至是遭受迫害的环境里，他们想要按照"自然倾向"的法则生活常常是灾难性的。

就文学创作的思想和风格而言，辛格更多受果戈理和陀思妥耶夫斯基的影响。辛格在他的回忆录、访谈以及其他文学作品中，多次提到陀思妥耶夫斯基的《罪与罚》。据辛格本人称，《罪与罚》是他看过的第一部世俗小说。③ 陀思妥耶夫斯基作品中所反映出来的下层社会那种孤独、非

---

① Cf. L. S. Friedman, *Understanding Isaac Bashevis Singer*, p. 4.
② Genevieve Lloyd, *Spinoza and the Ethics*, London: Routledge, 1996, p. 6.根据吉勒斯·德勒兹(Giles Deleuze)的解释，斯宾诺莎关于"自然倾向"的概念有不同的几个定义：机械的（保护、维持、坚持）、动力的（增加、促进）以及辩证的（反对反对者，否定否定者）。简言之，对德勒兹而言，斯宾诺莎的"自然倾向"论，"无论在何种情况下，都是用来界定生存方式的权利。我所要做的一切都是为了能继续生存下去，以某种情感的方式，在一定的引起情感因素的影响下——所有这一切都是我的自然权利。" Giles Deleuze, *Spinoza Practical Philosophy* (San Francisco: City Lights Books, 1988), pp. 101—102.
③ Cf. L. S. Friedman, *Understanding Isaac Bashevis Singer*, p. 2.

理性、犯罪以及扭曲的生活和果戈理作品中的民族性等,都对辛格产生了很大的影响。1970年,辛格在与戴维·安德森的谈话中承认他"受果戈理的影响比受俄国犹太作家肖洛姆·阿莱汉姆的影响要大得多"。① 后来他在与理查德·伯金的谈话中又强调指出:

> 你可以说果戈理政治上幼稚或反动,但他却牢牢坚持乌克兰民族的这个根。这个说法不是用来否认其他民族的东西。你应该充分利用你的血统和教养……当你谈论一个作家时,你总要提到他的民族,他的语言。与其他艺术家相比,作家更是属于他们的民族,他们的语言,他们的历史以及他们的文化。他们既高度个性化,又高度地与他们的血统相连。②

辛格向果戈理学习,在创作中自始至终都将自己的民族性融到作品之中去。他使用犹太人民的民族语言——意第绪语写作,写的都是有关犹太人的生活、欢笑或痛苦。在他作品中出现的意象、场景,甚至人物的举止言谈,都无不深刻地鼓荡着犹太民族文化的气韵。

辛格一生的创作可用卷帙浩繁来形容。他的全部作品都是先用意第绪语写成,然后再由他人或与他人合作翻译成英文出版。到目前为止,辛格翻译成英文出版的长篇小说共有11部,回忆录5部,短篇小说集12部。按照英文版出版年限排列,其主要作品有:《莫斯凯家族》(*The Family Moskat*, 1950)、《格雷的撒旦》(*Satan in Goray*, 1955)、《卢布林的魔术师》(*The Magician of Lublin*, 1960)、《奴隶》(*The Slave*, 1962)、《在我父亲的法庭里》(*In My Father's Court*, 1966)、《庄园》(*The Manor*, 1967)、《财产》(*The Estate*, 1969)、《敌人:一个爱情故事》

---

① David Andersen, "Isaac Bashevis Singer: Conversation in California" in Edward Alexander, *Isaac Bashevis Singer—A Study of the Short Fiction*, Boston: Twayne Publishers, 1990, p. 87.
② Singer and Richard Burgin, *Conversation with Isaac Bashevis Singer*, New York: Doubleday, 1985, pp. 64—65.

(*Enemies*, *A Love Story*, 1972)、《肖霞》(*Shosha*, 1979)、《忏悔者》(*The Penitent*, 1983)、《爱与流亡：早年的生活——一部回忆录》(*Love and Exile: The Early Years—A Memoir*, 1984)、《哈德逊河上的阴影》(*Shadows on the Hudson*, 1998)等。另外，还有未以书的形式出版的长篇小说：《违反教规的弥赛亚》(*The Sinning Messiah*, 1935 年至 1936 年在《犹太每日前进报》上连载)、《驶往美国的船只》(*A Ship to America*, 1957 年在《犹太每日前进报》上连载)以及《亚玛与凯勒》(*Yarme and Kayle*, 1976 年在《犹太每日前进报》上连载)。但若按照辛格小说中的时代背景来分，则大致可分为三个时期：17 世纪、19 世纪以及 20 世纪。以 17 世纪为背景的小说主要有《格雷的撒旦》和《奴隶》；以 19 世纪为背景的小说主要有《卢布林的魔术师》《庄园》以及《财产》等。《莫斯凯家族》的时代背景，则横跨了 19 和 20 两个世纪；《敌人：一个爱情故事》《哈德逊河上的阴影》以及《忏悔者》等则是以 20 世纪中期为背景写成的。

到目前为止，辛格的小说翻译成英文的有 11 部，每一部都堪称体大思精，蕴含着非常厚实的思想、文化内涵。在一个章节里对所有这 11 部小说一一作出分析、解剖显然是不可能的。因此，我们只能从辛格小说中所主要反映的三个时代背景，从每一个时代背景中选出一部具有代表性的长篇小说来解读。为了讨论上的方便，将在下面四节中按类别或主题来讨论。

第二节 不同历史时期的三部代表作

按照辛格用意第绪语创作的时间来划分，《格雷的撒旦》应该是他的第一部长篇小说。这部小说最初创作于 1933 年，从 1934 年起开始在波兰的一家文学刊物上连载，1935 年用意第绪语出版了整部小说。[①] 1955 年由美国埃文书社(Avon Books)出版英文版后，立即引起了批评界

---

① 辛格随后出版的所有长篇小说，不管是意第绪语版，还是英文版，都首先在刊物上发表，然后才成书出版。

的反响和重视。

这部小说讲述了 17 世纪 60 年代间发生在波兰犹太社区的故事。1648 年,哥萨克首领伯格丹·克梅尔尼基(Bogdan Chmelnicki)因在与波兰人的战争中没能取胜,而迁怒于犹太人。为发泄其愤恨之情,便下令屠杀犹太人。在这次的屠杀中,大约有 25 万波兰和乌克兰犹太人被杀,许多犹太社区被焚毁。数万幸存的犹太人被迫皈依基督教,另有数万犹太人虽从战争中幸存了下来,却因拒绝改宗而又惨遭杀害。这场史无前例的浩劫直接威胁到欧洲犹太人的生存,那些心灵遭受创伤却又无力反抗的犹太幸存者转而期盼弥赛亚[①]的降临。辛格在小说《格雷的撒旦》中描写了这次大屠杀对犹太社区的毁损和给犹太人身心所造成的深刻影响。在小说的开篇,辛格作了这样的描述:

> 他们宰杀了所有的人,活剥了男人的皮,谋杀了小孩;他们强奸妇女后,又将她们的肚子豁开,把猫缝了进去。许多人逃往卢布林,另有许多人受了洗礼,或者被卖为奴隶。格雷这个曾以学者和才艺出众人士而闻名的小镇现在却成为一片废墟。农民来进行贸易的市场疯长着野草,教堂里的祈祷间和习经间堆满马粪,士兵曾把那里当成马厩。多数房屋被大火焚毁。格雷遭袭后,数周里街道上尸体横陈,没人理睬。野狗拖着残肢断腿,秃鹫和乌鸦啄食着人类的肉体。少数幸存者离开了城镇,好像格雷这个城镇被永远地抹去了。[②]

遭遇劫难后的格雷小镇令人惨不忍睹,辛格对外族人的残暴行为显然异常愤怒。然而他的深刻、独到之处是:在小说中,他并不仅仅把笔墨停留在格雷小镇以及镇中的人如何地被侵害、蹂躏,而是花费大量篇幅来反省

[①] 弥赛亚是犹太教中宣扬的上帝选派的救世主。他的降临将会改变犹太人、人类,乃至整个宇宙的命运。许多宗教中都有救世主的说法。在《圣经·旧约》中,弥赛亚是以不同形式出现的,但一般都是以帝王般救赎者的面貌出现。自从犹太人沦为巴比伦之囚后,弥赛亚的思想愈来愈显重要,犹太人将此奉为犹太教得以生存的法宝。

[②] Isaac Bashevis Singer, *Satan in Goray*, New York: Avons Books, 1955, p. 13.

引起这场灾难的原因以及灾难过后犹太人的表现。

尽管在历史上的这场灾难中，犹太人充当了无辜牺牲品的角色，但是辛格并没有为此而宽恕他的人民，而是尖锐指出犹太人对格雷镇的这场灾难也应负有不可推卸的责任。辛格的这一观点，在小说中主要是借格雷镇的犹太拉比阿什科纳兹之口说出的。灾难过后，阿什科纳兹拉比在反思了事件的前前后后，得出这样一个结论：由于犹太人对犹太律法的不忠，才导致了这场灾难的发生。他认为，如果有人在劫难中幸免于难的话，那是因为上帝的慈悲和上帝给犹太人一个再重新回到父辈信仰中来的机会。同时，他还预言，如果这些幸存的犹太人继续执迷不悟地背离父辈信仰的话，格雷镇的犹太人还将会再次蒙受灾难。显然，阿什科纳兹拉比认为这场灾难是上帝降临的，是对愈来愈偏离民族信仰的犹太人一个惩罚。能证明这一论断的细节是，在小说中阿什科纳兹拉比的预言很快就被印证了。

小说的故事情节大致是这样的：几经努力，蒙难后的格雷镇终于恢复了正常的生活秩序。然而，不久又被一些忤逆的后代给搅乱了。阿什科纳兹拉比的两个儿子背叛父训，和镇里的一些犹太狂热分子相互勾结，共同推翻了以其父亲为代表的传统犹太教的领导地位，自己坐上了拉比的宝座。恰巧在这时，从也门来的拉比使节带来消息说，弥赛亚已经降临，他就是萨巴泰·泽维。格雷镇的犹太人闻讯后兴奋不已。阿什科纳兹拉比的儿子和茅德才·约瑟夫趁机宣扬为了迎接弥赛亚的到来，必须先要以罪孽来拯救自己。于是乎，在他们的带领下，或者说在神圣信仰的感召下，格雷镇的犹太教众们纷纷干起了换妻、乱伦、奸污妇女等勾当。整个格雷镇被搅得乌烟瘴气，作者这样写道：

> 从那时起，格雷陷入了各种各样的放纵，一天比一天腐败。由于相信每一次犯罪都是迈上自我纯洁和精神升华的台阶，格雷的犹太人掉进了下流之门的第四十九重门。只有少数人没有参与进去，而是看着撒旦在大街上跳舞。①

---

① Isaac Bashevis Singer, *Satan in Goray*, p. 136.

就在格雷镇的人们以狂热、荒唐的方式等待弥赛亚萨巴泰·泽维到来之际,又传来消息说萨巴泰·泽维被掳,并皈依了伊斯兰教。这当头的一棒使格雷镇的犹太人如梦方醒,开始深深悔过自己的罪孽。

这部小说的说教意味较浓。故事的结局彰显了辛格的道德价值取向:所有的罪孽——骗子和阴谋家均得以揭露、惩罚;而善良和正义又都得到了褒扬。而且,犹太传统信仰和律法也被充分地肯定。在小说的最后,辛格用大写的字母强调说:"不要强迫上帝;在今世结束我们的痛苦;弥赛亚将会按照上帝自己的时间表降临……"①从宗教层面上看,辛格反对任何形式的狂热行为。他认为,任何的过度行为,包括过度热衷于弥赛亚的降临,定会导致社会混乱并会给犹太人带来灾难。犹太人期盼弥赛亚的降临,可以说是他们对其所蒙受苦难的一种心理回应,有其合理性。但是,如果以牺牲犹太人的道德信念来追求弥赛亚,便是一种离经叛道了。总之,辛格通过讲述发生在1648年的"犹太人大屠杀"事件和随后发生在格雷镇的故事,指出这样一个真理:犹太人如果自己背离了传统和违反犹太道德,犹太社区和犹太人就会如同受到来自外面的打击一样——必将遭受到毁灭。

《莫斯凯家族》是辛格篇幅最长的一部小说,也是他移民到美国后完成的第一部长篇小说。这部小说最初用意第绪语在《犹太每日前进报》上连载了四年(1945—1948),1950年用意第绪文和英文出版成书时分为上、下两卷。

《莫斯凯家族》一书,讲述了莫斯凯家族中的四代人的命运。因此,这部小说不但时间跨度大——从19世纪晚期到20世纪30年代末德国纳粹入侵波兰,而且场面恢宏,人物众多。这个家族出场的主要人物就多达40余位。

起始于18世纪末19世纪初的东欧犹太启蒙运动,打乱了犹太社区暮气沉沉的生活。一些年轻的犹太人开始走出家门,离开教堂,摒弃犹太

---

① Isaac Bashevis Singer, *Satan in Goray*, p. 160.

教规,转而学习世俗文化。他们接受西欧启蒙运动的价值观念和社会主张,为普及西方文化而不遗余力。这样一来,犹太传统势力和新生力量形成了两军对垒的局面,这也意味着犹太社会和犹太家庭开始出现分裂、解体的征象。与此同时,波兰国内与周边国家的反犹势力也日益猖獗,他们或以各种借口褫夺犹太人的财产,或干脆屠杀无辜的犹太人。1881年,俄国沙皇亚历山大二世被谋杀后,俄国当局就以谋杀者的罪名下令开始屠杀犹太人,这样的屠杀分别在1903年和1906年最为剧烈,先后有数十万无辜的犹太人惨遭杀害。进入20世纪后,苏联和德国为争夺波兰的控制权而愈演愈烈;尤为严重的是,德国纳粹的强大势力直接威胁到了犹太人的生存。《莫斯凯家族》就是在这样的一个背景下展开其故事的。

  辛格在小说的开始,通过安排波兰犹太社会的富豪,八十岁的迈舒拉姆·莫斯凯的第三次婚姻这一情节,预示了犹太社会以及家庭的分裂与解体。迈舒拉姆在波兰华沙是一位响当当的人物,"在华沙所有的人都知道他,不只是犹太人知道他,基督徒也知道他。报纸不止一次地报道关于他或他的企业的消息;甚至他的照片也上了报纸。"[①]然而,他的儿女们却不争气,不是病病恹恹、孱弱无能、坐以待毙,就是偷鸡摸狗、羊狠狼贪、败坏家族名声。一般说来,犹太教在很大程度上是一种主张宗法统治的宗教。犹太人得以生存下来,主要是依靠传统纽带的连接。在家庭中,父亲的地位总是至高无上的。所以,当迈舒拉姆活着的时候,莫斯凯这个庞大的家族还能得以维持。不幸的是,迈舒拉姆婚后不久就撒手人寰了,他的家庭也就此分裂、解体了:他的儿女们把全部精力放在了相互猜忌、斗狠、明争暗夺父亲的遗产上,而根本没有人考虑如何继承父业的问题。结果混乱中,迈舒拉姆的管家考佩尔窃走了大量的财富。莫斯凯家族的第三代也是人心涣散,无心理会祖父的家业。他们受到启蒙思想的影响,试图追求一种摆脱传统束缚的全新生活。然而,严酷的社会现实不仅阻碍了他们的发展,而且还彻底粉碎了他们的梦想。如迈舒拉姆的孙女玛莎因追求自由恋爱,嫁给了一个信仰天主教的波兰军官,并为了爱情而义无

---

① Isaac Bashevis Singer, *The Family Moskat*, London: Jonathan Cape, 1966, p. 4.

反顾地皈依了天主教。但这场婚姻的结果是，她不仅没有得到理想中的爱，还因不堪忍受丈夫的诅咒和谩骂而绝望自杀。

在小说中，阿萨·赫希尔·班内特是东欧饱受精神创伤的年轻一代犹太人的典型。小说开始时，他生活在一个偏远的小城镇中。为了实现对新生活的追求，他苦学世俗知识，从而为传统犹太社会所不容。无奈，他只好离开家乡，到华沙来谋生。在这里，他与迈舒拉姆的继女阿迪尔结婚并有了孩子。但他仍然守不住自己躁动的灵魂，又与迈舒拉姆的孙女哈达萨相好并生有一女。在现实生活中，他飘来荡去，不能安顿。尽管他像其他受到启蒙教育的犹太人一样，剃去了象征犹太人身份的胡须，换掉了传统服装，学说异族的语言，但正如迈舒拉姆的女婿艾布拉姆·夏皮罗所说的那样，那些波兰反犹分子憎恨那些穿着现代服装的犹太人，远胜过憎恨那些穿着传统服装的犹太人。这也就是说，现代化对犹太人而言并不是避难所。在那些反犹主义者看来，改宗的犹太人还是犹太人。这是几个世纪以来，犹太人早就领教过的经验教训了。

为了进一步揭示犹太社会在进入20世纪后，面临着民族解体危机的问题，辛格在小说中讲述了许多婚姻破裂的故事。迈舒拉姆的女婿艾布拉姆·夏皮罗厌倦了妻子，在外面与多个女人有染，最后猝死于情人的楼下；迈舒拉姆的女儿利厄离开虔诚的丈夫，与管家考佩尔私奔到美国。而且，管家考佩尔不仅偷窃了主人的财富，为了占有主人的女儿，他还不惜抛弃了妻子和四个孩子；迈舒拉姆的儿子纽尼把自己的妻子看成是"瘟疫"而与之离婚；纽尼的女儿哈达萨爱上了已与她姑妈阿迪尔结婚了的阿萨，结果她不但没有彻底得到阿萨，反而把自己的婚姻也搞得有名无实。

这一桩桩婚姻的破裂不仅暗示着犹太家庭和社区的解体，同时也反映了年轻一代犹太人被时代和命运所折磨、玩弄，最终予以毁灭的悲剧。换言之，他们被激起了追求新生活的欲望，但严酷的现实不仅不能给以满足；相反，就在眼看着即将有希望的时刻，仇视和战争却将整个犹太社区、家庭乃至希望给以彻底的毁灭。在小说的结尾，辛格描绘了德国纳粹的战机在波兰上空轰鸣，地面的炮火和空中的硝烟，无处可躲藏的阿萨以及追求浪漫爱情、最终被德国炸弹炸死的哈达萨。莫斯凯家族彻底地破裂了,有家的或没家的,老的或小的,在德国纳粹的炮火和屠刀下都没能逃脱被杀戮的命运。

值得令人寻味的是,在小说的最后,辛格借人物之口说出:"死亡即是弥赛亚。"①这说明他对弥赛亚并不真正抱有什么希望。结合着辛格在小说《格雷的撒旦》里对犹太教中的弥赛亚的看法,不难窥见辛格对自己人民的愤懑和无望。正如前面所介绍的那样,在犹太教中,弥赛亚原本是希望的象征,但在辛格看来,犹太人不遵守犹太律法,反对维系自己生存的传统,这就为民族衰亡、毁灭埋下了伏笔。再加之,德国纳粹等反犹主义者的残酷迫害与杀戮,等待犹太人的也只有死亡。这也就是说,辛格在《莫斯凯家族》中,不仅谴责了那些疯狂迫害犹太人的德国纳粹等反犹主义者,而且还对他的那些腐败无能的同胞进行了批判。不过,他的批判不是简单地将其说得一无是处,而更多的是从社会分析入手,找出造成同胞如此状况的历史、社会原因。

辛格一生的大部分时间是在美国度过的,但纵观他的创作,时间背景放在 1939 年前的小说,其故事发生的地点均在波兰,创作主题多为"忏悔",主要人物也都是说意第绪语的波兰犹太人。但时间背景放在 1939 年后的小说,其故事发生的地点则发生了变化,其中多数已移至美国,创作主题也变为二战犹太人大屠杀,主要人物也有了新的身份——二战幸存者。辛格写二战题材的小说主要有两部:《敌人:一个爱情故事》和《哈德逊河上的阴影》。不过,这两部小说都不是直接地表现犹太人在二战中的遭遇,而是间接地反映了二战对犹太幸存者的影响以及他对这些幸存者的看法。

《敌人:一个爱情故事》最初在 1966 年的《犹太每日前进报》上连载,1972 年出版英文版,这是辛格第一部写二战题材的小说。小说中的主人公赫曼·布罗德是一位二战幸存者。二战期间德国纳粹士兵侵入了他在

---

① Isaac Bashevis Singer, *The Family Moskat*, p. 611.

波兰的家乡。为了躲避纳粹的屠杀,他在女佣人娅德玮伽——一位波兰农村少女家的阁楼上藏身三年。这位女佣不但冒着生命危险掩护他,而且还照顾他的日常起居。战争结束后,他听说妻子和两个孩子都被德国士兵杀死了,便娶了娅德玮伽为妻,并一起移民到了美国。战争给赫曼的精神造成了极大的伤害。在他看来,"过去存在着!……就像斯宾诺莎所认为的那样,时间不过是一种思维方式,或如康德所认为的那样,时间是观念的形式。"①因此,他来到美国后,整日处在一种假想的危险之中。

  他常常会带一把子弹上了膛的左轮手枪,或许是一挺机关枪。如果纳粹发现他的藏身之处并前来逮捕他,他就会用一梭子子弹欢迎他们,然后给自己留下一颗……赫曼一边走着,他的眼睛一边四处寻找藏身的地方,以防纳粹万一来到纽约。附近会不会挖有地堡?他可以在天主教堂的尖塔上藏身吗?他从没当过游击队员,不过,现在他常常想找个位置,这样他可以从那里开枪射击。②

不仅是赫曼神经兮兮,整日不得安宁,就是其他的几位幸存者也都各有苦衷,无法像正常人一样过安顿的生活。赫曼的第一位妻子塔玛拉从死人堆里逃了出来,还亲眼看见自己的两个孩子被德国纳粹士兵活活烧死。在求生的逃亡中,塔玛拉吃尽了苦头,但她始终惦念着丈夫的安危。当她得知丈夫已安全抵达美国时,便不顾一切地找了过来。然而,等待她的却是丈夫的再婚和不信任。虽有朋友劝她考虑再嫁,开始新的生活,但是,过去所经历的一切,尤其是战争年代的共同遭遇使她永远无法释怀:"我以上帝的名义、以我们孩子的名义、以我父母仁慈的灵魂发誓,那些年里,没有一个人这么多的亲吻过我!"不仅如此,就连德国纳粹士兵留在她臀部的子弹,也不舍得放弃:

---

① Isaac Bashevis Singer, *Enemies, A Love Story*, New York: Farrar, Straus and Giroux, 1972, p. 175.

② *Ibid.*, pp. 10, 17.

"他们要我明天到医院去,但现在我不能确认我是否要去。这颗子弹,"塔玛拉边说边把手放在臀部,"是我的最好的纪念品。它让我想起我曾经有个家,有父母、孩子。如果他们从我身上取走,我就什么都没有了。这是德国人的子弹,但它在一个犹太人的身体里待了这么多年后,它就变成犹太人的了。"①

忠诚、善良的塔玛拉只能独身守着这粒"德国人的子弹",实际也就是"过去"而度过一生。德国纳粹对犹太人的疯狂屠杀行为"限定"了犹太人,特别是"限定"了这些犹太幸存者的思维方式和生活方式,同时还给了他们一个特殊的身份——幸存者。也就是说,这些犹太幸存者永远无法忘记过去,也永远无法像正常人一样地生活。他们既不是舍生取义的圣徒,也不是忠于或不忠于犹太传统的普通教民,更不是哪一个国家真正意义上的公民。总之,他们什么都不是。

孩子的问题也是这部小说重点探讨的问题之一。对犹太人来说,抚养孩子是他们的神圣职责。孩子是犹太民族得以延续下去的希望。犹太父母把自己的孩子视为幸福、快乐与受尊敬的源泉。所以说,德国纳粹屠杀犹太孩子对犹太人来说是犯下的最不可饶恕的罪行。赫曼和塔玛拉的两个孩子被德国纳粹士兵活活地烧死了。因此,当塔玛拉被问及是否愿意再生一个孩子,她反问道:"干什么用?有了孩子,那些非犹太人就有东西可烧了?"②出于同样的原因,赫曼也拒绝再要孩子。辛格写道:"赫曼注意不让娅德玮伽怀孕。在一个孩子可能从他母亲的身边被拖走,然后被开枪杀死的世界里,人们是没有权力要更多的孩子。"③然而,在小说的结尾,赫曼在无意中让娅德玮伽怀孕了,他自己却永远地消失了。没有人知道他去了哪儿,也没有人知道他在做什么。"塔玛拉有好几次在意第绪语报纸的寻人启事栏里登出赫曼的名字,但毫无结果。塔玛拉相信赫曼

---

① Isaac Bashevis Singer, *Enemies, A Love Story*, p. 190.
② *Ibid.*, p. 101.
③ *Ibid.*, p. 7.

要么自杀了,要么像在波兰那样,藏在哪个储藏草料的顶棚上。"①

在这部小说中,辛格在对德国纳粹屠杀犹太人表示极大愤慨和对犹太幸存者表示深切同情的同时,还表达了对人类的失望。在他看来,"人类这个物种越来越糟糕,没有变好。我相信,也就是说,是按逆向进化着的。地球上的最后一个人肯定既是罪犯,又是疯子。"②应该说,辛格对人类的失望不仅仅是因为犹太人遭受到了种族灭绝般的屠杀,那些自作孽的幸存者和那些远离战争而毫无同情心的美国犹太人,也是令他对人类失去信心的一个原因。这一点在《哈德逊河上的阴影》中做过充分的表述。

第三节 "同化"主题在作品中的表现

一、"同化"与三种"同化"模式

犹太人自从沦落为巴比伦之囚以来,"同化"(assimilation)就是他们求生存中必须要面对的问题之一。一般说来,"同化"这一社会学词语最初是被用来研究美国民族之间关系的一个词语。它主要用来描述外来移民融入美国白人主流文化的过程。③ 这个词语在最初使用时,"同化"过程被看成是一个单向的运动过程,即外来民族摒弃自己的文化而融入主流文化之中;最近的研究则认为,"同化"应该是双向的,即外来民族与主流社会在"同化"过程中形成的一种互动关系。

不过,早在这个词语诞生以前,犹太人就"实践"了这个词语所涵盖的全部意义。许多学者曾对犹太人的"同化"问题做出了分析和界定。西方较为有代表性的社会学家什穆埃尔·埃廷格(Shmuel Ettinger)曾用"二

---

① Isaac Bashevis Singer, *Enemies, A Love Story*, p. 280.
② *Ibid.*, p. 163.
③ Cf. N. Abercrombie, S. Hill and B. S. Turner (eds.), *The Penguin Dictionary of Sociology*, Suffolk: Penguin Books, 1984, p. 22.

分法"来分析民族与民族间的"同化"问题。他认为,在"同化"运动中有两种力量在相互发生作用,一种是来自外部的"离心力",另一种是来自内部的"向心力"。在他看来,"离心力"是指迫使少数民族,如犹太民族,背离自己的民族信仰而去接近甚或融入异族中的某种外在力量,如发生在历史上的迫害犹太人的事件等;而"向心力"则是指将少数民族中"迷失"的个人拉回到自己的民族中来的力量。① 我们姑且不论什穆埃尔·埃廷格给"同化"下的定义是否准确、全面,或辛格在多大程度上吸纳了埃廷格的观点。我们权把埃廷格的观点作为一个背景参考,以此来考察一下艾萨克·巴舍维斯·辛格是如何理解犹太人"同化"问题的,以及他在作品中是运用何种方式来表现"同化"这一主题的。

纵观辛格的作品,不难发现辛格在表现"同化"主题时最突出的一大特点,是喜欢用"二分法"来分析犹太人"同化"的原因。虽然他也注意到了是内、外两方面的因素迫使犹太人不得不接受"同化",但是辛格所使用的"二分法"与社会学家什穆埃尔·埃廷格的"二分法"还是有着一些本质上的差异:其一,辛格在将犹太人的"同化"问题聚焦在外部因素时,并没有忽略犹太人接受"同化"的内在原因。辛格认为是犹太人为了反抗历史对其民族的迫害和命运的不公,即对"新生活"的渴求心理,促使他们在某种程度上愿意接受"同化"。其二,尽管辛格在几乎所有作品里都毫无例外地考察了犹太人的"同化"问题,但在他看来,犹太民族由于遭受太多的不幸与苦难,以至于不可能被彻底"同化"。即使是那些自认为已经完全"融入"异族文化中的犹太人,也依然是犹太人。每到"关键时刻",他们还会站出来维持本民族的利益和尊严。

辛格在其创作中从三个不同历史时期(17 世纪、19 世纪晚期和 20 世纪早期以及第二次世界大战以后)和两个不同地点(波兰和美国)考察了犹太民族的"同化"现象。与此同时,他还描绘、总结出了与这三个不同历

---

① Cf. S. Ettinger: "The Modern Period" in Jonathan Frankel and Steven J. Zipperstein (eds.), *Assimilation and Community*, Cambridge, New York, Port Chester: Cambridge University Press, 1992, p. 5.

史阶段相呼应的三种"同化"模式：17世纪犹太人的"同化"，在形式上主要表现为个人化行为，主要是由情感因素造成的。他的长篇小说《奴隶》(*The Slave*，1973①)是这一时期的代表作。19世纪晚期和20世纪早期犹太人的"同化"形式主要表现为摇摆不定，即处于"同化"潮流中的犹太人，在社会的"主流文化"和其祖先信仰之间徘徊、挣扎。在和其他民族文化的交融中，他们可能部分地完成"同化"的过程，但最终的结局往往是，他们既不能融进"主流文化"里，又无法回到原本的民族信仰中，变成了什么都不是的边缘人。这一时期的代表作有《卢布林的魔术师》《莫斯凯家族》以及《庄园》。第三个历史时期，即第二次世界大战后犹太人的"同化"则变成一件不可能的事。辛格认为，发生在二战中的犹太人大屠杀事件，使犹太人无论在肉体上还是灵魂上都遭受到了巨大的创伤。希特勒蓄谋已久并大规模实施的种族灭绝政策，不但使欧洲犹太人的数量急剧减少，而且更重要的是，还让他们清醒地意识到自己并不是命运的主人。所以，每当"反犹"活动有所抬头时，他们就会自觉不自觉地为自己以及种族的命运担忧。如果说在前两个历史阶段中，犹太人出于某种考虑，还试图把自己融入主流文化中，那么经过了这场几乎是灭顶之灾的打击后，他们对本民族之外的异族人充满着戒备之心。

二、基督教徒皈依犹太教与犹太人皈依天主教

辛格在《奴隶》中讲述了一个犹太人雅各布和女基督教徒旺达之间的爱情故事。犹太青年雅各布在战争中被掳后，便被卖到了基督教徒旺达家中做奴隶。旺达的父亲安排他到山上去放牧奶牛。旺达负责每天上山为他送饭，并顺便取回牛奶。不久，旺达深深爱上了雅各布。雅各布却因为宗教方面的原因，拒绝了她。后来，犹太人用重金赎回了雅各布。可是旺达只爱雅各布一个人。雅各布走后，她的父母和亲戚多次为其提亲，有一个恶少甚至试图用武力强迫她屈服，但均遭拒绝。雅各布其实也深深地思念着旺达。有一天，他从犹太社区偷偷地溜出来与旺达幽会，并带她

---

① 所列辛格作品的出版时间均为其英文版出版时间。

私奔到另一个犹太人的社区生活。

辛格的意图很明显,即借用这样的一个爱情故事来考察犹太民族与异族"同化"的各种可能性。他首先将犹太人雅各布安排到基督教徒的社区里,看他是否能被基督教徒所"同化";然后,又将女主人公旺达放在了犹太人的社区里,借此考察一下这个热爱犹太教的基督教徒是否能被犹太人所接受。

毫无疑问,雅各布在生活中遭遇的"同化",是由反犹主义者屠杀犹太人这个外力引起的。社会学家罗伯特·E. 帕克(Robert E. Park)和欧内斯特·W. 伯格斯(Ernest W. Burgess)从社会学的角度,曾对"同化"的过程做过描述。他们认为,"同化"是一种运动:运动的方向是"互相渗透"和"融合";运动的内容则包括,(1)学会当地人的语言;(2)学会奉行当地人的社会仪式;(3)具有参与到这种仪式中去的能力;(4)在社会生活的各个方面,当地人对移民没有偏见。[1] 对社会学家们给"同化"所赋予的含义,辛格似乎颇为了解与赞同。事实上,在《奴隶》一书中,他就是"按照"以上的几个步骤来描写雅各布的"同化"过程的。首先,他让雅各布受"外力",即"犹太人大屠杀"的作用,以奴隶身份进入到非犹太人的社区。其次,按照"同化"理论的要求,雅各布被迫学会了"主流文化"的语言——波兰语。第三,他和非犹太人旺达相爱后,旺达的父亲视其如儿子。如果他在这时皈依了基督教,就会获得与主人相同的社会地位。对照着社会学家关于"同化"理论来看,雅各布在各方面似乎都符合了"同化"的条件。然而,事实是雅各布并没有被基督教所"同化"。

为什么该"同化"而没有被"同化"呢? 在辛格看来,雅各布没有被"同化"的主要原因,一是他根本无法忘却异族人对其民族的屠杀暴行。二是旺达因爱雅各布而决定皈依犹太教,这在很大程度上更加坚定、激活了雅各布的民族自尊心。换言之,正是旺达那种对爱的奋不顾身,使雅各布明确地意识到犹太民族的魅力,从而更加坚定了自己的信仰。

---

[1] Cf. Robert E. Park and Ernest W. Burgess, "Introduction to the Science of Sociology" in Milton M. Gordon, *Assimilation in American Life*, New York: Oxford University Press, 1964, pp. 62—65.

三是雅各布没有被"同化"也有其客观原因。他被安排在山上放牧，正是这种相对与世隔绝的环境，使他既能从容地温习犹太教的教义，又能尽量避免异族人对他的侵害。即"同化"过程在这样一种相对宽松的环境里给淡化了。

身为犹太人的雅各布在"外力"的作用下没有被"同化"，那么与雅各布接触的基督教徒是否被"同化"了呢？社会学家约瑟夫·菲克特（Joseph Fichter）曾著文指出，"同化"不能解释为一种"单边行为"，而应将其视为一种"相互作用"的运动。即便是被"同化"了的少数民族在被"同化"后，他们的文化还会继续影响到"同化"他们的民族。[①] 辛格在小说中对旺达抛弃基督教而皈依犹太教的描写，不仅在很大程度上印证了这一论断，而且还将该论断推向了极致——犹太人在被"同化"的过程中，"同化"了非犹太人。

当雅各布的家人和他居住的整个犹太社区都被异族人杀害和毁掉后，他"卧薪尝胆"，用铁棍在岩石上刻下了43条戒律和69条禁令。对雅各布而言，家仇族恨只能让身单力薄的他诉求于宗教，以此汲取生活下去的勇气。正是雅各布这种面对"屠杀"仍能直面其民族信仰的精神深深打动了旺达。于是，在一个暴风骤雨的冬夜里，旺达随着雅各布走进了冰冷的河水中，按照犹太教的要求做了洗礼。当旺达全身颤抖地从冰冷河水中走出来时，对雅各布坚定地表白："你到哪里，我就跟你到哪里。你的人民也就是我的人民。你的上帝也就是我的上帝。"[②]至此，旺达在很大程度上已经被雅各布"同化"了。但是，辛格并未就此罢了。或者说，辛格认为如果仅仅停留在这个层面，就把"同化"问题给简单化了。所以，随后他又让旺达补了一句话，即说明她所做的这一切只是为了雅各布——为了她的爱。这就为旺达在以后的关键时刻为捍卫她的爱，而放弃犹太教埋下了伏笔。

在旺达皈依了犹太教后，雅各布似乎也发生了一系列微妙的变

---

① Cf. Joseph H. Fichter, "Sociology" in milton m. Gordon, *Assimilation in American Life*, p. 65.

② Isaac Bashevis Singer, *The Slave*, London: Jonathan Cape, 1973, p. 67.

化。在这之前,令他朝思暮想的是他死去的家人和犹太教;而自与旺达共同生活后,他几乎变得认不出自己了。父母开始从梦中消失,取而代之的是旺达。① 他有时甚至根本无法集中精力来做祈祷。很显然,他们两人在相互接受的过程中也都各自失去了原本属于自己的东西:旺达失去了基督徒的身份;雅各布"搁置"了自己的犹太信仰。那么,失去基督教身份的旺达是否就意味着她完全被犹太教所"同化"了呢?

辛格在小说中让旺达跟随雅各布来到一个犹太人社区开始新的生活。为了使其更像一个犹太人,旺达改用了犹太人的名字萨拉;因不会犹太人的语言——意第绪语,她顺从雅各布的意思,自此装作哑巴。辛格似乎穷尽各种可能让萨拉融入犹太社区,让她变成一个真正的犹太妇女。从表面看,旺达像雅各布一样几乎达到了社会学家对"同化"要求的所有条件。她甚至"头上戴着以色列女儿的头巾,脖子上围着护符。屋里的墙上悬挂着符咒和从'圣歌'中抄下来的诗句,枕头下放着《创世记》。"② 但是不知为何,萨拉无论做什么总是无法做得像一位真正犹太妇女那样得体。她喜欢"脱下鞋赤着脚走路,毫无节制地大笑",她"像一个农村妇女那样干活,劈木头,照料她在屋后种植的蔬菜,在河里洗衣服"。③ 更为糟糕的是,在雅各布的生命遭到威胁时,哑巴萨拉竟用基督教徒的语言大声喊叫:

> "发发慈悲吧,大叔"她用波兰语伤心地说。"发发慈悲吧,好心的主子。他是我所有的一切。我怀着他的孩子。杀了我吧。用我的头来换他的。放了他吧,大叔。放了他吧。"④

萨拉冒着生命危险救下了雅各布,但却把自己的非犹太身份暴露了出来。她想融入犹太社区的愿望也终于以失败而告终。因为在当时,无论是犹太人还是非犹太人都反对任何形式的"同化"。根据当时波兰的法律,如

---

① Cf. Isaac Bashevis Singer, *The Slave*, pp. 85—86.
② Isaac Bashevis Singer, *The Slave*, p. 222.
③ *Ibid.*, p. 153.
④ *Ibid.*, p. 172.

果萨拉一旦被发现皈依了犹太教，她将被处以死刑；而当时的犹太教则规定，如果雅各布被发现与异教徒结婚，则会被逐出犹太社区。① 即无论是按照当时的法律还是教规，这两个有情人根本就不能成眷属。不但活着时是如此，就是旺达后来死于难产，犹太社区也拒绝将她的尸体埋进犹太人的坟地里。

辛格在这部小说中尝试的两种不同内容的"同化"均归于失败。不过，小说的结尾却耐人寻味：许多年后，年迈的雅各布从遥远的巴勒斯坦回到了当年生活过的社区，找到了旺达的坟地。意外发现由于犹太人墓地规模的扩大，旺达的坟茔也被圈进了犹太人的墓地中来。更让人觉得意外的是，当犹太人发现死在路上的雅各布时，竟非常巧合地将他与旺达合葬在一起。辛格是否借此暗示：随着时代的变迁，犹太人的"心胸"也变得宽广了，将热爱犹太教的异族人——旺达包容了进来；或者是说，犹太人和异族人的真正"同化"只有在双双死后才能得以实现？

辛格在其创作的第二时期中所表述的对"同化"的看法，虽在精神上与第一时期一脉相承，但由于其表现手法更为客观、现实，因而，也使其小说变得更富有说服力。他在《莫斯凯家族》一书中所讲述的有关犹太姑娘玛莎的"同化"故事，就非常具有典型意义。

玛莎是犹太富豪迈舒拉姆·莫斯凯的孙女，因追求自由恋爱，她嫁给了一个信仰天主教的波兰军官。婚后，玛莎皈依了天主教，但她仍然得不到丈夫的信任。她的丈夫虽因容貌娶了她，但在骨子里却憎恨所有的犹太人。有一次，他恶狠狠地对玛莎说："你们那些该死的犹太佬像一窝白蚁一样把这个国家吃掉了。而且，他们从不停嘴地吃，这些杂种，他们要一直吃到红旗飘扬在贝尔维迪宫上……你也是他们当中的一个……你是我这个家的灾难。"②丈夫的一通诅咒和臭骂，使玛莎对生活感到极度的绝望：为了爱情，她自绝于家人和民族，但到头来非但没有换来丈夫的关爱，反而落进了被歧视的痛苦深渊。她决定要以自杀的方式了结自己的

---

① Cf. Isaac Bashevis Singer, *The Slave*, p. 156.
② Isaac Bashevis Singer, *The Family Moskat*, London: The Anchor Press, 1966, pp. 507—508.

一生。自杀前,她脱掉了衣服,在镜子里反复地看着自己:

> 她不穿高跟鞋时看上去是多么的矮小!她的身体是多么的瘦小!皮包骨头。她干脆就没有乳房。而且,她可能也不会有孩子;她的医生们曾告诉她,她太矮小了。没有人爱她,这是事实。她父亲和母亲都不爱她,她的丈夫也不爱她。①

玛莎自杀前照镜子的这一情节,具有十分重要的象征意义:当她不穿异教徒的高跟鞋时,她的身材陡然矮了下去,而且也变得分外瘦小,皮包骨头。这象征着玛莎在异族社会里渺小、羸弱、孤独无助的境遇。玛莎没有乳房和后代则象征着她与异教徒的"同化"是徒劳的,即犹太人即使有把自己融入其他民族中去的激情,最终还是要以悲剧来收场。从某种意义上看,不能说玛莎没有被"同化",因为她皈依了天主教并嫁给了天主教徒。但其结果却是被"异化"了——她一方面无法与自己的娘家人沟通,另一方面又遭到丈夫及其家人的厌恶与摒弃。最终她变成了一个无论是生活上,还是精神上都没有归宿的边缘人。

辛格在《卢布林的魔术师》一书中描写的犹太魔术师雅沙·梅休尔与非犹太上流社会"同化"的曲折故事,则从另一方面说明了这种"同化"的不可能性。雅沙·梅休尔生活在19世纪末的波兰,其时正值犹太启蒙运动进入到成熟的时期。许多犹太人,特别是犹太知识分子为获得现代欧洲文化和世俗知识,而不惜反抗占据当时主导地位的传统的拉比犹太教。他们脱下传统服装,改变自己犹太人的形象,走出教堂,走出犹太社区,有的甚至走出波兰,到欧洲其他国家吸取异族文化的营养。雅沙·梅休尔就是其中的一个。

梅休尔是著名的犹太魔术师。他手艺高超,能打开各种各样的锁,还会走钢丝并能在钢丝上翻跟头。由于受到犹太启蒙运动的影响,他离开了妻子,出发到华沙,开始了他与非犹太上流社会"同化"的艰难旅途。辛

---

① Isaac Bashevis Singer, *The Family Moskat*, p. 509.

格对这一过程的描写与社会学家关于少数民族进入被"同化"程序的定义是相一致的。① 他有意识地让梅休尔在前往华沙的路上,展示他开始"进入""同化"过程的几种表象:(一)雄心勃勃,穿着打扮均似非犹太人,讲非犹太人的语言——波兰语;(二)追求非犹太人的生活习惯和做派。在去往华沙的路上,他同时与三个情妇幽会,最后决定在华沙与信仰天主教的情妇埃米莉娅结婚。他的"同化"过程可以用这样一个公式来表示:犹太(梅休尔的妻子)——非犹太(梅休尔的信仰基督教的情妇)——犹太(梅休尔的犹太情妇)——非犹太(梅休尔的信仰天主教的情妇),他在几个不同容貌、不同种族以及不同信仰的女人间周旋、选择。正如小说中所说,他"不断地在宗教与世俗生活,家庭生活与嫖娼以及基督教式的爱与世俗的仇恨之间徘徊"。② 看上去,梅休尔的选择机会颇多。然而,在一次偷窃中,他摔坏了脚踝。糟糕的是自此他再也不能表演走钢丝和翻跟头了——他在失去赚钱本领的同时,也失去了迎娶天主教情妇埃米莉娅的机会,即试图通过婚姻来"同化"或者说改变身份的美梦破灭了。

事实上,梅休尔的"同化"理想惨遭失败,除了其偷盗的外在原因外,还有其内在的必然逻辑。辛格在小说中曾安排梅休尔在"危急"关头三进犹太教堂,就为他后来的"同化"失败奠定了基础。第一次进犹太教堂是由于避雨的缘故。梅休尔和其非犹太情妇玛格达在前往华沙的路上遭遇到了一场倾盆大雨,为了躲避大雨的袭击,他进了犹太教堂。但把其情妇留在了外面,因为犹太教规规定不准异教徒进入犹太教堂。第二次是因行窃失败,为逃避警察的搜捕而躲进了犹太教堂。这一次走进教堂,他产生了一种异样的感觉,"明显地感觉到从那些人身上流泻出来的爱。他对自己说,他们是犹太人,我的弟兄……他们知道我是个有罪的人,但他们原谅了我。"③ 美国社会学家霍勒斯·M.卡伦曾指出:"人们可以更换衣

---

① Cf. Robert E. Park and Ernest W. Burgess, "Introduction to the Science of Sociology" in milton m. Gordon, *Assimilation in American Life*, p. 62.
② Isaac Bashevis Singer, *The Magician of Lublin*, London: Martin Seeker & Warburg, 1961, p. 68.
③ *Ibid.*, p. 151.

服、政治观点、妻子、宗教或哲学观点,但在很大程度上,人们无法更换他们的祖先。"① 梅休尔在关键的时刻想起了他的祖父母,意识到自己是数代以来畏惧上帝的犹太人的后裔。这其实意味着他追求"同化"的企图开始瓦解。

如果说梅休尔前两次进入犹太教堂都是因情势所迫,那么,他第三次走进犹太教堂则是遵循了精神上的引导,"他感到自己必须坐在那里,而且想再次走进诵经室。他转到教堂的院子里。他惊讶地想,自己这是怎么回事。我忽然间变成一个真正的进教堂的犹太人。"② 在小说中,梅休尔一直想从里到外地摆脱掉犹太人的印记,但此时他的民族意识却空前觉醒,对其犹太身份产生了深深的认同感。辛格在接下来的一段话中进一步表达了雅沙对其行为反思与忏悔的心理:

> 雅沙沉默了。他可能被看作这些没有胡须的犹太人之一……正如那些受过启蒙教育的犹太人所说的那样,这些人或许有些太像亚洲人,但他们至少还有信仰和精神家园,有历史,有希望……然而,同化了的犹太人有什么?他们没有属于自己的东西。③

没有胡须的犹太人虽不像犹太人,但至少在内心深处他们还是拥有根基与"信仰"的犹太人。可是被异族所"同化"了的犹太人,却是被悬挂起来的没有"历史"和"希望"的空心人。这段话既可看作是梅休尔的内心独白,又可以理解为辛格在借作品中的人物来表达自己对"同化"的看法。

三、彻底"同化"的不可能性

辛格在第三时期的创作中表现"同化"主题时,除了继续探讨犹太人能不能被"同化",或究竟是谁被"同化"了的问题之外,他还在更深的层面

---

① Horace M. Kallen, *Culture and Democracy in the United States*, New York: Boni and Liveright, 1924, in Milton M. Gordon, *Assimilation in American Life*, p. 145.
② Isaac Bashevis Singer, *The Magician of Lublin*, pp. 193—194.
③ *Ibid.*, pp. 195—196.

上思考了在其第一时期时,就曾提出过的不同民族间的人不可能彻底"同化"的观点。长篇小说《敌人:一个爱情故事》(*Enemies, A Love Story*, 1972)①就是这个时期的代表作。它以一个跌宕起伏的故事,从两个不同的侧面展开了对这个问题的探讨。

小说中的男主人公赫曼·布罗德是一位犹太人,他虽是二战的幸存者,但已被残酷的战争吓得精神分裂。他有三位妻子,其中两位是犹太人,另一位是非犹太人。但是他却不敢让其中的任何一位怀孕、生孩子,唯恐再遭纳粹的屠杀。辛格通过赫曼·布罗德与三个女人所发生的故事,对犹太人不可能被"同化"和到底是谁"同化"了谁等问题做出了回答。

犹太人不可能在其他民族中找到自己的精神归宿,即"同化",这是辛格的一贯观点。在究竟到底是谁被"同化"了的问题上,辛格延续了他在第一时期的作品中所流露出来的宿命与虚无感。从形式上看,他在小说中所表达的意思是,并非是占主流地位的非犹太人"同化"了犹太人,而是犹太人"同化"了非犹太人,如布罗德的非犹太妻子,即小说中的波兰女佣娅德玮伽为了成为犹太社会中的一员做出了巨大努力,她不但在日常生活中谨守犹太教义,而且每到"赎罪日"便像一位正统的犹太信徒一样斋戒;还"用从日常生活中省出来的十美元钱买了进犹太教堂的票"。就是在家庭生活里,她也按照犹太人的习惯行事,甚至连厨房里的气味都像地道的"史弗拉·普阿的厨房里的气味"②。对丈夫,她更是百依百顺、贤惠至极。每当布罗德外出时,她都会认真、仔细地为其打点行装,然后就是望眼欲穿地盼着丈夫回来。即便是布罗德在外面有了新欢,她也努力克制自己,小心翼翼地劝说他回心转意,并且想尽办法讨他欢心。

娅德玮伽似乎被布罗德,也就是犹太教彻底"同化"了,但这种效果并不是辛格的本意。他实际上认为,两个民族的彻底"同化"是不可能的,即表现在一个家庭中就是两个不同信仰的人不可能彻底地合而为一。这也

---

① 有人将这部小说的名称译为《冤家:一个爱情的故事》,其实是误译。
② Isaac Bashevis Singer, *Enemies, A Love Story*, New York: Farrar, Straus and Giroux, 1972, p. 147.

是在小说的最后,他为什么要让百依百顺的娅德玮伽发生转变的原因:娅德玮伽的预产期临近,布罗德不但不关心,反而拎起行李准备与他的另一个妻子去约会。这时娅德玮伽没有像往常那样一边帮他打理行装,一边和颜悦色地劝阻、挽留,而是躺在床上神情淡漠地望着他,似乎所发生的一切和她没有关系。布罗德被娅德玮伽从来没有过的平静、冷漠搞糊涂了,辛格是这样描写主人公局促不安的心理的:

> 赫曼担心娅德玮伽会随时改变主意,起来用武力阻止他离开,但她仍然平静地躺在那里。在他准备行装的过程中,她一直都醒着。她为什么一言不发呢?自从他认识她以来,她第一次这样让他捉摸不定。似乎她参与了反对他的阴谋,知道他所不知道的事情。或者说,她真的达到顺从的最高境界?这谜一般的境况让他局促不安……他在离开前,又走进卧室说道:"娅德玮伽,我要走了。"
> 她没有回答。①

娅德玮伽,这个异族女子,为了能与犹太丈夫的生命融为一体,心甘情愿地放弃自己的信仰和追求。可是当她发现无论怎样做都不过是一厢情愿的时候,便也失去了努力的动力——剩下的只是茫然惆怅、向隅而泣了。虽然辛格在小说的后记中让犹太拉比为娅德玮伽母女的生活做出了种种安排,但娅德玮伽的心已经远离了那个她曾经救助过并深爱过的布罗德。亦是说,随着爱的幻灭,犹太人与非犹太人的"同化"试验,也就宛如南柯一梦。

在《敌人:一个爱情故事》中,辛格还用赫曼·布罗德的另外一位犹太妻子玛莎的人生经历,形象地说明犹太人也不可能被"同化"。

布罗德和玛莎是在德国难民营里相识和相爱的。玛莎曾结过婚,但她并不爱她的丈夫。到美国不久后就与丈夫分手了。然而,一方面由于玛莎未能与前夫按照犹太教规定解除婚约,另一方面也由于布罗德已经结婚(其实,未经犹太拉比同意,布罗德与非犹太人娅德玮伽的婚姻是没

---

① Isaac Bashevis Singer, *Enemies, A Love Story*, pp. 254—255.

有得到承认的),所以开始的时候她只能以情妇的身份和布罗德来往。玛莎向往美国式的自由生活,并千方百计地想跻身到美国的主流社会中。因此,她并不愿意按照犹太教的规定同布罗德正式结婚。因为观念不一致,她还常常和笃信犹太教的母亲发生争吵。不过,随着时间的推移,她还是听从了母亲的劝告,即遵从犹太教的要求,先是同她的前夫离婚,后又与布罗德举行了婚礼。不久,母亲去世了,母亲的死对玛莎震动很大。辛格在小说中没有明写玛莎为何对自己一直所追求的与美国社会的"同化"梦开始厌恶,而是用暗喻手法表明玛莎最终还是回归了犹太教:当神志异常的布罗德不等玛莎的母亲下葬,就要求玛莎跟他一起到大西洋城去时,玛莎气愤地说:"即便是纳粹也会让犹太人埋葬死者。"①在布罗德的再三催促下,玛莎也曾有过动摇,想丢下尸骨未寒的母亲与他一起远走高飞。但在最后时刻,她还是坚定了自己的信念:

"赫曼,我不能离开妈妈,"玛莎平静地说。
"你怎么也得离开她。"
"我想我自己的坟靠近她的坟。我不想躺在陌生人的中间。"
"你靠近我躺着。"
"你就是个陌生人。"②

一位曾经狂热地追求过美国时尚并一心想融入美国主流社会的女子,在下定决心要躺在母亲的身旁后,就默默地独自死去了。她的死与其说是因"同化"不成绝望而死,不如说是最后的醒悟和回归。换句话说,辛格实际是用玛莎随母亲而去的方式,表达了他对犹太人所谓"同化"的理解,即犹太人就是犹太人,不管其在过程中如何倾心于异族文化,但最终还是要回归到犹太文化中来。在小说的"后记"中,玛莎的名字又成为娅德玮伽的新生女儿的名字,这实际意味着辛格坚信,即使是新一代的犹太人也会

---

① Isaac Bashevis Singer, *Enemies, A Love Story*, p. 274.
② *Ibid.*, p. 275.

像前辈们一样,摆脱不掉民族文化对其人格和价值观的影响。

辛格在《忏悔者》(*The Penitent*,1984)一书中,曾说过这样的一句话:"当犹太人摆脱掉他们的精神枷锁时,他们的身体解放了,而他们的灵魂则流亡了……一种苦涩的流亡。"① 对犹太人而言,所谓的"同化"就是"身体"和"灵魂"的分裂,而这将是一种可怕、痛苦的精神历程。辛格的这一"同化"观深深地楔入了他所有的作品中。

第四节　辛格的现代性

一、向"契约论"发起挑战

在一般观念中,辛格被视为是一位与本民族文化传统更为亲和的作家。这个判断不能说没有道理,但在某种程度上却把辛格的小说以及本人简单化了。其实,辛格是一位创作思想颇为复杂、多元化的作家。他的小说有其传统的一面,但与此同时,也有现代性的精神因子镶嵌其中。辛格小说中的现代性观念尽管表达得隐讳、曲折,但还是可以看出他的现代性主要体现在宗教与世俗两个方面:首先,在宗教方面,辛格向犹太教中的"契约论"发起了挑战。诚如我们所知,"契约论"代表、象征着犹太教的传统,所以,对它的挑战则是具有现代意识的一种表现;其次,在世俗生活等方面,他阐释和批判了斯宾诺莎关于上帝、情感、伦理道德等一系列观点。在研究界,斯宾诺莎的思想一般被视为即将到来的现代意识的前奏。《犹太人、上帝以及历史》一书的作者麦克斯·I. 狄芒特(Max I. Dimont)甚至认为,斯宾诺莎是"一位具有非常现代思想的犹太人,人们在20世纪下半叶也未必能理解他的思想……甚至在21世纪也未必能完全理解"。② 当然,以上这两个方面并不是截然分开的,它们在很多时

---

① Isaac Bashevis Singer, *The Penitent*, London: Jonathan Cape Ltd., 1984, p. 5.
② Max I. Dimont, *Jews, God and History*, p. 330.

候是相互交叉、重叠的。为论述方便，我们且分开来谈。

"契约论"是犹太人赖以生存的一个最为根本的思想，是"理解犹太宗教发展的一个基本的先决条件"。[①] 历史上，"契约论"一般指的是上帝与人类之间的一个契约。即人类通过遵守这个"契约"，可以得到上帝的友谊和庇护。但是，犹太教和基督教对这个"契约"的解释却大相径庭，甚至在犹太教的内部，不同时期也有不同的解释。德国著名学者朱利厄·威尔豪森(Julius Wellhausen, 1844—1918)认为，"以色列人与雅赫维之间的契约其实指的是以色列人是上帝的儿子，而且其人身也带有神性。"[②]他进一步论述道："与上帝结合的思想不是指一种自然关系或巫术的仪式，而是一种道德关系。以色列人是上帝的特殊的朋友，与上帝签订契约的伙伴，是因为，而且只有在以色列人遵守律法的情况下〔才能确立这种关系〕。"[③]在这个定义中，威尔豪森强调了两个主要方面：一个是上帝与以色列人之间的特殊关系，以色列人是上帝的儿子——以色列人具有神性；二是以色列人与上帝的契约是有条件的，即以色列人首先而且必须要遵守律法。这个定义的重要性首先在于，威尔豪森确认了以色列人作为"上帝的选民"的特殊地位；其次，阐明了这个"契约"的社会功能。

威尔豪森对"契约论"的阐释在世界上很有影响，但也并不意味着被所有的人都能接受。另有学者对希伯来语的"契约"(berit)一词作分析，发现这个词的本义是指"一种由更强有力一方的单纯意志行为而建立的法律结合"。[④]换句话说，"上帝只是简单地许诺他的特别保护并许诺他与人类的一种特别结合，这种结合对下属方不附带任何条件或要求，也不需下属方做出愿意接受的任何表示。"[⑤]也就是说，上帝应对这个"契约"

[①] Ben Isaacson, *Dictionary of the Jewish Religion*, New York: A Bantam Book, 1979, p. 47.

[②] W. Zimmerli (ed.), *Gesammelte Studien zum Alten Testament* in Dennis J. McCarthy, S. J. (ed.), *Old Testament Covenant: A Study of Current Opinions*, Oxford: Basil Blackwell, 1972, p. 1.

[③④] *Ibid.*, p. 2.

[⑤] W. Zimmerli (ed.), *Gesammelte Studien zum Alten Testament* in Dennis J. McCarthy, S. J. (ed.), *Old Testament Covenant: A Study of Current Opinions*, p. 2.

负全部的责任。如果出现"契约"未被执行,责任方在上帝,而不在他的"下属方"——人类。

S. 莫文克尔(S. Mowinckel)试图从祭礼活动、历史以及社会学的角度来诠释"契约论"。他认为"庆祝契约的展期是以色列人祭礼活动的中心事宜",因此,

> 古以色列人习俗的遗风说明在日常的庆典中执行了一种与契约相联系的律法。这个律法有其自己进行传播和阐释的组织结构(负责祭礼的人),它的目的显然是要求人们的服从,引导有信仰的教区。这样,这个律法也就被制度化了,即被组织和进行构造起来,并被公开化了。①

这一阐释的意义在于,从不同角度揭示了"契约"的性质和属性,并考察了"契约论"的演变过程,使我们有机会认识犹太社会的内部制度情况。也就是说,在莫文克尔看来,"契约"的思想不仅被用来证实犹太人作为"选民"的特殊地位,也被用来作为统治受惠于"契约"的人们的一种手段。

事实上,自从"契约论"诞生以来,其内涵就被修改过多次。历史上有"旧契约论"和"新契约论"之分,用来将五种不同时期的"契约"划分为两个不同的大类:亚伯拉罕允诺的契约和摩西的义务契约。但是,自从犹太人沦为巴比伦之囚②以来,"契约论"就面临着巨大挑战。犹太人在历史上所经历的许多不幸和灾难,如,中世纪基督教会曾利用"宿主亵渎罪"③来打击和迫害无辜的犹太人;19 世纪末 20 世纪初沙俄政府屠杀犹

---

① W. Zimmerli (ed.), *Gesammelte Studien zum Alten Testament* in Dennis J. McCarthy, S. J. (ed.), *Old Testament Covenant: A Study of Current Opinions*, pp. 6—7.
② 指公元前 6 世纪耶路撒冷陷落及大批犹太人被俘至巴比伦。
③ 所谓"宿主"指的是基督教主要礼仪圣餐礼上食用的面饼。按照基督教变体论的解释,救世主耶稣存在于圣餐礼中。弥撒上使用的面饼因此被视为圣饼,是耶稣身体寄于其中的"宿主"。"宿主亵渎罪"指的是,一些基督教徒认为犹太人因仇恨耶稣,遂用偷窃等各种手段获得圣饼,然后借用其巫术等方法亵渎圣饼,其亵渎的方式有鞭挞、捣碎、煮烧等,最后还要挤压这些被捣烂的圣饼,直至有血从中流出。一些基督教徒认为,犹太人之所以这样做是为了再一次折磨和杀害耶稣。也请参见徐新:《反犹主义解析》,上海三联出版社 1996 年版,第 86—90 页。

太人事件,特别是第二次世界大战中德国纳粹对犹太人所进行的"种族灭绝"式屠杀等等,均使犹太人对"契约论",乃至上帝的权威产生了怀疑。艾兰·L. 伯格(Alan L. Berger)曾指出:"在很大程度上,这种具有种族毁灭性质的对犹太人的大屠杀本身就意味着所有旧的宗教和道德的假说都陷入危机。"①换言之,对犹太人而言,二战中德国纳粹对犹太人进行的大屠杀,成为区分新、旧两个时代的重要分水岭:德国纳粹在大屠杀过程中所展示出来的"先进"性,即技术上的高科技效率,管理方面的才能,以及执行中所表现出来的冷酷"理智"态度,均标志着现代性中技术与价值观之间的巨大差异,而且也揭示了犹太人在生存方面过去与现在之间的模糊关系。② 面对现代化的"屠杀",犹太人必须做出抉择:要么坚守传统,一厢情愿地继续他们对"契约论"的信仰;要么放弃传统信仰,"皈依"到现代中来,成为"非犹太人"。辛格思想的现代性的标志之一,就是他在小说中通过展示犹太人遭受迫害的大量历史事实,向构成犹太传统支柱之一"契约论"发出强有力的挑战。

应该说,辛格挑战的"契约论"主要是指"正统的犹太教"③所信奉的"契约论"。在"正统的犹太教"信奉者看来,"契约论"共有两种:圣经的"契约论"和拉比的"契约论"。前者承认"犹太教中神与人的偶尔遭遇在本质上是自相矛盾的,其根本原因是(犹太人)出埃及的两个时刻:摆脱束缚和接受道德义务",并且认为,"神对历史的权威是不容置疑的";④后者则提出用学术和教堂来取代神庙,用祈祷和学习取代献祭。⑤ 两者的共同点之一是,它们都认为民族和个人的灾难来自"罪孽",即一切的不幸与灾难都是有缘由的。另外,拉比犹太教还认为,弥赛亚将会降临到一个

---

① Alan L. Berger, *Crisis and Covenant: The Holocaust in American Jewish Fiction*, p. 189.
② Cf. Alan L. Berger, *Crisis and Covenant: The Holocaust in American Jewish Fiction*, pp. 9—18.
③ 在犹太教发展史上,有许多教派自称为"正统的犹太教"。这里所说的"正统的犹太教"是指"拉比犹太教"。
④ Alan L. Berger, *Crisis and Covenant: The Holocaust in American Jewish Fiction*, pp. 3—4.
⑤ Ibid., p. 4.

全都有罪或完全无知的一代。① 辛格挑战"契约论"的方法是,他不正面指出上述两种乃至各种"契约论"的正确与否,而是用历史上犹太人所遭受苦难的这样一些有力事实,来诘问、抨击上帝的权威和上帝对"契约"履行的情况。当然,辛格也没有简单化地把一切责任都推到上帝的身上。在作品中也批判了他自己的人民,指出他们蒙受灾难与其不履行"契约"也有所关系。

《格雷的撒旦》和《奴隶》是辛格向"契约论"提出挑战的最有力的两部长篇小说。1648年是犹太民族不能忘怀和释然的一年,因为就是在这一年,乌克兰哥萨克人对犹太人大开杀戒……辛格根据历史上乌克兰哥萨克人侵入波兰犹太人居住区,疯狂屠杀犹太人的史实,在其小说中讲述了这场"屠杀"给犹太人所造成的肉体和精神上的痛苦。他在《格雷的撒旦》的开篇中这样写道:

> 在1648年,邪恶的乌克兰哥萨克首领伯格丹·史密尔尼克率领他的人马包围了扎莫斯克城(Zamosc),因该城防御工事坚固,结果久攻不下。这些造反的农民就转而浩劫了托马斯佐、比尔格雷、忒滨、弗莱姆普尔——还有远在天边的山区小镇格雷。他们见人就杀,活剥了男人,虐杀了儿童,奸淫妇女,然后剖开她们的肚子,把猫缝到里边……多数房屋被火夷为平地。他们焚毁格雷镇数周后,尸体仍然横放在各条街道上,没有人来掩埋他们。②

不管是男人、女人还是儿童,都变成了一具具横卧街头的尸体。而且,遭受奸杀而死的妇女们的肚子里还被残忍地缝进了"猫"。曾经美丽、静谧,与世无争的格雷镇变成了令人毛骨悚然的"死城"。辛格的上述描述并不夸张、过分。1648年的"犹太人大屠杀"事件,使东欧的犹太社区蒙受了

---

① Cf. Allen L. Berger, Alan L. Berger, *Crisis and Covenant: The Holocaust in American Jewish Fiction*, pp. 3—5.
② Isaac Bashevis Singer, *Satan in Goray*, New York: Avon Books, 1955, p. 13.

最为沉重的打击。而这一切到底又是为了什么？辛格在同样以 1648 年大屠杀为背景的小说《奴隶》中通过人物的对话，辛辣地诘问道：

> ……"这样的事为什么会发生在我们身上？"其中的一个男人问道。"约瑟夫是《托拉》专家。"
> "这是上帝的旨意，"另一个人回答说。
> "但是为什么？那些小孩子犯了什么罪？他们被活埋了。"
> "教堂后面的那座小山摇晃了三天。他们把汉娜·柏里史的舌头给拽了出来，还把贝拉·伊彻的乳房割下来了。"
> "我们怎么伤害他们了？"
> 没有人回答这些问题，他们好像期待雅各布来回答这些问题，于是就抬起头来看着他。但他默不出声地坐在那里。他曾经向旺达解释说没有邪恶自由意志不可能存在，没有悲伤不可能有仁慈，现在听起来太贴切了，几乎有些亵渎。造物主需要哥萨克人的帮助来揭示他的本性？这是用来活埋婴儿的充足理由？……那个赐予哥萨克人力量来砍下（犹太人的）头颅，剖开（犹太人的）肚腹的同一个上帝导演了这个天庭里的多元化。①

对这场从天而降的灾难，犹太人疑虑重重。他们怎么也不明白上帝为什么会允许、纵容哥萨克人砍下犹太男人的头颅，割下犹太女人的乳房和舌头，而且还活埋了犹太人的后代——婴孩与儿童。难道上帝是在借助哥萨克人之手来展示、炫耀其本质吗？

辛格通过艺术化的手段，在这两部小说中主要从以下三个方面提出问题。首先，面对犹太人惨遭屠杀，辛格对犹太人与上帝的"契约"的性质提出了质疑。在辛格看来，如果说上帝与犹太人的"契约"是无条件的，②是"一

---

① Isaac Bashevis Singer, *The Slave*, London: Jonathan Cape, 1973, pp. 102—109.
② 根据《圣经·旧约》，上帝与亚伯拉罕和大卫签订的契约是"无条件的"契约，即这个契约"只仰仗上帝的恩赐而不以人类的行为为条件"。见 *The Oxford Companion to the Bible*, New York: Oxford: Oxford University Press, 1993, p. 139.

种由更强有力一方的单纯意志行为而建立的法律结合"话,那么,上帝眼看着他的"选民"蒙受苦难而不予以保护,这就是上帝的违约,上帝应对此负责。但如果说上帝并没有践诺,又没能保护他的"选民",那么,全知全能的上帝的权威和能力则会受到质疑。而且,上帝惩罚他的选民这一行为本身就是违约。其次,如果说犹太人与上帝的"契约"是有条件的,①即犹太人首先要遵守与上帝约定的律法,民族和个人的灾难都源自自身罪孽的话,那么,犹太人就应对自己的苦难负责。但问题的另一方面是,仁慈的上帝怎能忍心看着数百万无辜的"选民",特别是那些尚在襁褓中的婴儿和年幼无知的儿童惨遭屠杀吗?难道他们也犯下了什么罪孽?如果说上帝真的如此忍心,那么,上帝是仁慈的说法就非常令人怀疑了。最后,辛格还用生动的艺术形象和富有真实感的故事情节,对拉比犹太教认为的弥赛亚将会降临到一个全都有罪或完全无知一代的宗教观念进行了批判和揭露。

辛格在《格雷的撒旦》中花费了不少篇幅来说明拉比犹太教中有关"弥赛亚"降临之说的虚妄性。在小说中,惨遭哥萨克人肆虐蹂躏后,侥幸存活下来的犹太人开始按照拉比犹太教教义的教诲,日夜期盼"弥赛亚"的降临。恰好这时出现一位自称为"弥赛亚"的犹太人萨巴泰·泽维。格雷镇的人们隆重地迎接了这位"弥赛亚"的到来。为了使这个镇的犹太人变得完全有罪,他们在拉比犹太教教徒格达利亚先生的号召下,开始竭尽全力地、想着法地堕落:好逸恶劳、狂歌乱舞、酗酒乱伦,甚至还搞起了同性恋。就连这个镇的犹太拉比莱维本人也加入了这个疯狂的群体。他奸宿自己的侄女;让妻子"赤身裸体地在外面行走,并在众人面前,包括她自己的丈夫,与马夫交媾"。② 总之,"从那时起,格雷镇沉溺于各种各样的放纵活动中,变得一天比一天更腐败。他们相信每一次犯罪都向自我纯洁和精神提升迈进了一步。"③但结果却令人沮丧异常。原来他们苦苦追

---

① 根据《圣经·旧约》,上帝通过摩西与以色列国签订了第三个契约。在这个契约中,上帝强调以色列人要严格遵守律法。Cf. *The Oxford Companion to the Bible*,第 178 页。
② Isaac Bashevis Singer, *Satan in Goray*, p. 137.
③ *Ibid*., p. 136.

求、期盼的"弥赛亚"是一个伪君子——他在被伊斯兰教徒抓获后,皈依了伊斯兰教。辛格用"弥赛亚"的自我亵渎,反证、批判了拉比犹太教的虚妄、欺骗性。

辛格向"契约论"发起挑战,一方面是对"正统犹太教"教义的批判,与此同时也是对犹太人所信仰的上帝的批判。犹太教赋予上帝的基本定义是:仁慈正义、无所不知、无所不在、全知全能。面对历史的灾变和犹太人所经受的磨难,"正统犹太教"为了自圆其说,又加以解释曰,上帝并没有"从历史中消失,而是其存在越来越难以琢磨和具有隐蔽性"。① 应该说,辛格对上帝的批判和颠覆也并非是全盘性的,而是有针对性地指向某些方面,如"仁慈正义""全知全能"和"难以琢磨""隐蔽"等。对于前者,即上帝"仁慈正义""全知全能"的特性,辛格采用的办法是,在其多部小说中列举了大量事实来证明上帝无视犹太人的苦难,对反犹主义者任意迫害、虐杀犹太人的行为听之任之、无动于衷,以此来质问上帝的所谓仁慈、正义何在。正如他小说中的人物所说:"为什么这些禁忌和戒律没能让犹太人免遭哥萨克人的残暴? 上帝为什么还要他的选民做出牺牲?"②对于"正统犹太教"所提出的上帝"难以琢磨"和"隐蔽"的问题,辛格也是充满怀疑和不信服的。他在其长篇小说《奴隶》中写道:"上帝惩罚他的选民,然后躲着不见他们,然而,他还继续监督指挥着这个世界。"③在辛格看来,如果上帝对他的选民——犹太人的惩罚是正当、合理的,那么他就没有必要躲藏起来。他奇怪地躲起来,理由可能只有一个,他在对犹太人实施了惩罚后不愿现身,即不愿意正面面对犹太人。上帝这种不光明磊落的做法,极易让人对上帝惩罚的正当性产生怀疑。惩罚既然是缺乏正当性的,那么也就是无效的。这实际上也是对上帝所谓的"公正"、"仁慈"的否定。辛格在其长篇小说《敌人:一个爱情故事》中还写道:"如果上帝一直把希特勒的屠杀作为他用来改善他的选民的目的,那么,他失败了。信教的犹太人实际上已经都被消灭光了。除个别外,幸存的世俗犹太人并

---

① Alan L. Berger, *Crisis and Covenant: The Holocaust in American Jewish Fiction*, p. 4.
② *Ibid.*, p. 117.
③ Isaac Bashevis Singer, *The Slave*, p. 8.

没有从这恐怖中学到点什么。"①辛格的意思是说,即便退一步讲,上帝的惩罚,即借希特勒之手来改良他的选民是正当、合理的,他的目的也没有达到,因为"屠杀"除了让大批的犹太人丧失生命外,并没有让他们得到什么新的启示。

辛格对上帝的批判实际上是其对传统犹太教困惑的表现。作为一个犹太人,辛格十分愿意相信上帝与其之间的契约,但是,让他始终不能理解的是,为什么有了这样一个"护身符",犹太人民还是要屡屡遭受迫害呢?换言之,与上帝的契约为什么不能帮助犹太人摆脱苦难?辛格就是在这样的追问中,瓦解,甚至推翻了拉比犹太教所强调的犹太人与上帝之间的契约说。

实事求是地说,在辛格的"反"契约论过程中也时刻充满着悖论和不一致性。细究起来,辛格对上帝的感情自始至终都是颇为复杂和自相矛盾的。他曾在《忏悔者》中写道:"信仰上帝,也赞美上帝非凡的智慧",但却"看不到或不能颂扬他的仁慈"。② 他一面信仰上帝,一面又怀疑他的仁慈。按照一般理解,尤其是结合辛格的作品来看,他还是反对上帝的成分更多些。但辛格的解释却是:

> 对上帝的信仰和对生活法则的抗议并不矛盾。所有的宗教都有抗议这一个重要的因素。那些献身侍奉上帝的人们常常敢于诘问他是否是正义的,反抗他对人类善恶之间的斗争所采取的看似中庸的态度。因此,我感到在反抗与祈祷之间没有根本的区别。③

这段文字对认识、理解辛格的宗教思想具有十分重要的意义。这段并不太长的文字转达了多层的意思,甚至在某些方面是相互矛盾的。其一,辛格对犹太教的挑战,实际上是他维护这个宗教的一个手段。他把自己置

---

① Isaac Bashevis Singer, *Enemies: A Love Story*, New York: Farrar, Straus and Giroux, 1972, p. 46.
② Isaac Bashevis Singer, *The Penitent*, London: Jonathan Cape, 1983, p. 168.
③ *Ibid.*, p. 169.

于一个有权诘问上帝的位置,并不是为了与上帝唱对台戏,而是自己献身侍奉上帝的表现。其二,辛格在挑战"契约论"中提出了反抗"生活法则"的思想。这一思想极为重要,确切地说,反抗"生活法则"实际上包含着两个方面的内容。对内,是反抗统治犹太人的犹太教义,因为这些教义大大压抑、束缚了犹太人对反犹主义者的反抗;对外,是对非犹太文化中的反犹主义势力提出抗议。其三,辛格提到的上帝对人类善与恶之间的斗争采取"看似中庸的态度"实际上是对上帝的责难。正如在前文中所说,犹太教的传统观点认为,上帝是仁慈的。因而说上帝"看似中庸"实际上是说上帝的"中庸"是表面的,抑或说,这种"中庸"是令人怀疑的。犹太人在历史上所蒙受的苦难足以说明上帝并非是"中庸"的——上帝只惩罚他的选民犹太人,而对非犹太人的罪戾、暴行则不管不问。犹太人所蒙受的灾难让辛格清醒地认识到,上帝绝无"中庸"可言,也无仁慈之心。因此,从某种意义上说,辛格信仰上帝不错,但他对上帝的信仰仅限于相信上帝的存在,或者说,相信的是那个"违约"的上帝,而绝非是犹太教所宣扬的那个仁慈、公正的上帝。

艾兰·L. 伯格认为,辛格挑战"契约论"最终导致他完全放弃"契约论"思想——终结犹太民族的历史。[①] 伯格的这个论断有一定片面性。辛格挑战犹太教义中的"契约论"并没有要放弃"契约论"思想的意思。事实上,他进行挑战的这一行为本身就不是放弃。纵观辛格的小说,会发现几乎在他所有的小说中都是以"回归"上帝为结尾的。尽管其"回归"过程常常带有更多的辛酸和无奈,但是这种选择足以表明辛格并非是要"终结犹太民族的历史",相反,他在其绝大部分的作品中所着力刻画的正是犹太人延续的故事。辛格的长篇小说《敌人:一个爱情故事》就能充分地说明这个问题。小说描写了一个最终"消失"了的人物赫曼·布罗德。布罗德是一位二战的幸存者,为了摆脱那场德国纳粹屠杀犹太人的噩梦,他移居到了美国。可是记忆太深了,他无论怎样努力都走不出阴影。有一天,他终于厌倦了在惊恐中与三个妻子周旋的生活,让自己彻底地"消失"了。

---

① Cf. Alan L. Berger, *Crisis and Covenant: The Holocaust in American Jewish Fiction*, p. 188.

如果故事就此结束,辛格似乎有"终结"犹太民族历史的意思。然而,辛格并没有就此搁笔,而是在这部小说的结尾,安排了一些富有象征意义的情节:布罗德虔诚的非犹太人妻子为他生下了一个女儿,他的第一任妻子和犹太社团竭尽全力地帮助照料这个孩子;另外,他的第三位妻子坚持守护自己死去的母亲,这些均在暗示布罗德虽然"消失"了,但是犹太民族的生存与信仰将会延续下去。因为,在犹太人看来,犹太民族的延续(犹太人的后代)和对犹太身份的继承比宗教信仰本身更为重要。不过,如果因此而得出辛格想通过这些故事情节来表达与上帝重续"契约"的结论也是不妥当的。诚如前文中所反复强调的那样,辛格对犹太教中的"契约"思想始终是持批判态度的。他通过作品不断来表达延续犹太民族和继承犹太身份的愿望,恰是其内心痛苦和矛盾的反映,即在历史的灾变中不得不信仰一个伤害其民族利益的上帝,不得不维护自己痴迷、孱弱且又善良的民族情感。

除此之外,辛格的矛盾与痛苦还与他挑战"契约"说这件事本身有关。否认犹太教中的"契约"思想,实际上就等于瓦解了整个犹太文化传统的根基。他原本想把批判的锋芒直指民族文化的腹地,不料想由于"用力过猛",而戳穿了这一切——把一些本该属于自己民族文化秘密的东西和盘托出。这令辛格颇不自在。不过,在多数情况下,辛格故意很警觉地不去道破。原因是,辛格已深切意识到能把犹太人民团结起来的唯一手段就是犹太教的感召力。如果把犹太教彻底否定了,在一个反犹主义势力仍然存在的世界,就等于把犹太民族彻底地毁灭了。而这种来自内部信仰的毁灭远比来自外部的打击更为猛烈、可怕。

辛格在作品中对上帝发难和对犹太人赖以生存的最为根本的思想——"契约论"发起挑战并不是偶然的突发事件,而是有其深刻的社会原因和文化背景的。具体说,除去主观因素以外,辛格对上帝和"契约论"反抗情绪的产生,一方面源于社会与时代的影响,另一方面还受到了传统犹太文学的影响。

就社会与时代而言,辛格受到了他所生活的那个时代的政治运动、宗教改革、社会变迁以及文化思潮等诸多方面的影响。事实上,他思想中的"现代性"也就是在这种大的社会框架中形成的。发生在

19世纪中叶的法国大革命"在其所取得的成就的大的框架内制定了犹太人的解放"。① 这一事件极大地影响了犹太人的生活。法国大革命提出取消僧侣和贵族阶层所享有的特权,不分出身和宗教信仰,在法律面前,所有公民平等地享有选举权。这样一来,犹太人,特别是犹太社区内的那些上层犹太人,也和其他的公民一样,在法律面前享有了平等的选举权。可以想见,法国大革命所倡导的平等精神及其在此基础上建立起来的社会政治制度,也深刻影响了生活在欧洲其他国家的犹太人的生活和社会地位的变化。比如在辛格所生活的国家波兰,也敏感地接受了这一信息,"犹太人在法律和政治地位方面发生了显著的变化。"②非犹太人的学校已经开始接受犹太学生;少数犹太人可以到许多城市里居住并能成为该城市的公民,如果机遇好的话,还可以到市政机关单位供职,等等。总之,犹太人的生存处境得以空前地改善。

不过,新的问题也接踵而来。那就是随着犹太人的解放和政治、经济地位的提升,不可避免地导致部分犹太人与非犹太人的"同化"和部分犹太人"世俗化"等问题的出现。一些激进的犹太人在解放思潮形势的推动下,开始组织劳工运动、社会主义运动以及犹太复国运动等;还有部分犹太人卷入一些诸如移民、城市化、工业化等历史事件中。这一巨大的时代变迁对犹太教造成了很大的冲击。在这一时期中,逐渐走向成熟的犹太哈西德教派开始"挑战主宰犹太人生活的那些自鸣得意、富有、饱学的宗教寡头统治,并号召掀起谴责和反对的浪潮"。③ 哈西德教派是主张通过教导"犹太人到处去察看神光的闪耀"的方式积极接近上帝,并认为"犹太人的任务不是脱离世界,而是去拥抱他周围的一切,并且要把这一切包含在虔诚的一生中。这样一来,一切事物中闪耀的神性可能在他身上找到一个渠道与来自上帝的源泉相结合"。④ 哈西德教派积极的一面是,在某种程度上,它

---

① Raphael Mahler, *A History of Modern Jewry*, London: Valentine, Mitchell, 1971, p. xix.
② *Ibid*., p. xxi.
③④ *The Oxford Dictionary of the Jewish Religion*, Oxford, New York: Oxford University Press, 1997, p. 304.

把犹太教从饱学的宗教寡头统治下解放了出来,从而使每一个普通的犹太人都能接近上帝。哈西德教派的学说不但给沉闷的犹太教注入了新的活力,而且也给年轻一代犹太人提供了新的思维方式和宽阔的视野。

发生在18世纪末期和19世纪初期的东欧犹太启蒙运动,提倡向现代欧洲世俗文化学习,这对哈西德教派运动的壮大又形成了冲击。两者虽在反传统方面,如"反对在犹太生活中占统治地位的拉比正统犹太教,反对将教育和文化仅限于钻研《塔木德》"等有相同之处,并都注重"培养犹太文化意识",①但也有差异的存在,比如犹太启蒙运动主张通过对民众的普遍教育和学习西方文化来推进犹太民族的解放。在东欧,这实际上意味着"西方化",②或者说,是把犹太教世俗化的举动。无疑,这场运动具有群众性和开放性的性质。哈西德教派主要强调的是"阐释个人与上帝直接关系方面的问题",③比较而言,哈西德教派运动更是趋向保守、自我以及克制。

1935年,辛格从落后的波兰犹太居民区移居到已经步入现代社会的美国。他在美国亲身感受到的现代社会生活和所看到的现代文学的发展变化,对他造成了很大的冲击,即他业已成形的现代性首次遇到了挑战。他在挑战面前,一方面"抱残守缺",继续用自己的民族语言书写他对上帝的质疑和批判,另一方面他把自己包裹得更紧:拒绝成为归化的美国公民,从不打算用英语进行创作,④甚至极少在作品中谈及美国社会和非犹太美国人的生活。总之,辛格文学中的现代性并没有因为他移居到美国而发生"质"的变化。

辛格对上帝"契约"的追问和质疑还与受传统犹太文学的影响有关。早在犹太人用作祈祷的挽歌,如 *Selihot*、*Kinot*、*Midrashim*⑤ 中或者在

---

① *The Encyclopedia of the Jewish Religion*, London: Phoenix House, 1965, pp. 176—177.
② Ibid., p. 177.
③ *Dictionary of Biblical Interpretation*, Nashville: Abingdon Press, 1999, p. 485.
④ Cf. Richard Burgin, "Isaac Bashevis Singer Talks … About Everything", *The New York Times Magazine*, November 26, 1978, p. 26.
⑤ *Selihot* 和 *Kinot* 是犹太人使用的不同的祷文。前者在圣日前的星期六午夜用来做忏悔用;后者是在教堂中哀悼死者时吟诵的。*Midrashim* 原来是指古代拉比对《圣经》中律法、伦理道德等的阐释,后来逐渐发展成《圣经》的一种辅助读物。现代犹太作家将自己的创作和这种读物结合起来,成为一种新的文学体裁。

1648年以后的犹太悲悼文学(Lamentation Literature)①中,均已存在对以上问题的追问和探讨。犹太圣殿的两次被焚毁、犹太人被逐出"圣城"耶路撒冷、犹太人被逼改宗以及随后出现的以各种名义对犹太人实施的迫害,甚至屠杀等不断出现的历史灾变都一一记录在这些民间文学中。如19世纪俄国犹太诗人 H. N. 比亚利科(H. N. Bialik,1873—1934)就在自己的多首诗歌,如《在屠杀之城中》和《在屠杀中》以悲悼文学的笔触,记叙了犹太民族的灾难。而且,对历史事件的每一次记述都将引起记录者、作者对上帝产生怀疑。辛格深受犹太民族文学的浸润,他从孩童时代起就博览了许多优秀的犹太作品,诚如他说:"到这时我知道的意第绪语作家有门德尔·茅切·斯夫利姆、肖洛姆·阿莱汉姆、坡雷兹、阿什以及博格松……现在,守着茅泰尔·舍给我的用希伯来文写的书和选集,我充满激情地阅读比亚利科、车尔尼雪夫斯基、雅格·克汗以及史尼厄等,而且我还贪得无厌地想读更多的书。"②辛格对其本民族的作家几乎到了痴迷的程度。由此可见,他采用文学形式来叙说犹太民族的苦难史,并进而挑战犹太传统宗教中的"契约论"是与优秀的犹太文学传统分不开的。换言之,辛格小说中的现代性是植根于犹太文化传统中的,是在对犹太文化传统的重新认识和批判中阐发出来的。因而,他所言的现代性与真正的现代生活理念是有差距的。

二、阐释斯宾诺莎的现代思想

现代犹太历史的开端并非是个统一、固定的时间。麦克斯·I. 狄芒特认为,现代犹太历史在欧洲最早起始于17世纪。③ 由于犹太人不堪忍受西班牙、葡萄牙政府的迫害,纷纷从这两个国家中逃离出来,前往荷兰。可以说,荷兰政府对犹太人的接纳,标志着现代犹太历史的开始。在德国,现代犹太历史的起步则晚了一个世纪,此处的犹太人的现代历史是伴

---

① 犹太悲悼文学主要是用来记载犹太民族历史事件的,悲悼那些为犹太宗教和民族献身的义士或烈士。
② Isaac Bashevis Singer, *In My Father's Court*, p. 304.
③ Cf. Max I. Dimont, *Jews, God and History*, pp. 289—290.

随着欧洲启蒙运动的到来以及犹太"隔都"墙的推倒而开始的。而生活在东欧国家的犹太人的现代历史还要更晚一些,其来临时间大致在18世纪末19世纪初。在这个时期中,东欧的犹太人在西欧启蒙主义运动胜利的鼓舞下,开始了自己漫长而艰辛的启蒙运动。

现代犹太思想的主要肇始者之一是 B. 斯宾诺莎(Benedit 或 Baruch de Spinoza, 1632—1677)。[①] 斯宾诺莎的现代性主要表现在他对上帝、上帝的属性、人类心灵以及道德等问题的独特认识上。在犹太历史上,斯宾诺莎可以说是第一个"将宗教作为想象的产品来表述"[②]的人。他曾提出要理性地爱上帝的思想,即要在了解上帝的基础上爱上帝。而且,对上帝拥有了这种认识,才能使人的精神不死。在当时的历史背景下,斯宾诺莎的这些思想无疑被视为歪理邪说,不仅成为众矢之的,而且还被革出教门。但历史证明,斯宾诺莎的哲学思想,其中包括关于对上帝的认识、人类对虔诚的需要以及对自由和正义的热情等观点,都成为犹太思想现代化历程中的第一抹曙光。

就接受意识形态方面的影响而言,辛格更多的是受到斯宾诺莎的影响。他在其自传《在我父亲的法庭里》(*In My Father's Court*, 1966)中,曾这样诉说斯宾诺莎给他带来的陶醉和震撼:

> 斯宾诺莎的书让我脑海翻腾。他的一些论断,如上帝是一种带有无限属性的物质,神性本身必须遵守律法,没有自由意志,没有绝对道德和目的等,让我既着迷,又困惑。我在读这本书时,感到前所未有的陶醉和启发。似乎在我看来,我在孩童时代就开始追求的真理终于清晰了。一切都是上帝——华沙、比尔格雷,顶楼上的蜘蛛,井里的水,天上的云彩,放在我膝盖上的书。一切都是神的,一切都是思想及其外延。[③]

[①] 荷兰犹太哲学家、神学家、科学家。因用拉丁文出版《伦理学》等著作,被视为背教者,于1656年被阿姆斯特丹的犹太社区革出教门。
[②] Max I. Dimont, *Jews, God and History*, p. 330.
[③] *Ibid.*, p. 305.

不过，以上这番话不表明辛格对斯宾诺莎的思想学说是全盘、无条件地接受的。一般说来，他对斯宾诺莎的接受主要集中在有关上帝、道德、情感、自由以及事物的二元性等范畴方面。至于斯宾诺莎的其他学说，辛格采用了把其放到实践中去检验的办法，以此来证明自己所理解的犹太教、犹太人民以及犹太历史的正确性。

斯宾诺莎关于上帝的思想主要反映在他的《伦理学》一书中。在该书中，他先是运用几何学的方法来阐释、论证上帝的存在。在此基础上，再申明人类的"自救"来自对上帝的理性的爱。通常情况下，斯宾诺莎对上帝的认识是有限定的，即他把上帝视为"哲学家的上帝，用作解释的一个原则，一切存在之物的第一因"。① 他在《伦理学》中这样写道：

命题十一 上帝，或实体，具有无限多的属性，而他的每一个属性各表示其永恒无限的本质，必然存在。

证明 假如否认此说，试想一下：上帝不存在是否可能。［假如上帝不存在］，则（据共则七）他的本质便不包含存在。但（据命题七）这是说不通的。所以上帝必然存在。此证。②

在这段文字中，斯宾诺莎提出了一些十分重要的论点，需要加以讨论。首先，斯宾诺莎将上帝界定为"具有无限多属性"，而这些属性恰恰又"不是具有传统品质的上帝——仁慈、全能、无所不知；上帝作为实体，总是被这样理解的……那些神圣的属性不再是超越一切的上帝的品质了，而变成用来解释、诉说或表达现实的方法了"。③ 在犹太教徒看来，斯宾诺莎的

---

① Edwin Curly (ed. and trans.), *A Spinoza Reader: The Ethics and Other Works*, New Jersey: Princeton University Press, 1994, xxii.
② Andrew Boyle (trans.), *Spinoza's Ethics and on the Correction of the Understanding*, London: Everyman's Library, 1970, pp. 7—8.另参见斯宾诺莎：《伦理学》，贺麟译，商务印书馆1997年版，第10页。本文根据《伦理学》的英文版，将贺麟的译文个别处做了改动。如英文God译为"上帝"更妥一些。另，根据英文版的《伦理学》及其相关论述，斯宾诺莎一直用He来指代God，因此，在用代词指代"上帝"时，本文改用"他"。
③ Genevieve Lloyd, *Spinoza and the Ethics*, London: Routledge, 1996, p. 31.

这些观点是一种非正统的,甚至是异教的观点。然而,在辛格看来,斯宾诺莎对上帝的界说,即上帝只是"哲学地"存在,"作为实体",他的身上有着无限多的属性,但唯独没有犹太教中所宣称的仁慈、无所不知、无所不能之属性是非常有道理的,完全可以理解、接受的。辛格在其小说中就曾借用这一理论依据,来斥责上帝对犹太民族所遭受的苦难无动于衷。他在长篇小说《奴隶》中写下了这样的话:"当然,上帝是那唯一的上帝,令人敬畏、威力无限,不过,他的正义若能广施天下,才算是公平的。他不应该做格尔雄那样的暴君,对强者奉承讨好,对弱者羞辱咒骂。"①这里的上帝显然不是那个传统犹太教中的上帝,他虽然"令人敬畏""威力无限",但却欠公平、正义。也就是说,在辛格看来,以哲学方式存在的上帝是一个欺软怕硬的"暴君",他的属性更多地体现在他的非仁慈和非公正性上。辛格通过其作品对有关上帝的这番表述,在颠覆了传统犹太教赋予上帝的那些崇高意义之同时,也把其现代犹太宗教文化观昭示了出来。

其次,从斯宾诺莎提出的上帝及其属性的"表达"(expression)这一概念中,我们也能了解到他对上帝的认识。斯宾诺莎认为,上帝的属性是能动的;实体表达自身;属性即是其表达。在贾尔斯·德勒兹(Giles Deleuze)看来,斯宾诺莎所用的"表达"这个词有两层的意思:其一是像镜子一样表现景象;其二是像种子一样反映大树。因此说,斯宾诺莎提出的"表达"这一概念并不是一种被动反映,而应该是一种主动和能动的明确表达。② 即上帝具有主观能动性。在某种意义上说,斯宾诺莎对上帝的这种界说实际上揭示了上帝与人类之间的关系。进而言之,揭示了上帝对人类历史进程的干预。因为,一方面,上帝"是由其属性——包括其外延——来表达的,依次说来,他的存在的一切形式都不能逃避表达"。③ 另一方面,"外延的实体本身也是上帝无限多的属性中的一部分。肉体这种实体不能排除具有神性。"④辛格巧妙地运用斯宾诺莎对上帝的这一界说,将犹太民族所遭受的一切不幸、痛苦与灾难都归罪到上帝那

---

① Isaac Bashevis Singer, *The Slave*, London: Jonathan Cape, 1973, p. 240.
② Cf. Genevieve Lloyd, *Spinoza and the Ethics*, pp. 30—31.
③④ Genevieve Lloyd, *Spinoza and the Ethics*, p. 39.

里。因为在他看来,人类历史上所发生的一切都与上帝、上帝的属性,或上帝的外延等相关。他在小说《奴隶》中直露地写道:"山区里每天的日出都像是一个奇迹;人们可以清晰地看到上帝的手就在那些燃烧的云彩之中。上帝惩罚了他的子民,然后又藏匿起来,但是他还继续统治这个世界";①上帝就藏在"那些燃烧的云彩之中",不管是惩罚他的臣民,还是统治这个世界,都是完全由他决定的。辛格后来又在其小说《敌人:一个爱情故事》中,这样描写了二战犹太幸存者赫曼和玛莎之间的一场对话:

> "没关系,"赫曼说道。"我希望我知道答案。它可能是痛苦,是上帝的一个属性。如果有人认为一切都是上帝的,那么我们也是上帝。我打你,我的意思是上帝被打了。"
> "上帝为什么打自己?……如果犹太人是上帝,纳粹也是上帝,那么就没有什么好说的了。妈妈做了一个蛋糕。我给你拿一块。"
> "女儿,他应该先吃蜜饯。"
> "先吃后吃有什么区别?不管先吃什么,到胃里就都掺和到一块了。"②

把"上帝"和"痛苦""我们""纳粹"相比拟,把具有象征意义的"蛋糕"和"蜜饯"说成吃到胃里"都掺和到一块了"等,无疑是对犹太传统思想的一种辛辣的讽刺和颠覆。在这里,辛格既运用斯宾诺莎的观点愤恨地批判上帝是一个没有原则的上帝,甚至把上帝同纳粹相提并论,又巧妙地借用斯宾诺莎观点进行推论,认为如果按照斯宾诺莎的观点,一切"都掺和到一块了",那么,上帝也就失去了神性,降低等同于人类。辛格这一巧妙的推论消解了犹太氏族神在传统宗教文化中应有的至高无上的地位,暗示了现代社会在精神信仰上混乱芜杂的局面。

第三,斯宾诺莎关于上帝"必然存在"(necessary existence)的论述有

---

① Isaac Bashevis Singer, *The Slave*, p. 8.
② *Ibid*., p. 38.

些模棱两可。因为,他是从一种假设而不是从观察到的现象或事实做出结论的。吉纳维夫·劳埃德指出:"这里我们完全有理由怀疑,除了宗教所有的装饰外,我们是否面对为某种传统犹太教或基督教神学,或精心制作的陈词滥调所作的激烈辩护。"他接着指出:"斯宾诺莎推论,要能够存在,就要有权力。现实越是从属于事物的本质,存在就越需要权力。因此,作为绝对无限存在的上帝就有绝对无限存在的权力。上帝因此绝对存在。"①辛格并没有细究在斯宾诺莎理论里上帝是如何绝对存在的,而是把注意力投放到了上帝的权力问题上。换言之,辛格借用斯宾诺莎的理论,谴责上帝为了证明自己的存在而滥用其权力,让大批无辜的犹太人遭受凌辱与屠杀。辛格写道:上帝"这位威力无限的父亲高坐在第七层上天令人仰慕的王位上,被守护神、六翼天使、小天使们前簇后拥着,但却让拉比被吊死,这开始让我感到气恼。以色列还要容忍到什么地步?我只能总结说他并不存在。"②上帝滥用手中的权力,愧对于以色列人民,因而他宣布上帝并不存在。辛格对上帝存在的否定和对上帝仁慈的怀疑——"我信仰上帝,而且赞叹他的非凡的智慧,但我看不到,或不能颂扬他的仁慈",③实际上也从另一方面否定了拉比犹太教关于上帝,即"那一个也就是唯一的一个上帝既正义又仁慈,既苛求又宽容,集最理想化和现实主义于一身"④的界说。

斯宾诺莎指出,"上帝用无限的理智的爱去爱他自己"而且"实际上没有一种东西与此种爱相抵触或能取消这种爱"。⑤ 他还进一步指出,"就像把永恒真理视为源自上帝的本性一样,这种理智的爱源自心灵的本性。"⑥也就是说,斯宾诺莎认为,"理性与本能引导人类去与万物本源相

---

① Genevieve Lloyd, *Spinoza and the Ethics*, pp. 32—33.
② Isaac Bashevis Singer, *In My Father's Court*, New York: Farrar, Straus and Giroux, 1966, p. 234.
③ Isaac Bashevis Singer, *The Slave*, pp. 168—169.
④ Robert M. Seltzer (ed.), *Judaism: A People and Its History*, New York: Macmillan Publishing Company, 1987, p. 13.
⑤ Andrew Boyle (trans.), *Spinoza's Ethics and on the Correction of the Understanding*, London: Everyman's Library, 1970, pp. 219—220.
⑥ *Ibid.*, p. 200.

结合,"因此,"上帝就是一切真理。"①辛格不同意斯宾诺莎的这一观点。他通过作品中的人物来表达犹太人无法用理性去爱上帝,上帝的所作所为也不能都视之为真理的看法。辛格在长篇小说《莫斯凯家族》中让男主人公阿萨议论道:

> 那么好吧,就算是正在发生的一切都是必需的。整个战争只不过是无限物质海洋中诸多模式的一种展示。但是,上天有何理由要来做这一切呢?他[上帝]为什么不结束这整个悲喜剧?他[阿萨]读到《伦理学》的第五部分,斯宾诺莎在这一部分里讨论了理智的爱上帝……阿萨从书本上抬起头来。真的是这样吗?爱所有这些伊万能是真的?甚至去爱这个脸上长痘疱,像猪一般目光躲躲闪闪的家伙?②

正在埋头读《伦理学》的犹太人阿萨,对斯宾诺莎"理智的爱上帝"的说法充满怀疑和敌视。生活经历告诉他,他的理性与本能无论如何也不能引导他去与万物本源——上帝相结合。因为,他的妻子被德国纳粹的炸弹炸死了,他的同胞在屠杀犹太人的战争中惶恐绝望地期待着弥赛亚——死神——的到来。如果说按照或者同意斯宾诺莎的观点——上帝就是一切真理的话,那么包括二战中"犹太人大屠杀"事件也就是真理。显然,上帝的存在对犹太人来说是十分值得怀疑的。

斯宾诺莎在《伦理学》中阐述的另一个重要思想是关于伦理意识问题。这里所说的伦理意识指的是对如何过好生活而非对道德信条的思考。③ 斯宾诺莎认为,生活好是"德行的首要和唯一的基础"。也就是说,他把人类寻求自身利益或保持自身存在的行为视为德行,反之,则认为是软弱无能的表现。对此,他总结说,"保存自我的努力的德行"应该比其他德行都重要。④ 但是,

---

① Max I. Dimont, *Jews, God and History*, pp. 330—331.
② Isaac Bashevis Singer, *The Family Moskat*, London: The Anchor Press, 1966, p. 369.
③ Cf. Lloyd, *Spinoza and the Ethics*, p. 113.
④ Cf. Andrew Boyle (trans.), *Spinoza's Ethics and on the Correction of the Understanding*, London: Everyman's Library, 1970, pp. 156—157.参见斯宾诺莎:《伦理学》,贺麟译,第185—186页。

斯宾诺莎在强调"保存自我"的同时,又提出了另外的两个附加命题:"凡符合我们的本性之物必然是善的"与"就人们是受情欲的控制而言,他们不能说是与本性相符合的。"① 换句话说,在斯宾诺莎看来,人们的行为动机是欲望——一种保存自我的内在需要。因此,保存自我是首要的道德。快乐与痛苦在于生活完善的程度,而不在于将生活道德化的程度。生活完善的原则是增加快乐,减少痛苦,但不可过度而"受情欲控制"。斯宾诺莎的这一思想与传统的犹太教所倡导的苦行精神背道而驰,颠覆了传统的犹太伦理道德观,对现代世俗犹太人有着举足轻重的影响:犹太人虽然看重今世生活,但犹太传统文化还是主张放弃人生快乐,把侍奉上帝作为人生的终极目的。辛格运用斯宾诺莎关于人体、心灵、情感等方面的伦理观念,从正反两方面艺术地再现了具有传统观念的犹太人如何因违背自然法则,从而导致生活压抑,身心受损,以及具有现代意识的犹太人如何因遵循、顺从自然法则,而生活自在,身心健康。另外,斯宾诺莎所言的"受情欲控制"是非善的观念,也给辛格创作带来明显的影响。他的短篇小说《市场街的斯宾诺莎》("The Spinoza of Market Street")和长篇小说《莫斯凯家族》,便是两部围绕着斯宾诺莎的伦理观展开故事情节的作品。

在《市场街的斯宾诺莎》的开篇,辛格描写一些昆虫在围绕蜡烛取暖的场景便很具有启示、象征意义。小说的男主人公菲谢尔森博士是一位研究斯宾诺莎的著名专家。在日常生活中,他是典型的苦行僧——放逐人间的一切快乐,花费了30年的时间专心致志地钻研斯宾诺莎。所以,他熟知斯宾诺莎"所有的命题、所有的证明、所有的绎理以及每一条注释"。② 当他看到昆虫们围绕着蜡烛取暖的场景时,便气愤地指责说:"像人类一样,就知道追求那瞬间的快乐。"③ 菲谢尔森博士仇视"瞬间的快乐",也就是世俗的快乐。菲谢尔森虽是研究斯宾诺莎的专家,但他却像斯宾诺莎本人一样存在着"理论脱离实际"的弊病。对斯宾诺莎伦理道德观的研究与接受是取舍对半,即他只接受了有关死亡的伦理观念,而对其

---

① 斯宾诺莎:《伦理学》,贺麟译,第190—191页。
②③ Isaac Bashevis Singer, "The Spinoza of Market Street" in Isaac Bashevis Singer, *The Collected Stories of Isaac Bashevis Singer*, London: Penguin Books, 1982, p. 79.

另一半——有关生的伦理观念则束之高阁。因而,他违反人的本性,拒绝爱情、拒绝他人提供的经济支援,甚至还拒绝治疗自己的疾病,结果没有"保存好"自己,让饥饿、病魔缠身,险些丢了性命。这样做原本是为了实践斯宾诺莎的理论,殊不知他的行为恰恰违背了斯宾诺莎的有关情感、肉体、快乐、欲望等伦理观念。后来,在他的邻居,一位名叫"黑多比"老姑娘的帮助下,他终于做了"符合我们的本性"的事情,即两人结婚。可以说,菲谢尔森博士的新婚之夜是他走向"年轻的男人"的开始:当他和老姑娘"黑多比"进入"洞房"后,"颤抖了一下,《伦理学》从他手里掉了下来。蜡烛熄灭了……那天晚上发生的事可以说是个奇迹。如果菲谢尔森博士还不相信一切已发生的事情都是与自然的规律相一致的话,他就会以为是'黑多比'给他施了魔法。长期潜伏的力量在他的体内苏醒了……他像一个年轻的男人一样了。"① 人体的本能和世俗的乐趣被黑多比的肉体唤醒了,菲谢尔森博士终于回归到正常人的轨道上来,即实践、验证了斯宾诺莎的伦理道德学说。小说的寓意并不复杂,辛格不过是在借这样的一个故事来说明一个事实:传统犹太文化不但束缚、残害人的情感,而且对身体健康也会贻害无穷。

值得指出的是,辛格在小说中并不是简单地图解斯宾诺莎的伦理道德观,而是从实际生活出发,清醒地认识到斯宾诺莎的理论本身固然不错,但是对进入现代社会的犹太人来说,则是一把双刃剑:它既能唤醒"沉睡的"犹太人,但也会让"醒来的"犹太人不知所从、不知所终。随着现代社会的发展,犹太人开始逐渐意识到自身需求和欲望的合理性,但是,当他们试图为满足需求、欲望做点什么时,又突然强烈地意识到他们根本无法,或者说无权兑现自己的这些要求。原因既有客观的,也有来自主观的:社会上的反犹主义势力对犹太人的偏见和迫害,加之犹太人自身保守的传统文化观念都阻止、妨碍他们过上斯宾诺莎所主张的那样的生活。即便依靠努力,他们争取到了一点需要、渴求的东西,到头来也会发现不

---

① Isaac Bashevis Singer, "The Spinoza of Market Street" in Isaac Bashevis Singer, *The Collected Stories of Isaac Bashevis Singer*, p. 92.

但争取的过程是痛苦的,而且得到后也要背负沉重的负担:为了争取到自身的权利,就要在一定程度上改变自己的形象,这样一来既疏离了自己的犹太同胞,又让非犹太人,特别是那些反犹主义者感到厌恶、痛恨。这种人格分裂的过程让他们惶惑不安,甚至常常产生绝望的情绪。故而,辛格在《市场街的斯宾诺莎》中所宣扬的"斯宾诺莎情结",在其长篇小说《莫斯凯家族》中则变成了绝妙的讽刺:对犹太人而言,斯宾诺莎所倡导的现代伦理道德观不过是一种看上去很漂亮,但一触摸便会破碎的幻觉。

辛格在《莫斯凯家族》中写了两位具有"斯宾诺莎情结"的人物,阿萨·赫什尔·班内特和艾布拉姆·夏皮罗。阿萨是一位自觉的斯宾诺莎思想的实践者。他像斯宾诺莎一样,因宣传异端思想和追求现代世俗知识而被赶出教区。他本是乡下人,因想寻求一种"远离上帝和犹太社区"①的现代世俗生活,便怀里揣着斯宾诺莎的著作从家乡来到波兰首都华沙。在城市中,阿萨事事处处都按照斯宾诺莎的思想来指导自己的言语行为。譬如当他在路上遇见一个乞丐,本想给予施舍,但转而想到斯宾诺莎,便自忖道:"根据斯宾诺莎的教导,我不应该怜悯他。"②而当他的第二位妻子哈达萨问他是否信仰上帝时,阿萨的回答是:"是的,但不是信仰那个要我们祈祷的上帝。"并进而解释说,"整个宇宙是上帝的一部分,我们本身也是上帝的一部分。"③阿萨按照对斯宾诺莎哲学思想的理解,把自己的身躯也神性化了,即他真的以为自己和上帝享有一样的自由和权利。可是当他果真以其带有"神性"的身体去追求爱情、接触社会时,却失败了,既没有品尝到爱情的甜美——他与第一个妻子离婚了,第二个妻子又被德军的炸弹炸死,自己也没有获得一个安定的生活环境,甚至没有一个固定的职业和自己的家。只能在德军战机的疯狂扫射中麻木地告别第三个恋人,等待着拯救之神弥赛亚的到来。

斯宾诺莎的学说唤醒了阿萨的现代意识,但这对身为犹太人的阿萨来

---

① L. S. Friedman, *Understanding Isaac Bashevis Singer*, Columbia and South Carolina: University of South Carolina, 1988, p. 88.
② Isaac Bashevis Singer, *The Family Moskat*, p. 22.
③ *Ibid.*, p. 54.

说,并没有什么根本意义。现实生活并没有因为他懂得斯宾诺莎而给予特殊的眷顾。艾布拉姆是《莫斯凯家族》中另一位具有"斯宾诺莎情结"的人物。不过,他是那种被斯宾诺莎命名为"受情欲的控制"的人。为了满足情欲的需要,他不惜抛弃妻子、儿女,周旋于数个情人之间。当然,结局是悲惨的,因疲劳和疾病猝死在了情人的楼下。辛格通过这样一个人物结局意在说明,斯宾诺莎有关快乐的原则有利于人的身心健康和"完善生活",然而如果超出了这一限度而以追求享乐为目的话,就会导致人生悲剧的上演。

辛格塑造阿萨和艾布拉姆这样两个具有符号意义的人物是颇有深意的,即通过他们的思想矛盾和悲剧性的境遇来探讨、考察具有现代意识的犹太人在传统与现代之间所遭遇到的错位与尴尬:固守传统,因与现代社会的发展相违背,自然可悲;然而,犹太人一旦迈出传统的保护层,又深感前路茫茫。

辛格为现代犹太人摆脱尴尬和错位而提供的良方是"忏悔"。他在其多部作品,如《卢布林的魔术师》《哈德逊河上的阴影》《忏悔者》等中都曾描写过"受情欲的控制"的人物。这些人物曾因"受情欲的控制",而犯下了不可饶恕的错误。最终他们或把自己封闭在小屋里,或远走他乡,独自进行忏悔。从表象看,辛格似乎把"忏悔"当作治疗那些"失足"的现代犹太人的灵丹妙方,但实际上,辛格又常常落入自己的"圈套"。他笔下的人物总是在"忏悔"中感到失望而愈发不能自拔。如《忏悔者》中的男主人公约瑟夫·夏皮罗在厌倦了与众多情妇周旋、鬼混的生活后,决定回归家乡——以色列进行忏悔。其本意是想通过"忏悔"的途径寻找到灵魂的安息之地,但却终于失望地发现:

> 挂在墙上的斯大林肖像和这两个年轻人的谈话,让再次并永远地确信在世界其他国家世俗犹太人中间找不到犹太性的感觉,在以色列这些世俗犹太人中间同样也找不到。现代犹太人怀有他那个时代所有的谎言和妄想。他们所说的文化实际上是没文化,是丛林原则。[①]

---

① Isaac Bashevis Singer, *The Penitent*, p. 109.

在挂着"斯大林肖像"和"两个年轻人的谈话"的语境中进行"忏悔",反倒诱使夏皮罗怀疑其忏悔的有效和合理性。小说的故事本也说明以色列并不是个净土,它也同样面临着现代文明"全球化"的侵袭。在小说中,夏皮罗尽管最后终于找到了一位理想的伴侣,但无法想象他能保证"迷失"过的灵魂不再受到世俗文化的影响。事实上,辛格也意识到"忏悔"是无法让犹太人重新获得信仰的。他本人也曾承认:之所以还在信仰着上帝,实是因为没有别的选择。① 这也是他笔下的人物试图通过各种办法,重拾或者重振犹太精神,但无论怎样努力,到头来都是一场虚空的原因。因而说,所谓的"现代性",不管是对辛格还是其作品中的人物,都是为了生存而不得不进行的一轮苦涩的挣扎。

总之,辛格对犹太文化中的现代性是有细致、周密的思考的。在思想逻辑上,他从谴责上帝违反"契约"和对犹太人不公正开始,到反省犹太人"受情欲的控制"而遭到厄运止;在艺术表达上,他用艺术形象巧妙地阐发了斯宾诺莎的伦理学说,并试图为处于"迷失"中的犹太人开出自我拯救的妙方——忏悔。然而,辛格是深刻的,他并没有就此认为犹太人得救了。因为,转了一圈后,他最终还是承认自己是一位悲观主义者,人类是无望的。② 也就是说,辛格认为犹太人无论怎样挣扎、奋进,终归还是没有希望的。这事实上说明他所探讨的现代性,已经成了心中一道难以解开的隐痛。

第五节 辛格作品中的女性

一、传统宗教文化的牺牲品

辛格在作品中成功地塑造了许多女性人物,如肖霞(*Shosha*,1979)③、

---

① Cf. Isaac Bashevis Singer, *The Penitent*, p. 164.
② Richard Burgin, "Isaac Bashevis Singer Talks ... About Everything", *The New York Times Magazine*, November 26, 1978, p. 26.
③ 本文提到的辛格作品的出版日期均为英文版出版日期。

塔玛拉、玛莎、娅德玮伽(*Enemies*, *A Love Story*, 1972)、旺达(*The Slave*, 1973)、莉切尔(*Satan in Goray*, 1955)、彦陶("Yentl the Yeshiva Boy", 1983)等。这些女性人物或固守犹太传统,忠贞坚定,深为犹太男主人公所爱;或遭受犹太宗教压抑,抑郁自杀身亡,给读者留下不尽的思考;或因二战创伤,精神迷失,不知所终。透过辛格对女性人物的刻画,我们可以清晰地看到犹太女性在犹太历史上所处的地位;她们对犹太男人精神成长、事业成功的作用以及她们为维系犹太社区的生存与稳定所做出的牺牲。同时,我们也可以看到犹太传统宗教和文化对辛格的创作,特别是他对女性的看法所产生的巨大影响。

辛格对一些女性读者[1]批评他患有"厌女症"表示不满。1978年秋,辛格在与美国文学评论家理查德·伯金(Richard Burgin)谈话时指出:

有些女人谴责我说我恨女人,你知道,就像有些把所有的非犹太人看成反犹分子的犹太人一样,解放了的女人怀疑几乎所有的男人都是反女权主义者。她们想要作家把每一个女人都写成圣者和智者,而把每一个男人都写成野兽和剥削者。但是,当一件事情变成一种"主义"时,这件事情就已经是虚假的了,而且常常是荒唐的。[2]

辛格本人主张"自然地"写作和写出自己的"根",[3]对某些批评家动辄以某种理论或某种主义来诠释文学作品的行为表示了极大的不满。就辛格作品中的女性形象而言,虽然他反对按照某种"主义"的模式来写她们,但是,他笔下的女性形象在作品中都扮演着各种不同的角色,具有各种不同"功能"。如果我们了解犹太宗教文化和辛格作品中的时代背景,我们就会认识到并不是辛格本人有什么"厌女症",而是他通过文学作品反映了犹太传统宗教和文化中对女性的偏见、忽视乃至歧视。不过,严格说来,

---

[1] Cf. Evelyn Torton Beck, "I. B. Singer's Misogyny", *Lillith*, Number 6, 1979, p. 35.
[2] Richard Burgin, "Isaac Bashevis Singer Talks ... About Everything", *New York Times Magazine*, 26, November 1978, p. 32.
[3] *Ibid.*, pp. 36—38.

辛格对女性的态度有时是自相矛盾的，暴露了他传统、保守的一面。具体地说，他在作品中对犹太女性（包括非犹太女性）在男性世界中所受到的不公平待遇寄予同情的同时，并没有完全放弃传统犹太宗教和文化所灌输给他的对女性的看法，更没有走向另一个极端，即站在女权主义立场上处理女性问题。

在传统犹太社会里，女性始终处于一种从属的地位，"除非在一些特殊的案子里，"她们"像未成年人、聋哑人或白痴一样，在犹太法庭上不能作证人"。① 犹太法典《塔木德》中对女性也有过类似的描述：

> 那么，上帝为什么偏偏要用肋骨造女性呢？犹太人的解释是这样的：上帝斟酌了一下该用男人的哪一部分创造女人。他说，我不能用头来造女人，以免她傲慢；不能用眼睛来造她，以免她过于好奇；不能用耳朵来造她，以免她偷听；不能用嘴巴来造她，以免她滔滔不绝；不能用心脏来造她，以免她太嫉妒；不能用手来造她，以免她占有欲过强；也不能用脚来造她，以免她四处闲逛；而应该用身体上隐藏的一部分造她，以便让她谦恭。②

也就是说，在传统犹太教看来，女人不能有自己的思想，不能聆听学习事物，不能发表自己的意见，不能有自己的情感，不能走出家庭，不能拥有属于自己的财产，女人唯一可以做的事情就是"谦恭"——就是在家里做饭，打扫卫生，生儿育女。深受犹太教和传统文化熏陶的辛格，非常清楚犹太女人在家庭和社会中的地位。他在多部作品中，如短篇小说《犹太学校的男生彦陶》、长篇小说《格雷镇的撒旦》等，都讲述了犹太男性社会对女性的歧视和传统宗教文化对妇女的压制和扭曲。辛格在短篇小说《屠夫》("Slaughterer")中就曾描写女孩子在家中的形象："她们吃得太多，长得

---

① Paula Hyman, "The Other Half: Women in the Jewish Tradition" in Elizabeth Koltun (ed.), *The Jewish Woman: New Perspective*, New York: Schocken Books, 1978, p. 106.

② 赛妮亚编译：《塔木德——犹太智慧羊皮卷》，第129—130页。

太胖。她们偷罐里好吃的东西。最大的那个叫巴什,已经许配给人家了。一会儿,女孩们争吵起来,相互谩骂;再过一会儿,她们又相互梳起头发和编辫子。她们总是嘀嘀咕咕地谈论衣服、鞋子、袜子、上衣、裤子。她们一会儿哭一会儿笑。她们捉虱子,打架,洗东西,接吻。"① 在犹太传统宗教、文化的熏陶和教育下,在男人眼里,犹太女人干脆就是一群低能儿,她们的存在只是肉体的存在,是为男人的精神存在而存在的。

辛格的短篇小说《犹太学校的男生彦陶》中的女主人公彦陶,生活在19世纪波兰一个传统的犹太家庭里。她父母笃信犹太教,一心想按照犹太传统要求,早早把女儿嫁出去。但是,彦陶虽生为女儿身,但却"有一颗男人的心"。② 她不甘心像其他犹太妇女那样,早早结婚,然后生儿育女,伺候丈夫,听凭公婆呼来唤去,"把一生的精力都用在锅铲和揉面上。"③ 因此,"在她心里有一个声音一遍又一遍地重复说道:'不!'"④ 她渴望自己能像男人那样,学习知识,独善其身。但是,按照当时的犹太习俗,女人是不能进学校学习的。父母去世后,为了求学,她不惜变卖了所有的家产,女扮男装,到当时只有男孩子才有权进入的学校学习。她爱上了和其一起学习的男同学阿维戈多,但由于自己的"特殊身份",她只能把爱暗藏在心里。阿维戈多曾和一位名叫哈达丝的犹太女孩订婚,但由于他哥哥因精神抑郁上吊自杀,哈达丝的父母怕败坏名声,取消了婚约。不久,阿维戈多被迫和一个寡妇结婚,婚后生活得很不幸福。彦陶为了"能够接近阿维戈多"和成全他与哈达丝的婚姻,不久,"舍身"和哈达丝"结婚"。⑤ 然后,她向阿维戈多说明了自己的真实身份,劝说阿维戈多摆脱不幸的婚姻,重新回到哈达丝身边来。其实,阿维戈多对彦陶也有着深厚的情谊。在他得知彦陶的真实身份后,真诚地向她求爱,但遭到彦陶的拒绝。此时的彦陶一方面因为一心想学习而不能恢复自己的女儿身;另一

---

① Isaac Bashevis Singer, "Slaughterer" in Isaac Bashevis Singer, *Isaac Bashevis Singer Collected Stories*, London: Penguin Books, 1984, p. 210.
②④ Isaac Bashevis Singer, "Yentl the Yeshiva Boy" in Isaac Bashevis Singer, *Isaac Bashevis Singer Collected Stories*, p. 149.
③ *Ibid.*, p. 164.
⑤ *Ibid.*, p. 165.

方面,她因女扮男装时日太久,精神上承受了太多的苦难而无法恢复自我。她告诉自己爱了许久的阿维戈多:"我既不是男的又不是女的。"① 她在无奈中选择了放弃,离开了阿维戈多,将自己的身体和精神永远地流放了。犹太教禁止女性学习知识,渴望学习知识的彦陶因此而女扮男装;她又因女扮男装,而永远地失去了自我、失去了爱。

其实,辛格何止是深知女性在传统的犹太世界里所遭受的压抑,他还明白女性在传统的犹太世界里还常常被视为维护犹太宗教的一种工具,致使其人性遭到严重的扭曲。他在自己的第一部长篇小说《格雷的撒旦》中,就反映了女性在传统犹太世界里是如何被用来"维护"犹太宗教的。

《格雷的撒旦》中的格雷镇在经历了史无前例的大屠杀后,该镇的一些别有用心的犹太男人,便宣扬要用罪孽来救赎自己、迎接弥赛亚的到来。他们鼓吹说,"男人可以被允许和陌生女人在一起。这种行为甚至被看成是一种宗教义务;因为男人和女人的每次交媾就可以形成一种神秘的结合并促进神圣的上帝和敬神的教众的结合,上帝保佑,"② 因此,犹太妇女就成为他们"救赎"自己的一种主要工具。他们以宗教的名义对妇女进行各种花样的猥亵和摧残:换妻、乱伦、奸污幼女,达到了丧心病狂的地步。莉切尔就是其中受害最深的一位。

莉切尔出生于哥萨克首领伯格丹·克梅尔尼基在波兰屠杀犹太人的1648年。她五岁丧母,哥萨克士兵再次血洗格雷镇时,父亲为逃避屠杀,将她遗弃,由祖母抚养成人。祖母是一位虔诚的犹太教徒,热衷于迷信,对莉切尔的影响很大。莉切尔十七岁时嫁给一个笃信严格的虔诚派犹太教和禁欲主义的犹太人伊什·梅特,整日生活在迷信、禁欲的宗教氛围中,人性受到压抑。在格雷镇开始用罪孽来救赎自己、迎接弥赛亚到来时,莉切尔听信镇里的宗教骗子贾德里尔的蛊惑,为尽"宗教义务",③ 成了他进行性虐待的对象。最后,她因被"恶灵附体"而折磨致死。莉切尔

---

① Isaac Bashevis Singer, "Yentl the Yeshiva Boy" in Isaac Bashevis Singer, *Isaac Bashevis Singer Collected Stories*, p. 164.
②③ Isaac Bashevis Singer, *Satan in Goray*, p. 103.

终于成为格雷镇犹太男人宗教信仰的牺牲品。

辛格在小说中控诉哥萨克士兵对格雷镇的犹太人进行野蛮屠杀的同时,还用大量的篇幅反省引起这次灾难的原因和剖析灾难后犹太人的表现,对犹太宗教极端分子利用妇女来完成自己的宗教实践给予了无情的揭露。我们还可以从辛格对格雷镇犹太妇女的无知、虔诚、无奈等的描写中,窥视到他对犹太宗教,特别是对那些犹太狂热分子所持有的批判态度。

二、修补、拯救男性世界的理想女性

辛格常常在作品中赋予他的女性人物以某种超常的"力量",如爱、恨等。这些女性人物看上去像是依附在男性人物身上,但实际上她们却以自己各自不同的方式,支撑甚至改变着男性世界。辛格在作品中几乎没有对这些女性人物的容貌作精心的描绘,或对她们的智力做过多的渲染,而是着重突出了这些女性人物的品行、情愫在故事情节中所起到的重要,甚至决定性的作用。

辛格笔下的女性人物绝大多数都是具有积极、肯定意义的,即她们帮助、支持男性人物,而不是否定或毁灭他们。抑或说,辛格笔下的女性人物常常具有一种"救赎"的力量。她们常常以其对犹太传统文化的忠诚和对所经受苦难的珍惜,促使男性人物想起自己的民族和文化,反省自己,悔过自新。辛格还常常围绕着男主人公同时刻画多位不同民族的女性人物,其特点是这些女性人物均与男性主人公或多或少地有着或面临着共同的命运遭遇。辛格在对女性人物的刻画上没有种族的偏见。恰恰相反,他笔下的非犹太女人几乎个个都具有非常美好的品行和感人至深的情愫,如《在我父亲的法庭里》(*In My Father's Court*, 1966)中的可怜洗衣妇;《奴隶》中的旺达;《敌人:一个爱情故事》中的娅德玮伽。这些异族妇女如同犹太妇女一样,共同承担了拯救男性世界的责任。

辛格在《敌人:一个爱情故事》中刻画了三位不同"性格"的女性:非犹太妇女娅德玮伽和犹太妇女塔玛拉与玛莎。辛格在小说中讲述了这三位女性如何滋养、拯救在二战中精神受到刺激的男主人公赫曼·布罗德的故事。

赫曼·布罗德娶佣人娅德玮伽为妻,除了有感恩因素外——她曾经在二战中掩护他三年,更多的还是想重新获得二战犹太人大屠杀前他作为主人的感觉。娅德玮伽虽为异族妇女,但她也像传统犹太妇女那样,对丈夫百依百顺,洗衣做饭,拾掇家务。布罗德无论何时需要她,她就会立即顺从地服侍他;布罗德何时想离开她,就可以不加说明地立即走人,她对此毫无怨言。娅德玮伽的顺从和谦恭,让布罗德感觉到旧时犹太宗法社会的秩序依然存在,让他因战争而造成的精神分裂得到缓解。另外,波兰贫穷农民出身的娅德玮伽纯朴、迷信、无知以及缺乏独立的一面,也让布罗德感到比应付美国这个花花世界里的现代女性更容易些,因而也给了他更多的自信心。娅德玮伽担心布罗德会因宗教信仰问题而离开自己,于是皈依了犹太教。这让布罗德更加充满信心。

但是,充满信心的布罗德却悄悄地和他的情人玛莎结婚了。玛莎是二战中犹太幸存者。她在集中营里度过了战争岁月,靠与男人们的乱交感觉着自己生命的存在。她爱上布罗德后,尽了一个女人爱上一个男人所能做的一切。布罗德选择和玛莎在一起,并不是为了性,而是因为和她在一起他没有"逃避"的感觉,换句话说,布罗德从玛莎那里既可以忘记"没有经历希特勒犹太人大屠杀"①的"遗憾",也可以找到平衡他作为男性的尊严——玛莎一直都在低三下四地追求他。玛莎用自己的爱修补了他畸变的心态,让他感觉到自己的真实存在。

然而,布罗德的第一位妻子塔玛拉在战争中并没有死,只是两个孩子被德国纳粹烧死了。当她千辛万苦地打探到布罗德在美国的消息后,便前来寻夫。布罗德不想与她破镜重圆,因她的到来引发了他对往事的恐惧。布罗德的精神世界再次面临着危机:

> 赫曼问自己。"他们的犹太性是由什么组成的?我的犹太性是什么?"他们拥有一个同样的愿望:尽快地同化和摆脱自己的口音。

---

① Isaac Bashevis Singer, *Enemies, A Love Story*, "Author's Note".

赫曼既不属于他们当中的一位,也不属于美国犹太人、波兰犹太人或俄国犹太人当中的一位。他就像那天早晨桌子上的蚂蚁,将自己脱离了生存的社区。①

自己到底是谁? 布罗德陷入了深深的迷茫之中。玛莎的母亲去世后,玛莎恳求他留下来陪她,至少陪她埋葬了母亲,但他拒绝了;他和娅德玮伽有了孩子,母女需要他留下来照顾她们,塔玛拉也劝说他留下来尽做丈夫和父亲的义务,他却再次选择了逃避。没有人知道他去了哪儿,也没有人知道他在做什么。"塔玛拉有好几次在意第绪语报纸的寻人启事栏里登出赫曼的名字,但毫无结果。塔玛拉相信赫曼要么自杀了,要么像在波兰那样,藏在哪个储藏草料的顶棚上。"②他逃离后留下来的一片破碎的世界,最终还得由这些爱着他的女人们来修补和支撑。

辛格在作品中对女性命运的陈述虽不露声色,但他通过情节安排凸现出来的女性的张力说明他对犹太男性,特别是对那些二战男性幸存者所持的批判态度。在辛格看来,那些男性幸存者并不是圣者。他们不仅没有像犹太女性幸存者那样敢于直面现实,具有开始新生活的勇气,而且他们连最起码应该承担的抚养家庭的责任也推卸掉了。他们以自我为中心,迷恋宗法社会的男权思想,自私地将所有的责任与义务都推到妇女身上。他们一旦感到不遂心意,就一走了之,而将女性留下来守候家园,痴心地等候他们的回归。体魄健壮的男性实际上变成了弱者,而柔弱的女性则成为现实中的强者。

辛格在这部小说结尾再次将女性的形象予以提升。在小说结尾处,犹太拉比通知塔玛拉犹太教会决定已经不再对二战幸存者做出限制,被遗弃的妻子可以再次结婚。塔玛拉对此回答说:"或许到来世——嫁给赫曼。"③塔玛拉遭到遗弃,不仅没有怨恨赫曼·布罗德,而且还要为他守身到来世! 不仅如此,她还担负起照顾他的第二位妻子娅德玮伽和新

---

① Isaac Bashevis Singer, *Enemies, A Love Story*, "Author's Note"., p. 114.
②③ Ibid., p. 280.

生女儿的责任。塔玛拉以其善良和忠贞赢得了包括犹太拉比在内的所有的人尊重,让人们看到犹太民族在经历了像二战这样的大劫难后,犹太人还是有希望医治战争创伤、开始新生活的。辛格在对塔玛拉的成功刻画中,似乎还表露出人类有必要重新回到母系社会,给实际支撑世界的女性正名。不过,在辛格对塔玛拉的褒扬中,我们也可以透视到辛格的伦理道德的价值取向。说到底,他崇尚的还是像塔玛拉这样传统的犹太女性。

从对一些女性共产主义者的否定描述中可以看出,辛格在女性问题上倾向于保守。在他的笔下,这些具有共产主义信仰的女性个个独立不羁、性情急躁。尽管她们在谈情说爱时也有缠绵悱恻的一面,但是,她们对信仰的追求超出了男女之间的爱情。这对辛格来说,是很难接受的。他的第一任妻子就是一位共产主义信仰者,曾为了信仰而离开丈夫,前往莫斯科。辛格因此而很受"伤害"。

辛格在作品中描绘了许多他心目中的理想女性,大致有两类:一类是具有现代精神,既敢于面对生活,敢爱敢恨,但又不逾越犹太传统。《奴隶》中的旺达、《敌人:一个爱情故事》中的塔玛拉、娅德玮伽等就属于这一类,深为辛格所爱。但由于她们的性格、生活遭遇以及民族身份等原因,还不能完全算是辛格心目中的理想女性。辛格心目中的第二类理想女性似乎应该符合以下几个条件:顺从、贞节、单纯、无私、善解人意、身材娇小、惹人疼爱,最好还是处于尚未开化的时代或地区的女性,既能让他回味童年,又能让他感觉到犹太传统的存在;她们最好"同时能充任各种角色:妻子,养家糊口的人,母亲",而且在丈夫外出后,"不用担心有人来替代自己"。[1]

这样完美的女性在辛格的作品中为数不多,主要出现在他后期的一些作品中,如《肖霞》中的肖霞,《忏悔者》中的萨拉就是辛格所深深眷恋着的理想女性。小说中的肖霞确有其人,她是按照辛格童年时代的女友肖

---

[1] Isaac Bashevis Singer, *The Penitent*, London: Jonathan Cape, 1983, p. 140.

霞刻画的。① 现实中的肖霞有欣赏力、会安慰人、一点也不自私,成为"过去的一个意象",②而小说中的肖霞则更加完美无瑕。肖霞在战争中因饥饿和惊吓而发育不全,20 年过后,当作品中的男主人公艾伦·格雷丁格,即辛格本人,再次见到她时,完全被她的相貌惊呆了——她长得仍然像一个小女孩,"既没长高,也没变老"③。不仅如此,她的穿衣打扮、举止言谈,以及让她萦绕于怀的人和事还都停留在 20 年前。辛格在她身上"看到了自己"。④ 肖霞对童年往事的回忆和艰辛生活的述说,让辛格加深了对她的疼爱。应该说,辛格的这份情愫不是出于一般文人雅士的怜香惜玉,而是源自他对自己同胞的深切同情与热爱和对往事的深深眷恋。因此,可以说,辛格理想中的女人并非仅仅体现在她们的品行和容貌上,而且还须与自己的过去和本民族的文化相关联。也就是说,辛格最为欣赏的是那些身上洋溢着传统犹太文化的美好女性。这一点在他的后期小说《忏悔者》中得到了充分的发挥。他在小说中写道:

> 当我觉得自己决定要娶萨拉为妻时,我的第一个念头就是像小说里描写的那样,试着和她调情。我,约瑟夫·夏皮罗,怎么能没有爱而结婚? 我开始找机会与萨拉见面和与她谈话。我碰巧到海姆大叔家见到她,我就用目光去睃她,甚至对她说一些恭维话。像所有现代人一样,老少都算在内,我自以为是个挑逗女人的高手。但我很快就意识到,那些通常用来挑逗女人的手段在这里不管用。我看萨拉时,她并不理睬我。我恭维她,她也不回一声。似乎这个女人本能地意识到她们对所有世俗的把戏都无动于衷。我想向她献点殷勤,给她一些忠告,但她既不需要我的殷勤,也不理睬我的忠告。我听到她跟她妈妈讲话,她讲话的内容都是关于锅、勺、安

---

① Cf. Isaac Bashevis Singer, *The Penitent*, p. 223.
② Isaac Bashevis Singer, *A Day of Pleasure*, New York: Farrar, Straus, and Giroux, 1969, p. 223.
③ Isaac Bashevis Singer, *Shosha*, London: Jonathan Cape, 1979, p. 76.
④ *Ibid.*, p. 81.

息日里的饭菜之类的事。①

但是,还需要指出的是,从上述引文中也可以看出,辛格实际上是从男性的立场出发,对理想女性的关注更多的还是看她们的品行是否"端正",或者说她们是否"贞节"。辛格似乎并不在意女性是否有知识或有头脑,他从不描写或表现自己所喜爱的女性如何的聪明睿智,如肖霞、萨拉等;恰恰相反,他笔下的理想女性几乎都只知道如何遵守教规,如何理家或相夫教子,而对外界的事情充耳不闻,对外来的诱惑毫不动心。由此我们可以看出,辛格对待女性的认识在很大程度上仍停留在犹太传统的认识水平上。从他对一些具有现代意识或激进思想的女性人物的处理上也可以看出这一点。

第六节　批评家笔下的辛格

一、有关意第绪文学传统、现代性的论争

美国文学批评界对辛格的评价可谓褒贬不一。一般说来,他们主要从如下几个方面来展开批评和论争的:其一,辛格的民族性与犹太文学传统之间的关系;其二,辛格的现代性问题;其三,辛格的美国化问题;其四,辛格作品中宣扬的"二元性"问题;其五,辛格作品中的色情问题。

辛格的《傻瓜吉姆佩尔》("Gimpel the Fool")是第一部被翻译成英文的短篇小说。② 这篇小说在1953年5月的《党派评论》上刊出后,立即引起了批评界的重视。有论者认为,这部小说是现代主义的标记并因此赢得了用意第绪语写作的作家从未赢得的主流文化的认可。③ 欧文·豪为

---

① Isaac Bashevis Singer, *The Penitent*, pp. 140—141.
② 这部短篇小说是在欧文·豪的推荐下,由索尔·贝娄翻译的。
③ Cf. L. S. Friedman, *Understanding Isaac Bashevis Singer*, South Carolina: University of South Carolina Press, 1990, p. 8.

辛格扬名美国文坛立下了"汗马功劳"——正是他的介绍和评价让美国文坛认识和造就了辛格这位未来的诺贝尔文学奖获得者。他在评论辛格的《傻瓜吉姆佩尔》时写道,辛格"是在世的两位或者三位最有才华的意第绪语作家之一:他对意第绪语习语的掌握,修辞使用的广泛性以及他那让人透不过气来的叙述韵律都表明他是一位艺术能手"。① 他甚至还说:"没有另外一个在世的作家像艾萨克·巴舍维斯·辛格那样完全彻底、毫无顾忌地诉求于人类的想象力。"② 欧文·豪对辛格这些毫不吝啬的赞美,无疑在文坛上起到了导向性的作用。

欧文·豪针对其他批评家说辛格的创作中没有犹太性问题进行了辩护。他认为,辛格是"在文化内"写作,而且"面对十分看重讲故事并把讲故事看作一种有束缚力的社区行为的观众,自认为扮演传统的讲故事的人的角色"。③ 豪还认为,"辛格用意第绪语写的散文韵律极佳,就我的知识水平看来,我是很难与他相比的……有时,辛格小说的情节伴随着传统民间故事的道德曲线,结尾是诙谐的'教训',令人回味无穷。"④ 总之,他认为辛格的创作与犹太文学传统是相容的。然而,在他肯定辛格犹太性的同时,又认为,辛格最终关心的与其说是一个被作为选民或烈士的民族的集体经验,不如说是个人的命运之谜。⑤

这样评价辛格的批评家并不止欧文·豪一个。爱德华·亚历山大(Edward Alexander)、斯坦利·爱德加·海曼(Stanley Edgar Hyman)以及卢斯·R. 韦瑟(Ruth R. Wisse)也都认为辛格的文学作品对意第绪传

---

① Irving Howe, "In the Day of a False Messiah" in Grace Farrell (ed.), *Critical Essays on Isaac Bashevis Singer*, New York: G. K. & Co., 1996, p. 29. Also in *The New Republic* 133 (31 October 1955), p. 20.
② Irving Howe, "I. B. Singer" in Irving Malin (ed.), *Critical Views of Isaac Bashevis Singer*, New York: New York University Press, 1969, p. 100. Also in Irving Howe (ed.), *Selected Short Stories of Isaac Bashevis Singer*, New York: Random House, 1966, "Introduction", p. i.
③ Irving Howe, "I. B. Singer" in Irving Malin (ed.), *Critical Views of Isaac Bashevis Singer*, p. 101.
④ *Ibid.*, pp. 101—102.
⑤ Cf. Irving Howe, "I. B. Singer" in Irving Malin (ed.), *Critical Views of Isaac Bashevis Singer*, pp. 109—110.

统异常关注,即他们都强调辛格深受意第绪文化氛围的熏陶,并在文学创作中展示出了这种文化。亚历山大对此的表述是:"辛格总是作为一个犹太人,面向犹太人,为了犹太人而描写,然而所有的人都听到了他的声音。"① 巧合的是,海曼也声称:

> 辛格不仅仅是一名作家;他就是文学。我浏览了《奴隶》中的几页(1962年7月23日),认为辛格写的不仅是故事,更是道德寓言,不仅是小说,更是爱情宣言。因此,我把他称为"意第绪语霍桑"。②

尽管批评家们对辛格展示出来的犹太文化传统纷纷表示认可,但辛格本人却认为,他的创作与意第绪文学传统还是有很大区别的。他认为这种区别主要表现在:"意第绪语作家既是感伤的,又是社会的,很感伤,很社会。"而我"不像他们那样写作"。③ 也就是说"很感伤,很社会"才是真正意第绪语作家的创作特征。当然,这两大特征并不是辛格归纳出来的。不过,他深表赞同。

在小说中最能体现出"很感伤""很社会"这一特征的意第绪语作家是德尔·默彻·斯弗瑞姆(Mendele Mocher Sforim, Sholom Abramovitch 的笔名,1835—1917)和肖洛姆·阿莱汉姆(Sholem Aleichem, Sholom Rabinovitch 的笔名,1859—1916)。前者被批评家誉为"严肃意第绪文学的奠基人",后者的创作被概述为"所有意第绪文学的特征,包括文学形式和民间形式的同义词"。④ 之所以说斯弗瑞姆的创作具有"社会性",是因为他的故事"攻击伪善,分析社会上有产者剥削无产者的不合理之处,并

---

① Edward Alexander, *Isaac Bashevis Singer—A Study of the Short Fiction* (Boston: Twayne Publisher, 1990), "Preface", p. xii.
② Stanley Edgar Hyman, "Isaac Singer's Marvels" in Grace Farrell (ed.), *Critical Essays on Isaac Bashevis Singer*, p. 36.
③ Isaac Bashevis Singer, "The Yiddish Writer and His Audience" in *Creator and Disturbers: Reminiscences by Jewish Intellectuals of New York*, New York: Columbia University Press, 1982, p. 32.
④ Sol Gittleman, *From Shtetl to Suburbia: The Family in Jewish Literary Imagination*, pp. 51, 54.

对犹太社团的社会和家庭生活进行尖锐的批判分析"。① 说阿莱汉姆的创作是"感伤的",则是因为他最熟悉的叙述形式是"犹太少年回忆录"。② 从这两位作家的创作情况看,把意第绪作家的创作总结为既是"感伤的",又是"社会的"是正确的。然而,辛格说他自己"不像他们那样写作"这一点则是不正确的,因为辛格在其作品中确实也继承了他们的"社会性"和"感伤性"精神。首先,辛格像斯弗瑞姆一样,具有"社会性":在他的小说中,所有与主题相关的内容都是来自或发展于犹太人的痛苦和灾难;其次,辛格像阿莱汉姆一样,也写过"犹太少年回忆录"。③ 而且,和阿莱汉姆一样,他也感到"在进入当代社会中时,犹太人的生活会发生令人震惊的变化"。④ 辛格更是预感到犹太社会内部深层次的分裂,实际上在二战后就已经发生了。犹太人不得不在美国,乃至整个世界的"大熔锅"中挣扎。他在《莫斯凯家族》中就形象地表达了这一思想。

如果说辛格与其他两位意第绪作家有什么区别的话,那么他们的主要区别就在于:辛格攻击上帝,即犹太教本身,而斯弗瑞姆和阿莱汉姆则批判犹太社团内部的道德问题。因此,辛格常常受到来自犹太文化内部的责难,而斯弗瑞姆和阿莱汉姆则深受犹太平民的欢迎。也正因为如此,那些否认辛格坚持意第绪文学传统的人首先责备他与上帝的争吵。约瑟夫·C. 兰迪斯(Joseph C. Landis)是最激烈否认辛格"犹太性"的批评家之一。他认为:

> 他同他的上帝争吵,他否定他所归属的文学,也否定必须强迫声称自己所属的文化。他夹在意第绪文化和正统的虔敬信仰之间,他一辈子都在同时向这两条战线宣战,他同这两条战线的战争也激活了他

---

① Sol Gittleman, *From Shtetl to Suburbia: The Family in Jewish Literary Imagination*, p. 51.
② *Ibid.*, p. 57.
③ 如他的 *In My Father's Court*, *A Little Boy in Search of God*, *A Young Man in Search of God* 以及 *Lost in America*。
④ Sol Gittleman, *From Shtetl to Suburbia: The Family in Jewish Literary Imagination*, p. 55.

的创作生命力。①

兰迪斯认为,与上帝争论在现代意第绪语文学中是很少见的,因为"在意第绪文学的繁荣时期,神学几乎不是一个问题"。因此,在他看来,辛格与上帝的争吵就意味着"很多辛格的意第绪语读者看不出辛格小说的中心思想是什么,对辛格在'外部'世界受到如此惊人的欢迎感到茫然"。② 兰迪斯甚至还谴责辛格偏离了犹太性。他说,辛格"站在现代意第绪语文学主流的外边,彻底拒绝该主流的中心价值"。③ 基于此,他不但赞成戈德堡(I. Goldberg)对辛格"疏远"意第绪文学的批判,④而且还进一步认为,辛格对整个现代意第绪语文学来说是一种异化。在兰迪斯看来,现代意第绪文学实际上起源于犹太启蒙运动。犹太启蒙运动最重要的主张之一是宣布宗教与文化相分离。正是因为有了犹太启蒙运动,世俗化的犹太知识分子才有可能开始他们的生活和拓展他们的事业。因此,对兰迪斯而言,辛格背离犹太启蒙运动的精神,实际上就是背离了犹太文学的根本。

另一位美国批评家弥尔顿·欣德斯(Milton Hindus)同意兰迪斯的观点。他在批评辛格远离广义的意第绪文学传统方面更是毫不留情。他认为,辛格最为严重的是"完全不同于意第绪文学先驱,如 I.L.佩雷滋(I. L. Peretz)、肖洛姆·阿莱汉姆等等具有热心的人道主义特征"。⑤ 相比之下,莱斯里·费德勒(Leslie Fiedler)是较为温和的批评家之一。但他也认为辛格的作品偏离了犹太文学传统而不具有犹太性。他指出,"对

---

①② Joseph C. Landis, "I. B. Singer——Alone in the Forest" in Grace Farrell (ed.), *Critical Essays on Isaac Bashevis Singer*, p. 120.

③ *Ibid.*, p. 121.

④ 戈德堡认为:"事实上,尽管巴舍维斯·辛格夸张的性描写使许多意第绪语作家感到不快,他与精灵、魔鬼的嬉戏也让人们感到烦躁和厌恶,但他的奇特性以及远离意第绪文学的本质却在于他的反人道主义精神。这就是巴舍维斯·辛格与整个现代意第绪文学间的最根本的分界线。"I. Goldberg, "Esayen" in Grace Farrell (ed.), *Critical Essays on Isaac Bashevis Singer*, p. 121.

⑤ Milton Hindus, "A Monument of a Difference" in Grace Farrell (ed.), *Critical Essays on Isaac Bashevis Singer*, p. 120.

犹太文学已有的体系而言……辛格在作品中似乎对神鬼和色情的描写太多,他的作品根本就不能被称作'犹太'文学。"①

事实上,上述评论家关于辛格作品偏离意第绪文学传统的观点是没有说服力的。首先,他们仅是把犹太启蒙运动后的知识分子和作家的作品看作是意第绪文学传统,这不只是一个时间逻辑上的错误。一般说来,意第绪文学传统至少应该是由宗教和世俗两个层面构成,它们是线性的,多维的。一种传统可以分为几个方面,或几个部分,几个阶段,但是绝不能把其突然从中截断,声称这部分是传统的,那部分不是;其次,他们把自己局限于辛格在其文学作品中所呈现出的部分主题,而不去讨论辛格在其作品中展示出来的犹太宗教特点和文化氛围;第三,他们既没有探察现代意第绪语作家,如斯弗瑞姆、阿莱汉姆与辛格区别的本质所在,也没有从文化、历史、地理因素等角度探询产生这种差别的原因。这样,他们在拒绝承认辛格文学作品中意第绪语文学传统的同时,也否认了辛格的作品所具有的现代性。

就"现代性"而言,欧文·豪含糊地评价了辛格"现代主义"②中自相矛盾的特征。尽管他坚持辛格拥有明显的"现代感",但他立刻又补充说:

> 这是部分正确的——从辛格摆脱了某些传统风格和意第绪语写作主张方面来说。但它也是不正确的——如果不指出辛格与犹太信仰和历史的关系,就把他融入"现代主义"文学中,肯定会歪曲他的意思。③

欧文·豪的这段文字表面上似乎暗示了他对辛格的现代性评价持一种模棱两可,甚至是双重的标准。一方面,他断言辛格是一个"真正的'现代'

---

① Leslie Fiedler, "Isaac Bashevis Singer; or The American-ness of the American Jewish Writer" in Grace Farrell (ed.), *Critical Essays on Isaac Bashevis Singer*, p. 113.
② 欧文·豪在评价辛格的现代性时,经常将"Modernism"一词与"Modernity"和"Modern"两词混淆使用。是否在豪看来,"现代性"与"现代主义"是一回事?
③ Irving Howe, "I. B. Singer" in Irving Malin (ed.), *Critical Views of Isaac Bashevis Singer*, p. 107.

作家,然而,他又不是完全依赖于自己的文化"①的现代作家;另一方面,他又暗示辛格的"现代性"与犹太宗教和历史之间的密切关系。其实,欧文·豪最想说的是,辛格的"现代性"既植根于犹太民族文化(包括宗教和历史),又不拘泥于,或者说超脱于这种文化。

辛格在接受乔·布洛克和理查德·埃尔曼的采访时,听说欧文·豪准备把自己划到"现代的"或是"现代性的"作家行列时感到非常吃惊。他否认自己是"现代主义者",同时还指出,"某件事物从成为一种'主义'的时刻起,它就已经错了"。② 问题的关键是,不是豪没有选择恰当的词语来表达辛格作品中的现代特征,或辛格不能准确地理解豪所使用的"现代"或"现代性"的术语,而是他们两人都在避免使用"现代"或"现代性"这个术语所蕴含的实际意义。换句话说,他们不是具体地而是从形而上的层面谈论术语"现代"或"现代性",即他们不愿意从内部或外部,包括意第绪语的演化、文学、美学、道德、民族生存范式以及文学主题、聚焦、背景、风格、叙事策略等在内的整个犹太文化背景去考虑和使用"现代"、"现代性"这些词语。

理查德·伯金是从辛格的叙事策略方面来讨论辛格的现代性的。他认为,有些评论家在辛格的现代性或他与同时代的关系问题上产生了某种程度的混淆,一个重要原因就是因为辛格坚持明确、具体的写作目标。伯金认为,辛格生活在一个文明的模糊时代,因此,作为一名作家,他想让读者感受到他笔下人物对事物真义的顿悟、疑惑以及矛盾之处。另外,他认为,辛格在审美陈述中使用了一个重要的术语——"谜"。伯金认为,在辛格看来,宇宙本身就是一个"谜"。伯金指出,辛格是想让他的读者明白,他小说中的人物实际上是在试图理解那些无法理解的宇宙中的结构、样式以及运行规律。③ 伯金以辛格的短篇小说《旅游巴士》("The Bus",

---

① Irving Howe, "I. B. Singer" in Grace Farrell (ed.), *Critical Essays on Isaac Bashevis Singer*, p. 111.
② Cf. Richard Burgin, "The Sly Modernism of Isaac Bashevis Singer" in Grace Farrell (ed.), *Critical Essays on Isaac Bashevis Singer*, p. 46.
③ *Ibid.*, p. 47.

1982)为例阐释辛格的"现代性"。他认为,辛格在小说中所使用的"公共汽车"这一意象具有典型的现代主义文学特征,它象征着一座"无知识海洋中的小岛"。他说,辛格的短篇小说《旅游巴士》,

> 从主题到处理手法上都表明辛格在精神层面上类似于伯吉斯、卡夫卡、贝克特以及内伯科夫,对他们而言,知识本身的问题取代了托尔斯泰、陀思妥耶夫斯基以及福楼拜所关注的核心问题。这种主题及其特殊的现代主义,如果你愿意,也可称之为后现代主义,在《旅游巴士》这部作品中并不少见。①

伯金通过分析辛格使用的叙事技巧和其在作品中表现出来的主题思想,断定辛格是一位"现代主义"作家。应该说,这一点是令人信服的,因为以上两点在其他"现代主义"作家的作品中也都有类似的表现。但是,他在论述中没有将弥漫在辛格作品中的犹太文化底蕴纳入讨论的范围,却是没有说服力的。他虽然正确地指出一些评论家"不断地强调辛格热心于传统文学和'道德'的价值,而忽略明显地隐藏在表面简洁风格后的真实意义,以及他与生俱来的讲故事的天资",②但是,他却没有认识到,实际上,辛格在其表面简洁的背后更专注于"意义"。

与欧文·豪、理查德·伯金等批评家唱反调的是威廉姆·H.加斯(William H. Gass)。他并不认为辛格是一个现代主义作家。他的理由是辛格的大部分故事都

> 发生在过去[……][并且]处在人类意识史中遥远的一隅。[……]辛格塑造的人物(就像他创造的世界),无论是把他们放在波兰还是纽约,无论他们是生活在16世纪,还是生活在当代,他们都像是土著居

---

① Cf. Richard Burgin, "The Sly Modernism of Isaac Bashevis Singer" in Grace Farrell (ed.), *Critical Essays on Isaac Bashevis Singer*, pp. 50—51.
② Richard Burgin, "The Sly Modernism of Isaac Bashevis Singer" in Grace Farrell (ed.), *Critical Essays on Isaac Bashevis Singer*, p. 52.

民一样距离我们非常遥远。①

不过,对他而言,辛格作品中的"遥远"感既不是由于奇异的犹太人物及其穿着打扮,也不是因为他们的生活方式、宗教信仰、习俗和仪式,更不是因为他使用陈腐的语言和他所展现的边缘世界,而是因为"他创作方法的原始性"。② 加斯承认"辛格经常选用被称作为'临近的现代意识'的题材",然而,他却断言:辛格采用的"小说形式却否认它的到来"。③

加斯从结构主义的立场出发,认为"因一切都由结构而成,所以结构说明一切"。④ 他以此来判断辛格作品有无现代性是没有说服力的。从哲学上讲,形式(结构)和内容的关系是辩证统一的关系。它们是不可分割的统一体,没有无内容的形式,也没有无形式的内容。一般说来,只有采用了适当的形式进行写作,内容才能够适当或充分地得到表达。反之亦然。内容与形式互为表里,互为自己存在的前提,不可"厚此薄彼"。加斯"结构决定论"的观点,实际上抽象地分割对立的实体。因此,他的"结构决定论"在哲学层面上来看是错误的,对文学批评实践而言也是片面的、不可取的。

二、有关"美国化""二元化"和色情的论争

辛格批评的另一重要观点是关于辛格的"美国化"问题。罗纳德·桑德斯(Ronald Sanders)曾质疑像辛格"这样一个创作发生在古波兰隔都的那些无确定日期的故事的人,是怎样成为一名主要的美国作家的?"⑤桑德斯通过考察辛格在美国的发展脉络,提出了辛格"美国化"的三阶段说。他认为,在第一阶段,辛格作为一名生活在美国的外来移民,

---

① William H. Gass, "Shut-In" in Marcia Allentuck (ed.), *The Achievement of Isaac Bashevis Singer*, Carbondale and Edwardsville: Southern Illinois University Press, 1969, p. 1.
② *Ibid.*, pp. 1—2.
③④ *Ibid.*, p. 2.
⑤ Ronald Sanders, "The Americanisation of Isaac Bashevis Singer", an unpublished essay in the library of University of Nottingham, U. K., 1989, p. 7.

靠为犹太报纸《每日前进报》写作来维持生活。① 第二阶段,辛格开始用意第绪语写作,后来"为了达到最终文雅的叙述,他成为一名英语作家"。② 桑德斯指的是,辛格一方面用意第绪语进行创作,与此同时,他还与别人合作,将他的意第绪作品翻译成英文。在多数情况下,辛格本人都会亲自参与翻译工作或对译者进行指导。

在桑德斯看来,辛格"美国化"的最后阶段是他的作品被改编成电影。辛格的短篇小说《犹太学校的男生彦陶》("Yentl the Yeshiva Boy")被拍成电影,获得很大的成功。辛格在小说中描绘了一位犹太姑娘彦陶冲破宗教樊篱和世俗偏见,女扮男装到一所犹太学校学习。学习期间,她爱上了学长,但由于宗教原因,她不能暴露自己的真实身份。中间几经磨难,最终也未能与她的学长成为眷属。故事的结尾是女扮男装的彦陶神秘地"消失"了。辛格显然借这个故事,谴责了落后的宗教意识窒息了年轻的生命。③ 但这部小说改编成电影后,编导者将悲剧的结尾改成大团圆式的喜剧结尾——女扮男装的彦陶最终向她的学长说明自己的真实身份并与之结婚,以迎合美国观众的审美情趣和品位。随后,辛格的长篇小说《敌人:一个爱情故事》也被改编成电影。桑德斯认为,小说中所表现出来的复杂情况恰好与美国的社会状况相吻合,从这一点上说明辛格也适应描写美国场景。因此可以说,辛格在小说中所表现的这一主题也就成为"标示艾萨克·巴舍维斯·辛格美国化的晴雨表"。④

与桑德斯通过评述辛格融入美国文化框架中的实例证明其"美国化"的观点相反,莱斯里·费德勒认为,辛格的"美国性"只有"零度"。⑤ 尽管费德勒认为辛格在世俗的犹太文化和美国文化之间架了一座桥梁,但他仍然认为辛格刻画的美国总是"像幽闭恐怖的飞地"或者"仅是一些拥挤在陌生小山坡上的肮脏小平房";辛格在他作品中塑造的人物也总是"一

---

①② Ronald Sanders, "The Americanisation of Isaac Bashevis Singer", p. 10.
③ 这个故事类似于我国的"梁山伯与祝英台",其相互渊源关系待考。
④ Ronald Sanders, "The Americanisation of Isaac Bashevis Singer" in Grace Farrell (ed.), *Critical Essays on Isaac Bashevis Singer*, p. 13.
⑤ Leslie Fiedler, "Isaac Bashevis Singer; or The American-ness of the American Jewish Writer" in Grace Farrell (ed.), *Critical Essays on Isaac Bashevis Singer*, p. 116.

样的面容,白皙的肤色,幽蓝的眼睛,红色的头发却很快谢顶……在很多方面看上去都像是窘迫不安的非美国人",这些非美国人不停地追求女性,永远质疑上帝的善良,而且

> 虽然他们能作些评论,解释美国的场景,然而,这样合唱似的声音并不能为美国的行人所理解。尽管他们自己并不知道,他们所讲的语言行将死亡或已经死亡,因为他们自身也是行尸走肉……①

此外,费德勒还认为,辛格的非"美国性"也体现在他的"迷失"主题中。辛格的人物不仅经常丢东西,如钱包、文件、手稿、钥匙等,有时甚至迷路、迷失自我,如辛格的《敌人:一个爱情故事》中的主人公赫曼·布罗德。应该说,从费德勒的分析中看出,他确实把握了辛格作品中表现出来的"犹太性"——犹太民族的一些特有的品质。然而,他没能客观地分析辛格在表达他的犹太性或非美国性时所揭示出的社会与文化的相互关联以及因果互动关系。换句话说,费德勒没有从文化的视角分析辛格的犹太性与现代犹太历史之间的张力,以及辛格对欧洲犹太正统教、美国犹太教和美国社会的理解与犹太人"同化"之间的张力。

早期的辛格批评家,如莫里斯·戈尔登(Morris Golden)和卡尔·马尔科夫(Karl Malkoff)注意到辛格在文学作品中,运用"二元性"或"二元论"的观点来描写人物或构建文学世界。戈尔登评价道:

> 通常在辛格叙述中观察到的生活是以对立的形式表现的:要么他的人物模型需要在两个世界中选择,要么他可能通过使用模型所代表的人物以获得平衡。通常这些选择在一个或更多的人物中得到具体化,如菲谢尔森博士和多比,或者菲谢尔森博士和社会下层的民众。

---

① Leslie Fiedler, "Isaac Bashevis Singer; or The American-ness of the American Jewish Writer" in Grace Farrell (ed.), *Critical Essays on Isaac Bashevis Singer*, pp. 117—118.

有时也会运用精神分裂症；……有时身体从灵魂中分离出来……；或者一个男人意味深长地周旋在两个女人之间……，或者一张脸被打在其上的明暗光线分开了，或者表现为一个人物生活在两个世界中。①

不过，在戈尔登看来，在辛格诸对的"二元对立"关系中，最为重要的是"秩序与混乱"这一对。因为在他看来，如果能弄清它们之间的关系，就能揭示出人与宇宙之间是否存在某种统一这样一个重大哲学命题。② 戈尔登对辛格在作品中提出的"二元性"的论证，特别是对"秩序与混乱"这一对的论证是极富说服力的。然而，他没有将辛格作品中的"二元性"置于犹太历史和文化之中来考察。确切地说，他没有阐明是什么原因促使辛格选择二元论/二元性，作为一个意识形态的示例和一个文学系统，抑或说，他没有说明辛格为什么对"二元对立"感兴趣，而其他的美国犹太作家则不然。如果不从辛格所受教育、个人经历以及他的世界观和人生观等方面进行探讨，恐怕是很难说清楚的。

马尔科夫强调辛格在文学作品中通过一些具体的意象来象征性地表达他对世界和人类的"二元性"认识，认为辛格找到了恰当的文学象征，并用其来传达他的有关人类状况的远见。③ 对马尔科夫而言，辛格强调人的非理性和原始性，并借此说明人性中存在着导致让人不断走向毁灭的一种反常力量。由于马尔科夫将辛格的"二元论"的应用意义，仅仅局限在"道德危机的有力、直接的表达"④上，他没有看到或揭示出引起这样的危机的历史原因。纵观辛格的作品，我们不难发现辛格其实总是试图将每一次犹太人的灾难或危机与历史原因联系起来，例如，辛格常常利用反犹主义对犹太人的迫害来挖掘人类思想的最幽深处，或通过对反犹事件

---

① Morris Golden, "Dr. Fischelson's Miracle: Duality and Vision in Singer's Fiction" in Marcia Allentuck (ed.), *The Achievement of Isaac Bashevis Singer*, p. 34.
② Ibid., p. 35.
③④ Cf. Karl Malkoff, "Demonology and Dualism: The Supernatural in Isaac Bashevis Singer and Muriel Spark" in Irving Malin (ed.), *Critical Views of Isaac Bashevis Singer*, p. 150.

本身的叙述来观察这一事件对他的人物、周边关系等方面的影响。马尔科夫发现,辛格在作品中"诉求人类所生而固有的,常常是被压抑的,对影响自己生活的强大力量而产生的畏惧感",①不过,他没有解释犹太人的这种畏惧感是如何产生的。或进一步说,他没有分析犹太人的畏惧感是如何建构的,以及它的质地、结构又如何。

马尔科夫认为,其实辛格一直都在寻找"一种观点上足够激烈的转变以促使对人类状况的再次审视"。② 马尔科夫在阅读中似乎发现了辛格作品中推动故事情节发展的"动力",但他对"动力"功用的归纳却混淆了这样一对基本概念,即特殊与一般之间的关系。从哲学的角度看,一般与特殊是一对矛盾的统一体:一般寓于在特殊之中,特殊是本质的,而一般是抽象的;归纳应从特殊到一般。这样一来,马尔科夫对辛格"动力"功用的结论在逻辑上犯了两个错误。其一,他将属于一般概念的人类同特殊的犹太民族相混淆。因此,他在归纳一般人类状况时忽视了犹太人状况的特殊性。其二,辛格在作品中几乎没有具体地写过任何非犹太人。因此,辛格对犹太人命运的表述与其说是"促使对人类状况的再次审视",不如说是促使人类来关注犹太人的命运。纵观辛格的所有文学作品(英译本),发现辛格在谈及人类命运时,从未偏离犹太人命运的这个轴心。事实上,辛格关心的是"作家必须有根",在他看来,"如果你要写作并只是写人类的相关事情,你就永远不会成功。因为没有'只是人类'这样一种东西"。③ 因此,我们可以说,马尔科夫关于辛格象征性地表达对世界和人类的"二元性"认识不只是方法论上有错,在很大程度上,他的认识论也不正确,至多是一种形而上学的推论。

辛格作品中有不少关于性的描写或暗示。美国文学批评家伦纳德·

---

①② Cf. Karl Malkoff, "Demonology and Dualism: The Supernatural in Isaac Bashevis Singer and Muriel Spark" in Irving Malin (ed.), *Critical Views of Isaac Bashevis Singer*, p. 152.

③ Burgin, "Isaac Bashevis Singer Talks ... About Everything", *New York Times* (November 26, 1978), p. 42.

普拉格(Leonard Prager)指出,有些批评者指责辛格为了让自己的书畅销而采用性加宗教的模式,或者性、《托拉》和革命的模式。① 普拉格还注意到另有一些批评家,特别是一些女权主义者,指责辛格有厌婚症和性偏执。普拉格本人反对这种揪住一点而忽略全面的批评。他认为,辛格在作品中将宗教和性爱结合起来写是有其特别用心的,是在表达一种对人类本性与宇宙间矛盾关系的反讽立场。② 普拉格的出发点是正确的,指出了辛格作品对性的描写所具有的深邃含义,但他却舍本逐末,没能结合犹太文化特点,深入探讨辛格将性与宗教相结合的文化意义。

在很大程度上说,辛格在作品中所作的这种结合实际上是在宣扬一种犹太文化,而不是宽泛地谈论人类的性爱或追求时尚。性关系在犹太神学和律法中起到十分关键的作用。在犹太教中,男女之间的性关系常常被认为是"上帝和以色列'契约'的象征,是作为第一则律法给了第一位犹太人"的。③ 换言之,对犹太人来说,性关系是作为一个描述以色列和上帝关系的暗喻。从而,

> 关于性最隐私和最坦率的讨论常常在《塔木德》中起到重要作用,而且从来都是[犹太]宗教教育的很自然的一部分。犹太教强烈反对认为性本能本质上是罪恶的或可耻的观点。④

对性行为做最明确阐述的是犹太教的神秘教派(Cabalism)。在这一教派的教义中就有大量关于炽烈性爱的意象。因而,在犹太流行文化和民间传说中都包含了大量关于性爱这类事情的思考与认识。⑤

其他一些批评家,比如 J.A. 艾森伯格(J. A. Eisenberg)和伯妮·莱

---

① Cf. Leonard Prager, "Ironic Coupling: The Sacred and the Sexual in Isaac Bashevis Singer" in David Neal Miller (ed.), *Recovering the Canon-Essays on Isaac Bashevis Singer*, Leiden: E. J. Brill, 1986, p. 67.

② *Ibid*., p. 68.

③④ Dr. R. J. Werblowsky and Dr. Geoffrey Wigoder (eds.), *The Encyclopaedia of the Jewish Religion*, London: Phoenix House, 1965, p. 351.

⑤ Cf. *The Oxford Dictionary of the Jewish Religion*, New York and Oxford: Oxford University Press, 1997, p. 623.

恩斯(Bonnie Lyons)认为辛格反对性爱,反对肉体。艾森伯格认为辛格举例说明了"犹太教的清教徒传统";①而莱恩斯则认为

> 辛格坚持将性爱和单纯欲望相区别,在他的作品中,性爱的成就就是个人心理一体化,整体化和健康的标志。[……]相对于欲望而言,性爱表现为人类快乐和发挥个人才能的最深厚源泉之一;它也是个人在社区内获得平等待遇的一种力量。②

然而,莱恩斯也意识到在辛格的文学作品中,性爱不仅表达了灵魂的欲望,也表达了肉体的欲望,二者混合,不可分割。不过,根据辛格在作品中所表现的性爱,莱恩斯的论断却有些前后不一致。一方面,她认为辛格坚持区分了性爱和单纯的欲望,而另一方面,她认为上述两种欲望在辛格的作品中是不可分割的——事实并不是这样的。以辛格的短篇小说《短暂的星期五》和《血》为例:辛格在表现性爱和单纯的欲望方面不是不可以区别的,甚至可以说是非常明确的。

约瑟夫·谢尔曼(Joseph Sherman)对辛格在 1962 年到 1988 年间出版的描写发生在旧世界犹太隔都里的有关同性恋主题的四部短篇小说进行了分析。③ 他将《托拉》不妥协地禁止男同性恋并[对违反者]以判定死刑作为惩罚"的观点和 1973 年在美国洛杉矶以"改革神庙"的名义而建立的第一座男同性恋会堂这一事件联系起来看,怀疑辛格为什么不"把他的引起当代关注的小说中故事发生地点放置在问题最先出现,并且在 20 多年后仍然引起争论的现代美国"?④ 他对此解释道:

---

① J. A. Eisenberg, "Isaac Bashevis Singer: Passionate Primitive or Pious Puritan?" in Irving Malin (ed.), *Critical Views of Isaac Bashevis Singer*, p. 66.
② Bonnie Lyons, "Sexual Love in I. B. Singer's Work" in *Studies in American Jewish Literature*, 1, 1981, p. 61.
③ Cf. Joseph Sherman, "Upside Down in the Daytime: Singer and Male Homosexuality" in Grace Farrell (ed.), *Critical Essays on Isaac Bashevis Singer*, pp. 191—208. 谢尔曼在文中讨论的辛格的四个短篇小说为:"Yentl the Yeshiva Boy," "Zeitel and Rickl," "Two," 以及"Disguised"。
④ Joseph Sherman, "Upside Down in the Daytime: Singer and Male Homosexuality" in Grace Farrell (ed.), *Critical Essays on Isaac Bashevis Singer*, p. 191.

在世俗社会,如果要想将容忍扩展到目前为止仍很严格的禁忌,人们又没有按照所接受的上帝赋予的律法来进行管理,那么,问题的尺度就被消除了。辛格再三说明,如果人类社会不是无休止地陷入混乱,它就需要一些可以评价人类行为的绝对标准。因为这样的道德评判在一个罪恶与美德的范畴还没有变模糊的社会结构中最能引起人们的注意。辛格不断地再造一个由绝对标准控制的世界。[1]

谢尔曼在解释中没有强调小说中的性爱成分,而是在很大程度上,触及了文学创作的本质,特别是犹太文学创作的本质,而这两者恰巧都是文化需求和文化影响的反映。纵观辛格的文学作品,辛格的创作冲动和叙述推动力实际上都是上述文化需求和文化影响的反映。确切地说,在谢尔曼看来,辛格似乎是在利用犹太人的性规则来教育他的人民,这种规则谴责鄙俗的行为,并通过一种有效的思想与行为上的自我约束将男性的性冲动神圣化,以此来与"社会结构"相呼应。

简而言之,大多数有关辛格的批评没有将他的作品置于文化与历史的环境中去考察,他们也没有看到表现在辛格作品中的犹太性和犹太教观点是如何随着时间、地点的变化而变化的。这是我们在对辛格作品进行分析、批评时所应该避免的。

---

[1] Joseph Sherman, "Upside Down in the Daytime: Singer and Male Homosexuality" in Grace Farrell (ed.), *Critical Essays on Isaac Bashevis Singer*, pp. 191—192.

第十一章　索尔·贝娄

索尔·贝娄(Saul Bellow,1915—2005)①是第一位荣获诺贝尔文学奖(1976年)的当代美国犹太作家。应该说,他的获奖不仅是世界文坛对其个人创作所取得的成就的肯定,而且还确认了美国犹太文学在世界文学中的地位。然而,贝娄在美国文学界的地位却一直有些"模棱两可",一方面他作为"20世纪最优秀的作家之一"跻身于美国,乃至世界文坛;另一方面,他在美国的声誉"既不如在他之前的几位诺贝尔文学奖的获得者,福克纳、海明威以及斯坦贝克,也没有像诺曼·梅勒那样,成为美国的一个偶像人物"。② 究其原因,这可能不仅与他不事声张、不偏不激的个人风格有关,还与其富有智性的写作特点有关。

第一节　生平与创作

据贝娄本人回忆,他的父母是在1913年从俄国圣彼得堡移居到加拿大蒙特利尔的。

1913年前是俄国犹太人经历了许多变故的时代。19世纪末和20世纪初,俄国政府对犹太人采取疯狂迫害和屠杀的策略,这不但遏制了俄国犹太人口的增长,而且还大大改变了他们的生存方式。贝娄的父母就生活在这一时期。他们在很多年后还能清晰地回忆起当时的一些事情:"在

---

① 以下介绍性的基本资料主要参见 Keith M. Opdahl, "Saul Bellow" in Daniel Walden (ed.), *Twentieth-Century American-Jewish Fiction Writers*, pp. 8—25,不另作注。
② Bach Gerhard (ed.), *The Critical Response to Saul Bellow*, Westport, Connecticut, London: Greenwook Press, 1995, "Introduction", p. 1.

晚饭桌上,沙皇、战争、前线、列宁、托洛茨基和他们在家乡的父母、姐妹、兄弟等一样常常被提起。在犹太人看来,那个强大的君主政体的倒台简直无法想象。"①他们对昔日苦难生活的回忆,给年幼的贝娄留下了深刻的印象。贝娄后来曾回忆说:"我们搬到芝加哥居住后,我就能开始读马克思和列宁的书了。但我的父亲则说:'别忘了廖娃出了什么事——我有许多年没有我姐姐的音讯了。我不需要你的那些俄国和列宁。'"②父亲的这些话,无疑对贝娄会起到潜移默化的作用。③

贝娄于1915年6月10日出生于加拿大魁北克省勒申市。父亲亚伯拉罕·贝娄本是一位颇有进取心的人,但由于生不逢时,加上性格中有急躁、轻浮和轻信的弱点,所以尽管年轻时有想创建一番事业的雄心,却总是屡屡受挫,很不得志。母亲莉莎是一位标准的犹太传统家庭妇女,在家里专心照顾家庭,对外面的世界知之甚少。贝娄在接受记者采访时曾说,母亲"完全生活在19世纪,她对我的唯一期望是成为一个塔木德学者"。④贝娄在被问及童年的往事时,曾提到两件印象深刻的事:一件是他在四岁时,开始学习希伯来语和《旧约》。他回忆说,"我感到与上帝——那位最初的父亲——在一起很舒服,那时,我开始学习了解犹太人的祖先(我大约五六岁),我觉得他们非常像我的家人。我分不清父亲和那些英雄般的祖先——亚伯拉罕、艾萨克、雅各布、雅各布的儿子们,特别是约瑟"⑤有什么区别;另一件则是贝娄在八岁时所经历的事情。他说:"我大约八岁时曾受过一次惊吓。我在医院住了有半年多。一位教会的女士给了我一本儿童版《新约》。我看了。我被耶稣的经历所深深感动了,我把他看作是和我同样的一个犹太人。我想这个医院给我灌输了许

---

① ② Saul Bellow, "Writers, Intellectuals, Politics: Mainly Reminiscence" in Saul Bellow, *It All Adds Up: From the Dim Past to the Uncertain Future*, London: Seeker & Warburg, 1994, p. 98.

③ Cf. Saul Bellow, "Writers, Intellectuals, Politics: Mainly Reminiscence" in Saul Bellow, *It All Adds Up: From the Dim Past to the Uncertain Future*, pp. 98–114.

④ Interview with Nina A. Steers, "Successor to Faulkner?" *Show*, IV, September, 1964, p. 38.

⑤ Saul Bellow, "A Half Life" in Saul Bellow, *It All Adds Up: From the Dim Past to the Uncertain Future*, p. 287.

多这类事情。因为我从来没有离开过父母。"[1]通过贝娄在晚年回忆起的这两件事情可以看出,在贝娄的早年思想形成期,他像接受亲情一样,接受了传统的犹太文化并将异教学说中的耶稣视为自己的同胞。这种情愫对他后来创作思想的形成产生了很大的影响。

1924 年,父亲在美国梦的诱惑下,带领全家从加拿大的勒申移居到美国的芝加哥。贝娄一家在芝加哥的贫民区定居后,父亲和家里大一些的孩子开始外出做零工,补贴家用。但由于世事艰难——美国经济尚未从一战中完全复苏和社会仍然存在对犹太移民的偏见,贝娄一家拼命干活,然而,经济状况却并未得到改善,只能靠亲戚朋友的接济勉强度日。贝娄一家虽然生活艰难,但却像所有的犹太移民家庭一样,家里人相互支持、照顾,日子过得还算温馨、愉快。

芝加哥喧嚣、热闹,横穿芝加哥城的国家铁路,熙熙攘攘的小麦集散中心,加上黑社会的枪声和妓女的浪叫声交织在一起,共同构成了一幅美国独特的风俗画卷。这让未来的作家——索尔·贝娄大开眼界。贝娄一家面对着清贫而烦扰、热闹而丰富的多彩世界,并没有失去自己的精神信仰。艰难的岁月把他们紧紧地团结在一起,一家人靠辛勤劳作维持生存,即便是父亲不在家的日子里,孩子们也能在母亲的带领下,努力工作,共渡难关。

1933 年,"在移民区里长大的移民的孩子"[2]索尔·贝娄在艰苦生活中读完了中学,随后又到芝加哥大学继续深造。1935 年,他从芝加哥大学转到西北大学,并于 1937 年获得西北大学理学士学位。同年,他与安妮塔·格什金结婚。1938 年至 1943 年间,他到芝加哥佩斯特罗兹—弗罗贝尔师范学院(Pestalozzi-Froebel Teachers College)任教;1941 年,他在《党派评论》(5—6 月卷)上发表第一部作品,即短篇小说《两个早晨的独白》("Two Morning Monologues");1943 年到 1946 年间,他到大英百科全书编辑部工作。1944 年,他的第一部长篇小说《晃来晃去的人》(*Dangling*

---

[1] Saul Bellow, "A Half Life" in Saul Bellow, *It All Adds Up: From the Dim Past to the Uncertain Future*, p. 288.

[2] *Ibid*., p. 88.

Man, 1944) 出版。1944 年至 1945 年间,他到美国海军部工作。1946 年,他在美国明尼阿波利斯市的明尼苏达大学英文系任教。1947 年,他的第二部长篇小说《受害者》(*The Victim*, 1947) 出版。1948 年,他被耶鲁大学布雷德福学院聘为英语副教授,并获得古根海姆研究基金资助。靠这项资金的资助,他在法国巴黎度过了一年,开始着手写《奥吉·玛琪历险记》(*The Adventures of Augie March*, 1953)。该书于 1953 年出版,1954 年被授予国家图书奖。这部小说的出版和获奖奠定了贝娄在美国文学史上的地位。1950 年到 1952 年间,他获得国家艺术文学学院奖 (National Institute of Arts and Letters Award) 后,到纽约大学做访问讲师。翌年,被普林斯顿大学聘为创作研究员。在几经变换后,贝娄又回到明尼苏达大学,并且再次获得 1955—1956 年度的古根海姆研究基金。他的第四部长篇小说《抓住时日》(*Seize the Day*, 1956) 就完成于这一时期,并于 1956 年出版。1959 年,他的第五部长篇小说《雨王汉德森》(*Henderson the Rain King*, 1959) 出版。

贝娄是一位多产的作家,也是迄今为止,唯一的一位三次获得国家图书奖的美国犹太作家。进入 20 世纪六七十年代后,贝娄的创作更加旺盛,连续写出几部重要的作品。其中长篇小说《赫佐格》(*Herzog*, 1964) 不仅在 1964 年获得美国国家图书奖,而且在翌年还获得国际文学奖,成为获得此殊荣的第一位美国作家。1966 年,贝娄的《最后的分析》(*The Last Analysis*) 和另外三部短剧组成的戏剧《不舒服》(*Under the Weather*, 1966) 在百老汇剧场上演。1968 年是贝娄的又一个丰收之年。他在这一年里获得了两个重要的奖项:该年一月获法国授予外国人的最高文学奖——艺术与文学骑士十字勋章;三月又获得 B'nai B'rith 犹太传统奖。他在 1970 年出版的《塞姆勒先生的行星》(*Mr. Sammler's Planet*, 1970) 再次为他获得当年的国家图书奖。他之后出版的作品还有:随笔《往返耶路撒冷:私人报道》(*To Jerusalem and Back, A Personal Account*, 1976)、短篇小说集《他讲错话及其他故事》(*Him with His Foot in His Mouth and Other Stories*, 1984)、长篇小说《更多的人为伤心而死》(*More Die of Heartbreak*, 1987)、中篇小说《贝拉罗萨暗道》

(*Bellarosa Connection*,1989)、《窃贼》(*A Theft*,1989),《随笔、书信、演讲等总辑:从朦胧的过去到不确定的未来》(*It All Adds Up: From the Dim Past to the Uncertain Future*,1994),《确切》(*The Actual*,1997)。他的最后一部长篇小说是《拉维尔斯坦》(*Ravelstein*,2000)。贝娄于2005年4月5日在美国马萨诸塞州布鲁克林的家中去世,没有等到他两个月零五天后的九十岁生日。

第二节 "无根基"主题与"二元"对立

瑞典皇家学院在给贝娄颁发诺贝尔文学奖时所发表的"声明"中,将贝娄的文学创作过程分为了两个时期。第一时期以其第一部长篇小说《晃来晃去的人》为始点,第四部长篇小说《抓住时日》为终点;第二时期则以第三部长篇小说《奥吉·玛琪历险记》为始点。[1] "声明"认为,随着贝娄的第一部长篇小说《晃来晃去的人》的问世,美国的叙事艺术开始摆脱了僵硬、雄浑的气息,预示着某种与众不同的创作风格的到来。[2] 而贝娄的诺贝尔文学奖演说辞,则是对瑞典皇家学院授奖"声明"的补充和修正——他在演说辞中几乎没有提到有关自己的创作风格问题,而是用了大量的篇幅阐明自己对当下社会、文学的看法,以及作家面对诸如此类问题时所遭遇的种种尴尬。[3] 透过这些信息,不难窥见调遣贝娄创作的内在动力,即"当下社会"的状况与贝娄的创作紧密相关。那么,"当下社会"在贝娄的创作视域中,呈以何种的形态呢? 他认为:

---

[1] Cf. "Press Release: The Nobel Prize for Literature 1976" by Swedish Academy The Permanent Secretary, in http://www.nobel.se/literature/laureates/1976/press.html.需要注意的是,这份声明将贝娄在1956年出版的《抓住时日》划归于第一阶段,而将他在1953年出版的《奥吉·玛琪历险记》划归至第二阶段。这种用时间交错的方法划分作家的创作时期值得商榷。

[2] Cf. "Press Release: The Nobel Prize for Literature 1976."

[3] Cf. Saul Bellow, "Nobel Lecture" in Saul Bellow, *It All Adds Up: From the Dim Past to the Uncertain Future*, pp. 88—97.

个人生活方面,骚动无序或几近恐慌;在家庭生活方面——对丈夫、妻子、父母、孩子而言——混乱;在民众行为,个人忠诚,性爱实践(我不想背诵整个名单;我们不愿听这些了)——更进一步地混乱。我们正是努力生活在这样一种个人骚动无序、公众迷惑混乱的环境中。我们随时都会面临各种各样的焦虑。一切事情都在下降和坠落,让我们每天都感到畏惧担心;我们对私人生活兴奋不已,却备受公众问题的折磨。①

贝娄对"当代社会"的这些看法——"骚动""恐慌""混乱""焦虑"以及"畏惧"等,在他的作品中都得到了充分的表达。他的一部《奥吉·玛琪历险记》以其复杂的思想性与深刻的现实性"横扫"了美国整个社会。对此,有批评者还曾提出看法,认为贝娄是一个"同化主义者"。② 也就是说,认为贝娄的创作不具有犹太性。其实,如果参照犹太民族的历史和文化来解读贝娄的作品,就会发现贝娄虽然在小说中很少直接地讨论犹太问题,而且一般并不直接提及作品中人物的民族身份,但其人物的言谈举止、命运以及与此相关联的外部世界却无不浸透着犹太民族文化的韵味。譬如他笔下的人物,常常在美国这个社会里处于没有"根基"的境地,因此寻寻觅觅、凄凄惨惨,只有在遍尝了各式各样的苦涩之后,才能勉强发现新生活的曙光。事实上,这些人物的情感、命运遭遇不仅与犹太人在历史上的经历相吻合,也与犹太移民在美国的生活境遇相一致。从某种意义上说,"混乱""焦虑"以及"无根基"也正是犹太人历史命运的写照。

或许由于"混乱""焦虑"和"无根基"等思想与现代存在主义精神有着千丝万缕的关联,因此,有些贝娄研究者认为,贝娄的创作是模仿了"欧洲存在主义的小说"。③ 这样说实际与上面的"同化主义者"观点是一回事,

---

① Saul Bellow, "Nobel Lecture" in Saul Bellow, *It All Adds Up: From the Dim Past to the Uncertain Future*, p. 92.
② Cf. Saul Bellow, "A Half Life" in Saul Bellow, *It All Adds Up: From the Dim Past to the Uncertain Future*, p. 312.
③ 陆凡:《索尔·贝娄》,见吴富恒主编:《外国著名文学家评传》(第五卷),山东教育出版社1990年版,第471页。

即都是委婉、含蓄地说贝娄的小说不太具有犹太性。那么,贝娄本人是怎么看待这一评价的呢？在1982年和1983年间,贝娄在回答采访提问时,曾谈到了其创作主题与"存在主义"的一些相关问题：

问：你对人类精神状况的关注似乎与你的艺术创作有密切关系。你似乎选定了存在主义的主题,如果我可以使用这个词语的话。这是真的吗？

答：你似乎决心要我解释怎么可能把艺术与芝加哥结合在一起。我们全都是在这样一种观点的教育下长大的,即艺术与受宠的文化相联系。或许也可以这样说："告诉我你从哪儿来,我就能说出你是怎样的"——一个不会产生令人印象深刻结果的简单标准。环境重要,但它们却不能决定存在。存在高高在其之上。用一个标签来说明自己,或把自己封闭在一个鸽笼里也是我们的审慎选择之一……不过,对孤寂荒凉的屈服对精神饱满的人来说是不能接受的。人们必须尽力解读隐藏在外表下面那些必要模糊的信息。或许,这就是你所说的"存在主义"。这不是我所喜欢的词语之一。若干年前,我拜访了在最后时日里还住在华沙犹太居民区里的英雄之一,波兰罗兹市的一位犹太心脏病学家,这个城市让人想起芝加哥,也是一个制造业发达的城市。我问他为什么在这样一个不起眼的地方定居。他的回答是："环境有什么区别？"我的问题让他感觉很笨……他的回答让我想起了犹太人的历史,古代历史,那种适应不同地方的犹太人千年以来的能力。在隔都、贫民窟、地下的一个洞、一个帐篷,你的精神是独立的。你不需要某种支撑的文化。你的心制造——不,焚烧了它自己的空旷地。[1]

从上述引文可以看出,记者所关注的是贝娄的创作,即"人类精神状况"与

---

[1] Mattew C. Roudane, "An Interview with Saul Bellow" in Gerhard Bach (ed.), *The Critical Response to Saul Bellow*, Westport, Connecticut, London: Greenwood Press, 1995, pp. 235—236.

"存在主义"之间的关系。或者说,记者认为贝娄是用"存在主义"主题来暗喻、揭示整个的"人类精神状况"。然而,贝娄的回答则与记者的思路是背道而驰的。首先,他对给其作品贴上"存在主义"标签的做法很不以为然。正如他说,存在主义,"这不是我所喜欢的词语之一"。其次,贝娄认为他的创作主题与思想,是源于"犹太人的历史,古代历史,那种适应不同地方的犹太人千年以来的能力"。以上两方面均表明贝娄不但没有忘记犹太人的沧桑历史,而且还说明他所言的"精神"和"心"都是与犹太文化传统紧密相连的。贝娄在诺贝尔文学奖演说辞中,还就有关"同代人"的问题发表了看法。他说:

> 作为小说家,我在考虑我们同代人的极端的敏感性,他们对完美的渴求,他们对社会瑕疵的不能容忍,他们的动人且带有戏剧色彩的无边无际的要求,他们的焦虑、烦躁、敏感、温柔心肠、好心;他们的神经质、鲁莽,并因此而尝试毒品、精神理疗和炸弹。[1]

需要指出的是,贝娄所关心的这诸多问题尽管在美国社会有一定的普遍性,但在很大程度上还是主要反映了美国犹太移民的精神特征。也就是说,他所说的"我们同代人"还是有一个限定的,即主要是指犹太人。因而,贝娄对"我们同代人"性格、精神的概述,如"焦虑""烦躁""鲁莽"等,主要是指犹太人的精神特征。这一点从另一位著名犹太作家艾萨克·巴舍维斯·辛格回答记者的提问中,也能得以印证——当辛格被问之"犹太人是怎样的一种人"时,他的回答是:

> 犹太人是那样的一个不得安宁、焦虑烦躁的家伙,他们必须总是做点什么,计划点什么。他是那种不管经历多少次失望,会立即制造出另外一些幻想来的人,犹太知识分子尤其是这样。但由于犹太人

---

[1] Saul Bellow, "Nobel Lecture" in Saul Bellow, *It All Adds Up: From the Dim Past to the Uncertain Future*, p. 92.

几乎都是知识分子,我们的焦躁不安和急切做事的特点,不管是对否,几乎已经成为这个国家的特点了。①

辛格对犹太人特点的界说,与贝娄对他同代人的"考虑"有异曲同工之妙。这不能说是一种巧合,而是犹太作家们的"不约而同"。所以,我们说贝娄的思维定势归根结底是"犹太的",而非一般意义上"美国的"。也就是说,尽管贝娄不愿称自己为"美国犹太作家"②和在作品中很少提及人物的民族身份,但是,他所关心的问题、所表述的看法、所运用的叙述语言、策略,以及所使用的意象和作品中的人物思维方式等无不洋溢着犹太文化的底蕴。

贝娄在其所发表的第一部作品《两个早晨的独白》中,就象征性地描写了美国犹太移民"无根基"的生存状况。作品中第一位叙述人曼德尔鲍姆告诉我们,他是如何在没有工作中度过每一天的。他每天在寻找工作中打发时光,他总是处在一种"被驱赶"的生存状态中。因为,他既不愿按照父母的意愿待在家中,也不愿为纯粹赚钱而工作,更不愿以此来讨好大家。作品中第二位叙述人则拿在早饭、香烟、赛跑等事情上所施的小把戏来自娱。他们两人虽然反对现存的社会制度,但却没有自己的价值观念,于是都自感沮丧、负疚。作者通过这样两位叙述人的精神状态再现了那些自负的美国犹太移民,面对全新的社会和异己的文化时所采取的态度:在这个相对发达、较为开明的社会中,他们既不愿意承继父辈已"过时的"精神财产,又无法或不甘心完全融入他们投奔而来的社会。他们挣扎在传统的世界和新的社会环境之中,在反抗中逐步调节和适应。

这部作品为贝娄随后的创作定下了一个基调。他在随后创作的长篇小说《晃来晃去的人》中就继承并发扬了这一基调。换句话说,贝娄在创作的伊始,就注意剖析他笔下的人物在"新世界"和新时代中所表现出的

---

① Richard Burgin, "Isaac Bashevis Singer Talks ... About Everything" in *The New York Times Magazine*, November 26, 1978, p. 32.

② Cf. Louis Harap, *Creative Awakening: The Jewish Presence in Twentieth-Century American Literature 1900—1940s*, New York: Greenwood Press, 1987, p. 3.

复杂的精神世界。

但是,诚如索尔·贝娄研究专家美国批评家约翰·雅各布·克莱顿所指出的那样,贝娄的创作中存在着许多自相矛盾之处。例如,他在摒弃现代文学中所表现的异化传统和强调兄弟情谊以及社区关怀价值的同时,将自己作品中的人物描写成受虐狂和异化分子;他在对 20 世纪的文化虚无主义,如达达派、荒原派等现代主义思潮进行否定之同时,他本人又对现代社会感到异常沮丧和惶惑;他也反对在文学作品中贬抑个体,在某种程度上说,他与爱默生一样尊重个体,但是,他在作品中却又常常将个体置于整体的压制之下。贝娄之所以要这样写,一方面是因为,他认为个体在整体的强势压迫下已是无足轻重的;另一方面则是因为,他认为个体在这个社会里是无法得以张扬的。① 我们在阅读贝娄的作品,特别是他的早期作品时,常常会很容易地发现其作品中的矛盾性。事实上,长篇小说《晃来晃去的人》这一书名本身,就深刻揭示了贝娄的矛盾双重性。即"晃来晃去"(dangling)这个形容词本身就是他笔下的人物,乃至人类生存状态的象征。

第三节 文本与阐释

一、约瑟夫:迷失在"自由"中的人

《晃来晃去的人》发表于二战结束的前期。这是一部内容丰富,含义深邃的表现犹太移民后裔精神面貌的小说。据统计,在 1933 年至 1939 年间,在美国大约有 114 个反犹组织,其中有 77 个到 1940 年仍然活动猖獗。在二战初始阶段,反犹主义者曾将第二次世界大战视为犹太人的战争,从而反对美国出兵参战。德国纳粹头目约瑟夫·戈贝尔(Josef

---

① Cf. John Jacob Clayton, *Saul Bellow: In Defense of Man*, Bloomington and London: Indiana University Press, 1968, pp. 3—4.

Goebbels)曾在1942年12月13日的日记中写道:"英国人和美国人把欧洲迫害犹太人的问题当作最首要的新闻……但是,实际上,我相信英国人和美国人对我们消灭这些下贱人都感到高兴。"[1]虽然不能根据一个纳粹分子的日记,来认定美国和英国在这场战争中的立场,事实上,就在戈贝尔这篇日记写好后的第四天,同盟国就决定要报复德国纳粹所犯下屠杀犹太人的罪行了,但是,从中也能或多或少地看出当时国际局势的复杂性、美国在战争初始阶段的暧昧态度,以及美国犹太人在这场战争中所处的辛酸境遇。

《晃来晃去的人》这部小说着重描写了一位名叫约瑟夫的主人公在二战时期,等待入伍通知时的焦躁不安、彷徨悱恻的复杂心情。约瑟夫是一个尚未被美国社会"同化"的犹太人。他为了能入伍参战,辞去了工作,搬到一处廉价的房子里居住,专门等候着入伍的召唤。这里有一点值得注意,即贝娄在小说中特别描写到了约瑟夫赋闲在家,需靠妻子赚钱来养活自己的细节。妻子养活丈夫,这在美国文化传统里或许是不可思议的,但在犹太文化传统中却是再正常不过的事情了。从这一点来看,贝娄其实在小说的开篇,就给其主人公以明确的文化定位,而并非是泛指所谓的"人类"。当然,不可否认,约瑟夫的境遇的确也代表了相当一部分人在战争期间的生存状况。如果按照犹太人所固有的思维逻辑——人人都是犹太人,那么,写犹太人约瑟夫的生存状况,其实也就是写"人类"的生存状况了。

辞去工作后的约瑟夫,没有了任何社会责任的束缚,一下子感觉轻松无比。他想恢复一度尝试过,但又搁置下了的写作活动。可他发现自己最终所写出的不过是一些毫无意义的随意瞎想。随着时间的流逝,自由的喜悦消失了,取而代之的是空虚、孤独。因此,他不断和邻居吵架,和亲戚翻脸,就连庆祝自己的结婚纪念日也搞得别别扭扭。渴望已久的"自由"在这时对他来说,仿佛是一个陌生的国度,一切原有的价值观念在这里都土崩瓦解了。正如小说中所说:"他脱离

---

[1] Quoted in Peter Novick, *The Holocaust in American Life*, Boston, New York: Houghton Mifflin, 1999, p. 291. Note 2.

了语境,因此迷失了。"①约瑟夫正是迷失在"自由"的漩涡之中。贝娄对约瑟夫这种获取"自由",又迷失于"自由"的描写,与其说揭示了现代人的存在主义式的生存状态,不如说更暗喻了犹太人在遭到长期禁锢后已不能适应新环境的特定心理。从这一点来说,小说中的"战争"背景并不具有特别典型的意义,它不过是用来说明约瑟夫由此而获取"自由",并由此而惧怕、躲避"自由"的道具而已。

事实也是如此,约瑟夫在小说中所表现出的"无所适从"感,的确也并不完全是因为战争而引起的。贝娄为了更好地揭示约瑟夫的心理、精神状态,在小说中运用了日记的形式,让约瑟夫自己来讲述自己的故事。而且,约瑟夫在讲述故事的时候,并不是严格按照时间顺序来记叙所发生的事情的,而是有选择、有时跳跃时间界限,来追叙或插叙过去所发生的事情。小说中有一个细节,对我们理解约瑟夫内心世界的发展历程大有帮助,即约瑟夫的日记是从12月份开始写的,他在日记中提到第二次征兵通知晚到了七个月,据此推算,他第一次接到征兵通知应该是在五月。而他在日记中所记叙下的事件和对话,又大都是发生在五月之前,如,约瑟夫意识到他想建立"精神殖民地"不过是一种浪漫主义的想法这件事,是发生在去年三月参加的一个晚宴上;他与吉蒂·多姆勒之间的关系是开始于两年前,也就是他与妻子的关系冷落之后;而他对共产党感到失望的事,则是多年前就已发生了,等等,所有这一切的记叙其实都意在强调约瑟夫的烦躁不安、离群索居以及乖戾反常,并不是在报名参军后才开始的,而是与所有这些先前就已发生的事件有着密切的关联。换言之,约瑟夫的"晃来晃去",不知所终,并不纯粹是因战争发生的缘故,更深层的原因是对美国现实生活感觉绝望。

小说中讲述的约瑟夫与美国共产党组织关系这个细节值得重视。众所周知,美国犹太移民早在20世纪初,就以热衷于社会主义、共产主义以及其他激进组织而闻名。其历史原因和社会原因虽有多种,但最为主要的应该还是与苏联社会主义国家的建立,以及他们在美国社会中所遭遇

---

① Robert R. Dutton, *Saul Bellow*, Boston: Twayne Publishers, 1982, p. 12.

的不平等待遇有关。然而,30年代中后期以后,由于苏联发生了"莫斯科审判"和斯大林与德国纳粹签订互不侵犯条约等事件,所以,有相当一部分美国知识分子,特别是美国犹太知识分子,改变了早先对苏联和共产党的看法。贝娄把这一社会/政治思潮引入到小说中,一方面是为了进一步说明、印证约瑟夫的民族身份,另一方面也为了更好地反映、揭示使约瑟夫精神苦闷、彷徨的社会根源。例如,约瑟夫曾与他以前的同事发生争吵,原因是这位同事拒绝和他说话。尽管在他们同为共产党员时,相互称呼"乔同志,吉姆同志",①但是,当约瑟夫退出党组织后,便受到了大家的一致冷落。他为此大感不解,并且感到十分恼怒。他诘问道:"我有权要求别人和我说话。这是世界上最基本的事情了。就这么简单。我坚持要这么做。"可他得到的回答是:"'呵,约瑟夫',迈伦说。'不行,真的不行,听我说。禁止一个人和另一个人谈话,禁止他和其他人交流,而且你已经禁止他思想,因为……思想也是一种交流。'"②与一个政党分手,便意味着他要丧失掉一群"同志",这是约瑟夫当初所没有料到的。

贝娄在小说中还运用了另外一种"现实",即心理现实来解释约瑟夫的行为。换句话说,约瑟夫常常是自己行为的评判者。有一次,他到他的兄弟阿莫斯家拜访时,阿莫斯一家人无所顾忌地谈论起他整日无所事事、生活拮据等琐事,这让他感到异常不快与难堪。他愠怒而又尴尬地离开了阿莫斯一家人,回到阁楼上一边听着海顿的乐曲,一边自我评价说,自己"在受苦和受屈辱方面,还仍然是个学徒。"同时,他又自我安慰说:"没有一个人能请求免遭苦难和屈辱;这不是人类的特权……不,即便是上帝,或任何神祇也都不能优雅而不怨恨地面对痛苦和屈辱。"③他自忖道,自己既不是上帝,也不是什么神祇,因此,他大可不必以优雅而不怨恨态度来面对在阿莫斯家所遭受的屈辱。结果,他像个孩子一样跟自己的侄女大吵大闹了一场,并且还很没有风度地动手打了她。他的这一举动十分形象地说明,他不但在社会现实生活中失败了,就是在自己的心理现实

---

① Saul Bellow, *Dangling Man*, New York: World, 1960, p. 32.
② *Ibid*., p. 33.
③ *Ibid*., p. 67.

生活中也失败了。他在后来的日记中跟自己内心的理性进行了讨论:

"关于异化问题,有不少说法。那都是傻瓜的托词。"
"是吗?"
"你可以和妻子离婚或抛弃子女,但你拿自己怎么办?"
"如果你心中有个世界,你不可能用法令排除他。约瑟夫,是不是这样?"
"你怎么能……世界随你而来……不管你做什么,你都无法排除它。"
"那怎么办?"
"失败的可能就在我自身,视觉上的弱点。"
"如果你能看见,你以为你能看到什么?"
"我说不准,或许我们是心灵孱弱的天使般的孩子。"①

他随后又自问道:"在理想的建造和现实世界,真理之间的鸿沟有多宽?"②他无法回答自己的问题,只能恨恨地拿橘子皮来发泄一通。不过,他并不甘心自己在现实生活和精神生活中的失败,于是急匆匆地辞掉工作,报名参军,试图在新的环境中找到自己的位置并求得一种身份感。

二、利文萨尔:一位社会"受害者"

贝娄的第二部长篇小说《受害者》有两个主要情节:其一,小说讲述了发生在犹太人阿萨·利文萨尔与反犹主义者科尔比·阿尔比之间的故事。阿尔比在一次宴会上散布反犹言论,侮辱了利文萨尔的好朋友;而利文萨尔无意中得罪了阿尔比的顶头上司鲁迪格,结果,阿尔比被鲁迪格解雇了。本来这件事与利文萨尔没有必然的关系,但阿尔比却坚持认为他的失业是由利文萨尔造成的,于是便赖在利文萨尔的家里混吃混喝。后

---

① Saul Bellow, *Dangling Man*, p. 137.
② *Ibid.*, p. 141.

来,阿尔比又把一个妓女带到利文萨尔的家中并打开煤气扬言要自杀,利文萨尔忍无可忍,终于把他赶了出去。数年后,他们在一家剧院里不期而遇,各自在剧场里找到了自己的座位——象征各自在社会上的"位置",于是,他们和解了。其二,小说讲述了利文萨尔与其哥哥一家的感情纠葛。利文萨尔的哥哥麦克斯外出到得克萨斯州打工,把妻子爱丽娜和两个孩子留在纽约的家中。其中一个孩子病重,利文萨尔不得不前去照顾嫂子和两个孩子。故事的结尾是孩子因病医治无效死去了,哥哥麦克斯回到纽约,在告别了死去的孩子后,一家人跟随麦克斯移居到得克萨斯。

对小说名称"受害者"一词的理解正确与否,直接关系到对小说的主题思想的认识。根据美国学者罗伯特·R.达顿(Robert R. Dutton)的解释,"受害者"(Victim)一词很难将其视为一个褒义词。这个词应排除"尊严、诚实、希望"等意思,而应该接受作品题目本身的意思,即"把作品主人公阿萨·利文萨尔视为受害者"。另外,根据小说文本,这个词还有另外一层意思,即"阿萨被肯定不是他本人制造的各种势力所限制"。① 达顿的这番解释说明了问题的两个方面:一、确定受害者——阿萨·利文萨尔;二、迫害阿萨·利文萨尔的不是他本人,而是某些外来的势力。应该说,达顿对"受害者"一词的解释是正确的。不足之处是,他没能从文化的角度,具体地说明小说主人公阿萨·利文萨尔受害的真实原因和迫害者的真实动机。

贝娄给阿萨·利文萨尔的直接迫害者起名为阿尔比(Allbee),具有深刻的含义。英文"Allbee"具有"所有的人"(Everybody)的象征意义。从这一点来看,阿萨·利文萨尔的迫害者,究竟指的是谁已经是不言而喻了。也就是说,阿萨·利文萨尔实际上面对的不只是阿尔比——阿尔比只不过是"所有的人"中的一个。阿尔比正是在有了"所有的人"这样一个社会语境下,才会想到或敢于当众散布反犹言论,并在被解雇后赖在阿萨·利文萨尔的家中混吃混喝。表面上看,贝娄似乎不过是讲了一个关于两个人的简单故事,实则寓意深刻地回忆了历史上犹太人屡遭诽谤而受迫害的历史事实。这里有一些细节颇有深意,如起初,阿尔比指责阿

---

① Robert R. Dutton, *Saul Bellow*, p. 20.

萨·利文萨尔毁了自己的前程时,利文萨尔感到很荒唐,并把其视为疯子。但是,在阿尔比的不断逼迫下,利文萨尔自己也不清楚自己是否真的应该对阿尔比的失业负有责任。于是,他向朋友维利斯顿请教,后者通过分析认为,利文萨尔在事情的过程中不是一点责任没有。这些细节容易让读者联想到历史上有许多栽赃陷害犹太人的案件——虽不是事实,但被人们说得多了,就连并没有做错事的犹太人也会疑惑自己是否真的错了。贝娄在此采用的这种联想性的象征手法,一方面意在诘问历史究竟谁应为犹太民族的苦难负责,另一方面也告诫自己的同胞不要像利文萨尔那样做"施勒米埃勒"(Shlemiel)——没用的傻瓜、笨蛋。

前文说的阿尔比(Allbee)具有"所有的人"(Everybody)的象征意义,在利文萨尔的家中也得到了体现。利文萨尔的嫂子是一个虔诚的天主教徒,对自己的犹太丈夫心存不满。而她的母亲则认为,如果孩子有个三长两短,那就要考虑她女儿的婚姻是否合适了。贝娄写道:"这场婚姻对她来说是不纯洁的。不错,他知道她对这事怎么看。犹太人,一个血管里流淌着错误的血液、坏血液的人,让她女儿有了两个孩子,这就是为什么孩子病倒了。"①可见,在贝娄的小说中,反犹主义虽不像德国纳粹那样明火执仗地对犹太人进行大肆屠戮,但却深入到了社会生活的每一个角落,乃至家庭成员之间。作为受害者,利文萨尔的思维方式也受到了限制,他让一种"受迫害"情结缠绕着自己,时时处处"检点"自己的行为以避免引起非议。"人们笑话他的鼻子,于是他开始学习拳击;他们笑他穿富有诗意的丝绸衣服,于是,他改穿黑色衣服;他们笑他看的书,于是,他就把书拿给他们看。他卷进了政治,成了首相。他极度不安地做着这一切。"②他无论怎么做似乎都不对,只能在惴惴不安中调整自己,以便最大限度地符合人们的要求尺度。

值得深思的是,贝娄在小说的结尾巧妙地安排在数年后,让利文萨尔和阿尔比在剧院里相见。这一幕里有两个细节非常重要:其一,在剧院这个背景中,利文萨尔和阿尔比都各自找到了自己的座位。它的象征意

---

① Saul Bellow, *The Victim*, New York: Vangurad Press, 1947, p. 62.
② *Ibid.*, p. 130.

义是,随着时间的流逝,不同民族的人在世界这个大剧院里都会有各自的位置。其二,在幕间休息时,表面上发福了的阿尔比找到利文萨尔表示自己欠利文萨尔的人情债,并解释说,他属于"与管事的人打交道那种类型的人",并且承认说:"这个世界并不是为我这类人而建造的。"但是,就在利文萨尔追着问阿尔比"你对管事的人有何看法"①时,舞台上大幕升起,利文萨尔没有得到任何的回答。这个看似漫不经心的细节,其实又包含了两层含义:第一,反犹主义者阿尔比在数年后能认识到自己欠利文萨尔的人情债,这说明错误的确在反犹主义者这一方,且反犹主义者最终也能良心发现,认识到自己的错误;第二,像利文萨尔这样的傻瓜,当然看重"管事的人"以及他人对"管事的人"的看法。而贝娄让利文萨尔得不到答案的细节安排,至少应该有这样的几种意思:阿尔比无法回答这个问题;贝娄将答案留给了读者,或者根本就没有什么答案。

关于《受害者》是否是一部反映二战时期德国纳粹对犹太人大屠杀事件的小说,批评者可谓仁者见仁,智者见智。否定者如麦考·格伦德(Michael Glenday)认为,这部小说甚至与反犹都没有什么关系。② 肯定者如朱迪·纽曼(Judie Newman)则从两个方面论述了《受害者》是一部反映德国纳粹对犹太人大屠杀事件的小说:其一,纽曼结合贝娄对早年大病不死充满感激之情和负疚之心,与贝娄对自己曾错误地认识德国纳粹发动的二战所抱有的愧疚之心,推演出贝娄在这部小说中也流露出同样的心情。她说:"贝娄同样也把自己写成一个曾经逃离死亡的人——仿佛他曾经逃避了一个该遭受的惩罚"。其二,纽曼结合利文萨尔回忆自己能够在20世纪30年代经济大萧条时期幸存下来的感激与负疚,认为贝娄所有这些有关利文萨尔在经济灾难方面的描写,实际上是对德国纳粹屠杀犹太人的一种反思。③ 根据贝娄在回答提问时所说的一通似是而非

---

① Saul Bellow, *The Victim*, p. 294.
② Michael Glenday, *Saul Bellow and the Decline of Humanism*, London: Macmillan, 1990, p. 28.
③ Judie Newman, "Bellow's Ransom Tale: The Holocaust, *The Victim*, and The Double" in *Saul Bellow Journal*, 1996, p. 5.

的话,可以证明他在写《受害者》时,还并没有考虑过犹太人遭受屠杀这件事。他说:

> 有许多事情我没能够融进[小说中]去。事情离我而去。犹太人遭到屠杀就是其中的一件。我得到的信息真的很不完全。有些消息我可能被封锁了。因为我在巴黎居住的时候,遇见许多经历过大屠杀的人。我知道发生了什么。不知道为什么,我无法脱离我的美国生活……直到后来我在1959年亲自到奥斯威辛[集中营],犹太大屠杀这件事才对我有了真正的影响。我从来没把写犹太人的命运视为我的责任。我不需要把写犹太人变成我的义务。我觉得自己没有义务去写没有真正感动我的事情。①

实事求是地说,从贝娄以一个作家的身份表明自己对德国纳粹屠杀犹太人这一事件的立场来看,他在写作《受害者》时,确实没有考虑将德国纳粹屠杀犹太人这一事件融进小说中去。不过,从作品的故事情节和人物的思维方式和行为方式来看,贝娄在小说中反映了美国社会中存在的"反犹主义"现象也是无法否认的。

三、奥吉、汤姆:进取与混乱

贝娄的第三部长篇小说《奥吉·玛琪历险记》从多个层面向读者展示了主人公奥吉与社会之间的关系。奥吉生长在一个贫穷的犹太移民家庭里,幼年时曾饱受反犹主义者的欺凌。不过,贝娄对奥吉身份的揭示采用了间接的形式,即在小说的情节展开后,没有让奥吉参加一些与其宗教相关的活动或进行一些宗教思考来反映他的犹太身份,而是通过他对家庭和亲人的执着的爱来凸显其犹太性。

这部作品采用了传奇式小说的叙事形式、片断式的结构和现实主义

---

① Saul Bellow, "A Half Life" in Saul Bellow, *It All Adds Up: From the Dim Past to the Uncertain Future*, pp. 312—313.

的表达方式。一般说来,作者采用某种形式写作,往往是其创作思想和价值取向的反映。贝娄在小说中,一方面让主人公在自我流放的自由中尽可能宽泛地与社会相接触、碰撞,以此迂回地反映主人公与社会的关系;另一方面是直接通过主人公的眼睛及经历来观察和反映社会。当然,奥吉在小说中和其周围关系是开放性的,他就像万花筒中的一块彩片,随着万花筒的旋转,可以随时与其他彩片组合成各种绚丽奇妙的图案。不过,待万花筒停止了旋转,奥吉这块彩片就又恢复了原貌和其他彩片之间的关系。小说《奥吉·玛琪历险记》是由若干个故事片断衔接而成的,每个片断又独立成章,自成一体。

主人公奥吉每次"历险"前的个人情况与结束后的都没有太大的差异,如他每次出发前都是自由的——行动没有目的和方向,甚或与他人或团体没有任何的瓜葛。从某种意义上说,贝娄与其说是把奥吉当成一个无家可归的流浪汉去写,让他体验人世间的酸甜苦辣,不如说是让奥吉扮演成哲学家式的探险者,让他通过遭遇的一件件事情体悟有关人类生存的哲理。在小说中,奥吉的经历是非常丰富的,曾到百货商店做理货员,在火车站兜售小玩意,偷窃和变卖过学生课本,还上过大学,做过煤炭生意,接触下层社会,当过拳击手的经理人,为有钱人看门遛狗,恋爱了两次,做过工会头头,甚至后来还跑到墨西哥驯鹰捉大蜥蜴,参加托洛茨基派别的活动,上商船做水手……,最后在巴黎结婚,终于安顿了下来。不断变化、迁徙的奥吉到底想要什么? 如果用在前文曾提到的艾萨克·巴舍维斯·辛格在回答"犹太人是怎样的一种人"时所说的话,即"犹太人是那样的一个不得安宁、焦虑烦躁的家伙,他们必须总是做点什么,计划点什么。他是那种不管经历多少次失望,会立即制造出另外一些幻想来的人"[1]来解释奥吉的性格特征和行为动机,那是再合适不过的了。这也正如奥吉在小说开始作自我介绍时,曾说过的一句话——"性格即命运"。[2]

---

[1] Richard Burgin, "Isaac Bashevis Singer Talks ... About Everything," p. 32.
[2] Saul Bellow, *The Adventures of Augie March*, New York: Viking Press, 1953, p. 3.

奥吉的行为方式和人格气质,无疑具有犹太民族的特征。那么,奥吉作为个体人的性格特征究竟是怎样的呢?根据罗伯特·R.达顿的观点,①奥吉具有以下的特点:第一,他具有敏锐的观察力。这一点可以通过他对小说中的主要人物之一艾因霍恩的态度上看出来。在一般人的观察中,艾因霍恩是一个狡猾、贪婪、暴躁而又好色的老家伙。但奥吉通过与他的接触和交往,对他却产生了另外的看法:

艾因霍恩?上帝,他可能讨人喜欢——世界级可爱的孩子。让人心烦意乱。你可以对此抱怨;你可以说那是个诡计,或者说是聪明人把你从奸诈者他们错综复杂和丑恶的欲望中转移开时所表现出来的假象,但是,如果这种工夫深到大有用处时,那么,它就会超出原来的意义。②

奥吉透过艾因霍恩狡猾、奸诈的外表,看到了蕴藏在其身上的"可爱"因子。据此不难看出,奥吉具有能够在一些不够好的人的身上发现一些好的品质的能力。或者说,他拥有一颗善良、公平之心。第二,奥吉对自己有一个清醒的认识,承认自己的认识能力有限。因此,他从不妄断是非曲直。例如,他在回想起艾因霍恩对死亡的恐惧时说:"我常常想,在艾因霍恩心中,他已经彻底向这种恐惧投降了,"但他接下来又补充道:"不过,就在你相信你已经通过他的举止言谈和所做的一切中,将要捕获到他的真实想法时,你会发现自己并没有进入迷宫的中心,而不过是在一个宽阔的大街上;这时,他却从另一个方向走来。"③第三,奥吉待人能够一视同仁,不会因为其地位、性情、德行或品行不同而另眼看待。如他在看到乔·格曼因涉嫌盗窃车辆,被警察打得遍体鳞伤时,不无同情地说:"看到他这个样子感到十分难过。"④奥吉的这种慈悲心怀体现了他的人道主义精神。

---

① Cf. Robert R. Dutton, *Saul Bellow*, pp. 43—48.
② Saul Bellow, *The Adventures of Augie March*, pp. 99—100.
③ *Ibid*., p. 83.
④ *Ibid*, p. 165.

第四，奥吉有一种不断向上追求、进取的精神。这种精神气质与犹太人不断追求新生活的精神是相一致的。在小说的开篇，即奥吉还是一个小男孩时，他的一个亲戚要把自己的女儿许配给他。他对此的反应是"我无法想象与科布林家联姻……我的心早已在想要有一个更好的出路"。① 纵观全书，每当有人或机构想收留他时，他都会为下一个"更好的出路"而予以拒绝。婚姻、金钱或事业，没有一样能阻止他对"更好的出路"的追求。在这一点上，他更像歌德笔下的浮士德。最后，奥吉对生活的态度永远是达观的。他祖母的身体状况日益变坏，母亲的双目几近失明，弟弟是个白痴，生活的周围被贫穷、无知以及由此带来的贪婪、暴力和无耻等丑恶现象所缠绕、牵绊着，但他却从未对生活失去信心。他总是不断地追求、追求。在他看来，一切都是可以追求得到的。为此，他身上有一股傲气，从不愿屈从于任何势力或诱惑。奥吉的这些性格特征，在他的感情经历和命运发展中起到了举足轻重的作用。

严格说来，奥吉在生活和事业上并不是一个成功者。在很大程度上，他不成功的主要原因是他没有处理好理想与现实之间的关系，使其行为动机和行为结果之间产生了矛盾，从而经常给人以一种不确定和不一致的感觉。他往往不加区分地对所有的人都表示友好和理解，这也就使他行事被动和缺乏原则了。如在小说的开篇，他就被动而无原则地卷入其祖母的阴谋诡计中去。后来，在他弟弟西蒙的事业选择和亲戚为他择偶上都未表现出应有的决断和投入。甚至有人让他参加游行，他就不加考虑地参加进去；又有一些人让他参加另外的一种游行，他也不辨是非地参加进去。他一直为追求"更好的出路"而放弃唾手可得的东西，但到头来，他并没有得到真正想要的东西。因此，在某种意义上说，奥吉的这种追求恰好暴露了他性格中的不确定和不自信的因素。不过，在小说的结尾，他终于认识到，如果不能真正投入地去做事，不真正地融入社会现实中去，希望只能给他带来失望。

贝娄的这部小说与他在这之前所写的两部小说不同。他在这部小说

---

① Saul Bellow, *The Adventures of Augie March*, p. 28.

中更多关注的是主人公的思想,而不是他的社会生活。换言之,贝娄尽管在小说中描述了"人类的生活状况",①但他的这种描述更多的是一种形而上的,而非一种实实在在楔入到现实生活中的描述。因为,他笔下的主人公从头至尾几乎从未认真地"卷入"到某一具体的事件中去,而是不断地在追求中放弃,然后又开始新一轮的追求与放弃。作为读者,我的理解是,贝娄这样处理人物的原因大致有二:其一,他想通过描写主人公奥吉的历险经历,表现出第二代美国犹太移民在"新世界"这个大舞台上的自我认识和精神成长的过程;其二,他想通过这样一个对社会的全景式描绘来阐发自己对社会的认识和判断。但由于他在写作中过于强调后者,在某种程度上,会给人一种"因义害文"的感觉。这或许是我们在阅读时所应该注意的。

贝娄的第四部长篇小说《抓住时日》最初发表在《党派评论》上。这部小说集中讲述了犹太人汤米·威尔海姆一天的生活经历。汤米憎恨自己的懒散、平庸,但又无力改变自己。他梦想成为好莱坞的电影明星,到头来却连一份微不足道的工作也没能保住。由于生活无着、经济拮据,他撇下妻子和两个孩子,怀揣着几百美元独自住进了纽约的一家老年公寓。他的父亲艾德勒医生也住在这家公寓中。汤米的处境是:一方面是他想要,但却遭到了拒绝——父亲拒绝给他提供帮助,妻子拒绝与他离婚;另一方面是他不想要,但却又无法放弃——他有两个可爱的儿子,这种血缘亲情是他所无法拒绝的。在这举步维艰、需要做出人生抉择的关键时刻,他茫然了。只有在跟随着参加葬礼的人走进教堂,听到汹涌海涛般的哀乐时,他才突然真正领悟到了自己与周边人间的关系。

与贝娄前三部小说中的主人公不一样,汤米是个天生的失败者。而且,他的失败与其性格有着直接的联系。首先,汤米常常是不加思考就轻信他人。在上大学的期间,他由于轻信了一个名叫莫里斯·韦尼斯的好吹牛的人,就梦想要成为好莱坞的明星,并稀里糊涂地放弃了学业。即便是落魄到住进老年公寓后,他还是照样轻信他人,将仅有的几百美元交了

---

① Robert R. Dutton, *Saul Bellow*, p. 52.

出去投资，结果血本无归。总之，由于这个易于轻信他人的性格，汤米的一生总是在一些无谓的冒险中失败。其次，还是由于性格的原因，汤米似乎非常喜欢这个混乱、疯狂的世界。他乐意接受各种各样的挑战，而且把这些挑战视为生活中的一部分。每当他决定要接受挑战，即做某件事情之前，总是要仔细思考一番，但每每在要做出决定的关键时刻，他却总要与自己的直觉对着干。例如，他心里明明清楚自己与之打交道的那些人的声誉并不好，但却总要固执地认为他们一定会给自己带来财富和美名。他的父亲为此气愤地骂他是个傻瓜、笨蛋。然而，他宁可被骗子拖着走，也不愿意正视现实，更不愿意听从亲人的劝告。好像他能在这种与自我较劲的过程中获得一些生活的乐趣和快感。即使从他处理与父亲的关系中，也可以看出他终究还是一个失败者。当他在穷途末路的时候，向父亲伸出了求救之手。而且，他认为富有的父亲定会以亲情为重，慷慨解囊给予资助。没有想到的是，讲究实际，靠自己的勤奋工作获得成就和财富的父亲，对他的那套投机取巧的行事作风早已感到厌烦了。他知道儿子汤米只能在不断制造麻烦中度过时日，因此，他不想背着"包袱"度过晚年。

罗伯特·R.达顿认为，贝娄笔下的汤米·威尔海姆具有洗刷耻辱的能力。具体地说，他在以下三个方面达成和解，其一，他与一个缺乏同情心的社会和解，这个社会既不知道也毫不在意他的存在；其二，他与不能为他提供精神指导的世界和解；其三，他与被险恶势力追逐的自我和解。达顿认为，这三个方面也就是这部小说所具有的三层意思。[①] 达顿的观点有它可取之处，也就是说，他认识到了汤米与社会之间的关系。但是，他的这种认识并不是基于对美国犹太移民的深刻了解上。抑或说，他没有进一步结合美国犹太移民在美国社会的遭遇，来解读隐含在汤米精神中和他生活遭遇中的文化因素。在某种意义上说，小说中所描绘的汤米混乱的精神生活就像是一个隐喻，喻指美国犹太移民在美国这片土地上的生活遭遇以及精神困惑。汤米的父亲如同其他美国犹太移民一样，满怀希望地从欧洲移居到美国。他为能在美国有立足之地，艰苦奋斗，付出

[①] Robert R. Dutton, *Saul Bellow*, p. 75.

了很大的代价。但是他的后代却未能像他那样凭借自己的努力来维持生存和争得荣誉,而是被这"绚丽多彩"的世界迷乱了心智。不过,他的后代由于骨子里毕竟存有着传统犹太价值观念,所以在他模仿非犹太人的同时,又不时地流露出犹太的一面——一幅传统犹太文学中的那种焦躁不安、忙里忙外,但不仅忙不出任何成绩,而且还事事出错的傻瓜形象。

从汤米这一形象的塑造上来看,贝娄抽取了他前三部小说主人公的精神特质,即在不断寻求和挣扎中认识自我的能力。小说的结尾颇为巧妙,在形式上与亨利·詹姆斯的《丛林中的野兽》以及辛格的《卢布林的魔术师》相类似。詹姆斯在《丛林中的野兽》中描写了男主人公抚摸着埋葬爱人的冰冷的墓碑时,潸然泪下。贝娄的主人公在小说结尾跟随着送葬人进入教堂,也痛痛快快地流下了眼泪。不过,这两位主人公流泪的原因却有所不同:詹姆斯的主人公流泪,是因为他意识到自己过了一种没有生活过的生活——没有将爱的情思付诸行动;而贝娄的主人公却是为自己追求生活而得不到生活——生活充满失败而流下眼泪。也与辛格笔下的主人公不同:辛格的主人公在进入犹太教堂后能够从中有所感悟,精神得到提升并最终回到犹太民族的怀抱,而贝娄的主人公虽然也进了教堂,但他并没有从中感悟到什么。或者说,他根本没有试图从中感悟什么。他不过是随波逐流般地跟随着进入了教堂,因此,他所流的眼泪在很大程度上说是愚人的眼泪。这或许也就是贝娄所想要表达的思想——现代犹太人的冥顽不灵。

贝娄与辛格以及许多其他犹太作家不同,他经常尝试一些新的创作手法,以服务于作品的主题。在这部小说中,他充分利用小说意识流和电影蒙太奇的创作手法,截取主人公汤米一天中从早饭前站在公寓房间外,到中午跟随陌生人葬礼的队伍进入教堂为止,即通过在不到十个小时的时间和八个场景来反映他一生的经历。贝娄的具体做法是,先为汤米设置一个现在的时间和场景,然后,让他在"现在"的场景中回忆过去,并让"过去"影响或指导"现在"的思想和行为。"现在"和"过去"在汤米的意识中穿插、闪回、流动。换句话说,汤米试图用"过去"来指导自己"现在"的行为。但是,由于他并没有充分意识到"过去"的意义,从过去的失败和苦难中吸取教训,因此,"过去"对他来说所起到的作用与其说是指导,不如说是一种"陈列"。贝娄似乎并未把希望寄托于人物在"陈列"的问题面前能产生"顿悟",而是试图通过"陈列"这些问题,告诉读者这就是现代美国犹太人的处境和所需要解决的问题。

不过,严格说来,贝娄没有在《抓住时日》这部小说中提出解决问题的方式。诚如有学者认为,小说的题目——抓住时日——暗示了一个挣扎在水深火热之中的人要做最后的挣扎——"抓住时日"。[1] 换句话说,无论是从字面上看,还是从小说的内容上看,"抓住时日"其实指的是一个时间的概念,或者更为确切地说,是指汤米在一次次失败后,为摆脱困境而竭力想不失时机地抓住冒险的机会。他最后在教堂里的流泪并没帮他决定采取行动从困境中走出来,相反,他在流泪中再次抽象地思考了自己的生存环境和人际关系。这些看似闪现人道主义灵光的思考,其实弱化甚至束缚了他采取切合实际的行动的决心。在美国现今社会,犹太人如不改变自己的思维和行为方式,就无法打破汤米所经历的怪圈。或许,这也是贝娄在他的下一部小说《雨王汉德森》中所揭示的问题之一。

第四节 有关"成长"主题的小说

一、"成长"的过程:"探索"和"走出去"

约翰·雅各布·克莱顿认为,贝娄的第五部长篇小说《雨王汉德森》是"《堂吉诃德》的第一千次重述:不满足的理想主义者,资产阶级渴望完成自己的人生抱负,把自己和世界改变得更加高尚。英雄的光荣梦想遭遇现实,英雄被改变了或被打败了"。[2] 应该说,克莱顿对《雨王汉德森》

---

[1] Cf. M. Gilbert Porter, "The Scence as Image: A Reading of *Seize the Day*" in Earl Rovit, (ed.), *Saul Bellow: A Collection of Critical Essays*, New Jersey: Prentice-Hall, 1975, p. 56.

[2] John Jocob Clayton, *Saul Bellow in Defense of Man*, Bloomington and London: Indiana University Press, 1968, p. 166.

的主题思想把握得比较准确。贝娄在这部小说中描述了男主人公不满足于现实生活,渴望打破自己生活的怪圈,他随着内心"我要"的呼喊,逃离自己的社区,奔赴非洲去做点什么,以实现他个人的人生价值。

其实,贝娄从他写的第一部小说《晃来晃去的人》起,就一直从事"探索"文学的创作。"探索"其实也是犹太人长期养成的一种思维习惯。他们从幼年学习犹太法典起,就开始进行思辨式的探索。而且,由于犹太民族长期没有自己的家园,以客民的身份散居在世界各国,所以也就逐渐形成了"走出去"的生存方式。从摩西率领犹太人走出埃及开始,这种"走出去"的思想就已经深深地植根于犹太民族文化之中。无论是在他们处于困境中,还是处在成功中,犹太人都不会放弃"探索"和"走出去"的努力。犹太民族所特有的这种文化特点在贝娄的小说中得到了集中而完美的体现。从他的第一部小说《晃来晃去的人》中可以看出,主人公约瑟夫焦躁不安地等待入伍,其实是一种渴望"走出去"的心理反应;《奥吉·玛琪历险记》中的主人公奥吉的"历险"则是一场关于"走出去"的全方位的模拟实验;《雨王汉德森》中的主人公汉德森顺应内心的呼号,来到非洲进行"探索",也在一定意义上实践了犹太人这种"走出去"的精神。

此外,如果我们把《奥吉·玛琪历险记》和《雨王汉德森》结合起来看,就不难发现这两部小说有着异曲同工之妙,即两部小说都是写有关主人公"历险"故事的,不同之处是前者主要是在美国国内各地"历险",后者则是远走非洲"历险"。另外,他们"历险"的追求层次也有所不同:奥吉主要是为求生存而"历险";汉德森则为满足内心的渴望而"历险"。不过严格说来,他们的"历险"虽然在地理上和追求层次上有所不同,但他们的"历险"都带有堂吉诃德的色彩,而且常常在每次"历险"后,又都重新回到原来的起始点,在精神上并没有得到真正的提升。如果说他们两者之间还有所不同的话,奥吉直到最后也还是在"成长"之中,而汉德森则心平气和地回到了原来的地方,接受现实的存在。这部小说的完成,也为他的下一部小说《赫佐格》铺就了道路。因为《赫佐格》的主人公赫佐格比汉德森更"进了一步",他在接受现实存在的基础上,还进一步考虑如何在遭受磨难后生存下去。简而言之,从《奥吉·玛琪历险记》到《雨王汉德森》再到

《赫佐格》,贝娄的主人公完成了从成长到接受生存现实,再到在此基础上如何继续生存的这样一个发展过程。

在《雨王汉德森》中,贝娄没有在小说的开始介绍或暗示主人公尤金·汉德森的民族身份。人们只知道他是一位生活在康涅狄格州的美国公民,从父亲那里继承了数百万美元。祖上曾是从荷兰来的做香肠的移民,曾祖父做过州务卿,曾叔父做过英国和法国的大使,父亲是一位著名的学者,是威廉·詹姆斯和亨利·亚当斯的朋友。他本人也曾在二战中获得过许多奖章,还是常春藤联合会大学的毕业生。[①] 他体魄高大强壮、博闻强记、从事过各种各样的职业,如养猪、狩猎等,性情有些古怪。他在55岁前有过两次婚姻,五个孩子。他爱好旅游,曾去过许多地方,可谓阅历十分丰富。从上述介绍可以看出,无论是在体魄上,还是在精神上,他都属于"巨人"类的人物,是美国文化的代表。他对战后美国盛行的物质主义和自己平庸的生活深为不满,心中憋闷。为了发泄这股无名之火,他在外面和州里的巡警寻衅打架、拒绝房客的合理要求;在家里和妻子莉莉无理取闹、和儿女闹别扭、对年长的佣人大声呵斥,结果把这位佣人吓出了心脏病,等等。他遍查了各种各样的哲学著作,但也没有找到能让内心平静下来的方法。发自内心深处的"我要!我要!"的呼喊声,促使他决定逃离眼下的生活,到非洲去寻找答案,探索丧失的个人生存价值。贝娄在小说的开篇让主人公自己反思为什么要到非洲去:

  什么促使我做这趟非洲之行?一下子说不清楚。事情变得越来越糟,而且不久又变得十分复杂起来。

  我是五十五岁那年买机票去的,回想当时的处境,真是痛苦极了。种种事儿开始纠缠我,很快就在我心里造成一种压抑。这样那样的事儿——我的双亲、妻子、女友、儿女、农场、牲畜、习惯、金钱、音乐课、酗酒、偏见、鲁莽、牙齿、面貌、灵魂——一窝蜂似地向我袭来,我忍不住大喊大叫:"不行啦,不行啦,滚回去吧!他妈的,让老子清

---

① Saul Bellow, *Henderson the Rain King*, New York: Vikink, 1959, pp. 4, 7, 15—18, 82.

静一点!"可它们会让我清静吗?它们全部属于我,都是我自己的事儿。而且,从四面八方向我袭来,混作一团,简直弄得乌烟瘴气。①

汉德森远走非洲,为的是要寻找内心的平静,这有点类似于佛家的"出世修炼"。但是,如果往日的俗事仍然羁绊着他,"修炼"的效果是可想而知的。这也预示他最终是无法超越现实社会去救赎自己的。他的实际非洲之行也验证了这一点。

汉德森到达非洲后,首先来到一个名叫阿内维(Amewi)的部落。这是一个爱好和平的部落,汉德森在此学到了人要生存这样的一种理念。他为了向这个部落的人民表示友好,主动要求帮助他们消除水库中的蛙灾。他采用了现代文明社会中最常用的办法——用炸药炸死蓄水池中的青蛙。不料,由于意外事故,他把阿内维部落赖以生存的水库给炸毁了。原本想为阿内维部落做点好事的愿望也就此破灭了。尽管阿内维部落的人并没有抱怨他,但他却感到非常沮丧,一种失败感始终萦绕着他。最后,他——类似于其他犹太作家笔下的"施勒米埃勒"——不得不惶然地离开了这个部落。

在这一章节中,有两个细节的描写值得注意。其一,阿内维部落的人们把自己饲养的牛视为圣物。由于干旱,部落里的牛死去了许多。汉德森和向导罗米拉宇(Romilayu)初到阿内维部落时,看到部落里的人泪水涟涟,神情沮丧。罗米拉宇解释说:

"他们哭死去的牛。"他说。他把事情解释得很清楚,他们哀悼在干旱中死去的牛,他们把牛死的责任揽在自己身上——上帝被冒犯了,或相类似的事情。他们提到诅咒。不管怎么说,因为我们是陌生人,他们不得不前来向我们忏悔一切,并想询问我们是否知道他们为何有此灾难。②

---

① 索尔·贝娄:《雨王亨德森》,蓝仁哲译,上海译文出版社 2006 年版,第 1 页。
② Saul Bellow, *Henderson the Rain King*, pp. 50—51.

上述引文中提到的"诅咒"一词有着重要的意义。在此之前,汉德森在离开美国时,在火车站里曾大声诅咒说:"这片土地遭到诅咒。有些不好的东西正在横行。出了什么差错。这片土地遭到诅咒。"①贝娄将汉德森在美国提到的诅咒,巧妙地与阿内维部落的诅咒以及牛的死亡联系起来,实际是暗示了人类的罪恶与这罪恶的转嫁关系。② 这里有一个问题需要提出:善良的阿内维人为何要遭到诅咒呢?或者说,为何要把对美国的诅咒转嫁给无辜的阿内维人?这个问题很容易让读者联想起犹太人常常遭到无辜迫害这样的历史事实。

其二,贝娄在描述阿内维部落人的悲伤时,很容易让读者联想起犹太人的一些行为习惯。例如,阿内维部落人在表示忧伤时"绞着自己的手",并显出一副很无助的样子。类似的描写在其他美国犹太作家的作品中,尤其是在辛格的作品中,屡见不鲜。由此看来,尽管贝娄并没有在小说中直接谈论与犹太人相关的事情,但植根于他灵魂中的犹太文化精髓却不由自主地表露了出来。或许,他是在借美国人说犹太人的事?读者不得而知。

汉德森离开阿内维部落后,在向导罗米拉宇的陪同下穿过非洲丛林,来到另外一个名叫瓦利里(Wariri)的部落。这是一个好战的部落,部落内充满政治的阴谋诡计。部落头领达弗(Dahfu)是一个刚刚登位,但还尚处于"试用"阶段的国王。他将大卫王、尼采以及赖希③的学说混为一体,创建了自己的宗教信仰。他将汉德森视为自己的门徒,教他如何承受屈

---

① Saul Bellow, *Henderson the Rain King*, p. 38.
② 英国人类学家詹姆士·乔治·弗雷泽爵士(Sir James George Frazer, 1854—1941)在他的著作《金枝》(*The Golden Bough*, 1890—1915)一书中讲述了在非洲等地有将灾祸转嫁给动物的说法。参见詹姆士·乔治·弗雷泽:《金枝》,中国民间文艺出版社 1987 年版,第 773—775 页。
③ 大卫王(King David):犹大和以色列的第二任国王(1000—962 BC);尼采(Friedrich Wilhelm Nietzsche, 1844—1900):德国哲学家、诗人,唯意志论的主要代表,创立"权力意志说"和"超人哲学",主要著作有《悲剧的诞生》《查拉图什特拉如是说》《权力意志》等;韦尔汉姆·赖希(Wilhelm Reich, 1897—1957):奥地利心理学家,借弗洛伊德理论和马克思主义,研究心理学、医学等问题,认为被压抑的性紧张是神经症的根源;1939 年移居美国,著有《性欲高潮的功能》等。

辱、克服恐惧。他还向汉德森灌输尼采的"欲立身，先'空'身"的思想。汉德森虽然觉得掌握这些思想不很容易，但他自信如果自己成功了，就能够平息内心中"我要，我要"的呼求，从而达到一种新的生存境界。瓦利里部落像阿内维部落一样，也需要水。在祈雨的仪式中，汉德森因搬动了象征雨神的木雕像而被封为"雨王"。为此，汉德森高兴地说道："我的精神睡醒了，欢迎新生的到来……新生！"①瓦利里部落崇拜狮子。狮子在这个部落里的政治生活中起着举足轻重的作用。达弗向汉德森解释了狮子的作用：

> 就是这些十分不在意的女人会在我失去青春和力量时告发我，然后那个布南姆(the Bunam)，他是这里的祭司长，纠合祭司协会的人把我弄到树林里，然后在那儿把我勒死……我十分真实地告诉你瓦利里期望的是一个什么样的国王。牧师一直都注意着我，直到我死后头上生出蛆来，然后，他用一块绸布把它包裹起来，拿给大家看。他拿给大家看，并宣布说它是国王的灵魂，我的灵魂。然后，他会重新进入树林。过一段时间，他会带着一头幼狮回到镇上，解释说那蛆虫变成一头狮子了。再过一段时间，他们便会向民众宣布这头狮子已变成另一个国王了。那就是我的继承者……然后，那个布南姆就把幼狮放了，王位继承者就得在一两年内在狮子长大后捉到它。②

狮子在瓦利里部落是"国王"和政治权利的象征。部落头领达弗通过各种各样的仪式，让汉德森懂得狮子也是一种存在，是"成就"的终结者。面对狮子，就是面对现实，在战胜凶猛狮子的过程中，克服恐惧心理。达弗竭力让汉德森明白，如果他能学会像狮子一样行动，他就会具有了狮子的属性。也就是说，在达弗，或者说贝娄看来，人的性格和头脑会随着行为的改变而改变。就这一点而言，贝娄后来在回答记者采访时做了较为详尽

---

① Saul Bellow, *Henderson the Rain King*, p. 193.
② *Ibid.*, pp. 157, 209.

的说明。

> **问**：现在谈谈关于《雨王汉德森》,这部小说在我看来是一部喜剧的和严肃的题材的完美结合——"爆发精神的沉睡"?
> **答**："爆发精神的沉睡"一语源自雪莱。让汉德森这样一个粗野的人引用珀西·比希似乎有点很可笑。我也受到詹姆士—兰格理论启发。威廉姆·詹姆士认为,你可以通过行为来改变自己的性格,把雄性的冲动送到大脑。这将会导致构建新的大脑中枢。通过笑,你就可以创造出笑力。这些力将会成为永久性的……如果你想更像一个狮子,你就得像个狮子一样行动,这是极为合理的。我的朋友迈耶·夏皮罗让我注意到一本神经生理学教授史乃德写的书《人类身体的形象和思想》。国王达弗也看过这本书,这是千真万确的。史乃德也认为大脑可以通过运动神经的活动得到改变。①

贝娄对达弗为何教育汉德森向狮子学习的原因似乎解释清楚了,但这里还有一个逻辑问题,即达弗是否真的读过史乃德教授写的书,这当然只有作者贝娄最为清楚。但不管怎么说,达弗绝不是瓦利里部落的第一任国王,因此,瓦利里部落的规矩也并不是他一个人制定的,而是早已有之的。否则,他制定出对自己不利的规矩是不合乎情理的。当然,贝娄的解释只能看作是针对达弗当下的行为,而不能用来解释瓦利里部落的规矩。按照瓦利里部落的规矩,年轻的国王要在狮子身上找到父辈的精神,亦即他要通过像狮子一样行动,使自己具有狮子一样的头脑。这个规矩实际上是要求新任国王要敢于面对困难和危险,树立起一种敢于面对现实的精神。

在小说中,具有讽刺意味的是,深谙"通过行为来改变自己的性格"的达弗,在与狮子的搏斗中因畏惧而被杀死了。倒是有些莽撞的汉德森却意外地发现那燃烧在狮子胸中的烈火也同样燃烧在自己的胸中。因此,在与狮子的搏斗中,他克服了对"现实"的畏惧感,最终把它杀死了。按照

---

① Mattew C. Roudane, "An Interview with Saul Bellow", pp. 237—238.

瓦利里部落的规矩,汉德森将成为这个部落的首领,但由于他不愿意重蹈达弗的命运,便和向导罗米拉宇一起逃离了瓦利里部落,重新回到了文明的美国。他的人生探索也就此结束了——他既没有成为拯救阿内维部落的英雄,也没变成瓦利里部落头领达弗所希望的"狮子"。回到美国后,汉德森的内心似乎得到了一种满足和平静,但这种满足和平静却是没有什么缘由的。贝娄在小说的最后写道,汉德森知道世界上"有正义在",[1]但对此"正义",汉德森只是把它看作一种信仰罢了而并非真实存在,因为他对自己到底是怎样一个人都没有太大的把握。[2]

二、"成长"的结局:摆脱历史的重负

英国著名文学批评家朱迪·纽曼(Judie Newman)在她的《索尔·贝娄与历史》一书中指出:"贝娄小说中的那种抽象的特质是一个重要的因素,在我看来,那是一种历史感。它以许多种伪装的形式,渗透在各部小说之中,左右着小说情节、人物以及主题的发展。"[3]另外一位批评家桑福德·平斯克认为:"在索尔·贝娄近期小说中,舞台的中心被像历史学家一样的主人公独占了,而不是被'历史小说'中的传统主题。"[4]贝娄的作品的确表达了一种清晰的、令人信服的历史观。细心的读者几乎可以在他多数作品中,感到作者在富于戏剧性的情节中表达了对历史的深刻关注。而且,贝娄笔下主人公的精神生活主要是思考人类在历史中的地位。贝娄在小说中似乎不断地提出这样的一些问题:历史在本质上是稳定的还是非永恒的?就人类本身和现实而言,历史是肯定的还是否定的?贝娄的长篇小说如《奥吉·玛琪历险记》《赫佐格》《赛姆勒先生的行星》以及《洪堡的礼物》等都从不同的角度,以各自方式提出了有关历史的问题。但是,贝娄在作品中所处理的历史问题都是模糊的,或"中庸的"。他排斥

---

[1] Mattew C. Roudane, "An Interview with Saul Bellow", p. 328.
[2] Cf. Mattew C. Roudane, "An Interview with Saul Bellow", p. 328.
[3] Judie Newman, *Saul Bellow and History*, London: Macmillan Press, 1985, p. 1.
[4] Sanford Pinsker, "Saul Bellow's Cranky Historians", *Historical Reflections*, 3, No. 2, 1976, p. 35.

任何极端的历史观,而主要考察人类生存的复杂性。他认为历史的本质是非永恒的,同时,他还认为现世的行为在历史中具有更为重要的地位。由此可见,贝娄摆脱了宿命主义历史观的影响,他鼓励人们走出历史的阴影,不要屈服于繁芜杂乱的社会现实。

《赫佐格》《赛姆勒先生的行星》以及《洪堡的礼物》一般被认为是反映贝娄基本历史观点的三部主要作品。美国20世纪60年代和70年代的社会现实使贝娄深感不安,迫使他认真考虑个人与现实之间的张力。在这三部小说中,贝娄通过作品中主人公的生活经历反复玩味对历史的混乱的感觉,重新思考和评价浪漫主义的极端自我价值观,从而发现和确认"历史"的积极意义。贝娄的主人公在故事结尾几乎全都摆脱了自我的重负,从而获得一种对"过去"和"现在"的超验认识。

然而,索尔·贝娄笔下的主人公几乎又都是"错位"的人物,与当代人的行为大相径庭。这一点也反映出美国犹太人一种"滞后"的思维方式。在美国,犹太人的生存环境改变了,但仍有不少犹太移民不能正视现实,对历史和自己的文化"抱残守缺",不思改进。贝娄在其早期作品中就常常表现这样一种"滞后"的思维习惯。他常常让作品中的主人公用"过去"来解决"现今"的问题。他通过作品中的人物指出,所有那些历史上的名人,如黑格尔、尼采、弗洛伊德等人的理论、言行虽对人类的行为、思想具有一定的指导意义,但同时也误人不浅:赫佐格遁入这些权威人士堆里,但却无法摆脱他眼下的生活困境;赛姆勒用所谓"人道"的观点来看世界,但其结果是对现实生活更感困惑;克雷德教授固守斯威登堡的爱情观,到头来却成了当代社会的牺牲品。事实上,贝娄在一般意义上反对用当代人的眼光或标准去看待历史的同时,又反对用浪漫主义或现代主义等极端的观点来阐释历史。

朱迪·纽曼运用西班牙哲学家约瑟·奥特加·Y.加西特(Jose Ortega y Gasset,1883—1955)[①]的观点——"人没有本性:他所有的是

[①] 加西特是西班牙哲学家和信仰存在主义的人道主义家,1883年出生于西班牙首都马德里,先后在马德里和德国就学,1910年被聘为马德里大学哲学教授。他对西方现代文学的批评引起广泛重视;1930年出版的《民众的反抗》(La rebellion de las masas)预言了西班牙内战的爆发。1936—1948年间,他将自己流放到南非和葡萄牙。

历史"①来阐释贝娄在《奥吉·玛琪历险记》中所表现出来的历史观。② 换言之,在纽曼看来,贝娄是循着加西特的历史观——人是历史环境的产物——来叙说作品主人公奥吉的人生经历的。纽曼的这一判断应用到贝娄的中、后期小说上,应该说是有一定的道理的。但是,从贝娄的早期小说《奥吉·玛琪历险记》来看,事实并非如此。在这部小说中,贝娄用讲史的方式讲述了奥吉的人生经历,不过,他在讲述中并没有让奥吉的性格,随着环境的变迁和事件的发生而发生本质性的变化。贝娄之所以这样写,只不过是想借用历史这根长绳,穿过社会这个大管道,然后从中拖出一串串各式各样的社会现实事件,并利用奥吉的一次次经历来考察其人物性格是否受到环境的影响而发生改变。在贝娄看来,由于奥吉早年所受的教育使他的"犹太性"早已根深蒂固,所以,在更大的程度上,历史在这里(贝娄的早期小说中)只不过是些偶发现象,一些对现实社会所作的"病理切片",而对奥吉这个人物性格并没有形成真正的影响。这也就是说,贝娄在其早期作品中,还没有完全有机地将历史与人物的命运结合起来。

严格说来,《赫佐格》才是贝娄第一部较好地将历史与人物的命运等结合起来写的小说。这部小说表现了贝娄对当代美国社会的深刻关注。在美国现实社会生活中,个人生活受到挑战和威胁。作品的主人公赫佐格在社会生活中所遭受的种种挫折,迫使他来思考个人与历史的关系问题。

贝娄在小说的开篇,描写了主人公赫佐格试图从现实生活中逃离出去。他从最近发生的一系列事件中得出了一个结论:人类历史是一个衰落的过程,现在的生活只是人类从历史的黄金时代走向衰落的一个阶段。因而他认为,他个人的不幸遭遇和挫折只是这个衰落过程中的一个部分,即他个人生活的混乱与其所处时代的混乱是互为一致的。这主要表现在他与人的交往中。他的第一次婚姻是以与前妻戴西的离婚而结束;他的

---

① Jose Ortega y Gasset, *Towards a Philosophy of History*, New York: W. W. Norton, 1941, p. 217.

② Cf. Judie Newman, *Saul Bellow and History*, pp. 13—67.

第二个妻子玛德琳竟与他的一个密友格斯巴施同居。两次婚姻的失败使他的心灵遭受到了极大的创伤。自此以后,他与女人打交道总是失败,甚至连罗莫娜,一位曾极想"恢复他生活的秩序"的女人,也未能解决他的"高层次的问题"。① 不但如此,他在与男人们交往时,也总是四处碰壁。心理医生艾维格博士并未把他当作一个人,而只是把他当作一个病例来看待;他的好朋友瓦伦丁·格斯巴施在与其第二任妻子私通时,并没有顾及他的感受和尊严;法官、警察、律师等也只拿他当作一件物品、一个工作的对象。至于他的个人情感和思想意识,对他人而言并不重要。他在对目前的社会状况感到沮丧的同时,越发相信人类曾经有一个美好的过去,并且认为眼下的这一切挫折实际上只是人类历史总衰落的一个部分。

赫佐格决定走出个人生活并试图通过与历史人物的交流来探讨历史的意义。于是,他不断给各种各样的历史人物写信,与他们争论,询问人类在历史中的地位。他在信中与艾德莱·史蒂文森对话,抱怨在公众生活中没有理想。他说:"人们的天性是拒绝智力、形象和思想,或许误以为它们是怪物。"②他抱怨艾森豪威尔将军的"胜利是因为他表达了低级的土豆式的爱"。③他还对戒毒委员会的专员哀叹大众秩序的衰落:"一个社会无法维持公众秩序不是个人的错。"④既然不是个人的错误,那么,这个错误应该由谁来承担呢?显然,赫佐格在考察当代社会的政治历史中,得出了一个对当代世界的否定性解释。

在某种意义上说,赫佐格对当今世界的否定性解释,事实上是源于基督教和浪漫主义对世界历史的观点。换言之,他对"过去"和"现在"的看法,是建立在历史上曾经有过一个黄金时代,而人类自此以后注定要走向衰落的思想上。赫佐格将当代社会的混乱与上述观点相联系的本身,表明他试图用一种形而上的价值观来诠释人类历史。另外,赫佐格的否定的历史观,也回应了浪漫主义所主张的放弃现在、怀念往昔的历史观。贝娄认为,赫佐格的这种历史观,实质上只不过是一种否定人类能够控制历

---

① Saul Bellow, *Herzog*, New York: Penguin Group, 1976, p. 185.
②③ *Ibid.*, p. 66.
④ *Ibid.*, p. 68.

史,过分强调个人价值的历史观,在本质上是"浪漫主义"的。所以,赫佐格在"浪漫地"否定"现在"的同时,还紧紧抱住浪漫主义关于"自我"的价值观不放。这也是他在小说中不停地哀叹这个世界并不重视他的存在,"自我"不知在哪里的原因。而且,他还耽于浪漫的情感世界里,自称对西方文明的命运负有责任,幻想把自己变成一位匡扶混乱世界重任的"了不起的赫佐格"。

贝娄在这部作品中花费了不少笔墨来描写赫佐格的精神紊乱。这种紊乱恰好揭示了他在思想上执着地坚持浪漫主义的唯情论,并深深地陷入形而上的"抽象"幻觉之中。贝娄认为,历史在很大程度上是由"偶然"决定的,而非由自由意志所决定。为了展示赫佐格控制历史的失败和历史对他的反作用,贝娄在小说的结尾有意安排赫佐格意外地遇到车祸:赫佐格在驱车去哈泼大街的路上,谨慎地驾驶着车辆,以显示自己是一个"谨慎小心"的司机,但事故还是发生了,因为他实在无法驾驭"偶然"。历史对他的反作用是,他在经历了许许多多的不幸事件后,学会了如何面对历史的"偶然性"。具体地说,事故发生后,他并未像其他司机那样为自己说谎或强词夺理,而是相信社会对这一事故会做出公正的裁决。此时,他既不觉得自己英勇崇高,也不感到垂头丧气,而只是知道自己并没有什么了不起。他不想逃脱对社会应负的责任,但由于他坚信自己是无辜的而又很有信心。贝娄在这里有意识地通过赫佐格这一人物的转变——从早期的焦躁不安到最终能以平静的态度来对待"偶发"事件,形象说明了"人是历史环境的产物"这一观念。

第五节 对历史"含混的"阐释

一、创作思维:重复与循环

索尔·贝娄笔下的主人公的历史观不是一成不变的。他在《赫佐格》中通过主人公赫佐格的思想变化,着意强调了历史重复的重要性。他指出,"过去"并不是为我们"现在"的存在作出规定的决定性力量,而仅仅是一个参考点。赫佐格在对往昔的生活进行追忆的时候,意识到自己实际是在重新扮演父亲的角色。他父亲本是一位很有尊严的人,但在其一生中并没为自己树起一个强有力的父亲形象,而是由于他致力于反抗社会的不公正,从而沦为一名受害者的形象。赫佐格决定为了女儿琼的缘故而饶恕格斯巴施,并决定退隐乡里为她画一架钢琴。此时,他明白他是在扮演自己父亲的角色,重复着父亲曾为孩子们做过的事。历史在赫佐格重复父亲的角色中,仿佛周而复始地又转了回来。然而,赫佐格的这种重复并不是简单地模仿过去,而是建立在对人类信任的基础之上的。他相信人类有能力对在过去、现在这一历史长河中出现的表面看来"类似的事件"做出各种不同的诠释。赫佐格最终意识到人类存在的复杂性和对社会承担责任的重要性。他也终于明白他所反对的不是历史本身而是历史上所出现的不公正。正是基于这一认识,赫佐格解释说,他重复他父亲的角色并不是悲观的生物性模仿,而是充满希望的新生活的开端。

贝娄通过其作品还表达了历史循环论的观点。贝娄的主要作品,特别是《赛姆勒先生的行星》和《洪堡的礼物》,从结构上看是对同一件事情的复述。赛姆勒在小说中诉诸"过去"的经历,而西特琳又重复了这个"过去"的经历。这种平行结构像镜子一样使其笔下的人物能够了解自己。因而,贝娄的小说常常是让其主人公在心理上回到"过去",然后再由"过去"回到"现在"。这种循环的表达方式意味着在"过去"与"现在"之间,在历史的重复与循环之中,人们能够明确自己在历史中的位置。

索尔·贝娄的这一循环论思想,在其长篇小说《赛姆勒先生的行星》中得到了较为详尽地发挥。贝娄在这部小说中所关心的主要还是历史问题。而且,他对历史的关注主要是通过赛姆勒回顾世界历史和讨论人们如何看待历史在当代社会中的地位来表现的。像《赫佐格》一样,《赛姆勒先生的行星》的开篇对历史也是持否定态度的。主人公赛姆勒先生也像赫佐格一样,属于沉湎于往事型的人物。他是一位目睹了战争与死亡,且又死里逃生的老人。他生活在20世纪60年代的美国,这时期的美国社会,即象征着二战后新世界的纽约城,在作者的笔下散发着荒芜、凄凉的废墟气息。赛姆勒哀婉当代社会的失序并毅然放弃现实生活,使自己沉湎于往日的回忆中去。

1940 年前,赛姆勒出生于波兰的一个犹太贵族家庭。年轻时代曾在伦敦任华沙报的记者。此间,他曾与 H.G.威尔士接触过,并以能参与欧拉夫·斯泰普里什和杰拉德·赫德所主持的"都市项目"而感到自豪。这个"都市项目"是根据一个有计划、有秩序和美好世界的社会理想来开展的。即他们认为这个社会应该倡导一种容忍、理智和科学的精神,并应该在此基础上建立起一套社会秩序。然而,赛姆勒心中的这个有序世界在 1940 年被打破了。其时,他成了一个逃匿于波兰丛林中的谋杀犯。他的那种简朴、幸福、无忧无虑的个人世界和美好、善良、单纯的梦想,随着第二次世界大战的结束而消失了。虽然他从希特勒的屠杀中幸存了下来,但他早期的那种进取精神却没有了。他移居到美国后,过着一种对人对己都漠不关心的生活。可以说,战争不但幻灭了他早年对有秩序世界的向往,而且似乎还浇灭了他生活的激情。尤其是他发现 60 年代的美国社会,仿佛是他在 40 年代曾经历过的欧洲社会的翻版,因战争而引发的极端个人主义思潮风靡社会的角角落落:在普林斯顿,年轻学生对他污言秽语,狂吼乱叫;在沃雷斯,格鲁纳医生的儿子为了寻求个人的幸福和发财致富,不惜牺牲家庭和道义;赛姆勒自己的女儿舒拉在模仿大屠杀中所表现出的野蛮行径等,都让他感到震惊。更令他气愤的是,黑人窃贼竟公然向他展示生殖器。所有这一切都更加使赛姆勒对历史和社会产生了悲观的认识,从而更加坚定了逃避对自己的存在负有责任的念头。贝娄在小说中通过两个贯穿全书情节的历史事件来表现赛姆勒对责任的逃避。一个是二战期间的大屠杀;另一个是随后出现的阿波罗号月球探测器。在赛姆勒生活的时代,该如何对待历史大致有两种观点:奥维尔的悲观主义和威尔士的乐观主义。贝娄通过赛姆勒想飞离地球,但是最终又回到了"现在的存在"中的这一情节描写,发展了这种悲观与乐观相对应的观点。贝娄认为,旧有的人类历史观应该让位于实实在在的生活。贝娄笔下的赛姆勒人活在"现在",但他的观念却是过去的。在小说的结尾,贝娄让主人公赛姆勒最终意识到人类的行为和知识是"含混的",从而含蓄地表达出了自己的历史观,即历史是"含混的",不宜用泾渭分明的极端观点来阐释历史。

《洪堡的礼物》中的情节,仍然是围绕几种不同的历史观展开的。其中主要有两种模式,即因害怕历史而逃避历史和因喜爱历史而沉溺于历史。前者是薄今厚古,后者是薄古厚今。贝娄对以上这两种历史观都是持否定态度的。他在小说中通过描述洪堡和西特琳的成功与失败,揭示了无论是沉湎于历史还是陶醉于"现在",在当今美国这个社会中,都是注定要失败的。这部作品似乎重复了贝娄在《赫佐格》和《赛姆勒先生的行星》中已表现过的主题。但不同之处在于,贝娄通过洪堡和西特琳这两个人物的成功与失败,明确地向读者表明了他的历史观。他认为,历史可以从两个方向去读:向前和向后,但他又认为正确的方法是既向前又向后。这也就是说,人类存在于历史的复杂关系之中,人类需要在参照,甚或重复过去中向前迈进。西特琳的成功与失败,在很大程度上重复了洪堡的成功与失败。如果仅从艺术的层面来看,这种"重复"是没有太大意义的,但如果结合着贝娄对人类历史所做的一些形而上的探讨,便能感受到这种"重复"——一个人"重复"另一个人的深刻内涵。总之,贝娄认为,历史的重复模式有一定的积极意义,即人们从每一次"重复"的异同点中,可窥见出一些规律性的东西。

二、思辨式写作:爱情与意志

贝娄在1987年出版的长篇小说《更多的人为伤心而死》中,继续延续了他前期的写作主题。尽管这部小说在不少方面都与前三部小说有雷同之处,但在对个人生活方面所进行的微观考察却有所突破,为人们进一步阐释、研究贝娄的历史观提供了有力的佐证。

贝娄在《更多的人为伤心而死》中描述了两位犹太知识分子的爱情故事。两位主人公本·克雷德和他的外甥肯尼思·特拉奇顿伯格分别代表了不同的两代人。本·克雷德是一位世界著名的植物学家,在植物结构和解剖方面造诣颇深。他在鳏居15年后,渴望重新过上温馨的家庭生活。经过他的苦苦追求,终于和具有古典美的玛蒂尔达·雷门结婚了。

可是婚后不久,他发现玛蒂尔达并不是自己理想中的妻子,就再次陷入了没完没了的痛苦折磨之中。肯尼思·特拉奇顿伯格是故事的叙述者。他离开出生地巴黎移居到向往已久的美国,因为他以为美国是个可以大干一番事业的地方。他和舅舅本·克雷德在同校任教,担任俄国文学教授的助教。他是一个小女孩的生身父亲,不过,女孩的母亲却拒绝和他结婚。

从上述的故事情节来看,无论是克雷德还是肯尼思在爱情问题上所遭受的挫折和苦恼都不仅仅是个人的,而是具有一定的社会历史意义。换言之,贝娄在这里赋予爱情以强烈的历史感:对爱情的不同阐释代表了对历史的不同态度和理解。贝娄在小说中向读者展示了传统的和当代的两种相互矛盾的爱情观。本·克雷德代表着传统的那一方。他认为人的感情是神圣的,人具有真正地爱上他人的能力。他生活在一种想象的世界中。他的爱情观念与其说是"现实的",不如说是"美学的"。而且,他的思维活动常常是在"怀旧"的轨道中运行。他为人善良,热爱家庭,淡漠金钱。实际上,不管是他的思想还是生活,都已脱离了当代的社会现实,属于"错位"类型的人物。他的外甥肯尼思和他有许多的相似之处。肯尼思也笃信传统的爱情观,认为婚姻和家庭应该建立在情爱和相互理解的基础上。所以,他同情、理解舅父在爱情方面的苦恼。当然,肯尼思毕竟年轻,与克雷德的懵懂相比较,他更为清楚他们在爱情方面失败的症结之所在。

贝娄在作品中,有意识地将这两个人物描写成不适应当代社会生活的新型的"多余的人"。在美国当代社会,在一定程度上,爱情和家庭已经蜕变为一种不纯洁的和具有功利色彩的物品——需要时,招手即来;不需要时,挥之即去。作者通过描述本·克雷德及其外甥守旧的感情历程以及玛蒂尔达的现代的家庭观念,向读者展示了美国当代社会的爱情观。在爱情这个问题上,作者贝娄似乎也是一筹莫展,他通过描写本·克雷德及其外甥的遭遇,似乎无可奈何地说明爱情的观念也是发展变化着的,人不能一成不变地守旧。但他在说明不能"守旧"之后,并没有提出解决这一问题的方法。或许,他从玛蒂尔达身上已看出了"现代爱情"的弊端并深深地厌恶之,因而不可能再像在《赫佐格》或《赛勒姆先生的行星》中那样,提出一条调和的中间道路:守旧不成,做"现代派"可憎,又没有调和的余地。因此作者无奈地认为,爱情在当代美国社会是找不到出路的。

从某种意义上讲,贝娄在其作品中一以贯之地采用"终端结构",即让其笔下的人物在"饱经沧桑"之后又缩回到一个"起始点"上,这是一个通向介乎于死亡与新生的"起始点"。这种结构安排说明了贝娄对其社会有着深刻的理解和洞察。奥吉·玛琪不再流浪;赫佐格不再写信;赛姆勒"移居"到"地下墓穴"。最后,一切都归于"沉寂"。《更多的人为伤心而死》这一作品的题目本身,一方面似乎表明作者"看透了"这个社会,但另一方面似乎又表明作者还没有"看破",否则就无须"伤心"。换句话说,"伤心"即还抱有希望,只是还不知道该如何地把希望变成现实。

其实,索尔·贝娄并不是以悲观的态度来看待历史。事实上,他总是强调人类在可怕的历史灾变和社会力量面前保持尊严的重要性。同时,他还在作品中不断地强调个人的行为要以对人类存在的认识为基础。正如他所认为的那样,在当代社会中是否采取个人行动是一个道德问题。所以,他笔下的所有主人公只有在真正投身于现实社会中时,才能在历史中找到自己的位置。不过,他们最终认识到的历史不是一种纯粹的"白",也不是一种纯粹的"黑",而是"黑"和"白"的结合或混合——这意味着他们已意识到了人存在的复杂性。而这正是贝娄要向人们说明的人类对历史应采取的态度。

贝娄的《院长的十二月》(*The Dean's December*, 1982)是一部与以往创作风格有所不同的小说。在这里贝娄式的幽默不见了。然而仔细阅读会发现,他长于思辨的写作方式却并没有得以改变。贝娄本人认为,这部小说要比《雨王汉德森》重要得多,因为它更接近知识分子所能体验到的现实。①

小说的背景是罗马尼亚的首都布加勒斯特,时值十二月,小说也据此而得名。主人公艾尔伯特·科尔德已年过半百,是芝加哥某大学的院长,因陪同妻子探望重病的岳母而来到了罗马尼亚。在这里他闲散无事,也

---

① Quoted in Mattew C. Roudane, "An Interview with Saul Bellow", p. 238.

帮不上妻子什么忙,因而只好靠对往事的回忆来打发时光。小说展开的背景虽然是罗马尼亚的首都布加勒斯特,但是科尔德的回忆却是集中在美国的芝加哥。贝娄在一次接受记者的采访时,曾特别强调了这种拉开距离观看芝加哥的写法。他说:"我想写一部关于芝加哥的书,我到外面去再看看这座城市。再次看过后并没有让我产生幽默感。实际情况很糟糕。"①在小说中,贝娄把现在的芝加哥与40年前的芝加哥进行了比较,得出的结论是:芝加哥是一个政治保守、诡诈、城市建设落后和民族矛盾突出的城市。应该说,这部小说对以芝加哥为代表的现代社会的揭露是有深度的。但是贝娄的注意力并不是聚焦在芝加哥这座城市本身,而是对发生在这座城市内部的有关现代人所面临的一些精神问题更感兴趣,如爱情与智慧、心智与心灵以及意志与情感等。

贝娄在他以往的多数小说中都曾涉猎有关爱情的话题。不过,真挚的爱情场景在他的小说中却不是太多。这其实表明了贝娄对爱情的悲观认识。但是在《院长的十二月》的结尾,贝娄却打破了以往的写作风格,以抒情的笔触描写了发生在帕洛马山②天文台里的一个真挚的爱情故事。我们对贝娄的这一转变应该予以重视,即他写这样一个爱情故事并不是为了让小说有一个好的"看点",而是借此表达他对真挚情感的呼唤。正如他说:"人们彼此间的疏远不再是一个假设,而是生活的一个事实。你为心智的发展所付出的代价是心灵的枯萎。因此,人们必须用**意志力**去使情感得以恢复,而且人们必须用自己的智慧来做这件事。"③贝娄的意思是,现代人的"心智"发展了,但与此同时却丧失了和他人交流、相爱的能力。而现在到了必须要用"意志力"和"智慧"来使枯萎的情感得以恢复的时候了。因为,"本身为冷峻客观之源的智慧必须卷入温柔的计划中去。让智慧缺乏情感就等于残废。恢复走路的能力——在情感上——我

---

① Quoted in Mattew C. Roudane, "An Interview with Saul Bellow", p. 238.
② 帕洛马山位于美国加利福尼亚西南部,克里夫兰国家森林内,山麓有州立帕洛马公园和著名的帕洛马天文台。
③ Quoted in Mattew C. Roudane, "An Interview with Saul Bellow", p. 238.引文中的黑体字为贝娄在文中所作的强调。

们要动用意志来启程。"①没有情感的"智慧"是"残废"的智慧,这是贝娄对现代社会重智慧,而轻感情的一种批判。换言之,贝娄认为,尽管现代社会中的人和人之间已没有了真挚情感的存在,但人必须要千方百计地保持这种情感的存在,哪怕不惜"动用意志"。

综上所述,索尔·贝娄的历史观可概述如下:首先,贝娄认为历史不是一种一成不变的现象,而是一种非恒定的进程。只有把过去、现在以及将来看成为一种交替的运动,才能真正理解人类存在的意义;其次,贝娄认为历史主要是受偶然性因素所支配,是不以人的意志为转移的。浪漫主义者所强调的以自我为世界中心的观点,在当代社会中是无法生存的;最后,对贝娄来说这也是最为重要的一点,即在理解历史的模糊本质的基础上个人所应采取的行动。贝娄在其作品中一再强调的也正是这种行动的重要性。

第六节 贝娄小说中的现代性

一、贝娄与西方现代主义文学

贝娄的创作思想受西方现代主义文学影响是很显然的。例如,1960年,J. C. 利文森在《贝娄的晃来晃去的人》一文中认为,尼采和陀思妥耶夫斯基在贝娄"想象的世界"里并不陌生。② 1968年,罗伯特·舒尔曼(Robert Shulman)在其《贝娄的喜剧风格》一文中指出,就探索的范围和力度而言,贝娄不仅可以与他的美国前辈马克·吐温、惠特曼以及芝加哥的那些自然主义小说家相媲美,而且还可以与以写幽默见长的意第绪语作家、写流浪汉题材的小说家菲尔丁、史沫莱特以及存在主义小说家陀思妥耶夫斯基、尼采、萨特、加缪等相媲美。③ 1981年,布鲁斯·米切尔森

---

① Quoted in Mattew C. Roudane, "An Interview with Saul Bellow", p. 239.
② Cf. J. C. Levenson, Bellow's Dangling Man, *Critique*, 3:3 (1960: Summer), pp. 3—14.
③ Cf. Robert Shulman, The Style of Bellow's Comedy, in *PMLA*, Vol. 83, No. 1, (Mar., 1968), pp. 109—117.

(Bruce Michelson)在《〈雨王汉德森〉中的思想》一文中认为,贝娄小说《雨王汉德森》中的嘲讽思想源自荣格、尼采、威廉·詹姆斯或威廉·布莱克。他甚至还认为这部小说是一部"元文本"小说,即一部关于创作小说的小说,是受塞万提斯、麦尔维尔、马克·吐温、康拉德、海明威、梅勒,甚至凯鲁亚克的影响。①

总的来说,从批评家们和贝娄本人提到的与他自己相关联的西方现代作家来看,康拉德和陀思妥耶夫斯基两位作家出现的频率最高。换句话说,在贝娄阅读世界和创作世界里的这些现代主义作家,康拉德和陀思妥耶夫斯基对贝娄的创作影响最大。这么说也是根据贝娄本人的意见得出的一个结论。他在诺贝尔文学奖获奖演说辞的开篇就坦承自己受到英国作家约瑟夫·康拉德的影响。他说:

> 40多年前我读本科时……我注册学习金融和银行课程,结果却在集中精力阅读约瑟夫·康拉德的小说。我从来都没后悔过做了这件事。康拉德之所以吸引我,或许是因为他像是一个美国人。他说法语,却用极其有力和漂亮的英语进行创作——他是一个在异国他乡漂流、彻底离开家园的波兰人。我是一个在芝加哥移民社区里长大的孩子,这个斯拉夫人是一位英国船长,知道如何把船驶入马赛港。我喜欢他是再自然不过的了。②

贝娄阅读康拉德的小说应该是在20世纪30年代。这个时期正是贝娄创作思想的形成时期。他在40多年后回头再来看康拉德有关艺术创作目的等创作思想,还是予以了肯定。他在诺贝尔文学奖获奖演说辞的结尾处说:"康拉德说的是真的:艺术就是试图在宇宙、事物以及在生活事件

---

① Cf. Bruce Michelson, "The Idea of *Henderson*" in *Twentieth-Century Literature*, Vol. 27, No. 4 (Winter, 1981), pp. 309—324.

② Saul Bellow, "Nobel Lecture" in Saul Bellow, *It All Adds Up: From the Dim Past to the Uncertain Future*, p. 88.

中,找出那些基本、持久、本质性的东西。"①可见贝娄受康拉德创作思想影响之久远和深刻。

贝娄在作品中表达的那些基本、持久、本质性的东西与康拉德表达的有许多相似或相同之处。康拉德在作品中"试图表现可见宇宙中的最高正义"②,贝娄关注的则是"同代人极端的道德敏感性"和他们对社会与人类本质、阶级、政治、性别、心灵等的态度。③ 贝娄说的虽然不似康拉德那样抽象而是有些具体,但其本质是同样的。他们两人都把关心人、社会以及自然的最高法则为己任,都力求表达人类情感中最本质的东西。所不同的是,贝娄在表达上述法则和最本质东西的过程中,往往自觉不自觉地糅进了他本民族传统文化对此的一些认知。

除了创作思想之外,贝娄还受到康拉德创作技巧的影响。从美国学者唐纳德·W. 海尼(Donald W. Heiney)总结的康拉德的创作技巧来看④,贝娄的创作技巧在许多方面都与康拉德的相类同。以"视点"为例。海尼认为,康拉德喜欢运用一种诡谲的视点技巧,如用三四个人的目光来看故事的讲述者、信函、文件等。这种"诡谲的视点技巧"细分有三种:其一是他最喜欢使用的一种技巧,即让叙述者给他身边的一群人讲述自己过去的经历。其二是他喜欢让没有姓名的第一人称叙述者讲述故事。这位叙述者身份神秘,代表了康拉德本人的态度或观点。他往来穿梭于故事的各个环节,但却不介入故事的进展。其三是他偶尔也使用第三人称进行叙述。不过,他使用这种方式叙述时,其视点往往由外部叙述转换为频繁出现的内在意识流动。

康拉德的这三种视点在贝娄的作品中也常见。贝娄的许多小说都是使用第一人称"我"作为叙述者,例如《奥吉·玛琪历险记》《雨王汉德森》《更多的人为伤心而死》《贝拉罗萨暗道》《拉维尔斯坦》等,也有用第三人

---

① Saul Bellow, "Nobel Lecture" in Saul Bellow, *It All Adds Up: From the Dim Past to the Uncertain Future*, p. 97.
② *Ibid*, p. 88.
③ *Ibid*, pp. 92, 95.
④ Cf. Donald W. Heiney, *Essentials of Contemporary Literature*, New York: Barron's Educational Series, Inc., 1954, pp. 207—221.

称作为叙述者的,例如《受害者》《抓住时日》《赛姆勒先生的行星》《院长的十二月》等。其中,贝娄的《拉维尔斯坦》和《贝拉罗萨暗道》与康拉德的《黑暗的中心》(The Heart of Darkness, 1902)在叙述技巧上就极为相似。康拉德在《黑暗的中心》中,让一个名叫马娄的第一人称叙述者讲述非洲商人库尔兹的故事。读者通过马娄的讲述,逐渐了解了库尔兹在非洲的经历。贝娄在《拉维尔斯坦》和《贝拉罗萨暗道》这两部小说中也运用了同样的叙述技巧,即让第一人称"我"来讲述小说主人公的故事,并让读者通过"我"的讲述,来了解小说主人公的人生或情感经历。另外,贝娄也像康拉德那样使用第三人称叙述,即让叙述者的视点由外部叙述转换为频繁出现的内在意识流动。贝娄的《晃来晃去的人》和《赫佐格》就是两个很典型的例子。

需要指出的是,说贝娄在叙述技巧方面受康拉德的影响,并不是说贝娄一成不变地照搬康拉德的叙述技巧,而是说贝娄在学习并运用康拉德的叙述技巧的同时,还进行了程度不同的创新改造。比如说,贝娄同样采用了不介入故事情节进展的第一人称叙述,即进行故事外叙述,但是他没有僵化地使用这一叙述技巧。例如,他在《洪堡的礼物》中讲述洪堡的故事时,多半是让叙述者我即西特林作为一个故事外的叙述者来讲述。但是,随着故事情节的发展,叙述者我会逐渐地由故事外进入到故事内,甚至还成为同故事的参与者,即成为同故事中的一个人物。简言之,贝娄在继承康拉德叙述技巧的同时,发展并丰富了这些技巧,而且还在继承的基础上,将这些技巧改造成融合了多种技巧于一体的新的叙述技巧。

贝娄接受陀思妥耶夫斯基的影响主要是指贝娄在早期作品中受陀思妥耶夫斯基创作思想的影响。这种影响大致包括以下三个方面:一是陀思妥耶夫斯基作品中的道德因素;二是陀思妥耶夫斯基作品中的那种田园精神与温和主义相结合的特质[1];三是陀思妥耶夫斯基作品中表现出来的对严肃思想的追求。[2]

---

[1] Cf. Daniel Fuchs, *Saul Bellow: Vision and Revision*, Durham: Duke University Press, 1984.

[2] Cf. R. Z. Sheppard, "Scribber on the Roof", *Time*, 25 Aug. 1975, p. 62.

首先，贝娄对陀思妥耶夫斯基在作品中的道德因素十分赏识。他在谈及陀思妥耶夫斯基的创作时也说：

> 长期以来，这个文明世界里的作家把操控心灵、洗脑以及社会工程理解为进化中唯一的最新发展。我们在阅读19世纪和20世纪小说时，很快会意识到这些小说家通过各种方法，试图对人类的本性进行界定，以便为生活和小说写作延续的正当性进行辩护。陀思妥耶夫斯基说，不管你喜欢与否，正是因了我们要自由的本性和在痛苦的激励下，我们在善良与邪恶之间做出抉择。①

贝娄对作家对现代社会的一些认识颇有感触，尤其是对陀思妥耶夫斯基提出的"在善良与邪恶之间做出抉择"很有体悟。

善与恶也是贝娄早期小说中一个很纠结的问题。以贝娄的小说《受害者》为例。小说中的善与恶主要表现在两组人物关系之间。其一是在小说主人公阿萨·利文萨尔与反犹主义者科尔比·阿尔比之间。阿尔比在一次宴会上散布反犹言论，侮辱了利文萨尔的好朋友；而利文萨尔无意中得罪了阿尔比的顶头老板鲁迪格，结果，阿尔比被鲁迪格解雇了。本来这件事与利文萨尔没有必然的关系，但阿尔比却坚持认为他的失业是由利文萨尔造成的，于是便赖在利文萨尔的家里混吃混喝。后来，阿尔比趁利文萨尔外出又把一个妓女带到利文萨尔的家中鬼混并打开煤气扬言要自杀，碰巧赶来的利文萨尔忍无可忍，终于把他赶了出去。其二是在利文萨尔与他的嫂子之间。利文萨尔的哥哥马科斯外出到得克萨斯州做工，把妻子伊利娜和两个孩子留在纽约的家中。其中一个孩子病重，利文萨尔前去照顾嫂子和两个孩子。结果孩子因病医治无效死去了，嫂子对利文萨尔心存不满。贝娄通过描述这两组善与恶之间的较量，表达了自己对善的向往和对恶的悲悯。他的人道主义思想也在表现和处理善与恶之

---

① Saul Bellow, "The Sealed Treasure" in Saul Bellow, *It All Adds Up: From the Dim Past to the Uncertain Future*, p. 60.

间的关系中逐渐形成。

其次,贝娄对陀思妥耶夫斯基的田园精神与温和主义的认识也颇为钟情。丹尼尔·富克斯在论及陀思妥耶夫斯基的创作思想时指出,陀思妥耶夫斯基作品中有一种田园精神与温和主义相结合的特质,他笔下的人物具有一种与时代不合拍的精神追求。富克斯认为,贝娄笔下的人物基本上也都是一些与时代不合拍且有精神追求的人。即是说,他们既有温情、在精神上又有一些不太安稳,特别是那些知识分子类的人物。纵观贝娄的作品,他笔下的人物的确个个都是这样。他们在生活中不是受到家人或亲戚的挤兑,就是跟朋友或周边环境过不去,几乎没有一个人物不是在混乱中绊绊磕磕地生活。例如,在《抓住时日》中,威廉不识时务地辞去了工作,离家去纠缠"吝啬"的父亲,然而,落魄中的他在陌生人葬礼上却流下了同情的泪水;在《雨王汉德森》中,汉德森为实现内心里"我要"的呼唤,先是同家人、邻里吵架、闹事,后来又到非洲去"好管闲事"[①],不过,到头来他还是满心温暖地回归了家庭;在《赫佐格》中,赫佐格决心同背叛他的妻子与朋友进行斗争并且还想报复他们,然而,在他看到朋友在为小女儿洗澡时又心软了下来,尽释前嫌;在《院长的十二月》中,科尔德在不顾一切地同芝加哥当地的丑恶现象和布加勒斯特的残暴统治进行斗争的同时,也时时处处帮助和呵护自己的妻子和家人……这种陀思妥耶夫斯基式"田园精神"与"温和主义"也成了贝娄小说人物身上的一种特质。

最后,贝娄受陀思妥耶夫斯基的影响,也在作品中追求严肃思想。这种追求主要体现在以下三个方面,即人物塑造、场景描写、情节结构安排上。贝娄从写第一部短篇小说《那真不行》起,就十分注重让人物负载着一些严肃或沉重的思想。比如说,小说的主人公亨利面对酷刑和死亡,他考虑的不只是自己的境遇,而且还想到与他相关的环境和生活在这种环境中那些无辜人们的命运。总的来说,他笔下的人物几乎个个都具有"悲天悯人"的秉性,都面临着重大的人生抉择,而且还都喜欢沉思默想一些重大问题,其中包括人类的生存问题、善与恶的问题、美国当下的社会问

---

① 索尔·贝娄:《雨王亨德森》,蓝仁哲译,上海:上海译文出版社2006年版,第192页。

题、现代城市问题、犹太大屠杀、反犹主义等。

贝娄在场景描写中也十分注重每一个场景中所具有的象征意蕴。比如说,他在《抓住时日》中对老年人旅馆及其内部的设施等的描写,透出了衰朽的意蕴;在《贝拉罗萨暗道》中写主人公死后留下的空房子,则传达出虚空的意蕴。他小说的情节结构安排,也在一定程度上体现出他所追求的严肃思想。比如说,他在小说中经常使用一种反讽结构。比如说,在人物、事件或场景安排中注意构建一些以否定性为前提的对立关系,让这些人物、事件或场景在各种异质冲突中,起到互相干扰、互相冲突、互相抵消的作用,并借此表达出一种与人类原来所希望或所追求的相异,但最终又趋于平衡的理念。

另外,影响贝娄追求严肃的思想的也不仅仅是陀思妥耶夫斯基,还有其他西方现代作家。贝娄在接受戈登·哈珀(Gordon Harper)为《巴黎评论》(Paris Review)所作的采访时说,他是用"借来的情感"写《晃来晃去的人》和《受害者》这两部小说的。他提到福楼拜、詹姆斯、加缪,甚至还有萨特,并认为这些作家都是他借鉴的对象,而最为直接借鉴则是德莱塞和陀思妥耶夫斯基。[1]

简言之,从贝娄自己的言谈及其作品来看,至少有两点是可以肯定的,一是贝娄对陀思妥耶夫斯基等追求严肃思想的作家印象深刻。他在接受采访时说自己虽然是一个很独立的人,但不知道为什么却又常常回想起那些追求严肃的思想的作家,如陀思妥耶夫斯基、康拉德、哈代等;[2]二是贝娄深为陀思妥耶夫斯基在作品中所表达的深厚的人道主义情怀所感染,同时也被他在作品中表现出来的与时代格格不入的姿态所触动。也就是说,贝娄在作品中所表达的人道主义情怀和格格不入的姿态中,含有陀思妥耶夫斯基等现代主义作家的思想因素。不过,这并不等

---

[1] Gordon L. Harper, "The Art of Fiction XXXVII: Saul Bellow", *Paris Review*, 9 (1966), p. 55.

[2] Cf. David D. Galloway, "An Interview with Saul Bellow" in Gloria L. Cronin and Ben Siegel (eds.), *Conversations with Saul Bellow*, Jackson: University Press of Mississippi, 1994, p. 21.

于说贝娄的思想表达缺乏原创性。相反,贝娄对现代社会的认识在一定程度上超越了陀思妥耶夫斯基等西方现代主义作家。这种超越既体现在他所处的时代不同,他能够像一个"过来人"那样反省已经经历过的时代了;也体现在他思想表达中所融入的犹太民族文化因素与这种融入中所带来的广度和深度。因此在某种意义上可以说,贝娄是西方现代主义文学中一位具有较强民族性和独特品质的作家。贝娄小说中的现代性也因上述这些"借鉴"和"融入"而得到生动的体现。

二、现代"荒原"情结

"荒原"情结是西方现代主义文学的重要特征之一。这一特征表达了作者对西方现实危机的认识和批判。西方现代主义文学成熟期的重要作家之一,英国现代主义诗人 T. S. 艾略特在其《J. 阿尔弗莱德·普鲁弗洛克的情歌》(*The Love Song of J. Alfred Prufrock*, 1917)、《荒原》(*The Waste Land*, 1922)等诗篇中,就通过生动的意象反映了西方世界的现实危机,如精神颓废、拜物主义、不合时宜的人物及其平庸、无能的生活等,表达了他"在确立的秩序之外"[1]反观现代社会时所具有的现实意识。

贝娄对艾略特等现代主义作家在批判西方现代文明方面持有否定的意见,认为他们走得太远甚或流于荒诞。然而,他在自己的创作中却结下了这样的"荒原"情结。他从创作第一部小说《晃来晃去的人》时,就注意描写美国现代社会中那些"荒原"现象。现代主义文学中的一些特点,如异化、破碎、悲苦、孤寂、背离传统、夸大主体性、数字所承载的文化意蕴、非人性化的社会机构等,特别是美国社会中那些不合时宜的人物及其平庸、无能的生活,在贝娄的小说中均有不同程度的表现。例如,《晃来晃去的人》中的主人公约瑟夫因有一种"陌生和不怎么属于这个世界的感觉"[2]而痛苦,并在充分享有"自由"的同时,在不同的精神归宿间"晃来晃去";《受害者》中的主人公利文萨尔的时间和精力因反犹主义者阿尔比的

---

[1] 马尔科姆·布雷德伯里、詹姆斯·麦克法兰:《现代主义的名称和性质》,胡家峦等译,上海:上海外语教育出版社1992年版,第9页。

[2] Saul Bellow, *Dangling Man*, New York: The Vanguard Press, Inc., 1944, p. 12.

骚扰而变得支离破碎,不得不在惶惑、悲苦中度过时日;《奥吉·玛琪历险记》中的主人公奥吉不拘犹太传统的禁忌"流放"自己,在平庸而又破碎的世界里凭着一己之力独闯天下;《抓住时日》中的主人公汤米庸碌无为,既过不好家庭生活,又无力养活自己,终日赖在老年人住的公寓里期盼父亲能给他一些施舍,最后在投资受骗和失败中随着人流走进教堂,并在陌生人的葬礼中独自哭泣;《雨王汉德森》中的主人公汉德森自恃掌握现代文明,先是帮助非洲部落用炸药清除蛙害,结果炸毁当地人赖以生存的水库,不得不狼狈离开;后来又帮助另一部落祈雨、击败象征权力的狮子,但又因惧怕重蹈前任国王的下场而逃离;《赫佐格》中的主人公赫佐格遭到妻子、朋友欺骗,精神受到极大的打击,并在胡乱写信中惶惶度日。

这种"荒原"性在贝娄晚期小说《更多的人为伤心而死》中也有所体现。小说的开篇讲述了小说中的主要人物之一,世界著名植物学家本·克雷德喜爱上擅长表达黑色幽默意蕴的卡通画。这幅画是查尔斯·亚当斯画集中的一幅画。画中画了站在墓碑和紫杉树①间的一对堕落孤凄的夫妇。男的长相粗鲁,女的长发垂肩,穿了一件女巫式的长袍。画中有两行简短的说明文字:

"亲爱的,你不高兴吗?"
"啊,是的,不高兴。完全不高兴。"②

画中人是疯癫的,绘画者也是疯癫的,喜爱这幅画的人自然也是疯癫的,或至少他在情感上倾向于这种疯癫。克雷德为自己喜爱这幅画所做出的解释是:"你不总是有什么可以选择的……在中西部,脑子变得慢一些了。我看得出亚当斯不在那些大画家之列,但他却发出了当代的声音,我喜欢他这种对爱情的疯癫处理方式。"③贝娄在这里用文字成像的方式,既呈现了"荒原"式的场景,又状摹了人物"荒原"般的精神状态。这种在小说

---

① 紫杉树是一种志哀象征的树。——本文作者注
②③ Saul Bellow, *More Die of Heartbreak*, New York: Dell Publishing, 1987, p. 2.

开篇处使用的颇有些悲苦、凄惨的现代主义小说笔调,为全书故事情节的发展和人物的命运际遇定下了基调。

这种"荒原"情结在贝娄的长篇小说《洪堡的礼物》中尤其得到了较为集中的表现。贝娄在这部小说中放弃了对诗情、崇高等所谓宏大叙事的描写,转而用现代话语叙说了呈现在美国现代社会中的"荒原"场景和遭遇"荒原"命运的美国艺术家。具体说,这部小说中的"荒原"场景主要包括两个方面,一是美国社会中呈现出来的"荒原"意象;二是由"荒原"性人物组成的背景性"荒原"群体。

小说中围绕着主要人物洪堡和西特林呈现出来的美国社会中的"荒原"意象,四散在小说的各个章节,甚或字里行间中。例如,洪堡曾经治疗精神疾病的贝莱坞精神病院、洪堡曾经居住过的地处荒野的小屋和他去世前居住过的伊尔斯贡公寓、洪堡家中壁炉里冒出的青烟和桌子上乱扔的啃光了的鸡骨头、从洪堡小屋窗外飘来的一股股淡淡的污水池的气味、从西特林公寓门房里散发出来的肥皂粉味和粗布工作服上令人窒息的汗臭味、洪堡和西特林一起观看的恐怖片、深更半夜响个不停的电话声、在气温华氏 90 度下散发昔日屠宰场气味的芝加哥夜晚、西特林那辆被恶徒砸烂的梅赛德斯车残骸、狄维仁街的俄国澡堂、俱乐部里的热水化学浴池、游泳池附近的声名狼藉的帐篷、森林剧院里上演的《色情狂》、永远不能出版的杂志《方舟》,如是等等。所有这些意象组合生成了一个个纵横交错的意义群,共同指向了现代社会的"荒原"性,并披露出小说人物和故事情节所处场景的"荒原"品质。

在小说中的这些"荒原"性意象之间,贝娄还安排了一些由"荒原"性人物组成的背景性"荒原"群体。这一群体人物恰到好处地存在于或活动于这些"荒原"意象和主要人物之间,并与主要人物发生互动关系。在这一群体中有昔日结局悲惨的伟大诗人洪堡及其穷困落魄的父母、靠福利津贴度日的老人、命运多舛的西特林、恶棍坎特拜尔、粗暴的警察、替黑手党做生意的斯特朗森、怕睡觉的黛米、欺骗西特林的莱纳达及其卖棺材发财的前夫、莱纳达狡黠的母亲、纠缠不休的丹尼斯、邋遢的门房、感恩节里的暴徒、折磨西特林的律师、法官等。贝娄写这些"荒原"性群体的意图是十分明显的,即一方面用生动的事例诉说了美国社会这一"荒原"如何"激活"了这个群体的邪恶,并给伟大诗人带来了凄惨的命运;同时又从另一个侧面揭露了美国社会的无序和冷漠无情。例如,他在提及昔日诗人的悲惨结局时写道:

> 埃德加·爱伦·坡被从巴尔的摩的阴沟里捞了上来;哈特·克莱恩从船舷上跳海自尽;贾雷尔被撞倒在汽车前;可怜的约翰·贝里曼从桥上跳了下去。由于某种原因,这些可怕的事却莫名其妙地得到了商业与技术高度发达的美国的特别赏识。这个国家为它死于非命的诗人而感到自豪。这个国家从诗人们证实的其粗糙、庞大、众多、坎坷以及美国现实令人无法忍受的强悍中,感到了极大的满足。①

一个国家能为死于非命的诗人而感到自豪或满足,除了说明这个国家的冷漠无情外,还说明了这个国家其实已经处于不再需要艺术的"荒原"阶段。

对美国社会而言,洪堡的死再次说明环绕在诗人身上所有圣洁的光环均已消失殆尽,诗人只不过是一个怪人、孩子、小丑、傻瓜或怪异滑稽的笑料。洪堡生前对美国社会这一"荒原性"情况不是一点没有觉察——他常引用《李尔王》中的诗句:"城里有反抗,乡村里有叛乱,宫廷里有政变,父与子的纽带已经扯断"②——但是,他的这种觉察更多是所谓"诗"性的觉察,而并没有认清自己所处"荒原"时代的实质和自己早已被那些"杂种、文学的葬送者、政客们"③排斥在美国社会所"确立的秩序之外"这一事实。或如贝娄在小说中所说的那样,"处于一种极度狂乱之中"的美国"期待着从贫民窟里迸出'反基督'"的人来时,而洪堡却手捧着"爱的礼物出现了",④他仍然停留在传统的诗境里,反复吟咏的还是那些传统的话题,如"诗、美、爱、荒原、异化、政治、历史、无意识"等,并渴望回归到"原始

---

① Saul Bellow, *Humboldt's Gift*, New York: Penguin Books, 1975, p. 117.
②③ Saul Bellow, *Humboldt's Gift*, p. 9.
④ *Ibid.*, p. 14.

的完美形态"。① 他对抛弃自己的美国社会所进行的抗争最终也未能宣泄他心中的怨愤。

洪堡身上的"荒原"性还体现在他思想和行为的"荒诞"性上。例如，小说里讲述的洪堡因被普林斯顿大学取消聘任而心情抑郁、烦闷。在一次朋友聚会的晚宴上，洪堡看见他喝醉酒的女友凯丝琳从一位熟悉的男宾口袋里掏火柴用，就"突然发作了，万分恼怒地一把扯住凯丝琳，把她的胳膊拧到背后，从厨房推到院子里……用拳头猛击凯丝琳的肚子。她疼得弯下身去，接着他又扯着她的头发，把她拉进他的别克车里，"②并在驱车回家的路上，一边用言语折磨凯丝琳，一边不断地用拳头殴打她。凯丝琳趁机打开车门逃跑之后，他又驱车追她，并企图用车轧死她。事后，他就不再让凯丝琳离开他的视线，"如果她要去哪儿，就必须告诉他才行……甚至连上浴室也要得到他的允许，"而且还"像一个色情狂那样"对待凯丝琳，"在耶鲁，即使在他朗诵的时候，他也要我坐在讲台上，可以随即又指责我把腿露出来了。每到一个加油站，他总是硬要跟我一起进女厕所。"③发生在洪堡身上的这些不近情理的荒诞行为，也从另一个侧面反映了美国"荒原"社会对一位杰出诗人所造成的影响。贝娄在写洪堡精神失常的同时，一并交代了促使洪堡精神失常的一些因素。比如说，洪堡在失去普林斯顿大学的教职后，就开始不断地申请各种各样的资助，但是每次申请都是无果而终。这样的反反复复徒劳的申请几乎把他逼到了疯狂的地步。然而，一个已经不需要诗人的"荒原"社会是不会在乎像洪堡这样诗人的感受。社会的拒绝不仅让诗人洪堡失去了基本的生活保障和尊严，而且还逼得他在窘迫中一步步走向精神错乱和死亡。

洪堡身上的"荒诞"性也表现在他对西特林的嫉妒和攻击上。西特林创作的剧本在百老汇的成功上演，并不损害洪堡的任何利益。作为一个具有诗人情操和生活格调的洪堡，本不该嫉妒一个曾拜在他门下的年轻

---

① Saul Bellow, *Humboldt's Gift*, pp. 10, 14.
② *Ibid.*, pp. 113—114.
③ *Ibid.*, p. 147.

人西特林。然而事情恰好相反,在西特林的剧本获得普利策奖后,他即不遗余力地挖苦、诽谤西特林。他说:

> 他们给西特林颁发普利策奖,那是因他写了一本有关威尔逊和图玛尔蒂的书。普利策奖是发给那些乳臭未干的家伙的——那些小雏鸡的。这个奖不过是由那些招摇撞骗、不学无术的骗子们颁发的,在报纸上做做宣传而已。你成了普利策的移动广告。等你小命呜呼时,讣告里会说"普利策奖得主去世"。①

洪堡说了这样恶毒的话还不算,他甚至还在上演西特林剧本的剧院前聚众闹事,还诱使西特林给他签发支票,并在西特林不知情的情况下偷偷兑现了这张支票。简言之,贝娄在这里描绘的诗人洪堡的这些反常行为具有了一种独特的"修辞效果",标志着他对诗人的认识与传统上对诗人的认识相背离。诗人洪堡身上表现出的前所未有的人格分裂,喻指了他身上所具有的现代特征。

小说中另外一位"荒原"性主要人物是西特林。贝娄在表现西特林身上的"荒原"性时,也注重运用表现"荒诞"的手法来予以描写。比如说,小说中有两处写西特林练瑜伽功以表现其荒诞性:一处发生在他听说自己的好兄弟、好师长洪堡去世后,他不仅没有表现出应有的悲伤,或打个电话安慰洪堡的家人;相反,他却用练瑜伽功和倒立的方法,来表达自己对洪堡的追思和对他去世的哀悼。另一处发生在他心爱的车子被恶棍坎特拜尔砸烂之后。西特林看到自己的车子被毁,他首先做的不是考虑如何处理车子被砸事件,而是考虑如何让自己平静下来。而他让自己恢复平静的荒诞方法是,立刻回到屋里,从衣袋里把零钱和钥匙掏出来,脱掉鞋子,然后在屋子里找了一个合适的地方练起了一套他会做的倒立瑜伽功。

贝娄在小说中还通过更具讽刺意味的荒诞情节,来表现西特林身上的"荒原"性。西特林兴高采烈地约女友莱纳达到意大利度假。他到达意

---

① Saul Bellow, *Humboldt's Gift*, p. 7.

大利后不仅没有见到莱纳达,反倒被莱纳达的母亲用计打发到西班牙的一个小镇去照料莱纳达与前夫所生的儿子罗杰。西特林为罗杰和莱纳达的母亲花光了身上所有的钱后,不得不带着罗杰住进膳宿免费的公寓里,过起了十分艰难的生活。然而,人心难测,世事难料。就在西特林一边苦苦等待莱纳达前来与他幽会,一边千辛万苦而且还颇有些迂腐地疼爱和照看莱纳达的儿子罗杰时,莱纳达却在意大利的名城米兰与经营棺材生意的前夫弗朗萨利复婚,并且与他一起到西西里岛度蜜月。一心一意爱着莱纳达的西特林无论如何也没想到,莱纳达是因以为西特林将要破产而决定背弃西特林,并回到她前夫身边的。莱纳达随后给西特林写了一封信,彻底惊醒了沉溺在痴情蜜意中的西特林。贝娄用这样一个荒诞情节构建起来的反讽,在嘲讽西特林与莱纳达之间情爱的价值取向和品质的同时,也折射出表现在这些人物身上的,甚或美国现代社会在精神和情感生活领域里的"荒原"性。

贝娄在小说中还写了另外一个自始至终对西特林生活造成负面影响的人物,即恶棍坎特拜尔。如果说西特林与莱纳达之间的关系表现出了现代的"荒原"性;那么他与坎特拜尔之间的关系也具有这样"荒原"的品质。西特林在与朋友一起玩牌时,偶然认识了坎特拜尔。坎特拜尔在玩牌中作弊,西特林因此而输掉了牌局。他看出了坎特拜尔所玩的把戏,因此拒绝付给坎特拜尔赌资。事过多日后,坎特拜尔把西特林昂贵的轿车砸烂,劫持并胁迫西特林偿还所欠赌资。西特林被逼无奈,按照坎特拜尔的要求,准备好了钱。然而,坎特拜尔倒并非单纯地向西特林索要钱。表面上看来,他想要的是挽回自己面子,他逼迫西特林当众承认错误并向他道歉,然后又把西特林给他的钱撒向空中。其实,他真正的意图是把西特林当成自己施虐的对象,为折磨而折磨他。他不断地用种种荒诞不经的手段来骚扰西特林,比如说,他逼迫西特林为自己的女友写论述洪堡的论文等。贝娄在小说主要故事情节中嵌入西特林与坎特拜尔的纠葛已是离奇;粗暴邪恶、不学无术的坎特拜尔有一个攻读博士学位的女友,并逼迫西特林为自己的女友写论文更是荒诞。然而,奇上加奇的是,西特林竟然并不急于摆脱坎特拜尔的纠缠;相反,他在精神上还对坎特拜尔颇有些

"依赖"——他似乎需要一些强烈的虐待或反面刺激才能达到把本来就已复杂的生活搞得更加混乱不堪的目的。

不过,尽管贝娄对上述这些人物之间的关系以及各自的性情、诉求等均进行了改写,让他们都具有了程度不同的荒原性或荒诞性。但是,他却并不是为写荒原而写荒原,或为写荒诞而写荒诞。他在写这些荒原性或荒诞性的同时,还在探寻存于这些荒原性或荒诞性中的人性,或可能实现的人道主义精神。这也是许多批评家多年来一直致力于探讨他的人道主义精神的一个缘故,也可以看作是他的现代性中的一个重要方面。

三、女性人物与现代性

要考察贝娄笔下的女性人物及由塑造这些女性人物而反映出来的他对现代性的认识,就不能回避贝娄在骨子里作为一个美国犹太作家,与他自己所声称的美国作家之间的关系,和他因此而特有的一些立场和价值观。比如说,他对现代性的理解、对传统犹太女性以及对美国现代女性的认知和界定。

犹太传统宗教文化对犹太女性有着一种十分矛盾的态度。一方面,传统犹太教一度曾依据母亲的民族身份来判断其子女是否是犹太人,凸显了犹太女性的重要性;后来虽因战争等原因,特别是第二次世界大战中发生的大屠杀,犹太教会改变了这一判断标准,把父母双方都作为其子女民族身份判断的依据,但是,犹太女性对民族延续这一极其重大的事项中仍然起到举足轻重的作用。另外,历史上许多犹太女性除了生儿育女、相夫教子外,还要承担赡养丈夫和家庭的重担。比如说,丈夫在家里只要埋头研读经书就可以了,妻子则既要料理家务,又要在外面照料小杂货店等以赚取养家的费用。犹太女性在家庭中起到了十分重要的作用。而另一方面,犹太女性在宗教和家庭事务方面,基本上没有什么话语权。她们不能进学堂、不能参加宗教事务;在教堂里参加教会仪式时也只能待在"偏座"里;男人做祈祷时,即便是人数不够,也不会让女性参加,如是等等。

随着19世纪欧洲犹太启蒙运动的发展,犹太民族逐渐步入现代社会,犹太女性的社会地位也随之发生了变化。不过,在20世纪美国犹太文学中,有些作家对犹太女性的认识在很大程度上仍然停留在过去的传统阶段,辛格和马拉默德是两位比较典型的例子。贝娄在他的第一部长篇小说《晃来晃去的人》中也保留了对犹太女性的传统认识。我们从主人公约瑟夫的日记中了解到,他的妻子伊娃是一个年轻的犹太女性,在她的身上还保留了许多传统犹太女性的特点。

伊娃是一个图书馆管理员。她像传统中的许多犹太女性一样,不辞辛苦地赚钱养活因等待征召入伍而辞职的丈夫。传统上,有出息的犹太男人在家里要做的主要事情就是研读犹太人的经书,以期日后能做个犹太拉比或从事其他犹太教职。伊娃似乎也仿效传统中的犹太女性,悉心照料丈夫的生活起居并支持赋闲在家的丈夫读书学习。最典型的例子是在小说的开篇,约瑟夫辞职后,伊娃担心丈夫约瑟夫在家里闷得慌,就借了许多书给约瑟夫看,并鼓励他继续撰写他先前感兴趣的论文。然而,生活在伊娃周边的人却并没有这种古人情怀,他们是一些地地道道生活在现代的人。伊娃的父母就对女婿约瑟夫靠妻子赚钱生活颇有微词;银行的经理拒绝约瑟夫兑换妻子的支票。贝娄在这里营造了一种传统与现代之间的张力,在传统和现代的较量中表达自己对两者的认知。

不过话又说回来,伊娃也并非是一个彻头彻尾的传统犹太女性。她生活在一个现代社会,她的身上不可避免地存在一些现代的因子。比如说,她像其他所有现代女性一样,也喜欢穿漂亮衣服、买新家具、看时装杂志、参加一些轻松活泼的娱乐活动。约瑟夫就意识到,他可以教伊娃如何去"赞美[梭罗的]《瓦尔登湖》",但却绝对无法让她"去穿旧时的衣服。"①在家庭生活中,伊娃虽然顺从丈夫并尽职尽责地做一个妻子应做的事情,即便丈夫无缘无故地对她发脾气、摔门离家外出,她也能耐心地在家里等候丈夫的回归。但是,一旦丈夫提出或做出不合情理的事情,她也会像一个现代女性那样勇敢地反抗,并"开始享受自己的独立"。②从这个角度来看,伊娃是一个集传统与现代于一身的犹太女性。我们从贝娄最初的叙述中感觉到小说中的男主人公对伊娃及其他女性身上现代的

---

①② Saul Bellow, *Dangling Man*, p. 98.

东西有排斥感,认为伊娃及其他女人没有被教育好。不过,随着故事情节的发展,贝娄的叙述也开始出现转向,即让约瑟夫逐渐认识到"伊娃不想被人牵着走。那些由博克哈特笔下文艺复兴时期伟大女性所激起的梦想和不亚于奥古斯丁的那些深刻女性是在我的头脑中,而不是在她的头脑中。我最终认识到伊娃不可能生活在我被冲昏的头脑中。"①抑或说,约瑟夫意识到伊娃不会屈从于以男权为中心的家庭生活。她要过一种有独立人格和权利的家庭生活。贝娄的这种写法,一方面道出了犹太女性在现代生活中所处的境地,另一方面也表达了自己对处于这样境地中女性的同情和理解。

贝娄在小说中还提到其他几位具有现代意识的女性人物,如约瑟夫的姨妈迪娜。约瑟夫在日记中记叙了四岁时母亲与姨妈之间的争吵。姨妈不喜欢她姐姐让自己的儿子留长长的鬈发,认为"是该剪掉鬈发的时候了。"②她未征得守旧的母亲的同意,就带约瑟夫到理发店里剪掉了鬈发,而且还让理发师给约瑟夫剪了一个当时很时髦的头型。对旧时代的犹太男性而言,鬈发是一种民族身份的象征,剪掉鬈发就意味着世俗化或不再坚守传统的犹太习俗。这样的犹太男子不仅要背上背教的骂名,而且还有可能被开除教籍或被驱逐出犹太社区。姨妈迪娜的这一举动无疑传达了一种强烈的现代意识。贝娄在约瑟夫的日记中插叙这个故事似乎不仅仅是让约瑟夫在苦闷无聊中回忆自己的童年生活,而且更多的是通过约瑟夫来透露出更多的现代信息。

美国著名犹太文学批评家莱斯里·费德勒并不看好贝娄笔下的女性人物。他在评价贝娄小说中的女性人物时说:"贝娄的全部作品异常缺乏真正的或生动的女性人物。在他的作品中女人被介绍出场,但是她们的出现像是一些虚幻的人物,特别没有说服力。"③贝娄在这部小说和随后的几部小说中,虽不像费德勒说得那么严重,但是,就人物刻画而言还是

---

① Saul Bellow, *Dangling Man*, p. 98.
② *Ibid.*, p. 75.
③ Leslie Fiedler, *Love and Death in the American Novel*, New York: Stein & Day, 1967, p. 363.

切中肯綮的。贝娄至少在早期和中期创作的小说中很少正面或完整地描写女性人物,即便有所描写,也或多或少地有些像约翰·克莱顿在谈及《赫佐格》中的女性人物所说的那样,"那些女人是赫佐格受虐狂式的想象中创造出来的,一点也不'真实'。"① 尤其是写非犹太女性人物时,她们大多都具有现代社会所特有的问题,如感情的背叛、物欲的膨胀、富有野心和侵略性等。从这个角度来看,贝娄写女性人物其用意并不在这些人物本身,而是在表达他对现代社会犹太男性和家庭所面临的问题,并借此来表达自己的思想和情怀,传递出他对女性人物在现代社会中的地位等的认知和态度。不过,他在晚期创作的《院长的十二月》这部小说中改变了自己先前对女性的认识。他通过男性人物的视域,塑造出了一些富有能力、爱心以及现代意识的美好女性。

贝娄在《院长的十二月》中沿用以往写作手法的同时,还做出了一些改变,直接或间接地刻画了一个富有爱心、正义感、勇敢聪慧的女性群体。这个群体中的主要女性人物之一敏娜·科尔德是一位具有美国和罗马尼亚双重国籍的世界著名的天体物理学家。她出生在罗马尼亚的首都布加勒斯特,具有强烈的现代意识。在青年时代,她不顾生命安危,毅然决然地冲破罗马尼亚当局的严密封锁,到西方国家求学,并成为所学领域里的著名学者。在小说开篇时,敏娜的母亲因患心悸梗死和脑卒中而入院治疗,病情危在旦夕。敏娜在丈夫的陪同下从美国千里迢迢回到布加勒斯特,想探望和照料病危中的母亲。不料,罗马尼亚当局百般阻挠,不让敏娜前去医院探望母亲。更有甚者,罗马尼亚当局还在敏娜的家里安装了窃听器,让门人随时报告敏娜一家的行踪,而且还安排人在街道上跟踪他们。面对这样的危机情势,敏娜勇敢而又机智地同罗马尼亚当局的安全人员周旋,并关照丈夫免遭罗马尼亚当局的暗算。她在母亲去世后回到美国,依靠自己崇高的学术声誉,帮助丈夫摆脱了遭人误解和攻击的困境。敏娜这一女性人物形象是贝娄刻意塑造的一个现代社会里具有爱

---

① John J. Clayton, Saul Bellow: *In Defense of Man*, Bloomington: Indiana University Press, 1968, p. 211.

心、做事果敢和坚强独立的品格的新女性。

贝娄在叙述中毫不掩饰地表达了对敏娜的赞美和尊重。然而,由于敏娜这一形象更多的是从男性主人公即敏娜的丈夫科尔德的视角来看的,在很大程度上敏娜身上的许多富有现代性的美好因子,大多都是由男性主人公所叙述出来的或赋予的。因此,从这个角度讲,这部小说虽对以往女性形象描写进行了很大程度上的修正,但是仍然没有突破贝娄在表达方面的局限。贝娄只是在中篇小说的创作中才对这一局限有所突破,较为真实地塑造了一位有血有肉的现代女性。

贝娄总共写过三部以女性人物为主人公的中篇小说,即《离别黄屋》(*Leaving the Yellow House*, 1958)、《你有怎样的一天?》(*What Kind of Day Did You Have?*, 1984)和《窃贼》(*A Theft*, 1989)。他在《离别黄屋》中采用回溯的方式,讲述了一位濒临死亡的孤寡老妇人海蒂的故事。海蒂在中年时,因婚姻破裂而离家来到一个偏远的塞格沙漠湖区。这里的居民都是一些进入耄耋之年的老人。她结识一位名叫威克斯的西部牛仔并与他同居在一爿陋屋中。后来,她因瞧不起牛仔威克斯并与他分手后,寄居到一位名叫英迪的老妇人家中。英迪居住的房子名叫"黄屋"。海蒂住进"黄屋"后在照料嗜酒如命的英迪时,也染上了酗酒的坏毛病。英迪去世后,将"黄屋"遗留给了海蒂。小说开篇时,海蒂已经70多岁了。她在一次醉酒后驾车出了麻烦,车子抛锚在铁轨上。邻居在帮她拖车时不慎又把她的胳膊弄折。在治疗伤病期间,海蒂尽管也得到邻居的帮助,但最终她还是被抛弃,无依无靠,终日靠酒精麻醉自己。在小说的结尾,她在一次酩酊大醉中思前想后,始终没能找到一个自己死后可以将"黄屋"托付给的人。最后,她立下遗嘱,将"黄屋"留给了自己。

有评论者认为,贝娄写海蒂这位女性人物主要是写她精神上的最终觉醒,[①]即海蒂立遗嘱把"黄屋"留给自己后祈求上帝的宽恕。其实,海蒂的觉醒并非表现在她祈求上帝的宽恕,而是表现在立遗嘱过程中终于意

---

① Cf. Marianne M. Friedrich, *Character and Narration in the Short Fiction of Saul Bellow*, New York: Peter Lang, 1995, p. 60.

识到,"在内心里还没有找到一个合乎自己心意的人。被人抛弃,孤孤单单地待在一个不妨碍任何人的地方。"① 也就是说,她的这一意识实际上是对现代社会中个人的孤独、无助,人与人之间的冷漠关系等的深刻体悟。她将"黄屋"留给自己的决定虽然有些自私,但是对于一位饱受冷漠人情折磨的她来说,这也算是一种形式独特的抗争。简言之,贝娄将海蒂置于这样一个与现代社会进程相对立的环境里,即行将消隐的老年世界里进行刻画,并通过对海蒂这个人物命运及其与其他人物关系的对立或对照描写,不仅预示着旧有叙事的终结,而且还深刻地反映了他对现代社会的冷漠、对人性的自私以及对现代社会中人生诸多无奈的认识。

贝娄在另外一部以女性人物为主人公的中篇小说《你有怎样的一天?》中塑造了一个觉醒了的女性人物卡特里娜·格利戈。在小说中,卡特里娜被描写成一个富有现代意识的中产阶级家庭主妇和两个孩子的母亲。她对"把自己当作一个傻瓜"② 一样谦卑而又普通的生活感到很不满意。离婚后,她偶然认识了一位年逾七旬的世界级艺术史家维克托·乌尔皮并与他相恋。她在与维克托爱恋和跟随他学习教育世界艺术史和艺术思想中开始觉醒,对自己和自己以前的生活有了新的认识。

卡特里娜与维克托之间的关系不仅仅是恋人之间的关系,而且还是很能谈得来的朋友之间的关系。比如说,他们在床笫之间除了"抽烟、饮酒、相互抚摸、说笑"③ 等一些谈情说爱的事情外,还讨论马克思主义、艺术思想等严肃问题。卡特里娜在这样一种充满知性与爱意的氛围中,精神和身心都得到了舒展和激励。维克托惊讶地发现"他们都有思想"并且意识到他"没有在她的身上浪费才智。"④ 总的来看,贝娄是把卡特里娜当作一个觉醒的现代女性来塑造的。她身上的现代性是由爱生发出来的,并在对爱的追求过程中构建了具有独立自我的现代生活。对传统女性而

---

① Saul Bellow, "Leaving the Yellow House" in *Saul Bellow Collected Stories*, Penguin, Books, 2001, p. 280.
② Saul Bellow, "What Kind of Day Did You Have?" in Saul Bellow, *Him with His Foot in His Mouth and Other Stories*, New York: Penguin Books, 1984, p. 66.
③④ Ibid., p. 77.

言,卡特里娜的转变确实有一定启示意义,不过,对生活在 20 世纪 80 年代女权主义运动已经十分活跃的美国女性而言,这个女性人物形象并没有太多的新意。她其实仍然活在男人的阴影里,是在男人的教育或指导下才找到了所谓属于自己的生活目标或归宿。从这个意义上说,贝娄并没有突破福楼拜设定的对现代女性的认知框架,卡特里娜充其量不过是一个生活在美国场景里的包法利夫人式的人物。

贝娄也似乎意识到了这部小说中存在的问题。他在《你有怎样的一天?》出版五年后写的中篇小说《窃贼》中,对女性人物形象做出了很大的调整,对自己新塑造的这位在家庭里和社会上处于乾坤倒转地位的现代女性人物"充满了感情"。[1] 他在接受采访时曾坦承,克拉拉·维尔德是他"所知道的所有女人的一个综合体","在写作过程中曾爱恋上她",并且"对接近一位具有独特智慧的女性感到非常满意"[2]。

贝娄在这部小说里,主要是通过叙说小说中女主人公克拉拉·维尔德在家庭和社会中的生活,来表达自己对现代女性的理解。克拉拉是一位精力充沛、聪明能干、独立不羁的现代职业女性。她来自美国印第安纳州的一个小镇,从小在浓郁的宗教氛围里长大:"早餐时作祈祷,每顿饭前还作感恩祷告,并且能熟诵《诗篇》《福音》等章节及其诗文。"[3]她在上学期间曾因失恋自杀未遂;转到纽约读书一年后,又先后到路透社和私人学校工作。她还为英国和澳大利亚报纸撰写文章。她在 40 岁时,成立自己的新闻机构,专做女士最新时尚报道,取得了巨大成功。不过,她很快又将自己的公司卖给一家国际出版集团,并出任该集团的一位执行董事。

克拉拉结过四次婚,生有三个孩子。在她看来,她的四次婚姻中,只有第三任丈夫迈克·斯庞梯尼"还像那么回事。"[4]斯庞梯尼是一个意大利亿万富翁,追求他的人无计其数。克拉拉凭着自己的智慧"赢得了嫁给

---

[1] Andrea Chambers, "At 73, Nobel Laureate Saul Bellow Decides He Wants to Be a Paperback Writer", *People Magazine*, 27 March 1989, p. 66.

[2] Ibid., p. 66.

[3] Saul Bellow, *A Theft*, New York: Penguin Books, 1989, p. 1.

[4] Ibid., p. 2.

他的战斗,但却输掉了拥有他的战争。"①她的其他三任丈夫都只不过是摆摆样子的。尤其是她的最后一位丈夫怀尔德·维尔德最为平庸无能。他人长得又高又帅,但却是个吃"软饭"的。他每到一个地方工作绝不会超过六个月,纽约的"猎头"看过他的简历后,就没有人再愿意为他找工作。后来,他就干脆"宅"在家里,逗逗孩子玩或看看惊悚、通俗类的闲书。克拉拉不仅要在外面竭尽所能面对复杂的工作,而且还要独撑家庭的全部责任:她既要赚钱还贷款,支付日常开销、家庭佣人等费用,而且还要为三个孩子的未来做计划、充当孩子的玩伴、陪孩子外出郊游、做心理测试、给孩子的玩具做衣服,帮孩子剪画报等。我们在克拉拉身上不仅能看到其闪烁着现代女性无限风光的一面,也能感觉到传统女性难掩的苦涩和隐忍的一面。

换句话说,表现在克拉拉身上的现代性,不只是那些可以归类到现代女性的单个事件,而且还有那些完整地表达出现代女性诉求的现代社会的文化逻辑。从克拉拉所扮演的社会角色来看,她所走的路线与美国社会其他成功人士所走的路线几乎别无二致。她有着良好的家庭教养和经济实力,而且工作努力、为人精明和富有冒险精神。她遵从美国现代社会职业伦理规约,被与她合作的同事称为"良好的合作者",并被赞美为"时尚写作的沙皇"。② 然而,从她所扮演的家庭角色来看,她却没能突破其他妇女的宿命。她曾为爱恋试图自杀;也曾为追求完美,一再在婚姻的丛林中探险,但最终还是没能逃脱命运的安排,为情所伤;作为三个孩子的母亲和孩子们父亲的妻子,她不得不为了生计奋斗在社会和家庭两条"战线"上。抑或说,这种悖论也就是她作为现代女性所特有的品质和特征。她无法改变女性所特有的心理和情感,也无法摆脱传统文化对她的束缚。所有的一切都好像是一个预设,从孩童到少女再到中年妇女,或从学生到企业家再到三个孩子的母亲,一切的开端都指向了结局。现代性在她身上仿佛像是一个环环相扣的链条,串起了过去、现在以及未来。在这个链

---

① Saul Bellow, *A Theft*, p. 3.
② *Ibid.*, p. 2.

条上,能让人辨别出有些新意来的那一环,就算是她的现代性了。不过,这新的一环毕竟终有一天会变旧,而且还要与那些早已成为旧的和那些即将形成更新的那一环连接在一起。换句话说,贝娄笔下的女性人物挣扎在过去与现代之间,用过去来应对现代。这样的现代性实际上是一种既未摒弃过去又未指明未来的现代性。

归总起来,贝娄小说中的现代性,既体现了他有所取舍地继承和发扬了现代主义文学的传统,对现代主义文学传统中荒原、混乱、疏离等主题进行了新的叙说;又凸显了他所一贯偏重表现的犹太民族特性,即通过犹太人物的生活遭遇来诠释他所理解的现代性。或换句话说,他通过契合这两个方面所表达出来的现代性,不仅勾勒出现代社会的大致走向,其中包括社会的发展、社会的风气以及社会的弊端等;而且还揭示了犹太这个特殊群体在美国现代社会中的生存状态、精神追求以及精神归宿等。不过,蕴含在他所表达的现代性中最重要的一个精神特质则是他所宣扬的人性或人道主义。

第七节 贝娄、托洛茨基与犹太性

自贝娄在1944年发表第一部长篇小说以来,学术界对其的研究就没有中断过。在长达近70年的研究中,所取得的研究成果可谓卷帙浩繁。贝娄作品中的现代主义、后现代主义、人道主义、存在主义等,几乎都无一遗漏地被讨论过。不过,从总体上来看,西方学者对贝娄的讨论依据的多半是"超族裔"的西方文化、哲学以及伦理道德理念,即多围绕带有普适性话题展开的,而很少关注作为美国犹太作家的贝娄及其作品中所蕴含的丰富的犹太文化"超族裔"意蕴。[1] 这些批评家的批评工作很有意义,但他们似乎忽略了一些根本性的问题,诸如贝娄是一位美国东欧犹太移民,

---

[1] 参见 Michael Kramer, *New Essays on* Seize the Day, Cambridge: Cambridge University Press, 1998。

他深受东欧犹太思想文化的影响,更为重要的是,这种影响还深深地扎根在其创作之中——他作品中所描写的人物与事件总是与犹太人密切相关等。在这些根本性的问题中,有一个问题尤其值得关注,那就是他与托洛茨基之间的关系:托洛茨基是最早与贝娄创作发生关联的人,而且对贝娄作品中犹太性的生成与发展都起到过重要的作用。

本文拟从两个方面来讨论贝娄的创作:一是贝娄与托洛茨基之间的关系;二是贝娄作品中的犹太性。通过对这两个问题的讨论来弥补以往研究中的遗漏或矫正已有讨论中的不当或谬误,并借此进一步揭示贝娄复杂的创作思想。

一、贝娄与托洛茨基

在学术界,贝娄与托洛茨基[①]主义之间的关系是一个几乎没有人提及的话题。从客观上来看,这似乎是受资料的限制;而从主观上来看,则是因为对贝娄作品中的犹太性认识不足。

现有的资料显示,最早对贝娄的创作思想造成影响的是托洛茨基的思想主张。贝娄本人承认自己在读大学期间是一个托洛茨基分子,曾经受到托洛茨基的影响。[②] 具体说,贝娄是在 20 世纪 30 年代初,即他还未开始进行文学创作时就接触并受到托洛茨基的影响。贝娄在年轻的时候就接受了托洛茨基的思想是有原因的,那个时期,美国经济萧条、工会组织活跃、左派力量陡涨,整个社会都处于动荡不安之中。生活在这一历史时期中的贝娄饱尝了芝加哥贫民区生活的艰辛,同时也萌生出要改变社会的愿望。在这样的一种求变氛围中,身为犹太人的贝娄与同样是犹太

[①] 托洛茨基(Leon Trotsky, 1879—1940)是东欧犹太人。他出生在乌克兰的一个小村庄里,曾是苏联共产党和第四国际领袖,苏联十月革命的主要领导人之一。1927 年 10 月,因为极力反对斯大林,主张世界革命而被开除出苏联共产党,先后遭到流放和驱逐。他生前著有《文学与革命》(*Literature and Revolution*, 1924)、《永远革命》(*Permanent Revolution*, 1930)、《俄国革命史》(*History of the Russian Revolution*, 1932)等书。

[②] 参见 Saul Bellow, "Writers, Intellectuals, Politics: Mainly Reminiscence" in Saul Bellow, *It All Adds Up: From the Dim Past to the Uncertain Future*, London: Martin Secker & Warburg Limited, 1994, p. 100。

人的托洛茨基建立起联系是再自然不过的了。这种联系在当时主要是由他与美国的一些托派分子之间的关系折射出来的。

首先是他与托派分子耶塔·巴谢夫茨基（Yetta Barshevsky）之间的关系。1931年，贝娄还在上中学期间，就认识并爱上了当时已经加入左翼组织共青团的犹太女孩耶塔·巴谢夫茨基。翌年，贝娄因看出耶塔·巴谢夫茨基对同是左翼分子的内森·戈尔德斯坦①更感兴趣，遂给她写了一封"绝交信"，表示要与这位信仰托洛茨基主义的女友决裂。② 决裂是决裂了，但是贝娄一生中并没有真的忘记这位初恋女友。随着第二次世界大战的爆发和托洛茨基被暗杀后，托派组织虽时有活动，但总的来说开始逐渐淡出政治舞台，并最终瓦解消失。时代的变迁让信仰托洛茨基思想的人开始变得小心翼翼了，贝娄也是其中的一个。或许，他觉得自己一度与托洛茨基主义过于密切了，有解释一下的必要。1996年9月22日，贝娄在为耶塔·巴谢夫茨基去世所写的一篇悼文中，对自己当年与耶塔·巴谢夫茨基之间的关系作解释说，他之所以对耶塔·巴谢夫茨基充满热情是因为她本人的缘故。③ 他强调的是他与耶塔·巴谢夫茨基的交往完全是出于对她的爱，特别是因为她身上所具有的那种十分了不得的犹太女性的美。他想通过这样的一种方式来说明他与耶塔·巴谢夫茨基之间的关系完全是一种男女之间的情爱关系，与政治信仰是无关的。显然，这时期的贝娄想把自己从托洛茨基运动中撇清出来。

不过，这可能是贝娄的一厢情愿了。不少人并不相信贝娄所说的这番话，如哥伦比亚大学比较文学系教授爱德华·门德尔松就曾指出，贝娄在20世纪30年代时其实并没有放弃左翼立场，他在66年后在谈起耶塔时仍然语焉不详或自相矛盾。而且，贝娄与耶塔·巴谢夫茨基之间这种

---

① 贝娄与耶塔绝交后，耶塔随后不久就与内森·戈尔德斯坦结婚。
② 《贝娄书信集》的编辑本杰明·泰勒并不认为贝娄在这封信中谴责耶塔。他认为，贝娄写的这封"绝交信"其实是一个十六七男孩在初恋时的一种"正常表现"。参见Benjamin Taylor, "In Defense of Yatta". < http://www.nybooks.com/articles/archives/2011/jul/14/defense-yetta/ >（2011/8/6）。
③ Benjamin Taylor (ed.), *Saul Bellow Letters*, New York: Viking, p. 528.

前后自相矛盾的关系更多的是出于政治原因,即耶塔·巴谢夫茨基曾介绍贝娄加入托洛茨基运动中。① 也就是说,耶塔·巴谢夫茨基是贝娄走向托洛茨基运动的媒介与桥梁,这就不仅仅是一个简单的爱情问题了。虽然,这里面肯定有爱情,但这种爱情是和某种信仰相关联的。不能因为贝娄与耶塔·巴谢夫茨基分手了,就把当年的那份政治激情也一并给抹杀了。

其次是贝娄与美国左翼刊物和托洛茨基的秘书之一、美国托派运动的创始人阿尔伯特·格罗特泽(Albert Glotzer,1908—1999)之间的关系。

格罗特泽也是一个在俄国出生的犹太人。1928 年,他因支持托洛茨基而被当时的苏联共产党开除,并流放到西伯利亚,随后又被驱逐出境。他在 1929 年到达美国后,在贝娄居住的城市芝加哥成立了美国托派共产党组织(Trotskyist Communist League of America),并先后在法国(1934 年)、墨西哥(1937 年)等地拜访过托洛茨基,一度与托洛茨基过从甚密。1938 年至 1939 年间,他因反对托洛茨基对苏联国家的定性,与托洛茨基之间关系出现分裂,并于 1940 年成立了美国工人党。② 贝娄与格罗特泽长期保持书信交往。他在 1937 年写给詹姆斯·法莱尔③的信中就曾提到过这个人,并在信中表示自己曾经试图劝说格罗特泽让左翼刊物《灯塔》(Beacon)更加左倾,还在信中指责了阻止格罗特泽这样做的西德尼·哈里斯。他在信中这样写道:

> 我多次请求艾尔·格罗特泽为我给你写封信。我已经厌烦再请求他了。我可以很肯定地说他并没有帮我写。如果他把自己马基亚弗里式的天才消耗在一些琐碎的信函上,那将是一种耻辱。……从编辑的

---

① 参见 Benjamin Taylor, "In Defense of Yetta." < http：//www.nybooks.com/articles/archives/2011/jul/14/defense-yetta/ >(2011/8/6)。
② 参见 "Albert Glotzer ". < http：//www.marxists.org/history/etol/entries/glotz01.htm >(2012/5/30)。
③ 法莱尔早年也是一位托洛茨基分子。1946 年,他加入社会主义工人党(Socialist Workers Party),后来又加入美国社会主义党(Socialist Party of America)。

角度讲,我无法将杂志办得更左倾一些,哈里斯为人狡黠,是一个机会主义杂种,他不会让我这么干的。不过,如果我们能让杂志刊发具有国际声誉的布尔什维克作家的作品,我们将会让哈里斯有好看的。①

从这封信的写作时间来看,这时期恰好是格罗特泽尚与托洛茨基保持密切联系之际。贝娄多次请求格罗特泽给詹姆斯·法莱尔写封推荐信,但均未得到回应。但是贝娄并没有任何的怨言,而是说"如果他把自己马基亚弗里式的天才消耗在一些琐碎的信函上,那将是一种耻辱",对格罗特泽的崇拜与尊敬跃然于纸上。另外,从这封信的内容上,也可以看出 1937 年时的贝娄是左倾或激进的。他告诉法莱尔他在杂志编辑上受限,哈里斯阻止他往"左倾"方面滑行,所以他骂哈里斯"是一个机会主义杂种"。尽管如此,贝娄并没有停止努力,还在酝酿着要在自己所参与编辑刊物上发表"布尔什维克作家的作品",以便给哈里斯一个有力的回击。这当然只是一部分,在《贝娄书信集》(*Saul Bellow Letters*, 2010)中还收入了多篇他直接写给或在写给他人信函中提到格罗特泽的信函。② 这些信函说明贝娄与格罗特泽这位老牌托洛茨基分子一直保持着联系,直到格罗特泽去世的前一年,即 1998 年 6 月 3 日。③

最后是贝娄与托洛茨基本人之间的关系。1940 年,他在去墨西哥拜见托洛茨基前,曾给好友奥斯卡·塔克夫(Oscar Tarcov)写过一封信,他在这封信中透露了其当时的心境和思想倾向:

现在,"结束"这个念头不仅是指我写的那个《鲁本》和婚姻,而且还是指这场运动。在派系争斗中,我被异化了,现在整个事儿变得让人厌恶——那个老人想用刀子宰了[詹姆斯·]波汉姆④,把他赶出

---

① Benjamin Taylor (ed.), *Saul Bellow Letters*, New York: Viking, 2010, *Ibid*. p. 5.
② *Ibid*., pp. 5—6, 340, 373—474, 468, 470—472, 511—512, 518—519, 538, 542.
③ 贝娄在 1998 年 6 月 3 日的信件是他写给格罗特泽的最后一封信件的日子。
④ 詹姆斯·波汉姆(James Burnham, 1905—1987)是美国哲学家和政治理论家,20 世纪 30 年代曾为美国托派运动中派系斗争的领导人,后来放弃信仰马克思主义并在政治上转向右派。

这场运动……所有这一切促使我做出决定,如果少数派再停止抵抗并向波汉姆投降,我就完了。

我开始看书,以便来重新评价布尔什维克主义,或往好处说,第一次这样了解他们……。我们处在战争期间,而这个国家里唯一的革命党却四分五裂,这简直就是该死罪过。我想,我们也将完蛋了。①

信中提到的"这场运动"就是指发生在 20 世纪 30 年代美国的托派运动;而"那个老人"则是指托洛茨基本人。此时的贝娄尊崇美国的托派为"美国唯一的革命党",然而在面对发生在托派运动中的派系斗争时,又感到绝望,感到"我们也将完蛋了"。他就是带着这份心情,和他的朋友赫伯特·帕辛在"一位欧洲女士"的安排下,前去拜见托洛茨基。

遗憾的是,贝娄与朋友到达墨西哥后从报纸上得知,就在他们约定与托洛茨基见面的同一天上午,即距约定见面时间的几个小时前,托洛茨基不幸被暗杀了。② 但是,贝娄他们还是按照原约定的时间前往托洛茨基的住处,并且根据当地警方的安排,前往医院瞻仰了托洛茨基的遗体。贝娄的这份"执着",清晰地表明了他当时内心的那份挣扎。

贝娄为何会对托洛茨基产生兴趣?从现有的文献资料来看,贝娄可能是出于如下的几点原因:一、托洛茨基的犹太身份及其在 1929 年被苏联当局驱逐出国等背景,这使同是犹太人并同样也在寻求真理的贝娄觉得亲切。当然,这一时期最主要的原因还是耶塔·巴谢夫茨基,她是一位托洛茨基主义者,贝娄也就"爱屋及乌"了;二、1936 年前后发生了莫斯科大清洗和大审判,许多美国知识分子改变了对苏联的看法,并转而开始同情托洛茨基,贝娄也是其中的之一;三、1939 年苏联政府与德国政府签订了所谓的互不侵犯条约,导致了德国纳粹军队侵入波兰和第二次世界大战爆发。这一事件和紧随其后的苏联红军对芬兰的入侵,让更多的美国

---

① Benjamin Taylor (ed.), *Saul Bellow Letters*, New York: Viking, p. 15.
② Saul Bellow, *It All Adds Up: From the Dim Past to the Uncertain Future*, London: Martin Secker & Warburg Limited, 1994, p. 101.

知识分子看清了苏联政府的真实面目。托洛茨基公开支持苏联入侵芬兰，并认为这次入侵是世界革命的一个组成部分。贝娄等托派分子在失望的同时亦产生了对托洛茨基的怀疑。不过，事隔多年以后贝娄还是这样写道，尽管那时候他已经"远离马克思主义的政治，但是我仍然钦佩列宁和托洛茨基[……]我怎么能忘记托洛茨基创建了红军，怎能忘记托洛茨基在与德尼金战斗的前线还在读法国小说。一大群人被他光辉闪耀的演说所折服。"①毫无疑问，贝娄对托洛茨基一直都心存敬意，并没有随着"远离马克思主义的政治"或因托洛茨基支持苏联入侵芬兰而远离了托洛茨基，相反还被他的"光辉"所折服着。

贝娄对托洛茨基的接受不仅仅停留在口头上，而且还在他的创作上打上了深深的痕迹。如果要具体说明这些影响的话，或许可以这样来总结，托洛茨基的一些思想，如社会主义革命、反对跟帝国主义势力进行政治交易、反对秘密外交或反法西斯等等思想，都在一定程度上从正、反两方面影响了贝娄，并影响到了他创作思想的构建。譬如说，1936年，贝娄在当时左翼刊物《灯塔》上发表了他的第一篇短篇小说《那真不行》("The Hell It Can't")。这篇小说讲述了一个名为亨利的人在睡梦中被纳粹士兵抓到，被带到一座离他家五个街区远的房子里惨遭鞭挞的故事。贝娄在小说中集中描写了亨利的无辜、无助与纳粹士兵的冷血、残暴，揭露了法西斯统治下的人民过着民不聊生的悲惨生活。无疑，这篇小说有着强烈的思想倾向，即其主旨就是反法西斯的。

贝娄在后来的作品中也表达了类似的思想。1941年，贝娄在另一个左翼刊物《党派评论》(*Partisan Review*)上发表了短篇小说《两个早晨的独白》("Two Morning Monologues")。小说中的主人公根据自己被父亲"驱赶"出家门，寻找工作的经历为线索，叙说了自20世纪30年代大萧条以来，美国走向衰败的社会现实和美国民众，特别是年轻人面对这种衰败所采取的不同态度。显然，贝娄对美国30年代的社会现状非常感兴趣，显示出

---

① Saul Bellow, *It All Adds Up: From the Dim Past to the Uncertain Future*, London: Martin Secker & Warburg Limited, 1994, p. 101.

欲用文学来对其进行探讨的意欲,这不能不说托洛茨基思想在暗中发挥着作用,引导着作者沿着这个方向走。1942年,贝娄还根据在墨西哥拜访托洛茨基的经历,发表了短篇小说《墨西哥将军》("The Mexican General")。

　　与上述小说不同,贝娄在这部小说中通过对小说人物的描写,第一次表达了自己对托洛茨基主义的怀疑,并且还揭露了围绕在托洛茨基周围的那些人的私心杂念。小说中,西特林中尉一语道破了担任保卫托洛茨基任务的菲利普将军隐秘的内心活动。他说,将军"有着非常清晰的历史意识。我甚至可以说他是一个有历史感的人——是用一种非常利己的方式表现出来的",他"非常清楚当前的形势,而且表现得异常出色。"①菲利普将军要捍卫托洛茨基,并不是因为他坚信托洛茨基就是真理的化身,而是审时度势的盘算结果。托洛茨基被暗杀的事实,也使贝娄对托洛茨基主义产生了一定程度的怀疑。在这篇小说中,贝娄就借托洛茨基被暗杀的故事,指出托洛茨基及其"永远革命"的理论在残酷现实面前的苍白无力。

　　从贝娄的《墨西哥将军》这篇小说来看,托洛茨基对贝娄的正面影响似乎并没有持续太久。或者更为确切地说,贝娄在对待托洛茨基的问题上,采取了一种既怀疑又不做彻底割舍的态度。贝娄曾回忆说,托洛茨基认为"就严格意义而言,工人阶级的国家不能发动帝国主义战争。这次[对芬兰的]入侵是有进步意义的,因为入侵能把财产国有化,是迈向社会主义不可避免的一步。托洛茨基因忠于十月革命,回击了反对者的不同意见。"②贝娄对托洛茨基这种观点和做法不以为然,甚至有些震惊。他后来回忆说:"原子弹落到广岛时,我正在商船上接受训练。我已经认清了希特勒'是个什么东西。'很多事情我都知道了。我不仅认为我的许多信仰马克思主义的犹太朋友们在理论上错了,而且还对他们所采取的立场——我们所采取的立场——感到震惊。"③

---

① Saul Bellow, "Mexican General", *Partisan Review*, Vol. IX, No. 3, 1942, pp. 187, 190.
② Saul Bellow, *It All Adds Up: From the Dim Past to the Uncertain Future*, London: Martin Secker & Warburg Limited, 1994, p. 101.
③ *Ibid.*, p. 310.

这种"震惊"在他其后所出版的小说中也有所表现。1944年，贝娄出版了他的长篇小说《晃来晃去的人》。在此前，托洛茨基曾发表言论，认为苏联红军入侵芬兰是采取了一种"防御者"立场。贝娄在自己的小说中，间接表达了对托洛茨基这种观点的怀疑和不满。而且，他还以小说的主人公辞去工作、等待应召入伍等为主要故事线索，提出了积极参与反法西斯战争的主题思想。在对托洛茨基主义反思的同时，他也开始部分地修正自己以前的一些观点。如1947年他出版了小说《受害者》，在这里他就不再坚持托洛茨基的"永远革命"的思想了。一个显著的标志是，小说中的主人公利文萨尔由于不断遭受到非犹太人阿尔比的骚扰与迫害，生活变得一团糟，陷入到了痛苦不堪之中。然而，小说的结尾却出人意料：贝娄没有像前一部小说那样，让主人公利文萨尔毅然决然地实践诺言，即离家从军，从而摆脱困境，而是一反常态地让敌对的双方作出妥协，互泯恩怨，让他们各自回归到自己的生活中去。这种立场的转换说明贝娄已经不再相信"革命"能解决一切问题了。

但这也不意味着贝娄与托洛茨基彻底一刀两断了。事实情况是，直到1953年贝娄在出版长篇小说《奥吉·玛琪历险记》时仍然没有完全放下托洛茨基，还在小说中对托洛茨基的流亡生活表现出无限惋惜之意。与前面的小说相比，只是在表达方式上有所区别：贝娄采用了一种调侃和超然的口吻，来叙说和演绎自己先前对托洛茨基及其"永远革命"理论的认识。小说主人公奥吉·玛琪的身上有托洛茨基的影子，但这个影子是通过活生生的一个人物来表达出来的。在小说中，奥吉·玛琪是一个生活在社会底层的犹太移民。他经历丰富，曾在百货商店里作过理货员，在火车站兜售过小玩意，偷窃和变卖过学生的课本，还上过大学，做过煤炭生意，当过拳击手的经理人，为有钱人看门遛狗，恋爱了两次，担任过工会头头，甚至后来还跑到墨西哥驯鹰、捉大蜥蜴、参加托派活动、给商船作水手，最后在巴黎结了婚，终于安顿了下来。

显然，在贝娄的笔下，奥吉·玛琪这个人物不是三言两语可以说清楚的，甚至都很难界定他到底是好人还是坏人。这说明贝娄已经从托洛茨基沉重的思想阴影中走了出来，开始用轻松、幽默的处世技巧来调侃、解构它了。这种例子在小说中比比皆是,比如,奥吉在墨西哥参加托派活动时,让他心绪不宁的更多是他自己生存上的一些杂七杂八的琐事,而不是什么主义或政治问题。结果原本很严肃的政治思考就被他这些很琐碎、很实际的现实生活给消解掉了。

1968年,贝娄再次访问墨西哥。他此后出版的短篇小说集《莫施比的回忆录》(Mosby's Memoirs)就是这次"访问"的结果。《莫施比的回忆录》这个名字是源于贝娄的一个短篇小说,即他用收录在其中的一篇小说的名字来当作短篇小说集子的名字。可见,他对这篇小说有着很特别的感情。那么,这篇小说的主要内容是什么呢?小说的主人公叫海门·拉斯特加登,他曾经是一个鞋商,后来参加了各种布尔什维克组织的活动,信仰列宁主义和托洛茨基主义。但是,随着这些布尔什维克组织的领导者的退出,拉斯特加登也失去了对政治的兴趣。尽管他仍然坚信十月革命是历史的必然,但却质疑托洛茨基对苏联入侵芬兰的看法。[1] 后来,他远离了家乡,到法国做起了投机生意。生活的艰难和生意上的失败,让他身心疲惫。早年的革命斗志在他身上早已经荡然无存。不仅如此,他在巴黎看到法国知识分子热情地讨论马克思主义和其他政治话题,还禁不住地嘲笑起他们来:"他们知道些什么![……]问问他们什么是列宁的民主集中制!问问他们什么是莫斯科审判!什么是'社会法西斯主义'!他们无知。"[2]贝娄在小说中不但让小说中的人物对这些革命话题充满质疑,就连小说中的叙述者莫施比也感叹世事的变迁:"逝去了,古老的牧师和封建卫士!随着神学和玄学一起去吧!"[3]可见,这篇小说是有象征意义的,海门·拉斯特加登这个人物身上有早年贝娄的影子,即早年的贝娄就像拉斯特加登这个人物一样,充满着政治热情,但不久就随风飘散了。贝娄借这个人物、这个故事清算了自己早年对托洛茨基思想的信仰。

---

[1] Saul Bellow, "Moshy's Memoirs" in Saul Bellow, *Moshy's Memoirs*, New York: The Viking Press, 1968, pp. 167, 165.

[2] *Ibid.*, p. 170.

[3] *Ibid.*, p. 169.

除此之外,贝娄还在其他小说中——长篇、短篇小说中不停地与托洛茨基思想纠缠,这种欲爱还难、欲罢不能的矛盾心理,恰恰说明贝娄的创作是难以与托洛茨基及其思想彻底划清界限的,尽管在后期他是用嘲讽、批判的笔触介入进来的——这种介入的本身也说明托洛茨基及其思想对他影响的深远。

从以上论述中不难看出贝娄与托洛茨基关系的大致走向:早期的贝娄追随托洛茨基,受托洛茨基思想的影响;从《墨西哥将军》开始,贝娄开始怀疑托洛茨基的思想,甚至想撇清与托洛茨基的关系。他在1993年写的《作家、知识分子、政治:主要的回忆》一文中,对自己当年曾追随过托洛茨基及其理论的行为进行了辩护。他回忆说,当年有许多事情需要弄明白,比如说历史、哲学、科学、冷战、大众社会、通俗艺术、高雅艺术、心理分析、存在主义、苏联问题、犹太问题等。不过,他说自己很快就意识到作家很少是知识分子,不能全部弄明白上述所有问题。所以,他也不必为自己年轻时代的选择和热情而感到难过或担负什么责任。①

很显然,贝娄在这里含蓄地把责任归结到"作家很少是知识分子",所以许多问题都搞不明白,"年轻时代的选择和热情"就是一种"不能全部弄明白"的选择。看上去,说这番话的贝娄已经幡然醒悟了,可实际状况是,他与托洛茨基的关系已经成为一体,无法割舍了。就像前文中所说的那样,他小说中的人物塑造、意象构建、故事讲述,甚至叙述策略,都已经无法与托洛茨基彻底了断了。他不管是追随、怀疑,还是撇清、批判,到头来都必须要回归到托洛茨基这里来。托洛茨基已经成为他绕不过、挥不去的一个阴影,甚或成为一个供其参考、比照的标杆。这一点就是从他最后的一部长篇小说《拉维尔斯坦》中也可以清晰地显示出来。因此可以说,贝娄对托洛茨基态度的变化,固然有贝娄思想发展的自身原因,但更重要的原因是美国社会大环境的变化,使贝娄不得不调整自己以此来适应这种变化。

---

① Saul Bellow, *It All Adds Up: From the Dim Past to the Uncertain Future*, London: Martin Secker & Warburg Limited, 1994, pp. 98—114.

二、贝娄"纠结"的犹太性

贝娄创作思想中还有一个重要的因素,即他的犹太性。在某种意义上说,犹太性也是贝娄创作思想中最具有本质性的一个方面。只是较之其他美国犹太作家,贝娄这个最具有本质性的犹太性在他那里表现得更为复杂一些。

说其复杂,主要是从贝娄的一些言行上来看,他对自己的犹太民族文化身份一直很纠结。一方面,他与同为东欧犹太人的托洛茨基、耶塔·巴谢夫茨基、阿尔伯特·格罗特泽等人之间的关系就很能说明问题。他因爱慕耶塔·巴谢夫茨基而追随托洛茨基及其信仰者;又因托洛茨基及其信仰者的失势而有所规避,但是他精神上始终并未对自己的犹太同胞做彻底的割舍。另外,他还曾在多种场合下公开表示"充分意识到自己是一个犹太人"[1];他在接受妮娜·斯提尔的访谈时详细讲述了自己的犹太童年。[2] 他在为美国犹太作家伯纳德·马拉默德撰写的悼念文章中,也坦承他与马拉默德是同类人[3];他还接受"圣约信徒犹太传统奖"(Bnai Brith Jewish Heritage Award, 1968)、反诽谤联盟的"美国民主遗产"奖(American Democratic Legacy, 1976)等。从创作上看,他小说中多数人物的名字几乎都是用犹太人的名字;他在《受害者》《赫佐格》《赛姆勒先生的行星》《贝拉罗萨暗道》《拉维尔斯坦》等小说中提及或讲述与反犹主义和犹太大屠杀相关的故事;他还翻译过犹太作家肖洛姆·阿莱汉姆的作品和艾萨克·巴舍维斯·辛格的短篇小说《傻瓜吉姆佩尔》,并写过一部讲述六日战争的旅游札记和有关以色列的回忆录等。[4]

然而,另一方面,他却拒绝接受用犹太的称谓来界定他,很不愿意被人称为"犹太裔美国作家"或"美国犹太作家",并认为这种称谓是"一种暗

---

[1] Sanford Pinsker, "Saul Bellow in the Classroom", *College English*, 34, 7 (April, 1973), p. 982.
[2] 参见 Nina Steers, "Successor to Faulkner?" *Show*, September 1964, pp. 36—38。
[3] Benjamin Taylor (ed.), *Saul Bellow Letters*, New York: Viking, p. 435.
[4] Michael Kramer, *New Essays on Seize the Day*, Cambridge: Cambridge University Press, 1998, pp. 7—8.

含的贬低"。① 他还曾十分强硬地表示,他"从来没有作为一个犹太人写作",而只是作为索尔·贝娄写作。他声称自己是"一个犹太出身的人——美国的和犹太的——他有一些生活经历,其中一部分是犹太的",但同时也是美国的、俄国的、移民的儿子、男性、20世纪、中西部、曲棍球迷等等,并且还说"我得应对我生活中的那些事实——作为原始的基本事实。这些事实是我被给予的。"②他曾明确地表示自己的灵魂不能舒适地适应"犹太作家"这一个类别,并承认自己痛苦地意识到这一称谓都给他带来了什么,特别是在20世纪的这些年代里。③

贝娄曾解释过自己拒绝"犹太作家"这个称谓的原因,即他所居住的那个美国犹太社区要把他列入社区名册中。这种解释听起来似乎有些轻描淡写或干脆就不是个什么理由,但实则却具有深刻的意蕴。其实,对贝娄而言,"犹太作家"这个称谓直接或间接地指涉了他有意规避与托洛茨基或托派分子之间的关系。贝娄是一位东欧犹太移民;托洛茨基及其在美国的许多托派分子(如格罗特泽和法莱尔)也是东欧犹太人。东欧犹太移民初到美国时,生活窘迫而且还受到各种各样的压迫和剥削,这让他们产生了强烈的反抗意识。托洛茨基在苏联十月革命中起到了很大的作用,在欧美共运中享有很高的威望。他对文学理论也颇有见解,其著作《文学与革命》(*Literature and Revolution*,1924)影响了许多美国左翼知识分子,并为美国左翼犹太激进分子所追崇。另外,由于地缘上的亲近关系和思想上的契合,也让这些早年的东欧犹太移民对托洛茨基产生了亲近感。托洛茨基及其追随者失势之后,作为托洛茨基的追随者,贝娄自然会担心文学批评界给他冠以美国犹太作家或犹太裔美国作家称谓,会给他带来一些不必要的麻烦。因为随着时代和社会风尚的变迁,曾与"犹太人"紧密联系在一起的托派运动已经成为人们小心翼翼回避的历史。这

---

① Ruth Miller, *Saul Bellow: A Biography of the Imagination*, New York: St. Martin's Press, 1991, p. 43.
② Bellow in Chirantan Kulshrestha, "A Conversation with Saul Bellow" in *Conversations with Saul Bellow*, pp. 90—91.
③ Michael Kramer, *New Essays on Seize the Day*, Cambridge: Cambridge University Press, 1998, p. 7.

种称谓会有意无意地强化了他的东欧犹太身份,并由此会引起与托洛茨基及其追随者的某些负面关联。

这看起来贝娄是害怕受到托洛茨基主义的关联而有意识地回避犹太性,这是问题的之一。问题之二是,贝娄不愿意把自己的创作仅仅局限到本族裔中来。他曾说,自从发生犹太大屠杀以来,犹太人就对世界如何看待他们的问题变得特别的敏感。这些犹太人认为,"在美国,犹太作家这一职业就是写公共关系稿,出版一些说犹太社区好的稿件,并压制其他稿件,要忠诚。"①贝娄还进一步说,有些"犹太作家迫于压力在拼命地做",而他则要竭力抵制这种压力。贝娄声称自己不愿意为了公共关系而牺牲艺术上的诚实。或用我们现在的话来说,就是他不愿意为了政治的正确而写作。他认为,伟大的作品应该超越族裔的界限,从而具有普适性意义。据此,他宣称自己"没有任何族裔义务的概念。这不是我的主要义务。我的主要义务是我所从事的职业,而不是某个具体的族裔集体。"②甚或说,"这整个犹太作家这档子事完全是一种发明。"③由以上可以看出,贝娄之所以不愿意被称为美国犹太作家是出于多方面考虑的,不仅担心他人会因为自己的犹太身份而误解自己或引起负面的关联,也担心自己会被要求替"族裔集体"承担义务。在这样一种敏感的历史语境里,贝娄对所谓的"美国犹太作家"这一称谓反感甚或排斥,也都在意料和情理之中的。

其实,贝娄对待自己民族文化身份的这种纠结并非是一个个案,而是众多美国犹太作家所共同面临的一个问题。抑或说,是美国社会这个外部环境把像贝娄这样的作家置于一个进退两难的处境。另外,还有一个十分重要的因素是美国社会仍然存在的强烈的反犹情绪。据统计,在 1933 年至 1939 年间,在美国大约有 114 个反犹组织,其中有

---

① Bellow in Chirantan Kulshrestha, "A Conversation with Saul Bellow" in *Conversations with Saul Bellow*, p. 91.
② *Ibid.*, p. 90.
③ Saul Bellow, "Foreword" to Allan Bloom, *The Closing of The American Mind*, New York: Simon & Schuster, 1987, p. 13.

77个到1940年依然活动得非常猖獗。二战结束后,美国在冷战思维的主宰下,"20世纪50年代没有几个人对大屠杀表示关注"①;"许多犹太人从来没打算对此进行探究。"②与此同时,美国社会很快又滋生出主要针对犹太人的"麦卡锡主义"。许多著名美国犹太导演、演员和作家被列入黑名单,如著名作曲家兼指挥利奥纳德·伯恩斯坦(Leonard Bernstein, 1918—1990)、著名演员兼导演查尔斯·卓别林(Sir Charles Spencer Chaplin, 1889—1977)、著名戏剧家阿瑟·密勒、著名作家欧文·肖等。

在这样一种强烈的反犹氛围里,美国犹太作家不愿被冠以美国犹太作家的称谓,甚或不去写反映二战中"犹太人大屠杀"问题,主要是因为不想重新搅起这股潜伏的反犹主义情绪。③阿瑟·密勒曾说,写犹太人的一些不好的特点,只能是为反犹主义者提供攻击的弹药。④另一位不愿意被冠以美国犹太作家称谓的莱昂内尔·特立林也说:"我并不把自己看作是一个'犹太作家'[……]如果我的批评家在我的作品中发现他们称之为犹太性的东西,不管是不好的还是好的,我都会感到愤恨。"⑤不过,他说归说,但还是照样积极地参与编辑犹太人的刊物《灯台》(*Menorah Journal*)并为其撰稿。特立林将自己这种心口不一态度的原因归结为反犹主义。他曾回忆说:"反犹主义的压力帮助他和《灯台》中的其他同事们'确定自己和我们社会的界限;我们能够发现我们是谁和我们希望是谁。'这种社会关系'最终在我的想象之中',而且对他的身份感的形成起着重要的作用。"⑥

像密勒和特立林这样言不由衷、生活在悖论中的美国犹太作家不在

---

① Hilene Flanzbaum (ed.), *The Americanization of the Holocaust*, Baltimore and London: The Johns Hopkins University Press, 1999, p. 2.

② Zygmunt Bauman, *Modernity and the Holocaust*, Oxford: Polity Press, 1989, Preface, p. vii.

③④ 参见 Allen L. Berger, *Crisis and Covenant: The Holocaust in American Jewish Fiction*, Albany: State University of New York Press, 1985, p. 34。

⑤ Jules Chametzky, John Felstiner, Hilene Flanzbaum and Kathryn Hellerstein (eds.), *Jewish American Literature: A Norton Anthology*, p. 632.

⑥ Quoted in Stephen J. Whitfield, "Lionel Trilling" in Daniel Walden (ed.), *Twentieth-Century American-Jewish Fiction Writers*, Detroit: Gale Research, 1984, p. 306.

少数,比如说还有伯纳德·马拉默德、菲利普·罗斯等。这是他们的一种生存策略,即在这样一个看似自由宽松,实则诡谲紧张的社会氛围里,美国犹太作家既要坚持生存下来,又不能背弃自己的民族,他们所能做的就只有采取所谓"顺势而为"的策略,写有关犹太人的故事——该怎么写还是怎么写,但却拒绝接受犹太作家这样的一个称谓。

贝娄在他早期和中期的创作阶段中也采取了这种策略,即不事张扬地书写犹太人和犹太人相关的故事,并在这些书写中或轻或重地染上一些正面或负面的托派色彩。不过,到了他的晚期创作阶段时,他似乎就不太在意这种策略了。相反,他对自己文化归属的态度发生了变化,即他在作品中不时地露出"锋芒",不仅敢于袒露自己的犹太身份并直面棘手的犹太问题,而且还敢于重拾他早期受托洛茨基影响时提出的反纳粹和"永远革命"话题。总的来说,贝娄对托洛茨基和自己犹太身份的态度和犹太问题的认识有一个嬗变的过程,这种嬗变过程的曲线可以从其创作的轨迹中显示出来。

贝娄作品中的犹太性和与托洛茨基的关联不仅表现在他作品的题材和主题上,而且还体现在作品的深层结构中,即贝娄常常采用犹太视角、犹太故事情节安排以及犹太式的故事结尾 [1] 来暗示其犹太性。为了说明这个问题,以贝娄的小说《赫佐格》和《拉维尔斯坦》为例,来看一下贝娄是如何在小说中展示其犹太性,并借此来折射出与托洛茨基的关联的。

贝娄《赫佐格》这部小说中的犹太性,主要是通过融入自己的生活经历、描写日常生活细节以及那些看似混乱不堪、毫无章法的信件中表现出来的。贝娄的传记作者詹姆士·阿特拉斯认为,《赫佐格》是贝娄最具有自传性的一部小说。[2] 贝娄在写给另一位美国犹太作家菲利普·罗斯的信中,也承认自己在《赫佐格》这部小说中未能像罗斯那样在自己的作品

---

[1] Cf. Ruth Rosenberg, "Three Jewish Narrative Strategies in *Humboldt's Gift*", MELUS, Vol. 6, No. 4 (Winter, 1979), pp. 59—66.

[2] James Atlas, *Bellow, A Biography*, Toronto: Random House, 2000, p. 146.

中与人物保持一定的距离。① 这也就是说，贝娄在《赫佐格》这部小说中融进了许多与他个人生活相关的细节。譬如说，他在多处都提到主人公赫佐格的母亲，"我曾听到我那俄国籍的母亲叫我'我的美男子'"②、母亲曾希望他"成为一个拉比"③等。熟悉贝娄作品的人都知道，这些话语丝毫也不陌生，它们经常出现在贝娄的传记或访谈中。④ 这就很容易让读者联想到赫佐格的母亲，其实就是贝娄自己的母亲，或者说是两者在某种程度上的融合。

小说的主人公赫佐格是一个"正宗的、爱讲感情的老派犹太人"⑤，同时也是一个典型的犹太愚人形象。小说中的主要女性人物玛德琳也出生于一个犹太家庭。她的父亲是一位"上了黑名单好几年"⑥的著名犹太艺术家。她的母亲丹妮也是一位"有教养、有文化背景的犹太女人"。她的外祖父是一个"裁缝、劳动工会会员、意第绪语研究者。"⑦也就是说，玛德琳本人及其家庭成员的文化背景与赫佐格别无二致，都出于犹太家庭，属于同一个民族。贝娄之所以在小说中细致地交代玛德琳父母的民族身份、宗教信仰等情况，是为写玛德琳背叛自己的民族信仰和背叛自己的丈夫这两个事件作铺垫，让玛德琳与她的家人形成一种鲜明的对照。贝娄这样写不是偶然的，叛教或同化是美国犹太作家一直所关注的一个重要话题，贝娄自然也不想放过这个话题。

贝娄不仅在刻画这两个主要人物时尽可能多地把犹太因素融入进来，而且在一般叙述中或嵌入的其他故事情节里，也都巧妙地提及或议论与犹太相关的事情。例如，赫佐格去看望他的一个女友旺达时，回想起了在波兰华沙的"那十天日子"："四周寒风刺骨、灰蒙蒙的，一片死气沉沉。那些纪念碑上仍然散发着战时大屠杀的气味。他觉得自己嗅到了血腥

---

① Benjamin Taylor (ed.), *Saul Bellow Letters*, New York: Viking, p. 540.
② Saul Bellow, *Herzog*, New York: Penguin Books, 1961, p. 17.
③ *Ibid.*, p. 22.
④ James Atlas, *Bellow, A Biography*, Toronto: Random House, 2000, p. 3.
⑤ Saul Bellow, *Herzog*, New York: Penguin Books, 1961, p. 85.
⑥⑦ *Ibid.*, p. 108.

味。"①在赫佐格写给夏皮罗的信中,也提到了二战幸存者和德国纳粹屠杀犹太人的焚尸炉。贝娄在这封以主人公赫佐格的名义写的信里,对在二战中遭纳粹屠杀的犹太人寄予深切缅怀的同时,还表达了自己故地重游时的悲凉心情。那句"死者上路时,你想叫他们一声,可是他们脸色阴沉,灵魂抑郁地离你而去",透露出他对犹太人惨遭杀害的历史事件久久不能忘怀,那是隐藏在他心灵深处的一块伤疤。不过,更需要注意的是,贝娄在这里提出了所有活着的犹太人,"都是幸存者"②的这一重要观点。他在后来的中篇小说《贝拉罗萨暗道》中,再次用艺术形象集中诠释并发展了这一观点。

总之,《赫佐格》这部小说里有着强烈的犹太性,虽然是零散、不成系统的,可也是随处可见、可感的。不要低估了这种零零碎碎地表达方式,如果把这些零散而又随处可见的犹太因素好好地梳理一番的话,就会成为一幅幅为贝娄民族立场和价值取向服务的画面。这种含蓄的画面在他随后的小说中不断出现,只是时而清晰,时而模糊。

也许这种含蓄性是贝娄有意而为之的,与他有意规避自己早年追随托洛茨基和不愿接受"犹太作家"这个称谓有着一脉相承的关系,即策略性地淡化他激进的一面和犹太的痕迹。尽管如此,在他的内心深处里却隐藏着一颗倔强的犹太心灵,一旦机遇成熟就会爆发出来的。终于,他在最后一部长篇小说《拉维尔斯坦》中不愿意再继续含蓄下去了,而是直接冲着清算纳粹暴行的主题就去了。这一"爆发"在一定程度上也折射出他对自己前期"规避"和"含蓄"所做的一个清算。他在这部小说中没有延续以往从浪漫主义这一单一视角去看纳粹暴行,而是从新的角度提出了对纳粹暴行的认识。这些新的角度和认识实际上也反映了他对托洛茨基主义的一个新的认识,抑或说,是对他在早期小说中单纯地描述纳粹暴行的一个补充和矫正。或从另一个角度看,贝娄不弃不舍地坚持书写反纳粹故事的本身,就说明贝娄非但没有真正与托洛茨基主义划清界限,反而还

---

① Saul Bellow, *Herzog*, New York: Penguin Books, 1961, p. 25.
② *Ibid.*, p. 75.

在继续发扬光大托洛茨基所提出的"永远革命"的思想。下面再结合小说《拉维尔斯坦》的文本,试分析一下贝娄在小说中展示出来的犹太性及其与托洛茨基主义之间的关系。

首先,贝娄在小说中不再单纯地认为浪漫主义是导致德国纳粹产生的唯一根源,转而强调理性主义和虚无主义在德国纳粹的产生及其所犯下的滔天罪行中起到的作用。对贝娄而言,这种转变非常重要,意味着对纳粹反犹主义的批判应该追溯到欧洲近代以来的各种不良思潮,而不是简单地把责任推到浪漫主义那里。在某种意义上说,这种思维的转变归根结底还是受到托洛茨基反对帝国主义战争思想的影响。

其次,贝娄在小说中还分析了现代庸众对法西斯反犹主义的形成所起到的作用。他以体育运动和电视节目等大众传媒为例,分析了庸众如何在狂热而盲目的追捧中成就了像希特勒这样反人类的法西斯分子。[①] 除此之外,贝娄还认为在平庸社会中所普遍存在的软弱无力,也是让法西斯分子的张狂能够得逞的原因之一。[②] 总之,在贝娄看来,庸众的盲目追捧和麻木不仁是现代社会和现代人的通病,而这些"通病"又是造成法西斯纳粹"大屠杀"的另一个主要原因。

贝娄的这个思考可谓是深刻的,现代社会是一个丧失了深度思想的社会,几乎所有的人都被大众传媒所捕获了,就连法西斯分子的大型集会都会被当作体育集会一样来追捧。更重要的是,贝娄并不止于此,他还以此为基点又将批判的锋芒往历史的深处和当下拓展,即从过去单一地指责或批判与德国文化相关的人和事,转向了批判包括历史和当下形形色色所有参与迫害犹太民族的反犹主义者,其中既包括法国启蒙主义思想家伏尔泰对犹太人的仇恨、英国首相劳埃德·乔治对犹太人的敌视,还包括英国诗人 T. S. 艾略特对犹太人的厌恶、法国医生路易斯·费尔南德·塞利纳对犹太人的刻毒、美国葛利夫教授对犹太人的

---

① 参见 Saul Bellow, *Ravelstein*, New York: Penguin Group, 2000, pp. 55—56。
② Saul Bellow, *Ravelstein*, New York: Penguin Group, 2000, p. 169.

愚弄以及逃往美国的前罗马尼亚法西斯分子"达齐安人"格里莱斯库对犹太人所曾犯下的罪孽,等等。贝娄在小说中扩大对反犹主义者的清算是有道理的,因为反犹主义不只是出现在二战大屠杀中,而是由来已久,涉及世界各国社会的层层面面;参与者也不只是军队里的官兵,更有诗人、医生、哲学家、教授以及其他所谓的体面人。他们共同构成的反犹大军,以历史的厚重和当下的迅猛,合力促成了欧洲纳粹法西斯惨绝人寰的大屠杀行动。

第三,贝娄在这部小说中再次提出了活着的犹太人"都是幸存者"的观点。在第二次世界大战初始,美国政府坐收渔翁之利;一些生活在美国的犹太人也心存侥幸,不愿多事,以免惹祸上身。在贝娄看来,这种以旁观者姿态出现的犹太人,其实并没有意识到他们这样做的危险性:过去,欧洲法西斯分子"杀害了超过一半以上的欧洲犹太人"①,并有"如此多的其他人,成百万的其他人,希望[犹太人]他们死"②,乃至"犹太人曾经被提供给整个人类作为一个衡量人性邪恶的尺度";现在"作为犹太人,我们现在明白了什么是可能的。没人说得出,下面它会从哪一个角落冒出来"③——历史将有可能会重演的,即使犹太人收敛自己,尽量不去招惹是非,但反犹主义者也会施展各种伎俩,其中包括编造有关犹太人的"和阴谋论有联系"的神话,以便达到他们毁谤并最终彻底消灭犹太民族的目的。小说中提到的"《锡安山草案》事件就是一例",正如小说主人公拉维尔斯坦所说的一句话:"一定要时常想一想那些吊在肉钩子上的人。"④可见,贝娄在小说中提出活着的犹太人"都是幸存者"的观点,其目的不仅是借助小说中的人物表达了一种强烈的种族警觉意识,让活着的犹太人意识到自己的独特身份和可能重演的历史,而且也形象地表达了他所尊崇的托洛茨基的反纳粹和"永远革命"的思想。

最后,贝娄在这部小说中提出了同化和回归犹太民族的问题。小说

---

① Saul Bellow, *Ravelstein*, New York: Penguin Group, 2000, p. 174.
② *Ibid.*, p. 167.
③ *Ibid.*, p. 174.
④ *Ibid.*, pp. 127—128.

中嵌入了一个有关拉维尔斯坦的老朋友莫里斯·赫伯斯特换心脏的故事——象征性地说明美国犹太人的同化问题。莫里斯是从德国移居到美国的犹太人。他的医生告诉他"他的心脏已经报废了"①，需要移植一个新的心脏。恰好一个美国年轻人因车祸去世，于是这个年轻人的心脏就变成了莫里斯的心脏。不过，就是这位"胸膛里承载着另外一个人心脏"的莫里斯却"是一个有信仰的犹太人——虽不十分正统，但也或多或少地遵从教规。"②即是说，莫里斯的心虽然被更换了，但是却没有被异族人的心脏所主宰，其信仰未变。有力的证明就是，莫里斯清醒地认识到，"战争清楚地表明，几乎每一个人都赞同犹太人没有生存的权利"，并且与拉维尔斯坦得出同样的结论："人不可能抛弃自己的血统，犹太人也不可能改变自己的身份。"③而且，他在听说了拉维尔斯坦在临终前的忠告（"犹太人应该对犹太人的历史感兴趣——对他们的正义原则感兴趣"）后，又"肯定拉维尔斯坦给犹太人指出了最好的出路，没有什么比这一宗教遗产的价值更大了。"④

贝娄在小说中嵌入莫里斯更换心脏故事的用意是非常明显的：一是说明有信仰的犹太人是不可能被同化的，即便是被更换掉了心脏，这颗被更换的异族人心脏也必须得"带着它异己的能量和律动"，来"让自己适应犹太人的需要或独特的习性"⑤；二是说明犹太人无论在什么情况下都不能忘记自己的民族之根。

总之，这部《拉维尔斯坦》小说仿佛是贝娄对自己的民族身份、反纳粹以及"永远革命"等问题思考的一生总结：它既揭露了德国纳粹思想所产生的思想根源，又谴责了古往今来所有反犹主义者所犯下的滔天罪行，还提出了所有没有被屠杀的犹太人都是"幸存者"的敏感观点，最后又回归到犹太人拒绝同化，皈依到自己民族的主题上来。这样一个几乎是面面

---

① Saul Bellow, *Ravelstein*, New York: Penguin Group, 2000, p. 146.
② *Ibid.*, pp. 146—147.
③ *Ibid.*, pp. 178—179.
④ *Ibid.*, p. 179.
⑤ *Ibid.*, p. 148.

俱到的书写形式,不仅全面反映了反犹主义和"大屠杀"这一历史的真实面貌和对犹太人的身心影响,而且也意味深长地表明了贝娄忠于本民族的立场以及托洛茨基对他一生的创作所产生的影响。至此需要特别指出的是,说贝娄受到托洛茨基的影响,并非是说他系统地接受了托洛茨基的思想,即把托洛茨基的思想作为自己创作的框架体系;而是说他只是接受了托洛茨基的一些基本观点和精神,并把这些观点和精神融合进了自己的创作主题、人物塑造、情结构建以及场景设置等方面中。也正因为贝娄对托洛茨基的接受不是全面、彻底的,所以才造成了他小说思想的不一致性,时而把托洛茨基思想奉为神灵,时而又充满含混和迟疑,甚至还有质疑的情绪充斥于其中。不过,不管怎么说,托洛茨基是贝娄生命中很重要的一个人,他的小说之所以是这样的而不是那样的,与托洛茨基有着重要的关系。换句话说,倘若贝娄在年轻的时候没有遭遇到托洛茨基,他的小说,或具体说,他小说中的犹太性极有可能会是另一种样子。

  贝娄和贝娄的创作是一个说不尽的话题,如果想真正地进入到贝娄的小说世界中来,就必须要了解他的犹太性。要了解他的犹太性,又必须要了解他早期创作思想所形成的原因,尤其是他早年与托洛茨基及其追随者之间的关系,而这就是这篇论文所要探讨和试图解决的问题。

第十二章 伯纳德·马拉默德

早在1966年,西德尼·里奇曼(Sidney Richman)就曾写书评价马拉默德说:"眼下马拉默德被认为是我们当代最重要的作家之一,他的声誉不仅是巨大的,而且还是国际性的。"① 在里奇曼看来,马拉默德之所以有如此声誉,主要原因是他在其作品中完美地表现了自己的犹太性。他认为,多数批评者看好的并非是马拉默德的艺术表现力,而是他所选用的题材与其所表达的主题。② 应该说,里奇曼对马拉默德的评价与定位是十分准确的。马拉默德在他长达30余年的创作生涯中,所孜孜追求、呈现于文本内的正是他别具一格的犹太主题思想。

第一节 生平与创作

1914年4月26日,伯纳德·马拉默德(Bernard Malamud,1914—1986)③出生于美国纽约布鲁克林区的一个犹太移民家庭。父亲马克斯·马拉默德和母亲伯莎·菲德尔曼均是俄国犹太移民。他们来到美国后,靠开杂货店维持生存。马拉默德的童年就是在这个杂货店的柜台后面度过的。他从伊拉斯莫斯中学毕业后,又到纽约城市学院读书,并于1936年毕业,获得学士学位。1937年至1938年间,他在哥伦比亚大学学

---

① Sidney Richman, *Bernard Malamud*, New Haven: College & University Press, Twayne Publishers, 1966, p. 19.
② Cf. Sidney Richman, *Bernard Malamud*, p. 19.
③ 以下介绍性的基本资料主要参见 Leslie Field, "Bernard Malamud" in Daniel Walden (ed.), *Twentieth-Century American-Jewish Fiction Writers*, pp. 166—175, 不另作注。

习,1942 年获硕士学位。1940 年,他曾到华盛顿人口普查局做职员。在那里未工作多久,他就又回到了纽约伊拉斯莫斯中学任晚间课程教员,后来还到哈莱姆中学教授晚间课程。1945 年,他和安·德·恰拉结婚,婚后搬到格林威治村居住。1949 年至 1961 年间,他应聘到俄勒冈州立大学英语系做副教授,讲授写作课程。

从 1950 年起,马拉默德开始了他的创作生涯。这一年的三月,他在《哈泼市场》(*Harper's Bazaar*)上发表了第一个短篇小说《生活费》("Cost of Living")。同年九月,又分别在《评论》(*Commentory*)和《党派评论》(*Partisan Review*)上发表了短篇小说《监狱》("The Prison")和《头七年》("The First Sever Years")。1952 年,他的第一部长篇小说《天生的运动员》(*The Natural*)出版。1958 年是马拉默德的一个丰收年,他的第一个短篇小说集《魔桶》(*The Magic Barrel*)出版;另外,这一年他还获得国家艺术和文学院颁发的罗森萨尔奖和达罗夫纪念奖。1959 年,他第一次获得国家图书奖,这一奖项是奖给他的短篇小说集《魔桶》的。1964 年,他成为美国国家艺术与文学研究院成员。1967 年是马拉默德的另一个丰收年。这一年,他因出版《基辅怨》(*The Fixer*,1966)而同时获得国家图书奖和普利策奖,还因此当选为美国艺术与科学院的院士。马拉默德一生中共有两次获得国家图书奖,一次获得普利策奖,另有多次获得其他一些奖项,如佛蒙特州艺术委员会颁发的州长奖、犹太遗产奖(1976)等。1968 年,他访问了以色列。从 1979 年到 1981 年,他担任美国笔会会长。马拉默德一生共出版了八部长篇小说和三个短篇小说集,除上面所提到的外,还有《店员》(*The Assistant*,1957)、《新生活》(*A New Life*,1961)、《费德尔曼的画像》(*Pictures of Fidelman: An Exhibition*,1969)、《房客》(*The Tenants*,1971)、《杜宾的生活》(*Dubin's Lives*,1979)以及他的最后一部小说《上帝的恩赐》(*God's Grace*,1982)。他的三个短篇小说集是:《魔桶》、《白痴优先》(*Idiots First*,1963)以及《伦勃朗的帽子》(*Rembrandt's Hat*,1973)。1986 年 3 月 18 日,马拉默德因心脏病复发,死于纽约曼哈顿的家中,享年 72 岁。

第二节 表现"苦难":隐喻犹太性

一、苦难与救赎

西德尼·里奇曼在他的《伯纳德·马拉默德》一书中曾指出,"常常有一种不安的感觉,[小说的]题材不真的是一个碰巧是犹太人的作家的,而是碰巧是作家的犹太人的。无论如何,人们必须在某种程度上挽救马拉默德的许多名声;人们应该在他的文学关注更为宽泛和对社会的关注更为模棱两可的时候这样做。"①无独有偶,哈罗德·布鲁姆在《伯纳德·马拉默德》批评集的"序言"中也发表了类似的看法。他说:

> 就像他的一些较好批评者总是暗示的那样,马拉默德小说中的犹太性从一开始就是一个谜。马拉默德的眼光是个人的、新颖的,而且几乎完全与最具有特点的或标准的犹太思想与传统无关。至于马拉默德的风格,也是一种奇异(和令人眼花缭乱)的发明。它可以向一些不懂意第绪语的读者散发出意第绪语的气味,但对任何一位从孩提时代就开始说和学习意第绪语的人来说,记忆中的口音特点来自《赫佐格》,而不是《基辅怨》……

> 说过这些之后,我很感不安,因为事实一定更为复杂……或许,在把马拉默德作为一位极其生动的表现主义作家时,他的艺术就会诱使我们对犹太性重下定义,事实上我们一直都在误读他。②

其实,无论是对西德尼·里奇曼,还是对哈罗德·布鲁姆来说,问题的关键是如何来界定"犹太性"这个概念。如果这个概念搞清楚了,他们就不

---

① Sidney Richman, *Bernard Malamud*, New Haven: College & University Press, 1966, p. 19.
② Harold Bloom, *Bernard Malamud*, New York, New Haven, Philadelphia: Chelsea House Publishers, 1986, p. 1.

会为马拉默德的犹太性感到困惑,或者觉得有必要站出来挽救马拉默德的名声了。但是,他们又都没有具体来论述这个令其困惑的关键词——犹太性的内涵与外延,所以,我们只能从其零散的片言只语中得到一些零碎的概念。我在本书的第二章中已探讨过何谓"犹太性",就不在此赘述。纵观马拉默德的文学作品,可以十分肯定地说,马拉默德是一位不折不扣的优秀的美国犹太作家。他作品中的犹太性是十分突出的,正如罗伯特·斯科尔斯所认为的那样,"马拉默德是最好的一位犹太作家,在普及犹太性方面,他比其他作家做得更好。"[①]一般说来,马拉默德的犹太性主要表现在他对犹太宗教和文化的理解上。例如,他对"苦难"以及犹太伦理道德观等问题的认识,都无不深刻地揭示出了他的犹太性。

"苦难"这一创作主题贯穿于马拉默德所有作品的始终。从他的第一部长篇小说《天生的运动员》起,"苦难"和通过"苦难"来救赎自己,就成为马拉默德表达自己"犹太性"的一种独特方式。从历史上看,在西方人的眼里,犹太人总被看成是狡黠、邪恶、神秘等的化身。莎士比亚就曾在他的《威尼斯商人》一剧中,不无偏见地刻画了一个悭吝、狠毒的犹太人物夏洛克。而且,在西方文学史中像这样的例子比比皆是。只是在司各特的《艾凡赫》中,才见到略显公允的犹太人形象。犹太人从被人憎恨、为人所怕和被贬斥为荒唐可笑的文化畸零人到被公开地屠杀和凌辱,这一番经历使犹太人完成了自己"受难者"形象的转化,成为人人关注的焦点。从某种程度上说,犹太人所经历的苦难已经成为"样板",人们关心犹太人的命运,实质上是在关心自己。同时,认真考察和思考犹太人的苦难又启迪人们观照自己。这也是美国公众接受马拉默德及其作品的重要原因之一。从这个意义上来说,表现"苦难"和沉思"苦难",不管是对犹太人和非犹太人来说,都具有重要的现实意义。也正因为如此,在空前浩劫之后而出现的美国犹太文学运动中,表现"苦难"成为当时最为重要的一个主题。

当然,马拉默德以"苦难"为主题进行文学创作,还另有他意。首先,

---

① Robert Scholes, "Portrait of Artist as 'Escape-Goat'" in Joel Salzberg (ed.), *Critical Essays on Bernard Malamud*, Boston: G. K. Hall & Co., 1987, p. 47.

从宗教这个层面上来说,传统的犹太教认为,"受苦"是上帝惠顾犹太人的最好证明,也是犹太人体悟自己犹太人身份的一种独特方式。这也就是说,犹太人作为上帝的"选民"之初,上帝就要其为人类受苦以拯救人类。马拉默德写犹太人受苦,其实是在说明犹太人是在为人类而受苦,是历史的"替罪羊"。马拉默德这样写,实际也就是在宣扬了自己的信仰。其次,马拉默德选择"苦难"作为自己创作的主题,还有其政治上的考虑。在1948年以色列国建立之前,犹太民族自诞生以来,从来就没有自己真正意义上的家园。他们总是以客民的身份寄寓在他种文明之中。历史上的数次大灾变,特别是第二次世界大战的浩劫,深深地震撼了包括移民到美国在内的整个犹太民族。作为客民,他们也许"今天"可以无虞地生活在美国,但是"明天"呢?他们认识到虽不满意其在美国的客民身份,因为这意味着受歧视、受压制,但却又万万不能反抗。因此,犹太人遵循"上帝的旨意",接受这份"苦难",并视"苦难"为一种使命、责任和义务。换言之,接受、忍受"苦难"就成为犹太思想家的一种策略;一种关系到犹太民族规避灾难、得以生存和等待拯救的策略。这一点在马拉默德的小说《基辅怨》中表现得尤为突出。

或许正因为"苦难"对犹太人而言,除了意味着必须忍受不幸以外,还承载着犹太人的责任和希望之重任,所以在马拉默德的作品里,"苦难"被发展为一种道德追求以及建立、完善自我必不可少的一个步骤。具体说,对马拉默德而言,"苦难"不但起着"赎救"的作用,而且还经常激起人们对美好未来的憧憬。因此,马拉默德笔下的主人公们可能是个"傻瓜式"的人物,但他们在生活中却既会不退缩,也不会玩世不恭。相反,他们相信人生的价值和人道主义的胜利。不过,一般说来,他们极少从正面宣扬犹太教义,而是含而不露地把其教义贯彻在日常生活之中。如《店员》中的莫里斯·鲍勃等。当然,马拉默德在作品中也没有把其人物一味地"神圣化",而是也充分考虑到了人性本身对"苦难"的承受能力。如他笔下的人物一般都是实实在在的俗民,而并非像《圣经》中的人物那般崇高。他们"受苦"也并非总是出于自愿,或者说为了什么崇高的使命。如果他们的期盼能得到实现的话,他们一定会要求"现时现报",而不计什么"神圣"、

"崇高"等那些久远的许诺。马拉默德之所以这样写,是因为他认为,追求实实在在的东西本是人类的天性,这并没有什么错误。不过,其深刻之处更在于,他指出了人类的这一天性在现实生活中,经常会遭到贪欲、邪恶等品性的扭曲。

马拉默德正是基于对人性正、反两方面的深刻认识,所以在塑造其人物的时候,格外注重表现人物的内在复杂与矛盾,即几乎每一个主人公在遭受苦难和做出自我牺牲之同时,必定还要遭受到私欲、报复等的驱动。马拉默德的第一部小说《天生的运动员》中的主人公罗依·豪博斯就是这样的一个人物。

《天生的运动员》的原文是"The Natural"。在西方文化语境里,"Natural"一词有两层含义:一、指颇有棒球运动天赋的意思;二、这一词在中世纪另有他意,即指亚当被逐出伊甸园后沦落成"无知的傻瓜"。不过,亚当受到上帝的点化,伊甸园的本性仍然留在其身上。但是,如果他背离了自己的,也就是上帝赋予他的天性,这样的"傻瓜"便很容易落入进世俗的圈套。① 马拉默德在小说中正是利用这一寓意,向读者暗示罗依·豪博斯这一"傻瓜"是如何被美国社会腐蚀、毁掉的。

罗依·豪博斯是一个孤儿,童年时代是在不断变换的孤儿院中长大的。十九岁时,他从偏远的乡村来到芝加哥一家一流棒球队作投球手。在试训中,他打败了球队中最出色的强击手惠莫·万博德。在获得了球队的认可后,他来到一家旅馆等候消息。在旅馆里,他碰见一位名叫哈利埃特·波德的黑衣女人。他经不住诱惑,走进了她的房间。结果被这个神秘的女人开枪击中腹部。她向他开枪的原因是,她厌恶他只想做最好的棒球运动员而别无其他人生理想。十五年后,罗依·豪博斯来到纽约一个名叫"骑士"的棒球队作外场员。由于他的出色表现,球队不但从连续失败的阴影中走了出来,而且整个球队因他而信心百倍,准备夺取世界冠军。然而,有着惊人运动天赋的罗依·豪博斯这时却被一时的胜利冲

---

① Cf. Jeffrey Helterman, *Understanding Bernard Malamud*, Columbia: The University of South Carolina Press, 1985, p. 24.

昏了头脑。自以为有了钱和"本事"就可以随心所欲地享乐。面对真心爱他的艾丽斯·莱蒙,有的只是兽欲,而无真情。艾丽斯告诉他,做一个英雄,首先应该有责任心。但他却对她的忠告置若罔闻——他只对她的容貌和肉体感兴趣。罗依·豪博斯过去遭受了不少苦难,但他并不知道在"苦难"中赎救自己。当艾丽斯试图让他明白"受苦"是可以"带领我们走向幸福"①时,他不仅不以为然,反而抛弃了艾丽斯,投入到了迈莫·帕里斯的阴谋中去。

迈莫·帕里斯是球队经理菲舍的侄女,已故球队外场手邦普·贝里的妻子。她与球队老板班纳法官以及赌注登记经纪人伽斯相互勾结,先是故意让罗依·豪博斯暴饮暴食,吃坏了肚子,不能上场参加比赛;之后又让罗依·豪博斯打假球,故意输掉比赛以赢得赌资。等到罗依·豪博斯大梦初醒,意识到这是场阴谋,并开始奋力挽救球队时,却为时已晚了。罗依·豪博斯因贪色而让球队蒙受羞辱。在小说的结尾,罗依·豪博斯流着悔恨的泪水,独自一人踯躅在街头。

应该说,罗依·豪博斯并不属于那种本质上邪恶的人。由于他屈从于自己的本能和诱惑,不能从十五年前的错误中吸取教训,所以他不断地做出错误的选择。他为荣誉打棒球,而不是为了娱乐;他为"性"找女友,而不是为了爱情。女友艾丽斯告诫他:"经历会使人更好。……痛苦会把我们带向幸福。……它教导我们去追求正当的东西。"②但是他从来都没有真正地理解过这句话的含义。

马拉默德在作品中曾两次描写罗依·豪博斯因过度暴饮而引发腹部疾病,以此来象征罗依为"欲"所伤。在最后的时刻,罗依·豪博斯虽然有所觉悟,但由于他又屈从于另一种卑劣的本能——愤怒和报复,结果又把赎救自己的大好时机白白给糟蹋了。罗依·豪博斯没能从苦难中吸取教训,并学会正确地对待自己和生活,因而,他所经历的痛苦是没有意义的。表面看起来,这个人物的塑造似乎与马拉默德的主张是相矛盾的。其实

---

① Harold Bloom, *Bernard Malamud*, p. 143.
② Bernard Malamud, *The Natural*, New York: Random House, 1961, pp. 135—136.

不然,如此塑造罗依·豪博斯正是马拉默德的策略之计。首先,罗依·豪博斯不是犹太人,因此,他并不懂得受苦的意义;其次,把罗依·豪博斯作为一个反面典型,让读者明白不懂得"苦难"的人,只能得到这样的后果。值得注意的是,自此以后,马拉默德没有再写过以非犹太人为主人公的作品。

二、自我的救赎与救赎他人

马拉默德在他的第二部小说《店员》中,笔锋陡转,笔端醮情地刻画了他心目中当代美国犹太人的典范:莫里斯·鲍勃。

在马拉默德的笔下,莫里斯·鲍勃似乎是个完人。他既能以坚忍的毅力去承担所遭遇的一切苦难,又能以坚定信念,忠实、和善地对待生活。莫里斯·鲍勃这一形象的意义在于,他阐释了马拉默德对有关"犹太性"的解说,即用忍受苦难和善行救赎自己。同时,更为重要的是,马拉默德通过这一人物形象,还意在说明美国犹太人应该如何在非犹太社会中生活;如何用犹太人所特有的坚定的宗教信念在救赎自己的同时,完成对非犹太人的救赎——让非犹太人自愿地皈依犹太教。

在一定程度上说,《店员》是马拉默德根据自己个人的生活经历写成的。小说中的主要人物之一莫里斯·鲍勃像他的父亲一样,也是一位老实、质朴的俄国犹太移民。在移民前,他过着一种贫穷而又恐慌的生活。为了逃避俄国沙皇的征兵只身逃到了美国,自以为从此便"解放"了。然而,等他踏上美国的这片国土,并有了自己的一爿小店后,才深深地感到自己像是"一只在油锅中熬煎的鱼"。[①] 他与妻子伊达每天必须在看上去像一个狭长坑道的阴湿小杂货店里工作 16 个小时,才能勉强地养家糊口。这样的日子一过就是 21 年。终年的劳累,让鲍勃的身体变得十分羸弱,疾病缠身。他死时已经身无分文,家人只能将他埋在昆士岛的无名坟地里。

按照美国的社会价值评判观念,莫里斯·鲍勃无疑是一个失败者。

---

① Bernard Malamud, *The Assistant*, New York: Dell, 1973, p. 99.

他既没有钱,也没有权力,甚至没有一般移民所特有的追求金钱与权力的冲动。他不敢冒任何的风险,整日待在自己的小店里,像是"静止"了一般。在美国这个社会中,他根本无力把握自己的命运。他的身上缺少那种对美国人来说至关重要的品质,即创造未来,甚或掠夺未来的能力。但是,马拉默德并不认为莫里斯是一个失败者。相反,他把其视为一种力量、智慧以及善良的象征,一种道德的高度。

莫里斯生活在美国这样一个锱铢必较的社会里,一心向善,很少计较个人的得失。他坚信"要作犹太人,你所需要就是有一副好心肠"。① 他自己虽然很穷,却总是赊账给那些比他还穷的人。一个时常醉酒的老妇人已经欠下了他许多钱,莫里斯也知道她永远都还不上所欠下的账,但是,当这个妇人的女儿眼含泪水向他讨要一点面包时,他还是慷慨地给了她。尤其难能可贵的是,不论是在与他人打交道还是在生意交往中,他都从不欺骗他人。例如,曾经有一位贫穷的移民跟他商量,想买下他这个快要倒闭的杂货店。他本可以一言不发地就能从中大赚一笔。但是,他没有这样做,而是把真实情况告诉了这位贫穷的移民。虽然要到手的钱跑掉了,可他却从内心感到欣慰。他对一位在他的杂货店里"赎救"自己的伙计弗兰克·阿尔平说:"诚实的人能睡安稳觉,这比偷五分钱重要得多。"②

莫里斯·鲍勃不仅不欺骗他人或占他人的小便宜,就是对他人的忘恩负义也从不计较。例如,以前的合伙人查里·索勃夫曾骗走他四千美元,并用这笔钱成功地开办了一个大型超市。虽然他在这时生意清冷,生活已经入不敷出,但他并没有去向索勃夫讨还原本属于自己的钱。再例如,有一次他在地下室里遭到沃德·莫诺哥和弗兰克·阿尔平的抢劫,头部遭到重击。但他在这样一种痛苦的时刻却没有喊叫出来,只是默默地在心里对自己交上这样的厄运感到恶心。日后莫里斯·鲍勃认出了那天夜晚抢劫他的弗兰克·阿尔平,但是他并没有怨恨对自己施暴的弗兰

---

① Bernard Malamud, *The Assistant*, p. 149.
② *Ibid.*, p. 100.

克·阿尔平。莫里斯·鲍勃的身上似乎有一种能够忍受一切痛苦和宽恕他人恶行的道德力量。其实,莫里斯·鲍勃之所以能够如此从容地忍受灾难和痛苦,就是因为他把忍受眼前的痛苦看成是救赎自己的一个手段。在一个个痛苦和灾难中,莫里斯·鲍勃不仅完成了"赎救"自己的任务,而且还赎救了他人——弗兰克·阿尔平。

弗兰克·阿尔平是《店员》中的另一主要人物。他原来是一个贫穷的意大利移民,由于生活所迫和受社会不良风气的影响而一度成为小偷和抢劫犯。在一次伙同他人的抢劫中,他被莫里斯·鲍勃默默忍受灾难的道德力量所震撼。后来,他回到了鲍勃的身边,给他做店伙计。在这期间,他偷过鲍勃的钱;对他的女儿施暴。但这一切莫里斯·鲍勃都忍受了,这使弗兰克·阿尔平的灵魂受到了极大的震动。莫里斯·鲍勃去世后,可怜的鲍勃太太和女儿海伦无依无靠。她们的那爿小店经历一场火灾后,母女俩既无能力,也无财力重新开张。这时,弗兰克·阿尔平再次回到她们的身边。他不计报酬,夜以继日地为她们操劳。实际上,他就是为"赎救"自己而来的,莫里斯·鲍勃的道德力量,感化了这个曾犯有抢劫、偷盗以及强奸罪的他。换句话说,弗兰克·阿尔平最终皈依犹太教并不仅仅是出于对海伦的爱,而且更是被莫里斯·鲍勃的道德力量所感化。

如果说弗兰克·阿尔平的"受苦"多少带有浪漫主义的色彩,那么,莫里斯·鲍勃的"受苦"则具有重要的现实意义。这里所说的"重要的现实意义"是指莫里斯·鲍勃以自己独特的方式——忍受痛苦和行善,实践着自己的犹太人身份。这对面临着"同化"风潮的犹太移民来说是至关重要的。兴起于20世纪的美国重建派犹太教奠基人摩迪凯·M.开普兰教授认为,该派最主要的目标是"为所有那些想保留犹太人身份的人找到一个确定性的统一基础"。① 目前无从断定马拉默德在50年代写这部小说时,是否了解或信仰"重建派"的宗教主张,但从马拉默德在创作中所做出的努力可以看出,他正在为寻找这种"统一基础"而殚精竭虑。在马拉默

---

① 转引自大卫·鲁达夫斯基:《近现代犹太宗教运动》,山东大学出版社1996年版,第385页。

德看来,世俗的犹太人想保留犹太人身份的确定性的统一基础,就是以坚忍的毅力去承受"苦难"和遵守犹太人的律法。他在小说中对弗兰克·阿尔平曾说过:"重要的是《托拉》。它是律法——犹太人必须信仰律法。"①

另外,马拉默德在阐明"受苦"的现实意义的同时,还指出了"受苦"的"赎救"作用。就"赎救"而言,这里主要指犹太人莫里斯·鲍勃对非犹太人弗兰克·阿尔平式的赎救。对犹太人来说,赎救非犹太人并让其皈依犹太教,无疑是一种具有"伟大战略意义"的尝试。从古罗马帝国建立和清教徒移居美洲大陆以来,基督教社会一直都把"赎救"或"同化"犹太人,即让犹太人皈依基督教作为头等大事。殖民地时期的美国清教牧师科顿·马瑟(Cotton Mather,1663—1728)就曾在《日记》中表示,"赎救"犹太人,哪怕是只赎救一个,并让其皈依基督教是他终生的愿望。② 马拉默德反其道而行之。他站在历史的高度,清醒地认识到:犹太人以客民的身份寄居在他种文明之中已是不易。在人类社会发展史上,犹太人所遭受的多次劫难,已十分清楚地说明了这一点。犹太人要生存下去并得到发展,只凭以忍受痛苦来"赎救"自己、实现自己的犹太人的身份还不够。他们还需要以忍受个人痛苦的方式去"赎救"非犹太人,并借此"赎救"来巩固、扩大或保全自己民族生存的机遇。因此说,马拉默德在作品中精心地塑造和刻画了"赎救"非犹太人的故事并不是偶然的。

《圣经·旧约》中记叙了一位"完全正直,敬畏神,远离恶事"的圣人约伯。耶和华受撒旦的挑拨,为考验约伯对自己的忠诚,于是降祸于他,让他先后遭受了丧失牲畜、土地、家破人亡等灾难。马拉默德笔下的莫里斯·鲍勃所遭受的苦难,尽管与《圣经》中约伯所遭受的苦难不可同日而语,但他们所经历的心路历程却有相似之处:二者都是在诅咒命运的同时,又毅然地接受了命运的安排。所不同的是,《圣经》中约伯的命运是由"上帝"安排的;而莫里斯·鲍勃的命运则是由美国的现实生活所决定的。一无土地、二无资本、三无生产资料的犹太移民,在美国只能靠惨淡经营

---

① Bernard Malamud, *The Assistant*, p. 99.
② Cf. Sol Liptzin: *The Jew in American Literature*, New York: Bloch Publishing Co. 1966, p. 10.

小本生意来聊以度日。然而,发达的资本主义商业,如超级市场、连锁店、多级批发等几近完善的商业经营方式,使做小本生意的犹太移民遭到无情的"挤压",生活苦不堪言。莫里斯·鲍勃所遭受的正是这种痛苦。他苦守着一片小杂货店,先是遭受合伙人的坑骗、歹徒的殴打抢劫;后又身罹重病,遭遇火灾、煤气中毒等,终于因病、惊吓成疾,不治而亡。莫里斯·鲍勃的命运显然不及约伯,约伯在经受考验之后,得到了上帝的加倍奖赏,正应了"神所惩治的人是有福的"[1]那句话。可莫里斯·鲍勃在经历了许多苦难之后,却悄然地死去。

马拉默德这样处理莫里斯·鲍勃的结局,是现实主义创作方法的需要,还是想将宗教世俗化,是不得而知的。但无论如何,我们可以得出这样一个结论,即马拉默德没有囿于传统的宗教观念——只是为获得个人的赎救而受苦,而是颇令人寻味地表现了为赎救他人而不惜"舍身成仁"这一具有现实意义的主题。莫里斯·鲍勃的死唤醒了非犹太人弗兰克·阿尔平的良知,并最终使其皈依犹太教。应该说,在德国纳粹的焚尸炉还尚未完全冷却下来的语境里,写莫里斯·鲍勃的死远比写他受奖赏的意义要深远得多。

马拉默德在《店员》中运用象征主义的手法,独具匠心地描写了他笔下人物的道德经历。如他描写的莫里斯·鲍勃一家的住所。这是一幢带有地下室的二层楼房,这样的楼在当时的纽约城中是随处可见的。显然,这种描写还属于现实主义的描写。但马拉默德在这现实主义描写的基础上,又赋予这描写以象征的意义。如弗兰克·阿尔平在预谋抢劫时,从地下室出现,及至他改过自新后,又堂而皇之地坐在店铺里应对顾客;莫里斯·鲍勃原在店铺里接纳顾客。他受骗子的怂恿,想纵火烧店,捞取保险金。这时,他走进了地下室。马拉默德就是运用"上"与"下"这种合情合理的位置转换,象征性地揭示了这两个人物的道德品质的变化。另外,对圣·方济将弗兰克·阿尔平为海伦所雕刻的木质玫瑰转化成真的玫瑰的描写,也表现出马拉默德对象征主义手法的巧妙运用。

---

[1] 《圣经》,中国基督教协会印发,1989年,第487页。

马拉默德的创作风格还表现在他娴熟地运用"双语",以揭示人物的身份。如在《店员》中,莫里斯·鲍勃在与他的妻子伊达讲话时,完全使用意第绪语;在与他的女儿海伦和弗兰克·阿尔平讲话时,则注意使用标准的地方话。不过,不可避免地时而夹杂着一些意第绪语,等等。马拉默德正是通过莫里斯·鲍勃的所使用的语言,揭示了他的犹太人的身份以及他作为移民客居他种文明中的尴尬。马拉默德虽不像辛格那样坚持用意第绪语进行创作,但他恰如其分地使用"双语",不仅使他的作品洋溢着"犹太"气息,还使他的作品具有生动的现实意义。

第三节 与政治主题相关的小说

一、新的生活:政治、民族与生存

追求"新的生活"是马拉默德"犹太性"的另一个重要组成部分。而这里所谓"新的生活"具有特定的含义:一方面指它是苦难的发祥地,正如莫里斯·鲍勃所说:"你活着,你便受苦";[1]另一方面它又是指犹太人赖以生存的精神动力。因此,马拉默德在其第三部长篇小说《新生活》中延续了"苦难"主题的同时,又试图进一步阐发"新的生活"对犹太人所独具的含义,即既然活着的本身就是一次受苦受难的历程,那么只有积极而真诚,严肃而又不失人性,具有责任心但同时又不囿于传统行为规范的生活,才是道德的、高尚的生活。不过,就马拉默德在作品中所提出的"新的生活"的品质而言,却是不容乐观的。换句话说,由于犹太人的"新的生活"总是被历史的和社会的巨大阴影所笼罩着,即便是在美国,也没有他们的世外桃源。所以,马拉默德提出的追求"新的生活"在转了一圈之后,最终还是归结为忍受苦难,这也是犹太人的一个宿命。

西摩尔·莱文是《新生活》中的主人公,他生活于20世纪50年代。

---

[1] Bernard Malamud, *The Assistant*, p. 150.

此时,美国犹太人还未从第二次世界大战的恐惧中摆脱出来,又不得不面对朝鲜战争、冷战以及麦卡锡主义。没完没了的宣誓效忠,非法调查,罗列黑名单等等,搞得人心惶惶,人人自危。西摩尔·莱文正是在这种社会现实中开始他对新生活的寻求。

西摩尔·莱文是一个贼和自杀者的儿子。他在爱情上失意后,开始酗酒,整日生活在自责之中,并时时想着告别人世。后来有一日,他决定"改邪归正",重新开始生活。于是,他摆脱纽约喧闹的都市生活,只身来到美国西部的一个名叫伊斯切斯特小城的卡斯喀迪大学教书。他把这儿看成是他理想中的伊甸园、美国民主的发祥地以及人文精神的象征。他在到达这所大学的第一个夜晚,仰望夜空,看到明静而又深远的夜空繁星似锦,闻到清新的空气里有一种森林的气息,他深吸一口气,感到全身都因其清新和美好而战栗。[①] 此时的他面对这美好的自然界,真有些不知所措。但莱文那对自然美的田园般遐想,很快便受到当地习俗和道德规范的挑战。作为一个犹太人,莱文要蓄须,但受到学校当局和当地人的反对和干涉;莱文对教学提出改革,要求恢复被学校当局取消的人文课程,也遭到抵制和讥笑。

美国总统杜鲁门在 1947 年 3 月 12 日的国情咨文中,曾阐述了他的臭名昭著的"杜鲁门主义"。随后,名不见传的美国共和党参议员约瑟夫·雷蒙德·麦卡锡(Joseph Raymond McCarthy, 1908—1957)跳了出来,抛出了臭名昭著的麦卡锡主义,煽起全国性反共运动,指控有大批共产党人渗入美国国务院和军队。美国公众舆论被煽动起来反对共产主义,把同情共产主义的人视为"制造麻烦的人"和"极端主义者",因而注定要失去工作。马拉默德在小说中这样写道:

冷战就像即将到来的冰川涌向世界。尽管对美国来说没有多少希望,朝鲜战争的战火在熊熊燃烧。在恐惧与自责中,这个国家变成

[①] Cf. Bernard Malamud, *A New Life*, New York: Farrar, Straus and Company, 1961, p. 22.

了一个间谍和共产主义分子的国家。麦卡锡参议员那满是毛发的手中紧握着所有的人的名字。有传言说,在科学家和原子弹之类的东西之间有更进步可怕的联系。美国可以用最坏的词语——非美国——的最恰当的意思来形容。①

具有革新精神和激进思想的莱文,在这样的社会现实中注定要失败。他到卡斯喀迪大学教书不久就发现"民主处在麻烦之中"。② 他因为同情曾给学生讲授《共产党宣言》而被学校开除的前任教师达菲,结果遭到学校当局的调查;他提出改革教材,增加人文课程内容,他的同事吉雷则明白地告诉他,在这学校教书不过是为了"黄油与面包",③而且在美国"越来越多的文科学校都正在转向职业训练课程",④因此,他要想提出反对取消文科课程,将会惹起众怒和抵抗;他参与系主任的竞选,但直到最后才清醒地认识到,在这个学校里"美国式的恐惧得到了展示……理想和严肃地批评"⑤都已经丧失殆尽,因此,没人对他的设想和抱负感兴趣。不管他怎样的努力,在这样的一种环境中,他所做的一切都是徒劳的。他不仅上了校方的黑名单,而且还被人盯梢,生活失去了自由。

莱文同吉雷的妻子鲍琳的恋情也十分具有讽刺色彩。莱文在结束了与其女友娜达丽的那场没有爱的关系后,又与鲍琳相恋了。那是一个温暖得有些像春天一样的冬季里,莱文到野外的森林里去看鸟的振翅飞翔。结果,他没看到林中的鸟,却见到了美丽的鲍琳。两个人不约而同地投向对方的怀抱。但是,具有讽刺意味的是,他们相爱的时间和地点都是错误的:"温暖的春天"是在冬季里;原以为是野外的森林到头来不过是校园的一部分。也就是说,无论莱文如何努力,他最终还是摆脱不掉束缚他的环境。他与鲍琳的恋爱虽使他一度获得"新生"——使他对自己过去的不良行为有了正确的认识,并在这一认识中"赎救"了自己。但是,他与鲍琳的

---

① Bernard Malamud, *A New Life*, p. 95.
②④ *Ibid.*, p. 29.
③ *Ibid.*, p. 28.
⑤ *Ibid.*, p. 229.

恋情在这种氛围中注定是要失败的。当吉雷发现妻子与莱文的恋情后，一方面在工作上和人事关系方面给莱文施加压力，另一方面，他又用虚伪的道德说教来折磨莱文，并向莱文出示了他偷拍到的妻子鲍琳与其前同事达菲在一起裸泳的照片。最后，莱文在吉雷的胁迫下，不得不接受他提出的条件：离开卡斯喀迪大学并且永远不得在大学里教书。吉雷提出的条件实际上也是一个古典的关于爱与荣誉的矛盾选择。莱文尽管不知道自己还爱不爱鲍琳——至少最初的热恋已经消失，但他还是选择了前者。他在美国西部小城镇的"新生活"，终以他带着两个寄养的孩子、一个他不知道是否还爱着且已怀孕的情人鲍琳、一点钱以及答应吉雷不再到大学教书的承诺而结束。

马拉默德似乎有意这样安排故事的结局，以增加对社会的批判力量。不过，这个结局似乎也是他同现实社会相"妥协"的一个结果。莱文像他的同事达菲一样，都是以"道德问题"为借口而被赶出学校的，而不是因为他们的政治信念。其实在麦卡锡主义横行的年代，无论是达菲，还是莱文，他们的命运都是注定的了。小说中或隐或现的那些麦卡锡主义者们完全可以轻而易举地以政治原因开除他们。但是，马拉默德没有这么写。或许，他是在暗示，在保守、虚伪的美国西部小镇，还没有谁敢跳出来公开宣称自己是麦卡锡主义者。但是，他们在思想上已经与麦卡锡主义挂上钩了：运用一种很巧妙但很虚伪政治策略，不愿冒险以政治的名义来排斥异己，而是以道德的尺度来裁决并驱赶他们所不喜欢的人。马拉默德用这种方法来间接地揭露和批判麦卡锡主义的虚伪本质，可谓匠心独运，其效果可能更好。

1966年，马拉默德发表了他的第四部小说《基辅怨》。这是一部揭露俄国反犹主义罪行的小说，也是一部以寻找"新的生活"为起始点，而最终以忍受苦难为其结局的小说。

在俄国，反犹主义由来已久。1567年沙皇伊凡四世曾颁布禁令，禁止犹太人到俄国做生意，违者处死；1792年，俄国政府又设立"犹太人居住区"，将生活在俄国的犹太人的活动范围加以限制；1881年，俄皇亚历山大三世发布"临时法令",重申禁止犹太人在犹太人居住区以外地区活动或居住的规定,并准许俄国居民把走出"犹太人居住区"的犹太人驱逐出去。1903年至1909年间,俄国政府掀起反犹主义浪潮,由俄国贵族反犹主义者组成的"黑色百人团"挑起事端,大肆袭击和虐杀无辜的犹太人,造成50多名犹太人丧生,数百人受伤,1500多户犹太人家和商店被洗劫。① 1913年9月,一位名叫门德尔·贝里斯的无辜的犹太人在基辅被指控用基督教儿童的血来进行犹太宗教仪式。尽管门德尔·贝里斯在犹太同胞的齐心帮助下被无罪释放了,但俄国的反犹主义者并没有因此受到惩罚或有所收敛。② 马拉默德的《基辅怨》的主要故事情节来自门德尔·贝里斯案。但是,他并没有独立地看待这一事件,而是将这一事件的发生、发展与整个犹太民族的生存相联系,从而使该小说具有深刻的现实意义和深远的历史意义。

小说的主人公雅可夫·博克是一个生活在沙皇俄国的穷苦的犹太人。他的父母双亡,妻子嫌他穷而抛弃了他。他孑然一身,无依无靠,诅咒自己身为犹太人的命运,并企图以"不做犹太人"的方式来摆脱自己的窘境。他离开犹太人的居住区,准备到当时沙皇俄国首都基辅去看看世界,寻找一种新的生活。为了不被发现他是个犹太人,在去往基辅的路上,他丢掉了用于祈祷的围巾和一切能够证明他是犹太人身份的物件。来到基辅后,在一个雪夜里,他偶然救了一个醉酒摔倒在雪地里的基督教徒。这个人恰好是迫害犹太人的组织"黑色百人团"的成员,名叫利比德夫。雅可夫·博克向他隐瞒了自己的犹太身份。利比德夫为报答雅可夫·博克,让他住在自己家里,并安排他为自己家装修房屋。雅可夫·博克从利比德夫那里赚了钱,利比德夫跛脚的女儿吉奈达又勾引了他。有了钱,也有了女人,他自以为自己就是一个基督教徒了。其实,他错了。他生为犹太人,种族的"集体无意识"早已刻骨铭心了。按照犹太人的习俗,男人与在经期的妇女做爱是不洁的。所以,他理所当然地拒绝了吉奈

---

① 参见徐新:《反犹主义解析》,上海三联书店1996年版,第184—191页。
② Cf. Leslie A. Field and Joyce W. Field, *Bernard Malamud and the Critics*, New York: New York University Press, 1971, p. 275.

达在经期做爱的要求。结果遭到了吉奈达的报复。

　　雅可夫·博克受利比德夫的指派,到他的砖瓦厂做监工。其间,一个基督徒的男孩被人虐杀了,身上被人用刀片割了许多刀,因失血过多死亡。杀死男孩的真凶是这个男孩的母亲玛法·格罗夫和她的情夫,是他们俩指使凶手对这个无辜孩子下的毒手。男孩的妈妈玛法·格罗夫由于憎恨犹太人,就反诬犹太人用基督徒的孩子的血做犹太人的献祭面包。当时的沙皇俄国政府正面临对日战争的失败和国内各种矛盾的上升。他们为了转移矛盾,就把雅可夫·博克逮捕下狱,企图以此作为借口来屠杀犹太人。他们的理由很简单:

没有一个犹太人是无罪的,更不用说是各宗教暗杀者了。大家都知道你是犹太卡哈——犹太国际秘密政府的代理人。这个政府和世界犹太复国组织,奥地利海兹联盟和俄国自由党人一起从事地下阴谋活动。我们也有理由相信:你们的头头正在串通英国人,帮助你们推翻俄国的合法政府,让你们成为我们国家和人民的统治者。我们知道你们的目的。我们读过《犹太长老议定书》和《共产党宣言》,完全了解你们的革命动机![1]

　　在狱中,雅可夫·博克起先因担心受到惩罚,便矢口否认自己的犹太身份。然而,他越是拼命地否认自己是犹太人,当局就越是拼命地迫害他。因为在他们看来,只有雅可夫·博克承认自己是犹太人,他们才有借口对其他犹太人进行迫害。但是,事情随后发生了逆转。参加迫害雅可夫·博克的调查官比比可夫被雅可夫·博克的正义和道德的力量所征服。他挺身而出替雅可夫·博克说话,请求当局重审雅可夫·博克的案件。结果遭到沙俄当局的杀害。调查官比比可夫的死使雅可夫·博克受到了鼓舞,也让他看到了胜利的希望。雅可夫·博克的犹太律师朱利

---

[1] Bernard Malamud, *The Fixer*, New York: Farrar, Straus & Giroux, 1966, pp. 202—203.

耶·奥斯托洛夫斯基这样为他分析了当时的形式：

> 尽管我自己也不知道这事到底有多么糟糕，但真实的情况是已经足够糟糕的了。这个案件是很清楚的——从头至尾都是一个恶劣的玩笑——以最坏的方式与政治形势掺和到一起了。你知道，基辅是一个中世纪城市，充满迷信和神秘主义。这个城市从来都是俄国反动的中心。黑色百人团，愿他们死去吧，鼓动那些无知而充满兽行的民众起来反对你。他们对犹太人十分恐惧，快把他们吓死了……我们的兄弟们，无论贫富，能跑得都跑了。那些不能跑的，已经开始哀悼了。他们在空气中嗅到屠杀的气味。
>
> ……你的这个案子与俄国近期历史上所遭受的挫折纠缠到一起了。俄日战争，不用我来告诉你，是一个可怕的灾难，但它带来了1905年的革命。但它毕竟还是要来的。正如马克思所说"战争是历史的火车头。"这对俄国来说是好事，但对犹太人来说就不是好事了。政府像往常一样把他们遇到的麻烦迁怒于犹太人。沙皇做出让步不到一天，就有三百多个地方同时发生了大屠杀。①

在律师朱利耶·奥斯托洛夫斯基的启发下，雅可夫·博克开始慢慢地认识到了沙俄政府的阴谋：事实已经证明了他的犹太身份，在这种情况下，如果他还坚持不承认自己的犹太身份，那就说明他心中有鬼了。沙俄当局就可以以此为借口，对犹太人展开大屠杀，并转移国内的矛盾。而如果他承认了自己的犹太身份，并能证明自己没有罪，那么沙俄政府就没有借口迫害其他的犹太人了。雅可夫·博克最终认识到了问题的严重性——这不只是他个人的冤屈问题，而是牵涉在俄国的所有犹太人的生死存亡。换句话说，雅可夫·博克认识到，犹太人无论在何种情况下，都不能否认自己的历史，一旦否认自己的历史实际上就等于否认了自己的生存权。

---

① Bernard Malamud, *The Fixer*, pp. 278—280.

实际上，马拉默德在这里通过雅可夫·博克的遭遇提出了一种新的道德模式，即个人与民族之间的关系。在他看来，每一个犹太人的命运都与整个犹太民族的命运相关联；每一个犹太人的行为都要对整个犹太民族的生存负责。正如雅可夫·博克所意识到的那样，否认自己的犹太身份其实就是否认了自己的真实存在和历史。犹太人要使自己的民族经得住历史的考验，从灾变中生存下来，每个犹太人必须坚守自己的犹太信仰。一切所作所为都要对整个民族负责，忍受痛苦以换取整个民族的生存。在获得这种认识之后，雅可夫·博克同迫害他的沙俄当局展开了积极的斗争。他以巨大的承受力忍受了狱卒对他的百般凌辱和折磨，击退了沙俄当局对他的利益诱惑和死亡的恐吓，以自己的坚定信念和忍受痛苦的毅力凸显了他作为犹太人不屈服于异族人的凌辱与迫害的民族本性，并且获得最终的胜利。

二、种族问题与政治问题

但是，不应该把马拉默德的《基辅怨》看成是一部对他提出的追求"新的生活"模式的简单的图解，而应该理解为一部有关犹太民族生存的寓意深厚的政治小说。

在《基辅怨》这部小说中，有两点需要引起特别的注意。其一，马拉默德在小说的结尾处写道：雅可夫·博克想"有一件他是懂得了，根本没有与政治无关的人，特别是犹太人。你不可能把政治与人分开，这是很清楚的了。你不能坐着不动，看着自己让人家毁掉。"[1]这句话的含义是非常深刻的，即强调在现实生活中，任何犹太人都必须标明自己的民族身份。这对马拉默德尤其是难能可贵的。在美国，许多犹太作家，如索尔·贝娄、阿瑟·密勒、菲利普·罗斯，包括马拉默德本人等都不愿意承认自己为美国犹太作家，[2]但他能够这样明确地让其笔下的人物，清醒地认识到

---

[1] Bernard Malamud, *The Fixer*, p. 305.
[2] Cf. Louis Harap, *Creative Awaking: The Jewish Presence in Twentieth-Century American Literature 1900—1940s*, New York, Westport, Connecticut and London: Greenwood Press, 1987, p. 3.

自己民族身份与政治之间的关系,且将自己的犹太身份与整个犹太民族的生死存亡相联系,这实际上也间接地表达了马拉默德对自己不承认美国犹太作家身份的内心苦恼与尴尬。

其二,马拉默德在小说中大约有15次之多提及犹太哲学家斯宾诺莎及其哲学思想,主要是关于上帝、历史、"好生活"与自由等。许多西方批评家也注意到这个问题,并就"马拉默德为何选择斯宾诺莎"这一问题展开讨论。① 詹姆士·M. 梅勒德指出:"通过斯宾诺莎,雅可夫·博克被迫抓住最终成为小说主题的东西,即政治与自由的关系。"② S. V. 普拉丹则进一步指出:

> 马拉默德为什么选择斯宾诺莎? 如果梅勒德提出这个问题,他就会明白为什么让斯宾诺莎——而不是马克思——来吸引博克。他在被捕前的意识十分受限,他的社会良心十分呆滞,而不可能喜欢马克思。不过,对斯宾诺莎的极端的误解使他有限的意识把这位17世纪哲学家尊崇为"更好生活"的先知。不过,应该记住的是,斯宾诺莎的政治观点在他被捕前毫无意义。因此,我们可以看到斯宾诺莎在小说中扮演了两种角色。除了在小说的前一部分被博克误解为更好生活(房子、妻子和孩子)的先知外,在小说的后一部分,他也被看作是博克的政治领袖。③

从上面的两段引文中可以看出,两位批评家主要都是对斯宾诺莎在小说中所起到的政治作用展开讨论的,并以此来认定这部小说是一部政治小说。应该说,他们的分析是有一定的道理的,他们将这部小说定性为政治

---

① Cf. James M. Mellard, "Four Versions of Pastoral" in Leslie A. Field and Joyce W. Field, *Bernard Malamud and the Critics*, p. 79; S. V. Pradhan, "Spinoza and Malamud's *The Fixer*" in *Indian Journal of American Studies*, 1976, 5, pp. 37—52.
② James M. Mellard, "Four Versions of Pastoral" in Leslie A. Field and Joyce W. Field, *Bernard Malamud and the Critics*, p. 79.
③ S. V. Pradhan, "Spinoza and Malamud's *The Fixer*" in *Indian Journal of American Studies*, 1976, 5, pp. 38—39.

小说也是准确的。但是,他们没有具体地说这是一部关于什么问题的"政治小说"。也就是说,他们在各自的评论中都同时忽略了下述几个重要的问题:(1)对事件发生起因的认识;(2)对事件解决的主要原因的分析;(3)对斯宾诺莎本人的分析。我认为,只有弄清这三个方面的问题,才能正确认定马拉默德在这部小说中究竟想要说明什么问题,即作品的真正主题。

首先,让我们来回顾一下事件发生的起因。如前所述,雅可夫·博克被指控的罪行是虐杀基督教徒男孩,并用该男孩的血做犹太祭礼仪式上使用的面包。应该说,事件发生的起因在更大程度上是种族问题,而非单纯的政治问题。随着事件的发展,沙俄当局为了转移国内的政治矛盾,别有用心地利用了这一事件。随即也便由种族问题变为政治问题。但是,归根结底,这个事件还是一个种族问题;其次,雅可夫·博克斗争胜利,最终被释放出狱的主要原因有:(1)雅可夫·博克承认了自己的犹太身份;(2)犹太学者、拉比以及有道德良心的俄国学者和个别官员(如调查官比比可夫等)证明犹太教礼仪中,根本就没有用基督教徒男孩的血做犹太祭礼仪式上使用的面包这一规定;(3)俄国国内形势的变化。因此,雅克夫·博克的胜利在更大程度上是犹太人为自己民族生存斗争所取得的胜利。

最后,关于斯宾诺莎的问题,需要从三个方面谈起。第一,斯宾诺莎是17世纪荷兰犹太哲学家。他在主要哲学著作《伦理学》中论述的主要是对上帝、自由、情感等的认识。他虽因观点"激进"而被开除教籍,但他对上帝的认识仍然被许多犹太知识分子,特别是一些世俗犹太知识分子所认同。他在伦理学中绝少有与"政治"相关的论述。因此,更容易被普通的犹太人所理解或接受;第二,雅可夫·博克所以选择斯宾诺莎而没有选择马克思,除S. V.普拉丹的观点外——"在被捕前的意识十分受限,他的社会良心十分呆滞,而不可能喜欢马克思",还有一个十分重要的原因需要引起重视,即尽管斯宾诺莎被开除教籍,但他还是一个犹太人。他被开除的只是他所在教区的教籍,而并没有被剥夺做犹太人的权利。抑或说,他并没有皈依其他宗教。雅可夫·博克在沙俄政府派来的调查官面前,否认自己因为斯宾诺莎是个犹太人才喜欢上他①是可以理解的,因为雅可夫·博克不可能在与政府调查官第一次见面就推心置腹。不过,从雅可夫·博克随后的叙述中可以看出,他对斯宾诺莎的喜欢,其实与斯宾诺莎和他自己本人的身世有着极大的关系:②斯宾诺莎和他都离开了自己的教区,他们虽然有各自不同的原因,但他们都是为了"自由"而离开的。确切地说,前者为了摆脱传统犹太教的束缚,倡导一种"有智慧"的热爱上帝的宗教伦理观,而被保守的犹太教区革除教籍;后者则是因为贫穷和被妻子抛弃而自愿走出犹太教区。但是,在本质上,两者都没有放弃自己的犹太身份和脱离犹太民族的传统。所以说,马拉默德在小说中说雅可夫·博克在读了几页有关斯宾诺莎的书就对他的经历产生共鸣,感觉"好像有股旋风在背后推我……觉得自己好像给魔鬼迷住了"③,也就不足为怪,容易理解了。

马克思的情况有所不同。马克思的祖辈是犹太人,但是,他的父亲在1824年,即在马克思六岁的时候改宗,皈依了路德教。嗣后,马克思并没有像其他犹太儿童一样,接受犹太教育。相反,他完全接受了与犹太教育不同的世俗教育。他成年后因猛烈抨击当时反动的普鲁士政府而被剥夺公民权并被放逐到法国。④ 马克思是一位坚定的共产主义者,他在著作中所探讨的更多的是与阶级、革命、剩余价值等无产阶级革命理论相关的话题。在1913年的俄国,一个"半个无知的人,另一半是半个受教育"⑤的犹太人是否能读懂马克思的著作还是一个疑问。另外,马克思多以德语进行写作,一个普通而又贫穷的犹太人是否有机会接触到马克思的著作则又是另一个疑问。而斯宾诺莎则不同。从17世纪以降,他的名字和学说在众多的东欧犹太人中间已经造成很大影响。⑥ 他的著作多以拉丁文写成出版,后又被译成希伯来文等。因此,与马克思的著作相比,一个普通的犹太人更容易读到和读懂斯宾诺莎的著作。正如雅可夫·博克告诉调查官比比可夫的那样,他是"在附近小镇上一家废品店里找到"《斯宾诺

---

①②③⑤　Bernard Malamud, *The Fixer*, p. 67.
④　Cf. Michael Shapiro, *The Jewish 100*, London: Simon & Schuster, 1997, pp. 30—31.
⑥　Max I. Dimont, *Jews, God and History*, pp. 330—331.

莎选集》这本书的,只"花了一个戈比就买来了"。①

　　第三,马拉默德运用反讽的手法,处理雅可夫·博克与斯宾诺莎之间的关系。其实,在小说的开始,雅可夫·博克对斯宾诺莎的认识就是建立在误解的基础上的。他"买了一本《斯宾诺莎的生活》",就开始考虑是否有可能"从另外一个人的生活中学到什么?"②他效仿斯宾诺莎,走出犹太社区以摆脱"人类的束缚"。但这时他并没有真正理解斯宾诺莎对"人类的束缚"这句话的含义。斯宾诺莎对此的认识是:"人没有能力控制或限制情感,我称之为束缚,因为被情感所控制的人不是自己的主人,而是财富的奴隶。"③在这里,斯宾诺莎一方面强调了理智与情感并重,另一方面也说明,"生活好"不仅仅包括征服或规避情感,而且还包括有爱心和对他人要慷慨。斯宾诺莎说:"根据理性的指导生活的人,要尽可能地追求用爱和慷慨来回报他人对自己的憎恨、愤怒或轻蔑。"④在小说的开篇,雅可夫·博克并没有按照他的精神导师斯宾诺莎的话去做,而是对一切都充满仇恨——仇恨贫穷,仇恨被妻子抛弃,仇恨做犹太人的命运。换句话说,他还没有征服或控制自己的情感。当他的岳父什莫埃尔说他"总是缺乏慈悲"⑤时,他勃然大怒地回答说:"不要跟我谈什么慈悲。"稍后,他又说:"我在这个像坟墓般的地方待了 30 年,所拥有的一切,就是变卖我所有的家产得来的 16 个卢布。请别跟我谈什么慈悲,因为我没有慈悲可发。"⑥他对妻子的态度也表现出他缺乏爱心、慈悲以及慷慨之心。妻子与他生活了多年,与他一起分担了生活中的无数不幸。可他却因妻子没能生育而冷落和鄙视她。他的岳父抱怨说:"尽管你得不到慈悲,你也要对别人发发慈悲。我不是指钱,我是说对我女儿。"而他却回答说:"你女

---

① Bernard Malamud, *The Fixer*, p. 67.
② *Ibid.*, p. 52.
③ Quoted in John Wild (ed.), *Spinoza: Selections*, New York: Charles Scribner's Sons, 1958, p. 282.
④ *Ibid.*, p. 328.
⑤ Bernard Malamud, *The Fixer*, p. 4.
⑥ *Ibid.*, pp. 4, 5.

儿不配。"①

通过以上的对话,可以看出,雅可夫·博克并没有真正理解斯宾诺莎的学说。斯宾诺莎曾明白地指出,"憎恨永远都不是好的……嫉妒、嘲笑、鄙视、愤怒、复仇以及其他与憎恨相联系的,或由此而产生的情感都是邪恶的。"②可他和他的生活却被憎恨所统治着。

马拉默德用反讽的方式表现雅可夫·博克对斯宾诺莎的效仿,还体现在雅可夫·博克与他妻子拉伊索之间的性生活方面。拉伊索与雅可夫·博克结婚多年也没能生育孩子。雅可夫·博克对此大为不满,于是不再理睬妻子并转而迷上斯宾诺莎的著作。他自以为根据斯宾诺莎的学说,完全有理由离开妻子而进行自我教育。其实,斯宾诺莎在他的著作中是这样谈论婚姻的:"就婚姻而言,显然要与理性保持一致,[夫妻]结合的欲望不仅仅是以外在的形式,而且还是以渴望生育儿女并明智地教育儿女;另外,夫妻之间的爱不仅仅是外在的结合,而且主要是心灵的自由释放。"③雅可夫·博克只是简单地读懂了斯宾诺莎表面上的话,即婚姻就要生儿育女,否则,这个婚姻就应该解体。而根本没有读懂斯宾诺莎后面的话,即夫妻的结合是一种爱,一种心灵的自由释放。

从该如何对待危险这一问题上,也能看出雅可夫·博克对斯宾诺莎的误读。斯宾诺莎认为:"规避危险如同战胜危险一样,被视作伟大自由的人的善德。"④然而,雅可夫·博克从一开始就违反了这一信条。他离开犹太人居住区,只身前往反犹分子猖獗的基辅;在狱中,他多次与狱卒或监狱当局冲突,几次险些被迫害致死。不过,随着故事情节的发展,雅可夫·博克在狱中所经受的种种苦难,终于教会他该如何正确地理解斯宾诺莎了。他后来对妻子的宽容态度以及巧妙地与沙俄当局周旋,都说明他已经在苦难中认识到现实生活对犹太人来说意味着什么。雅可夫·博克对斯宾诺莎的理解有助于他思想的成熟,他对残酷现实的认识则直

---

① Bernard Malamud, *The Fixer*, p. 5.
② John Wild (ed.), *Spinoza: Selections*, p. 327.
③ Ibid., p. 358.
④ Ibid., p. 348.

接唤醒了他的民族意识。在这个意义上说,雅可夫·博克对斯宾诺莎的认识和把握就不仅仅具有抽象的意义,而是他作为犹太人心理成长的一个必然过程。在这样一个社会环境中,对一个犹太人来说,追求自由、过上好生活等必然要与政治联系在一起。换句话说,对犹太人而言,所有的种族问题都是与政治问题交织在一起的。诚如马拉默德在小说的结尾时所说的一句话:"根本没有与政治无关的人,特别是犹太人。"① 不过,对犹太人而言,一切政治问题,究其根本还是种族问题。

第四节 复杂、多义的象征喻体

一、创作转向:卑琐与无奈

1969 年,马拉默德出版了他的第五部小说《费德尔曼的画像》。西奥多·索罗塔罗夫(Theodre Solotaroff)曾评价说,这部小说是"对作者以前通过痛苦、爱以及原则来表现自我救赎这样的严肃主题的一种讽刺"。② 从表面上来看,这个评语颇有道理——马拉默德将过去视为神圣的情感或行为在这里不见了,取而代之的是人的卑琐、下流以及无奈。不过,马拉默德没有单纯地写人类的这些低级趣味和生存状态,而是通过描写犹太人所特有的思想和行为方式,来凸显犹太民族的文化底蕴。从他沉甸甸的字里行间透出的卑琐与无奈,其实也就是现代犹太人在异族文化包围中所表现出来的卑琐与无奈。

这部小说由六个部分组成。其中三个部分是先前发表的三个短篇小说:"最后的马希坎人""静物画"以及"裸体画";而另外的三个部分则是新写的。小说主要讲述了主人公阿瑟·费德尔曼如何由一位学习艺术的美国犹太学生,先是成为一位意大利犹太艺术家,再成为一个玻璃吹制品工

---

① Bernard Malamud, *The Fixer*, p. 305.
② Theodore Solotaroff, "Showing us what it means human", *Book Week* 13 October, 1963, p. 12.

匠的故事。小说的六个部分分别讲述了费德尔曼在不同时期、不同地方的艺术追求、日常生活以及精神成长。意大利是一个有着七百多年历史的艺术王国。在这个被奉为艺术圣地的国家,阿瑟·费德尔曼就像一个初见世面的年轻人一样,陷入现代社会深邃莫测、复杂多变的人性潜能与人际关系的陷阱之中而不能自拔。在这里,艺术的追求往往同罪恶、道德腐败相联系。虚假的宗教膜拜和不良的社会风气污染了艺术殿堂。费德尔曼在意大利生活期间,曾到过许多城市,与许多道德败坏的人打过交道。他自己本人也曾一度堕落为伪造者、皮条客以及同性恋者。在与古老的意大利"文明"打交道中,费德尔曼还算是天真。意大利"文明"的丰富性迫使他不断地修正着自己对待人生和艺术的看法。可以说,费德尔曼在意大利的艺术实践过程,也就是他灵魂经受煎熬和斗争的过程。

小说的第一部分"最后的马希坎人"讲述了费德尔曼初到意大利古城罗马时,遇见一个名叫西蒙·萨斯坎德的犹太人。他自称为导游。不过,在费德尔曼看来,他是一个专门利用他人的好心赚便宜的人。他让费德尔曼把自己的一件西装做礼物送给他,费德尔曼没有按他的要求给他西装,而是送一些别的东西作为替代。结果,被萨斯坎德四处跟踪。不久,费德尔曼发现自己写的一章关于意大利文艺复兴时期画家、雕塑家乔托①的书稿不见了。他怀疑书稿是被萨斯坎德偷走,于是就在城里到处寻找萨斯坎德的下落。后来,他来到一座犹太教堂,看到犹太人在悼念二战期间被德国纳粹屠杀的犹太人。他梦见萨斯坎德从坟墓里出来,带领他来到一座有乔托所绘的有关圣·方济②壁画的犹太教堂。这时他方才醒悟到:艺术永远都不会与它所表现的生活相脱离。换句话说,只有懂

---

① 乔托(Qiotto di Bondotie, 1267—1337):意大利文艺复兴初期画家、雕塑家和建筑师,突破中世纪艺术传统,创造了叙事性构图并深入刻画人物心理的绘画风格。主要作品有教堂壁画《圣·方济》等。
② 圣·方济(St. Francis of Assisi),原名叫乔万尼·伯纳多尼(Giovanni Bernardone,? 1181—1226),出生于意大利阿莱西,所以又称为阿西西的方济。1205年,他放弃世俗生活,全身心致力于扶助贫穷和救助病人工作。1208年开始布道,成立方济兄弟会;1209年得到教皇保罗的恩准。1219年,他的教众已达5千余人。1224年,他到欧洲和圣地巴勒斯坦布道,据说,在回意大利的路上,人们发现他身上有耶稣的印记。他在1228年去世后,被罗马教皇格里高理九世封为圣徒。在西方绘画中,他常常被画成和动物与鸟在一起的圣徒。

得自己民族的历史,才能懂得意大利的绘画艺术;只有懂得乔托所绘的内容,才能懂得乔托的艺术旨趣。他从乔托讲述圣·方济把自己的长袍送给穷人的壁画中得到了灵感,把自己的西装也送给了萨斯坎德。萨斯坎德在被找到时,正在焚烧费德尔曼手稿的最后一页。

从故事情节发展的逻辑上来看,费德尔曼与萨斯坎德之间的关系发展似乎有些"唐突"。其一,作为导游的萨斯坎德可能向他的"顾客"费德尔曼索取物品充作小费,但他没有必要在索取未果后,四处跟踪费德尔曼;其二,费德尔曼因寻找萨斯坎德而突入犹太教堂,在看到乔托所绘的有关圣·方济壁画后,突然醒悟到艺术与人生的关系。这种由联想而产生的精神突变,固然可以凸显费德尔曼的犹太性并为下面的情节发展埋下伏笔,但似乎来得有些太突然。萨斯坎德的作用也因此让人感到可疑。不过,也有论者认为,费德尔曼进入犹太教堂,看到自己的同胞哀悼二战中死去的亲人后,开始"明白只有理解他自己民族的历史,才能理解意大利的艺术史;他只有理解他所画的内容,才能理解乔托"。[①] 从理解一幅画像而理解一位画家是有道理的。但是,理解犹太民族历史与理解意大利艺术史之间的关系却不是那么直接。沟通二者所需要的媒介一是圣·方济壁画,二是看到自己的同胞哀悼二战中死去的亲人。圣·方济是善和坚韧的化身(但他是基督教的人),后者则是苦难的载体。马拉默德将这样一些传递不同信息的场景和物品等放在一起,与其说是为费德尔曼的醒悟作铺垫,不如说是为凸显自己的价值取向而张本。

小说的第二部分"静物画"讲述了费德尔曼与一位意大利女画家安娜玛丽亚之间的爱情故事。费德尔曼和安娜玛丽亚合用一间画室后,不久就爱上了她。费德尔曼用姐姐省吃俭用节省下来的钱来讨好她。不过,安娜玛丽亚对费德尔曼却并不感兴趣。一天,备受爱情折磨的费德尔曼画了一幅安娜玛丽亚怀抱婴儿的画,触动了安娜玛丽亚心中"柔软"的地方。于是,她接受了费德尔曼的爱情请求。就在他们准备做爱时,门铃响

---

① Jeffrey Helterman, *Understanding Bernard Malamud*, South Carolina: University of South Carolina Press, 1985, p. 83.

声不断，费德尔曼受此打扰，变得性无能起来。安娜玛丽亚非常生气，把费德尔曼赶了出去并从此疏远了他。后来，费德尔曼忽然得到一个灵感，想为自己做一幅画像。于是，他跑到一个戏剧服装店，买了一件教士穿的黑色法衣，又买了一顶细绒毛的汤盆般的黑色法冠，想象自己是伦勃朗，画了一幅扮作牧师的自画像。女画家安娜玛丽亚见到这幅画像后，跪倒在费德尔曼的面前，忏悔了自己的罪孽。原来她与自己的亲叔叔乱伦，生下的婴儿被她投到河里溺死了。这时，费德尔曼的性力恢复。他戴着牧师的法冠，与安娜玛丽亚终成好事。

　　小说的这一部分保持了前一部分的风格。马拉默德仍然沿用了一些偶然因素来推动情节的发展。在这一部分中，宗教与性形成一对矛盾。宗教仍然是解决危机、推动情节发展的关键。不过，马拉默德在这里模糊了宗教的界限，或者说他有意作此安排，即费德尔曼用来征服安娜玛丽亚的宗教外衣不是犹太教的，而是基督教的。有一个细节值得注意：费德尔曼在与安娜玛丽亚做爱时嫌麻烦，脱去了牧师的外衣，但安娜玛丽亚却坚持要求他戴着那顶汤盆般的黑色法冠做爱。马拉默德在此亦庄亦谐、似是而非的描写，既表现了他的幽默，又让读者无从把握这个让犹太人费德尔曼无从把握的世界。

　　小说的第三部分"裸体画"讲述了费德尔曼在意大利米兰被囚禁在一个旅店里的故事。这个旅店实际上是一个带有黑社会性质的地下窑子。费德尔曼因偷窃一个外国旅客，在被追赶中匆忙躲进了这家旅馆。他进来后，不但护照和偷来的钱都被这家旅店老板没收了，而且还被迫每天伺候嫖客和妓女、打扫卫生、洗刷厕所、陪旅店老板打牌等。稍有不从或异议，便会招来旅店老板的一顿毒打。后来，旅店老板强迫费德尔曼临摹一幅蒂兹亚诺的《入睡的维纳斯》，以便用调包的方式偷出真品。费德尔曼开始时不愿制造赝品，但在旅店老板的逼迫下，开始画了起来。在最初动笔绘画时，他总是找不到感觉，画来画去，怎么也画不像，即便借助给其他女人画裸体像，也激不起他的创作欲望。直到有一次，他梦见姐姐在洗浴自己丰腴的身体，才算是找到了灵感，终于在想象中完成了临摹《入睡的维纳斯》的任务。他被指派和旅店总管前去展览馆调包，匆忙中却又错把自己画的那幅画"偷"了回来。

马拉默德似乎为了实现让费德尔曼先了解生活,然后再理解艺术的设想而有意安排了这一故事情节。应该说,费德尔曼这次"深入生活"是很彻底的。他从一位画家一下子跌落为窃贼、清洁工以及赝品制造者。这种堕落实际上是环境和人性使然,而并非是一种有意的为艺术的献身。结合前一部分和后面的故事情节来看,马拉默德似乎故意让他的主人公历经各种磨难,并在磨难中暴露或展现自己的本性。然后再从这暴露或展现中认识自我,以从中得到赎救。

小说的第四部分是"皮条客的报复"。在这一部分中,费德尔曼的名字变成"F,遭毁坏的佛罗伦萨人"。① 这一部分讲述费德尔曼离开米兰后,来到寒冷的佛罗伦萨。应该说,这一部分是这部小说中写得最为感人、情节最为复杂、含义最为丰富的一个部分,也是最见作者创作功力的一个部分。在这里,人性的美好、情爱的苦涩以及信念的力量都得到了很好的表现。

故事情节是这样展开的。费德尔曼租住在佛罗伦萨城的贫穷地区,他的姐姐在寄给他最后一张支票和一张他与母亲的合影后,就不再资助他了。他只能依靠雕刻和出售圣母玛丽亚像来维持生存。一天,他为了发泄情欲,把一个名叫艾斯梅拉达的年轻妓女领回家。不过,艾斯梅拉达虽然身为妓女,但却有着美好的情愫和道德准则。在两人同居后,艾斯梅拉达不嫌弃费德尔曼的贫穷和轻视,一心一意地照顾他的饮食起居。尽管艾斯梅拉达的前任皮条客时常来骚扰他们,但她依然坚定地跟随着费德尔曼。后来,费德尔曼雕刻的圣母玛丽亚像卖不出去,生活状况变得越来越恶劣。为了维持生计和支持费德尔曼作画,深爱着费德尔曼的艾斯梅拉达挺身而出,让他作自己的皮条客,重操旧业。费德尔曼花费了五年的时间,画了一幅他自认为是杰作的油画。画的内容先后修改过多次,他先是根据姐姐寄来的照片,画母亲与年幼时的自己;之后又改为画他与姐姐;在与艾斯梅拉达生活过后,他又决定将油画的内容改为艾斯梅拉达和

---

① Bernard Malamud, *Pictures of Fidelman: An Exhibition*, New York: Farrar, Straus, and Giroux, 1969, p. 95.

自己。这一更改成功了。艾斯梅拉达在看到自己的画像后,感动地哭了起来。在庆贺大功告成时,艾斯梅拉达的前任皮条客路德维克也来了。出于报复的心理,他说这幅画的色调太暗了,建议费德尔曼给画上增加些柠檬色和红色。费德尔曼半夜里爬起来,按照路德维克的建议对画做了修改。结果,在第二天的天亮后却发现,修改后的油画已变得面目全非了。艾斯梅拉达愤怒地斥责费德尔曼是凶手,并持刀向他冲来。费德尔曼从艾斯梅拉达手中夺过刀,痛苦地刺向自己的腹部。

小说的第五部分"艺术家的画像"是由多个片段"拼成"的。这一部分讲述了费德尔曼没有在失败中退却,仍然执着追求艺术。他把自己看成是伟大的画家、雕塑家、作家,甚至还自视为圣人。据说,意大利著名画家乔托能画出一个完美的圆,费德尔曼因此开始在地上"雕刻"一些方洞,并向前来观看的人收费。他自鸣得意地评价自己的工作:"不过,这创造中的快乐一点不比米开朗琪罗感觉到的少。"① 他为自己作辩护说,他之所以用土来雕塑是因为他买不起石头。他还像以前一样,对他人的乞求无动于衷。一个贫穷的青年人向他乞讨十里拉给家里人买面包,他拒绝了。后来,犹太人萨斯坎德再次出现了。他付给费德尔曼一个金币,看了看地上的那些方洞后,随手把一个苹果核丢进洞里。他对费德尔曼说:"形式,请你原谅我的表达方式,不是艺术的全部。"② 萨斯坎德一语言中了要害,费德尔曼讲究虚夸的形式,背叛了自己最初的艺术追求。在这一部分中,萨斯坎德扮演了导师的角色,教导他应该懂得慈悲和感恩。为费德尔曼操心了一辈子的姐姐在临终前看到了弟弟,也心满意足地撒手人寰了。

在这一部分中,费德尔曼与萨斯坎德之间的关系再次成为故事情节发展的主轴。萨斯坎德的再次出现和他的言行举止依然"唐突",费德尔曼的行为也仍然让人费解。确切地说,这一部分重复了第一部分所没有解决的问题,也复制了第一部分企图解决问题的方法。这种"循环式"的情节安排,一方面表现了马拉默德的"聚焦"所在,或者说,他的价值取向;

---

① Bernard Malamud, *Pictures of Fidelman: An Exhibition*, p. 151.
② *Ibid.*, p. 159.

另一方面也加强了他一直割舍不下的创作主题,即苦难与救赎对犹太人的意义。

在小说的第六部分"威尼斯的玻璃吹制工"中,费德尔曼辗转来到了意大利水城威尼斯。在这里,贫穷的费德尔曼不得不做摆渡工和垃圾清运工。但由于同行的挤兑,他连这个工作也失掉了。"幸亏"这时亚得里亚海冰冷的海水漫过城市的防护大堤,费德尔曼得以干起了背人过路的活儿。一次偶然机会,他结识了一位曾经背过的女士。很快,他就与这位名叫玛格丽塔的女士勾搭成奸。不久,他又与玛格丽塔的丈夫比普"相爱",成为同性恋者。比普是一个玻璃吹制工。在一次去费德尔曼家的拜访中,他强行毁掉了费德尔曼的所有艺术作品。他对费德尔曼说:"你的画永远无法抵偿你为它们付出的一半时间。"①费德尔曼因此倒开始真正依恋起比普了。他放弃在城里广场上兜售鸽食和倒卖谷物的活计,跟随比普学习吹制玻璃品。起初,费德尔曼在学习中将吹制玻璃品与艺术相联系,结果失败了;后来在比普的启发下,他又尝试与性相联系,结果获得了成功。在小说的结尾,玛格丽塔为了能让丈夫回到家庭,乞求费德尔曼离开威尼斯。已经头发灰白的费德尔曼最终回到了美国,成为"玻璃吹制工匠,对无论是男人,还是女人,都充满了爱。"②

这部小说虽然涉及了许多现代主题,如同性恋、同性双体恋、艺术与人生等,也描写了犹太人如何以忍受痛苦来感悟人生。但是,与马拉默德的其他小说相比,这部小说显然缺乏生活的逻辑,因而不那么令人信服。菲利普·罗斯在评价这部小说时说:

> 马拉默德在《费德尔曼的画像》中将矛头指向了自己,而且兴致勃勃地从他自己迷人的神话中休假放松了一下:他把一个生活在意大利这个充满歹徒、窃贼、皮条客、妓女以及一些生活豪放不羁的艺术家的世界里的犹太人想象成一个英雄。这个人不知羞耻,甚至还

---

① Bernard Malamud, *Pictures of Fidelman: An Exhibition*, p. 198.
② *Ibid*., p. 208.

有点男人的魄力,屈尊地在他情妇的丈夫——一个威尼斯的玻璃吹制工——那里找到了爱情……不幸的是,在《费德尔曼的画像》中,自然的抵触和压抑以及由转化所付出的代价的真实感受都化解为浮夸的戏剧性动作,而不是马拉默德在他的《店员》和《基辅怨》中所深深感受到的那种人类奋争的东西。这部长一点小说没能产生一种内在的叙事张力……不是偶然的。①

罗斯所说的这部小说缺乏"内在的叙事张力",实际上指的就是这部小说的情节发展、人物安排等缺乏生活的内在逻辑,如犹太人萨斯坎德与犹太画家费德尔曼之间的关系,以及费德尔曼由一个异性恋者突然间变为同性恋者等。关于后者,凯斯琳·奥克松曾一针见血地指出:"艺术家马拉默德不想让他的主人公[的爱情]降低为只是一种普通的爱情。但是,马拉默德的发明,他突然间采用同性恋作为通向新生活的道路,从文学的层面上来看,似乎很不奏效。"②另外,由于这部长篇是由先后发表的几个短篇小说汇集而成的,从小说的结构上来看,也缺乏有机的联系,如时间衔接、情节发展以及人物出场等。不过,从作品的思想性来看,这部作品又较好地体现了马拉默德所一贯强调的从苦难中感悟生活的主题。

二、莱瑟与斯皮尔敏特:犹太作家与黑人作家的对话

1971年,马拉默德出版了他的第六部小说《房客》(The Tenants, 1971)。美国文学批评界对该小说的评价一直众说不一。大致说来,一般有以下三种观点。其一,伊斯卡·奥尔特(Iska Alter)认为,《房客》是一部有关末世学的小说,讲述了人类在世界末日到来之前所发生的暴力、绝望和文明的堕落。③ 其二,杰弗里·海尔特曼(Jeffery Helterman)、凯斯

---

① Philip Roth, "Imaging Jews" in Philip Roth, *Reading Myself and Others*, New York: Farrar, Straus and Giroux, 1975, p. 237.
② Kathleen G. Ochshorn, *The Heart's Essential Landscape: Bernard Malamud's Hero*, New York: Peter Lang, 1990, 194.
③ Cf. Iska Alter, *The Good Man's Dilemma*, New York: AMS Press, 1981, p. 172.

林·G.奥克肖恩(Kathleen G. Ochschorn)等认为,《房客》是一部关于生活与艺术关系的小说。① 其三,美国文学批评家谢尔顿·J.赫什诺(Sheldon J. Hershinow)认为,"《房客》本质上的象征意义是黑人与白人冲突的寓言。"他接着指出:《房客》"暗示了文明的白人反对野蛮的黑人,爱与恨相对峙,理智与本能相冲突……"②在以上的三种意见中,赫什诺的观点更接近作品的原意。尽管他对黑人存有一定的偏见,但他把《房客》看成是一部反映黑人与白人相冲突的小说却是深中肯綮的,只是他把小说中与黑人冲突的犹太人等同于一般意义上的白人,一则扩大了矛盾的范围,再则也改变了矛盾的性质,这点是应该值得鉴别的。

从历史上看,美国黑人与犹太人之间的关系错综复杂。一般说来,可以简要地概述为三个阶段:团结—斗争—分裂。③ 拉尔夫·埃里森与欧文·豪的那场论争恰好发生在美国黑人与犹太人之间关系处于分裂的历史时期,所以这场论争就并非是一场单纯的文学之争。应该说,论争的背后是有着深刻的历史与文化等社会背景的。作为美国犹太作家,马拉默德选择在这个历史时期写作反映两个民族之争的《房客》——与埃里森和豪的论争遥相呼应,也不能简单地归结为一种历史的偶然。如果我们从美国黑人与犹太人关系的发展史角度来关照、阐释《房客》,就不难发现它实际上是美国犹太人和黑人关系史的一个高度艺术化的缩影。从某种意义上说,《房客》应理解为马拉默德在借小说来表达自己对这场论争以及两个民族关系的认识。

小说《房客》的故事情节并不复杂,它描绘了一位犹太作家与一位黑人作家共同寄居在一座即将拆毁的楼房里,从相互仰慕,到相互憎恨,最

---

① Cf. Jeffrey Helterman, *Understanding Bernard Malamud*, Columbia: University of South Carolina Press, 1985, p. 87; Kathleen G. Ochschorn, *The Heart's Essential Landscape*, New York: Peter Lang, 1990, 197.
② Sheldon J. Hershinow, *Bernard Malamud*, New York: Frederick Ungar Publishing Co., 1980, pp. 92—93.
③ Cf. Alan Helmreich and Paul Marcus, "Time Line of Black-Jewish Relations" in Alan Helmreich and Paul Marcus (eds.) *Blacks and Jews on the Couch*, Westport: Praeger Publisher, 1998, pp. 15—28.

后以相互残杀而告终的故事。在小说中，两人的关系十分复杂和微妙，他们在精神上独立自主、各自写着自己的小说。与此同时，他们因不时发现对方有自己所没有的长处而产生相互依赖的心理，但又因民族文化的差异而导致相互猜疑、妒忌，结果最终无法完成各自的作品。故事的寓意是十分明显的：美国犹太人和黑人应该真诚地学习。如果互为争斗，双方都将两败俱伤。

小说中的主要人物之一是哈里·莱瑟。他是一位小有名气的犹太作家，正在创作一部名为《允诺的结局》——一部关于一位小说家不能完成其作品而进行自我反省的小说。莱瑟花费了九年的时间写该小说。其间，他为了完成这部小说的写作，把自己关在屋子里，断绝了一切的社交生活。但是，由于他反复修改的是小说的形式而非内容，结果改来改去，无论如何也结束不了这部小说。房东莱温斯皮尔为了将租给他的房子出售出去，一直催促、威吓，甚至出大价钱央求莱瑟从这座楼房搬出去。可莱瑟拒不同意。一方面，他认为自己只有待在这里才能完成这部小说；另一方面，他要与后搬进来的黑人作家威里·斯皮尔敏特一争高低。斯皮尔敏特是一位"自学成才"的作家。他似乎在各方面都与莱瑟形成鲜明的对照：他年轻，有活力，喜欢社交；他写的小说不讲究形式，却很有内容。而莱瑟则是人到中年，没有朋友，他的小说只有形式的空壳而无实际的内容。

马拉默德在《房客》中设计这样的两个人物并不是偶然的，而是有所指代的。因为，莱瑟和斯皮尔敏特在故事中的关系发展，恰好与现实中美国犹太人与黑人之间关系的发展脉络，即团结—斗争—分裂的历程相一致。小说中的两人在认识的初期，还是相互赞美、欣赏的。为此，房东还怀疑他们两个人在搞同性恋。莱瑟羡慕斯皮尔敏特写的小说内容丰富；而斯皮尔敏特则对莱瑟的写作技巧感到由衷地佩服。莱瑟甚至还想象自己身处充满犹太意味的非洲部落中，和斯皮尔敏特同时举行婚礼：斯皮尔敏特娶了犹太姑娘艾琳，而他则娶了一位黑人姑娘。这显然与他们分别代表的两个民族在其初期曾互为"团结""联盟"的历史现状相吻合。然而，仅为表达犹太民族、黑人之间相互团结、合作的一面并不是作者的本意，所以马拉默德在小说中又描写了两人的猜疑、警惕与斗争。斯皮尔敏特经常公开地向莱瑟请教有关写作方面的技巧,而莱瑟则时不时地偷看斯皮尔敏特的小说内容。矛盾、冲突悄悄潜伏在羡慕、佩服的背后。但在表面上,他们还亲如兄弟,在写作中遇到困难时彼此同情,并用拥抱的方式安慰对方:

> 那个黑人目光依然有些呆滞,他拍了一下莱瑟的后背。
> "我迷上了艺术,老爹。你和我都陷入真正的困境。"
> 他们像兄弟一样拥抱。①

然而,拥抱归拥抱,但骨子里他们彼此还是存有戒心的,有时甚至相互仇视。就在他们拥抱后的不久,斯皮尔敏特严肃地向莱瑟请教写作上的一些问题,莱瑟小心翼翼地回答反倒激怒了斯皮尔敏特。

> "我试过所有那些没用的东西,"威里不耐烦地说。"莱瑟,"他接着说,努力克制住自己的情绪,"我可以省掉很多忧虑和麻烦,如果你能用眼睛看一看到底有什么错。"
> "你想让我读一读你的手稿?"
> 威里转过他那呆滞的目光,点了点头。"我不知道还有谁出版过两本小说。"
> 哈里不情愿地同意了。"如果你真的要我看,我会的。"
> 还能再说些什么?
> "如果我没要你看,你就不看吗?"那黑人离开房间时向他投去一个憎恨的目光。②

上述引文中的对话形象地揭示了莱瑟和斯皮尔敏特两人的微妙心理:莱瑟小心翼翼地拒绝给斯皮尔敏特以实质性的帮助;斯皮尔敏特则妒忌莱

---

① Bernard Malamud, *The Tenants*, London: Vintage, 1999, p. 45.
② *Ibid.*, p. 48.

瑟已取得的成就并憎恨他瞧不起自己。"如果我没要你看,你就不看吗?"的反问,实际上是作者马拉默德借斯皮尔敏特之口,说出了美国黑人作家对犹太作家的愤懑,更确切地说是拉尔夫·埃里森对欧文·豪不理会他的诘问而感到的愤懑。①《房客》的另一处还写道:"'莱瑟,'比尔焦躁不安并有些恼火地说,'我叫你女人腔的男人捶揭吹牛放屁者。难道这还不能让你给我一个回答?'"②黑人比尔对莱瑟的挑衅与埃里森对豪的挑衅,虽然一个用的是艺术化的表达方式,另一个采用了理论论述的方法,但其性质却是一样的,即比尔、埃里森对对手的不予理睬均表示出抗议,他们强烈要求与犹太作家能平等地对话。

从文化层面上来看,《房客》还表达了马拉默德对犹太人与黑人历史的认识与反思。具体地说,他通过描写犹太作家莱瑟的写作只有形式没有内容,黑人作家斯皮尔敏特的写作只有内容而缺乏形式等情节,反映了如下三个方面的问题。其一,按照犹太人的价值观念判断,美国犹太人经过几代人的"同化",他们追求时髦的"形式",而真实的生活已无实际的"内容"了;其二,马拉默德安排让莱瑟写一部关于一位小说家不能完成其小说创作而进行自我反省的细节是重要的,即在马拉默德看来,作为一个民族,犹太人的反省如果仅是刻意追求"形式"而不重视"内容",那么这种反省终究是无法完成的。其三,美国黑人虽然获得了自由,但他们并没有真正地融入美国社会的主流文化之中。他们生活在社会的底层,长期以来被"白人"所排斥以及由此所产生的疏离,促使他们较为完整地保持着自己的民族特性。因而他们的生活是有"内容"的。但是,马拉默德似乎并不同意欧文·豪所主张的黑人作家应该写"抗议小说"的倡导,他认为

---

① 在这场文学论争中,拉尔夫·埃里森对欧文·豪褒扬赖特,贬抑鲍德温很感不满。起先,他撇开赖特的作品不谈,而专门指出,作为犹太作家的豪并不了解黑人,也不必对美国黑人的创作指手画脚。豪对埃里森的反应表示不解,因此撰文进一步说明自己的评论是限于个人对当代美国黑人文学的评论,而没有他意。他对埃里森则指责未予理会。这一下激怒了埃里森。他责问豪为什么不对他的论点做出反应,并进而愤怒地指出,美国犹太人不应以为自己的肤色和白人一样,就以白人的口吻来教训黑人,犹太人也是移民,而且是后于美国黑人的移民,如是等等。

② Bernard Malamud, *The Tenants*, p. 104.

黑人作家不能只是带着一腔愤恨,简单地图解自己的悲惨遭遇和表达自己的"黑色愤怒"而忽略了创作形式与艺术技巧。因此,在小说中,斯皮尔敏特不满意只是将自己过去的经历堆积而成式的写作,他很想向莱瑟请教写作方面的创作技巧。只不过在想虚心学习的同时他又担心自己将会被这个白人的精神所污染。这一进退两难的细节,很容易让读者联想到在20世纪60年代的美国黑人民权运动中,部分黑人在与犹太人关系上所产生的矛盾心理。

当然,马拉默德并不是简单地用小说文本来图解美国黑人和犹太人之间的关系,而是有其明确的人文立场与判断是非的准则。尽管他本人的身份可算是白人,但他在《房客》中痛心疾首地反省了自己的同胞对待黑人兄弟的不公。如小说中莱瑟应邀到斯皮尔敏特的朋友玛丽家里做客。玛丽是黑人山姆的女友,一个被大家所喜爱的黑人姑娘。可莱瑟在聚会间竟勾引并诱奸了玛丽。事毕后,他回到屋里,几个愤怒的黑人在沉默中瞪视着他。其中一个叫雅科波的黑人打破沉默,用愤恨的语气对莱瑟说道:

"你以为你是个白人,你错了,"雅科波说。"你是真正的黑人。白人才是黑的。黑人才是真正的白人。"

"我想我明白你的意思。"

"不,你不明白。你把我们看错了,也把你自己看错了。如果你看我看得对,你就会把我看成白人,就像我把你看成黑人一样。你以为我是个黑人是因为你的心灵接近这个世界真实的景象。"①

在这紧张的气氛中,斯皮尔敏特也变着花样地谩骂和羞辱莱瑟。事后,斯皮尔敏特向莱瑟解释说,他这样做是为了避免让莱瑟免遭皮肉之苦。这个事件的发生,主要表现了马拉默德对自己同胞的批判态度。斯皮尔敏特邀请莱瑟到他的朋友家里参加聚会,本出于友情的考虑,没想到莱瑟竟

---

① Bernard Malamud, *The Tenants*, p. 101.

做出了这等亵渎和伤害友情的事。如果说马拉默德在他的短篇小说《我喜欢的颜色是黑色》中道出无论犹太人如何努力,但终不能被黑人所接受的问题;那么,他在《房客》中则指出了犹太人在被黑人接受(参加黑人聚会)后,犹太人的行为却是令人厌恶与失望的。由此看来,作为犹太人的马拉默德并没有盲目地袒护或反对某一方,或简单地对论争双方各打五十大板,而是较为客观地分析问题的是非曲直,并指出各自问题的所在。

在《房客》中,斯皮尔敏特与莱瑟为了女友等问题争执不断,看上去似乎是私生活影响了他们的关系。其实,造成这位黑人作家和犹太作家间的紧张关系,乃至相互残杀的真正原因是由于文化冲突而引起的相互竞争—嫉妒。小说里有关竞争—嫉妒的描写,恰到好处地暗示了现实生活中美国黑人和犹太人之间的竞争—嫉妒关系。例如,在现实生活中,第二次世界大战爆发后,犹太人成为社会的焦点。六百万犹太人被杀,引起美国社会的广泛同情。部分黑人因犹太人受到过分的关注,自己却受到冷落而愤愤不平;与犹太人相比,黑人所遭受到的困境并不比他们少,但是,他们近二百年的苦难史迄今少有人问津。特别是有些犹太幸存者,在战后短短数年内即发家致富,而那些祖祖辈辈奋斗不息的黑人仍生活在社会最底层的窘状,更使他们深感不快。

马拉默德在《房客》中借斯皮尔敏特与莱瑟之间的关系,巧妙地暗喻了犹太人与黑人的这段历史"过节"。斯皮尔敏特为了在写作上赶上莱瑟,拒绝与女友艾琳·贝尔(一位犹太姑娘)幽会。莱瑟因"赞美"斯皮尔敏特而"接手"了其女友艾琳。但是,他们两人因在潜意识中相互"竞争"的缘故,所以又都把写作放在首位,而弃艾琳的感情于不顾。莱瑟希望斯皮尔敏特获得成功,但其前提须在他成名之后。而斯皮尔敏特则想尽快地超过莱瑟。他们似乎陷入了一种历史的怪圈,即被各自的民族所遭遇到的苦难所蒙蔽,而导致不能正确地认识自我与他人,只凭想象中的历史场景来对待自己和对方。这意味着他们之间的明争暗斗必将明朗、公开化。果然,莱瑟要赶斯皮尔敏特搬出这座楼房,他把自己无法完成的小说归罪于斯皮尔敏特;而斯皮尔敏特却无论如何也不愿搬出这座楼房,并指责莱瑟不是这所房子的主人,没有权利让他搬走。争执的结果,斯皮尔敏特放火烧了莱瑟的书稿,莱瑟则用斧头砸毁了斯皮尔敏特的打字机。最后,一个手拿斧头,一个手持利刃,展开了生死搏斗。

"吸血鬼犹太黑人憎恶者。"
"反犹的猴子。"
他们两人的铁骑在隐秘的光亮中一闪。或许是因星光透过密密的树丛,威里的眼镜框蓦地一闪。他们相互对准,狠狠一击。莱瑟感到他那柄有缺口的斧头深深地陷进威里的脑袋,与此同时,威里在呻吟中也将剃须刀般锋利的长刀砍入那白人的下腹,深及下肢。①

两人在搏斗中,终于相互残杀身亡。

小说到这里似乎结束了,马拉默德要说的话也都说完了。但实事并非如此,这段引文虽然放在作品的尾部,但却并非是小说的真正结尾,而仅是小说故事的结局。对小说《房客》的结尾,历来有不同的看法。就我有限的阅读所知,大致有两种不同的解析方法。例如,美国著名学者、作家辛西娅·奥兹克认为,小说的结局即是小说的结尾。② 亦是说,她认为《房客》表达了黑人与犹太人势不两立的主题。另一种观点则是以以色列学者埃米莉·米勒·巴迪克(Emily Miller Budick)为代表,她认为小说中相互残杀的结尾,并不是小说的真正结尾。真正的结尾应该是暗含在小说中,即她认为马拉默德欲表达一种黑人与犹太人应该结成联盟的思想,其依据是莱瑟曾在想象中与一位黑人姑娘结婚,而威里则与一位犹太姑娘艾琳结了婚。③

究竟该如何理解《房客》的结尾,对理解与把握马拉默德的思想是至关重要的。严格说来,以上两位学者的观点都有所偏颇。前者强调了黑人与犹太人间斗争的悲剧性结局,忽视了作者通过小说情节所表达出来的欲说还休的潜台词;而后者则将在现实中不断争斗的两个民族,盲目乐

---

① Bernard Malamud, *The Tenants*, p. 173.
② Cf. Emily Miller Budick, *Blacks and Jew in Literary*, p. 11.
③ *Ibid.*, pp. 11—13.

观地阐释成一个皆大欢喜的结局。我认为,为了正确地理解马拉默德在《房客》中的思想立场,应该把小说的故事结局和小说本身的结尾区分开来。因为前者(故事的结局)表明了事件的结局,后者(小说本身的结尾)则表达了作者的态度。结合着马拉默德的其他作品来看,用寓言般的结尾来警示人们是他创作中的一贯风格。正如在前文中所述,马拉默德是按照现实中黑人与犹太人关系的发展脉络来描写小说中犹太人莱瑟和黑人威里之间关系的:他们从相互"爱慕"到相互憎恨,再到相互"残杀"。因此,"相互残杀"应该是故事的结局,而非小说的结尾。

按照马拉默德的写作习惯,在相互"残杀"之外,应该还有另外的一层意思,即结尾外还暗含一个结尾。"作者想,他们每一个人都感到了对方极度的痛苦。""发发慈悲吧,你们俩,看在上帝的份上,莱温斯皮尔喊道。发发慈悲吧……"①小说结束前的这几句不被读者注意的话,其实才是《房客》的真正结尾。面对莱瑟与威里的相互残杀,马拉默德并没有直接做出道德评判,而是借房东莱温斯皮尔之口喊出了"发发慈悲吧"。"发发慈悲吧",在小说尾部连续被重复了 113 次,并且独立成段,其间没有任何的标点符号。这表明马拉默德非常重视这一段话,在《房客》中具有象征的意义:马拉默德面对美国黑人与犹太人长期以来由于历史、种族等原因所形成的民族仇视、对立心理,没有简单地开出是让他们团结合作或者分裂对抗的药方,而是祈求他们看在上帝的份上,彼此理解与宽容吧。

第五节　创作上的清算与总结

一、杜宾:一个逾越犹太道德的人物

严格说来,除了马拉默德的最后一部长篇小说《上帝的恩赐》之外,他一生中创作的其余七部长篇小说,无论是在风格、创作主题上,还是在人

---

① Emily Miller Budick, *Blacks and Jew in Literary Conversation*, pp. 173—174.

物刻画、背景描述方面,都有着广泛的一致性。他笔下的人物,从罗依·豪博斯(《天生的运动员》)到哈里·莱瑟(《房客》),再到威廉·杜宾(《杜宾的生活》),几乎所有的人物无不是为求得一种道德平衡的生存而在这个凡俗、错综的世界里挣扎。就此而言,马拉默德的《杜宾的生活》在一定程度上可以说是对其前期创作的清算和总结。

马拉默德在前期创作中,主要提出了如下几个方面的问题,即坚持犹太性问题,苦难与救赎的问题,道德与责任以及爱与性的问题等。后二者与前者是紧密相关的。在坚持犹太性问题上,马拉默德认为,美国犹太移民不管在何种境遇下,都不应放弃自己的犹太身份,而是应通过做好事和忍受痛苦、磨难来实践自己的犹太身份,并最终完成赎救自己和赎救他人的责任。马拉默德在《店员》《基辅怨》等小说中,曾借助于艺术形象生动而详细地阐述过这个问题。

马拉默德在《杜宾的生活》中处理了所有上述三个方面的问题。他为作品选取的社会背景与前期作品相比没有太大的变化。作品中的矛盾冲突似乎依然是围绕着一个古老的话题,即爱与性来展开的。表面看来,作者似乎在探讨性冲动的混乱与性激情的创造间的矛盾,以及性压抑与性与自我剥离之间的互动关系等。然而,等拨开构架作品主要情节的枝蔓后,便会惊讶地发现,马拉默德实际上是在探讨另一个更为严肃而又深刻的问题——犹太人与美国社会的"同化"问题。

不过,在正式探讨"同化"问题之前,马拉默德在小说中先论述了"人"与"犹太人"的关系。杜宾的父母是美国犹太移民。"他的父亲,一生都在等待着生活赶上自己。他死时仍然在等待。他等死了。"[①]他的母亲在另一个九岁的儿子死后不久,就得了精神病。她喝下半瓶清洁剂自杀,幸被儿子杜宾放学后发现救活。但她从此再也没有振作起来,"她40岁时死于胸膜炎和心身的极度痛苦"。[②] 杜宾在目睹了父母的生活遭遇后,试想过一种"新生活"。他不拘泥于犹太传统,勇敢地去面对他所生存的美国

---

① 伯纳德·马拉默德:《杜宾的生活》,陈茂新、吴大受译,中国文联出版公司1992年版,第83页。

② 同上书,第86页。

社会。他首先考虑的是如何"是"一个"人",其次才是如何成为一个"犹太人"。马拉默德所写的下述文字是颇为耐人寻味的。

> 威廉遇到基蒂之后,他告诉了父亲她的情况。老人凄惨地说,你为什么要娶一个带有非犹太人儿子的非犹太人寡妇?那孩子有一天会诅咒你。她和你在一起不会感到舒服。
> 杜宾说他要试试运气。
> 威廉,那个侍者激动地说,你知道我们是怎么从希特勒手下过来的。不要娶一个会把你从犹太人那里带走的人。
> 他给他父亲写了一封信。亲爱的爸爸,一个人如果不是一个人,那怎么能成为一个犹太人?如果他放弃他想娶的女人,那他怎么是一个人?
> 他父亲把他的信放在裤兜里,查理死时威廉发现了那封信。他尽力想把他埋葬在靠近他妻子的地方,但那里没有空地,因而他们躺在不同的墓地里。①

这段引文至少说明了这样几个问题:首先,在上一代美国移民看来,犹太人应保持自己的独立和完整。他们十分珍惜从希特勒手下逃脱出来的生命。因此,他们不主张与非犹太人通婚。因为,他们认为,与代表主流社会的非犹太人的通婚就意味着被主流社会所同化,自己民族的特性,乃至民族本身就会消亡。而这是老一代犹太移民所不愿看到的。但是,马拉默德又写道,杜宾的父亲死后不能与他的妻子同葬在一起,象征着他所坚守的所谓民族的完整性在当今社会,无论是在他生前还是在死后都是无法实现的。其次,马拉默德对一般意义上的"人"与具有个别意义的"犹太人"之间关系的看法有两层含义:(1)马拉默德借主人公之口,对"犹太人"与"人"的关系进行了探讨。主人公杜宾主张只有自己首先"是"一个人,即享有做人的一切权利和满足作为人的一切需求时,然后才能谈如何

---

① 伯纳德·马拉默德:《杜宾的生活》,陈茂新、吴大受译,第86—87页。

去做一个犹太人。换句话说,他认为不应该用犹太传统观念去束缚和压抑自己,而应充分享用生活。这一认识不是没有道理的,但是现实生活的实际是,所有的人都是有其阶层和民族归属的。从这个意义上来说,所有的人又都不是抽象的"人",而应是具体的"人"。马拉默德作品中所有的犹太人的生活经历,包括杜宾的生活经历都充分证明了这一点。(2)马拉默德笔下的"具体的"犹太人的生活又是怎样的呢?马拉默德借写杜宾教育他的女儿莫德时,对"具体的"犹太人的生活做了概括性的描述。他对莫德说:"你总是说你像是个犹太人。犹太人便是在世间生活着。不要回避痛苦、屈辱、恐惧、挫折。不要幻想以为有什么永恒的平静。生活、现实的世界绝非永恒的平静。"①由此知道,马拉默德心目中的犹太人的生活永远是与"痛苦、屈辱、恐惧、挫折"等联系在一起的。而且,只要你在世间生活着,就无法摆脱它们,不能幻想永恒的平静。据此,杜宾年轻时写给父亲的信中话——"一个人如果不是一个人,那怎么能成为一个犹太人?"——我们又可以做这样的理解:一个人首先需要面对绝非永恒平静的现实生活,要去经历痛苦、屈辱、恐惧和挫折。只有完成了这样一个经历的人,才始为一个人。也只有这样的人,才有可能成为一个真正的犹太人。

马拉默德通过对人物的刻画来表现犹太人与美国社会"同化"的主题。不过,如果细心阅读可能会惊讶地发现,马拉默德明里写犹太人被美国社会所同化,而暗里却悄悄讲述着一个美国人被犹太人所同化的故事,即最终使犹太人的思想意识变成美国文化的主流意识。这与他在《店员》中所表现的有关同化的主题是相一致的。

《杜宾的生活》中的主人公杜宾是一个犹太人,而他的妻子基蒂则是一个非犹太人——一个前圣公会教徒。但从马拉默德的描述中,无论如何也看不出她作为一个非犹太人的痕迹。恰恰相反,马拉默德对基蒂的描述使人们更多地想起了《店员》中的犹太人莫里斯·鲍勃。马拉默德描写犹太人物的典型手法就是写他们对死亡的敏感。莫里斯·鲍勃总是担

---

① 伯纳德·马拉默德:《杜宾的生活》,陈茂新、吴大受译,第357页。

心煤气泄漏,所以他每天总是要嗅上几次,以防不测。基蒂也是如此。她虽然意识到自己的神经质,并且几次下决心不再去嗅了,但她还是改不掉这个习惯。马拉默德这样写是具有象征意义的,即喻指第二次世界大战中,犹太人被德国纳粹分子焚烧的惨剧:炙烤焚烧犹太人的烟雾仍未散尽,幸存下来的犹太人仍然能嗅到炙烤焚烧犹太人时的烟味。甚至这种烟味已经滋进他们的意识之中,成为指导他们日常活动的主体意识。他们时刻警惕着,时刻准备"嗅"出危险和威胁。马拉默德在《店员》中写犹太人莫里斯·鲍勃有此"怪癖"是可以理解的,因为他是个犹太人。但在《杜宾的生活》中写非犹太人基蒂也有此"怪癖"就值得令人深思了。马拉默德是在暗指基蒂与犹太人杜宾的婚姻意味着她被"犹太化"了呢,还是借此重申他的"人人都是犹太人"这一观点呢?

婚姻是马拉默德在《杜宾的生活》中借以阐发犹太人与美国社会同化这一创作主题的一个重要切入点。在马拉默德早期的作品中,犹太人的婚姻常被表现为一种道德的结合,一种理想的延续生命的方式和负责任的爱的表现形式。如他在《店员》中写莫里斯·鲍勃与妻子的婚姻以及弗兰克·阿尔平与海伦的最终结合等,都属此类。莫里斯·鲍勃与妻子结婚后,共同为生计操劳,从不相互抱怨。他们为了这个家,克勤克俭,风雨同舟,共同奉献着自己的生命。弗兰克·阿尔平为了对海伦的爱,不仅痛改前非,拼命地工作,而且还遵从犹太教的习俗,行了割礼。然而,马拉默德在《杜宾的生活》中却将婚姻表现为一种暧昧的"制度"。而且,这是一种与犹太道德观念相违背的纯美国式的"制度"。进入20世纪以来,各种各样的思潮、理论和学说纷纷涌进美国。这对过去生活在"隔都"里的犹太人来说,无疑是一种巨大的冲击。作品中的男主人公杜宾生活在这样一个知识、信息开放的时代,一定会受到其影响。影响所带来的最显著结果就是与非犹太人通婚。这实际上意味着杜宾的思维和行为方式在某种程度上都美国化了,即他已被美国社会所同化。事实也是如此,杜宾对爱与性的理解明显地与莫里斯·鲍勃等人拉开了距离。

杜宾与基蒂的婚姻不是建立在爱的基础上的,而是出于各自寻找爱和"稳定"的需要。说白了,他们之间的婚姻是一种安排好的婚姻。双方对这种婚姻都心知肚明,但又都不便说破。于是,双方都非常的恼火。基蒂是一个什么事都要弄清楚的人,她"消息灵通,对公共事务判断正确。她为事情准确定义……她好分析、多猜疑——杜宾随便接受或阐述不准确时,她总要提问。她憎恨含糊其辞、矫饰虚伪、愚昧无知。她赞美明快思维"。① 对基蒂来说,思想复杂的自由主义者、偶像以及想象中的东西都是些虚幻、扰乱人心、不具有真理性的东西。她"捍卫真实的东西,……规定、描绘、计量和衡量思想、问题以及经验的真实性。她指出不精确的东西,犹如在揭露一个假象——一个魔鬼——的真面目,似乎不时地成为隐喻的永恒之敌……为了她,杜宾学会精确计算,准确告之时间,近乎正确地回忆一个数字。如果他无意中说出——如果他说,今天我见到一位八尺高的水手,她会神经质地反驳:我从未见过这样的人——好像她的声明除去了一个即将存在的威胁。她不时地对他们的关系的本质给予定义,仍然后悔——婚后五年、十年或更多年之后——他们刚结婚时她并没有爱上他——并不真正地相爱"。② 性格上的差异,使他们结婚多年后仍不能互相理解与体谅。

尽管在外人看来,他们的婚姻生活还是和谐、幸福的,基蒂在感情上并"不是那种得过且过的人",③但是杜宾知道,他爱基蒂和这个婚姻,可这种爱不是出自情感,而是遵循了理智和意志。因此,他平时总是对年老、死亡、阳痿等字眼产生莫名其妙的恐惧感。对杜宾来说,婚姻是必要的,或者说是必不可少的一道保护墙,有时他用其来阻挡和减少那些不必要的应酬,但与此同时他又认为,婚姻又是束缚、限制甚至压抑人性的枷锁。马拉默德在谈及他们的婚姻时,这样写道:

……从这种意义上讲,这是一个安排好的婚姻:他们安排了这件婚事——他想逃避公寓生活,单调重复的经历、厌倦无趣;他 31 岁时仍然两手空空,毫无建树,是一个自我批判、无职业可效忠的布朗

---

① 伯纳德·马拉默德:《杜宾的生活》,陈茂新、吴大受译,第 121 页。
② 同上书,第 127—128 页。
③ 同上书,第 301 页。

克斯犹太人。她是一个苦恼的、孤独的前圣公会教徒,曾是一个医生的妻子,希望找一个丈夫和孩子的保护人。①

面对这样一场不是以"爱"为基础的婚姻,基蒂的发泄方式是不断地抱怨;而杜宾则干脆移情别恋。他与范妮·毕克所演绎出的爱情故事,恰好印证了他所经历的"同化"与"反同化"的过程。

范妮是一位热情的美国姑娘,她到杜宾家做清洁工。两人虽在年龄上相差悬殊,但并不妨碍这位美国姑娘对作家杜宾的"好感"。面对年轻姑娘咄咄逼人的"进攻",杜宾这时有点"叶公好龙"了,即对传统的犹太戒律还是有所顾忌的。然而,当他对范妮的爱,表示"无论如何我也不能接受"②后,随即陷入了孤独、困境,甚至痛苦之中:

那座房子,一旦他进入里面——他曾在门前犹豫不决——显得令人吃惊地空荡。杜宾步履蹒跚地走进屋内,心里充满了惆怅落寞之感,犹如酸性物质在侵蚀着骨头。真是荒唐,他想。传记作家站在楼梯下面战栗着,他努力思考着,想弄明白是什么东西在影响着他,习惯上他愿意一人独处。当他的生活和基蒂连在一起时,离家外出或偶尔单独一人留在家时,他难得有这种情绪。他现在感受到的远胜于孤单一人的忧郁感,也许是对过去那种感情的记忆;这似乎是一种比过去任何时候都更明显的对一个人彻头彻尾的孤独之感的自发的、几乎是被玷污了的意识:自我的分离、关闭的自我觉悟的主观性。杜宾就像过去那样总在给这种感觉下定义:死亡坚持在生活、历史、生命中存在。如果是这样,则毫不新奇,那为什么在此时又一次出现呢?③

应该说,这不是简单的"爱"与"不爱"的折磨,而是更新一轮的"同化"

---

① 伯纳德·马拉默德:《杜宾的生活》,陈茂新、吴大受译,第110页。
② 同上书,第47页。
③ 同上书,第49页。

在杜宾内心引起的波澜。范妮是美国年轻一代的爱情价值观的代表者,她崇尚"性自由"。为了满足自己的"性"需求,经常与已婚男子同居,究竟到底与多少个这样的男人同居过,她都"从未数过。"①她年轻、貌美、性感,这给杜宾无论是在视觉还是肉体上都带来了冲击,特别是范妮对性的坦然态度,更使杜宾既茫然惆怅,又踌躇满志,并终于下定决心,"在不太老之前经历一下。"②于是,他带范妮出游意大利,这实际意味着他这时已被范妮所"同化"。他们在意大利游览名胜古迹,寻访民俗民情。杜宾对范妮可谓尽心尽力,当她肠胃不适时,他关爱备至。但是,就在他把范妮一人留在宾馆休息时,范妮竟趁机与在游艇上偶尔相识的一个小伙子做爱。从外面回来的杜宾试图用自己的道德观指责范妮:"你为什么如此快、如此轻易地贬低我们?"③范妮的反应是:"别以为你把我带到这个骗子的城市来就拥有了我……我这样做因为我替他感到难过。因为他年轻……并且我喜欢他的屁股。而且因为你不值得享用我。"④进而,她还宣称:"我和你一样有道德。"⑤显然,两人的争吵源于对爱的不同理解。杜宾要求的是"忠诚",而范妮考虑的是"实用"。或者说,前者追求的更多的是一种爱的浪漫和感觉,而后者注重的更多的是一种性的享受和满足。问题是,范妮并不认为自己的所为有什么错误。所以,她在事发后可以若无其事、心安理得地睡去,而留下辗转反侧的杜宾与自己计较着"心中极度痛苦时弄她对我能有什么好处?"⑥

事实上,他们的分歧与冲突是两代人、两种文化所致。杜宾对范妮的"爱"带有传统的功利色彩,做什么或不做什么首先考虑的因素是有没有好处。即他试图通过范妮来达到"感情、美丽"的目的,而范妮不过是只图一时的快活和"享用我所得到的东西"⑦而已。不过,在小说的后来发展中,作者笔锋陡转,范妮在杜宾的教育下,终于幡然醒悟到自己不应该这样做。即这种转变意味着范妮又被杜宾所"同化"了。马拉默德在小说中

---

① 伯纳德·马拉默德:《杜宾的生活》,陈茂新、吴大受译,第72页。
② 同上书,第69页。
③④⑥ 同上书,第103页。
⑤⑦ 同上书,第104页。

借这两位人物间的"同化"与"被同化"的切换,意在说明在现代社会中,任何形式的同化,只要其民族还以民族的形式存在就不可能是彻底的。马拉默德在《杜宾的生活》中似乎已不再坚持他的"犹太化",而是陷入一种不知所终的困境。

二、科恩:一个诘问上帝的犹太人

1982年,马拉默德出版了他的最后一部长篇小说《上帝的恩赐》。这部小说出版后,引起批评界的广泛重视。对这部带有总结性的小说,批评者可谓仁者见仁,智者见智。艾伦·莱尔查克认为:"《上帝的恩赐》试图成为道德荒野里一声吼叫,一声向上帝[创造]的部分野兽和人类的吼叫,这个抱负或许不属于文学王国……如果宗教与预言的劝阻与文学的目的相矛盾,那么,这个努力就要付出代价。重写《圣经》不是件容易的事。"①约翰·厄普代克则认为:"作为一部关于宇宙的寓言小说,《上帝的恩赐》——一部委婉重述诺亚的耻辱和最后恐怖的喜剧性随笔——写得一片混乱,其原因在于它的慈悲。"②约瑟夫·爱泼斯坦对这部小说的出版更是不满。他说:"一旦让那些黑猩猩开口说话,《上帝的恩赐》就具有某种情节喜剧的品质,另加有象征主义的东西。"③凯斯林·G. 奥克肖恩也指出:"尽管多数批评家注意到《上帝的恩赐》与马拉默德的其他小说和主人公有类似之处,但他们还是对小说中浓郁的寓言和说教品质所困惑。"④

马拉默德在接受海伦·本尼迪克特(Helen Benedict)的采访时曾谈到过这部小说。第二次世界大战结束前,美国向日本领土投掷了原子弹,对此,马拉默德深感恐惧。他说:"像许多人一样,我现在也有一种毁灭的

---

① Alan Lelchuk, "Malamud's Dark Fable", Rev. of *God's Grace* by Bernard Malamud. *New York Times Book Review* 29 Aug. 1982, p. 15.
② John Updike, "Cohn's Doom", Rev. of *God's Grace* by Bernard Malamud. *New Yorker* 8 Nov. 1982, p. 170.
③ Joseph Epstein, "Malamud in Decline", *Commentary* 74.4, Oct. 1982, p. 53.
④ Kathleen G. Ochshorn, *The Heart's Essential Landscape: Bernard Malamud's Hero*, New York: Peter Lang, 1990, p. 282.

感觉——它非常令人恐惧。我认为作家有责任发出警告,因为沉默不能增加理解或激发慈悲。"① 就此来说,马拉默德是出自作家的社会良心和责任感,写出了这部振聋发聩的预言人类未来的启示录式的寓言小说。不过,他虽以一个作家的名义向世人发出庄严警告:自相残杀将会导致人类的最终毁灭。但就这部小说所蕴含的思想内容而言,反映更多的还是马拉默德的犹太世界观和犹太伦理道德观。

《上帝的恩赐》由六个部分组成,分别是"洪水""科恩岛""校树""丛林中的处女""预言家的声音"以及"上帝的慈悲"。马拉默德在小说中主要讲述了人类在一场热核战争的相互残杀中最终遭到毁灭的故事。战争爆发时,小说主人公古生物学家犹太人加尔文·科恩正在海底进行科学考察和试验。他的同事闻知热核弹的爆炸,撇下科恩,纷纷自顾逃命,结果无一人生还。由于上帝的一个"微小的错误",② 科恩成为人类唯一的幸存者。他与六只黑猩猩、一只大猩猩、六七只狒狒以及一只白猿"逃避了这场灾难",③ 在一个小荒岛上生存了下来。科恩向这些岛上"居民"讲授人类文明知识,并用犹太伦理道德观念来规范和约束其行为。可好景不长,黑猩猩们谋反,不仅屠杀了无辜的狒狒,而且还把养育它们的科恩残酷地送上了祭坛。

这部小说可以从几个不同的关系层面上来阅读与阐释。然而,无论如何不能说这只是一部简单地描写人与动物之间关系的小说。应该说,这是一部具有深刻寓意的批判现实社会的小说,甚至是借上帝之口对人类的一个总宣判。由于人类违反了与上帝的契约,将其聪明才智用在了疯狂的相互残杀上,最终导致了"邪恶压倒了善行",④ 因此,上帝对人类失去了耐心,决定对其实施惩罚。正如上帝所说:"我的耐心不是没完没了的。过去我常常宽恕他们的罪愆,但是,现在我将不再饶恕他们了。"⑤ "他们"

---

① Helen Benedict, "Bernard Malamud: Morals and Surprises", *Antioch Review*, 41.1, 1983, p. 28.
② Bernard Malamud, *God's Grace*, New York: Penguin Books, 1982, p. 11.
③ *Ibid*., p. 11.
④⑤ *Ibid*., p. 13.

便是指人类。这实际与马拉默德的坦言是相一致的。他曾说自己在这部小说中主要提出了两个问题：一是"人类为什么要这样恶劣地对待自己？二是人类健康存在的关键是什么？"①当然，细读这部小说会发现，马拉默德所重点探讨的问题远非这两个。除此之外，他还详尽讨论了如下两个问题：第一，上帝与人类的关系；第二，犹太教与基督教之间的关系或反犹主义等。这实际也就是说贯穿这部小说的主题远不止一个。其中，一个重要主题之一便是犹太人科恩对上帝的诘问与责难，这在马拉默德以往的小说中几乎是见不到的。小说是在上帝与科恩的一个长长的对话中展开的。上帝说：

> 不要以为我是那种能看得见的那一种，科恩先生，我不是那一种，你如果可能，就想象一下我吧。我遗憾地说是因为一个微小的错误，才使你逃脱了这场毁灭。尽管我犯的错不是一个严重的错误，严重错误就有可能让地球停转。这个宇宙就是如此这般表达的，我本人也不知道各处都发生了什么。尽管这个宇宙不完美，当然，我是完美的。我就是这么想的。
>
> 而且，你，科恩先生，碰巧在其他人都死去的时候你活了下来，尽管这让我感到尴尬，这与你曾经研读过犹太法学或又放弃它都没有关系。
>
> ……
>
> 我不想折磨你，只是想再次确认因与果的关系。这只不过是系统内的一个系统，但我依靠它来维持某种秩序。人类没尽可能地习惯于某个充分的目的和我的良好意愿，把自己给毁掉了。因此，事实上，你也是这样。②

面对上帝的喋喋不休，科恩用"质问"上帝违反契约作为回答：

---

① Quoted in Helen Benedict, "Bernard Malamud: Morals and Surprises", p. 30.
② Bernard Malamud, *God's Grace*, pp. 11—12.

> 你在第一次大毁灭后,你曾保证不会再发洪水了——"将永远不会再有洪水毁灭地球",那是你与诺亚和所有活着的生物之间的契约。相反,你再次让洪水泛滥。那些没有在烈火中烧死的生灵被苦涩的洪水淹灭了,第二次洪水淹没了大地。①

对科恩的指责,上帝并没有否认,而是强调这场灾难是人类自我背叛的结果。即面对人类无限度地挥霍"自由",我——上帝不得不断然地让他们毁灭:

> 眼下的这场以烟雾和尘土结束的毁灭是人类自我背叛的结果。从一开始,在我赋予他们生命的礼物时,他们却贪婪地追求死亡。我想,由于他们深陷罪恶,我将最终给他们死亡。
> ……
> 我使人类自由,但他们却滥用了这一自由,结果将自己毁灭了。总之,邪恶压倒了善行。在这破损的大地上现在已经减退的第二次洪水是他们自己招致的。他们没有按照契约的要求生活。
> 因此我让他们自我毁灭。②

在这场对话中,上帝与科恩实际上是围绕着一个古老的话题——契约论展开论争的。上帝在此强调人类因违反了与他签订的契约,所以一切后果都是自取灭亡。而科恩则指责是上帝违约,即违背了当初对人类发下的不再泛滥洪水,屠杀生灵的许诺。因而,他"举起拳头",愤怒地指责说:正是"上帝把我们造成我们现在这个样子"。③ 可见,无论是上帝还是科恩都把矛盾焦点指向了"契约"。

正如在前面章节中所论述的那样,契约论是犹太民族赖以生存的根本。一般说来,对契约论有两种不同的解释:一种解释是强调以色列人

---

① Bernard Malamud, *God's Grace*, p. 12.
② Ibid., pp. 12—13.
③ Ibid., p. 14.

是上帝的儿子，也就是说以色列人具有神性。这是由上帝与犹太人之间的契约所决定的。但是这个契约的签署是以犹太人必须要遵守律法为前提的；另一种解释则侧重指出上帝应对这个契约负全部的责任，即如果出现了契约未被执行的情况，责任应在上帝的身上，而不应让他的臣民——人类负责。马拉默德笔下的上帝和犹太人科恩就是各执一词，上帝认为人类，也就是犹太人只有遵守了律法，才能得到其保护；科恩认为人类之所以邪恶——不遵守律法是因为上帝没有造出完美的人类所致。双方对此争执得不可开交。那么，马拉默德认为哪一方更有道理呢？马拉默德在小说中所采用的叙事策略是，先让双方各说各的道理，然后再通过故事情节的发展，逐步展示出对某一方有利或不利的证据，似乎以此让读者自己来判断。不过，当读完了整部小说时，会意识到马拉默德其实是在谈论一个其无法阐释清楚的悖论，即自称全能、完美的上帝在愤怒地毁灭了自己创造出来的不完美人类的同时，却放过了同样不完美，甚至邪恶的黑猩猩。

马拉默德在小说中没有解释上帝为何要这样做，只是宽容地写道："他［上帝］也有他自己的问题。毕竟，第一推动力并不总是第一推动力；或许他对这类事情另有想法。"①事实上，这种对上帝的"理解"情绪贯穿了小说的始终。这表明马拉默德在上帝与科恩之间选择了折中，即人类无法猜测或理解上帝的行为，上帝做什么或怎么做自有他的道理，可不管怎样，上帝对人类的毁灭还是要负有责任的。

第六节 艺术手法与宗教传达

一、黑猩猩布兹：基督教义的承载者

马拉默德在《上帝的恩赐》一书中，处理有关犹太教与基督教之间关

---

① Bernard Malamud, *God's Grace*, p. 101.

系的手法是独具匠心的。他通过讲述发生在犹太人科恩与黑猩猩布兹之间的故事,揭示了犹太教与基督教之间的矛盾与冲突。

在人类自相毁灭和上帝让洪水再次泛滥后,科恩和布兹因上帝犯的一个"小错误"而幸免于难。灾难发生时,科恩正在海地的科学考察潜艇里做实验。留在这艘潜艇里的还有邦德博士用来做实验的黑猩猩布兹。邦德博士是一个德国基督教徒。他在黑猩猩布兹的喉咙里安装了一个人工喉,教它学习语言、基督教教义以及一些有关人类的知识等,而且还把一个十字架送给了它。当科恩发现了正惊恐地躲在船舱里的布兹时,脖子上连接人工喉的电线在慌乱中,也被它自己给弄断了。科恩帮它重新连接上后,开始向它传授犹太教知识。科恩与布兹就像英国小说家笛福的《鲁宾逊漂流记》中的鲁宾逊与"星期五"一样,以父、子相称。科恩和布兹漂流到了一个小岛上,在那里又先后发现了另外五只黑猩猩、一只大猩猩和一只白猿等。科恩决定要对它们实施教育,于是在居住的洞穴前开办了一个"学校",向布兹等岛上的"黑猩猩公民"①们讲授犹太教义,并且,还仿照摩西十戒为它们制定了七项戒律。

在小说中,黑猩猩布兹与科恩之间的矛盾是逐步展开的。布兹在开始的时候对科恩非常地顺从,十分感激科恩为其所做的一切,如帮它恢复了说话的能力,教它学习知识并为它提供食物、饮料等。但在宗教信仰方面,布兹却有自己的想法。开始时,它对科恩的说教不予理会,后来却要与他"分庭抗礼",如在科恩举行的犹太逾越节上,他公开要求"宗教信仰自由",并在仪式中不停往自己的胸前"画十字"。② 再后来,它一方面对科恩阳奉阴违,另一方面聚集其他的黑猩猩对科恩进行人身攻击,直至把他送到祭坛上处死。马拉默德虽然在作品中,没有过多地渲染黑猩猩布兹是如何遵从基督教的教义,也没有描写它如何从基督教的立场来反对科恩,但是,马拉默德却通过一些细节的描写,充分表现了科恩和黑猩猩布兹之间的矛盾,归根结底还是由犹太教与基督教的争斗所引起的。在

---

① Bernard Malamud, *God's Grace*, p. 152.
② *Ibid.*, pp. 106—107.

小说的第一部分中,科恩帮助布兹从灾变中活了下来。为了答谢科恩的救命之恩,布兹把挂在自己脖子上的十字架送给了他。这一细节绝非是马拉默德的随意之笔,实际像亨利·罗思在《就说是睡着了》中描写戴维到列奥家,看到基督的画像和十字架一样,具有十分重要的象征意义,即意味着让犹太人皈依基督教。在小说的后半部分中,马拉默德进一步揭露了布兹的阴险、狡诈。布兹一方面怂恿其他黑猩猩和科恩作对,并屠杀无辜的狒狒;另一方面,它选择时机,公开挑战科恩的说教。私下里,它还删改了科恩制定的七条戒律。在小说的最后一章里,马拉默德彻底揭露了布兹的阴险。一天,布兹谎称向科恩要糖棒吃,骗开了科恩为防备其他黑猩猩的攻击而矗立的门墙。结果,趁科恩为布兹打开门墙之际,其他的黑猩猩们蜂拥而入——它们不但掠走并杀害了科恩与母猩猩玛丽·马德琳所生的孩子,而且还绑架并处死了曾教育它们并为它们提供食物的科恩。就在科恩指责布兹的欺骗行为时,布兹依旧不忘虚伪地为自己辩解:"我来为自己要一个糖棒甜甜嘴。你忘记关上门了。"①但是,当科恩愤怒地剪断他亲手为布兹连接起来的人工喉导线时,布兹原形毕露了。它宣称"我不叫布兹,我的名字是戈特罗伯",这是一个听上去像是德国纳粹的名字。至此,布兹这一艺术形象所隐含的寓意便明朗化了。而科恩之死也容易让人联想到犹太人的命运。可见,犹太人在历史上的悲惨遭遇一直是马拉默德心中的一个隐痛。

虽然不能说《上帝的恩赐》是一部反映犹太民族历史的小说,但小说中的不少情节也是有现实所指的。如黑猩猩们屠杀无辜的狒狒以及科恩和母猩猩玛丽·马德琳所生的孩子,便会让有历史背景的读者联想起反犹主义者的行径。马拉默德在小说中这样描写狒狒们被残杀的场面:

马克西和阿瑟②转过身来就跑,寻找帕特,③但是,埃索④早已把

---

① Bernard Malamud, *God's Grace*, p. 193.
② 两只小狒狒的名字——本书作者注。
③ 另一只狒狒的名字——本书作者注。
④ 一只黑猩猩的名字——本书作者注。

尖叫着吓坏了的小公狒狒从其他黑猩猩那里抢了过来,毛发直立地站在那里,过一会,又扯着那尖叫着的小公狒狒的腿,把它甩向那些大狒狒……

埃索把那小公狒狒高举在头上甩来甩去,然后又把它摔向岩石。那狒狒头颅摔碎的声音听起来就像一个微弱的爆炸声。

它蹲在地上,面对着它那些饥饿的同伴,开始剥开小狒狒破碎的血糊糊的头盖骨,并立即掏出脑浆吃。①

黑猩猩对小狒狒"玩味式"的屠杀方式,我们并不陌生——宛如人类中强者对弱者的欺凌与戕害。显然,黑猩猩和小狒狒在这里也是分别有所指代的。

当科恩得知惨案的消息赶到后,埃索为了掩饰其罪恶,一边听着科恩的指责,一边悄悄地"用橡树叶擦去手上的鲜血",甚至还"用一根树枝来清除手指甲里的鲜血";而其他的参与者则是"感兴趣地听着科恩的谴责"②,摆出一副毫不在乎的样子。以布兹、埃索为代表的黑猩猩们为什么一定要杀死狒狒?他们的解释是,"狒狒不属于我们这个部落……它们[狒狒]都是该死的陌生人。"③由于狒狒们是"陌生人",所以他们就该死。这实际上也是欧洲自中世纪以来反犹主义者迫害犹太人的主要理由之一。换言之,黑猩猩们以"陌生人"为借口来实施对异族——狒狒的屠杀,与欧洲反犹主义者以"客民"为理由消灭犹太人的方法如出一辙。埃索更进一步地道出杀害狒狒的内在缘由,"从来就没喜欢过它们[狒狒]。它们是些猴子,应该看上去像个猴子。但是,它们看上去却像是长着狗头的猴子。我可不喜欢这样子"④——这其实也正是反犹主义者迫害犹太人时所惯用的理由。马拉默德似乎想通过这些细节描写,一方面批判反犹主义者的残暴、无耻,另一方面也在暗示犹太人在现实生活中的处境,即不

---

① Bernard Malamud, *God's Grace*, p. 179.
② *Ibid.*, p. 180.
③ *Ibid.*, p. 168.
④ *Ibid.*, pp. 168—169.

管犹太人如何地努力，如教化、抚养非犹太人（小说中科恩教化、抚养布兹等黑猩猩）甚至与非犹太人通婚（小说中科恩与母猩猩玛丽·马德琳同居），到头来都是一厢情愿，一场空。反犹主义者绝不会因为犹太人的善行而改变自己的嗜血本性。犹太人良好的自我感觉其实也只不过是自作多情而已。

二、犹太人的幽默与喜剧效果

马拉默德创作风格的显著特质之一是其作品中的喜剧效果。这一特点甚至在其十分严肃的小说《基辅怨》《房客》和《上帝的恩赐》中也随处可见。例如，从《上帝的恩赐》的结构来看，马拉默德便将喜剧因素糅合进了悲剧的框架之中。科恩给黑猩猩们朗读莎士比亚的剧本《罗密欧与朱丽叶》，结果唯一的一只母猩猩玛丽被剧中人物所感动，执意要仿效朱丽叶与科恩谈情说爱。科恩满足了玛丽的要求，并与之生了一个小猩猩，结果却招来了杀身之祸。

《上帝的恩赐》无疑是一个严肃的话题，但马拉默德在此所运用的反讽意味的喜剧效果，却使一个本为沉重的话题变得有几分轻松、愉快。马拉默德的这种写法实际上是源于对犹太民族传统的继承，即他以犹太人特有的幽默为方法，在描写"痛苦"时，常常把"甜美"掺进来，而在描写"甜美"时，又会撒一把苦痛进去，使人在得意时还念着痛苦，而在痛苦中又能破涕为笑。

一般说来，犹太人的幽默大致有两种。一、传统上，犹太人的幽默常常是玩世不恭的。这种幽默实际上表达了犹太人对其民族的双重看法。犹太人因其"选民"的身份，常有高于其他民族的想法。然而现实情况是，他们常常要受到低于自己的民族的摆布和欺压。这种落差使犹太人开始嘲笑和奚落人类的矫饰、虚荣等弱点。犹太人认为，这些"低于"自己的民族因未被上帝"选中"，而走到"自恨"的边缘，并因妒忌而开始敌视和迫害犹太人。二、犹太人喜欢在平素中谈论那些稀奇古怪、令人无法相信的事情。而且，每每谈论起这些事情时，就好像谈论那些司空见惯的真事一般。这就使得这种谈论方式的本身带有某种荒诞不经的喜剧色彩。马拉默德在创作中尤偏爱使用后一种幽默,即他喜欢把一些奇异、超自然的东西煞有介事地引入到作品中来。

马拉默德的这种具有奇特品质的喜剧性描写,在他的作品中随处可见。有时甚至可以构成一部作品的中心情节,如短篇小说《犹太鸟》和《莱文天使》等。《犹太鸟》描写了一只讲意第绪语的鸟飞进了纽约的一幢民宅中,这只鸟按照犹太人有收留流浪汉和陌生人的习俗,住进了这家人中。这家的男主人是一个反犹分子。他因嫉妒这只鸟与他的妻子、儿子打得火热,便趁与鸟独处的机会,百般地折磨、蹂躏它,最终还偷偷地把它杀害。这个故事用一种奇异的手法,揭露了反犹主义者狭隘、残忍的本真面目。

在《莱文天使》中,马拉默德描写了一位黑犹太天使,下凡到犹太人马尼斯契维兹家中安慰和医治他病重妻子的故事。马尼斯契维兹是一个穷苦的犹太裁缝,一位虔诚的犹太教徒。他在 51 岁时,连遭不幸。赖以为生的店铺因洗涤剂金属罐爆炸而起火,被夷为了平地。他本有一个儿子和一个女儿,但"那前程似锦的儿子战死在沙场;他闺女一声不吭,跟一个傻瓜小子结了婚,随他出走,仿佛是从地球上销声匿迹"[1]了一样。他的妻子卧病在床,而他本人则"害上了腰痛病,被折磨得不成样子。"[2]多舛的命运,使马尼斯契维兹不但不相信这位从天而降的"黑天使",而且还怀疑他是一个骗子,"如果说上帝给我派来了一位天使,那为什么是黑人?他们多数是白人,为啥不派一位白人天使来?"[3]马尼斯契维兹的拒绝接受,使"黑天使"无法完成预定的使命。于是,他便开始在下等酒店中"鬼混"。几经周折后,马尼斯契维兹终于克服了对"黑天使"的偏见和疑虑,再次邀请"黑天使"到家中来救助他病重的妻子。

马拉默德在小说中塑造了一位"黑天使"已是一奇;"黑天使"因受到怀疑而去下等酒店"鬼混"又为一奇,及至小说结尾,马拉默德写"黑天使"在医治好马尼斯契维兹病中的妻子后——犹太裁缝从小窗户口

---

[1] 伯纳德·马拉默德:《莱文天使》,见《美国文学丛刊》1983 年第 4 期,第 53 页。
[2] 同上书,第 55 页。
[3] 同上书,第 59 页。

向屋里偷看,"发现一个黑人影拍打着美丽的黑色翅膀向高空飞去"①时,更是奇之又奇。"黑天使"来时并没有翅膀,为此还遭到犹太裁缝的怀疑。待他医治好了裁缝妻子的病时,突然又长出了翅膀。马拉默德正是通过这种奇异诡谲、亦庄亦谐的喜剧手法,幽默地揭示出了这样的一个道理:不应该以肤色取人。犹太人虽遭到了许多的不幸,但不能因此而随意地怀疑他人。黑人只有在帮助不幸者之后,特别是帮助那些不幸的犹太人之后,才能得到道义上的升华。小说中的犹太人和黑人最终都按照马拉默德的这一意图去做了。因此,马拉默德在小说结尾中借人物之口十分满足地说:"相信我的话吧,到处都有犹太人。"②这句话与其名句"人人都是犹太人"一样,表达了马拉默德在这场犹太文学运动中的政治信念。

马拉默德还十分注意运用犹太式的幽默去缓解其作品中浓郁的悲剧气氛。马拉默德在《店员》中这样描写了莫里斯·鲍勃的葬礼:莫里斯·鲍勃的妻子和女儿在亲友们的陪伴下,为莫里斯下葬。一家人个个泪水涟涟,不胜悲痛。可就在这时,马拉默德让曾抢劫、偷窃过莫里斯的非犹太人弗兰克·阿尔平悄然出现了。他躲在一边偷偷观看莫里斯·鲍勃的葬礼。在葬礼结束前,女儿海伦为寄哀思,向父亲的墓穴里丢了一束玫瑰花。弗兰克·阿尔平不知海伦所丢为何物,便挤上前朝墓穴里观看。结果脚下一不留神,竟掉了进去。马拉默德的这种近似于插科打诨的写法,一方面缓解了作品中的悲剧气氛,另一方面也有强化作品主题的作用。也就是说弗兰克·阿尔平的这一跌落,具有一定的道德意义。阿尔平掉进了墓穴,但他终究还是要爬上来的。因此,这种"向下"动作的本身就具有了"向上"的含义。换言之,马拉默德用莫里斯·鲍勃的死"赎救"了弗兰克·阿尔平。果然,在以后的故事发展中,弗兰克·阿尔平几乎变成了一个基督式的人物。他为鲍勃一家辛勤操劳、无私奉献,几乎达到了忘我的境界。

马拉默德的创作风格主要可归功于他所采用的两种技巧:一是他采

---

① ② 伯纳德·马拉默德:《莱文天使》,见《美国文学丛刊》1983年第4期,第59页。

用了一种多方位的、流畅的叙述方式。这种方式既可以使作者保持一种无所不知,但又十分客观的立场,又可以使作者不受时间、地点的约束,随心所欲地进入人物的内心世界中,言人物所言,睹人物所睹。马拉默德几乎在他所有的作品中都运用了这一技巧。下面的一段话就是一个典型的例子:

> 列文发现自己怀有曾最为珍爱的情感,感动了。他离开波琳后,这个世界第一次像是个家,欢迎他归来。像所有的男人一样,他也曾营造了一个家。他有如再生一般。证据:枝叶茂密的树儿在天空上点画着大地的绿色。花儿向四处投射鲜亮的色泽。宇宙中那巨大的火——自然界的一切都在列文的血管中奔涌。他觉得小草依依。"上帝的手帕"惠特曼这样称呼它。他惬意地看着脚掌扁平的怪鸟在树枝儿上跳上跳下。他甚至对比蒂夫人养的猫也是和蔼有加。在夜间这猫蹲踞在草坪上舔着自己的身体。呵,它那身白色的毛,像一束白光。而且,列文想比以往更和人们接近些。你为一个人做好事,也就是为大家做好事;这可是一种不错的爱的方式。①

我们在初读这段文字时,先是在外部接触到列文。随后,我们似乎进入列文的意识之中。如"证据:枝叶茂密……宇宙中那巨大的火"。但紧接下去,我们又回到一个全方位的角度去看列文:"自然界的一切都在列文的血管中奔涌。"但是在这段文字结束后,我们却再次进入列文的意识之中:"你为一个人做好事……"最后这句话显然是列文的声音,而不是作者的。在这样一段不长的文字里,作者成功地与其人物交叉换位,相互融合,使读者几乎无法辨别哪些话是作者的,哪些意识流动是作品中的人物的。马拉默德这种全方位的叙述手法成为其创作风格中的一种独特标示。

马拉默德在创作中所采用的另一种技巧,便是在其作品中有意识地使用象征手法。尽管马拉默德是一位现实主义作家,而且他的大部分作

---

① Bernard Malamud: *A New Life*, pp. 250—251.

品,或者说最主要的一些作品都是用现实主义手法来完成的。但是,他却总是不失时机地在其作品中穿插上一些象征主义创作手法,以使其作品在更加引人入胜的同时,还增添了一份超然、轻灵的品质。

第十三章　菲利普·罗斯

菲利普·罗斯(Philip Roth,1933—2018)[①]是一位重要的美国犹太作家。美国文学批评家阿哈荣·阿佩菲尔德(Aharon Appelfeld)曾评论说:"在我看来,菲利普·罗斯是一位犹太作家,不是因为他自认为是一位犹太作家,或者因为他人把他视为犹太作家,而是因为他用一种小说家讲述他感到亲切的事情那样,写出了一些名叫朱克曼、爱泼斯坦、凯派什、他们的母亲、他们的生活、他们生活中的沟沟坎坎。"[②]应该说,阿佩菲尔德的评论是非常中肯的。纵观罗斯的创作生涯,他的确以自己独特的表现方式,叙说了美国犹太人现实生活与精神生活的方方面面。在某种意义上说,他与辛格、贝娄、马拉默德共同构筑了美国犹太文学的基本框架,或者说,成为支撑美国犹太文学这座殿堂的四根主要支柱。

第一节　生平与创作

1933年3月19日,菲利普·罗斯出生于美国新泽西州的纽瓦克。父亲赫曼·罗斯信仰正统犹太教。他从加利西亚移居到美国后,曾从事过多种低收入的工作。后来,他开办了一个家庭制鞋作坊,但是没有做多久,就因经营不善倒闭了。在20世纪30年代大萧条期间,他有幸在一家

[①] 以下介绍性的基本资料主要参见 Sanford Pinsker, "Philip Roth" in Daniel Walden (ed.), *Twentieth-Century American-Jewish Fiction Writers*, pp. 264—275; Murray Baumgarten and Barbara Gottfried, *Understanding Philip Roth*, Columbia: University of South Carolina Press, 1990, pp. 1—7,不另作注。

[②] Aharon Appelfeld, "The Artist as a Jewish Writer" in *Reading Philip Roth*, edited by Asher Z. Milbauer and Donald G. Watson, London: Macmillan Press, 1988, p. 13.

城市人寿保险公司谋到一个推销员的职务,使全家人得以渡过难关。菲利普·罗斯的母亲贝斯·芬考·罗斯是一位十分可亲、可爱的女性。她细心照料丈夫、孩子,不声不响地把家务安排得井井有条。罗斯对母亲充满敬爱之情,曾回忆说母亲是他孩童时代的历史学家。①

罗斯在1946年到1950年间在威考希克中学读高中。在此期间,他阅读了大量有关欧洲移民的史料,并且深入了解了哈德逊河两岸的移民情况。这为他后来在作品中写下许多栩栩如生的人物形象奠定了基础。1950年,他在纽瓦克罗特格斯学院注册读大学。翌年,他为摆脱纽瓦克狭隘的地方主义和抱着去看看美国其他地方的心理,转到位于宾夕法尼亚州的巴克乃尔大学就读。② 在这所大学学习期间,他帮助创建并参与编辑了《其他等人》(*Et Cetera*)杂志。罗斯的第一部短篇小说《哲学,或类似的东西》("Philosophy, Or Something Like That", 1952)就发表在这份杂志上。1954年,他以优异的成绩毕业并获得英语学士学位。1955年,他在芝加哥大学获得硕士学位后参军,但因为训练中背部受伤,又被退了回来。此后,罗斯回到芝加哥大学攻读英语博士学位。1957年,因某种原因,他放弃了学业。

到1957年为止,罗斯一共发表了七部短篇小说,其中有两篇获奖。随后,他获得霍顿·米夫林文学研究基金和古根海姆研究基金的资助,于1959年出版了第一部短篇小说集《再见,哥伦布》(*Goodbye, Columbus*, 1959)。③ 同年,罗斯娶玛格利特·马廷逊·威廉姆斯为妻,但因性情不和,婚后三年离婚。

从1960年起,罗斯开始在衣阿华大学作家工作室任教。两年后,又到普林斯顿大学作驻校作家。在这一年,他出版了自己的第一部长篇小说《随波逐流》(*Letting Go*, 1962)。这部小说描写芝加哥和纽约等地年轻犹太知识分

---

① Cf. Jules Chametzky, John Felstiner, Hilene Flanzbaum and Kathryn Hellerstein (eds.), *Jewish American Literature: A Norton Anthology*, p. 916.

② Philip Roth, *The Facts: A Novelist's Autobiography*, New York: Farrar, Straus, 1988, excerpted in *The New York Times Book Review* 18 Oct. 1987; also see Murray Baumgarten and Barbara Gottfried, *Understanding Philip Roth*, South Carolina: University of South Carolina, 1990, p. 2.

③ 1960年,这部小说获得国家图书奖。

子的生活。他的创作可以说自此大作迭出,卷帙浩繁。到目前为止,他一共出版了近30部长篇小说,其中包括:《随波逐流》、《在她好的时候》(*When She Was Good*,1967)、《波特诺的抱怨》(*Portnoy's Complaint*,1969)、《我们这一伙》(*Our Gang*,1971)、《乳房》(*The Breast*,1972)、《伟大的美国小说》(*The Great American Novel*,1973)、《我作为一个男人的生活》(*My Life As a Man*,1974)、《欲望教授》(*The Professor of Desire*,1977)、《鬼作家》(*The Ghost Writer*,1979)、《菲利普·罗斯文选》(*A Philip Roth Reader*,1980)、《解放了的朱克曼》(*Zuckerman Unbound*,1981)、《解剖课》(*The Anatomy Lesson*,1983)、《受缚的朱克曼》(*Zuckerman Bound*,或《布拉格狂欢》*Prague Orgy*,1985)、《反生活》(*The Counterlife*,1986)、①《事实:一位小说家的自传》(*The Facts: A Novelist's Autobiography*,1988)、《欺骗》(*Deception*,1990)、《遗产:一个真实的故事》(*Patrimony: A True Story*,1991)、②《夏洛克计划:忏悔》(*Operation Shylock: A Confession*,1993)、③《安息日剧场》(*Sabbath's Theatre*,1995)、④《美国牧歌》(*American Pastoral*,1997)、⑤《我娶了一个共产党员》(*I Married a Communist*,1997)、《人性的污点》(*The Human Stain*,2000)、《垂死的肉身》(*The Drying Animal*,2001)、《反美阴谋》(*The Plot against America*,2004)等。除小说以外,罗斯还出版了评论集《阅读自己和他人》(*Reading Myself and Others*,1975)以及其他多篇评论文章和短篇小说。

第二节 20世纪60年代:早期小说的代表作

一、《再见,哥伦布》与《狂热者伊莱》

从时间上划分,罗斯的创作大致可以分成早、中、后三个时期。罗斯

---

① 1987年,这部小说获国家图书批评奖。
② 1992年,这部小说获国家图书批评奖。
③ 1993年,这部小说获笔会/福克纳小说奖和《时代》杂志评选的美国最佳小说奖。
④ 1995年,这部小说获国家图书奖。
⑤ 1998年,这部小说获普利策奖。

的早期作品主要是指在20世纪60年代创作的一些短篇小说和长篇小说。在这一时期,他的作品主要关注美国犹太移民在现实生活中所面临的挑战。作品的基调是挫伤与抑郁的;作品中的主要人物一般都是过着边缘人孤独生活的年轻人。他们似乎不满意于自己的时代和生存环境,或者更确切地说,他们所要面对的主要问题之一,就是自己既爱又恨的家人。他们试图突破心中的郁闷,但却不知道如何去做。有时即便是做了,也常常归于失败。

美国文学批评界对罗斯早期的创作褒贬不一。不过,总体说来,还是给予积极肯定的,特别是对其中短篇小说集《再见,哥伦布》更是予以了充分的肯定。其中,美国文学批评家莫里·鲍姆加登(Murray Baumgarten)和巴巴拉·格特弗莱德(Barbara Gottfried)的意见具有一定的代表性。他们认为,这部短篇小说集在写法上摒弃了福楼拜、乔伊斯、海明威等现代主义小说家所特有的冷峻、严肃、狡黠、雕琢的风格而显得格外地鲜活与新颖。① 当然,美国的另外一些批评家,如莱斯里·费德勒对此提出了不同的看法。他挖苦道:纽瓦克终于发现了自己的桂冠诗人——一位像这座城市本身一样"庸俗、怪里怪气、敏感、忧郁以及肮脏。"②费德勒的观点代表了当时犹太社区一些保守人士的看法。他们当中有的人甚至把罗斯视为反犹主义者,认为他把犹太人写成堕落和好色的家伙,其意是在引导读者以为这个世界没有犹太人会更好些。③ 这种仁者见仁、智者见智的批评,一方面反映了当时美国保守的犹太社会抱残守缺的心态,另一方面也反映了新一代犹太移民及其后裔急于突破厚重的民族文化重围所做出的努力。

《再见,哥伦布》一书中共收入了六个中短篇小说。它们分别是《再见,哥伦布》《犹太人的归依》《信仰捍卫者》《爱泼斯坦》《你无法依据他所

---

① Cf. Murray Baumgarten and Barbara Gottfried, *Understanding Philip Roth*, p. 4.
② Leslie Fiedler, "The Image of Newark and the Indignities of Love: Notes on Philip Roth" *Critical Essays on Philip Roth*, Sanford Pinsker (ed.), Boston: Hall, 1982, p. 24; also see Murray Baumgarten and Barbara Gottfried, *Understanding Philip Roth*, p. 4.
③ Cf. Dan Isaac, "In Defense of Philip Roth" in *Critical Essays on Philip Roth*, p. 182.

唱的歌来判断他》以及《狂热者伊莱》。其中,《再见,哥伦布》和《狂热者伊莱》是这一时期最为优秀的两部中短篇小说。《再见,哥伦布》("Goodbye, Columbus")主要讲述了主人公尼尔·克拉格曼与格莱蒂婶婶以及布兰达·帕逊姆金斯一家的恩怨关系,表现了两代人和两种不同生活方式之间的冲突。故事的叙述者,即故事的男主人公尼尔·克拉格曼是一位生活在美国中下层社会的一个犹太男孩;女主人公布兰达,则是一位在美国发迹并被"同化"了的犹太移民的后裔。在一个暑假里,克拉格曼和布兰达在一个乡村的游泳池邂逅,"我第一次见到布兰达时她让我帮她拿眼镜。然后,她走到跳水板的边缘,眼神有些朦胧地看着水池;布兰达眼睛近视,水池里的水如果被放干了,她也不会知道。她很优美地跳了下去,不一会儿,就又游到池边。她把自己金棕色头发在头前绾成一个发髻,就好像一朵长在长长花秆上的玫瑰。"[①]克拉格曼被布兰达的青春和美貌所吸引,开始了他夏日的浪漫爱情。不过,克拉格曼的浪漫爱情并没有走多远,他对围绕在其周围的人和事都感到"不舒服",有一种在试图奋力抓住中放手的感觉。小说的结局不是布兰达放弃了他,而是他选择了放弃——放弃了他既想接近,但又无法融入的生活。

在罗斯的笔下,克拉格曼和布兰达形成了鲜明的对比。前者被描写成一个生活在洋溢着浓郁的犹太文化氛围中的犹太男孩;后者则被描写成一个生活在被美国社会"同化"了的家庭中的犹太姑娘。第二次世界大战后,由于美国政府推行了"公平施政"政策,社会生活和经济文化也都逐渐地走向复苏和繁荣。一些犹太移民及其后裔也借此时机开始慢慢融入美国主流社会。他们当中有些人,如布兰达一家,凭借自己的聪明才智,挤进美国白人社会。他们从过去居住过的贫穷地区,搬到了象征着财富和地位的美国郊区。但他们付出的代价是,放弃了自己的犹太身份和民族信仰。而克拉格曼和他的父辈们则没有分享到这种战后的繁荣。他们仍然居住在城市的贫寒地区,但也正因为如此,他们保持住了自己的民族

---

① Philip Roth, "Goodbye, Columbus" in *Goodbye, Columbus*, New York: Vintage International, 1993, p. 3.

文化和信仰。

克拉格曼和布兰达两人截然不同的生活环境造就了他们不同的情爱观。在某种程度上说,他们之间的关系就像是一个"穷小子"爱上了一位有钱人家的"大小姐"。因此,布兰达从第一次遇见克拉格曼起,就以一个"大小姐"的身份不停地吩咐克拉格曼为她做这做那。而克拉格曼从中得到的"回报"是布兰达安排的一种随意性生活。克拉格曼应邀到布兰达家中做客,他虽然因其家庭境况和社会地位的悬殊而感到尴尬,但对布兰达的奢侈生活却很看不惯。布兰达喜欢运动、健身,她家的树上到处都挂着运动器械。在整个假期里,她都没完没了地做着各种各样的体育活动,打网球、乒乓球、游泳,就连与克拉格曼的交往,似乎也成了她假期中的一种健身活动。

罗斯在小说中展示克拉格曼和布兰达之间的种种区别,意在表现犹太移民在美国社会中所处的不同生活境况。克拉格曼代表了生活在美国社会下层犹太移民的思想状况:他们生活艰难,但却拥有信仰和真情。不过,他们也有一种自相矛盾的心理,即在观照他人的财富时常常是既赞羡又排斥,而最终往往又是后者占据上风——躲避所不能取得的财富及其这些财富的拥有者。他们在面对自己的传统文化时,常会感到亲切异常,但正是这种亲切又会逼得他们发疯。因为这正是让他们感到自卑的根源。所以,他们在小说中常常会因得不到所追求的东西而迁怒于亲情。以上这种双重的自相矛盾表现在克拉格曼的身上就是一种对他人莫名的疏离与愤懑。布兰达无疑是那些发迹了的美国犹太移民的象征。这些犹太移民,特别是其后裔在富裕舒适的生活中,早已忘记了自己的民族文化身份。他们完全接受并诚心实意地实践着美国主流社会的价值观。克拉格曼和布兰达由于"家庭不同",[1]价值观与思维方式自然也就不同。从这个意义上说,他们的感情破裂是在所难免的。这正如美国犹太文学批评家史蒂芬·威德所认为的那样,罗斯在这部小说中写了三种"同化"或"适应"的版本。

---

[1] Philip Roth, *Goodbye, Columbus*, p. 134.

罗斯的《狂热者伊莱》("Eli, the Fanatic", 1957)是一部反映二战后美国犹太移民生存状况的短篇小说。该小说最初发表在美国著名的文学和政论杂志《评论》(*Commentary*)上，后收入其出版的第一部文学中短篇小说集《再见，哥伦布》中。作者在这部短篇小说中提出了二战犹太幸存者在美国社会所遭遇到的一些问题，意义十分重大。这是因为，二战后的美国文坛，对犹太人在二战中所遭受的灾难三缄其口，甚至连历史学家都避而不谈。① 这期间只有一部反映二战中犹太人的不幸遭遇，但却又被"美国化"了的书信体小说《安妮日记》大行其道。当时敢于谈及二战中的"屠犹"事件和犹太幸存者在美国社会中所面临问题的美国犹太作家却受到了莫名的冷落。如艾萨克·辛格的长篇小说《哈德逊河上的阴影》(*Shadows on the Hudson*, 1957)发表后几乎无人评说；②同样，罗斯的这个短篇小说《狂热者伊莱》发表后也没有受到应有的重视。这些作品的出版不仅在于将犹太人的问题提到了议事日程上来，更在于它唤醒了那些对同胞苦难漠然，并采取歧视态度的美国犹太人的良知。

这部小说的主要人物之一伊莱·派克是一位犹太律师。他住在一个名叫伍顿屯的纽约郊区。这个地方十分富裕，住的多为非犹太人。自从二战以来，许多的犹太家庭也搬到这里居住。为"争取"能被非犹太邻居所接受，他们尽量克制自己不举行"极端的仪式"、不穿民族服装和不讲民族语言。后来，一个名叫列奥·图里夫的犹太幸存者搬了进来。他在这里建立起一所"正统的"犹太学堂，为二战犹太幸存者的18个孩子讲授犹太法典《塔木德》。不料想，这一行为竟惹恼了该地区那些已经被"同化"了的犹太人。他们认为，这个犹太学堂的存在极大地威胁了与非犹太人

---

① 美国学者彼德·诺维克(Peter Novick)在其所著的 *The Holocaust in American Life* 中指出，第二次世界大战后的 20 年间，很少有人谈及犹太人的不幸遭遇，直到 20 世纪 70 年代才有人重新提及并成为一个热门话题。Cf. Peter Novick, *The Holocaust in American Life*, Boston and New York: Houghton Mifflin, 1999, pp. 1—2.

② 辛格的《哈德逊河上的阴影》(*Shadows on the Hudson*)最初是用意第绪语写成，从 1957 年 1 月至 1958 年 1 月连载在由犹太人主编的《每日前进报》(*The Daily Forward*)上，1998 年译成英文。索尔·贝娄最早在作品中涉及二战的作品，如《塞勒姆先生的行星》等，均发表于 20 世纪 70 年代以后。

"和睦相处"的原则。他们尤其不能容忍学堂的犹太教师戴着镶边的黑色礼帽,穿着长襟黑色的礼服①在小镇里走来走去。伊莱·派克的一位犹太邻居对他说:"如果我想住在布朗斯维尔,伊莱,我就会住在布朗斯维尔。"另一位犹太邻居对他说:"这可不是开玩笑。某一天,伊莱,就会有一百个小犹太佬在车房路上唱着他们的希伯来课文。到那时候你就不会觉得好玩了。"②而且,"再以后他们就会追逐我们的女儿了。"③还有一位犹太邻居则强调指出:"这是一个现代化的社区……我们纳税。"④伊莱的妻子也抱怨说:"这可不是件日常生活的小事。"⑤当时恰好政府颁布了一条限制在居民居住区开办寄宿学校的法令,作为该地区的犹太律师,伊莱被委任处理这一事件。伊莱以执行法令为借口,要求列奥·图里夫停办其犹太学堂:

> "很简单,"伊莱尖刻地说。"你不能在居住区开办寄宿学校。"他不愿让图里夫用其他问题来掩盖这个问题。"我们想,在采取什么行动之前最好告诉你一声。……"
> "但你在这儿给他们上课。"
> "《塔木德》。这也违法?"
> "那就意味着学校。"
> ……
> "图里夫先生,这就是法律……"⑥

表面上看,这个故事似乎与二战中的"屠犹"事件并无什么关联,也没有往深处谈及二战犹太幸存者的精神生活。而且,伍顿屯的犹太人们所不满的似乎并非是这些"幸存者"本身,而是他们"正统的"犹太学堂以及"正统

---

① 信仰正统犹太教的犹太人一般戴黑色礼帽,穿黑色礼服。
② Philip Roth, "Eli, the Fanatic" in *Goodbye, Columbus*, New York: Vintage, 1993, pp. 255—256.
③ Philip Roth, "Eli, the Fanatic" in *Goodbye, Columbus*, p. 258.
④ *Ibid.*, p. 256.
⑤ *Ibid.*, p. 257.
⑥ *Ibid.*, pp. 251—252.

的"穿着打扮。不过,这里有两点需要注意:其一,对犹太教而言,犹太教义的遵守更主要是表现在日常的生活当中。他们认为,学习犹太法典《塔木德》和穿传统服装本身就是遵从了犹太教。因此,伊莱在写给图里夫的信中,特别强调那个穿犹太传统服装的犹太教师的意义就昭然若揭了。其二,从故事情节发展的脉络来看,住在伍顿屯的犹太人早就有意识、有步骤地谋划好了,他们如何在二战后保持一如既往、不受影响地生活。也就是说,他们努力不做任何可能会引起非犹太人不快或反感的事情。二战是伍顿屯犹太人"挤入"非犹太人社区的契机,这也成为他们"合法地维护"自己利益的根本原因。他们"珍惜"自己能够居住在"富裕的新教徒之家"的机会,但却忘记了正是因为有了"那场战争,犹太人才能得以在此购买房产"①的事实。他们为了维护自己的所谓的既得利益,决定驱逐这些给他们的安定带来隐患的犹太幸存者。

性情温和的伊莱并没有按照犹太社区多数人的要求那样做——将这些犹太幸存者赶出伍顿屯,而是采用给犹太学堂负责人图里夫写信的办法,劝说他和他的犹太教师"改弦更张"。他在信中指出:

> 犹太人与非犹太人友好地居住在一起。为此,得要做些调整。犹太人和非犹太人都要放弃一些极端行为,而不使彼此感到威胁或冒犯。……或许,如果战前的欧洲能够这样,那么,对犹太人的迫害,你和那18个孩子是受害者,就不会做得那么成功了——事实上,迫害就完全不会发生了。②

显然,伊莱以及伍顿屯的犹太人都清醒地知道图里夫、犹太教师以及那18个犹太孤儿们在二战中所遭受到的迫害与苦难。可悲的是,他们并不对德国纳粹惨绝人寰的迫害行为进行谴责,反而将犹太人所遭受的灾难归结为他们没有放弃"极端行为"——学习犹太法典《塔木德》和穿戴犹太传统服饰——和没有与非犹太邻居"搞好"关系。

---

①② Philip Roth, "Eli, the Fanatic" in *Goodbye*, *Columbus*, p. 262.

罗斯在小说中不时暗示这些犹太"幸存者"在二战中所遭受的不幸。他们被战争掠夺了一切,几乎是一无所有了。伊莱为了维护所谓的"法令"和讨好当地犹太人,坚持要这位犹太教师更换服装,让他穿戴的和非犹太人一样。这位没有经历过那场战争的犹太律师,并不明白这位犹太教师为何非要穿戴那套刺眼的犹太服装。图里夫的解释是:

"他一无所有。一无所有……母亲和父亲?"图里夫说。"没有!村庄里所有的朋友?犹太教堂里你所熟知的椅子,你闭上眼睛你就能闻到的《托拉》?……他们[德国纳粹]在他身上做医学实验!这让他一无所有……完全一无所有。他们[德国纳粹]在他身上做医学实验!这让他一无所有……完全一无所有。"①

然而,伍顿屯的犹太人并不理解或同情自己同胞的"一无所有"。伍顿屯的发言人泰德·海勒对伊莱说:"在伍顿屯还没有屠杀发生,不是吗?因为这儿没有狂热者,没有疯子……只有相互尊重的人们,他们互不干扰。常识支配一切,伊莱。我支持常识。中庸。"②他坚信,正是犹太人的"狂热"和发疯导致了屠杀的发生。因此他再次对伊莱施加压力,限期让伊莱把这些犹太幸存者赶出社区或至少让他们关闭学校,更换衣服。伊莱在得知实际上犹太教师没有什么衣服可换,他为了能完成自己的使命,不惜丢下即将分娩的妻子,翻箱倒柜找出自己的衣服硬要给犹太教师送去。

罗斯在小说中不仅彰往查来地提出了犹太"幸存者"在战后的生存问题,而且还困心衡虑地探寻了二战"屠犹"事件是如何"规范"着泰德·海勒、伊莱等人对犹太幸存者所采取的道德立场。伊莱为自己的行为辩解说:"我不是把那18个孩子逼得无家可归的纳粹。"③从常识上来看,伊莱的辩解显然是苍白无力的。因为有一个十分简单的逻辑是,如果说伊莱

---

① Philip Roth, "Eli, the Fanatic" in *Goodbye, Columbus*, p. 264.
② *Ibid.*, pp. 277—278.
③ *Ibid.*, p. 274.

对二战中犹太人的遭遇以及纳粹的卑鄙行径没有什么了解的话,那么他就没有必要辩护说自己不是纳粹。换句话说,他代表伍顿屯的犹太人驱逐了自己饱受战争创伤的同胞并使之无家可归,能说是一种仁慈的行为吗?他以为让犹太教师更换了衣饰就能消除犹太幸存者的"极端行为",从而息事宁人,大家就可以和平共处了。他代表伍顿屯那些已经被"同化"了的犹太人的所作所为,实际上继续了德国纳粹最终没有做到的事情——剥夺与犹太"幸存者"一起幸存下来的代表其犹太身份的最后物件。也就是说,他们在企图剥夺这些犹太幸存者在战后继续做犹太人的权利,甚至都不给这些犹太"幸存者"以疗伤自慰的喘息机会。

从另一个角度来看,罗斯在这里实际上提出了这样几个问题:当地犹太居民如何看待犹太"幸存者",犹太"幸存者"如何看待自己所蒙受的灾难,以及两者如何处理在美国这个环境中所发生的关系。罗斯提出的这些问题实际上也是一个两难处境:一方面,如果已经"同化"了的美国犹太人善待犹太"幸存者",听任他们由着自己的"性子"来,那么,所有的犹太人都有可能受到"连累";另一方面,如果犹太幸存者在二战后放弃自己的身份以及能表明自己身份的一切东西,那么,根据常识,随之而来的一个最为直接的问题是:这些饱受战争灾难痛苦的犹太"幸存者",是否真的就能忘记自己所蒙受的灾难?也就是说,他们的思维方式、举止言谈,是否真的能突破战争创伤对他们所做出的规约和局限?在美国这个语境下,这个两难处境必然会导致矛盾或冲突,诚如伊莱向图里夫所坦陈的那样:"我并不是世界上唯一的律师。如果我不管这个案子,那么,另外一个不愿意妥协律师就会找上你。"①

小说中有一个细节值得注意,即罗斯将伊莱前去送衣物给犹太教师时所听到的悲叹、呜咽声,描写得椎心泣血,震撼人心。

> 伊莱听到每声呜咽都随捶胸而起。多么凄惨的呜咽啊!它能让你头发倒竖,心脏停跳,眼睛湿润。这三样伊莱全做到了,而且还多

---

① Philip Roth, "Eli, the Fanatic" in *Goodbye*, *Columbus*, p. 267.

一样。某种情感潜入了他的心灵,他无法用语言表达其深度。他聆听着——听这种呜咽声不疼。但他不知道发出这种呜咽声是否会疼。因此,他试了一下,只有星星在听。真的很疼。①

伊莱听到这样"很疼"的呜咽声后,突然良心发现了。回到家后,他把犹太教师换下来的犹太人的传统服装穿到了自己身上。应该说,这是一个非常具有讽刺意味但又意味深长的细节描写。伍顿屯的犹太人都以为伊莱的精神崩溃了,但伊莱自己知道他并没有精神失常。他感到"这些黑色的衣服似乎是他的皮肤的皮肤"。② 他在城里走来走去,承受着众人的非议;他去看望自己新出生的婴儿,暗自决心也要让儿子穿这种衣服,而且还要"到时候就给他割去……不管他喜欢不喜欢"。③ 泰德·海勒让医院里的医生强行给伊莱打镇静剂,"药使他的心灵平静了,但却没能触及那黑色所到达的地方。"④罗斯以这句话作为小说的结尾,他的立场所在是显而易见的。

读完这部小说,我们还会发现一个值得深思的问题:罗斯在小说中并没有提及非犹太人对此事件的反应,甚至没有一个非犹太人物出现在小说中——非犹太人在小说中处于"缺席"的状态。罗斯这样写,不由得让读者在道义上对伍顿屯的犹太人对犹太"幸存者"——自己的同胞所采取的"窝里斗"行为进行谴责。然而,谴责之余,读者同样还可细究伍顿屯的犹太人为什么会这样?其深刻的社会原因是什么?其实,如果结合着罗斯的《再见,哥伦布》等作品来看,答案是不难找到的,即罗斯在揭露那些在美国已经落下脚,而且已经或多或少地融入美国主流社会的犹太移民,有着唯恐自己也被划入犹太"幸存者"行列中去的恐惧心理——这些犹太"幸存者"的到来,提醒了他们的民族文化身份的同时,也深刻地批判了造成美国犹太人具有这种心理的美国社会。

---

① Philip Roth, "Eli, the Fanatic" in *Goodbye, Columbus*, p. 281.
② *Ibid.*, p. 293.
③ *Ibid.*, p. 297;另外,此处"割去"是指犹太人给婴儿割去包皮的宗教仪式。
④ Philip Roth, "Eli, the Fanatic" in *Goodbye, Columbus*, p. 298.

二、一部"脏书":《波特诺的抱怨》

罗斯早期创作中的另外一部重要小说是《波特诺的抱怨》(*Portnoy's Complaint*, 1969)。由于罗斯在这部小说中,使用了大量的污言秽语,另还有不少猥亵淫秽的细节描写,因此,在许多批评者看来,这部作品是一部"脏书"。伯纳德·F.罗杰斯(Bernard F. Rodgers)在《菲利普·罗斯》一书中,曾写道:"谈话中提到菲利普·罗斯的名字,十有九次的回答是'是不是那个写关于……脏书'的家伙?"尽管如此,在美国这部小说的出版还是获得了巨大的成功。罗杰斯接下来又写道:"这部小说在1969年出版时,有50多万人买了这部小说的精装本,另有数百万人看的是这部小说的平装本。那些没有买这部小说,或也没有看这部小说的人至少也听说过,或通过发行量很大的杂志,如《纽约》《时报》《生活》中的特写了解了这部小说。最终,波特诺一家加入豪基、哈克·芬恩以及霍尔登·考费尔德等著名人物的行列,而成为美国大众传说中的一组永久性的人物。"①

罗斯本人在谈及这部小说时也坦率地承认,"正确的表现问题需要直率地揭示亲密的性事与广泛的使用诲淫猥亵。"②也就是说,他认为,性事与污言秽语是用来借助表现问题的一个手段而并非是目的。那么,罗斯的目的又是什么呢?简言之,他在这部小说里谈论性及其相关事宜的真实目的,就是想让犹太人成为一个"热门"话题,借此让大家关注犹太民族的问题以及表现自己的犹太性。为了更好地完成这一目的,罗斯在小说中采用了以下几种叙事策略。

首先,他让主人公波特诺在小说的开篇,向其心理医生施皮尔沃格讲述了自己的父亲,以让读者了解犹太移民及其后裔的艰辛生活。波特诺的父亲是一个人寿保险公司的推销员。他凭借自己民族所固有的坚忍品质,为了养家糊口,到最艰难的地区拼死拼活地工作着。波特诺在谈到自己的父亲时说:"他那个时代的许多犹太男人就是用这种凶猛残忍、自我

---

① Bernard F. Rodgers, Jr., *Philip Roth*, p. 80.
② Philip Roth, *Reading Myself and Others*, New York: Farrar, Straus and Giroux, 1976, p. 18.

毁灭的方式来为自己的家庭效劳,我的父亲为我母亲、我姐姐汉娜,特别是为我效劳。他已经被家庭所禁闭。我想飞:这就是他的梦想。"[1]波特诺的父亲不仅要为赡养家庭付出艰辛的劳动,而且还要面对那些来自社会对犹太人的歧视:"他们嘲笑他,贫民窟的人也嘲笑他。他们根本就不听他说话。他们听见他敲门,就把吃空的罐头盒之类的东西扔到门上,然后吼道:'走开,家里没人。'他们放出狗来,让狗来咬犹太人那固执的屁股。"[2]波特诺的父亲因劳累和精神的双重打击,身心疲惫,患有严重的便秘,痛苦难当。"便秘"在小说中具有象征意义,即罗斯通过"便秘"这一细节,表现了犹太移民在情感和精神上的阻梗。

其次,罗斯像分析案例一样地来分析波特诺的情感征象及其内心的矛盾。罗斯让波特诺在小说中为自己的民族身份和男性身份而苦恼,这在让读者感受到犹太人内心生活之同时,也了解了犹太人的"犹太性"及其表现的方式。罗斯在采访中谈到"犹太性"这一问题时说:"如果说它是某种东西的话,那么它就是某种感觉(力):神经质、易激动、爱争论、对事情大惊小怪、愤怒或着迷。"[3]在罗斯看来,所谓"犹太性"实际就是犹太人在日常生活中所表现出来的语言、行为等方面的癖性。这种癖性形成的原因有二:一是历史和现实社会对犹太人所持有的成见;二是来自传统犹太家庭的影响。具体到小说中,波特诺想要让自己像一个"真正的"美国男人那样自由自在地做男人想做的事情。不过,他虽然在外表上像是个白人,也或多或少地融入了美国主流社会的生活之中,但在其内心深处,他清楚地知道那些代表美国主流社会的非犹太人是怎样看他的;也知道自己与其他美国白人男人之间的区别。这种区别不是体现在社会地位或受教育的程度上,而是体现在他们不同的心理构造和思维定势上。波

---

[1] Philip Roth, *Portnoy's Complaint*, London: Vintage, 1999, p. 8.
[2] *Ibid.*, p. 7.
[3] Quoted in Asher Z. Milbauer and Donald G. Watson, "An Interview with Philip Roth" in Murray Baumgarten and Barbara Gottfried (eds.), *Understanding Philip Roth*, South Carolina: University of South Carolina Press, 1990, p. 85; also in Asher Z. Milbauer and Donald G. Watson, *Reading Philip Roth*, New York: St. Martin's Press, 1988; excerpted in *The New York Times Book Review* 4 Jan. 1987: 24.

特诺从小就生活在犹太家庭里,父亲在工作和生活上所经受的挫伤以及对家庭的默默奉献,在让他感受到亲情的同时,也感受到了作为一名犹太人的愤懑与压抑;另外,母亲对犹太风俗习惯的执着和对他诸多的严厉要求,也使他从小就养成了一种按照犹太人的风俗习惯和思维方式来支配自己行为的习惯。例如,在日常生活中,他严格按照母亲的要求做事:

> 每天晚上,我把前一天的报纸仔细地铺在油毡纸上,然后才开始擦皮鞋;擦完皮鞋后,我从没忘记把鞋油盖子盖上,然后放回到原处。我从牙膏管的底部一点一点地往上卷着用,我转着圈地刷牙,从来不上下方向地刷。我说"谢谢你,"我说,"不客气,"我说"请再说一遍,"以及"我可以吗?"汉娜生病或晚饭前拿着蓝色锡罐出去为犹太民族基金募捐时,没有轮到我,我也会自愿地摆放饭桌,总能记得把刀子和汤匙放在右边,叉子放在左边,餐巾放在叉子的左边,并且还要叠成三角形……①

如果在这些程序中稍有错误,妈妈就会让他"打包离开"。② 在这样的一种生活环境中生活,波特诺"还能怎样呢?"③ 波特诺身上所具有的犹太性是他所处的社会环境和家庭环境决定的;而他的男人身份又要不可避免地受到其犹太性的左右。也就是说,他每当要像一个男人行事时,都会自觉不自觉地用犹太传统的伦理道德标准来判断或指导自己的行为。因此,罗斯在小说中之所以对波特诺手淫等脏事进行大写特写,实际是为了言说波特诺的犹太性与其男性身份之间的矛盾及其产生这一矛盾的根源。诚如美国犹太文学批评家莫里·鲍姆加登和巴巴拉·格特弗莱德在其著作《理解菲利普·罗斯》中所指出的那样,"贝娄的主人公悲悼地说,所有的西方文明给他带来离婚;波特诺也伤心地说,所有西方的和犹太的历史导致他手淫。"④

---

① Philip Roth, *Portnoy's Complaint*, pp. 13—14.
②③ *Ibid*., p. 14.
④ Murray Baumgarten and Barbara Gottfried, *Understanding Philip Roth*, p. 81.

在《波特诺的抱怨》一书中，如何把体现在波特诺身上的犹太性和男性身份之间的矛盾揭示出来是十分重要的。一方面因为这一矛盾是推动罗斯小说情节发展的重要"动力"之一，另一方面也因为这一矛盾本身反映了当今美国犹太男人的精神状况，从而也折射出罗斯本人的犹太性。罗斯在一篇文章中曾讲到，他曾收到一封名叫利昂·尤里斯的读者来信。他说尤里斯在信中指出："有那么整整一群犹太美国作家，他们花费时间来指责他们的父亲，憎恨他们的母亲，绞着手左思右想他们为什么出生……作家经历了他的读者所经历的一切……我在欧洲和以色列研究《出埃及》时有一个发现。这个发现是：我们犹太人不是曾经被描写的那样。事实上，我们一直都是斗士。"①罗斯对这封读者来信的回答是："'我们一直都是斗士。'这个表述太大胆、愚蠢和无知，不值得批驳。人们有一种感觉是尤里斯决心要用他的犹太人的新形象，单枪匹马地和一些故事中的旧形象作斗争。这些故事中的关键词语是：'杰克，好好玩，别打架。'"②换句话说，罗斯对尤里斯来信的回答透露了他对自己同胞的看法。在他看来，犹太人从根本上说并不好斗，他们所受到的传统文化的影响致使其缺乏了阳刚之气。正如罗斯在《波特诺的抱怨》中让主人公波特诺诘问道：

> 施皮尔沃格医生，这就是我的生活，我唯一的生活，我生活在犹太玩笑之中！我是犹太玩笑中的儿子——**但它根本就不是玩笑！** 请告诉我，是谁把我们搞得这样失去活力？是谁把我们搞得如此病态、神经质和孱弱？他们为什么还在吆喝"小心！别动！阿莱克斯——不行！"为什么我独自一人在纽约躺在床上，为什么我还在绝望地手淫？医生，你怎么来称呼我的病？这就是我曾经听说过的犹太人的痛苦？这就是从屠杀和迫害遗传到我这儿来的吗？这就是可爱的两千多年来非犹太人对我们的嘲笑和辱骂的结果？……做犹太乖孩子，够了！

---

①② Philip Roth, "Some New Jewish Stereotypes" in Philip Roth, *Reading Myself and Others*, p. 138.

公众场合讨父母的欢心,私下里却玩手淫！够了！①

波特诺的这番斩钉截铁的话,无疑道出了以他为代表的犹太移民后裔,对自己民族身份的怀疑和对民族传统伦理道德观念的反叛。按照波特诺的逻辑推演,他不能像一个"真正的"美国男人那样生活的真实原因,就是在于犹太传统文化对其的束缚。因此,他要千方百计地挣脱掉这个束缚,即试图在打破禁忌的反叛中获得拯救。但事实证明,他的反叛只能使自己越陷越深,最终进入了一种宿命的怪圈——跟自己的命运开了一个玩笑。

罗斯似乎通过波特诺的"玩笑"意在说明,生为犹太人其实是一种文化宿命,你可以做与犹太人的关系若即若离的犹太裔美国人(Jewish Americans),或者做乐于认同他们的祖先的美国犹太人(American Jews),②但是,你不可以诋毁自己的民族文化身份,更不能亵渎它。假如你要用亵渎的方式来摆脱自己的文化宿命,那么到头来,你将会像波特诺一样,受到"规律"的嘲笑和惩罚。因此,从这种意义上说,罗斯这部小说中的"犹太性"是通过"亵渎"的方式表现出来的。

第三节　20世纪70年代的文学创作

一、TRICKY 总统：对现实政治人物的讽刺

在《波特诺的抱怨》之后,罗斯又创作了一部政治讽刺长篇小说《我们这一伙》(*Our Gang*, 1971)。这部作品标志着他小说创作的一个重大转折：从早期讽刺、批判美国犹太个人及其家庭生活,转向了讽刺和批判美国社会的政治生活。罗斯非常重视政治讽刺小说的时效性。诚如他在回答记者的采访时说："总的说来,尽管讽刺、处理那些持久的社会和政治问

---

① Philip Roth, *Portnoy's Complaint*, pp. 36—37.
② 参见雅各·瑞德·马库斯：《美国犹太人》,杨波等译,上海人民出版社2004年版,第271页。

题,它的喜剧感召力还是在于对当时形势的利用。即便是读另一个时代最好的讽刺文章,也不会像同时代读者在阅读中所能感受到的快乐或愤懑。"① 故而,他自己认为,反映当时的社会现实的小说《我们这一伙》是"一种对尼克松话语风格和思想所作的夸张的体现和模仿"。② 当在被问及出版了四部有关犹太主题的小说后,为何转向了写政治讽刺小说时,罗斯回答是:"我为什么转向写政治讽刺作品? 一句话:尼克松。"③ 他曾这样写道:

> 数月前,这个国家的多数人听到美国总统候选人之一说了这样一些话:"嗯,如果你们觉得肯尼迪参议员是对的,那么,我由衷地相信你们会投肯尼迪参议员的票。不过,如果你们觉得我是对的,我谦卑地提出你们选我。现在,我觉得,当然这是个人意见,我是对的……"等等。尽管对大约三千四百万选民来说,这并没有什么,但是,在我看来,嘲讽尼克松先生还是有点容易。④

无疑,起初是尼克松总统笨拙可笑的语言触发了罗斯的创作灵感。不过,直接导致他创作《我们这一伙》的原因至少还有以下两点:一是 1971 年 4 月,尼克松煞有介事地对多起杀人犯卡利的判决所作出的不当反应;二是尼克松"像天气预报员一样轻松地说出'中华人民共和国',他甚至不是一个反共主义者"。⑤ 在此需要指出的是,罗斯在该时期对中国持敌视态度的原因可能是多种多样的,如可能是与苏联有关。但不管怎样,这说明罗斯在政治上具有错误、褊狭的一面。

作为一部政治讽刺小说,《我们这一伙》所讽刺的并非只是一个人,而是一群人——一群生活在 20 世纪 60 年代至 70 年代初越战期间及其后的美国政客。这部小说在形式结构上有一些独特之处。首先,小说采

---

① Philip Roth, "On Our Gang" in *Reading Myself and Others*, Farrar, Straus and Giroux, 1996, p. 43.
② *Ibid.*, p. 45.
③ *Ibid.*, p. 50.
④ Philip Roth, "Writing American Fiction" in *Reading Myself and Others*, p. 120.
⑤ Philip Roth, "On Our Gang" in *Reading Myself and Others*, p. 50.

用了戏剧的对话形式,简约、直接且富有戏剧性。而且,每个出场的人物都有其预先设定的角色;其次,小说承袭了英美讽刺文学的传统,用直接表意的单词来做人物的名字,从而显得形象而又辛辣,如 CITIZEN(公民)、TRICKY(欺骗)、MR. FANCINATED(受蛊惑先生)以及 MR. ASSLICK(马屁精先生)等;第三,为了增加小说对现实的批判力度,小说采用了虚构与现实紧密结合的方法,如罗斯在小说的正文前引用了尼克松关于妇女"流产"的一番话,在紧接下来的第一章——CITIZEN 与 TRICKY 的对话中,又再一次提到了妇女"流产"的话题。这容易使读者联想到作品中的人物 TRICKY 实际就是现任总统尼克松。"流产"在此是一个重要的意象。

《我们这一伙》对美国社会所进行的讽刺和批判是全面而深刻的。在小说的第一章,罗斯首先从妇女"流产"谈起。作品中的主要人物之一 TRICKY 一方面以维护未出生者的权利为借口,反对妇女"流产",但另一方面却为在越战中犯下滥杀 22 名妇女、儿童的美国中尉威廉·卡利进行百般辩护。他说:"这个国家的法庭上有这样一个传统:除非证明有罪,否则视为无罪。在马莱的沟渠里有不同年龄的妇女,但我没看到任何一份文件上提到在马莱的那个沟渠里有怀孕的妇女。"[1]他认为至少有四点可以证明卡利中尉是无罪的:一、如果说在那个沟渠里有怀孕的越南妇女,她应该设法告诉卡利中尉。她没有说,卡利不可能知道,因而无罪。二、或者她说了,但是由于语言的关系,卡利中尉听不懂,无从了解事实的真相,属于不知者,仍然无罪。三、即便沟渠里的妇女是身怀六甲,有孕妇的体征,但由于是在战争中,卡利中尉无法甄别这位妇女到底是怀孕了,还是本身就身材矮胖。四、就算卡利中尉知道这位妇女怀孕了,或许这位孕妇要求卡利中尉给她做人工流产,而这位妇女还很有可能是在流产中死掉的。因此,不能判断说这位孕妇是卡利中尉杀死的,也就是说,卡利中尉是无罪的。在小说第二章的结尾处,罗斯借 TRICKY 之口,一语道破了问题的实质。TRICKY 说道:"我想他们会记得是谁在国外战

---

[1] Philip Roth, *Our Gang*, New York: Random House, 1971, p. 5.

事尤酣,国内种族问题陷入危机之际,如此投入地把这个国家变成未出生者适宜自豪居住的地方。"① 作为一位总统,TRICKY 对他国人民的生死漠然置之,甚至鼓励士兵滥杀无辜;而在对本国中的种族问题采取置若罔闻的态度,却又一味大谈维护所谓未出生者的权利。结合着美国总统尼克松在 1974 年 11 月最终赦免威廉·卡利中尉这一事实,会发现罗斯的《我们这一伙》对美国现实与政治的讽刺是颇为尖锐与深刻的。

小说的第二章转向了美国所谓的民主选举制度。TRICKY 总统为了给自己拉选票,在召开的新闻记者会上,煞有介事地为授予未出生者选举权而大造声势。他声称,自己不仅要为那些成熟的胎儿的权利说话,也要为那些八个月大的胎儿的权利而呼号。他以为,这样一来,那些大大小小的胎儿就会选举他连任总统。他对自己的这一"壮举"非常得意,不但把其与美国黑人运动领袖马丁·路德·金相提并论,而且还自认为其意义已经超过了马丁·路德·金。他说:

我们必须确认马丁·路德·金现在已经死了。他是个为自己人民争取平等权利的了不起的领导人,不错,我也确实相信他会在历史找到一个位置。但是,当然,我们必须牢记他不是美国总统,像我一样;他也没有像我一样被宪法授予权力。这是一个需要记住的重要区别。在宪法授予的权力之内工作,我想我将能为整个国家内那些为出生者做更多的工作,这比金博士在宪法之外为他一个种族的已出生者做的工作要多得多。②

实际上,TRICKY 总统的这番话至少有以下几层含义。首先,马丁·路德·金不仅是人死了,其精神也死了;其次,马丁·路德·金是在宪法之外为其民族工作的。言外之意,他是非法的;最后,作为美国宪法授予权力的总统,他关心的是那些自以为能选举他连任总统的未出生者。

---

① Philip Roth, *Our Gang*, p. 24.
② *Ibid.*, pp. 11—12.

不过，也有人对此，即未出生者如何投票提出了异议：那些未出生者的神经系统未得到发育或发育不全，他们如何判断该投谁的票？另外，这些未出生者没有四肢，不能行走，如何到投票站去投票？TRICKY 总统的回答是："宪法中没有规定因某人身体残废而剥夺其选举权，"另外，"他们可能无知……但是，让我来问你以及所有电视观众一个问题：有点无知有什么错？我们有下流的语言，我们有玩世不恭，我们有色情受虐狂以及捶胸顿足——或许来一大些无知正是这个国家重新伟大起来所需要的东西。"① 这也就是说，在 TRICKY 总统看来，美国这个伟大的国家如果想重新变得伟大，"无知"是必不可少的。或许 TRICKY 总统的这番话另有他意，但从逻辑上说却是经不住推敲的，即既然美国再次"伟大"需要"无知"，那么以前的"伟大"便是以"无知"作基础的。无疑，这个结论是非常荒诞可笑的。罗斯在此用这一办法既讽刺了 TRICKY 总统，也嘲弄了美国这个所谓强大的国家。

在《我们这一伙》中，罗斯还运用漫画夸张的手法对美国政府及其政治进行了嘲弄与批判。在小说的第三章里，罗斯描写了 TRICKY 总统召开"头头决策会议"，会议的议题是如何树立 TRICKY 总统形象和竞选连任美国总统的问题。身穿印有"白宫财产"字样运动衣的 TRICKY 总统② 和他的"教练"们，首先讨论了如何应对"男童子军"对 TRICKY 总统形象的"歪曲"问题。TRICKY 总统并不担心那些坐在轮椅里的越战老兵的抗议，③ 但却害怕这些童子军。害怕的原因是："假如男童子军、鹰童子军，爬上国会山房顶上喊着美国总统是'一个肮脏的老头'，你们一点都别以为美国人民会坐视不管。"④ 在 TRICKY 总统看来，"你可以不经国会同意而发动战争，你可以毁掉国民经济，践踏权利法案，但你不能违犯美国男童子军的道德信条，并希望在这片土地上获得最高官职的连

---

① Philip Roth, *Our Gang*, pp. 21—22.
② 尼克松总统以其酷爱美国职业橄榄球赛而闻名。
③ Philip Roth, *Our Gang*, pp. 27—28.
④ *Ibid.*, p. 28.

任。"①鉴于童子军主要是不满意于 TRICKY 总统大谈特谈维护未出生者的权利问题,即色情话题,因此,TRICKY 总统和其政治教练商议,是否让他在电视演说中声明自己是个"怪人"——同性恋者或者先天性阳痿患者,以此避免或者打消人们对他可能是个色鬼的猜疑。TRICKY 总统的法律教练对该计策则持反对态度。他认为,一方面,同性恋者也能做爱;另一方面,总统有两个孩子,这证明他并不是个先天性阳痿患者。因此,他提议 TRICKY 总统不必像在作副总统候选人时那样,用尽一切自我贬损的办法来显示自己的谦卑与诚实。如果说那时的谦卑、诚实,甚至自我贬损是为了能登上权力的舞台,那么现在目标已经达到了,就要"诉诸法律……把他们抓起来,扔进监狱,然后把钥匙扔掉。"②而 TRICKY 总统的军事教练则更极端。他认为:"不要再溺爱敌人了。让我们一劳永逸地把这事解决掉。枪毙他们!"③TRICKY 总统对这个建议很感兴趣。于是,他与教练们便开始商议是在抓捕前枪毙,还是抓捕后枪毙的问题。

是抓捕前枪毙还是抓捕后枪毙不只是个时间的问题,它实际上透露了美国政治的玄机。TRICKY 总统的法律教练认为,在抓捕前枪毙虽然能把那些民权运动的死硬分子消除掉,但却有一定的风险;他的军事教练则认为,如果在抓捕后枪毙,就会"丧失任何取得攻击成功的一些基本东西:出其不意的成分"。因为"常识告诉我们即便是敌人也不会傻得站在那儿等着被击毙,他们如果得到足够的警告将要被枪毙,就会采取一些懦夫的,而且常常用邪恶的手段来保护自己的生命,如回击。"所以,为避免给士兵造成无谓的牺牲和麻烦,他以越战为例,建议 TRICKY 总统下令把他们就地枪毙或者炸成肉渣。TRICKY 总统的法律教练虽然抱怨这样做会给其雇员带来麻烦,但他表示不管怎样,都会在法律上给总统以全力的支持。在他看来,如果 TRICKY 总统"在这件事上做出丝毫的让

---

① Philip Roth, *Our Gang*, p. 28.
② *Ibid.*, pp. 42—43.
③ *Ibid.*, p. 43.

步——或对任何事情做出让步——你就会为无政府主义、社会主义、共产主义、福利主义、失败主义、和平主义、性反常行为、色情描写、卖淫、暴民规则、吸毒、自由恋爱、酗酒以及亵渎国旗敞开大门"。① 法律教练的这番话,不但深刻揭示了美国政府是如何对待国内民主运动的,而且也暴露了美国社会的诸多问题与深刻的危机。

不过,小说中最具有讽刺意味的是,在得知同性恋者也常常和异性性交后,TRICKY 总统又改变了主意,即接受了一个名为"有高度文化修养"的教练的建议:找一个替罪羊来为目前混乱的局面负责。TRICKY 总统让这位教练列了一个黑名单,以供总统的教练们选择之用。结果,黑人棒球运动员科特·弗拉德被选中了。科特·弗拉德在历史上确有其人。1969 年,他因拒绝被原来的棒球俱乐部卖给另外一家在费城的俱乐部而遭到起诉。他拒绝的原因有两个:一是反对在当时俱乐部通行的"保留条款",②即把运动员当作财产一样地变卖;二是他不愿意到种族歧视严重的费城生活。TRICKY 总统在向全国人民作电视演说时,以负责棒球运动专员的名义,谴责弗拉德败坏了棒球运动。③ 他认为,弗拉德不但是美国越战、柬埔寨战争期间扰乱社会秩序的罪魁祸首之一。而且,他还应对男童子军的抗议示威负责。TRICKY 总统这样说的理由是,弗拉德"通过败坏他们的道德来挑起这场暴乱",④尤为恶劣的是,弗拉德在童子军示威抗议的前一周蓄意离开了美国。⑤ 为此,他所做出的结论是:

> 我发现我只能赞成负责棒球运动专员的英明的决断:如果这个逃亡者取得胜利就不可避免地导致——这个在美国国土上比任何机构设施更能使美国儿童变得强壮、体面以及遵纪守法的伟大运动的死亡,坦率地说,我不知道我们的敌人还有什么比破坏棒球运动及其所代

---

① Philip Roth, *Our Gang*, pp. 45—46.
② "保留条款"是指职业运动员与所属俱乐部订立的契约中规定俱乐部在契约有效期内享有该运动员出场竞赛、转让等专属权。
③ Cf. Philip Roth, *Our Gang*, p. 95.
④ *Ibid*., p. 120.
⑤ *Ibid*., p. 94.

表的一切还要好的办法来瓦解这个国家的青年。①

TRICKY 总统把国内人民反战、童子军示威等问题,统统归罪于弗拉德对棒球运动的破坏,这一方面说明了以其为代表的美国政客的荒诞与虚伪,另一方面也揭示了黑人在美国社会所处的屈辱地位。

在小说的第四章中,罗斯以美国政府起诉黑人棒球运动员弗拉德为线索,进一步揭露了 TRICKY 总统对内采取反民主、种族歧视的高压政策,而对外推行霸权主义的真实面目。他为进一步打压黑人棒球运动员弗拉德,对弗拉德所聘请的律师也进行了恶意攻击。他猜测弗拉德聘请的律师是联邦最高法院的前任法官犹太人阿瑟·戈德堡。他把这位犹太律师与美国国内最为狡猾的律师相提并论,并在随后的演讲中暗示犹太人为"肮脏淫猥挨户兜售商品的小贩"。② 按照他的逻辑,一个企图破坏棒球运动的人,又聘请了这样一个犹太律师,是无资格在法庭上作申诉的。另外,在得知弗拉德前往丹麦后,他向全国发表电视讲话,要求美国民众同意他派兵轰炸丹麦。他为派兵所寻找的理由是,丹麦是一个支持色情泛滥、好战、搞扩张主义、仇视美国领土完整的国家。为此,他把这次军事行动视为维护美国"尊严、荣誉、道德和精神理想、在世界上的信誉、健康经济、伟大、献身前辈梦想、人类精神、人类得到天赐的尊严、遵守协议、联合国原则以及为全体人民的进步与和平"③所必不可少的。他还指责丹麦占领了其境内的一个小镇艾尔西诺,并发誓要把这个小镇"从外国占领的枷锁下解放出来"。④ 其理由是英国戏剧家莎士比亚《哈姆莱特》一剧的场景就设在丹麦这个小镇,而且这个小镇又被称为"哈姆莱特城堡"。TRICKY 总统的好战、霸权逻辑由此可见一斑。

在这一章中,罗斯还就 TRICKY 总统为开脱对童子军血腥镇压的责任作了进一步的揭露和批判。TRICKY 总统在全国电视演讲中厚颜无

---

① Philip Roth, *Our Gang*, pp. 97—98.
② Ibid., p. 122.
③ Ibid., p. 84.
④ Ibid., p. 90.

耻地详细介绍说,面对这些十二三岁的童子军,他的"勇敢的士兵只是携带了装上子弹、刺刀的步枪,催泪弹以及防毒面具"。① 他的军队之所以开枪杀害了三名抗议儿童,是因为经"美国联邦调查局、秘密特工人员、美国中央情报局、宪兵、海岸警备队、司法部长办公室、国会警察、哥伦比亚警署以及从全国各地召集来的司法人员"②对这三名被枪杀的儿童的勘查,发现他们携带的四英寸左右长的小刀(实际上是小水果刀),威胁了荷枪实弹的美国士兵的人身安全。在他看来,枪杀三名儿童与整个参加抗议的儿童人数比例不大,即只有万分之三的死亡率,是可以接受的。他为以这样"低"的死亡率解决这场危机而感到欣慰,并将此视为一种"美妙的礼物"。③ 罗斯运用的这种反讽手法,无情鞭挞了 TRICKY 总统与他所代表的美国政府的道貌岸然和冷酷无情。

在小说的第五章,罗斯以幽默、辛辣的笔触,以假乱真的手法,预言了 TRICKY 总统的政治死亡。罗斯的高妙之处不仅在于充分利用英语修辞手法,如头韵、拟人、双关语等,来讽刺和批判 TRICKY 总统及其政治幕僚们的丑恶面目,还巧妙地将他的"死亡"与他在对内、对外政策上的倒行逆施联系起来。罗斯以新闻采访的形式,在查找 TRICKY 总统死亡原因的过程中,追诉和总结了小说前四章中 TRICKY 总统所犯下的罪行。在前四章中,TRICKY 总统依次所犯的罪行是:制造政治谎言、为拉选票而"维护"未出生者的权利、血腥镇压男童子军的抗议和迫害黑人棒球运动员。因此,媒体采访到他死亡的原因也依次为:做上嘴唇手术失败、被童子军所携带的小水果刀捅死、被黑人棒球运动员所使用的棒球棍打死,以及被人诱到医院产房——被卷曲起身体,赤裸裸地淹死在一个象征子宫的皮囊里。TRICKY 总统的死亡,被媒体讽刺为"为世界未出生者献身的烈士"④和"长期迷失的孩子"。⑤ 美国人民对他遇刺死亡的反应是,

---

① Philip Roth, *Our Gang*, p. 105.
② Ibid., p. 109.
③ Ibid., p. 106.
④ Ibid., p. 151.
⑤ Ibid., p. 153.

或"装作这事没有发生；或尴尬且怀疑地咯咯笑着；或设法把他们对这位堕落的领导人的深爱掩藏在粗硬的外表下"。① 总之，罗斯竭尽嬉笑怒骂之能事，最终宣判了 TRICKY 总统的死亡。

不过，罗斯写到这里并没有感到满足，他通过写众多美国人争先恐后地或忏悔或自言自己是杀害 TRICKY 总统的凶手这种说反话的方式，来揭示 TRICKY 总统反人民、反社会，成为人人得而诛之的可悲下场。他在小说中写道："他们许多人跪在那里乞求[警察]把他们抓进去，几乎每一个叫汤姆、狄克、哈里的人，似乎都持有文件或照片或手印来证明是自己杀害了总统"，②甚至有 15 个人为说明自己是杀害总统的凶手而"扭打在一起，相互敲打着对方的头"，③并且要求被警察逮捕。但是，警察们却"得到白宫的命令，在任何情况下都不逮捕任何人。"④这里的玄机是副总统担心自己不够资格接任总统。他害怕如果对外宣布总统身亡，就会发生内阁政变，或人民武装起义来阻止他接任总统。为此，他在拒不承认总统已经被杀身亡的同时，却秘密宣誓接任总统。罗斯在此巧妙地暗示了美国政治的隐晦和美国政客的奸诈。

罗斯在小说的最后一章写了 TRICKY 总统在地狱里发表与魔鬼撒旦竞选地狱领导人的演说。这种写法的意义不只是在于将生前作恶多端的 TRICKY 总统打入地狱，而且还在于让被打入地域的 TRICKY 总统，在演说中暴露了其邪恶的本质和泄露了上帝与魔鬼同谋的天机。罗斯在此叙述策略的高妙之处是，首先让 TRICKY 总统在进行竞争地狱首领的演说中，大谈特谈地狱的邪恶计划："我们正在与正义王国进行殊死的竞争……我们的目标不仅仅是保持让我们自己邪恶，而且要把这邪恶扩展到所有的生灵"，⑤然后，又让他在演说的结束前话锋一转，这些邪恶的计划实际上是"上帝给撒旦这样的指示"。⑥ 由此可见，罗斯所批判的并不

---

① Philip Roth, *Our Gang*, p. 154.
②④ *Ibid.*, p. 166.
③ *Ibid.*, p. 169.
⑤ *Ibid.*, p. 185.
⑥ *Ibid.*, p. 198.

仅仅是 TRICKY 总统本人与美国政治,而且还把批判的锋芒指向了所谓正义的化身——上帝。这在罗斯的小说中是不多见的。

二、荒诞的《乳房》:现代犹太人的生存寓言

在写完被誉为"现实的官方版本"①——《我们这一伙》之后,罗斯又写出了关于他的"第一个英雄人物"②的小说《乳房》(The Breast, 1972)。这部小说是以戴维·凯派什为主人公的三部"欲望系列"③小说中的第一部,另外两部是《欲望教授》与《濒临死亡的动物》。

《乳房》以第一人称叙述方式,讲述了一个犹太文学教授戴维·凯派什如何在一夜之间,变成一个巨大乳房以及变形后所发生的种种故事。在回答艾伦·莱尔查克在采访中提出的有关这部小说的主旨一事时,罗斯说:"无论如何,我关心的是男人和女人的系泊索被切断了,他们被从本土的岸边吹到海上去了,有时候随着他们自己正义与愤恨的潮汐波动。"④罗斯的回答蕴含着深刻的寓意。首先,正如他在随后所表示的:"对我来说,继续写小说的最强烈动机之一,是一种持续增长的对'位置'的不信任感,包括我自己的。"⑤事实上,这里所说的"系泊索"和"位置"其实是一回事,都是对一种民族文化的根基、民族身份感以及道德精神信仰的指代。而"系泊索"被切断或对其"位置"不信任情绪的产生,皆说明了现代社会中的人们,特别是犹太人面临着严重自我丧失的窘况。主人公凯派什因无法弄清自己是谁或是干什么的,即他的精神"系泊索"不知被什么东西给切断了,所以只能随着欲望的波浪,漂流到无垠的欲望之海上。

其次,在这部小说中,男人和女人之间的关系虽是以"性"为主,但在"性"的后面,却蕴藏着现代人的内心矛盾与挣扎。正如罗斯对他的人物

---

① Bernard F. Rodgers, Jr., *Philip Roth*, Boston: Twayne Publishers, 1978, p. 97.
② Philip Roth, "On *The Breast*" in Roth's *Reading Myself and Others*, p. 66.
③ "欲望系列"为本书作者的提法。
④ Philip Roth, "On *The Breast*" in Roth's *Reading Myself and Others*, p. 65.
⑤ *Ibid.*, p. 71.

做出的说明,他们常常"挣扎在调节冲动与欲望这对敌对的(或至少是竞争的)矛盾之中,议妥某种内在的平静或力量的平衡,或者说,把伦理道德、社会期望与对肉体及快感而产生的唯一,且不可平息的欲望之间的敌对状态,保持在一个低的破坏水平上"。① 小说中的主人公凯派什就是这样的一个人物,他经历了婚变的灾难以后,成为一位"欲望教授",随之又变成了一个巨大的乳房。他既无法行动,也看不到外部的世界,其精神苦痛只能借助情人、护士的抚摸和吸吮来得以缓解、释放。

罗斯对其小说所做的评论,无疑有着重要的参考价值。不过,细读起来,这部小说还另有一些弦外之音,即罗斯在讲述现代人灵与肉矛盾斗争的母题之同时,还言说了现代人的文化身份以及生存方式的寓言。在小说中,凯派什的文化身份并不是特别明确的,只是通过字里行间的信息,隐约地知道他是一位美国犹太人。换言之,罗斯在此并没有明确描写凯派什与犹太人相关的人和事,但透过小说的情节、细节等方面的安排,仍能看出整个故事其实就是有关犹太人在现代社会中的生存寓言。大致说来,这个寓言是由三个方面的内容构成的:犹太人的疑病症、犹太人的婚姻变异以及文学或书本知识给现实生活所带来的影响。

小说的主人公凯派什"一生中都是一个十分虔敬的疑病症患者"。② 当他在小说的开篇,回想起自己所经历的一些古怪的事情时,感叹道:

> 开始就古怪。不过,无论以何种方式开始,除了古怪,还能有别的方式吗? 当然,据说阳光下的一切事情都"古怪地"开始,"古怪地"结束,而且是"古怪的":一朵完美的玫瑰是"古怪的",不完美的玫瑰是如此,你邻居家花园里好看的普通玫瑰也是如此。我了解那个观察一切都显得可畏和神秘的视角。③

---

① Philip Roth, "On *The Breast*" in Roth's *Reading Myself and Others*, p. 70.
② Philip Roth, *The Breast*, New York: Holt, Rinehart and Winston, 1972, p. 4.
③ *Ibid.*, p. 3.

在凯派什的眼中,什么都是"古怪"的,即他把一切已发生或存在的事情都视之为"古怪"。这其实是他观察、认知事物的视角。这种认知世界的方式,实际是凯派什惶惑不安、怀疑多虑心理的反映。

20世纪60年代,美国正处于一个"新旧文化"的交替时期或美国犹太人的"黄金时代"。[①] 面对新文化发出的"抛弃人造物品,享受肉体"的号召[②]和"黄金时代"美国犹太人所信奉的"将这些近几十年来的烦人记忆——大萧条时期的不确定性,20年代至40年代的反犹主义和纳粹所带来的恐惧搁置一边"[③]的新潮人生观,生活在这一时代末期的凯派什在实践这一号召和在对过去进行"搁置"的过程中,开始怀疑自己和自己周围的一切。凯派什的这种以怀疑眼光看待一切的思维方式,与其说是受新思潮的影响,不如说是犹太人在屡次的"惊吓"中所形成的一种近似于与生俱来的思维特征。换句话说,凯派什这一人物形象如同贝娄、辛格、马拉默德等美国犹太作家笔下的人物一样,反映了犹太人,特别是犹太知识分子那种敏感不安、没事也总试图找出点事来的精神特质。例如,在小说的开始,凯派什的腹股沟只要稍有一点不适,他便不停地跑到厕所里进行"刻苦地察看";[④]当他变成了一个巨大的乳房后,先是疑心自己被"放在麦迪逊广场花园中央的一个隔音玻璃罩下或梅西商店的橱窗里";[⑤]随后又怀疑有人在窃听、偷看他,后又怀疑其父亲和心理医生所告诉他的真实情况,自以为自己患上了精神分裂症:"我对自己是一只乳房的感觉,我像一只乳房一样的生活,是精神病人的妄想。"[⑥]

致使凯派什患上疑病症的主要原因之一,自然与他的不幸婚姻有关。罗斯在小说中虽没有渲染这点,但从凯派什与其新女友克莱尔的交往中所

---

① Cf. Hasia R. Diner, *The Jews of the United States*, Berkeley, Los Angeles, London: University of California Press, 2004, pp. 259—304.
② 戴维·斯泰格沃德:《六十年代与现代美国的终结》,周朗、新港译,商务印书馆2002年版,第225页。
③ Hasia R. Diner, *The Jews of the United States*, p. 259.
④ Philip Roth, *The Breast*, p. 3.
⑤ *Ibid.*, p. 19.
⑥ *Ibid.*, p. 51.

做的"约定"中,不难看出他对婚姻怀有恐惧、不信任的心理。正如他说:

> 让我对自己衰退的欲望感到非常苦恼的是,在我们三年的交往中,克莱尔和我找到了一种共同生活的方式——其中部分包括分居——为我们提供了彼此在感情上与相伴时产生的温暖和安全感,没有那种因依赖而带来的负担,那种磨人的无聊,那种狂野、漫无目标的渴求,那些败坏了我们所知道的几桩婚姻的全天候的欺骗、安抚、控制。①

相爱本来就是要相互"依赖",可凯派什与克莱尔的关系维持靠的却是"其中部分包括分居",即他们相爱,但为了避免负担而绝不相互依赖。这一关系模式看似避免了现代婚姻所带来的一些恼人的麻烦,但由此也导致了彼此间的精神隔膜与猜疑。进一步说,这种经过"绝缘"处理和带有强烈防范意识的爱情,最终会导致人格分裂与精神崩溃。应该说,凯派什在爱情、婚姻方面的遭遇具有一定的普遍性,不少犹太学者早已注意到了犹太人的婚姻变化。《爱情与婚姻之犹太方式》一书的作者莫里斯·兰姆(Maurice Lamm),对此曾做过这样的描述:

> 一大群人,其中包括古代与现代的哲学家和社会学家极力反对整个婚姻制度。他们告诉我们,婚姻是一个"高耸的地狱"——你可以对其有很高的期望,但到头来却被其焚毁了。事实上的确是许多婚姻或者以离婚的方式迸发,或者将愤怒与仇恨内在化……
>
> 上百万陷入麻烦婚姻的人匆忙想尽快结束婚姻。他们用谴责婚姻制度的方式来辩护自己的失败,热诚地寻找另外一种方式作为替代……他们可能寻找诸如非正式同居、随意性交或开放式男女关系等"新"的选择,但他们的目的是一致的:摆脱束缚。②

---

① Philip Roth, *The Breast*, p. 8.
② Maurice Lamm, *The Jewish Way in Love and Marriage*, San Francisco: Harper & Row, 1980, p. 116.

兰姆对从古至今犹太婚姻的描述是很有启发性的。他不仅道出了传统婚姻所面临的困境,还揭示了不幸婚姻所带来的情爱的不确定性和不可靠性,即人们选择"非正式同居""随意性交"等新的关系方式来替代婚姻。可这样一来,又会引发出一系列新的问题。就以凯派什为例,他虽然寻找到了另外一种方式替代其失败的婚姻,而且,这一替代从开始就是一剂"补药"和针对前妻的"镇定性解毒药",[①]但是失败的婚姻阴影却始终缠绕着他。可以说,他生活在悖论之中,一方面无法摆脱已经摆脱了的婚姻,另一方面又无法将目前的爱情用婚姻的方式加以确认。从某种意义上说,凯派什的身体变形就是其精神变形的派生物。

罗斯还在小说的字里行间暗示了文学作品(书本知识)与凯派什形体变形之间的关联。凯派什是纽约州立大学比较文学系的一位文学教授,主要向学生们讲授卡夫卡的《变形记》、果戈理的《鼻子》以及斯威夫特等一些作家的作品。他承认,"不管是学,还是教",他自己的"文学的经验必然地被自我意识和词语虚夸表达的负担所毒害"。[②] 在小说的结尾部分,即凯派什与心理医生克林格博士的那场对话中,暗示出了文学作品对他的影响:

> 是小说把我变成这样的?"凯派什先生,怎么会呢?"克林格博士问道……"不,"我说,"这可能是我成为卡夫卡、成为果戈理,成为斯威夫特的方式。他们能够想象出那些奇异的变形——他们是艺术家。他们有语言和那些令人着迷的小说头脑。我没有。因此,我得经历这种事情。""必须吗?""为得到我的艺术。我有这种不必超脱的艺术追求。我喜欢文学中的这种极端,崇拜那些创作这种艺术的人,被小说中形象化的描述、力量以及富有启发性所迷住……我让词语有血有肉,鲜活起来。我比卡夫卡还卡夫卡。"[③]

---

① Philip Roth, *The Breast*, p. 27.
② *Ibid.*, p. 71.
③ *Ibid.*, pp. 72—73.

由于崇拜卡夫卡、果戈理和斯威夫特,所以要一心一意来实践这些作家曾在作品中所展示的有关"变形"的描写。当然,他这样做——变成了一个巨大的乳房,不仅仅是"为得到我的艺术",更是为了给不幸的婚姻和荒诞的生活作总结。

如果从犹太文化的角度来分析,罗斯在小说中所表现的文学作品与凯派什形体变形之间的关联,似乎还有另外的一种暗示:即书本知识对人类精神的支配。犹太民族是一个崇尚读书、学习的民族。不过,犹太传统观念要求犹太人读犹太经书,而非世俗知识或文学。虽不能简单地将罗斯写凯派什读书成痴,乃至变形与犹太人有关读书的观念相挂钩,但是,他在此这样写不能不令人与其传统禁忌相联系。

继《乳房》出版之后,罗斯又分别在1973年和1974年创作出了两部长篇小说,《伟大的美国小说》和《我作为一个男人的生活》。此后,罗斯有数年没有再发表作品。1977年,著名美国犹太学者、文学批评家欧文·豪悲观地断言,美国犹太文学的高潮已经过去了。① 然而,就在这同一年,罗斯又创作出版了他的"欲望系列"小说的第二部《欲望教授》,并在随后的八年间连续出版了四部有关朱克曼的小说:《鬼作家》《解放了的朱克曼》《解剖课》《受缚的朱克曼》(或《布拉格狂欢》)等多部作品。

第四节 20世纪70年代末到 2000年的创作

一、《鬼作家》与《反生活》

罗斯从创作"朱克曼四部曲"的第一部《鬼作家》(The Ghost Writer,1979)起,进入了一个新的创作时期。一般说来,在这一时期,罗斯由先前

---

① Irving Howe, "Introduction" to *Jewish-American Stories*. Irving Howe(ed.), New York: Penguin, 1977, pp. 1—17.

的探究性欲与犹太传统等问题转向了思考艺术与人生的契合。换句话说,艺术与人生的契合就是指犹太作家如何将自己的写作与犹太民族文化以及利益相结合的问题。

《鬼作家》以第一人称的叙事方式,讲述了主人公朱克曼找寻精神父亲的故事。朱克曼是一个犹太青年,爱好文学,因发表了"一部新的短篇小说"而与作修脚匠的父亲反目成仇,"惹上了真正的麻烦"。① 为了度过生活和文学创作上的危机,他找到了 E.L.罗诺夫做自己的精神父亲,希望能从罗诺夫那里得到自己的父亲所不能给予的一切。

罗诺夫是一位久负盛名的犹太作家,成名后退隐到一个偏远的乡村——一个被他视为躲避纳粹屠杀的避风港。朱克曼是一个 23 岁的城市犹太青年。他在发表了一部短篇小说后,又渴望能像罗诺夫那样写出"鸿篇巨制的教育小说"。② 在朱克曼看来,罗诺夫创作的"关于流散的犹太人的短篇小说集,不同于任何一位流浪到美国来的犹太人的作品",③其主人公"对 20 世纪 50 年代中期书生气十足的美国人来说意义重大……这位主人公似乎说出了点关于犹太人的新的且折磨人的东西",④因而,罗诺夫的创作不但真实地反映出受屈辱、受伤害、被屠杀的现代犹太人的生存状况,而且还能给现代美国犹太人带来自尊、信念和力量。朱克曼虽然坚持认为,自己在作品中突出地反映了犹太的道德价值观。但是,他在将自己的创作与罗诺夫的比较中发现,在风格上,罗诺夫更接近亨利·詹姆斯,即用含蓄的方式来表现其犹太性;而自己在某种程度上更酷似查理·狄更斯,即由于他在作品中对自己同胞的不良品行予以实事求是的描写,因而导致了犹太社区的批评,甚至被怀疑为有"反犹"倾向。朱克曼无法承受来自家庭和犹太社区的谴责,他想调和"文学与人生",即自己的文学良心、犹太文化身份与作为一个犹太人对其同胞的特别义务之间的矛盾。因此,他决定做一个"鬼作家":一个为自己民族说

---

① Philip Roth, *The Ghost Writer*, New York: Farrar, Straus and Giroux, 1979, pp. 9—10.
② *Ibid.*, p. 3.
③ *Ibid.*, p. 11.
④ *Ibid.*, p. 13.

话的作家。

应该说,《鬼作家》这部小说真实地反映了罗斯本人进退两难的精神状况。他曾因出版《再见,哥伦布》《波特诺的抱怨》等小说而备受自己同胞的批评、谴责,甚至谩骂。然而,罗斯并没有为此而停止过以自省和批判同胞的方式来表现或弘扬犹太民族文化、犹太伦理道德。在接下来的另外三部朱克曼系列小说(《解放了的朱克曼》《解剖课》《受缚的朱克曼》)中,他继续描写了朱克曼作为一名作家和作为一个美国犹太人的两难处境,并进一步分析、解剖了美国犹太作家和美国犹太社区之间的矛盾根源。

1986年,罗斯又创作出版了长篇小说《反生活》。这部小说的出版,标志着其创作生涯中的又一个新起点。然而,也就是在这一年,美国犹太文学批评家莱斯里·费德勒指出,美国犹太人与非犹太人的"同化"平息了美国犹太文学这一"类型"。他说:"我早就认定犹太裔美国文学已经过去了,结束了,成为历史的一部分而不是活的文学。"[1]结合着在上文所介绍的欧文·豪在1977年所发出的断言来看,会发现这两位批评家对罗斯的创作都是持否定态度的。究其原因,两位批评家皆认为,只有犹太移民的生活经历才是美国犹太文学创作的源泉,而任何"歪曲地"描写犹太移民生活或仅描写"同化"了的美国犹太人的生活不算是美国犹太文学。严格说,这个判断是不准确的。因为一方面,美国犹太移民生活的方式和内容是在不断发展、变化和补充的,不能说只有那些写早期犹太移民的艰辛生活和经历"同化"苦涩过程的作品,才属于美国犹太文学;另一方面,进入20世纪80年代中期以后,以索尔·贝娄、辛格、罗斯等为代表的一大批美国犹太作家,对战后在一定程度上被"同化"了的美国犹太人的生存状况和二战幸存下来的犹太人的关注,为美国犹太文学的发展注入了新的活力。而且,在社会上也造成了很大影响。这些作家的创作与出版在某种程度上已主宰了20世纪七八十年代以来的美国文学主流。正如美国文学批评家S.莉莲·克莱默(S. Lillian Kremer)在她的《后异化:近期

---

[1] Leslie Fiedler, "Growing Up Post-Jewish", *Fiedler on the Roof: Essays on Literature and Jewish Identity*, Boston: Godine, 1991, p. 117.

美国犹太文学的方向》一文中所指出的:"后异化的"当代美国犹太文学作家为本质上是犹太的、充满活力的文学繁荣做出了贡献。①

克莱默所称的"后异化"问题,实质是指美国犹太移民完成与美国主流社会"同化"后所面临的问题,即如何对待二战中的"屠犹",如何处理犹太人与非犹太人、犹太人与阿拉伯人之间的关系;如何处理美国犹太人与以色列的关系等问题。一般说来,"后异化"时代,大致是指二战后犹太人完成与当地非犹太人"同化"的时代。罗斯的长篇小说《反生活》(*The Counterlife*,1986)就属于克莱默所称的"后异化"时期的表达"后异化"主题思想的作品。

罗斯在其长篇小说《反生活》中,将观察的视野投向了犹太人的家园——以色列。在这部小说中,罗斯对犹太人问题,特别是如何对待犹太人与非犹太人间的关系问题,展开了广泛而细致的讨论。在小说的第三章"在以航班机上"中,有一个重要,但却容易被读者忽略的情节:一位刚刚离开学校的犹太学生吉米,企图说服内森·朱克曼帮他劫持一架以色列航班。其劫机的目的很简单,就是要"把整个世界舆论引到以色列这一问题上来"。② 他事先写了一份劫机声明,要求以色列政府"忘记过去":

> 我要求以色列政府立即关闭大屠杀博物馆,即耶路撒冷博物馆和大屠杀纪念堂。我以犹太人未来的名义提出上述要求。**犹太人的未来就是现在**。我们必须永远废除迫害。我们不应该再提"纳粹"的名字,从心底里把它忘记。我们不再是一个有剧烈创伤和可怕伤痕的民族。我们已经在悲惨的荒野上流浪了将近四十年,现在是停止用纪念堂来进行可怕回忆的时候了!因此它的名字不应该再同完好、健康的以色列土地联系起来!③

---

① S. Lillian Kremer, "Post-alienation: Recent Directions in Jewish-American Literature", *Contemporary American Jewish Literature*, Elaine M. Kauvar (ed.), Spec. Issue of *Contemporary Literature* 34.3 (1993), p. 589.
② 菲利普·罗斯:《反生活》,楚至大、张运霞译,湖南人民出版社1988年版,第199页。
③ 同上书,第199—200页。原译文中漏译了"犹太人的未来就是现在"一句。

吉米在文中的核心意思,是要以"忘记"的方式来赢得今天安全、宁静的生活。犹太人不应该永远生活在"剧烈创伤和可怕伤痕"中。应该说,通过关闭"纪念堂"来忘记过去的提议在现实中是行不通的。犹太民族文化是一种重视"仪式"的文化。犹太人在二战后修建起来的"二战纪念堂",就像是犹太人的"西墙"①一样,已成为犹太民族文化中的一个重要组成部分。如果停止使用"二战纪念堂",这无疑等同于取消了"西墙",亦即否定了犹太民族赖以生存的文化传统。不过,他所提出的"忘记"的方式却的确代表不少犹太人的意愿。

  罗斯在其早期短篇小说《狂热者伊莱》中,也曾提到二战后犹太人的生存问题。不过,不应该将吉米的行为与他的这部早期短篇小说中的伍顿屯犹太人的行为完全等同起来。因为二者有着明显的区别:一、吉米更为公开地提出二战与"屠犹"问题;二、吉米心中考虑更多的是以色列的生存问题;三、吉米狂热地坚持鲜明的犹太身份,反对与基督教徒"同化",过那种伍顿屯犹太人提倡的所谓"正常生活"。当然,二者也有共同点,即无论是吉米还是伍顿屯的犹太人,他们所关心的都是犹太人在二战后的生活。更进一步说,他们关心犹太人在二战后应该遵从何种行为准则,以避免"屠犹"事件的再次发生。伍顿屯的泰德·海勒为安抚非犹太人,提出了不要"用痛苦制造出什么大事来"。② 罗斯在《狂热者伊莱》中并没有明确交代生活在伍顿屯的犹太人,为何那么害怕能引起人们联想起二战的事情或物件,而在《反生活》一书中,罗斯对其潜在的危险作出了详尽的说明。吉米对内森说:

  我们被对往事的记忆害苦了!带着一种受虐狂!也使全人类的非犹太人痛苦!以色列生存的关键是不再要大屠杀博物馆!不再要大屠

---

① 西墙(Western Wall)是犹太教的圣地。第二圣殿护墙的遗迹。因犹太人常在墙前哀悼哭泣,故又称为哭墙(Wailing Wall)。犹太人聚集该墙下进行宗教活动之事早在333年就有记载。691年曾并入伊斯兰教阿克萨清真寺围墙,1967年为犹太人控制。现在为犹太人举行追忆民族苦难的礼拜仪式。墙北专供女子祈祷使用,墙南则供男子使用。

② Philip Roth, "Eli, the Fanatic", p. 278.

杀纪念堂。现在我们要忍受的就是失掉我们的痛苦！……要不然，他们会把以色列消灭掉，为的是要消灭它的犹太意识！我们已经多次提醒他们，我们也多次提醒自己——我们必须忘记！①

吉米在此考虑更多的是道德力量对人类良心所产生的作用。他认为，非犹太人不会因为犹太人时时提醒他们在二战中所犯下的罪行，而会变得对犹太人更为友好些。正是基于这种认识，他向内森争辩说："不要再用虐待狂给非犹太人火上加油！只有这样，这样，人人免罪，我们才能够自由发展……没有大屠杀的犹太人将成为没有敌人的犹太人！不当法官的犹太人不会受审——让犹太人独立生存！"②吉米的考虑，无疑比伍顿屯的犹太人要复杂、深刻得多：伍顿屯的泰德·海勒因没有考虑到犹太人所遭受的苦难，会对非犹太人道德良心产生"磨砺""腐蚀"作用，因此，他对与非犹太人的关系，只能提出"人们相互尊敬，互不干涉"③的应对方式。罗斯在30年后重复了在30年前所提出的问题，不能说是一种偶然的巧合，而应将其视为一种"彰往察来"的策略。其苦心孤诣，可谓非大智慧而不能达。无论是伍顿屯犹太人的"换衣服"举措，还是以色列吉米的"忘记"策略，都深刻揭示出了郁积、笼罩在犹太人生活中的历史阴影。

与此同时，罗斯还看到了问题的另一个方面。他小说中的人物内森·朱克曼尖锐地指出，吉米提出"忘记过去"——忘记历史——将会给犹太人乃至人类带来严重的危害。内森认为："这个青年人身上强烈的感情冲动，要亵渎寄托犹太人哀思的神圣殿堂——创造他自己的博物馆，说它一声'忘记吧'……不，这并不是文化上的偶像破坏的象征性行为，而是向被最痛苦记忆攫住的犹太人的新挑战。"他认为，吉米的行为不过是"毫无意义的'达达派'"。④ 他还担心"第三次世界大战不会被寻求政治独立的受压迫的民族主义者发动……而是像吉米那样的半文盲、走投无路的

---

① 菲利普·罗斯：《反生活》，第 200 页。
② 同上书，第 201—202 页。
③ Philip Roth, "Eli, the Fanatic", pp. 277—278.
④ 菲利普·罗斯：《反生活》，第 202—203 页。

孤独者发动的。他为了讨好布洛克·希尔兹就向核武库发射一枚火箭"。① 罗斯通过使用"毫无意义""半文盲""第三次世界大战"等颇为极端的词语,道出了内森,或者更为确切地说,是罗斯本人对"忘记过去"将会导致的恶果的严重担忧。如果说 30 年前,伍顿屯的犹太人是用抽象的道德来逼迫犹太教师更换衣服;那么 30 年后,内森又将这一抽象的道德上升到政治、文化的高度:"忘记过去",实际上就意味着忘记了人类的战争和犹太人的灾难。

罗斯在随后其他的几部小说中,对"忘记"过去及潜在的恶果又进行了深刻的阐述。如在《夏洛克计划:忏悔》②中,他对充斥着犹太幸存者的以色列在二战后所扮演的角色、所起到的作用都予以密切地关注。由此也可以看出,罗斯的创作主题并不像欧文·豪或莱斯里·费德勒所说的那样,依赖于美国犹太移民的生活经历,相反,他将主要精力投向了"后异化"时期对犹太人来说更为紧要的问题:犹太人,特别是犹太幸存者,如何对待二战中的"屠犹"问题;如何在二战后——"后异化"时期,开始自己的新生活以及如何处理好与非犹太人(特别是阿拉伯人)之间的关系。

二、90 年代以后:创作高峰期的再次来临

进入 20 世纪 90 年代后,罗斯的创作进入了又一个高峰期。在这期间,他连续创作了 10 部长篇小说,分别获得一次国家图书批评奖(《遗产:一个真实的故事》,1991),两次福克纳奖(《夏洛克计划:忏悔》,1993;《人性的污点》,2000)、一次国家图书奖(《安息日剧场》,1995)和一次普利策奖(《美国牧歌》,1997)。他这一时期的小说,部分重复了以前的关于性欲与犹太传统、犹太人在现代社会的生存问题、美国政治与反犹主义、文学创作与犹太作家使命等主题。与此同时,他还以崭新、深厚的笔触书写了

---

① 菲利普·罗斯:《反生活》,第 203 页。
② 有批评家认为,罗斯有三部长篇小说是反映二战屠犹事件和二战幸存者的。它们是《欲望教授》《遗产:一个真实的故事》以及《夏洛克计划:忏悔》。其中,《夏洛克计划:忏悔》是最为集中反映二战屠犹事件的小说。Cf. Thomas Riggs (ed.), *Reference Guide to Holocaust Literature*, New York: St. James Press, 2002, p. 264. 罗斯还另有一些中、短篇小说反映了二战幸存者的生存状况,如《狂热者伊莱》等。

对其父辈的敬仰与爱戴。1991年出版的《遗产：一个真实的故事》就是这样的一部小说。

从1997年到2000年的四年间，罗斯又创作出了一个新三部曲，即"美国三部曲"。它们分别是《美国牧歌》《我娶了一个共产党员》以及《人性的污点》。罗斯在三部曲的第一部《美国牧歌》中，讲述了生活在20世纪50年代到70年代第二、三代美国犹太人，用全部心血来追求美国牧歌境界——与美国社会相"同化"，过优裕、美好的家庭生活，但到头来却是竹篮打水一场空的故事。从某种意义上说，这部小说也从另一侧面对传统的犹太身份以及犹太价值观等提出了质疑。

小说的主人公斯韦德·莱沃夫是生长在战后美国的犹太移民的后代。中学时代，他是一名优秀的运动员。毕业后，他继承了父业，成为一位出色手套生产商。但是，他在继承父亲优秀头脑的同时，却并没能把父亲的犹太性继承下来。作为一位美国犹太移民的后代，无论是在金钱、地位上，还是在家庭生活中，他都获得了异常的成功。然而，他的成功并没有维持多久就破灭了：曾经当选为新泽西州小姐的漂亮妻子抛弃了他；被他视为"美国牧歌"①的女儿梅丽，也"将他从渴望的美国牧歌中拽了出来，并把他变成一个一切都与他相反、敌对、愤怒、狂暴、绝望的反牧歌者——把他变成一个土生土长的美国狂暴斗士。"②他的女儿为了反抗美国生活方式和反对越战，加入了一个政治恐怖组织。按照该组织的安排和要求，她用炸弹炸毁了当地的一个小邮局，也因此把父亲关于美国牧歌的梦想炸碎。

罗斯在小说中指出了斯韦德·莱沃夫的所谓幸福的虚妄性："那件事情发生后，幸福就永远不再是出自自然的了。这种幸福虚假，甚至付出了疏远自己和历史的代价。"③从故事发展的逻辑关系上看，罗斯似乎是在暗示——犹太人如果背离了犹太文化传统，即便是在物质上取得

---

① Roth R. Wisse, *The Modern Jewish Canon: A Journey through Language and Culture* (New York: The Free Press, 2000), p. 321.
② Philip Roth, *American Pastoral*, London: Vintage, 1998, p. 86.
③ *Ibid.*, p. 81.

了成功,他也将无法获得那种自然生发出来的幸福感。美国犹太文学批评家鲁斯·R.维斯在评论小说人物的不幸遭遇时说:"犹太移民在急切地满足美国这个国家时,放弃了其首先让他们成为好移民的犹太束缚。老莱沃夫没能让他的儿子保持其犹太性,斯韦德也就没能让他的女儿受到文明的教化。"① 因此,"斯韦德的巨大的失落"② 是在所难免的。

不过,罗斯似乎还没有把斯韦德的失败,完全归咎于其放弃犹太信仰,而是结合社会现实,历史地看待斯韦德"巨大的失落"的原因。斯韦德与其女儿的对话是发人深省的。

"是你炸了那个邮局?"
"是的。"
"你也想把哈姆林一家炸死?"
"没有别的办法。"
"除非你不去这么做。梅丽,你现在必须告诉我是谁让你这么做的?"
"林登·约翰逊。"③

从这段对话里不难看出,斯韦德的女儿梅丽之所以走上犯罪的道路,除了因他放弃犹太传统而失于对女儿的管教外,美国社会也应当承担一定的责任。20世纪60年代,美国总统林登·约翰逊发动了对越战争,结果导致了美国社会意识形态领域和社会秩序的严重混乱。生长在这一时期的梅丽,如同其他生活在这一时期的犹太青年一样,在摆脱了犹太传统文化的束缚后,很容易走上反政府、反社会的极端道路上来。他们正"经受着一种他们与之斗争的莫名的苦痛。他们在发现无法将自己的不满与社会

---

① Ruth R. Wisse, *The Modern Jewish Canon: A Journey through Language and Culture*, p. 320.
② Philip Roth, *American Pastoral*, p. 88.
③ *Ibid.*, p. 247.

沟通，也无法改变自己的处境后，就愈发陷入绝望之中"。① 罗斯在此运用的这种将被美国社会"同化"了的犹太人，置于现代美国文化大背景下进行考察的方法，在后来其他的几部小说也都得到了清晰的表现。

---

① Murray Baumgarten and Barbara Gottfried, *Understanding Philip Roth*, Columbia: University of South Carolina Press, 1990, p. 11.

第十四章　艾伦·金斯堡

艾伦·金斯堡(Allen Ginsberg，1926—1997)，[①]又名欧文·艾伦·金斯堡，是美国"垮掉的一代"文化、文学思潮的主要代言人和最重要的诗人。他与杰克·凯鲁亚克(Jack Kerouac，1922—1969)等人一起，发起了一场反对学院派诗人和高雅文化的运动。在这场运动中，他们所提出的通过满足感官欲望等来把握、张扬自我的文化、文学主张，对20世纪五六十年代沉闷的美国社会可谓起到了石破天惊的作用。

第一节　生平与创作

艾伦·金斯堡1926年6月3日出生于美国新泽西州的纽瓦克市。他的童年是在美国新泽西州帕特森市度过的。1905年，沙俄政府对外同日本进行战争，对内开始屠杀犹太人。金斯堡的外祖父门德尔·利弗冈特为逃避沙俄的征兵，在这一年同妻子朱迪一起从俄国犹太定居区威特布斯克小镇移居到了美国。

外祖父门德尔·利弗冈特到达美国纽约艾利斯岛后，为讨美国政府的高兴，改名为莫里斯·莱维。而且，他还剃去了象征其民族身份的胡须，换上了西方的装束。外祖母朱迪共生有四个孩子，艾伦·金斯堡的母亲内奥米是家中的第二个孩子。内奥米是在威特布斯克小镇长大成人

[①] 以下介绍性的基本资料主要参见 Jules Chametzky, John Felstiner, Hilene Flanzbaum and Kathryn Hellerstein (eds.), *Jewish American Literature: A Norton Anthology*, pp. 831—834; Zott, Lynn. M. (ed.) *The Beat Generation: A Gale Critical Companion*, Detroit and New York: 2003, pp. 363—364,不另作注。

的。德国的革命思想传播到这里,使这个小镇成为当时的一个革命中心。镇里许多犹太人加入了共产党,年幼的内奥米也深受其影响。金斯堡的父亲路易斯出生于靠近现在捷克边界的加利西亚,幼年时父母过世,成了孤儿。他所居住的地区多数犹太人信仰社会主义和犹太复国主义。[1] 他与内奥米在新泽西州的纽瓦克相遇时,由于有共同的追求和类似的信仰而走到了一起。婚后,金斯堡的父亲路易斯到一所中学任教,出版过一些抒情诗。母亲内奥米·莱维·金斯堡则继续热衷于马克思主义。在金斯堡12岁时,内奥米因精神失常而住进了精神病院。母亲在精神病发作时,喜欢裸露自己的身体,脾气暴躁,怀疑周围的人要加害于她,甚至时常怀疑其亲属要毒死她。美国学者约翰·泰特尔(John Tytell)认为,金斯堡的母亲内奥米·莱维·金斯堡的病症是"一种极其典型的加深型病例",其发病的原因是"因政治斗争和不同政见"所引起的。[2] 母亲的病让幼小的艾伦·金斯堡备受难堪与折磨,他不得不经常逃学在家中陪伴、安慰她。这一段经历对他的心理成长和后来的诗歌创作都产生了极大的影响。

艾伦·金斯堡在中学时代喜欢上了诗歌,对沃尔特·惠特曼的诗歌特别钟情。不过,由于生计所迫,在哥伦比亚大学读书期间,一度打算从事律师行业。同时,他师从莱昂内尔·特立林学习文学。金斯堡后来回忆说,他感到对特立林很亲近,"因为我们都是犹太人,他对我有些同情。"[3] 后来,因与杰克·凯鲁亚克等同学、朋友的交往,他打消了以前的计划;也因与这些同学、朋友的交往,染上了一些不良习气,而被迫辍学,开始了他的另外一种生活:吸毒、同性恋、作诗。因参与同伴的一次偷窃活动,金斯堡被送进一家精神治疗中心。在这里,他遇见达达派诗人卡尔·所罗门(Carl Solomon),并受其启发,而开始构思其长诗《嚎叫》(*Howl*)。1955年10月3日,就在惠特曼的《草叶集》出版一百周年之

---

[1] Barry Miles, *Ginsberg: A Biography*, London: Penguin Book, 1989, pp. 11—12.
[2] Cf. John Tytell, *Naked Angels: The Lives and Literature of the Beat Generation*, New York: McGraw-Hill Book Company, 1976, p. 79.
[3] Quoted in Jules Chametzky, John Felstiner and Kathryn Hellerstein, *Jewish American Literature: A Norton Anthology*, p. 832.

际,金斯堡在旧金山的一家汽车修理行门前的聚会上,朗读了他的长诗《嚎叫》(1956年出版),从此而一举成名,成为第一位引起公众关注的"垮掉派"诗人。①

《嚎叫》是一首与吸毒、同性恋、监狱、精神病院以及国家机器等有关的诗歌。因而当《嚎叫》在美国20世纪50年代结集出版时,即以淫秽之名遭到了美国海关的查禁。尽管在社会舆论界的影响、监督下,金斯堡在诉讼中获得了胜利,但从这一波折中也能看出《嚎叫》的复杂性。更值得注意的是,1972年,以《嚎叫》而成名的金斯堡获得了美国国家图书奖,完成了先是被主流文化所抵制、放逐,后又被其所容纳、认可的历程。

金斯堡的创作极其丰富多样,其主要作品有:《嚎叫与其他诗篇》(Howl and Other Poems, 1956)、《祈祷与其他诗篇,1958—1960》(Kaddish and Other Poems, 1958—1960, 1961)、《空镜子:早期诗作》(Empty Mirror: Early Poems, 1961)、《在伯克利的一个奇怪的新住所》(A Strange New Cottage in Berkeley, 1963)、《现实三明治:1953—1960》(Reality Sandwiches: 1953—1960, 1963)、《改变》(The Change, 1963)、《克拉尔·马加利斯(五月之王)》(Kral Majales (King of May), 1965)、《电视儿歌》(TV Baby Poems, 1967)、《飞机梦:日记散文》(Airplane Dreams: Compositions From Journals, 1968)、《散落的树叶,匆匆写就的诗篇》(Scrap Leaves, Hasty Scribbles, 1968)、《心是一只钟》(The Heart is a Clock, 1968)、《消息II》(Message II, 1968)、《倒霉的消息》(Planet News, 1968)、《因星之心灵在觉醒……》(For the Soul of the Planet is Wakening …, 1970)、《那时刻回来了:一首诗》(The Moments Return: A Poem, 1970)、《新年的忧伤》(New Year Blues, 1972)、《开放的头脑》(Open Head, 1972)、《铁马》(Iron Horse, 1972)、《美国的倒塌:关于这些州的诗,1965—1971》(The Fall of

---

① 20世纪五六十年代在美国出现的一个文学流派。这个诗派提出了个人在当代社会中的生存问题,宣扬通过满足感官欲望来把握自我。在政治上自我标榜为没有目标的反叛者,没有口号的鼓动者和没有纲领的革命者。在艺术上反对所谓高雅文化,主张自发式写作。在道德观念上反对美国中产阶级守旧的价值观。代表诗人有艾伦·金斯堡、杰克·凯鲁亚克等。

America: Poems of These States，1965—1971，1973)、《愤怒之门：押韵的诗，1948—1952》(The Gates of Wrath: Rhymed Poems 1948—1952，1973)、《悲哀的灰色荣誉：夏日林中劳作间的诗作》(Sad Dust Glories: Poems during Work Summer in Woods，1974)、《最初的忧伤：破衣、民谣以及簧风琴之歌，1971—1974》(First Blues: Rags, Ballads and Harmonium Songs，1971—1974，1975)、《灵魂低语：诗，1972—1977》(Mind Breaths: Poems，1972—1977，1978)、《写遍各地的诗：多为七十年代》(Poems All Over the Place: Mostly Seventies，1978)、《最容易的俳句》(Mostly Sitting Haiku，1978)、《粗心的爱：两种韵律》(Careless Love: Two Rhymes，1978)、《阴间的颂歌与其他诗作，1977—1980》(Plutonian Ode and Other Poems，1977—1980，1982)、《城市之光》(City Lights，1982)、《许多的爱》(Many Loves，1984)、《往日的爱情》(Old Love Story，1986)。另外，他还出版了多部诗集，如《诗集，1947—1980》(Collected Poems，1947—1980，1984)和《死亡与声誉：诗：1993—1997》(Death & Fame: Poems: 1993—1997，1999)等。

金斯堡的诗作在西方批评家的笔下是有争议的。但不管怎样，奠定他在美国当代文学史上地位的两部长诗《嚎叫》与《祈祷》，无论是其思想内容还是艺术造诣均不可低估。

第二节　《祈祷》：献给母亲的挽歌

金斯堡的长诗《祈祷》(Kaddish)完成于1959年。这首长诗是献给母亲内奥米·金斯堡的，是一首类似于葬礼上的挽诗。金斯堡在这首诗的初稿中曾题写道："啊，内奥米，我有你在1920年的照片，你坐在草地上，一头长长的秀发，曼陀林放在你的膝上/啊，美丽如嘉宝般的气质，可爱的少女，共产主义者的美……"[①]金斯堡的母亲因患有精神疾病，长期

---

① Quoted in Barry Miles, *Ginsberg: A Biography*, p. 248.

住在精神病院中。她生前最大的愿望是能回到自己的家中,但却始终未能如愿。1956年,她在痛苦中死于精神病院。梅艾拉·施利伯认为,"金斯堡正是在创作《嚎叫》的过程中发现对自己犹太母亲的责任——她的复位是《祈祷》的中心计划,这是金斯堡对美国犹太诗歌的伟大贡献。"① 正是基于这一创作动机,金斯堡将这首长诗的中心主题建立在对母亲,乃至整个犹太民族的亲情上。

《祈祷》一诗共分为五个部分。诗歌的第一部分主要是缅怀了母亲踏上美国这片土地以来的生活经历:

>……在我向下东区走去
>你五十年前曾经走过的地方,还是个小姑娘——来自俄国,第一次品尝
>美国那些有毒的番茄②——在码头上受到惊吓——
>后来在果园街的人群中挤向何处?——挤向纽瓦克——
>挤向糖果店,那个世纪最早的家庭烤制的苏打饼,还有在
>后屋里的发出霉臭的褐色餐桌上手拌的冰激凌——③
>挤往求学结婚精神崩溃,手术,教学,
>学会发疯,在梦中——这算什么样的生活?④

在短短的七行诗中,诗人把母亲的一生都交代清楚了:从俄国奔赴美国、过着艰苦的生活、求学、结婚,最终精神崩溃。自20世纪60年代以来,许

---

① Maeera Y. Shreiber, "Jewish American Poetry" in *Jewish American Literature*, edited by Hana Wirth-Nesher, Michael P. Kramer (Cambridge: Cambridge University Press, 2003), p. 160.
② 移民到美国的东欧犹太人以为番茄有毒。——本书作者注。Cf. Barry Miles, *Ginsberg: A Biography*, London: Penguin Book, 1989, p. 13.
③ 这里指的是金斯堡外祖父一家移居到美国后定居在纽约曼哈顿犹太社区,他们在那里开了一爿糖果店,一家人第一次在家里吃到自己制作的苏打饼和冰激凌——本书作者注。Cf. Barry Miles, *Ginsberg: A Biography*, London: Penguin Book, 1989, pp. 12—13.
④ Allen Ginsberg, *Collected Poems 1947—1980*, p. 209. 以下对金斯堡诗作的引用均为本书作者的译文,不另作注。

多批评家,尤其是国内的批评家没有注意到金斯堡作品中所蕴含的犹太性,而仅是把他作为"垮掉一代"的作家来谈,这不能不说是一大遗憾。

事实上,金斯堡的不少诗歌中都具有较为强烈的犹太色彩,特别是《祈祷》一诗几乎就是在回顾犹太人的历史。换句话说,这首诗非常写实,上面的每一行诗句几乎都能找到对应的历史场景。20世纪初,东欧犹太移民经过海上艰难的颠簸,到达美国纽约的艾利斯岛,等候美国海关人员的严厉盘问和层层检查。他们时刻担心自己会因"不够条件"而被驱逐,这也就是诗人在诗中所说的"在码头上受到惊吓"。然后,他们群集在纽约的贫民区——下东区,靠血汗工资或开一爿小店养活自己和家人。他们为了能在美国社会有立身之地,父母亲省吃俭用地用血汗钱送子女求学。其实,这是多数美国犹太移民在20世纪初实际生活的真实写照。母亲,那个来自俄国的小姑娘不过是这拥挤人群中的一个。

诗人的母亲是一位有思想、有追求的犹太知识女性。她没有眼馋"坐在音乐会前排的资本家穿着白色裘皮大衣,戴着钻石戒指",而是"追随着青年解放协会,搭乘便车前往宾夕法尼亚,穿一身布袋一样的黑色运动裙裤"。① 诗人对母亲一生的总结是:

>……你拥有的——很可怜——但胜利了,
>来过了,也改变了,就像一棵树,枯裂,或花朵——喂养大地——
>可是疯了,花瓣,色彩斑斓,冥想着伟大的宇宙,
>被摇撼,从头砍下,树叶被剥落,躲进蛋壳医院,
>裹着纱布,溃疡——月亮大脑上落下奇特的斑纹,归于虚无
>没有哪朵花似这朵花,知晓自己在花园中的处境,与刀斧
>　　搏斗——
>凋落了
>……
>人生所有的积累,将我们累垮——钟表,肉体,意识,

---

① Allen Ginsberg, *Collected Poems 1947—1980*, p. 210.

> 鞋子，乳房——生儿育女——你的共产主义——因"偏执狂"而进了数家医院。
>
> ……
>
> 在这个世界上，奉献了，花儿疯了，没有建成乌托邦，在松树下闭眼，在地球上作过舞娘，在孤寂中得到抚慰，耶和华，接受吧。①

母亲面对生活和政治信仰的磨难，终于没能挺过来而精神失常了，最后病死在医院中。母亲的去世，给金斯堡的打击是巨大的，几乎改变了诗人对人生和世界的看法。他说："这就是终结，来自荒野的救赎，疑惑者探求的道路，/众生寻觅的栖身之地，黑色的手帕被泪水洗净/赞美诗之外的篇章——我和内奥米的最后改变——信仰上帝完美的/黑暗——死神，留住你那些幻影吧！"②母亲的死，让他感受到了什么是"终结"。换言之，诗人从一个有信仰、有追求的母亲的死亡中，悟出了"上帝完美的/黑暗"。其因母亲去世所受到的伤害和痛苦，由此可见一斑。

金斯堡在诗歌的第二部分中长歌当哭，感天动地地诉说了母亲精神崩溃的过程、病理表现、在童年时代陪伴病中母亲的痛苦经历，以及后来面对濒临死亡的母亲时所产生的绝望情愫：

> 一次次——重现——医院——未及写下
> 你的往事——依然抽象——些许景象
> 掠过心头——就像不同住处与年代交织的萨克斯风合唱——
> 一串串电休克的回忆
> 在佩特森的家中漫漫长夜里我一个孩子，守着你的
> 紧张——你肥胖——你的下一个举动
> 那天午后我没去上学在家照看你——

---

① Allen Ginsberg, *Collected Poems 1947—1980*, pp. 210—212.
② *Ibid.*, p. 212.

……

十二岁夜间乘车横穿新泽西,把内奥米托付给帕克斯在雷克
　　乌德

鬼影憧憧的房子——托付给我自己的命运的公共汽车——跌坐
　　于坐椅中——

所有的提琴弦绷断——我的心在肋下作痛——头脑空荡——
她在棺木中会安全吗?

……

"这恐怖"我哭着——又去看她——"这恐怖"——仿佛她
死了经过葬礼腐烂——"这恐怖!"

我回过头来她叫得更凶——她们带走了她——"你不是
　　艾伦——"

我看着她的脸——她从我身边走过,两眼空空——①

诗人与母亲最后的见面竟然是在"恐怖"中进行的。母亲疯癫了,认不出自己的儿子。但是,通过她的否认,即"你不是艾伦——"的惨叫声中能真切感受到儿子在她灵魂深处的存在。这一诗节尾部的诗行也证明了这一点。诗人写道:"……她死后两天我收到她的信——/这些奇异的语言再现了! 她写道——钥匙在窗台上/钥匙在床前的阳光里——我拿着这把钥匙——艾伦结婚吧/不要吸毒——钥匙在床栅栏里,在床前的阳光里。/爱,你的妈妈"。② 妈妈死后,诗人收到了一封妈妈寄自天国的信。在信中,妈妈叮嘱儿子"钥匙在窗台上……结婚吧/不要吸毒",舐犊之情跃然纸上。

诗的后三部分都比较短,主要是写诗人与其母亲的诀别。在第三诗节的开篇,诗人一连使用了六个"only"来重现母亲一生中的一些重要时刻:母亲在纽瓦克陈尸所一样的地方喝廉价的苏打水;母亲在自己的世

---

① Allen Ginsberg, *Collected Poems 1947—1980*, pp. 212, 214, 223—224.
② *Ibid.*, p. 224.

界里伏在那张灰桌上哭泣;母亲在门前产生有关希特勒的古怪念头;母亲头上插着电线,三根铁棒绑在后背——那没完没了的电休克治疗以及伴随的那凄厉痛苦的喊叫声。① 第四诗节以叠句的形式专写母亲的身体、五官和遗物,尤其是对母亲那双眼睛的描写,与第二诗节中所描述的"两眼空空"形成了呼应。

这首诗中的某些个别句子比较有争议,诗人曾就第四和第五诗节中的一些个别诗行,如第四诗节中"阴道旁长长的黑色须毛"②和第五诗节中仿声词"caw"③(乌鸦的呱呱叫声),与同样是诗人的父亲路易斯交流过看法。他为自己辩解说:

  "阴道旁长长的黑色须毛"那一诗行,或许是一种非常普通的经历,是那些见过父母裸体的孩子们都见过的一种意象,是一种原始经验,没有什么可感到羞耻的——它是从外部看的,客观的,我想或许它没有你所感受到的那样惊恐——它几乎是每一个都有过的普遍经验,尽管没有多少诗人写到它,但写它,把它上升到意识层面没有什么损害。
  我仍然喜欢呱呱这个词,因为它是某种音乐形式的高潮——两个主题(呱呱和上帝上帝——代表现实的凄凉——痛苦——物质主义,与神秘追求的上帝上帝)相互交换,并且在最后一行交汇成一声喊叫。我在这里已经大声朗诵过,听起来不错。④

尽管很难完全同意金斯堡对"阴道旁长长的黑色须毛"一行诗所做的辩解。不过,诗人的这种以"反常"为"正常"表达方式,可以帮助我们进一步理解、认识诗人的思维定向。第五诗节的音乐节奏感十分强烈。诗中所用的乌鸦惨叫的"呱呱"凄厉声,在这里象征着死亡,与紧接其后的被用作表意和拟声的"上帝上帝"相呼应。这无论是在意义层面上,还是拟声层

---

① Allen Ginsberg, *Collected Poems 1947—1980*, pp. 225—226.
② *Ibid.*, p. 226.
③ *Ibid.*, p. 227.
④ Barry Miles, *Ginsberg: A Biography*, London: Penguin Book, 1989, p. 261.

面上,都形成了强烈的对比效果。更为重要的是,诗人澎湃于胸的诗情也由此得到了宣泄。

第三节 《嚎叫》:献给"同代人"的歌

一、肉体的疯狂与反神圣

《嚎叫》是一首内容芜杂,意象丛生,思想跨度很大的诗歌,批评者在把握其主旨时有一定的难度。走进《嚎叫》文本世界的途径是多种多样的,本书采用从全诗最后一部分,即《嚎叫·脚注》开始读起。因为该"脚注"是对整首诗歌的解释和说明,当理解、把握住了"脚注"的内涵,也就相应地理解繁复意象遮蔽下的全诗的价值指向。

《嚎叫·脚注》是从"神圣"开始写起的:

神圣!神圣!神圣!神圣!神圣!神圣!神圣!神圣!神圣!神圣!
神圣!神圣!神圣!神圣!神圣!
这世界神圣!灵魂神圣!皮肤神圣!鼻子神圣!舌头,阳具,手和屁股神圣!
一切神圣!人人神圣!各处神圣!每个人都在永恒中!每日尽在永恒里!人人都是天使!
浪子与六翼天使一般神圣!疯人与我的灵魂一般神圣!
打字机神圣诗神圣声音神圣听众神圣狂喜神圣![1]

诗人在第一诗行中一口气重复、罗列了十五个"神圣"。接下来的第

---

[1] Allen Ginsberg, *Collected Poems 1947—1980*, New York: Harper & Row, Publishers, 1984, p. 134.

二句诗则是告诉人们什么是"神圣";第三句是说世界上的万事万物都是神圣的,即事事、人人都神圣;第四句则是以"浪子"与"六翼天使"、"疯人"与"灵魂"相对立的事例来具体说明"神圣";第五句诗更是以具体可感的"打字机"和人("听众")以及抽象的"诗""声音""狂喜"来进一步确认"神圣"的含义。而且,从诗歌"脚注"的第六行起一直到结束,每一行都是以"神圣"两字打头的,如"神圣那呻吟的萨克管!神圣那爵士乐的启示!神圣爵士乐队大麻爵士乐迷和平和海洛因和鼓点!"显然,《嚎叫·脚注》是注解了何谓"神圣"。

"神圣"不是金斯堡创造出来的什么新词,而其本身有着悠久的文化积淀和特定价值内涵。总之,在以往的文学传统中,"神圣"意味着崇高和不可侵犯。凡是被誉为"神圣"的——不管是人还是物都是高高在上和不容置疑的。金斯堡的贡献在于他把"神圣"从主流文化的高大殿堂上打翻下来,使之不再是少数人和少数事的专利。世界上的万事万物都是神圣的,连不登大雅之堂的"阳具""屁股""疯人"以及没有生命的"打字机"都是神圣的。当一切都神圣的时候,什么也都变得不神圣了。正如在金斯堡的诗中,"浪子"与"六翼天使"没有任何区别一样。美国犹太诗歌批评家梅拉·Y. 施雷柏(Maeera Y. Shreiber)在谈到《嚎叫》时,认为《嚎叫》是"一首为那些卓越、疯狂的年轻人所蒙受的伤害和不公而作的长而有力且寓意深刻的哀悼。这些年轻人不合实际的追求和对他人感到极度痛苦的同情使他们与美国 20 世纪 50 年代中产阶级守旧的价值观相抵牾"。[1] 因此说,解构、亵渎、颠覆"神圣"正是《嚎叫·脚注》所要表达、张扬的思想。事实上,这也是解读《嚎叫》一诗时应遵循的精神线索。

应该注意的是,金斯堡在《嚎叫·脚注》中,虽然标举的是"一切神圣!人人神圣",但他所说的"神圣"并不是泛神论意义上的神圣,而是有其特定所指——被现行社会和主流文化设置为神圣的东西,他都予以坚决地反对。也就是说,金斯堡所说的"神圣"是指那些被传统价值观念所摈弃、

---

[1] Maeera Y. Shreiber, "Jewish American Poetry" in *The Cambridge Guide to Jewish American Literature*, Ed. Hana Wirth-Nesher, *Michael P. Kramer*, Cambridge: Cambridge University Press, 2003, p. 160.

不齿的东西。他语境中的"神圣"实际上与反神圣是一回事。这也是他为什么说"舌头,阳具、手和屁股神圣"、"神圣我在疯人院的母亲!神圣堪萨斯祖父们的阴茎!"①的原因,即他以歌颂不神圣的东西来完成对"神圣"的亵渎与解构。

《嚎叫·脚注》中的核心词是"神圣"。金斯堡围绕这个核心词来遣词造句,除了表达思想理念的需要之外,还与他的诗艺主张有关。就诗的韵律而言,这两字在诗中像鼓点一样反复地出现,增强了诗的节奏感。金斯堡给诗歌下的定义是"一般说来,诗歌就像是有节奏地抒发感情",并认为自己"许多诗歌,特别是《嚎叫》,是沿着声音的轨迹而创作的"。② 金斯堡特别喜欢爵士乐,而"垮掉的一代"(The Beat Generation)中的 beat 便有表示爵士乐的节奏之意,所以说,《嚎叫·脚注》中对"神圣"的反复强调,是金斯堡对语感、节奏、韵律有意识追求的结果。这一点在《嚎叫》的其他部分中也是如此。

面对记者对《嚎叫》中"疯狂"问题的询问,金斯堡这样回答说:"我从不主张大家都变成疯子,因为疯狂并非想象中那么迷人。"另外,他还指出:"我不希望大家都形成这样的一种看法,认为'疯狂是我们抵抗高度工业化社会的唯一防线',因为,我认为,这不是真的。但我自己的表述也很模糊。"③也就是说,金斯堡并不认为所有人都适宜选择疯狂,而且"抵抗高度工业化社会"的方式也不应仅仅局限在疯狂上。应该说,金斯堡对疯狂的解释是合情合理的。不过,对他而言,疯狂的确是其观察世界、表达世界的主导方式。

除了《嚎叫·脚注》外,《嚎叫》的正文共分三部分。其中,对有关"疯狂"的描写主要集中在第一部分中。由于这一部分不管是在篇幅上还是内容上都占据着整首诗的核心位置,所以,金斯堡的诗歌造诣在这里展示得淋漓尽致。他将现代城市、现代文化、西方神话、犹太教以及梦境、个人

---

① Allen Ginsberg, *Collected Poems 1947—1980*, p. 134.
②③ 伊维斯·勒·培莱克:《艾伦·金斯堡访谈录》,韩金鹏译,载《国外文学》1998 年第 2 期。

感受等交织在一起,勾勒出一个多视角、多层面、多意象的"荒原式"的画面。诗歌的开头是这样的:

> 我看见这一代最杰出的头脑被疯狂毁坏,饿着肚子歇斯底里赤
> 　身裸体,
> 　拂晓时拖着脚步穿过黑人街区找一针够劲儿的毒品,
> 头脑天使一般的嬉皮士们渴望与这夜的机械那繁星般的
> 　发电机发生古老的天堂式的关系,
> 他们衣衫褴褛眼神空虚坐在只有冷水的公寓那超自然的黑暗中
> 　毒品吸得醉意朦胧飘越过城市上空想着爵士乐
> 他们在高架铁路下对上天披露内心,却看见穆罕默德天使们
> 　在被照亮的公寓屋顶上踉跄而行……,
> 他们睁着闪亮的冷眼进出大学,在研究战争的学者群中幻想着
> 　遇见阿肯色和布莱克启示的悲剧,①

上面引文采用的是"我看见……"的句式,"看见"的对象是"他们"。"他们"怎么了? 诗人说"我看见"他们的"头脑被疯狂毁坏"。一般读者可能觉着人称有点混乱。其实,这是金斯堡的刻意所为,他选择了"我"为"一群人"来代言的创作视角。即"我"写"他们","他们"中也包含"我"。金斯堡对此有个声明,他说《嚎叫》"确确实实在谈我同时代的人,而不是其他任何东西"。② "我同时代的人",也就是"头脑被疯狂毁坏"的人在金斯堡笔下呈现出的何种姿态。

我们还是先以上述的引文为例。引文的句式虽然很长,意象和意象也互为重叠、罗列,但能把以上诗句贯穿起来的核心意象只有一个,那就是"他们"游荡、飘浮在城市夜空中的影子。如果再仔细区分的话,会发现围绕"他们"这个大意象又能分出若干个小意象——"他"和"他"。换句话

---

① Allen Ginsberg, *Collected Poems 1947—1980*, p. 126.
② 伊维斯·勒·培莱克:《艾伦·金斯堡访谈录》,韩金鹏译,载《国外文学》1998 年第 2 期。

说,同样是城市夜晚中的"浪人",但其行踪却是飘浮不定、千姿百态的:有的穿过"黑人街区"寻找"够劲儿的毒品";有的遥望着夜空,渴望与其"发生古老的天堂式的关系";有的在"醉意朦胧"中回想着"爵士乐";有的在"高架铁路下"向"上天"披露内心的秘密;有的穿过"研究战争的学者群","冷眼进出大学"。如果"他们"仅此而已,还应该算是不太过分。不过,金斯堡在接下来的诗句中却加大了描写、渲染的力度。

除了个别诗行外,下面的诗句几乎都是从"他们"开始写起的。而且重点集中在"他们"疯狂的行径上,如"他们被逐出学院因为疯狂与在骷髅般的玻璃窗上发表猥亵的颂诗"①;他们走私"成捆的大麻","用梦幻,用毒品,用清醒的噩梦,用酒精和阳具和数不清的睾丸"来"夜复一夜地作践自己的躯体"②;他们被警察捉住后,在"警车里兴奋地怪叫","撕咬侦探的后颈"。因为他们认为自己的罪行太小,"不过是他们自己进行了狂野的鸡奸和吸毒"③而已;还说"他们成功不成功三次切开手腕,洗手不干又被迫撬开古玩商店他们在店里自觉苍老而悲泣"。④ 按照主流社会的文化价值观念来衡量,这一群人的行为——走私毒品、同性交媾、酗酒吸毒、偷盗拒捕,无论哪一项都是不道德的,甚至是严重犯罪。可金斯堡并不这样认为,他对"他们"从肉体狂欢中获得麻醉快感的生存状态却给予了极高的评价:赞誉"他们"有着世界上"最杰出的头脑",是一群"头脑天使一般的嬉皮士们",并把他们誉为"一代知识分子"、"迷惘的柏拉图式空谈家"。⑤金斯堡之所以能超越出主流文化对人与事评判标准的藩篱,是因为他采用了以疯狂来对抗、解构权威的策略。

在第一部分的后半部,金斯堡着重描写了"疯人"和"疯人院",如:"自己踏上疯人院的花岗石级","回到这东边的疯城,见到疯人在病房中的宿命"⑥等。金斯堡在这里并非是为写"疯"而写"疯",而是通过写"疯"来为自己的创作寻找合理依据。与"疯人""疯人院"相关联的"疯狂"在金斯堡

---

①② Allen Ginsberg, *Collected Poems 1947—1980*, p. 126.
③⑤ *Ibid*., p. 127.
④ *Ibid*., p. 129.
⑥ *Ibid*., p. 130.

那里有两种含义,一种是精神疾病,如他和卡尔·所罗门都曾进过精神治疗中心,他的母亲内奥米·金斯堡就因患精神病而病逝于精神病院中。不过,在写诗的时候,金斯堡所说的"疯狂"并非是指病理意义上的疯狂,而是强调诗人在创作时,要尽可能地把被理性压抑、蒙蔽住的本能裸露出来,这也是他写诗时常常需借助毒品进入迷乱、幻觉世界的原因——人只有在疯狂或接近于疯狂的时候,才能说出常人不能说出的话。《嚎叫》中的许多细节,也只有借助疯狂的心理才能解释得通。如金斯堡在诗中说"午夜摇滚在爱的王国","最后跟母亲——,最后一本天书扔出窗外"。① 与母亲,或者试图与母亲做爱的原始冲动,也只有在彻底疯狂之际才能把人类的这最后一道防线"扔出窗外"。

金斯堡把父辈诗人所刻意回避的东西堂而皇之、充满自豪骄傲地引入诗中,除了与在前文中所论述到的反神圣思想是一脉相承之外,还与他把疯狂心理运用到创作中有关。

二、莫洛克与卡尔·所罗门

由于叛逆、反抗、颠覆是《嚎叫》的主导基调,所以金斯堡不惜用丑、恶和疯狂来做盾牌。但这也不能表明诗人真的是善恶不分,全诗的第一句"我看见这一代最杰出的头脑毁于疯狂",已把诗人内心的波澜表达了出来:不是不知道"狂热而贪婪地交媾不满于一瓶啤酒一个情人一包香烟一支蜡烛从床上滚下,又在地板上和客厅里继续进行直到最后昏倒在墙壁上眼中浮现出最后的阴道在意识消散的最后一刻达到高潮"②的生存状态是荒唐的,无奈的是这"一代人"原本杰出、健全的头脑已被疯狂之火吞噬与毁灭了。那么,破坏、瓦解他们理智堤坝的罪魁祸首是什么?

要探讨、解决这个问题,需要进入《嚎叫》的第二部分中。这一部分的核心意象是莫洛克。莫洛克是古代闪米特人所信奉的火神,需要以焚烧儿童的形式来祭祀。③ 金斯堡在该部分诗作中围绕这个寓意深刻的意象

---

① Allen Ginsberg, *Collected Poems 1947—1980*, p. 130.
② Ibid., p. 128.
③ Cf. *The Macmillan Encyclopedia*, London: Macmillan, 1996, p. 824.

来写作,应该是深思熟虑的结果。因为,莫洛克在每一诗句中都有坚实的现实基础,如:

> 莫洛克这无法理喻的监狱!莫洛克这交叉的大腿骨①没有灵魂的
> 牢房悲哀的国会!莫洛克的建筑物就是判决!莫洛克这战争的巨石!莫洛克这被打晕的政府。
> 莫洛克的心纯粹是机器!莫洛克的血液是流淌着的金钱!莫洛克的
> 十指就是十支军队!莫洛克的乳房就是吃人的发电机!莫洛克的
> 耳朵就是冒烟的坟墓!
> 莫洛克的眼睛是上千个盲人般的窗户!莫洛克的摩天大楼站在长长的
> 街道上就像无边无际耶和华!莫洛克的工厂在迷雾中做梦且呱呱
> 乱叫!莫洛克的大烟筒与天线为城市加冠!②

莫洛克在诗中无所不是,无所不指,它既等同于监狱、国会、战争、政府、法律、机器、军队,又等同于金钱、坟墓、摩天大楼、上帝耶和华,等等。如此之大的包容性除了诗人所赖以生存的美国社会以外,还有什么能与其相提并论。显然,诗人把控诉的矛头指向了火神莫洛克,因为火神莫洛克就是现代美国社会的象征。因此,才会出现下面的诗行:

> 我孤独地坐在莫洛克中!在莫洛克中我梦到天使!在莫洛克中发疯!

---

① 画在骷髅下,表示死亡、剧毒等。——本书作者注
② Allen Ginsberg, *Collected Poems 1947—1980*, p. 131.

> 在莫洛克中与男子进行口交！在莫洛克中没有爱，失去男性！
> 莫洛克早早地进入了我的灵魂！在莫洛克中我是一个无躯体的意识！
> 莫洛克吓得我失去了自然的欢乐！我放弃了莫洛克！醒在莫洛克中！
> 光从天空中流泻！①

诗人睡在莫洛克中，醒在莫洛克中，疯在莫洛克中，其生活和灵魂完全被莫洛克所统治、占领。在莫洛克的怀抱中，诗人"失去了自然的欢乐"和爱情，变成了"一个无躯体的意识"。也曾有人从国家机器等现实层面来探讨《嚎叫》中的疯狂心理，并请教金斯堡，"'毁于疯狂'……这意味着这是一种有警察国家等等造成的疯狂"吗？提问的时间是1988年8月4日，也就是《嚎叫》出版的30多年以后。这时的金斯堡已经功成名就，由当年的莽汉、问题青年变成了有教养的社会名流。故而，他的回答有些模棱两可，"或许他们自己造成的疯狂"。但接下来在谈到《嚎叫》中的"尖叫""歇斯底里"是对什么做出的反应时，金斯堡的回答则是明确而肯定的，"这些人所反抗或退避或者做出反应，是高度工业化文明带来的死亡心理。你可能认为，他们变得歇斯底里，他们的反应是不合适的，但他们被置身于其中的现实的处境是不合适的，他们在黑夜的机器中寻求着与星光发电机古老而健康的联系。……这其中包含了工业化社会和回归自然的欲望等种种因素。"②金斯堡认为他们"尖叫""歇斯底里"，也就是疯狂的原因有两个：一是不适应"高度工业化文明"的"现实的处境"；二是在"黑夜的机器"中艰难地寻找着回归自然的道路。总之，造成他们疯狂的正是美国高度的工业文明。

文明是社会、人类进步的象征，但是文明发展到一定程度，在被贪婪的政府和商人所利用时，又会反过头来压迫、奴役人类。如滴着鲜血的原

---

① Allen Ginsberg, *Collected Poems 1947—1980*, p. 131.
② 以上引文均见伊维斯·勒·培莱克：《艾伦·金斯堡访谈录》，韩金鹏译，载《国外文学》1998年第2期。

始资本、机器对人的取代与排斥、二战中的精密武器等等,无一不控诉着文明的罪恶。所以,金斯堡在诗中写下这样的句子:"火神! 火神! 机器人寓所! 隐形的郊区! 骸骨宝藏! 盲目的资本! 魔鬼工业! 幽灵国家! 不可救药的疯人院! 花岗岩阴茎! 怪兽原子弹!"①被机器人、资本、工业、原子弹等所统治的国家是"幽灵国家"和"不可救药的疯人院"。

当把美国社会等同于残害儿童的火神莫洛克后,毁坏"最杰出头脑"的凶手就不言自明了。简言之,《嚎叫》的第二部分主要是借批判莫洛克而批判美国的现代社会。不过,金斯堡对社会、文化的批判并没有到此为止,而是还更进一步地指出,正是这疯狂的年轻一代把莫洛克奉为神明,不惜折断自己腰背把它推奉上天。②他在诗的结尾号召疯狂的一代从懵懂中觉醒,"突围! 渡过河去! 鞭挞十字神像! 投入到洪水塔中去!……疯狂的一代! 踏到时间的岩石上!"向世界发出"神圣的呐喊"。③

在金斯堡因参与伙伴的偷窃而被送进哥伦比亚大学精神病院时,或许没有意识到在此会遇到将对其后道路产生重大影响的一个人——达达派诗人卡尔·所罗门。金斯堡自高中时代起就对同性有着强烈的渴求,但由于当时的美国把同性恋基本视为是一种犯罪行为,所以他不得不压抑、扭曲自己。他也曾试图通过创作来释放、拯救自己,但对父亲所教诲的庄重、典雅的诗歌道路有着天然的反感。就在金斯堡陷入双重绝望之际,碰上了后来被他和朋友们称之为"疯狂的圣人"的卡尔·所罗门。卡尔·所罗门虽不是金斯堡的第一个同性恋人,但他始终以对抗的姿态面对世界、社会和文学的态度对金斯堡的影响却超过了任何一个人。《嚎叫》便是在卡尔·所罗门艺术观念的启发下构思而成的。

在《嚎叫》的副标题下,写有"致——卡尔·所罗门"的字样。也就是说不管从该诗所产生的背景还是题献辞来看,《嚎叫》都与卡尔·所罗门有千丝万缕的联系——他应该是该诗的主角。正如金斯堡曾这样袒露写

---

① Allen Ginsberg, *Collected Poems 1947—1980*, pp. 131—132.
②③ Cf. Allen Ginsberg, *Collected Poems 1947—1980*, p. 132.

诗的原因,"我写诗,因为我爱年轻的男人,因为我受苦,生来就受苦。……"①把写诗与"爱年轻的男人"画等号,这表明在通常情况下,表现畸形的爱恋是金斯堡创作的主要内容之一。但是从《嚎叫》内容的分布上看,真正关系到卡尔·所罗门的篇幅却并不多,只有第三部分才是真正属于他的领地。这说明《嚎叫》并非是诗人情感冲动的结果,正如在前文所说,金斯堡写作《嚎叫》的立足点是为"一代人"立言,勾画出一副错综复杂的时代图景,即力图在思想内容上体现出史诗的特征。事实上,《嚎叫》的文本结构也是按照这一宏大叙事要求来设置的:金斯堡把时代中的主体——"人"分解成"我""卡尔·所罗门"和广义上的"一代人"(即"他们")这样几个不同的点和面,然后又把其交叉、重合在一起。具体办法是,他先把笔墨集中在描写"一代人"的疯狂上,而"我"与卡尔·所罗门则被有意识地融入、淹没到时代的潮流中去,正如他说:"啊,卡尔,你不安稳时我也不安稳,而你如今可真正困入了时代的肉欲之汤——"②"我"和卡尔·所罗门不过是"时代的肉欲之汤"中的一个微不足道、随波逐流的分子。诗人这样做是为了更好地突出、展现恢宏的社会背景和历史氛围。《嚎叫》的更精彩之处在于,它除了有宏观意义上的扫描以外,还有微观意义上的写实。在第三部分中,诗人笔锋一转,把"我"与卡尔·所罗门作为"个案"从"一代人"中独立出来,即重点转向了描写、袒露两人间最隐秘的情感经历。也就是说,《嚎叫》既有粗线条的勾勒,又不乏细腻的描写与刻画。

　　随着诗人从对"一代人"境遇的描写转向"我"与卡尔·所罗门故事的倾诉,《嚎叫》的艺术风格也发生了变化:由向公众社会发出激越狂暴的怒吼转向了私人间温馨冷静的独白。而且,诗的句式也由长变短,述说也变得格外简洁和顿挫。与另外三部分相比,这一部分的诗歌语言也异常地整齐,语调也像一首真正的爱情诗一样抒情与缠绵。除了第一诗行外,每一诗行都是从"我和你一起在罗克兰"写起,似乎是很多年后诗人在细细品味昔日"恋人"卡尔·所罗门的种种细节:回忆他"在那儿你比我更

---

① 王宏杰:《诗诡人奇——记美国著名诗人艾伦·金斯堡》,载《旅游》1988 年第 3 期。
② Allen Ginsberg, *Collected Poems 1947—1980*, p. 130.

疯狂","在那儿你嘲笑这无从觉察的幽默","在那儿你一语双关戏弄护士的身体","在那儿您敲打那患紧张症的钢琴灵魂","在那儿你控诉医生们神志不清"等等。① 然而,由于整个诗节采用的又都是现在时态,这又好像是诗人在同卡尔·所罗门面对面地亲切交谈。这种时态与事件发生的真实时间的错位、矛盾恰与整首诗歌恍惚、混乱的基调是相一致的,可以说是金斯堡刻意造成的艺术效果。

值得注意的是,诗人在这一部分中虽然主要是以轻松、戏谑的笔调回忆与卡尔·所罗门在罗克兰的种种生活琐事,但这不意味着该部分的内容游离于主题之外,相反是对《嚎叫》思想的有力补充。如在诗的近结尾部分,金斯堡提到了发生在20世纪二三十年代以犹太人为主体的社会主义运动,并吟唱道"我和你一起在罗克兰/在那儿你控诉医生们神志不清并对法西斯国家骷髅地策划着一场你那希伯来式的社会主义革命/我和你一起在罗克兰/那里有两万五千名疯狂的同志全都一起歌唱《英特纳雄耐尔》的最后一段",②如果说在上一部分中诗人还只是用火神莫罗克来含蓄地影射美国社会的话,那么这里则直接把批判的矛头指向了社会制度。紧接下来,诗人还继续写道:"我和你一起在罗克兰/在那里我们在床单下拥抱亲吻美国美国整夜地咳嗽不让我们睡觉。"③"我们"在"床单下拥抱亲吻美国",可是它却"整夜地咳嗽不让我们睡觉"。诗人毫不掩盖自己对美国社会及其政体的厌恶之情,同时也披露他的政治价值取向。

三、戏剧化的表演与夸张

《嚎叫》是以袒露、宣泄情感而见长,因此在美国多数批评家的视野中,金斯堡是位凭仗自发本能写诗的诗人。如有评论家说,他"常常奋笔疾书,而且随着事业的发展,似乎也不做过多的修改;他对自发性的推崇导致作品质量失衡,但也形成了他作品中一些真正的力量。"④把金斯堡

---

① Allen Ginsberg, *Collected Poems 1947—1980*, pp. 132—133.
②③ *Ibid.*, p. 133.
④ 詹姆斯·布雷斯林:《〈嚎叫〉及〈祈祷〉溯源》,王彩霞译,载《国外文学》1998年第2期。

诗歌的得与失归咎于对自发性,也就是对生命本能的推崇与张扬。这实际是说金斯堡写诗摈弃理性,完全凭靠灵感和情绪。

事实上,这只看到了金斯堡诗歌的一个方面。《嚎叫》看似意象混乱,内容繁复累赘,从吸毒、同性恋到监狱、精神病院,似乎是情绪、情感的浑然天成。其实不然,在《嚎叫》感性、虚幻之下有着严密的逻辑和推理性。甚至从某种程度上可以说,《嚎叫》几乎是按照写论文的方式——论点、论据、论证过程以及论文必有的注释来完成的。《嚎叫》的整体构思、安排,遵循的是先提出问题——"这一代最杰出的头脑毁于疯狂";寻找产生这一问题的社会根源。《嚎叫》给出的答案是"火神莫洛克";再以我与卡尔·所罗门的故事为个案,进一步渲染"一代人"的疯狂和对罪魁祸首的厌恶;最后诗人用疯狂的反神圣方式解构掉神圣的光环。就是具体到《嚎叫》的每一大部分时,也是有规律可循的。即每一部分的第一行诗不是对内容的设问就是概述,接下来的全部诗行则都是围绕着这一主题展开的。如第一部分开头的诗句是"我看见这一代最杰出的头脑毁于疯狂",后面的诗句则统统都是对"疯狂"行径的种种解说。其他三部分也是如此。该诗的严密结构证明《嚎叫》并非单纯是情绪化的产物,而是经过了理性的思索。换句话说,看上去完全是情绪化的《嚎叫》,实际还是理性大于感性,人为地安排、设置大于情感的自发。

这一特点从《嚎叫》问世的方式中也能体现出来。1955 年 10 月 3 日,当时还是一个无名小卒的金斯堡选择了这个吉日——惠特曼《草叶集》出版一百周年,选择在一个汽车修理行门前的人群聚会上,选择用裸体朗诵的方式把《嚎叫》推到公众面前。需要注意的是,本文运用的是"选择"。也就是说金斯堡也完全可以用另外的方式来"发表"他的《嚎叫》,但在各种可能性中他选择了更具有冲击力,同时也最具有表演性的裸体朗诵。结果一夜之间,他成为公众最为感兴趣的"垮掉派"诗人,《嚎叫》成为万人争读的著名诗作。甚至许多从不读诗,也不懂诗的人也捧读他的诗。事实上,对金斯堡而言,无论是写作《嚎叫》还是朗诵《嚎叫》本不过是一场受达达主义影响的精神游戏,诚如他说:"我最初不理解为什么大家都认为我义愤填膺。诚然,《嚎叫》中有正义的愤怒,但同时也不乏诙谐。诙谐也与人生与诗歌有关。"①仅用"愤怒"还不能解释《嚎叫》，因为除此之外，该诗中还有"诙谐"。一般说来，诙谐与人生有关，但与诗歌并没有必然的关联。诙谐以及与之相关的夸张、幽默、讽刺、嘲讽等更多是属于戏剧中的要素。金斯堡把戏剧中的表达手法运用到抒情诗中，意味着《嚎叫》中有许多属于舞台上的东西。换言之，《嚎叫》崇尚自发的本能不错，但却需要用理性来安排怎样才能把自发的情感演绎得更能引人注目。

在读《嚎叫》的时候，除了有强烈的感官刺激之外，还会意识到诗句的组合非常奇怪、晦涩，如"他们一头钻进肉食卡车下寻找一枚鸡蛋"，②"从他们自己身上剜出的这块人生诗歌的绝对心脏足以吃上一千年"③，"在那儿你将劈开长岛的天空从那超人类的墓穴中再现你那活着的人间基督"④等，这些诗句中的意象是强行拼贴到一起的，语言也是夸张、跳跃与浮躁的，表达的内容更是含混暧昧的。总之，《嚎叫》中的某些意象和语言具有夸张、做作的成分。当然诗人自己称之为诙谐。然而，不得不承认这些疙疙瘩瘩、别别扭扭的句子尽管不够完美，但却能给人带来强烈的心理、视觉冲击——像摇滚乐一样能把读者迅速地带进亢奋、迷幻的梦境中。这样说并不意味着《嚎叫》中的意象和语言是主观想象的产物，相反，它有着强烈的现实性。我们通过一个片断，考察一下金斯堡是如何把真实的生活细节转化成诗歌语言的：

> 他们投掷土豆色拉驱赶纽约市的达达主义演说，继而自己踏上
> 　疯人院的花岗石级表演光头和自杀的滑稽演说，请求立即
> 　实施脑叶切除，
> 而他们反被施以胰岛素痉挛强心剂电疗水疗心疗职业疗这些实
> 　在的虚空，乒乓和健忘症，
> 他们一本正经的抗议仅仅掀翻了一张象征性的乒乓桌，暂且罢
> 　手因为精神紧张，

---

① 伊维斯·勒·培莱克：《艾伦·金斯堡访谈录》，韩金鹏译，载《国外文学》1998年第2期。
② Allen Ginsberg, *Collected Poems 1947—1980*, p. 129.
③④ *Ibid.*, p. 133.

>多年之后卷土重来光秃秃的只剩下一头血样的假发,泪水和手指,回到这东边的疯城,见到疯人在病房中的宿命,①

如果对金斯堡的生活一无所知的话,就无从理解这些诗句的真正所指。其实这些诗句,如"投掷色拉土豆""实施脑叶切除"以及"被施以胰岛素"等都与卡尔·所罗门有关。当金斯堡与他在哥伦比亚大学精神病院初次见面的时候,卡尔·所罗门正从胰岛素的治疗中苏醒过来。为了表示"愤怒的抗议",他当时最想做的事是,或者自杀,或者把"脑叶切除"。出院以后,卡尔·所罗门还曾以"合乎标准的达达主义姿态"②向正在演讲的著名小说家扔过"色拉土豆"。可见,金斯堡诗歌的语言细节也都与真实的生活有关,正如他说,《嚎叫》的"每一行诗有一个背景,然后在此基础上有所夸张"。③《嚎叫》本是一首表达真实生存状态的诗歌——不管美还是丑,但由于夸张手法的广泛运用,又使《嚎叫》与真实的生活拉开了距离,而具有了舞台剧的某些特征。因此说,除了夸张之外,表演也是《嚎叫》的拿手好戏。

从某种意义上说,《嚎叫》本身就是由一系列的"表演"构成的,表演吸毒、裸体、做爱,表演自杀和疯狂。在《嚎叫》中有关吸毒、裸体、做爱的诗句并不难懂,毕竟这些是可以用身体亲自体验、触摸的。难的是对有关自杀和疯狂的描写,因为并不是真的自杀、真的疯狂,所以必须要表演自杀,表演疯狂。这样一来,就会使一些句子比较晦涩,如金斯堡在第三部分中对卡尔·所罗门说:"在那儿你被捆在束身衣里乱叫唤怕是要输掉这局深渊里真实的乒乓球赛了","在那儿你敲打那患紧张症的钢琴灵魂是天真与不朽的它永远不会骇人地死于那武装起来的疯人院"。④ 如果对"疯狂"的背景缺乏了解,就难以理解诗人为何会写下这些句子?其实,这在上面的诗句——"自己踏上疯人院的花岗石级表演光头和自杀的滑稽演

---

① Allen Ginsberg, *Collected Poems 1947—1980*, p. 130.
② 李斯编著:《垮掉的一代》,海南出版社 1996 年 11 月第 1 版,第 106 页。
③ 伊维斯·勒·培莱克:《艾伦·金斯堡访谈录》,韩金鹏译,载《国外文学》1998 年第 2 期。
④ Allen Ginsberg, *Collected Poems 1947—1980*, pp. 132—133.

说"中说得非常清楚：自己选择在疯人院表演"光头"和"自杀的滑稽演说"，只是为了表示抗议和不满。遗憾的是，人们竟把他们的"表演"当真。于是，他们"被施以胰岛素痉挛强心剂电疗水疗心疗职业疗"，被"捆在疯人院里乱叫唤"等。

《嚎叫》是特定历史条件下的特定文学遗产，所以它里面既有正义、严肃的思考，也有畸形、荒诞、扭曲的人格心理。我们可以把《嚎叫》视为理解社会、人类的一扇窗子，但也大可不必句句当真。《嚎叫》产生的年代正是把行为本身看得比艺术更重的年代，即表演大于一切的后现代主义文化语境。而凡牵涉表演，就不能不顾及、考虑观众的上座率等问题。

第十五章　诺曼·梅勒

美国著名犹太文学批评家阿尔弗莱德·卡津,在评价梅勒的《为我自己做广告》一书时指出:"我钦佩他是因为他自然是一位激进、有力且活力充沛的天才……诚如梅勒自己所言:'近十年来,我在心中一直都在竞选总统,'他或许是犹太人中唯一的一位。他不知是想做一位出色的小说家,还想做我们这个时期的海明威。"①卡津的评价在很大程度上反映了梅勒为人和创作的特点,也揭示了梅勒的人生价值取向。

第一节　生平与创作

诺曼·梅勒(Norman Mailer,1923—2007)②于 1923 年 1 月 31 日在美国新泽西州出生。他的父母都是俄国犹太移民。父亲艾萨克·巴奈特·梅勒在第一次世界大战期间,曾到英国军队服役,战后回到美国。据他的母亲范尼·施奈德·梅勒回忆,她的父亲曾是一位犹太拉比。她婚前跟随父母在避暑胜地朗布兰奇(Long Branch)经营一个小杂货店。③ 1927 年,梅勒随父母迁至纽约布鲁克林犹太居住区。他非常喜欢这个地方,称这个地方为"美国最安全的犹太居住环境"。④ 梅勒就是在

---

① Alfred Kazin, "How Good Is Norman Mailer?" in Robert F. Lucid (ed.), *Norman Mailer: The Man and His Work*, Boston and Toronto: Little, Brown and Company, 1971, p. 90.
② 以下介绍性的基本资料主要参见 Andrew Gordon, "Norman Mailer" in Daniel Walden (ed.), *Twentieth-Century American-Jewish Fiction Writers*, pp. 154—166,不另作注。
③ Cf. Peter Manso, *Mailer: His Life and Times*, New York: Simon and Schuster, 1985, pp. 11—12.
④ Quoted in Jules Chametzky, John Felstiner, Hilene Flanzbaum and Kathryn Hellerstein (eds.), *Jewish American Literature: A Norton Anthology*, p. 815.

这样一个信仰正统犹太教的家庭和社区环境中长大的。① 1939 年,梅勒进入哈佛大学学习航空工程,但他的兴趣却不在自己所学习的专业,而是在文学创作上。1940 年,他在大学二年级时,在哈佛大学的文学刊物《哈佛倡导者》(Harvard Advocate)上发表了第一个短篇小说《世界上最伟大的事情》("The Greatest Thing in the World"),并在翌年参加《故事》杂志举办的大学生竞赛中获得头奖。尽管梅勒自己回忆说,"现在再读这篇小说感到尴尬",但他还是认为"在我写作的那些年代,或许没有一件事像这件事那样改变了我的生活"。② 其实,早在梅勒七岁的时候,就显露出了创作才能。他最初的作品是根据"巴克·罗杰斯"的喜剧漫画而创作的长篇科幻小说。不过,他正式发表的第一篇文章,却是在上中学时写的一篇有关论述建造模型飞机的。

1943 年,梅勒从哈佛大学毕业后第一次结婚。1944 年至 1946 年间,他应征入伍,被分配在太平洋战区服兵役。这个地方后来成为其第一部长篇小说《裸者与死者》中的主要描写场景。梅勒的著述颇丰,形式多样,内容庞杂,有小说、戏剧、电影剧本、诗歌、文学批评,也有政论文章等,还开创了独特的"新新闻体"的写作体裁。他的主要长篇小说有:《裸者与死者》(The Naked and the Dead,1948)、《巴巴里海岸》(Barbary Shore,1951)、《鹿苑》(Deer Park,1955)、《美国梦》(An American Dream,1965)、《我们为什么到越南?》(Why are We in Vietnam,1967)、《行刑者之歌》(The Executioner's Song,1979)等。其他主要作品有:论文《白色黑人:对颓废主义者的肤浅思考》(The White Negro: Superficial Reflections on the Hipster,1957),作品杂集《为我自己做广告》(Advertisements for Myself,1961)以及记叙文《月球之火》(A Fire on the Moon,1970)等。

诺曼·梅勒的早期创作,主要师从了 20 世纪二三十年代崛起的约

---

① 值得探究的事,尽管梅勒非常喜欢这个犹太社区,成名后自己还在这个社区买了一幢临海的大房子,但是,他却从没写过有关自己在这里的童年生活。

② Norman Mailer, *Advertisements for Myself*, London: Harvard University Press, 1992, p. 70.

翰·多斯·帕索斯(John Dos Passos, 1896—1970)、詹姆士·T. 法莱尔(James T. Farrell, 1904—1979)以及约翰·斯坦贝克(John Steinbeck, 1902—1968)。帕索斯是20年代崛起的一位重要的美国作家, 主要从事于战争题材的创作, 作品中有着强烈的对战争的厌恶情绪。法莱尔出生于贫困家庭, 对马克思主义情有独钟, 创作了一系列反映美国"野蛮"城市的小说, 如"朗尼根"三部曲, 即《少年朗尼根》(Young Lonigan, 1932)、《斯达兹·朗尼根的青年时代》(The Young Manhood of Studs Lonigan, 1934)、《审判日》(Judgment Day, 1935)等。斯坦贝克则是一位多才多艺的作家, 不仅写出了具有编年史意义并最终使他获得诺贝尔文学奖的小说, 如《胜负未决》(In Dubious Battle, 1936)、《人鼠之间》(Of Mice and Men, 1937)以及《愤怒的葡萄》(The Grapes of Wrath, 1939), 而且还是一位出色的剧作家和随笔作家。从某种意义上说, 梅勒所师从的这三位作家, 决定了他早期作品的创作风格及价值取向。表面上看来, 梅勒的创作主题似乎为美国社会中的性、暴力、权力以及这三者的结合。但细究起来, 他实际主要秉承了上述三位作家的文学传统, 即在描写性、暴力、权力的表面主题下, 表达了传统的道德价值观念、弘扬了民族文化气息, 体现了对社会现实的批判精神。梅勒作品中的主要人物多为一些硬汉式的人物, 他们有很强的自我意识和权力感, 不愿随波逐流。而且, 他们通常对未来的生活充满期待。

戴安娜·特立林(Diana Trilling)在评价梅勒的创作时说: "梅勒算不上是20世纪的巴尔扎克, 他沉浸于自己的自我证实的不懈努力中。不过, 他[在作品中]表现的社会一如他表现的自我是相当真实的。"①特立林的评价是较为中肯的。一般说来, 梅勒应该是一位现实主义作家, 但在许多作品中也表现出了强烈的自然主义倾向。因此, 他的人物命运结局往往有一种固定的模式: 在斗争中失败。梅勒自己曾在接受采访中承认, 他

并不认为自己是一个现实主义者。那个可怕的词"自然主

---

① Diana Trilling, "The Moral Radicalism of Norman Mailer" in Robert F. Lucid (ed.), *Norman Mailer: The Man and His Work*, p. 111.

义",它是我的文学世袭财产——我从多斯·帕索斯和法莱尔那里学来的。我自然地喜欢上它,这就是人们写小说的方式。不过,我真的开始迷上神秘的东西。确切地说——一件有趣的事情——对《裸者与死者》影响最大的是《莫比·迪克》……我相信人人都知道。在小说里,我写一个阿哈勃,我想那座山就是白鲸莫比·迪克。当然,我也认为这部小说无论是成功还是失败都是一部现实主义小说。①

在这看似有些自相矛盾的陈述里,却透露出梅勒的艺术追求和对人生的理解。他对笔下人物的刻画和对情节的安排,折射出他本人也像麦尔维尔笔下的船长阿哈勃一样,不甘心看着伤害过他的白鲸莫比·迪克自由自在地游弋在深深的海洋里,他要复仇、控制和征服。然而,宇宙的法则却注定了他要失败。事实上,梅勒的现实主义其实是自然主义的一个变种:既吸收了自然主义文学中的"决定论"和"神秘"的理念,又诉诸现实主义的创作主题、传统道德价值观念以及叙事策略。美国佛罗里达大学教授安德鲁·戈登(Andrew Gordon)也因此认为,就梅勒的《裸者与死者》而言,它既是现实主义文学传统的总结,又是现实主义文学传统的终结。②

梅勒的创作特点较为明确,大致说来有如下几个方面。其一,就创作风格而言,诚如利奥·布罗迪(Leo Braudy)所说,梅勒"从不走重复过去成功的轻松之路"。③ 也就是说,无论是在形式上,还是在内容上,梅勒的每一部作品都与前一部作品有很大的不同。他的这种创作风格上的非延续性,无疑与其个人经历和他对作为一个公众人物的认识紧密相关。其

---

① Richard Foster, "Norman Mailer" in Robert F. Lucid (ed.), *Norman Mailer: The Man and His Work*, p. 26.
② Cf. Andrew Gordon, "Norman Mailer" in *Twentieth-Century American-Jewish Fiction Writers*, p. 157.
③ Leo Braudy, "Norman Mailer: The Pride of Vulnerability," "Introduction" to *Norman Mailer: A Collection of Critical Essays* edited by Leo Braudy, Englewood Cliffs: Prentice-Hall, 1972, p. 24.

二,如安德鲁·戈登曾撰文指出的那样:"如果索尔·贝娄小说中的中心问题是《晃来晃去的人》(1944)中约瑟夫——'好人如何生活?'——那么,梅勒小说中的中心问题可以这样问'坏人如何生活?'"①这一评论虽有些偏颇,但在一定程度上道出了梅勒创作的基本态势。梅勒本人在接受采访时也声称,他愿意做马克·吐温作品中的汤姆·索耶,而不愿意做哈克·芬恩。② 其三,梅勒作品中的人物主要是美国社会中享有特权的白人。尽管小说中也不乏犹太人物和反映与犹太人相关的故事情节,但是,梅勒却故意避免让这些人物及故事情节在作品中占据中心地位。梅勒在接受采访中的一段话,或许可以解释他这种"故意"的原因。他说:

> 我毕竟是一个社会主义者,而且信奉大的文学作品。这样的作品中充满人物,有纲领性,有大的主题且被发展,譬如说,像托尔斯泰的小说。这似乎像各个部分都自然地排列起来,似乎像托尔斯泰坐下来想写《安娜·卡列尼娜》,结果出来的却是《罪与罚》。显然,对他来说这是不能容忍的,他很不喜欢《罪与罚》。我现在就是在这样一个很低的水准上写作。③

换句话说,梅勒在形式上更喜欢场面宏大,人物众多,情节芜杂交错;在内容上则倾向于写具有普遍意义的社会问题,而不愿在写这些问题时过于彰显个人的民族文化身份。这一点与约瑟夫·海勒等作家相类似,而与辛格、贝娄、马拉默德、罗斯等作家有很大的不同。其四,梅勒喜欢对自己的作品进行解释和评价,这正如批评家理查德·波利尔(Richard Poirier)所说,诺曼·梅勒是一位"典型的试图成为自己作品的文学史家,他在这个过程中倾向篡夺批评的某些权利,如解释权,甚或常常还有评价

---

① Andrew Gordon, "Norman Mailer" in *Twentieth-Century American-Jewish Fiction Writers*, p. 155.
② Cf. Steven Marcus, "An Interview with Norman Mailer" in *Norman Mailer: A Collection of Critical Essays* edited by Leo Braudy, p. 24.
③ *Ibid.*, p. 26.

权。他的自我解释和评价多得过分"。① 姑且不论梅勒对自己的作品所作的解释和评价的多与少,我们在此只探讨问题的两个方面:(一)梅勒为何要这么做?(二)从客观立场上看,梅勒自我解释和评价的合理成分有多少。或者说,对人们解读他的作品有何帮助?

先谈第一个问题。一方面,从西方文学史上看,自从英国作家菲利普·锡德尼(Philip Sidney, 1554—1586)写出《为诗一辩》(*Apologie for Poetrie*, 1580),即第一个站出来为自己的作品进行"导读"性阐释和评价后,又出现了许多作家,如威廉·华兹华斯(William Wordsworth, 1770—1850)、塞缪尔·泰勒·柯勒律治(Samuel Taylor Coleridge, 1772—1834)、波西·比希·雪莱(Percy Bysshe Shelley, 1792—1822)、詹姆斯·乔伊斯(James Joyce, 1882—1941)、罗伯特·弗洛斯特(Robert Frost, 1874—1963)等为其作品进行"导读",并借此机会张扬自己的文学主张。梅勒这样做也算是对西方一些著名作家传统的承袭。另一方面,罗伯特·F.卢西德(Robert F. Lucid)对梅勒的"公众性"的认识,或许有助于理解梅勒进行自我"导读"的动机。卢西德在编选的梅勒论文集《诺曼·梅勒:其人其书》的序言中写道:"在任何情况下,公众作家首先通过被公认的艺术成就来维护自己的信任,然后,在不放弃艺术[创作]的同时,也制造关于自己受欢迎和成为公众人物方面的传说。"②从卢西德的这番议论中可以看出如下几点信息:第一,梅勒的"自我宣传"是所有公众人物的一个共性;第二,梅勒的这种"自我宣传"引导了社会舆论,从而在一定程度上也"规范"了读者的阅读方式。由此可看出,梅勒对其作品不胜其烦地进行解释和评价的原因。另一问题是,梅勒在对自己作品的阐释或评价中有多少合理的成分?其实,这是一个仁者见仁,智者见智的问题。有关这一问题,将结合着梅勒的具体作品来加以阐释与分析。

---

① Richard Poirier, *Mailer*, London: Collins, 1972, p. 10.
② Robert F. Lucid (ed.), *Norman Mailer: The Man and His Work*, Introduction, Boston and Toronto: Little, Brown and Company, 1971, p. 5.

第二节 描写人类战争的百科全书式的小说

一、《裸者与死者》：一场法西斯性质的战争

诺曼·梅勒的第一部长篇小说《裸者与死者》在 1948 年发表后,立即引起了轰动。美国文学评论界普遍认为,这部小说的出版"标志着一个注定要取得伟大成功的新作家的出现"。① 不过,梅勒本人在谈到这部小说时却谦虚地表示:"《裸者与死者》是机械地写出来的。我在哈佛大学学的是工程学,我想这部小说是一个年轻工程师的作品。小说结构坚实,但是在连接处没有好看的细工饰品,只是能看到焊接和铆接。"②

《裸者与死者》是一部描写现代人类战争的百科全书式的小说。梅勒在小说中不仅大规模地描写了战争的场面,其中包括陆、海、空三军的协同作战,而且还细腻地再现了战争中军官、士兵的精神面貌及他们的举止言谈。梅勒在作品中对人物的刻画是丰富、立体的,既正面状摹了军官们的"运筹帷幄"——制定和指挥军事行动的果断,同时也描写了他们贪婪、腐败的生活作风、专横跋扈的管理手段、战地医院的草菅人命以及士兵们敢怒不敢言的无奈处境。或许是为了增加小说的叙事效果或表达深度,梅勒在叙述主要故事情节的同时,还不时利用"时间机器",不时地"飞回到过去",追述与插入一些背景资料于文本中。

故事是发生在一个虚构的名叫安诺波佩的热带小岛上。梅勒在小说中主要运用了现实主义和自然主义手法,描写了二战时美军是如何攻占被日军占领的这个小岛的故事。这部小说在情节结构上,有"两明一暗"

---

① Richard Foster, "Norman Mailer" in Robert F. Lucid (ed.), *Norman Mailer: The Man and His Work*, p. 21.
② Steven Marcus, "An Interview with Norman Mailer" in *Norman Mailer: A Collection of Critical Essays* edited by Leo Braudy, p. 27.

三条主要线索。两条明线索,一个是美国登陆部队总指挥官卡明斯少将指挥美军向日军展开正面的作战;另一个是克洛夫特上士领导的侦察排,深入敌后,对日军进行侦查。在这两大故事框架中,充溢着许多个关于战争、权力、暴力、灵魂、道德、情欲、恐惧、挫伤等震撼人心的故事。这部小说的暗线则是以两名持有不同信仰的犹太士兵在战争中的处境、命运为主导,揭示了犹太人与外族之间的深刻隔膜以及种族歧视在美国军队中的表现。

由于梅勒本人对他所讲述、描写的这场战争故事是持批判态度的,因此,他在小说中从多方面揭露了这场所谓"正义"战争的虚伪本性。首先,小说围绕着卡明斯少将和克洛夫特上士的所作所为,说明美国军队在安诺波佩岛上所进行的战争,是一场以法西斯的手段来打败日本法西斯的战争,其性质正如战争的指挥者卡明斯少将所道破的那样,"实则是一次权力集中"和"生存空间的系统化过程"。[①] 而且,为了完成这个系统化过程,卡明斯少将认为,道德准则可以因人而异,[②]治理军队"非要叫他们感到害怕不可……像梯子那样一级畏惧一级",[③]对待士兵可以无视他们的要求,"掌握他们的'公分母'就行"。[④] 还有,为了达到"权力集中"的目的,他甚至要求下级把其视为上帝,[⑤]而绝不允许对其有半点不恭。否则,他会不择手段地把异己分子清理掉。这正如他教训侯恩少尉时所说:"将来的道德规范只有一条:就是权力第一。谁不能适应这一条,谁就活该倒霉。权力,有个最大的特点,就是只能由高处顺流而下。中途万一遇到小小的逆流,那就只有加大力量向下冲击,务必把一切阻梗彻底铲平。"[⑥]他不但是这样说的,而且也是这样做的。最典型的一个例子莫过于,为了报复副官侯恩少尉在其面前流露出来的"自由主义思想"和对自己的不顺从,他先是命令侯恩捡起扔在地上的烟蒂,并扬言:"要底下的人

[①] 诺曼·梅勒:《裸者与死者》,蔡慧译,上海译文出版社1988年版,第221、222页。
[②] 同上书,第222页。
[③] 同上书,第220页。
[④] 同上书,第226页。
[⑤] 同上书,第229页。
[⑥] 同上书,第412—413页。

老老实实,做到毕恭毕敬、有令必从,你唯一的办法就是把手里的权力极而用之,不怕用到滥用的地步";①后来,他还干脆把侯恩少尉派到侦察排里去送死。

以卡明斯少将为首的这支军队其实既是美军的一个缩影,又代表了美国帝国主义今后发展的走向。其实,卡明斯少将对这场战争和对自己军队的性质心知肚明。他曾对他的副官侯恩少尉预言道:"只要不是傻瓜,谁都看得出今后这个世纪就是反动派的天下,说不定从此千年万载就是反动派坐定了江山!希特勒说的话,就只这一句不全是疯话。"②侯恩少尉说得更为直接:"至于我们这里的战争,我个人的看法认为那不过是帝国主义你死我活的争夺。亚洲不是叫我们霸占,就是受日本蹂躏。"③侯恩少尉的这一看法,即这场战争是帝国主义之间所展开的对亚洲的争夺战,并非如卡明斯少将所断定的那样是一种自由主义的言论,而是其通过观察和感受所得出的结论。

即使通过梅勒所塑造的克洛夫特上士这一人物形象,也能反映出这支美国军队的法西斯性质。克洛夫特上士是侦察排里"当家的"。在侯恩少尉没有到侦察排任职前,他执掌着侦察排的指挥权。他为人奸诈、凶狠,声称憎恨自己"身外的一切"。④ 梅勒在分析克洛夫特为何如此残暴时指出:"社会腐败是一个原因。生性不善也是一个原因。是个得克萨斯佬,又不信上帝,这些都是原因。"⑤不管哪种原因,他几乎就是恶魔的化身。早在国内充任国民警卫队员时,他就曾违抗命令,残忍地枪杀过罢工的工人。⑥ 在战争中,他更像是一架战争机器,不知疲倦,毫无人性,在战场上"杀个人真像拧死一只鸡那么容易"。⑦ 他充分利用手中的权力,对自己手下的士兵极其残暴,动辄以武力相威胁,甚至还用枪口对准战士,

① 诺曼·梅勒:《裸者与死者》,蔡慧译,第414页。
② 同上书,第107页。
③ 同上书,第407页。
④ 同上书,第205页。
⑤ 同上书,第195页。
⑥ 同上书,第201页。
⑦ 同上书,第250页。

结果害得士兵"仿佛成了机器上的一只小小螺丝钉,机器转得飞快,要命的螺丝钉受不了,又挣不脱,只能吱吱直叫"。① 为了把权力集中到手中,他在残暴压制士兵的同时,还千方百计刁难和排挤到侦察排里任排长的侯恩少尉。更有甚者,在一次向敌人占据的山口行军中,他有意隐瞒敌情,结果让走在队伍前面的侯恩少尉被打死。

梅勒除了通过对美军指挥官凶残本性的描写来反映这场战争的法西斯性质之外,还通过美军对日军俘虏与伤员的无情屠杀来加深对这一主题的印证。他在小说中写道:

> ……现在相比之下打这场扫荡战就好办多了,简直还挺来劲呢。他们完全放开了杀人,比掐死几只爬上铺来的蚂蚁还要远远来得爽快。
>
> 有些是属于"标准操作法"。日本人在作战后期搞起了许多小小的救护所,临撤退前他们把伤员大部分都枪杀了。美国兵一到,就把剩下没死的伤员全数报销,不是一枪托把脑袋砸得稀烂,就是兜头一枪送他们上西天。
>
> 不过也有些做法,算得上比较别致了。有一支小部队拂晓出发执行任务,发现有四名日军迷迷糊糊的竟当路躺在一条丛林小道上,身上盖着雨披。带队的美国兵赶紧站住,捡起几颗小石子远远扔去。小石子有如一阵冰雹,噼噼啪啪落在还在那里蒙头大睡的头一个日本兵身上……带队的美国兵等他看见了自己,就在他想嚷而还没来得及张嘴的当口,端起冲锋枪给了他一梭子,然后枪口一转,对着路中一阵猛扫,一排雨披上顿时齐齐地出现了一大串洞眼……
>
> 类此种种,不一而足。
>
> 他们偶尔也抓俘虏,不过如果天色晚了,而部队又急于要在天黑之前返回驻地,那就最好别让俘虏耽误他们赶路……②

---

① 诺曼·梅勒:《裸者与死者》,蔡慧译,第895页。
② 同上书,第911—912页。

这支名义上为维护"正义"而战的美国军队任意屠杀敌军俘虏、伤病员,其手段之残忍,实际上已无异于任何一支法西斯军队。卡明斯少将就曾用这样的理论教训他的部下:"在你看来,手里拿着把枪,把个手无寸铁的人一枪打死,那就是卑鄙,就是小人。你要明白,这种看法其实是十足的荒谬。枪在你手里攥着,而不是在对方手里攥着,那可不是偶然的。那是你有所作为的结果,你有了那样的作为,只要你……只要你够机灵,那就包你可以要枪枪在手。"①卡明斯少将的这番言论进一步暴露了其法西斯"弱肉强食"的本真面目。

二、两种不同命运的犹太士兵

虽然写的是有关战争题材的作品,但是,作为一位美国犹太作家,梅勒在小说中没有忘记阐发自己的犹太性。他的犹太性主要体现在以下几个方面:其一,对其所刻画的两种不同类型的犹太士兵的处境和命运给予了深切的同情;其二,充分利用长篇小说这种文体,详尽而又生动地描绘了这两位犹太士兵的思维方式、道德观念、举止言谈等以凸显犹太人所独具的品质;其三,突出、强调军队中的反犹主义氛围,即通过两位犹太士兵的遭遇来对反犹主义者进行良心上的谴责。

梅勒在小说中塑造了两种不同类型的犹太士兵:列兵戈尔斯坦和列兵罗思。戈尔斯坦是被作为"正面"形象刻画的,是一位未被"同化"的美国犹太人;而罗思则是被作为"反面"形象塑造的,他不愿意正视自己的犹太身份,急于与美国非犹太士兵"打成一片"。应该说,梅勒煞费苦心地塑造这对不同类型的犹太士兵,意在揭示坚守犹太身份和犹太文化传统的重要性。

戈尔斯坦是一位"年纪在27岁上下,头发一派金黄,湛蓝的眼睛,友善而庄重"。② 他为人谦和朴实、真挚善良,无论是在行军打仗,还是在日常工作中,都从不偷懒耍滑。他虽然不是一个虔诚的犹太教徒,遇到不平

---

① 诺曼·梅勒:《裸者与死者》,蔡慧译,第106页。
② 同上书,第63页。

待遇或被人责骂时禁不住要诘责上帝几句,"不过他相信上帝,相信他自己的上帝。"① 他年轻时犯下过一些错误,为"图一时的快活"② 去宿过娼。不过,成家后,他就"有事总喜欢跟我老婆商量",也认识到"人一结婚,自会定下心来,也才会理解自己的责任"。③ 这一点与这支美国军队中上至卡明斯少将,下至所有军官、士兵有着鲜明的差别。包括卡明斯少将在内,所有非犹太裔军人都在咒骂女人,都在怀疑自己的妻子或女友"正跟个野汉子在睡觉"。④ 梅勒有意识地突出戈尔斯坦对家庭和亲人的依恋、信任,以此来反映犹太人所独具的家庭理念。

戈尔斯坦身上最能体现犹太文化底蕴的特点是善良、坚韧和忍受痛苦的品质。这一品质既是他接受家庭教育所得,也是由于社会上反犹主义横行,让他从小就体悟了犹太人的生活真谛。他七岁时曾遭到一帮意大利人的殴打,外祖父看到被打的外孙,感到无比心疼。他开导小戈尔斯坦说:

> 犹太人三个字到底含义如何,这个问题很难说清楚……犹太人不是一个种族,跟宗教也已经无关,今后恐怕也不会再形成一个国家……
>
> 那么犹太人到底是怎么回事呢? 耶胡达·哈列维有句名言: 犹太人者,乃天下各族人民之心脏。大凡病害侵犯人体,必然侵犯到心脏。心脏,也就是良心之所在。列国作恶,受罪的却是良心……我个人的意见总觉得犹太人所以为犹太人,关键就在受罪这一点上。犹太人没有不受罪的。
>
> ……
>
> 不惜受点罪,为的是能够活下去……我们犹太人就是一伙苦恼人,我们受尽了压迫者的迫害。落在我们头上的总是没完没了的灾

---

① 诺曼·梅勒:《裸者与死者》,蔡慧译,第259页。
② 同上书,第69页。
③ 同上书,第689页。
④ 同上书,第32页。

难,这就把我们锻炼得比常人坚强,可也把我们折磨得比常人软弱,因此我们对自己的同胞爱起来就格外爱,恨起来也格外恨。我们受苦的多了,忍耐的本事也学会了。我们永远忍耐。①

生为犹太人就要有"忍耐""受罪"的本领。幼小的戈尔斯坦当时虽然没有完全听懂外祖父的开导,不过这些"话他都还是听在耳里,留在记忆中",②并在今后的生活里,他学会了忍耐,懂得了"受苦"的道理。

梅勒在小说中安排了几个重要细节来表现戈尔斯坦善良、坚韧和忍受痛苦的品质。例如,他被分到侦察排后,排里非犹太裔士兵经常找他的麻烦,嫌他把"这个排搞得臭气熏天"③,骂他是"王八犹太崽子"、④"屁事也不懂的犹太小子",⑤他们甚至把别人犯的错也推到他的身上。可是,戈尔斯坦"不是那种有恨记在心里的人"。⑥ 他对此之所以能如此隐忍,除了他天性善良、从小接受如何应对苦难的教育外,还有另外一个重要的原因,即他担心自己的行为会对家庭造成不良影响。他以为,如果与他们争吵起来,他就会被送上军事法庭。这样一来,不但"自己丢脸,还要连累孩子挨饿"。⑦ 再如,他的战友威尔逊在战斗中负伤,一起往回运送的四个士兵,有两个半路上耍滑装病,退了下来。他和另外一名士兵却认真负责,不管累到何种程度,都不肯放弃,即便是威尔逊在路上已经死亡,他们也"离不开这担架,这尸体"。⑧ 当尸体不幸被河水冲走后,他懊恼不已,并习惯性地把这一切归咎于命运。梅勒因此而写下了两段看似游离于情节之外,实际却能深刻反映出戈尔斯坦思维定势的文字。他是这样写的:

戈尔斯坦还站在他的旁边,因为给河水冲得有些立脚不稳,所以一手扶着里奇斯的肩膀。他不时动一下嘴唇,还轻轻地在脸上挠挠。

---

①② 诺曼·梅勒:《裸者与死者》,蔡慧译,第617页。
③④ 诺曼·梅勒:《裸者与死者》,蔡慧译,第118页。
⑤ 同上书,第798页。
⑥ 同上书,第605页。
⑦ 同上书,第677页。
⑧ 同上书,第865页。

"犹太人者,乃天下各族人民之心脏。"

可是现在竟有了这样的情况:心脏死了,而躯体还活着,犹太人受苦受难,结果还是等于零。牺牲都白白牺牲了,谁也没有从中得到教训。历史上那一笔笔残害犹太人的账,全都白记了。历来的一切种族隔离,一切精神肢解,一切屠杀迫害,煤气室,石灰坑——这些根本没有触动一丝一毫的人心,吃了这么多苦都白费了。这些还会一直传下去,传下去,直到有一天重得后人承受不了,才只好放手。事情不外就是如此。他已经哭不出来了,他就站在里奇斯的身旁,无限痛苦,有如发觉自己所爱的人原来已经死了一样。此时此刻,他剩下的就是一片空虚,只隐隐有些气愤,又按不住那股痛恨,另外似乎还有个根子,萌发出一阵阵绝望,渐渐弥漫在胸中。①

看着战友的尸体被冲走,戈尔斯坦首先想到的是犹太民族的"受苦受难"。这看似有悖常理的逻辑,实际正是戈尔斯坦犹太身份的凸显。因为,犹太人在遇到困难和遭受灾难时,都会在意识或潜意识中习惯性地将这些困难、灾难与自己的民族命运相联系。这种思维方式已经成为犹太人的一种文化密码或一种思维定势。在某种意义上来说,梅勒在小说的结尾安排戈尔斯坦安全回到部队的驻地,并让他畅想退伍后回国与妻子团聚的美好前景,实际上就是对戈尔斯坦坚守犹太文化身份的一种奖赏。

梅勒塑造的另外一位犹太士兵罗思则与戈尔斯坦相反。他认为,他这个犹太人与其他犹太人有所不同,他本人并不愿意作犹太人,而是因为生来就是,是没有办法的。② 换句话说,在很大程度上,他代表了急于融入美国"主流社会"的年轻一代的美国犹太人。这一代犹太人的共同特点正如他自己所说的那样:

"好吧,就拿我来说吧。我是个犹太人,但是我就不信犹太教。

---

① 诺曼·梅勒:《裸者与死者》,蔡慧译,第867—868页。
② 同上书,第67页。

我对犹太教里的规矩了解得恐怕还没有你米尼塔清楚咧。我的感觉如何请问你怎么知道？老实说我就从来看不出犹太人之间有什么相似之处。我认为自己是一个美国人。"①

尽管罗思认为自己是一个美国人，根本不相信犹太教，但他在日常生活中还是无法摆脱其犹太文化身份。造成这一矛盾的原因不外乎有两个：一个是通过家庭，他所接受的犹太文化熏陶已深深地印记到了他的头脑中；另一个是来自反犹主义者的欺侮与迫害，不时提醒或强迫他"认可"自己的犹太身份。应该说，这个原因是更主要的。正如罗思抱怨说："他老是碰上倒霉事，很重要的一个原因，就是因为他是个犹太人。"②他和戈尔斯坦刚被分配到侦察排里时，就有人说："看见没有，咱们排里来了两个王八犹太崽子。"③当他的犹太战友戈尔斯坦试图跟大家讨论讨论战事时，立刻遭到了耻笑："嗨，戈尔斯坦，要不要找只肥皂箱来，站上去演讲一番？"④加拉赫是侦察排里最激烈的反犹分子之一。他在美国时就曾为一个激进的反犹组织工作，经常接受诸如"那班犹太财主筹划了一个国际性的阴谋，想把我们都共产化……国际上的那帮犹太人打算要把战火引到咱们身上，咱们得对他们来个先下手为强"⑤等反犹主义教育。他在美国的妻子马莉因难产死了，他听到这一噩耗后，首先想到的是，"马莉撞上的医生准是个挨千刀万剐的犹太佬！"⑥而谈到这场战争，他认为完全是为了"那帮天杀的犹太佬"。⑦ 罗思生活、战斗在这样一个反犹主义盛行的群体中，即使想忘掉其犹太身份都难。

梅勒沿用了犹太人的传统形象来塑造罗思。一般说来，犹太人在传统文学作品中或在世人的眼中，几乎都是那种身体上孱弱且有些怪异，但

---

① 诺曼·梅勒：《裸者与死者》，蔡慧译，第608页。
② 同上书，第67页。
③ 同上书，第118页。
④ 同上书，第159页。
⑤ 同上书，第346页。
⑥ 同上书，第335页。
⑦ 同上书，第362页。

精神上却异常亢奋且富有反抗性的形象。这种似乎有些"变态"形象的形成,一则源于犹太传统文化束缚了犹太人的身心发展,再则是长期遭受异族迫害,也致使他们精神压抑、生活没有保障、身体发育也从而受到严重影响。不过,这些身体孱弱且有些怪异的犹太人,特别是那些"世俗化"或被"美国化"所同化了的新一代犹太人,都有着敏捷的思维和昂扬的斗志。他们在生活中不愿被社会"边缘化",渴望被由信仰新教的白人控制的美国主流社会所接受。梅勒笔下的罗思正是这样一个美国犹太人。他在身体上"个儿矮小,背弓得出奇,胳膊却挺长。他身上的一切似乎都是往下沉的:长长的鼻子颓然低垂,眼皮底下挂下两个肉袋,一对肩膀软瘪瘪地先前塌落。头发剪得极短,越发显出他耳朵之大",①而在精神上,则常常因为被认为与其他犹太人一样而"感到有点委屈",②甚至为了表现与其他犹太人的不同,而宣称自己"根本就不信有上帝存在"。③ 当反犹分子加拉赫对他大打出手,并辱骂他"犹太畜生"时,他仍然委屈地以为自己"明明不信这一门教,明明不存在这么一个种族,人家的不是,竟也把他给攀扯上了"。④ 罗思的这种含垢忍辱、渴望被接受的情绪,还表现在他十分看重他人对自己的态度上。当他听说上司"克洛夫特和布朗不喜欢他,内心痛苦极了。这一点他其实也知道,不过听到人家言语之间提起,还是很伤他的心……说他们讨厌他是由于犹太教的关系……表明他今后终究是前途茫茫"。⑤ 也就是说,在他人的眼中,罗思始终都是个"天杀的犹太佬"。不管他如何努力表现自己,一切却都是虚空、徒劳的。

在小说结尾,罗思在一次行军中,为避免他人的嘲笑和辱骂,拼尽最后一点气力想跳过悬崖,结果由于"那疲惫的身子实在使不出力气",⑥坠崖摔死了:"一个小人儿,就在空中翻了几个筋斗,一直下去了。"⑦ 与戈尔斯坦相比,罗思的命运结局无疑是悲惨的。梅勒在小说中对竭力想放弃

---

① 诺曼·梅勒:《裸者与死者》,蔡慧译,第 63 页。
② 同上书,第 67 页。
③ 同上书,第 66 页。
④ 同上书,第 841 页。
⑤ 同上书,第 609 页。
⑥⑦ 同上书,第 847 页。

自己犹太身份的罗思的命运结局,做出与坚守犹太信仰的戈尔斯坦不同的安排,是颇为值得深思的。

第三节 力图"对时代产生一点影响"的作家

一、《巴巴里海岸》:批评家及作家本人的解析

1951年,梅勒创作出版了其另一部长篇小说《巴巴里海岸》(*Barbary Shore*)。① 这部小说主要围绕着故事的叙述者迈克·洛维特展开的。洛维特可能在战争中患上了记忆缺失症,失去了自己的身份,不得不在战后重新开始生活。在一个夏季,他在寄宿旅馆里租了一个房间,准备进行小说创作。不料,他无意中目击了发生在这个寄宿旅馆老板和房客们之间的政治斗争。这里的旅馆老板、房客身份可疑,他们当中有间谍、双重间谍或前共产主义者。装扮成房客的美国政府秘密警察豪林沃斯在与前革命者(托派分子)——从西班牙战场归来的老兵,即旅馆老板麦克里奥德的妻子通奸的同时,又不断审讯并最终谋杀了这位旅店老板。洛维特开始时冷眼旁观旅馆里所发生的一切,后来又身不由己地被卷入了这场不见硝烟的战争中。

有不少批评家,如约翰·斯达克(John Stark)认为,《巴巴里海岸》是一部关于美国"左翼"知识分子从事政治斗争及其蜕变的政治寓言小说。② 戴安娜·特立林认为,梅勒在出版《裸者与死者》后不久,就对苏联的共产主义事业失去了信心。不过,在她看来,梅勒只是从原

---

① 迈克·戈兰迪指出,梅勒本人认为这部小说是"美国第一部存在主义小说"。Cf. Michael K. Glenday, *Norman Maile*, p. 64, also in Norman Mailer, *Advertisements for Myself*, p. 106.

② Cf. John Stark, "Barbary Shore: The Basis of Mailer's Best Work," *Modern Fiction Studies*, vol. 17 (1971), p. 406.

来信仰的以斯大林主义为代表的苏联共产主义,转向了托洛茨基的马克思主义。① 1951 年,梅勒在完成这种思想转变后,创作、出版了长篇小说《巴巴里海岸》。特立林认为,在某种意义上说,梅勒的第二部小说《巴巴里海岸》所要表达的正是这种思想的转变。

批评家迈克·戈兰迪(Michael Glenday)也认为,《巴巴里海岸》是梅勒"'最具有自传性'的小说。在迈克·洛维特,即故事的叙述者这个人物的身上,我们对梅勒变化中的自我有一个具体的看法。他从 20 世纪 40 年代后期的政治行动主义转向了探究极端的个人主义"。② 戈兰迪认为,小说的叙述者洛维特是作者梅勒生存状态的一种写照。这一看法应该说是有其道理的。梅勒在《为我自己做广告》中曾宣称,他在第一部小说《裸者与死者》获得巨大成功后,仿佛做了一次脑手术,将过去与现在截然分开了。他感到"不管愿不愿意,存在主义强加到自己身上来了……过去没有哪种力量能够帮助自己面对现在,我只能强迫自己步入巨大的现在这场战争中而别无选择"。③ 面对"现在",这是梅勒写完《裸者与死者》后的价值选择。与此巧合的是,小说中的叙述者洛维特因战争失去记忆,也只能生活在"现在",而不能回到过去。

不言而喻,将梅勒本人创作《巴巴里海岸》前后的生存状态与其作品人物的生存状况互为联系的研究方法,有助于读者了解梅勒在创作时的心理轨迹以及对人物塑造的最初期待视野。但是,如果仅限于这种传记式的联系,也就只看到了问题的一个方面。事实上,这部小说除了是梅勒思想转变的见证之外,至少还有两个方面是值得深入探究的:一个是它给研究 20 世纪 50 年代前后的美国社会的政治生活提供了大量感性资料;另一个是作者在作品中所流露出来的犹太知识分子的精神世界,对了解犹太人,乃至于整个犹太民族的价值观都有所帮助。例如,梅勒在小说中尽管没有明确其人物的民族身份,但将人物活动的场景设置在纽约犹

---

① Diana Trilling, "The Moral Radicalism of Norman Mailer" in Robert F. Lucid (ed.), *Norman Mailer: The Man and His Work*, p. 118.
② Michael K. Glenday, *Norman Mailer*, London: Macmillan, 1995, p. 64.
③ Norman Mailer, *Advertisements for Myself*, p. 93.

太人居住区布鲁克林,这在无意中就披露了他的犹太情结。另外,梅勒还在小说中掺杂了不少有关时政言论(如对托洛茨基和斯大林的看法:在小说中,托洛茨基被视为是为理想而献身的犹太知识分子;斯大林则被视为残暴的反犹主义者和革命激进主义的叛徒)和性爱的情节,这在一定程度上折射出梅勒作为一名失意的"左翼"犹太作家对苏联、斯大林以及美国社会生活的认识。

就艺术风格而论,《巴巴里海岸》不管是在长度、人物塑造方面,还是场景描述、叙事手法上都与《裸者与死者》迥然不同。具体说,梅勒没有继续沿用第三人称全知全能以及利用"时间机器"不断"闪回"到过去的叙事方法,而是采用了更能贴近读者,带有自传性的第一人称的叙事策略。许多批评者都认为这部小说与前一部小说相比,无论是在叙事技巧上,还是题材选择上以及主题思想的表述上,都与前一部作品相差甚大,甚或说是一种"可悲的失败",[1]"糟糕得毫无希望,沉闷、混乱,不知道它想要干什么"等等。[2] 然而,梅勒本人却不这么认为。他说:

> 《巴巴里海岸》确实是一部从我被轰炸的无意识的地下室里冒出来的,小说痛苦的目光,试图找到某种将我新的经历和那个可能准备毁灭自身的可怕世界相结合之处。我显然是在尝试某种东西,这种东西倾我所能,然后超我所能,及至结尾,小说又陷入一章政治演说而不复以往。然而,也可能是这样:如果我的作品在百年之后还有人阅读,《巴巴里海岸》将会被视为我前三部小说中最为丰富的一部,因为这部小说在其极度兴奋中对斯大林主义者、秘密警察、自恋者、儿童、女性同性恋者、癔病患者以及革命家有某种脱离实际的看法——在我看来,这部小说有一种氛围,即我们这个时代、当权者以及虚无主义在这个狂欢、虚空的世纪纷至沓来……喜欢我的作品的人当

---

[1] R. Merrill, *Norman Mailer*, Boston, Mass., 1978, p. 43; also in Michael K. Glenday, *Norman Mailer*, p. 62.

[2] R. Gilman, "Norman Mailer: Art as Life, Life as Art" in Michael Glenday, *Norman Mailer*, p. 62.

中没有几个人读过这部小说,不过,如果不看一眼《巴巴里海岸》所投射的奇异阴影与其所表现的狂乱主题,就无法理解我后来的作品。①

显然,梅勒本人非常看重《巴巴里海岸》,甚至认为,如果不读这部小说,就无法理解他后来所写的作品。据梅勒的传记作者卡尔·罗里森(Carl Rollyson)说,梅勒在正式写作《巴巴里海岸》前,所发生的一件事对他的创作影响很大。一次,梅勒与以前的战友菲格·格沃特尼在一起喝酒、打牌时玩得有点过火,结果遭到了战友的侮骂:"你这个该死的犹太佬。"②这件事对梅勒的伤害很大,甚至埋下了他对社会和所谓朋友的厌恶、敌对情感。如果结合着这一背景,就不难理解梅勒在上述引文中所说的"《巴巴里海岸》确实是一部从我被轰炸的无意识的地下室里冒出来的"这句话的真实含义。

无疑,上述引文不管是对理解梅勒的《巴巴里海岸》还是其他的创作都具有重要的意义。从梅勒闪烁其词的那番解说中,我们至少能得到这样的一些相关信息:一、创作缘由。这部小说属于"自发式"的创作,即长期积累的生活体验与观察到的社会生活图像在脑海中挤对碰撞,最终以"爆炸"的形式迸发了出来。二、创作目的。梅勒在创作中力图为自己新的经历与其所认为的可怖世界,找到一个适当的契合点。三、叙事策略。梅勒在创作中运用了现实主义与超现实主义相结合的创作手法。四、对该小说的评价:尽管梅勒认为小说中表达了一些"脱离实际的看法",但他认为这部小说在他的所有作品中占有重要的地位,而且还坚信小说中所勾画出的那个狂欢、虚空的时代,将会给读者带来一些有益的启迪。安德鲁·戈登也认为,在现在来看,这部小说"似乎超越了当时那个时代,是从麦卡锡时代的深处极度痛苦地呼喊出的政治预言"。③ 显然,戈登的这

---

① Norman Mailer, *Advertisements for Myself*, p. 94.
② Carl Rollyson, *The Lives of Norman Maile: A Biography*, New York: Paragon House, p. 55.
③ Andrew Gordon, "Norman Mailer" in *Twentieth-Century American-Jewish Fiction Writers*, p. 158.

一评价是颇中肯綮的。

二、《鹿苑》与《为我自己做广告》

1955年,梅勒创作出版了《鹿苑》(*Deer Park*)。梅勒在介绍这部小说时曾说,"它完全是一部关于性爱的小说。但也完全是一部关于道德的小说"。① 不过,多数出版商还是认为《鹿苑》是一部关于性的小说。据梅勒本人的回忆得知,他在出版这部小说时颇费了一番周折。签约出版商斯坦利·莱茵哈特在这部小说开始排印后,还提出要删去有关描写一位年长的导演与妓女鬼混的片断。梅勒先是同意了,但随后又拒绝了修改。恼羞成怒的莱茵哈特立即停止了为出版这部小说所做的一切工作。几经周折,纽约一家名叫普特楠姆的出版社,最终无条件地接受了梅勒的书稿。

通过这件事,梅勒认识到美国的出版社不似以往那样宽容厚道了。这意味着对小说家来说,进行严肃创作已经变得十分艰难。美国文坛上只剩下一些派系小圈子、流行时尚、势利小人、下贱人、傻瓜等。② 其实,《鹿苑》出版受阻似乎还另有隐情,即这部小说的真实性和批判性很难为当时的社会所容忍与接受。《美国犹太作家:同化与身份危机》一书的作者艾伦·古特曼(Allen Guttmann)曾指出,"《鹿苑》在出版后,立即遭到粗鲁和愚蠢的批评。"③他所指的实际也就是这个问题。

在某种程度上说,《鹿苑》是《巴巴里海岸》的翻版:小说中采用了几乎同样的叙事方法(第一人称叙事)、类似的创作主题(时事政治、社会腐败以及性爱的狂欢结合),甚至还有雷同的人物出现(如叙述者塞吉厄斯同样也是一位在战争中受伤的老兵和颇有追求的小说家)。所不同的是,这部小说比前一部小说更为真实地再现了20世纪50年代的美国社会,也更为深切地揭示了生活在这一时期的美国人民为政治与性爱所付出的

---

① Norman Mailer, *Advertisements for Myself*, p. 270.
② Cf. Norman Mailer, *Advertisements for Myself*, pp. 228—233.
③ Allen Guttmann, *The Jewish Writer in America: Assimilation and the Crisis of Identity*, p. 159.

代价。在这部小说中,梅勒还探讨了用艺术来取代信仰的问题。小说中的两个主要叙述者塞吉厄斯和艾特尔都是艺术家:前者是一位即将成名的小说家,后者是好莱坞的电影导演。他们两人在麦卡锡主义盛行的年代,面临着美国政府的压力和诱惑。塞吉厄斯经受住了考验,而艾特尔则在最后时刻,为了保住其在好莱坞工作的饭碗,向美国国会调查人员供出了一些人员的名单。

小说的主要场景之一是美国南加州的一个小镇——沙漠之门,这是好莱坞大亨、导演以及明星们共同建造的一个"极乐世界"。梅勒给小说取名为《鹿苑》,实际上是想将沙漠之门与腐败的法国国王路易十五建造的皇家鹿苑相联系。法国作家穆菲·德·安吉维尔曾在《路易十五的私人生活》一书中写道:"……鹿苑是清白无辜者和德行的出入口。这个出入口吞噬了许许多多受害者。这些受害者回到社会时,便把在这个臭名昭著的官方苑地学到的堕落、放荡以及所有其他各种罪恶都带了回来。"①梅勒在小说的开篇则是这样介绍"沙漠之门"的:这个小镇是"自从第二次世界大战以来,这是我知道的唯一一个全新的地方……建造这个小镇除了为了商业利益外,再没有其他明显的目的"。② 到这里来的人"几乎每一个人都有着不凡的经历",③他们在光怪陆离的酒吧间里高举着"蚀刻着半裸女性的彩色酒杯",谈论着"赛马、前一天晚上的聚会以及轮盘赌的各种方法"。④ 人们在这里醉生梦死,"从来不知道白天还是黑夜",或者说,"下午总是延续到夜晚,而醉酒的夜晚又延续到清晨"。⑤ 简而言之,这个"沙漠之门"成为梅勒小说中的一个重要意象。它如同整个美国社会一样,其实是一个现代"荒原"。

好莱坞是梅勒精心安排的另外一个象征现代"荒原"的重要场景。在某种意义上说,这是一个将"性"与"政治"滥用到极致的龌龊世界。在这

---

① Mouffle D'Angerville, *Vie Privee de Louis XV*, in Michael K. Glenday, *Norman Mailer*, p. 72.
② Norman Mailer, *The Deer Park*, New York: G. P. Putman's Sons, 1955, pp. 1—2.
③ *Ibid.*, p. 1.
④⑤ *Ibid.*, p. 4.

里,好莱坞的大亨、导演与女演员的关系"纵横交错",同性恋者也加入其中;在这里,美国国会调查委员会与美国联邦调查局,联手搜查并迫害有进步思想的艺术家。小说的叙述者塞吉厄斯也卷入其中。他与艾特尔前妻卢露·迈耶斯私通,结果遭到美国联邦调查人员的审讯;而卢露·迈耶斯又与明星演员、同性恋者泰迪·波普纠缠在一起,后者为了取悦自己的影迷,决定与她订婚。好莱坞现代"荒原"的象征意义,还表现在梅勒在这部小说中所塑造的两个反面犹太人物。除"出卖者"艾特尔外,还有色厉内荏的好莱坞电影制作业的大亨赫曼·泰皮斯。泰皮斯为人粗俗而精明,对一切美好、崇高的事情都看不顺眼。因此,他利用手中的权力和金钱尽情地捉弄,甚至毁掉一切与美好、崇高相关联的事情。他从不把拍摄、制作电影看成是一门艺术,而是像一个妓院老板营销着手中所掌控的妓女一样。导演、演员以及其他的工作人员,在他眼中仅仅是攫取商业利润的工具而已。

　　从对梅勒早期这三部长篇小说的分析来看,他在三部小说中撷取了美国社会中的三个颇具代表性的场景——二战战场、代表下层社会的纽约小旅店以及代表中、上流社会的好莱坞艺术圈和美国政府机构,如美国联邦调查局等,即通过对不同场所与不同阶层的描写来揭露弥漫于美国社会的险恶、腐败的政治局势以及混乱、扭曲的道德价值取向。梅勒在此后的创作中,更加重了对美国社会进行文化和道德的批判力量。1961年,梅勒出版的"文学宣言"[1]式的作品杂集《为我自己做广告》中,就明显地凸显了他的这种批判精神。

　　严格说来,《为我自己做广告》(*Advertisements for Myself*)实际上是一部梅勒作品的自选集。在这个选集中,梅勒在选文前加入了一些"广告"性文章。通过这些文章,梅勒或试图讲明该作品在创作、出版过程中所面临的问题,以及成功后所经受的压力;或讲述金钱、美酒给自己带来的快乐与烦恼;或对选文作出自我评价;或表明对某种社会、文化现象与

---

[1] Laura Adams, *Existential Battles: The Growth of Norman Mailer*, Athens, Ohio: Ohio University Press, 1976, p. 3.

思潮的看法。简而言之,这个作品杂集评介了梅勒自己的或他人的作品,同时也汇集了他对美国社会、文化、政治等的认识与批判。

安德鲁·戈登认为,《为我自己做广告》的出版成为梅勒文学创作的"一个转折点",因为"自此以后,他徜徉于取得相当间接回报的长篇小说与其他准小说创作形式之间。在后者的创作中,他把自己视为一位一直都在追求的我们这个时代的美国英雄,因此而将自己置于作品的中心位置"。① 也就是说,梅勒在随后的创作中,作品结构和叙事策略都发生了很大的变化。就作品结构而言,梅勒有时混淆了文学体裁,或者更确切地说,他创造了一些新的叙事体裁,如采用新闻报道与文学创作相结合等;就叙事策略而言,他不再像以往一样与作品中的人物、事件等刻意保持距离,而是有意无意地将自己的思想及观点等融入或故意凸显在作品中。

当然,批评界对梅勒为什么要出版这样一部作品杂集还另有说法。梅勒的传记作者卡尔·罗里森在《诺曼·梅勒的生平:一部传记》中,介绍梅勒在出版《为我自己做广告》前的一些生活细节值得重视。罗里森回忆说,梅勒在出版《鹿苑》后,有一种生命被耗尽了的感觉。他开始失眠,只能靠烈酒和药物才能睡觉。《鹿苑》出版后,评论界的反响较差,焦躁不安的梅勒想知道《鹿苑》一书的销售情况,就让他的朋友佯装成读者到书店查询,结果也相当不令人满意。失望、愤懑之余,梅勒开始着手进行被他自称为"自我分析"的工作,《为我自己做广告》一书也就因此而诞生了。② 山姆·吉格斯(Sam Girgus)在其所著的《新契约:犹太作家与美国思想》一书中,将有关梅勒的一章题名为"他—自我之歌",③也可见梅勒《为我自己做广告》给批评界留下的深刻印象。

《为我自己做广告》共分为五个部分:第一部分:早期;第二部分:中期;第三部分:出生;第四部分:爵士乐迷们;第五部分:游戏与目的。梅勒在卷首"为我自己所做的第一个广告"中开宗明义地指出,他的这部作

---

① Andrew Gordon, "Norman Mailer" in *Twentieth-Century American-Jewish Fiction Writers*, p. 160.
② Carl Rollyson, *The Lives of Norman Maile: Abiography*, pp. 99—100.
③ Sam B. Girgus, *The New Covenant: Jewish Writers and the American Idea*, p. 135.

品杂集将"为我们这个时代意识掀起一场革命"。① 他在接下来的文字中,辛辣地批判了美国社会的颓废与腐败,为即将掀起这场革命的正当性与道德性找到了理论根据。梅勒写道:"我们成长在比处于最糟糕时期的罗马帝国还要腐朽的世界里。这个懦弱的世界追逐享乐,但却没有勇气偿付全部意识所付出的代价。"② 梅勒对美国社会的批判是广泛而深刻的,为人们认识、研究梅勒的创作思想以及当时美国文坛与出版界的情况,提供了丰富而重要的史料。例如,他在"六十九个问题与答复",即在接受《独立报》编辑莱尔·斯图亚特所作的访谈中,就谈到了自己的写作目的和对文学的社会功能的认识。他告诉斯图亚特,他的写作是"想去接近人民,通过接近他们,对我这个时代的历史产生一点影响"。③ 梅勒的这种"对时代产生一点影响"的创作意图,在他随后的作品中表现得非常明显。如在《美国梦》中,他就着重强调了对美国人民的生活产生影响的各种因素(如金钱、政治、性与道德)间的互动关系,不但揭露、批判了美国白人社会所推崇的伦理道德,且还形象地说明所谓的"美国梦"不过是一场噩梦而已。

梅勒的政论文写作更是旗帜鲜明地针砭了时弊。他在 1960 年和 1969 年曾两度参加竞选纽约市长,虽然竞选最终都以失败而告终,且他提出的一些政治主张也显得不够成熟,但梅勒在生活中也想"对时代产生一点影响"的进取精神却是难能可贵的。

---

① Norman Mailer, *Advertisements for Myself*, p. 17.
② Norman Mailer, *Advertisements for Myself*, p. 23.
③ *Ibid.*, p. 269.

第十六章 问题与拓展

第一节 美国犹太"大屠杀文学"

一、研究的滞后问题

根据里格斯编辑的《大屠杀文学参考指南》(*Reference Guide to Holocaust Literature*, 2002)介绍,截止到 2000 年该书出版之前,大约有 307 部"大屠杀文学"作品问世。与"大屠杀文学"创作相比较,美国文学研究界对该类文学的研究却很有些滞后[①]。美国历史学家彼得·诺威克(Peter Novick)针对美国"大屠杀"研究滞后现象,提出了著名的"为什么现在"一问[②],也可以用来质疑"大屠杀文学"研究为何也滞后?

"大屠杀文学"作品的"文学性"并不是产生研究滞后的原因。从二战期间至 1970 年代出版的 160 多部作品来看,许多作品都具有十分强烈的艺术感染力,如易兹哈克·卡特兹奈尔松(Yitzhak Katzenelson)的史诗《秘密的奇迹》(*The Secret Miracle*, 1944)、乌拉迪斯劳·斯兹皮尔曼(Wladyslaw Szipilman)的回忆录《钢琴师:一位华沙幸存者的不寻常故事》(*The Pianist: The Extraordinary Story of One Man's Survial in Warsaw*, 1946)、安妮·弗兰克(Anne Frank)的日记体小说《安妮日记》(*Diary of a Young Girl*, 1947)、迈耶·莱文(Meyer Levin)的长篇小说

---

① 参见 Friedman, "Research and Literature on the Recent Jewish Tragedy", *Jewish Social Studies*, Vol. XII, No. 1 (January 1950), p. 50。
② Cf. Peter Novick, *The Holocaust in American Life*, Boston and New York: Houghton Mifflin Company, 1999, pp. 1—15.

《我父亲的房子》(*My Father's House*，1947)和《埃娃：一部有关大屠杀的小说》(*Eva: A Novel of the Holocaust*，1959)、哈伊姆·格雷德(Chaim Grade)的回忆录《我母亲的安息日》(*My Mother's Sabbath Days*，1958)、伯纳德·马拉默德的短篇小说《湖滨少女》("Lady of the Lake"，1958)和《最后的莫希干人》("The Last Mohican"，1958)、菲利普·罗斯的短篇小说《狂热者伊莱》("Eli, the Fanatic"，1959)、哈伊姆·波托克(Chaim Potok)的长篇小说《选民》(*The Chosen*，1967)等。这些文学作品运用不同的叙事策略并从大屠杀记忆、"后记忆"(postmemory)性别、沉默、虚构、隔代传播(cross-generational transmission)[①]等不同的角度，反映了欧洲犹太人在二战期间所经历的灾难。仅《安妮日记》出版以来，在大约20年间就售出了500万余册，而且还先后被搬上舞台和拍成电影，并获得普利策奖、纽约批评界奖等多种奖项来看，其艺术价值是不容否认的。

　　由此可见，并非是"大屠杀文学"作品本身出了问题，那么问题又出在哪里？近20多年来，美国学术界对犹太"大屠杀"研究的情况，或许能为我们分析"大屠杀文学"研究滞后的深层原因提供一些借鉴。综合看来，这些"大屠杀"研究的成果表达了大致三种不同的观点。其一，彼得·诺威克在《美国生活中的大屠杀》(*The Holocaust in American Life*，1999)一书中，针对美国犹太社会内部的思想状况进行了分析，并对20世纪末期美国社会突然出现的"大屠杀意识"提出了"为什么现在？"的质问。他指出，20世纪末期，"大屠杀"被看成是美国犹太人的一个身份符号。这种现象的出现既是美国社会族裔身份意识觉醒、同情并认同受害者等多种因素促成的，也是犹太社区应对犹太人口减少与犹太可持续性问题的一个策略。[②] 犹太人提出"大屠杀"话题"不仅仅是为了争取社会的承认，而且还要争取成为首要话题。"在他看来，二战结束以来，无论是压制

---

① 参见 S. Lillian Kremer (ed.), *Holocaust Literature. An Encyclopedia of Writers and Their Work* (2 volumes). New York and London: Routledge, 2003.
② Cf. Peter Novick, *The Holocaust in American Life*, Boston and New York: Houghton Mifflin Company, 1999, p. 7.

还是复活"大屠杀"记忆,其实都反映了犹太社会领导人在不同情况下所做出的策略性决定。对犹太人而言,忘记自己是希特勒的受害者就意味着让希特勒取得"死后的胜利"(posthumous victory);而假如默认希特勒诬蔑犹太人为令人鄙视的人种,并把"大屠杀"看成是犹太人的标志性经验,那才是他更大的"死后的胜利"。[1] 简言之,诺威克对美国犹太社会内部所作的分析,从一个侧面道出了导致"大屠杀文学"研究滞后的原因:美国犹太文学界似乎还没有完全意识到或不愿承认自己民族所存在的问题和希特勒"死后的胜利"问题。他们为了彰显自己的"美国性"或"世界性"而大讲特讲人道主义或"普世性",而对"大屠杀"则采取一种忘记和默认的态度,甚或对自己的犹太身份也采取一种否认的态度。在很大程度上说,这些态度是直接导致"大屠杀文学"研究滞后的一个重要原因。

其二,诺曼·芬克尔斯坦(Norman Finkelstein)在翌年出版的《大屠杀工业:对利用犹太苦难的思考》(*The Holocaust Industry: Reflections on the Exploitation of Jewish Suffering*, 2000)一书中对诺威克观点的质疑与批判。他在这部有关"后大屠杀"(post holocaust)的著作中,把诺威克提出的"大屠杀"话题及其相关作为,称之为"大屠杀工业"(holocaust industry)。他认为,这一现象像其他大多数意识形态一样,与社会现实有着紧密的关联,而且并不能导致诺威克所说的那种"大屠杀记忆[……]常常是'任意武断的'",相反,"这一记忆是由特权阶层的意识形态构建的"[2]。也就是说,在芬克尔斯坦看来,"大屠杀工业"实际上是由经济、思想、媒介、馆藏展览、政府部门以及立法机构等诸多因素构成的——它们的"中心思想就是要让社会持有足够的政治和阶级利益相关联。"[3]这种试图从诸多社会关系中梳理出"后大屠杀"社会出现的"大屠杀工业"现象,从一个更广阔的角度,揭示了美国学术界"大屠杀"研究滞后的原因。

---

[1] Peter Novick, *The Holocaust in American Life*, Boston and New York: Houghton Mifflin Company, 1999, p. 281.

[2] Cf. Norman Finkelstein, *The Holocaust Industry: Reflections on the Exploitation of Jewish Suffering*, New York: Verso, 2000, p. 3.

[3] *Ibid.*, p. 3.

换句话说,芬克尔斯坦提出的"后大屠杀"社会出现的"大屠杀工业"的观点,也从另一个侧面揭示了美国犹太文学界对"大屠杀文学"研究滞后绝非是单从美国犹太社会内部就能够解释清楚,还需要综合美国社会诸种因素来分析和评判。

从这个角度来看,美国犹太文学界对"大屠杀文学"研究滞后实际上还与美国社会一直存在的反犹主义或歧视情绪相关联,另外还与犹太社会与其他族裔等社会关系之间的互动关系相关联。

其三,马克·施米埃尔(Mark Chmiel)在2001年出版的《艾利·威塞尔与道德领导的政治》(*Elie Wiesel and the Politics of Moral Leadership*)一书,代表了第三种意见。这部著作以艾利·威塞尔的个人政治成长经历为例,综合并补充说明了诺威克和芬克尔斯坦的观点。威塞尔在20世纪50年代开始从批判的角度,讨论犹太大屠杀问题。他移居美国后,以大屠杀幸存者的身份抨击美国社会对幸存者的冷漠,其中还包括那些生活在美国的犹太人竟然对自己同胞的苦难无动于衷。1967年第三次中东战争期间,威塞尔提出大屠杀记忆与以色列之间的政治关联问题,引起美国社会重视,很快成为美国社会关注的精英人物,并于1986年获得诺贝尔和平奖。施米埃尔通过对威塞尔的个人政治成长经历说明,在1940年代"无价值"的大屠杀幸存者何以在1970年代变得"有价值"了。他由此得出结论说,威塞尔"并不反对美国权力机构,而是这些机构的盟友和最终受益者。[……]除非美国权力机构不去援助受害者,否则他绝少对他们进行批评。[……]威塞尔成为一种'有价值的预言者',并因其终生关注那些有价值的幸存者而受到国家的嘉奖。"① 从施米埃尔对犹太幸存者命运变迁的所做的个案分析中可以看出,犹太幸存者与美国政府和主流社会之间的微妙关系。"大屠杀文学"研究之所以滞后,既有时间的问题,也有政治的问题,即在美国这样一个社会氛围里,"政治正确"是"大屠杀文学"研究发展的逻辑起点。

---

① Mark Chmiel, *Elie Wiesel and the Politics of Moral Leadership*, Philadelphia: Temple University Press, 2001, pp. 164—165.

当然，美国社会对犹太大屠杀的看法还远不止这三种，还有许多不同的观点，如还有"美国化""去美国化""糖衣包裹""神圣化""去神圣化""琐碎化"等观点，可谓分歧众多。这些分歧与其内在自指性之间的张力也共同指向对"大屠杀文学"的研究。总而言之，除了上面所谈到的三个原因外，"大屠杀文学"研究之所以滞后还有一些更为具体的原因：比如说，美国主流社会意识曾一度对犹太人有深刻的偏见甚或进行迫害，二战期间和麦卡锡主义横行的年代反犹主义对犹太人造成了很大的伤害，许多犹太人至今心有余悸，美国犹太人内部观点不一致，有些在美国生活安定富裕的犹太人不想"惹火烧身"，因此对二战中饱受煎熬的欧洲犹太人态度冷漠，甚或有人极力讨好袖手旁观，以坐收渔翁之利的美国政府，以及多数美国犹太作家对自己的民族身份持有一种暧昧的态度，也给学术界研究带来了困惑与障碍。

二、文学再现"大屠杀"的道德问题

犹太人似乎永远生存在悖论之中。《圣经》里说犹太人是上帝的选民；现实生活却让他们吃够了苦头，他们在欧洲历史上几乎没有一次战争不让他们成为"替罪羊"。11世纪的数次"十字军"东征，犹太人成了这场大规模劫掠的牺牲品；1648年哥萨克起义反抗沙俄当局，攻打沙俄占领的华沙兵败后，沿途屠杀了十多万犹太人；19世纪末20世纪初，沙俄当局为挽颓势和转移国内矛盾，又有数十万犹太人惨遭杀害；二战中，二分之一的欧洲犹太人葬身于纳粹的血腥屠杀之中。所以说，犹太人的悖论是在苦难中产生的，是对自己多舛命运的一种抗争。

在当今现实社会中，美国犹太作家在对待"大屠杀"这一话题时重又陷入一种关乎道德的悖论。这种悖论主要出现在美国主流社会和早期移民的后代和在二战中幸存下来移居到美国的犹太人之间。前者没有经历欧洲惨绝人寰的"大屠杀"，他们在美国过着安逸的日子，不想让自己卷入欧洲的苦难；而后者则在二战中失去了无辜的亲人朋友，还没从惊恐中回过神来。另外，在美国许多城市出现了"大屠杀纪念馆""大屠杀主题公园"等。有不少人是在节假期前来参观的。这种参观时间和方式，在一定程度上不可避免地会将"大屠杀"问题琐碎化、娱乐化甚或时尚化。这些"悖论"反映在"大屠杀文学"创作中所出现的以"糖衣包裹""琐碎化""神圣化""时尚化"等方式将"大屠杀"美国化;或用"直陈式""反思式""去神圣化"等方式将"大屠杀"中犹太人的苦难遭遇"贬值"而遭人轻视。

在"大屠杀文学"作品中被认为将二战中犹太人的苦难"美国化"的典型之一,无疑是《安妮日记》。《安妮日记》的作者是一位德国犹太少女安妮·弗兰克。这部日记用一种甜蜜的笔触,记载了她遇难前两年藏身密室充满恐怖的 25 个月的生活和情感。作为一名成长中的少女,她在日记中吐露了与母亲不断发生冲突的困惑及对性的好奇,而对在德国纳粹占领下犹太人的苦难生活则记叙不多。我们当然不应该要求一位对人生还有些懵懵懂懂的少女去记叙一些宏大事件或抒发自己的宏大情怀;然而,诡谲的是,这部最后一则日记标示为 1944 年 8 月 1 日的《安妮日记》在美国出版后,美国主流社会和犹太社会所做出的反应。1955 年,《安妮日记》被编成话剧公演,立刻引起轰动;1959 年,好莱坞将这个故事搬上银幕,观众人数多得无以计数。迄今为止,《安妮日记》已经被翻译成 65 种语言,在世界各国出版了 3000 多万册。

美国学者希伦尼·弗兰兹鲍姆(Hilene Flanzbaum)在她编辑出版的《大屠杀的美国化》(*The Americanization of the Holocaust*,1999)一书中,把《安妮日记》称为用甜蜜的"糖衣包裹"起来的作品①,并针对《安妮日记》的畅销和"安妮基金"的两次不同声明,指出其美国化这一倾向。她指出:

> "安妮基金"在 1950 年代成立以来,其宗旨是"使用安妮·弗兰克的名字来象征希望"。显然,50 年代的大屠杀不是 90 年代的大屠杀,甚或也不是 80 年代的大屠杀。在 80 年代,该基金提出了一个迥然有别的宗旨,即寻求"教育第二次世界大战,特别是大屠杀,并以此来

---

① 参见 Flanzbaum (ed.), *The Americanization of the Holocaust*, Baltimore and London: The Johns Hopkins University Press, 1999, p. 3.

让大家知道当下的一些偏见和歧视是如何影响犹太人的。"①

也就是说,"安妮基金"分别在20世纪50年代和80年代出现的两个不同的宗旨是随着岁月而改变的。可是,岁月的内涵又是什么呢?难道二战中死难的六百万犹太人的数字会随着岁月的流逝而改变吗?恐怕这不只是一个时间的问题,而且还是一个道德的问题。

从某种意义上说,时间不只是指向某一特定的历史时刻,而且还指向这一特定历史时刻所承载的意识形态。这个与时间交织在一起的意识形态凸显在"大屠杀文学"及其研究上的一个主要方面就是道德问题。20世纪50年代的美国意识形态与20世纪80年代的意识形态有很大的区别。50年代是从麦卡锡主义者迫害美国进步人士开始的。在这样一种政治高压之下,美国犹太学术界面临自己生存的问题,而并"不被引导去探究那件罪恶的事实"。② 他们要么摆出姿态,欢迎用甜蜜"糖衣包裹"起来的《安妮日记》,以求在良知与生存安全之间找到平衡;要么干脆三缄其声,以保住自己不至于成为政治高压的牺牲品。80年代则是在经历了70年代国外动乱、"水门事件"、政治改革、保守主义思潮、经济不稳定、转向内在以及女性和人权运动之后③,开始走向里根对内执行"巫毒经济"④改革和对外进行侵略扩张⑤的时代。在这一时代,里根政府虽然继续执行反共政策,但对国内进步人士或不同声音较50年代还是宽容或缓和了许多。面对欧洲犹太人在二战中经历的苦难,美国"大屠杀文学"及其研究者迎来了这样一个相对宽容或缓和的时代,作品和著述开始接连不断地涌现,这里所反映的不仅是社会问题,而且还

---

① Hilene Flanzbaum (ed.), *The Americanization of the Holocaust*, Introduction, p. 2.
② Abraham Duker, "Comments" in Leon A. Jick: "The Holocaust: its Use and Abuse within the American Public" in *Yad Vashem Studies* (1981, 14), p. 307.
③ 参见托马斯·鲍斯泰尔曼:《二十世纪七十年代:从人权到经济.不平等的全球史》,乔国强、乔爱玲译,北京:商务印书馆,2015年版。
④ 为解决国内严重的经济问题,里根政府提出减税、缩小政府规模、减少对商业的管制等经济改革措施。这些经济改革措施被其反对派蔑称为"巫毒经济"。
⑤ 里根时代美国海军曾先后入侵格林纳达岛(1983年)、玻利维亚(1986年)、轰炸利比亚首都的黎波里(1986年)、击落伊朗客机(1988年)以及入侵巴拿马(1989年)。

牵涉到与道德良知相关的诸多问题。弗兰兹鲍姆认为，大屠杀的美国化是政治和理论的一种危险状态，而对历史、民族、意识形态所做出的各种假设都是陷阱。① 他的这些观点在反映美国社会意识形态的复杂与险恶的同时，也揭示了美国"大屠杀文学"学术界复杂而又纠结的道德问题。

"大屠杀文学"中体现道德良知的一个重要话题是有关犹太"大屠杀"的幸存者问题。较早在文学作品中提出这个问题的是菲利普·罗斯。他在短篇小说《狂热者伊莱》中描写一组从欧洲移居到美国的二战犹太幸存者的生存状况，并通过描写这些幸存者来到美国后所受到的当地犹太人的种种非难，提出了当地犹太人面对幸存者所做出的道德选择。另外一位美国犹太作家艾萨克·巴舍维斯·辛格则从另一个角度讨论了犹太幸存者的问题。他在短篇小说《旅游巴士》中描写了一位从纳粹集中营幸存下来犹太女性与信仰基督教的丈夫分道扬镳的故事。小说中，犹太幸存者威尔豪夫夫人与同情自己的基督教徒威尔豪夫先生结婚，条件是她皈依基督教。威尔豪夫夫人接受了这一条件，但是却对成为自己丈夫的威尔豪夫先生疏远了。他们虽然结伴旅游，但是却形同陌路，而且还在私底下相互攻击，导致最终不欢而散。这个故事至少揭示了两个方面的问题：其一是，同情犹太幸存者的人既不能把幸存者当作自己感情施舍的对象，也不应该胁迫幸存者对自己百依百从，甚或动手打人；其二是，犹太幸存者不能因为自己经历了苦难，就可以恣意妄为或对社会和他人提出过多或过分的要求。类似这类作品还有许多，如伯纳德·马拉默德的短篇小说《湖滨少女》等。

马拉默德的短篇小说《湖滨少女》的主人公是一位名叫亨利·莱文的英俊青年，他在与人交往时自称亨利·雷·弗里曼这个听上去不像犹太人的名字，以掩饰自己的犹太身份。他在到意大利旅行途中，在湖边遇见了一位优雅秀丽的少女伊莎贝拉。他们俩一见钟情。伊莎贝拉第一句话

---

① Hilene Flanzbaum (ed.), *The Americanization of the Holocaust*, Baltimore and London: The Johns Hopkins University Press, 1999, Introduction, p. 2.

便问弗里曼是否是犹太人。年轻人出于虚荣心否定了自己的犹太身份。故事的结局是少女伊莎贝拉原来是二战纳粹集中营的幸存者。她因莱文隐瞒自己的犹太身份而最终与他分手。这个故事以破碎的美妙爱情为例,在说明犹太二战幸存者的精神诉求的同时,也提出了犹太人对待自己民族身份的道德问题。

贝娄在中篇小说《贝拉罗萨暗道》中也反映了美国犹太人与犹太幸存者之间出现的道德悖论。这部小说从两条线上展开。一条是小说中的一位主要人物是美国犹太人比利·罗斯与犹太幸存者冯斯坦之间的关系。罗斯在二战期间构建的营救犹太人的"地下通道",并成功地营救了冯斯坦。冯斯坦辗转来到美国后得知救他的人是大名鼎鼎的娱乐界大亨,犹太人比利·罗斯。于是,他怀着一颗感恩的心,千方百计地想面谢恩人罗斯。按照冯斯坦的妻子索莱拉的话说,"他所要的一切就是说一声'谢谢'。"①但出乎意料的是,这位昔日不惜代价救出同胞的美国犹太大亨却坚决拒绝与冯斯坦见面。在联系与不联系之间,他选择了后者。小说的另外一条线在拥有"X 百万"②美国犹太人叙述者"我"与冯斯坦之间展开。叙述者"我"是冯斯坦的一个亲戚。这位自诩为"一个行走的记忆文件夹",把"记忆"视为"生命"③的叙述者"我",却想让自己处于一种"忘记回忆"④的状态之中。作为成功的美国犹太人,他看不上亲戚冯斯坦,因而长期不与他联系,直到冯斯坦遇车祸死去时才想起他。这个故事揭示了美国犹太人与犹太幸存者之间的悖论关系:以罗斯为代表的美国犹太人可以在战争期间营救受害的犹太人,然后在和平期间却对自己营救过的同胞漠然处之;而以叙述者"我"为代表的犹太幸存者的亲戚也缺乏理解和同情。

上面的几个例子说明了"大屠杀文学"作品中出现的道德悖论问题。现实生活中,还牵涉一个与"大屠杀文学"作者相关的另一层面上的道德悖论问题。威廉·史泰龙(William Styron)在小说《苏菲的选择》

---

① Saul Bellow, *The Bellarosa Connection*, New York: Penguin, 1989, p. 23.
②③④ Ibid., p. 2.

(*Sophie's Choice*,1976)中借叙述者斯廷格(Stingo)之口,提出了一个有关"大屠杀文学"作者的道德问题:"幸存者艾里·韦塞尔曾写道:'小说家在自己的作品中免费使用[大屠杀题材]……他们这样做将[大屠杀]贬值了,将其内涵枯竭了。大屠杀现在成为一个热门话题、一种时尚,担保他们引起公众的注意力,并担保他们取得快速成功。'我不知道这种观点是否站得住脚,但是我却意识到这样做的风险。"[1]这里所说的风险其实更多的是指"大屠杀文学"作者有可能淡化、琐碎化甚或娱乐化了大屠杀受害者的痛苦。从这个意义上说,"大屠杀文学"作者怎样写不只是与写作技巧相关,还与他们的道德价值取向相关。

三、文学对"大屠杀"的超越

美国学术界对"大屠杀文学"的研究相对滞后,但是,"大屠杀文学"的创作却出现了一种颇为劲强的势头。据不完全统计,自20世纪70年代以来,在30年间共出版250余部作品。从这些已出版的一些主要作家的作品来看,70年代之后,在可以归类到"大屠杀文学"的作品中,透露出一种对"大屠杀"进行"超越"的情愫和意向。

这里所说的"超越"主要是指对"大屠杀"事件认识的超越。这种超越既不是忘记,也不是娱乐化;而是不再过多纠缠"大屠杀"事件本身,把"大屠杀"事件作为一个背景或故事发展的一个引子或串联故事的一个楔子,然后在此基础上,从根源上分析"大屠杀"产生的原因、反思对待幸存者的态度,以及表达自己的人道主义立场。贝娄、辛格、罗斯等是进行这"超越"的代表作家。

贝娄的"超越"是"向外"的,即分析"大屠杀"产生的外部原因。他在早期小说《赫佐格》和他最后一部长篇小说《拉维尔斯坦》中,都尝试从外部根源上分析"大屠杀"产生的原因。比如说,在《赫佐格》中,贝娄通过人物之口阐述浪漫主义是导致德国纳粹产生的唯一根源。后来在《拉维尔斯坦》中,他修正了自己以前的看法,从两个方面来阐述"大屠杀"产生的

---

[1] William Styron, *Sophie's Choice*, New York: Random House, 1976, p. 218.

原因：其一，他强调理性主义和虚无主义对德国纳粹的产生及其所犯下的滔天罪行中起到的作用，并主张对纳粹反犹主义的批判应该追溯到欧洲近代以来的各种不良思潮，而不是简单地把责任推到浪漫主义那里。其二，贝娄在小说中还分析了现代庸众对法西斯反犹主义的形成所起到的作用。他以体育运动和电视节目等大众传媒为例，分析了庸众如何在狂热而盲目的追捧中成就了像希特勒这样反人类的法西斯分子。[1] 除此之外，贝娄还认为在平庸社会中所普遍存在的软弱无力，也是让法西斯分子的张狂能够得逞的原因之一。[2] 总之，在贝娄看来，庸众的盲目追捧和麻木不仁是现代社会和现代人的通病，而这些"通病"又是造成法西斯纳粹"大屠杀"的另一个主要原因。简而言之，贝娄从早期认为浪漫主义是导致德国纳粹产生的根源，到晚期强调理性主义和虚无主义对德国纳粹的产生及其所犯下的滔天罪行，并且还认为现代庸众和大众文化也是导致德国纳粹和"大屠杀"的原因。他的这一转变既是他对"大屠杀"产生原因的认识的一种深入，也是他对自己的一种超越。

辛格的"超越"是"向内"的，即反省犹太人自己的问题，并表达了对人类的失望。他在第一部小说《格雷的撒旦》中虽然写的是1648年哥萨克屠杀犹太人的故事，但是他从此开始了反省犹太人的精神世界和犹太人自身存在的问题。后来，他在《敌人：一个爱情故事》描写了犹太幸存者饱受战争创伤，凭借混乱的爱情来为自己惊恐的心理找个栖身之处。辛格还在小说中通过形象的艺术描写，揭示了犹太幸存者无法忘怀过去悲惨遭遇的原因。他认为，德国纳粹对犹太人的疯狂屠杀行为"限定"了犹太人，特别是"限定"了这些犹太幸存者的思维方式和生活方式，同时还给了他们一个特殊的身份——幸存者。这些犹太幸存者永远无法忘记过去，也永远无法像正常人一样地生活。他们既不是舍生取义的圣徒，也不是忠于或不忠于犹太传统的普通教民，更不是哪一个国家真正意义上的公民。另外，他还在这部小说中表达了对人类的失望。在他看来，"人类

---

[1] See Saul Bellow, *Ravelstein*, New York: Penguin Group, 2000, pp. 55—56.
[2] *Ibid*., p. 169.

这个物种越来越糟糕,没有变好。我相信,也就是说,是按逆向进化着的。地球上的最后一个人肯定既是罪犯,又是疯子。"①简而言之,辛格对人类的失望不仅仅是因为犹太人遭受到了种族灭绝般的屠杀,那些自作孽的幸存者和那些远离战争而毫无同情心的美国犹太人,也是令他对人类失去信心的一个原因。

在犹太幸存者问题上的超越,美国犹太作家也是在不同的维度上展开的,既有对以往认识的超越,也有提出解决这一问题的途径。菲利普·罗斯在《狂热者伊莱》中提出了美国犹太人和犹太幸存者之间的误解和矛盾应以换位思考求和解的浪漫方案;马拉默德在《湖滨少女》中提出了"大屠杀幸存者"的精神诉求,并借此倡导犹太人要尊重自己的民族身份;辛西娅·奥兹克在《斯德哥尔摩的救世主》和《罗萨》(*Rosa*,1971)中,试图将希腊精神与犹太精神相融合,提出了既要对历史记忆采取一种淡漠的态度,又要对历史发出上帝般的声音;辛格在《敌人:一个爱情故事》和《哈德逊河上的阴影》中,提出了用爱来抚慰犹太幸存者的精神创伤;E. L. 多克托洛在《上帝之城》提出犹太人经过"大屠杀"后,犹太历史与美国历史相融合的问题。

贝娄在处理犹太幸存者这一问题上似乎走得更远一些,也更深刻一些。他在《赛姆勒先生的行星》中,描写了犹太幸存者赛姆勒在美国的艰难经历。他移居到美国后,过着一种对人对己都漠不关心的生活。可以说,战争不但幻灭了他早年对有秩序世界的向往,而且似乎还浇灭了他生活的激情。贝娄在晚期创作的《贝拉罗萨暗道》中针对一些生活在美国的犹太人心存侥幸,不愿多事,以免惹祸上身这一严酷的社会现实,提出了活着的犹太人都是幸存者的大局观,并在随后出版的《拉维尔斯坦》中,从对历史的回顾中,提出了发人深省的告诫。贝娄认为,面对幸存者以旁观者姿态出现的美国犹太人,其实并没有意识到他们这样做的危险性:过去,欧洲法西斯分子"杀害了超

---

① Isaac Bashevis Singer, *Enemies,A Love Story*, New York:Farrar, Straus and Giroux, 1972, p. 163.

过一半以上的欧洲犹太人"①,并有"如此多的其他人,成百万的其他人,希望[犹太人]他们死"②,乃至"犹太人曾经被提供给整个人类作为一个衡量人性邪恶的尺度";现在"作为犹太人,我们现在明白了什么是可能的。没人说得出,下面它会从哪一个角落冒出来"③——历史将有可能会重演的,即使犹太人收敛自己,尽量不去招惹是非,但反犹主义者也会施展各种伎俩,其中包括编造有关犹太人的"和阴谋论有联系"的神话,以便达到他们毁谤并最终彻底消灭犹太民族的目的。他在小说中以"《锡安山草案》事件为例"④说明了这一问题的险恶性,并用小说主人公拉维尔斯坦所说的一句话:"一定要时常想一想那些吊在肉钩子上的人"⑤来告诫自己的同胞,犹太人为自己民族的生存应该时刻保持警惕。

第二节 叙事主题与叙事模式

一、"同化"主题与"多元叙事模式"

同化是美国犹太小说,特别是早期美国犹太小说中的一个重要主题。从早期犹太小说家玛丽·安亭、安吉娅·叶吉尔斯卡,到当代犹太小说家艾萨克·巴舍维斯·辛格、伯纳德·马拉默德、索尔·贝娄、迈克尔·谢邦(Michael Chabon, 1963—)等,这些不同时代的著名犹太作家在其作品中都触及了有关同化的主题。

这种不约而同不是偶然的,其背后有着这样做的必然性。按照社会学家的说法,所谓同化,一般是指不同民族或个人"通过分享彼此经历和历史的方式而相互渗入和融合的过程。他们获得彼此的记忆、情感以及态度,融入共同的文化生活之中。"⑥这一界定把同化看成是一个过程,强

---

① ③ Saul Bellow, *Ravelstein*, p. 174.
② Ibid., p. 167.
④ ⑤ Ibid., pp. 127—128.
⑥ Robert E. Park and Ernest W. Burgess, *Introduction to the Science of Sociology*, in Milton M. Gordon, *Assimilation in American Life*, New York: Oxford University Press, 1964, p. 62.

调的是"相互渗入"和"融合"的特性。① 这是对同化的一种宏观性理论概括,假如从同化的具体表征入手,同化的过程至少还应该包括如下的内容:(一)学会主流社会所使用的语言;(二)获取参与主流社会仪式的资格;(三)有参与这些仪式的能力;(四)在社会生活的各个方面,主流社会对移民不抱有偏见。② 此之外,同化还有其他的一些表征,如与异族通婚、破除饮食禁忌等。③

社会学家们以上的诸种说法,可以引进到美国犹太小说同化现象的研究中来。不过,需要说明的是,在美国犹太小说所构建的世界中,同化这一叙事主题比社会学家所赋予的定义要丰富、复杂和曲折得多。一个最显著的区别是,在美国的犹太小说中,处在不同历史阶段的犹太人物,对同化这一问题会有着不同的认识和实践。譬如,从犹太传统观点的角度看,同化对犹太人来说是一件十分重大的事件,甚或是一种不可饶恕的背教行为。而背教者往往要被逐出犹太社区;对于现代的犹太人来说,同化则是既可以理解,也是可以接受的,甚或还有些犹太后裔不承认或心甘情愿地放弃自己的犹太身份。第二个区别是,尽管社会学家把同化看成是一种过程,但是,对他们而言,这个过程只有一个趋向,即走向与主流社会的同化,而缺少对可能发生的多种趋向(如逆向同化或在同化过程中出现"旁逸"或"扩张"等)的分析和对各种可能趋向的预设及价值判断等。换句话说,与社会学家较为单一的同化思路相比,美国犹太小说家在其作品中,对同化性质和同化过程中所呈现出来的多种同化趋向及价值取向等,均做出了生动而细腻的表现,揭示了犹太人的丰富内心生活和对自己民族的真挚而又复杂的情感。

通过对大量文本的阅读和分析,同时也是为了能更好地掌握美国犹太文学,暂且可以把存在于美国犹太小说中的五彩缤纷的同化主题,大致

---

① Joseph H. Fichter, *Sociology*, in Milton M. Gordon, *Assimilation in American Life*, New York: Oxford University Press, 1964, p. 65.
② Cf. Robert E. Park, "Assimilation, Social" in *Encyclopaedia of the Social Sciences*, in Gordon, *Assimilation in American Life*, p. 63.
③ Cf. Milton M. Gordon, *Assimilation in American Life*, New York: Oxford University Press, 1964, pp. 70—78.

总结成以下几种表现和叙事模式。

首先,在早期的美国犹太小说中,同化大都表现为是一种"正向"的同化。小说中参与同化的犹太人物,大多都为移居到美国的年轻犹太移民。他们初到美国,生活艰难,前途未卜,为了生存下来,不得不把犹太人的价值观念暂时搁置起来,采取一种务实的态度,学会对美国的主流社会价值观进行应和。美国犹太女作家安吉娅·叶吉尔斯卡在其短篇小说《孤独的孩子们》("Children of Loneliness",1923)中,就讲述了这样的一个故事:女主人公蕾切尔费了一番周折后,终于得到进入美国大学学习的机会。入校以后,她为了向周边同学靠拢,便主动放弃了自己原有的生活习俗,并且要求父母也顺应美国主流社会的生活世俗。深受犹太教影响的父母自然拒绝她的要求,她便离家独居,从此开始过上一种符合美国价值观念的生活。这就意味着犹太价值观念在年轻一代人那里开始土崩瓦解。

除了现实考虑之外,早期美国小说中出现的这种"正向"同化的另一个原因是,部分犹太移民认为,犹太人就应该处于一种流散的生存状态,居住的国家即是自己的祖国。在这样的一种前提下,犹太人的同化,即顺应居住国的价值观念,就是顺理成章的一件事。美国女作家玛丽·安亭在短篇小说《谎言》中,曾描写过这样一个耐人寻味的细节:一名美国女教师安排一位名叫戴卫的犹太小男孩,来演唱《美国》这首歌曲,但是遭到了男孩子的拒绝。美国女教师大惑不解,追问原因。犹太小男孩犹豫再三,最后终于道出实情:这首歌是用来讴歌美国国家的开创者的,"我的父辈没有死在这儿。我怎么能唱这样的谎言呢?"[①]美国女教师对此的解释是:"我们将会发现你们这个民族的人民——就像你的父亲,戴卫——无论在何地,只要得到允许,他们就加入为自由而战的行列中。甚至在这个国家——戴卫,我将会给你找出有多少犹太人参加了独立革命[……]一个人只要勇敢,我们就不管他的信仰如何。"[②]在该处,犹太小男孩戴卫

---

① Mary Antin, "The Lie" in Jules Chametzky, John Felstiner, Hilene Flanzbaum and Kathryn Hellerstein (eds.), *Jewish American Literature: A Norton Anthology*, p. 194.
② *Ibid.*, pp. 194—195.

代表犹太人对美国社会和文化的疑虑,即他们认为自己还不属于美国这片国土;而美国女教师则是美国的象征,她对犹太人张开怀抱,认为不管信仰、民族如何,只要勇敢,就是这片土地的构成分子。显然,安亭借美国女教师之口,为把美国看成也是犹太人的祖国找到了一个理由。

其次,在美国犹太文学开始进入相对成熟的阶段后,同化在美国犹太小说中的叙说模式开始呈现出一种多元化的倾向。对这一时期的犹太作家而言,同化或表现为虚幻,或表现为逆向,或表现为双向。有关虚幻的叙事模式,在辛格的长篇小说《卢布林的魔术师》中得到了深刻的展现。小说中讲述了一位名叫雅沙的波兰犹太魔术师为了挤进非犹太上流社会,而费尽周折最终还是惨遭失败的故事。小说主人公雅沙是一位靠表演魔术而来维持生活的下层犹太人,他对这种低贱的生活深感不满,对自己身边那个保守而拙朴的妻子也看不顺眼,从而攀附上了一位信仰天主教的美艳寡妇埃米莉娅,试图通过她来改变自己的生活境遇。埃米莉娅给他提出了两个要求,一个是皈依天主教;另一个是与她一起移居到象征天主教上流社会生活福地的意大利。这两个条件他都答应了,自以为就此得到了埃米莉娅的爱情以及攀附上了上流社会。然而不幸的是,他因一次偷盗失手,在逃跑的途中摔伤了脚踝,从而丧失了表演魔术的能力,并最终也因此失去了埃米莉娅的所谓爱情。百般无奈下,他不得不回家疗伤和忏悔,一场同化梦便以虚幻而悲惨的结局收场。

马拉默德在长篇小说《店员》中,塑造了一位非犹太人皈依了犹太教的人物形象。弗兰克·阿尔平是一位贫穷的意大利移民。他在一次与人合伙偷窃犹太人莫里斯·鲍勃的商店时,打伤了莫里斯。事后,弗兰克怀着一种歉疚的心情来看望莫里斯,并希望能在莫里斯的商店里工作。善良的莫斯利认出了弗兰克就是打伤他的那个盗贼,但是他没有说破,而且还真把他留在自己的店里工作。莫里斯的隐忍、善良和宽宏大度,使弗兰克深受感动。在莫里斯因病去世之后,弗兰克皈依了犹太教,承担起照料莫里斯家人的责任。弗兰克的皈依可以称为一种逆向同化的叙事模式。

辛格在长篇小说《奴隶》中讲述了一个双向同化的故事。1648年哥萨克屠杀犹太人后,犹太青年雅各布被掳并被卖到了基督教徒旺达家中做奴隶。旺达的父亲有意招他为婿——旺达是个年轻的寡妇,条件是雅各布必须要皈依基督教。但是雅各布信仰坚定,不肯更改宗教信仰,拒绝了这一要求。旺达父亲很是生气,便让他到山里去牧牛。但是温柔善良的旺达,在平素与雅各布的交往中深深地爱上了这位犹太年轻人。她不顾父亲的反对,坚决要与雅各布在一起。然而,当时的基督教社区不允许与异族通婚,他们不得不逃离到犹太社区。但是当时的犹太社区也不允许犹太人与异族通婚。为了掩盖住自己非犹太人身份,旺达改名为萨拉——一个听起来像犹太女人的名字。此外,由于她不会说犹太人的语言,便把自己装成了哑巴。小说的结局是,萨拉在丈夫雅各布处于危急时刻开口说话——她救下了丈夫,暴露了自己的非犹太人身份。祸不单行的是,她最终死于了难产。就这样,原本一场双向的同化最终成为双倍的虚幻。

当然,在个别作家或作品中,不管哪种形式的同化最终都是指向不可能。比如说,辛格在短篇小说《旅游巴士》中,就讲述了这样一个同化变为不可能的故事。威尔豪夫夫人是一位犹太大屠杀的幸存者。她嫁给了一位信仰基督教的银行家,并按丈夫的要求皈依了基督教。但是他们间的差异和矛盾并没有因为两人成为夫妻和同宗教友而消失,相反他们在各个方面都水火不相容。最后,威尔豪夫夫人由于被丈夫打了两个耳光,而不得不悲愤交加地离开了他。这个故事的结尾说明民族间的同化不是那么容易的一件事,或许会有短暂的同化,但一般说来这都是权宜之计,真正的同化几乎是不可能完成的。

二、"受害者"主题与"反讽叙事模式"

在美国犹太小说中,犹太人物常常以"受害者"的形象出现。不过,不同的美国犹太小说家,对"受害者"形象有不同的刻画。大致说来可分为四种类型:一种是指犹太人物受到了外部力量的迫害,如反犹主义等;另外一种是指犹太人物受到来自犹太内部的迫害,如犹太社区或家族对他们的束缚或压制;第三种是指犹太人物自己迫害自己,如他们不能与时俱进,过于执着犹太宗教中的某些教条或禁忌,因而作茧自缚,反受其害;第四种是犹太人在移居到美国社会以后,因不谙世事或过于相信自己的力量而弄巧成拙,给自己带来麻烦。

表现这四种受害主题的叙事模式也不尽相同,有主要从受害者的角度,从犹太民族的角度直接控诉迫害者邪恶行径的,如厄尼斯特·G.海普纳(Ernest G. Heppner)的回忆录《上海难民:二战犹太隔都回忆录》(*Shanghai Refuge: A Memoir of the World War II Jewish Ghetto*, 1993);也有从受害者的角度,叙说个人苦难的,如尤苏拉·贝肯(Ursula Bacon)的《上海日记:一个年轻姑娘逃离希特勒的憎恨,来到被战争撕裂的中国的经历》(*Shanghai Diary: A Young Girl's Journey from Hitler's Hate to War-Torn China*, 2002);另外还有诉说犹太人不谙世事,或自我束缚,或笨拙而又倔强挣扎的,如辛格的长篇小说《莫斯凯家族》。围绕受害主题所展开的叙事模式也多种多样。不过,纵观下来会发现一个特点,即与受害这一主题相关的叙事,几乎大都是沿着反讽意味的叙事模式运转下来的。换句话说,这个叙事模式是"受害者"主题中最为典型和具有代表性的表达模式。

美国犹太小说家喜欢采用这种叙事模式,并非是偶然的,与犹太文化和宗教有着密切的关联。犹太人对《圣经》里所说的犹太人是"上帝选民"之说法深信不疑。然而,历史经验和现实生活,却与犹太人开了一个极大的"玩笑"——犹太人自公元前586年随着耶路撒冷第一圣殿被焚毁,并沦为巴比伦之囚后,直到1948年以色列国成立之前,一直处于流散的状态。换句话说,犹太人一边怀揣着"上帝选民"的信仰和期盼,一边却受尽生活的折磨和反犹主义的歧视与迫害,时不时地还要在历史或社会重大关头被当成替罪羊推向祭坛。这种带有宗教意义和生活哲理上的悖论表现在文学作品中,就形成了一种独特的表达方式,即运用结构形式和修辞手段相结合的方法来表达带有反讽意味的犹太宗教和生活哲理。

从结构上来看,美国犹太小说家在运用反讽结构来表现"受害者"这一主题时,主要采用的是一种揭示开篇与结局和行为与结果之间具有双重差异的反讽叙事模式。比如说,叶吉尔斯卡的短篇小说《孤独的孩子们》的开篇,写的是犹太女孩雷切尔为了赢得美国男朋友的赞许,怪罪父母在用餐时不仿照美国人的样子使用刀叉,为此而与父母争吵并离家出走。这一切的发生原本都是为了让那个美国男朋友开心,谁料想她所暗恋的这个美国男孩根本不爱她,不过是把她作为一个学术上的研究对象而已,结果也就可想而知了。从上面所讲述的故事情节可发现,叶吉尔斯卡在这部小说中使用了双重反讽的叙事模式,第一重是小说开篇与结局之间的悖论反讽;第二重是人物行为与实际结果之间的悖论反讽。作者之所以要调用这样相对复杂的反讽叙事模式手法,一方面是想借此揭示美国犹太移民两代人之间的矛盾;另一方面也想检讨犹太移民在寻求同化的过程中所产生的对主流社会认知的片面性和相当性,提醒犹太人不要把同化想得过于简单。

美国犹太作家在其作品中喜欢安排这样一个带有(双重)反讽意味的叙事模式,一方面深刻地揭示了犹太人自身一些与生俱来的特性,诸如感性、执着、不安分、不谙世事且自以为是的可笑和可悲之处;另一方面,他们似乎也在暗示读者,犹太人在现代社会生活中所遭遇的艰辛与坎坷,即所受之"害",有一部分也是由于自己过于多事而讨来的。

三、"大屠杀"主题与"创伤叙事模式"

虽然在第二次世界大战结束以后,"大屠杀"这一话题在美国犹太小说中就已有所表达,但是真正成为美国犹太小说中的一个重要叙事主题,则还是在进入到20世纪70年代之后。"滞后"的原因多种多样,其中最主要原因之一是"大屠杀"的"美国化"。

大致说来,美国犹太小说中的"大屠杀"主题内涵主要包含了两个方面:一是叙说"大屠杀"这一历史事件本身;二是叙说"大屠杀"幸存者的人生际遇。前者因"美国化"的原因,出版的作品不多,且多数仅以片段形式出现在一些日记体小说或回忆录中,而很少有直接来描述"大屠杀"这一历史事件本身的;后者是表现"大屠杀"这一叙事主题的主要方面。美国犹太作家在对"大屠杀"幸存者人生际遇的描写方面,大致可分成三种情形:一是描写幸存者独自过着劫后的余生;二是描写幸存者与美国当地犹太人间的互动关系;三是描写幸存者与非犹太人间的关系。不过,虽说从描写的内容上可以分为上述的大致三种,但是这三种写作情形也不是截然分开的,有时它们也会以融合或互见的方式出现。有一点是共同的,那就是作家们在展现这个主题时,几乎都是以表达创伤的叙事模式进行书写的。

创伤理论最早出现在 19 世纪晚期,当时多用于医学界。叙事研究者之所以对医学上的创伤理论感兴趣,即把它移植到文学研究中来,是因为在叙事研究者看来,创伤通常指的是一种记忆失常现象。在文学创作中,这种失常会影响到叙说者以正常的方式来叙述历史事件或个人经历。① 就美国犹太小说而言,针对"大屠杀"的叙事,基本上都采用了这样一种"失常"的叙事模式。其具体表现有多种,比如说,从叙说的内容来看,有叙说犹太社区集体遭受纳粹迫害或屠杀的叙事结构;有叙说犹太个人遭受纳粹迫害或凌辱的叙事结构;还有叙说"大屠杀"后第二代犹太人的"后记忆"的叙事结构等。从叙说的性质来看,有哀悼性、回忆性和见证性的叙事结构;从具体的叙事策略来看,有通过"省略""拼贴"或"回溯"的方式,即在叙事结构上模仿"失忆"的征候或在叙事话语和意象构建上,直接表达某种"失常"或"失忆";而从叙述的价值取向上看,则有控诉、谴责纳粹反犹罪行和哀婉、讴歌犹太民族或个人的多舛命运。

当然,如果有必要的话,这种"失常"叙事模式还可以再细分下去,譬如从心理分析角度上来观察"失去"或"不在场"的叙说等。然而,不管哪种叙说,作为一种创伤叙事模式,在针对"大屠杀"这一历史事件的叙说中,总是呈现出某种程度的杂糅,缺乏一般叙事所具有的稳定性,而且还常常会把所叙历史事件和事件中的人物概念化。比如说,在厄尼斯特·G.海普纳的回忆录《上海难民:二战犹太隔都回忆录》和尤苏拉·贝肯的《上海日记:一个年轻姑娘逃离希特勒的憎恨,来到被战争撕裂的中国的经历》中,都程度不同地出现了上述情况。这两位美国犹太作家分别在各自作品中,讲述了纳粹分子迫害犹太人的一些细节和过程。但是,在他们的讲述中,事件在很大程度上被概念化了(即按照通常对"大屠杀"这一历

---

① Cf. Judith Herman, *Trauma and Recovery*. New York: Basic Books, 1992, p. 615.

史事件认知的模式,去刻画人物形象、组织矛盾冲突、设置事件发展等),而且还将历史事实和个人事后的认知杂糅在一起。比如说,海普纳在开篇时写道:"尽管生活在魏玛时期的大多数犹太人已经完全被同化了,而且多数人还成为广大中产阶级的一部分",但是,由于纳粹利用各种机会"让德国多数人的无助感转向对犹太人的愤怒。宗教上的反犹主义[……]成为他们政治上反犹的一个有用的工具",因而生活在20世纪30年代的犹太人意味着他们"生活在非常艰难的环境中。"①在上述引文中,海普纳运用教科书或史书叙事的方法陈述历史事实,并且在这陈述中加入了他自己对这一历史事件的认知和感受,形成了一种具有一定杂糅性的叙事。从整部作品来看,这种将历史事实和个人感受杂糅起来的写法比比皆是,造成了一种缺乏话语稳定的叙事效果,对读者判断和评价事件本身和当事人对事件感受的真实性造成了一定的困难。

在贝肯的《上海日记:一个年轻姑娘逃离希特勒的憎恨,来到被战争撕裂的中国的经历》中,还出现了另外一种创伤叙事模式,即一种对"过去"所做出的症状反应式(symptomatic reaction)叙事模式。作者在写这部《上海日记》时,已经事隔50多年了,但她面对自己当年的创伤经历似乎仍然不能理解,更不要说对此做出相应或恰当的反应了。譬如说,她虽然称自己的写作为"日记",但实际上她并未完全按照日记的形式来写,即按照自己当时真实的经历和感受如实地叙说出来,而是在叙说中非常理性地讲述过去已发生的事情和事后自己对这些事情的认知,尤其注重叙说结构的完整性。另外,她有时候还会在叙说中转向他处,或寻找事情的因果关系,或过高地赞扬甚或"圣化"自己或家人反抗日本士兵迫害或克服生活困难等的能力,给人以事后回忆或事后重构的感觉。乌尔里克·拜尔(Ulrich Baer)曾将这种重构称为"经历和将此经历整合到叙述记忆、理解以及交流之间出现的双重结构性脱节。"②换句话说,贝肯在叙述中

---

① Ernest G. Heppner, *Shanghai Refuge: A Memoir of the World War II Jewish Ghetto*, University of Nebraska Press, 1993, p. 11.

② Ulrich Baer, *Remnants of Song: Trauma and the Experience of Modernity in Charles Baudelaire and Paul Celan*, Stanford: Stanford University Press, 2000, p. 10.

用事后50年的记忆和认知取代了50年前的事件和感受。这其实是一种对过去的事件和感受所做出的创伤症状式的反应——以见证人的身份格外注重事件叙述的完整性和认知的正确性。但是,由于文本化过程中出现的重构问题,这种几乎见诸所有日记体或回忆录之类作品中的症状反应,成为犹太小说中最主要的创伤叙事模式之一。

发生在第二次世界大战期间纳粹针对犹太人的"大屠杀"是一件惨绝人寰的历史事件。有学者在谈及这一历史事件给犹太人所造成的创伤时指出:"关于像大屠杀这一类事件所造成的创伤是无法再现出来的,也找不到适当的叙事方法。其可怕程度异乎寻常。"[1]的确如此,像"大屠杀"这样惨绝人寰的历史事件用文字是无法复原的,所蒙受的创伤也是语言所无法完全描摹出来的。这样一来,美国犹太小说家要想把"大屠杀"历史事件转换成由文字构建而成的文学文本,即小说的叙述者在"当下"叙说发生在"过去"的历史事件和对这一事件的认知,叙述者与叙说的内容会有许多不同的差异。采用何种"大屠杀"叙事的伦理模式(这种模式常与叙述者叙述的真实性、叙述的姿态、叙述的聚焦,以及叙述的时空顺序安排等相关)在一定程度上反映了作者的伦理道德的价值取向。比如说,就叙述的侧重点而言,《安妮日记》中的叙述者侧重叙说的是犹太少女在躲避纳粹分子迫害中情窦初开的故事。少女怀春不是一个不可以叙说的话题,但是,把这样一个话题放在"大屠杀"这一历史事件的框架内来进行叙说,就有违犹太人,特别是"大屠杀"幸存者的道德诉求了。因而也难怪有学者批评说,侧重这种叙说的作品实际上是一种"美国化的"即用糖衣把犹太人的苦难包裹起来了的作品。[2] 针对这种将"大屠杀"叙事"美国化"的倾向,马拉默德在短篇小说《湖滨少女》中提出了另外一个有关犹太民族身份诉求的道德问题。小说中有一位名叫亨利·莱文的英俊犹太青年在到意大利旅行途中,在湖边遇见了一位优雅秀丽的犹太少女伊莎贝拉——一位

---

[1] Wolfreys, Julian *Introducing Criticism at the 21st Century*, Edinburgh: Edinburgh University Press, 2002, p. 129.

[2] Flanzbaum, Hilene (ed.), *The Americanization of the Holocaust*, Baltimore and London: The Johns Hopkins University Press, 1999, p. 3.

二战纳粹集中营的幸存者。他们俩一见钟情。莱文为隐瞒自己的犹太身份,改名叫弗里曼。伊莎贝拉反复询问弗里曼是否是犹太人。然而,弗里曼出于虚荣心否定了自己的犹太身份。结果,伊莎贝拉因莱文隐瞒自己的犹太身份而最终与他分手。马拉默德叙述的重点在于以破碎的美妙爱情为例,提出了"大屠杀"后犹太人如何对待自己民族身份的道德问题。这种创伤叙事模式直接或间接地反映了马拉默德对待犹太身份的态度。

概而言之,"大屠杀"主题的创伤叙事模式虽有多种,但是,不管哪一种叙事模式都无法回避作品的道德诉求。从这个意义上说,与人类良心相关联的"大屠杀"伦理叙事模式应该是诸种叙事模式中最重要的一种,也是检验美国犹太作家民族身份、道德信仰的一种模式。

第三节 叙事时间与叙事空间

一、时间:一种历史经验的认知形式

自公元前 586 年第一圣殿被入侵者焚毁、犹太人沦为巴比伦之囚以来,犹太人的时间就成为他们民族经历的一种极为重要而又独特的载体。因为自此以后在近两千多年的历史长河里,犹太人对时间的记忆就是他们所经历的漫长的流放、迫害以及杀戮。犹太人深刻地体悟到了时间这种最为典型的经验模式。

美国犹太作家尤其偏爱在作品中洋洋洒洒地讲述着自己民族的经验或经历。他们似乎过不了这道坎,仿佛承载他们民族苦难这个被称为经验或经历的时间在紧紧地拉扯着他们的灵魂,让他们着迷、沉思,甚或悲叹、愤懑。在艾萨克·巴舍维斯·辛格、索尔·贝娄、伯纳德·马拉默德、菲利普·罗斯等主要美国犹太小说家作品中,许许多多的犹太人物还滞留在没有家园、蒙受苦难的时间里。对这些作家而言,这种浸润着民族苦难的时间成为他们笔下人物赖以生存和成长的一种条件,或是对自己民族身份认知的一个无法抹去的因素。换句话说,这种具有独特含义的时

间在这些作家的作品里占据了一个相当重要的地位,既成为他们情感结构中的一个重要组成部分,也成为他们对时间的一种独特的认知形式。

从承载历史经验的时间上来看,美国犹太小说家主要是聚焦在三个时期:其一是17世纪中期哥萨克士兵屠杀波兰犹太人;其二是19世纪末和20世纪初沙皇俄国屠杀俄国犹太人;其三是第二次世界大战期间纳粹屠杀欧洲犹太人。其代表作品有艾萨克·巴舍维斯·辛格的《格雷的撒旦》《奴隶》《莫斯凯家族》《敌人:一个爱情故事》等、索尔·贝娄的《晃来晃去的人》《受害者》《赫佐格》《拉维尔斯坦》等、伯纳德·马拉默德的《基辅怨》、菲利普·罗斯的《狂热者伊莱》等。他们对这些一个个不完整的承载历史经验的时间进行重新排列组合,并锻造成一个个方便认知犹太民族经验和犹太民族未来命运的工具。他们这种"众口一词"的个人叙说最终汇总成一种集体意识,并形成了一种独特的美国犹太小说的共性和独特的美国犹太民族文化。

从叙述认知层面上来看,美国犹太作家对小说中这种具有特殊意蕴的时间的处理大致有三个方面的意义。其一是凸显时间所蕴含的民族苦难及其意义,即把原本绵延不断的犹太民族历史截取为上面所说的三个非常时期,凸显犹太人在这三个时期所蒙受的灾难及对所蒙受灾难的感悟。这一模式尤其在辛格的《格雷的撒旦》和马拉默德的《基辅怨》中得到了充分的表现。《格雷的撒旦》讲述的是发生在17世纪中期哥萨克士兵屠杀犹太人后,犹太社区拉比及其信徒轻信骗子的蛊惑和谣言,为救赎自我而犯下了邪恶的罪行,最终险些让整个社区的犹太人遭遇灭顶之灾的故事。《基辅怨》讲述的是19世纪末20世纪初俄国沙皇为转移国内矛盾,寻找借口屠杀犹太人的故事。这两个故事虽然具体内容有别,但是,它们都是从关涉犹太民族生死存亡的角度来叙说犹太人的苦难并弘扬犹太民族的传统文化信仰的。这种整合了凸显犹太民族苦难及其意义的时间片段的叙事,实际上也是对犹太历史的一种重构。

其二是凸显时间所蕴含的伦理道德意义,即把关乎犹太民族生死存亡经验的时间与犹太人个人的伦理道德相关联。辛格在自己的许多小说中都认为犹太人个人信仰和个体行为会对犹太社区生死存亡具有很大的影响。比如说,小说《格雷的撒旦》中的犹太人放弃传统信仰,违背犹太伦理道德、恣意妄为,结果给犹太社区带来了巨大的灾难;而最终醒悟并悔改了的犹太人则拯救了这个犹太社区。马拉默德在小说《基辅怨》中探讨了是否承认和坚守犹太身份与犹太民族命运之间的密切关系。在这部小说中,犹太人雅可夫·博克因贫穷而放弃了自己的犹太身份。他独闯非犹太人社区,深陷囹圄后也拒绝承认自己的犹太身份,结果险些给居住在俄国的整个犹太社区带来灭顶之灾。换句话说,这两位美国犹太作家从不同的侧面,似乎都在告诫自己的同胞:如果不吸取时间所承载的历史经验和给予的历史教训,不重视个人与民族之间的伦理道德关系,那么,整个犹太民族就会面临灾变,甚至消亡。

其三是时间暗示当下和未来的不确定性,即他们在叙说当下情景或未来期盼时总是把人物感受时间的方向"向后拉"。这样一来,时间就具有了一种参考和反思的功能,并因此而暗示了一种不确定性或无从把握他们所面临或期待的未来。美国犹太小说家在塑造自己的主要人物时(如辛格《莫斯凯家族》中的主人公阿萨·赫希尔·班内特和《敌人,一个爱情的故事》中的赫曼·布罗德、贝娄《晃来晃去的人》中约瑟夫和《抓住时日》(*Seize the Day*,1956)中的威廉·艾德勒、马拉默德《新生活》(*A New Life*,1961)中的西摩尔·莱文、罗斯《再见,哥伦布》(*Goodbye, Columbus*,1959)中的尼尔·克拉格曼、《狂热者伊莱》中的伊莱及其二战幸存者等),都把时间"向后拉",抑或说让自己的主要人物"向后看",让他们面临着这种不确定性。

二、空间:一种历史经验的表现形式

原则上说,美国犹太小说中的空间表现形式与时间是紧密相关的,甚或说二者互为自己存在的条件,是相互融合在一起的。不过,在某一给定时间的基础上还是可以析出空间表现形式的:空间成为时间的一种参照,一种表现场所。比如说,17世纪或19世纪犹太人的情感结构与空间的关系更多的是与"隔都"或"栅栏"这类空间相关联。与之相对应的是,他们没有公民权、不能自由走出限制他们居住的地方;他们为维持生计所从事的各种活动也受到了很大的限制;20世纪犹太人的情感结构,特别是20世纪二战期间和二战之后,则多与纳粹的集中营相关的空间相关联。这种关联意味着没有自由、遭受凌辱、恐惧,甚或死亡。

当然,还可以把美国犹太小说中的空间表现形式细化一些。比如说,在美国犹太小说家笔下的17世纪或19世纪的犹太女性人物多数时间都是与一个家庭的厨房相关联。她们的情感生活自然都是构筑在厨房这样一个狭小的空间里的。不过,在辛格的笔下,她们虽然在这样一个狭小的空间里度过自己的一生,但是却起到了塑造或拯救男性人物的作用;贝娄笔下的女性人物基本上都是生活在20世纪。然而,他笔下的多数女性人物的精神面貌、社会地位、叙事功能等却不仅没有什么的改观,而且还颇有些"消极"或"落后"。比如说,她们多数都"不在场",或多数"在场"的女性人物要么活在男性人物的阴影里,要么以负面的形象出现在男性人物的身边,而极少有正面、鲜活的女性人物出现。

就空间的特点而言,美国犹太小说里的空间大致可以分为两大类:一类是承载历史经验的物理空间;另一类是具有犹太宗教文化意蕴的精神空间。① 从历史上看,由于犹太人失去了自己的家园而以客民的身份四海为家,加上反犹主义对犹太人的排斥和迫害,承载历史经验的物理空间并非是一成不变的,而是常常处于变动之中的。在这里所谈论的犹太人的物理空间是指犹太人处于相对稳定时期的空间。这种意义上的空间主要有犹太社区、犹太教堂、犹太社区里的洗澡堂、犹太学校、犹太集市、犹太家庭及其厨房等。在没有出现异族入侵或其他历史灾变中,犹太社区维系着犹太民族生存与繁衍,维持犹太人的宗教信仰与文化传承。犹太教堂在犹太人社区生活中具有至关重要的作用。除了从事宗教活动之外,犹太教堂还是犹太人日常生活的一个重要空间,这对凝聚犹太民族的团结和化解社区内部矛盾起到了重要的作用。这一点在辛格的小说中表现得尤为明确。比如说,他在《格雷的撒旦》中就围绕着犹太教堂讲述了犹太人由分化到凝聚的故事。他的另一部小说《卢布林的魔术师》中则讲述了一个有关犹太魔术师在数次危难中进入犹太教堂而得救的故事。

---

① 当然,两者也不可以截然分开,有时也是互为一体,形成你中有我,我中有你的独特空间。

不过，写当代题材的美国犹太小说对犹太教堂、犹太学校、犹太集市等的描写有些淡化了，甚至在有些小说里已经看不到了，取而代之的是犹太家庭与异族混住的社区。无论是在 E. L. 多克托洛的《但以理书》中，或在保罗·B. 奥斯特(Paul Benjamin Auster)的《纽约三部曲》(*The New York Trilogy*, 1987)中，还是在艾尔吉拉·古德曼(Allegra Goodman)的《卡茨基尔山的瀑布》(*Kaaterskill Falls*, 1998)①里，或在迈克·谢邦的《卡瓦勒和克雷的惊人的冒险》(*The Amazing Adventure of Kavalier & Clay*, 2000)②小说中，都能看到生活在这种新的空间的犹太人。不过，需要注意的是，虽说犹太人在这种新的空间里会遇到一些新的问题，但是，总的来说，他们所要面对的问题其实没有多大改变，还是过去早已出现过的有关犹太身份、同化、创伤等问题。

美国犹太小说里的另一类空间是具有犹太宗教文化意蕴的精神空间。这个空间具体指的一是犹太人意念中的圣地巴勒斯坦和耶路撒冷，这是他们的精神追求或寄托；二是他们向往的由异族主宰的主流社会，这是他们摆脱困境、过上新生活的唯一出路。前者在辛格的小说里表现得较为突出，后者在马拉默德的小说里得到了充分的展现。辛格笔下有许多犹太人物都梦想到圣地巴勒斯坦或耶路撒冷。他们希望能回到那里去践行犹太《圣经》里规约，成为圣徒。他在短篇小说《激情》("Passions")中写了一个名叫莱伯的犹太人用火柴棍搭建他心目中的耶路撒冷圣殿的故事。他甚至还在一部名为《忏悔者》的小说里，让小说中的主人公约瑟夫·夏皮罗抛开虚荣繁华的美国都市生活，去耶路撒冷朝圣并在那儿娶了一位十分传统的女孩为妻。从此以后，他可以专心致志地践行犹太《圣经》里规约，而不用再为虚浮和杂乱的世风世情操心。

犹太人向往的由异族主宰的主流社会空间，主要出现在以 17 世纪、19 世纪以及 20 世纪上半叶为时代背景的美国犹太小说中。这个空间还可以看成是一种用来"转换"的空间，即让犹太主人公的命运在与由异族

---

① 这部小说在 1999 年荣获美国国家图书奖。
② 这部小说在 2000 年荣获美国普利策小说奖。

主宰的主流社会这一空间的转换中发生了变化。马拉默德小说《基辅怨》中的主人公雅可夫·博克就是一个很好的例子。博克是一个生活在沙皇俄国的穷苦的犹太人。他的父母双亡,妻子嫌他贫穷而抛弃了他。他孑然一身,无依无靠,诅咒自己犹太人的命运,并企图以"不做犹太人"的方式来摆脱自己的窘境。他离开犹太人的居住区,准备到当时沙皇统治下的俄国首都基辅去看看世界,寻找一种新的生活。为了不被发现他是个犹太人,他在前往基辅之前剃掉了象征犹太身份的耳鬓;在路上又丢掉了用于祈祷的围巾和一切能够证明他是犹太人身份的物件。他来到基辅后的一个晚上,偶然救了一个醉酒摔倒在雪地里的基督教徒。这个人恰好是迫害犹太人的组织"黑色百人团"的成员,名叫利比德夫。雅可夫·博克向他隐瞒了自己的犹太身份。利比德夫为报答雅可夫·博克,让他住在自己家里,并安排他为自己家装修房屋。雅可夫·博克从利比德夫那里赚了钱,以为自己从此就可以像一个基督教徒那样生活了。其实,他错了。他在受利比德夫的指派,到他的砖瓦厂做监工期间,一个基督徒的男孩被人用刀片虐杀了。杀死男孩的真凶是这个男孩的母亲玛法·格罗夫和她的情夫。男孩的妈妈玛法·格罗夫由于憎恨犹太人,就反诬犹太人用基督徒的孩子的血做犹太人的献祭面包。当时的沙皇俄国政府正面临对日战争的失败和国内各种矛盾的上升。他们为了转移矛盾,就把博克逮捕下狱,企图以此作为借口来屠杀犹太人。

博克走出犹太社区,转换的不只是由地域构成的不同空间,而且还有受人摆布的命运。他意念中的理想空间到头来只是反犹主义者的福地,而对于犹太人而言则是厄运的发祥地。博克的遭遇正好部分地应验了20世纪下半叶出现的强调"生产"(production)和"力量"(force)的空间理论。从这个层面上来看,空间在美国犹太小说中不仅具有表现的功能,而且还具有认知的功能,即让我们读者可以从中体悟到犹太人贫穷的原因和他们为何冒险走出这个贫穷之地而身陷困境之中的原因。

三、时间与空间:一种独具特点的二元结构

美国犹太小说家对时间和空间的安排有一些共同的特点,即他们似

乎大都喜欢将时间和空间构建成一种如同坐标轴一般相互参照的二元结构。在这种二元结构中,常常会出现一些对应或对立的关系项,如上帝与魔鬼、犹太人与非犹太人、传统与现代、正统与世俗、犹太社区与非犹太社区、爱与恨、男人与女人,等等。这些看似在其他族裔作品中也能见到的二元结构在美国犹太小说中,实际上还是有很大区别的。它们都是已经被犹太宗教文化符码化了的二元结构,而且每一种二元结构都具有与犹太宗教与文化相关的"三价"关系或"第三性"①特点,都是在一系列蕴含着深厚犹太文化底蕴的符码作用下的一种集合或次集合。

　　辛格的早期作品,如《格雷的撒旦》《奴隶》等,在时间和空间上都表现了一种与传统犹太宗教文化相吻合的结构主义式的二元结构,力求将其所叙说的故事与故事所处的时间和空间相一致。具体地说,这两部小说的故事时间都发生在1648年哥萨克士兵屠杀犹太人之后的那些年代。这个时代的犹太人被禁锢在狭小的犹太社区里。他们过着自给自足的艰难生活,很少与外界有什么联系。他们日夜盼望的就是救世主弥赛亚的到来,拯救他们脱离苦难。因此,辛格在这两部小说中试图建立的时间与空间的二元结构,即是一种与故事所处时间和空间在犹太宗教文化等观念相一致的二元结构。在这种二元结构的框架中,呈现出来的是一对对具有恒常意义的对立关系,如上帝与撒旦、犹太人与非犹太人、爱与恨、男人与女人等。比如说,小说《格雷的撒旦》所处理的就是上帝与撒旦之间的争斗关系。小说的结局是上帝战胜了撒旦,虔诚、正统的犹太人战胜了被魔鬼撒旦所诱惑了的犹太人。这样关系和这样的结局与小说中的时间和空间是相吻合的。

　　在辛格的另一部小说《奴隶》中,犹太男主人公雅各布在大屠杀后被卖到非犹太人家里为奴。他与主人家的女儿旺达相知、相爱。为逃避迫害,他们逃离了非犹太村庄,来到犹太社区。旺达因担心被犹太人发现自己是非犹太人而改用犹太人的名字萨拉。故事的结局是萨拉为保护雅各

---

① 符号学提出的第三性是指一主体对于另一主体与第三者相互关联的心智的或准心智的影响。

布而暴露了自己的身份,结果死后未被犹太社区所接受,不得已被埋葬在犹太人墓地之外;雅各布在妻子死后去了巴勒斯坦。二十年后,他回来给妻子扫墓,不幸在回家的路上倒地身亡。好心的犹太人把雅各布埋葬在犹太人的墓地里。随着时间的推移,犹太人的墓地扩大了。雅各布的墓穴正好跟妻子的墓穴相毗邻,大家就把他们合葬在一起了。这部小说既叙说了那个时代犹太人与非犹太人之间的对立关系,又表现了那个时代的信仰与爱情的美好与统一。总之,从这两部小说看,辛格在这里叙说给我们听的是两个符合那个时间和那个空间里发生的故事,试图构建的是与传统犹太宗教和文化相关联的一些恒常结构。

不过,辛格在后期小说《敌人:一个爱情故事》中则提出了一种时间与空间的后结构主义二元结构关系。在这部小说中,故事的时间是在1949年,地点是美国的纽约。按理说,生活在这一时期的美国犹太人随着美国社会进入了战后的繁荣发展时期,也进入了所谓的"黄金时代"。他们已经"把对近期不好的记忆——大萧条时期的没有着落、二三十年代以及40年代的反犹主义、纳粹时期的恐怖等——搁置到一边了。他们不再对自己的处境感到焦虑了,相反,他们精心打造了一系列新的公共习俗,反映了战后年代的社会主题思想:繁荣和富裕,市郊化与接受,政治与文化自由主义的胜利,无限可能的扩展。"[1]也就是说,社会现实证明,生活在这一时期的美国犹太人生活安适,不用再像以往那样焦虑或恐惧了;传统上的一些对立关系,如犹太人与非犹太人、犹太社区与非犹太社区等,都应该得到缓解甚或消失了。抑或说,从这一时间和这一空间的两个维度上看,这个二元结构应该是趋于稳定和祥和的。然而,辛格并没有按照生活的逻辑来写美国犹太人的生活。他在1972年出版的《敌人:一个爱情故事》中解构了这一稳定、祥和的结构。

《敌人:一个爱情故事》是一部写二战幸存者的小说。按照现实生活的逻辑,男主人公赫曼·布罗德应该生活安适、幸福。然而,在小说中,这

---

[1] Hasiar Diner, *The Jews of the United States, 1654 to 2000* (Berkeley: University of California Press, 2004), p. 259.

位男主人公出场时已经被残酷的战争吓得精神分裂,脑子里常常出现纳粹士兵搜查逮捕他和他奋起反抗的幻觉。也就是说,生活在二战后美国的布罗德处于一种错位的时空之中。

布罗德在二战中,曾目睹自己的犹太妻子及孩子被纳粹士兵杀死;二战后,他为感恩娶了曾经救过他的异族姑娘为妻;他来到美国后又遇见了以前的难友——一位犹太姑娘,并因担心与异族姑娘结婚不符合犹太人的律法而与这位犹太难友姑娘结婚。然而,出乎意料的是,他的第一位妻子并没有死。她从"万人坑"里爬出来后,一路打听来到美国寻夫。如此这般,布罗德不得不独自面对三位妻子。他不敢让其中的任何一位知道其他两位的存在。主人公布罗德最终的结局是他离开了所有的亲人,独自一人藏匿了起来。原来稳定、祥和的二元结构打破了,取而代之的是不稳定、混乱乃至整个结构关系的破裂。在某种意义上说,布罗德实际上充当了一种后结构主义或解构主义所称道的具有无限"扮演"功能的角色,一种永远处在变动之中或具有某种恒定意义的角色。

总而言之,辛格在小说中通过叙说布罗德与三个女人所发生的"非理性"或"非逻辑"的故事,解构了犹太人"黄金时代"的和谐秩序,明确地向读者发出了信号,告知读者二战幸存者要面对的是一个无法挽回地被扭曲和被分割了的世界。在这个世界里,承载历史经验的时间与当下所处的空间形成了一种具有反讽意味的二元结构。

第四节 美国犹太作家笔下的现代城市

一、说不尽的"城市"话题

绝大多数的美国犹太作家似乎都对城市情有独钟,他们的作品总是有意无意地围绕着形形色色的城市来展开,形成了城市小说这条河流中的一个颇有特色的支流。犹太作家之所以比一般的作家更热衷于描写城市不是没有缘由的,而是与其民族经历、民族体验有着直接的关联。

自公元前586年第一圣殿倒塌和沦为"巴比伦之囚"以来,犹太人就失去了赖以生存的土地。他们被迫离开家园,或被掳为奴,或流亡天涯。从历史上看,除极个别的例子外,绝大多数寄居在欧洲的犹太人都无权拥有土地,而只能生活在"隔都"或"围栏"里。"隔都"和"围栏"不仅是他们的生存空间,也是他们的生存条件。具体说,这种被设置在城市某个角落的"隔都"和"围栏"随着时间的流逝,渐渐形成了一种文化———一种被他者所奴役、所排斥而自己又必须要抗争的文化。而且,这种在独特生存环境中所培养出的认知方式作为一种民族文化的传统,嵌入到了犹太民族的记忆之中。

19世纪80年代以降,美国先后迎来了多次大的犹太移民浪潮。一个值得注意的现象是,这些犹太移民沿袭着以往民族生存的习惯,大多在城市里安身,而且很快形成了自己独立的社区。这些原本就带有深刻民族文化记忆和宗教信仰的美国犹太移民,在亲身经历了初到美国时的艰难岁月之后,又见证了美国城市现代化进程的纷繁杂绕、光怪陆离。所以说,犹太人对城市的认识是由两部分构成的,即昔日"隔都"或"围栏"的文化记忆和对今日现代城市的体悟共同构成了他们的感觉和认知结构。美国犹太作家笔下的城市就带有这些新、旧杂糅、更替的特质,人物的性格和命运也是由此得以彰显的。

从宏观的角度来看,20世纪美国犹太文学作品写的基本上都是犹太移民及其后裔在城市中的生活。从早期玛丽·安亭在《应许之地》中诉说移居纽约后掩饰不住的喜悦与自豪、安吉娅·叶吉尔斯卡在《孤独的孩子们》中哀挽现代城市生活如何拆散犹太的家庭和疏离恋人的情感、迈克尔·戈尔德在《没钱的犹太人》中批判纽约贫民区的凄惨与愁苦、亨利·罗思在《就说是睡着了》中痛陈美国城市街区文化的诡谲与迷惘,到伯纳德·马拉默德在《店员》中描写犹太移民如何困守城中一爿小店、J.D.塞林格在《麦田里的守望者》中诉说少年霍尔顿愤而离开城市到山野里做一个守望者、索尔·贝娄在《晃来晃去的人》中记叙约瑟夫如何为城市"自由"而苦恼、艾萨克·巴舍维斯·辛格在《忏悔者》中塑造了一个逃进内心的忏悔者、菲利普·罗斯在《人性的污点》中刻画了城市中人性的卑劣和扭曲、欧文·肖在《水上面包》中描写了黑兹恩以死的方式自绝于丑陋的城市文化等，城市的方方面面都得到了淋漓尽致的揭示。

除此之外，还有不少犹太作家把笔触探向了美国城市的现代化进程与犹太移民及其后裔性格、命运间的互动关系中。总之，城市在美国犹太作家那里不仅仅是作为一个普通的生存道具来展示的，而是关乎作品人物生存的始点以及命运搏击场的重要场所来加以表现。这可能就是美国犹太作家笔下的城市与其他作家笔下城市的不同之处。

二、城市：一个迷人的陷阱

对19世纪末20世纪初的犹太移民而言，城市不仅仅是一个地理空间概念，而且还是一个社会空间概念。因为，相对于由当地居民构成的主流社会来说，外来的犹太移民只能算是"客民社会"，即他们并不是这个社会的正宗、嫡系成员。这种身份上的差异在生活中也有所表现：首先，从地理位置上看，他们中的大多数人只能寄居在贫民区狭小、肮脏的空间里，远离商业文化区、餐饮娱乐区、政府机关等城市主体设施，处于城市的边缘；其次，从社会角度看，他们处在社会的底层：从事的是低级的工作，挣的是血汗钱，过的是贫寒的生活。虽然说犹太移民从祖辈起就生活在欧洲的城市里，几代人的流散生活给他们积累了足够的城市生活经验，但是作为具有异质性文化背景的贫穷客民，加之他们的语言和习俗都与当地的居民不一样，故而他们在踏上美国这片新奇的土地后，特别是在面对全新的城市格局和人际关系时，还是被陌生、诡谲、隔阂甚或敌意的气氛所牢牢地攫住，仿佛置身于茫茫无边的漆黑的世界里。

迈克尔·戈尔德笔下的纽约就是这样一个散发着诡谲、隔阂和充满敌意气息的城市。他在《没钱的犹太人》中曾真实地再现了美国纽约贫民区悲惨、龌龊的景象："人们推推搡搡，扭作一团。推手推车的小贩成群结队。女人尖叫，狗儿狂吠、交媾。婴儿啼哭。"① 拉皮条者和赌棍们到处横

---

① Michael Gold, *Jews Without Money*, New York: Carroll & Graf Publishing, INC, 1996, p. 13.

行;妓女、码头装卸工人等四下出没;政客、拳击师等堂而皇之地混迹于人群之中。这些从欧洲大屠杀中侥幸逃离出来的犹太人,原本是"带着祈祷,感恩以及庄严的信仰从新埃及来到新的应许之地。然而等待他们的竟是血汗工厂,淫秽下流的房子以及坦慕尼协会会堂。街上有成百上千名妓女。"① 他们不得不在这个肮脏、下流的城市一隅安身立命。贫穷犹太移民的世界就与拥挤、龌龊以及卖苦力等结下了不解之缘:他们在这里生存,而且从中学到了这个世界教给他们的东西。

　　罗思的《就说是睡着了》的主人公戴维就陷入了这样的一个世界而不能自拔。戴维一家住在纽约的一个贫民社区里,居民主要为非犹太人。由于父亲怀疑他"来路不明"、对他充满敌意,母亲也因父亲的原因而整日闷闷不乐,无心理会他。受到冷落、得不到关爱的戴维只好把自己的生存世界转移到街道上,即试图从其他孩子那里得到友情和慰藉。然而纽约城市街道是白人基督教徒的天地。使用犹太人语言的戴维无法与其他孩子进行交流;不同的生活习惯更招致非犹太恶少们的鄙视、羞辱甚至殴打。走向街道的戴维非但没有寻找到自己想要的东西,反而使其幼小的心灵再次遭受重创。在家庭和街道的双重打击之下,戴维终于对世界绝望了,他走进了只有城市建筑才有的地下室——这里一片漆黑,恶气逼人,老鼠横行,但是却没有他人的忌恨和拳头。他最终选择把噩梦般的地下室当成了"乐园"。罗思在小说中借戴维这个小孩形象表达了犹太人对城市生活的忧虑和恐惧。

　　马拉默德在小说《店员》中也把城市视为是一个陷阱。小说中莫里斯·鲍勃一家是俄国犹太移民。作为社会地位低下的贫穷犹太移民,他们尚无法挤入美国城市的版图里。他们自20世纪20年代末来到美国后,几经奋斗,终于在20世纪30年代在纽约布鲁克林贫民区开了一爿小杂货店。在其后的21年间,鲍勃家的小杂货店几乎没有什么变化,只是墙壁被粉刷过两次,添了一个货架。另外,悬挂在门外的招牌十年前掉了

---

① Michael Gold, *Jews Without Money*, New York: Carroll & Graf Publishing, INC, 1996, pp. 14—15.

下来,就再也没有重新安装过。生意好的时候,莫里斯也曾请木匠把店前的两扇小窗改成了一扇大窗,并把木制的冰箱换成了白色的冰箱展柜①,以迎合现代商业招徕顾客的方式。

马拉默德在这篇小说中运用了对比的手法,巧妙地构建了一个城市化中的文本世界。小说开篇于20世纪50年代战后美国各行各业迅猛发展的时期。特别是"公平施政"②的提出更是推动了新一轮的城市发展。在纽约,新型的商业体系已经建立起来,连锁店、24小时营业的超级市场和超大型自助商场都已经发展成熟,遍布城市的各个区域,有的甚至已经延伸到布鲁克林贫民区。鲍勃家的那个建立于20年前,而且始终没有什么变化的小杂货店逐步被四周林立的商店所包围。但是他仍然沿用旧时的营业习惯,出售一些零碎的日用小商品和食品。由于周边商场的冲击,鲍勃家小杂货店的生意越来越冷清,几乎到了无法维持的地步。鲍勃像一只蜘蛛一样,整日守候在阴暗的商店里,眼巴巴地期盼着顾客上门。偶尔进来的几位顾客几乎清一色地都是周边穷困的居民。他们的购买力很低,而且还常常要求赊账。城市生活越来越精彩、繁华,可鲍勃一家却陷入了愁苦之中。

城市化的进程造就了物质财富的空前高涨,但却将势单力薄的贫民抛弃到城市的边缘上。小说中,纽约城的边缘整日游荡着沿街叫卖的小贩和送货物的苦力。他们原本可以在城里兜售物品或给城里的商店送货,但随着大型商场的出现,他们失去了自己的客户,被迫转移到城市边缘的贫民区里。这个生无定所的群体过着比鲍勃更不稳定的生活。另外,被城市中心区良好的治安环境驱赶出来的窃贼、强盗也逡巡在城市的边缘。弗兰克·阿尔平就是其中的一个。阿尔平是从美国西部流浪过来的一个意大利裔青年。他在幼年时遭到父亲的遗弃,后在孤儿院长大成人。他因生活所迫,曾伙同他人抢劫了并不富裕的鲍勃。鲍勃非但没有

---

① Bernard Malamud, *The Assistant*, New York: Dell, p. 3.
② "公平施政"为杜鲁门在1949年1月5日向国会提交的年度咨文时正式提出的以"扩大社会保障范围,提高最低工资限额"等为主要内容的政策纲领。参见刘绪贻:《美国通史》(第6卷),北京:人民出版社2002年版,第73—85页。

记恨他,反而对其进行了道德力量的感化。阿尔平为此深受感动,加之他已爱上了鲍勃的女儿海伦。这两方面的原因促使他心甘情愿地留在鲍勃的小杂货店里,每日像奴隶一样拼命地劳作,最后还皈依了犹太教。阿尔平的社会地位和他所做出的价值选择决定了他只能生活在城市的边缘。

总之,出现在戈尔德、罗思、马拉默德等美国犹太小说家笔下的美国城市都无一例外地张着血盆大口,吞噬着犹太人的生命与尊严。对他们来说,美国的城市其实就是犹太人的"隔都",一个生活品质低下、人生价值失落的陷阱。

三、城市:一个迫人逃离的空间

索尔·贝娄、J. D.塞林格、艾萨克·巴舍维斯·辛格、欧文·肖等笔下的美国现代城市是具有另外一种品质的空间:压抑、隔膜、堕落和腐败。生活在这种城市空间里的人物感受到了现代社会中的政治、经济等力量对社会和对个人的操纵。社会和个人的感觉、认知结构随着这些力量的操纵而发生了变化,其性格、命运也被迫随之改观。

早在1944年,贝娄在小说《晃来晃去的人》中表达了对生活在美国城市的这种体悟。小说中的纽约正处于二战的背景之下:纽约媒体一方面宣传报道欧洲战事和犹太人的遭遇,另一方面就战争的性质和美国参战问题展开争论。在小说中,漠视欧洲战事和犹太人遭遇的犹太人和发战争财的犹太人结盟,构成了纽约犹太中产阶级社区的环境。生活在这个环境中的主人公约瑟夫忽然发现自己莫名其妙地成了一个局外人,在现有的责任与价值体系之间晃来晃去,无所适从。他极易受到外界的影响,一个征兵的通知就能打乱他的日常生活——开始在日常工作与等候征召之间晃来晃去,惶惶不可终日。他这种六神无主式的混乱似乎在暗示充满敌意的环境剥夺了人们所有重要的内心生活,人变成了一个没有灵魂的"空心人"。

小说是以主人公约瑟夫写日记的形式出现的。约瑟夫在写日记之前,向窗外望去,扫视着由颓败的建筑、肮脏的仓库以及浓烟滚滚的烟筒所构成的城市景象。这一景象其实也是对他精神境界的一种折射。他放弃了小职员的工作,生活在一个追求自由但最终又不得不放弃自由的世界里;他摆脱了家庭责任,但是其结果却加重了他的内疚、焦虑、怀疑以及孤独,最终不得不逃离自己所刻意追求的城市自由,加入象征毫无自由的军队行列之中,成为一个战争的道德受害者。

J. D. 塞林格在《麦田的守望者》里将视线聚焦在美国宾夕法尼亚的一个小镇和纽约城。20世纪50年代的美国价值取向混乱,悄然兴起一股"反文化"的思潮,孤独、叛逆似乎成了这个时代的一种文化时尚。这种潮流也席卷到了美国的偏远小镇,小说的主人公霍尔顿·考尔菲德就深受这种风气的影响。他厌恶学校中的一切,把其称之为"混账"学校。在他看来,周围的老师和学生不是假模假样的伪君子,就是一些见利忘义的势利鬼。他对这种生存环境深恶痛绝,所以处处与之作对。在此之前他已经换过三所学校了,第四所贵族学校又向他下达了勒令退学的通知——他五门功课中有四门不及格。他收拾好自己的行囊,离开了学校。

纽约是美国"反文化"思潮的策源地,也是种种叛逆行为方式的发祥地。塞林格通过主人公霍尔顿的视角和亲身经历,审视和再现了20世纪40年代末50年代初的纽约。纽约既是成年人挥霍、"潇洒"的地方,也是未成年人逍遥、自在的去处。因校长写给家里的退学通知函要三天后才能抵达,霍尔顿不想使自己先于信函抵达家。于是,他决定连夜乘车先去纽约"探险"一番。抵达后,他住进了一家小旅馆,之后去酒吧喝酒、跟陌生姑娘调情、约会女友、在旅馆召妓,尽情享受着无人管束的自由和这座现代化城市所能提供的一切。然而这种城市冒险生活只持续了一天,他就彻底地厌烦了。他发现学校固然是一个混账透顶的地方,但这种喧嚣、色情的生活也绝非是他所求。学校、社会都不能收留他,他决定不再回家,要彻底逃离城市的包围圈,到城外的山野里,"站在那混账的悬崖边"去"当个麦田里的守望者。"① 霍尔顿以"麦田里的守望者"身份完成了对城市的背叛。

霍尔顿的"逃离"在塞林格那里意味深长,霍尔顿只是一个十几岁的

---

① J. D. 塞林格:《麦田守望者》,施咸荣译,南京:译林出版社1998年版,第161页。

孩子,即他不但是犹太人的后裔,更是犹太人的明天:他"逃离"后的去向——成为一名麦田守望者的愿望也可能正是犹太人所应该达到的境界。

辛格在《忏悔者》中也表达了"逃离"的主题。他在该书中曾说过这样的话:"当犹太人摆脱掉他们的精神枷锁时,他们的身体解放了,而他们的灵魂则流亡了……一种苦涩的流亡。"① 从这段引文中可以看出,辛格在这部小说中所表达出的"逃离"主题与上述的两位作家有很大的不同。尽管辛格也让小说中的主人公约瑟夫·夏皮罗在厌倦了与众多情妇周旋、鬼混的生活后,最后选择了逃离美国城市,回归家乡以色列,即通过"忏悔"的方式来寻找到灵魂的安息之地。但是他的笔触并没有到此为止,而是进一步延伸到主人公在逃离美国,抵达本国后的感受。

夏皮罗之所以决定要从美国逃离,就是因为这座现代化的大都市中处处散发着腐败、颓废的气息,可是回归到以色列特拉维夫的夏皮罗蓦然发现,这里也根本就不是什么圣地、家园。小说中写道:

> 挂在墙上的斯大林肖像和这两个年轻人的谈话,让他再次并永远地确信在世界其他国家世俗犹太人中间找不到犹太性的感觉,在以色列这些世俗犹太人中间同样也找不到。现代犹太人怀有他那个时代所有的谎言和妄想。他们所说的文化实际上是没文化,是丛林原则。②

即便在犹太人的家园以色列也同样找不到犹太性的感觉,现代犹太人也毫无例外地被现代文明所浸染了,他们所信奉的是"丛林原则"。回归家园的梦想彻底地破灭了。对辛格或对他笔下的人物而言,这个世界上根本就不存在着灵魂可以安息的净土,唯有回到永久的过去,即回到犹太宗法社会才是出路。

---

① Isaac Bashevis Singer, *The Penitent*, London: Jonathan Cape Ltd., 1983, p. 5.
② *Ibid.*, p. 109.

欧文·肖在小说《水上面包》中将这种"逃离"的情结推向了极致。肖不同于他的前辈,在构建他对城市的独特感知中,不是将目光凝聚在城市"边缘人"身上,而是投放在城市的构建者和维护者那里。这样一来,他赋予笔下人物以不同于以往的独特意义。小说《水上面包》中的主要人物之一是纽约的一位著名律师拉塞尔·黑兹恩。他是"华尔街最大的法律事务所的头儿"①,既有钱、有势、有地位,又能左右逢源,是个"凡事总有一个能了解此事或者助他人一臂之力的朋友"②的人。同时,他还是一个心地善良、乐善好施,"以慷慨捐助闻名于众"③的人。总之,他是一位难得的好人。

然而,进入了后现代社会的纽约城不接受、不认可这样的人,城市的逻辑也并未因他的善良和乐善好施而得到任何的改观。不但"恐怖主义,宗派主义泛滥,私生活和公共生活中犬儒主义盛行"④,而且"无法无天就是当今社会秩序,藐视不劳而获的特权就是当今社会的特征"。⑤黑兹恩虽然在这个价值取向混乱的城市中保持着洁身自好的品性,并尽可能地以善对恶,但不幸的事情还是接踵而来:先是妻子背叛了他,后是儿子吸毒自杀,再是两个女儿也不争气。他被这座诡谲的纽约城彻底地摧垮了,他一个人的力量终究较量不过一个城市的惯性滑行。在这样一种总体上由政治和经济力量操纵的生存空间里,"逃离"是无济于事的。等待黑兹恩的结局只能是自我了断,他在小说中的自杀就是对美国现代城市的最终抗诉。

四、城市:魂魄所系的归宿

两千多年的流散生活培育了犹太人对城市的特殊感情。由于来自外部的诸多禁忌和迫害,他们生存的全部技能和理念都源于城市、用于城市。假如不能像欧文·肖笔下的人物那样以终结生命的方式来宣告对城市绝望的话,犹太人即便从城市中逃离了出来也将是无处可去,最终还要

---

① ③ 欧文·肖:《水上面包》,李晓和译,成都:四川文艺出版社1987年版,第54页。
② 同上书,第232页。
④ ⑤ 同上书,第55页。

重新返回城市的。贝娄在小说《雨王汉德森》中讲述的就是这样的一个去而复归的故事。

贝娄在这部小说中向人们描述了另外一种城市生活。主人公尤金·汉德森①是一位生活在康涅狄克州靠近丹布里镇的美国公民。他因从父亲那里继承了三百万美元的遗产，所以过着很优裕的生活。在他身上，我们可以清晰地看到现代城市中产阶级的生活方式、思维方式、行为方式以及他们的情感世界。

战后美国城市化进程的迅猛发展也改变了美国人的精神状态。汉德森在战后归来不久，他的妻子弗朗西斯便与他离婚了。对这次离婚，他没有伤感，也没有消沉，而是"感到高兴"，把这次离婚看作是给他"一个开始新生活的机会"。② 其实在此之前，他早就有了新欢，离婚不久他就跟这位名叫莉莉的女孩子结婚了。但是，再婚后的他非但没有加倍地珍惜，而是让"莉莉吃了不少苦头，比弗朗西斯过的日子更惨。"③他对待家庭婚姻生活的态度揭示了城市中产阶级对待家庭、情感的态度。

不过，最终促使生活、社会地位皆为优越的汉德森选择离开美国，前去非洲的原因并不仅仅是他个人混乱不堪的家庭生活，更是纷乱、压抑以及腐败的现代城市生活合成的结果。用他的话说，他是被现代城市这个"强大无比的压迫者"④给强行排挤出来的。他曾这样回忆离开美国、前往非洲时的情形：

> 真是痛苦极了。种种事儿纠缠着我，很快就在我心里造成一种压抑。这样那样的事儿——我的双亲、妻子、女友、儿女、农场、牲畜、习惯、金钱、音乐课、酗酒、偏见、鲁莽、牙齿、面貌、灵魂——一窝蜂似地向我袭来……而且，从四面八方向我袭来，混作一团，简直弄得乌烟瘴气。⑤

---

① 汉德森是贝娄小说中唯一一位没有说明其民族身份的人物。不过，已有许多学者撰文论证其身上的犹太特性。因篇幅原因，不对此再做论证。
②③ 索尔·贝娄：《雨王亨德森》，蓝仁哲译，上海译文出版社2006年版，第3页。
④⑤ 同上书，第1页。

由于痛苦,汉德森选择了离开。汉德森的痛苦实际上是现代城市的通病。城市的空间是有限的,可人的欲望是无限的——无限的奢靡生活、无限的低级趣味、无限的色情琐事不但充斥着城市的空间,也充斥着人的心灵,正如他说:"在家那阵,我感到自己就要爆炸,终日不宁。"① 无奈之下,他决定出走非洲,回应内心呼喊的"我要"。②

出走是容易的,困难的是出走后怎么办?在非洲历经冒险,"与文明割断"③的汉德森将得到了哪些启示?出走是正确的选择,还是一次错误、幼稚的决定呢?

就小说的情节来看,汉德森显然是认可了后者。因为,非洲更为残酷的生存现实使他终于"见到了一些本质的东西"④,并且弄清楚了"为什么每个人都必须为此而奋斗,而且斗争如此艰巨。我们干吗要滋长这些痛苦,难熬的痛苦,无穷无尽的痛苦。"⑤ 也就是说,通过这段艰难困苦生活的磨炼,他意识到自己以往孜孜以求的东西其实都是虚幻的,即:"一切都是想象,虚构,非现实"。⑥ 骚动、渺小的个体终于在大自然的威严面前败下阵来,发出了"宇宙是什么?浩瀚无边。我们是什么?渺小可怜。因此,我最好回家去,那儿有爱我的妻子,即使她仅仅是表面爱我,有家总比没有家好"⑦的呼声。而且,每当在他最危险、困难的时候,萦绕在耳边的也总是妻子的规劝:"一个人应该为这而不应该为那活着,向善不要从恶,要生存不要死亡"。⑧ "回家"成了他这时最大的愿望。对经历过出走,又重新选择回去的他而言,城市的压抑、诡谲、腐败都已经不是问题了,"家"和"活着"才是他出走前内心呼唤"我要"的真实内容。

问题是回归后的汉德森就能重新、全盘接受这座曾迫使他出走的城市吗?约翰·雅各布·克莱顿在《索尔·贝娄:捍卫人类》(*Saul Bellow: In*

---

① 索尔·贝娄:《雨王亨德森》,蓝仁哲译,上海译文出版社 2006 年版,第 301 页。
② 同上书,第 13 页。
③ 同上书,第 314 页。
④ 同上书,第 313 页。
⑤⑦ 同上书,第 310 页。
⑥ 同上书,第 290 页。
⑧ 同上书,第 310—311 页。

Defense of Man,1968)一书中指出,贝娄作品中的人物几乎清一色地都是受虐狂和被异化者。① 据此推理,汉德森的出走和回归似乎都暗示了一个现代悖论,即无法摆脱"受虐"的宿命。这种说法听起来似乎有些道理,如汉德森毕竟是又回来了,而等待他的是同一座城市、同一个妻子、同样的一些是是非非,谁也不敢保证过去曾困扰他的情况不会再次地困扰他。然而,贝娄对这个问题似乎有自己的看法。他对汉德森的"回归"设置是有条件的,即是在让他认清现代社会里"人们不去发现自我,反倒畸形发展,无法无天"的丑陋面目基础上,为了一种新的"我要"——想知道在"沉睡醒来之后会是怎样的情形"②和"该是我行动的时候了"③而回归的。这说明汉德森已经不是原来的汉德森了,他已经成长了起来,知道了社会是怎么回事,个人是怎么回事,爱情是怎么回事。这样一个心智成熟的人是不会再"受虐"的。

在表达"回归"这一主题方面,美国其他犹太作家也有另外的叙事视角。不过,总体说来,在这个问题上,他们基本上都没有超出贝娄所讨论的范畴和超过其所思考的深度。从某种意义上说,贝娄创作的"城市小说"代表了 20 世纪下半叶"城市小说"的总体态势和价值趋向,故而略去对其他作家相关作品的分析。

综观美国犹太作家笔下的城市,不难发现他们对城市充满着难以言传的矛盾与焦虑。他们生来就离不开城市,与城市结下了生死之缘,可是城市又处处疏离、排挤这些"客民"。于是他们挣扎、反抗,有的出走、有的逃离,有的自杀,还有的逃离后又再次地返回伤心之地。"城市小说"当然不是犹太作家的专利,但是其他作家很少能像犹太作家这样把对城市的爱恨交加、彷徨无助表达得如此哀婉与凄惨。

---

① Cf. John Jacob Clayton, *Saul Bellow: In Defense of Man*, Bloomington and London: Indiana University Press, 1968, p. 3.
② 索尔·贝娄:《雨王亨德森》,蓝仁哲译,上海译文出版社 2006 年版,第 316 页。
③ 同上书,第 322 页。

结　语

美国犹太文学总共有三百余年的历史,可谓是伴随着美国这个国家的成长而成长的。从时间上看,美国犹太文学的历史是短暂的,但是要对这段并不漫长的历史作出阶段性的划分却有些困难。原因是美国犹太文学自身的一些特殊性,如相对集中出现的几次犹太移民浪潮对美国犹太文学发展的影响,使人们很难从时间上作出"整齐划一"的区分。根据《犹太美国文学：诺顿选集》编撰者的分期①和美国犹太作家的具体创作以及所发生的重要文学事件,我大致将美国犹太文学分成了四个时期,分别为：第一时期：1654年至1880年；第二时期：1881年至1924年；第三时期：1924年至1945年；第四时期：1945年至今。

第一时期主要为美国犹太文学的草创阶段。这个阶段的主要文学体裁为布道词、书信、日记以及诗歌。主要作家为小说家内森·麦耶和诗人爱玛·拉匝鲁斯。他们的创作为美国犹太文学的发展奠定了基础。第二阶段是发生在两次大的移民浪潮期间。随着众多的欧洲犹太移民涌入美国,不仅给美国社会带来了活力,也给美国文学注入了新鲜血液。这一时期涌现出许多优秀的小说家、诗人等,如亚伯拉罕·卡恩、玛丽·安亭、安吉娅·叶吉尔斯卡、安娜·玛高林,文学创作逐渐走向成熟。这一时期的作家们在对"应许之地"充满憧憬的同时,又不无辛酸地认识到自己作为客民的艰难。第三时期主要发生在美国政府对

---

① 根据《犹太美国文学：诺顿选集》编撰者的分期,美国犹太文学大致分为五个时期,即分别为：第一时期：1654年至1880年；第二时期：1881年至1924年；第三时期：1924年至1945年；第四时期：1945年至1973年；第五时期：1973年至今。我认为,将1945年至今划分为两个时期,即第四、第五时期,实无必要。因篇幅原因,恕不加以论述。Cf. J. Chametzky, J. Felstiner, H. Flanzbaum and K. Hellerstein (eds.), *Jewish American Literature: A Norton Anthology*.

犹太移民实行"关门政策"之后,至第二次世界大战结束。在这一时期,美国犹太移民的生活发生了很大的变化,开始从边缘步入主流,走向社会生活的前台。文学创作也达到了一个新的高度。小说、诗歌、戏剧创作均取得很大成就。这一时期出现了许多重要的作家,如迈克尔·戈尔德、纳撒尼尔·韦斯特、亨利·罗思、迈耶·莱文、克里福德·奥德茨、欧文·豪、欧文·肖、阿瑟·密勒等,可谓是群星璀璨。这些作家的创作和所从事的文学活动为美国犹太文学的全面繁荣打下了坚实的基础。第四时期从第二次世界大战结束到现今为止。在这一时期,美国犹太文学一度以"一种有影响的现代文学的创造者和发言人"①而雄踞美国文坛,特别是在20世纪70年代,曾先后有两位作家——贝娄、辛格获得诺贝尔文学奖,另外还有许多享有世界声誉的重要作家,如伯纳德·马拉默德、菲利普·罗斯、诺曼·梅勒、艾伦·金斯堡、E.L.多克托洛等,也进入各自的创作鼎盛时期。在这一时期,亨利·罗思、欧文·肖、阿瑟·密勒等作家还在继续创作。这许多伟大作家的同时出现,构成了一道美国文学十分壮丽的风景线。

美国犹太文学在经过一百多年的发展、演变,已经成为美国文学史,乃至世界文学史上的一支伟大的新军。而且,由美国犹太作家发起或命名的文学思潮或运动,如美国无产阶级文学、"迷惘的一代"文学、"垮掉派"文学等,已经作为经典命名载入史册。美国犹太作家在创作主题、艺术形式、文体结构、叙事策略以及语言风格等方面的创新,在一定程度上引领了世界文学的大潮。众多著名美国犹太作家撰写的作品,如索尔·贝娄的《晃来晃去的人》《赫佐格》,艾萨克·巴舍维斯·辛格的《莫斯凯家族》《敌人:一个爱情的故事》,伯纳德·马拉默德的《店员》《基辅怨》,菲利普·罗斯的《波特诺的抱怨》《乳房》,亨利·罗思的《就说是睡着了》,阿瑟·密勒的《推销员之死》,艾伦·金斯堡的《嚎叫》……以及爱玛·拉匝鲁斯那首篆刻在美国自由女神像底座上的著名诗句,共同谱写了美国犹太文学的华美篇章。

---

① 马克·谢克纳:《犹太作家》,见丹尼尔·霍夫曼主编《美国当代文学》,第266页。

泰纳认为,人与文学是种族、环境和时代三因素的综合产物。① 这个观点用来阐释犹太文学似乎是恰如其分的：纵观美国犹太文学的发展与演变,民族命运、生存环境以及时代的变迁,构成了美国犹太文学的基本因子。换句话说,美国犹太文学从关心文化身份、讴歌"应许之地"、审视生存环境,到探索生活意义、批判反犹主义、弘扬犹太伦理道德等,都无不打上了民族、环境以及时代的烙印。这本《美国犹太文学》就是循着民族、环境以及时代因素这三条基本线路展开的,旨在为更好地从文化的视域开展文学批评起到抛砖引玉的作用。其实,这本专著只是对美国犹太文学做了一个大致介绍和论述。由于采用的是史、论相结合的方法,也由于篇幅所限,尚有一些较为重要的作家、作品以及一些文学现象未能作出介绍和论述。留待以后有机会予以补充和修订。

---

① H.A. 泰纳：《〈英国文学史〉序言》,杨烈译,参见伍蠡甫、蒋孔阳、秘燕生编：《西方文论选》(下卷),上海译文出版社1979年版,第236页。

中文参考书目

Richard H. Pells:《激进的理想与美国之梦》,卢允中等译,上海:上海外语教育出版社,1992年。
阿瑟·密勒:《阿瑟·密勒论戏剧》,郭继德等译,北京:文化艺术出版社,1988年。
鲍曼:《现代性与大屠杀》,杨渝东、史建华译,南京:译林出版社,2002年。
贝恩斯:《1963年格林威治村——先锋派表演和欢乐的身体》,华明等译,桂林:广西师范大学出版社,2001年。
伯纳德·马拉默德:《杜宾的生活》,陈茂新、吴大受译,北京:中国文联出版公司,1992年。
查姆·伯曼特:《犹太人》,冯玮译,上海:上海三联书店,1991年。
大卫·鲁达夫斯基:《近现代犹太宗教运动》,傅有德、李伟、刘平译,济南:山东大学出版社,1996年。
戴平:《戏剧——综合的美学工程》,上海:上海人民出版社,1983年。
戴维·斯泰格沃德:《六十年代与现代美国的终结》,周朗、新港译,北京:商务印书馆,2002年。
丹尼尔·霍夫曼主编:《美国当代文学》,北京:中国文联出版社,1985年。
傅有德等:《现代犹太哲学》,北京:人民出版社,1999年。
G. G. 索伦:《犹太教神秘主义主流》,涂笑非译,成都:四川人民出版社,2000年。
海姆·马克比:《犹太教审判:中世纪犹太—基督两教大论争》,黄福武译,济南:山东大学出版社,1996年。
利奥·拜克:《犹太教的本质》,傅永军、于健译,济南:山东大学出版社,2002年。
刘海平、王守仁主编:《新编美国文学史》,1—4卷,上海:上海外语教育出版社,2002年。
刘洪一:《走向文化诗学:美国犹太小说研究》,北京:北京大学出版社,2002年。
刘绪贻、杨生茂主编:《美国通史》1—6卷,北京:人民出版社,2002年。
罗伯特·M. 塞尔茨:《犹太的思想》,赵立行、冯玮译,上海:上海三联书店,1994年。
马丁·布伯:《论犹太教》,刘杰等译,济南:山东大学出版社,2002年。
米歇尔·福柯:《归训谕惩罚》,刘北成、杨远婴,上海:上海三联书店,1999年。
摩迪凯·开普兰:《犹太教:一种文明》,黄福武、张立改译,济南:山东大学出版社,2002年。

诺曼·梅勒:《裸者与死者》,蔡慧译,上海:上海译文出版社,1988年。
欧文·豪:《父辈的世界》,王海良、赵立行译,上海:上海三联书店,1995年。
欧文·肖:《一个家庭的悲欢》,钱雨润译,北京:北京出版社,1988年。
欧文·肖:《水上面包》,李晓和译,成都:四川文艺出版社,1987年。
乔国强:《所要来的都是虚空》,北京:北京出版社,1999年。
——《贝娄学术史研究》,南京:译林出版社,2014年。
——《辛格研究》,上海:上海外语教育出版社,2008年。
乔国强主编:《从边缘到主流:美国犹太经典作家研究》,北京:世界图书出版社,
    2016年。
赛妮亚(编译):《塔姆德》,呼和浩特:内蒙古人民出版社,2004年。
《圣经》(20:3),中国基督教协会,1998年版。
斯宾诺莎:《伦理学》,贺麟译,北京:商务印书馆,1997年。
索尔·贝娄:《雨王汉德森》,蓝仁哲译,上海:上海译文出版社,2006年。
《塔木德——犹太智慧羊皮卷》,赛妮亚译,呼和浩特:内蒙古人民出版社,2004年。
汪义群:《当代美国戏剧》,上海:上海外语教育出版社,1992年。
吴富恒主编:《外国著名文学家评传》(第五卷),济南:山东教育出版社,1990年。
徐新:《反犹主义解析》,上海:上海三联书店,1996年。
雅各·瑞德·马库斯:《美国犹太人,1585—1990:一部历史》,杨波等译,上海:上海
    人民出版社,2004年。
杨曼苏:《犹太大劫难》,北京:中国社会科学出版社,1995年。
周燮藩:《犹太教小辞典》,上海:上海辞书出版社,2004年。
詹姆斯·乔伊斯:《尤利西斯》,萧乾、文洁若译,南京:译林出版社,2002年。
朱维之、韩可胜:《古犹太文化史》,北京:经济日报出版社,1997年。

英文参考书目

Aaron, Daniel. *Writers on the Left*, New York: Columbia University Press, 1961.

Alexander, Edward. *Isaac Bashevis Singer — A Study of the Short Fiction*, "Preface", Boston: Twayne Publisher, 1990.

Allentuck, Marcia. (ed.), *The Achievement of Isaac Bashevis Singer*, Carbondale and Edwardsville: Southern Illinois University Press, 1969.

Alter, Iska. *The Good Man's Dilemma*, New York: AMS Press, 1981.

Antin, Mary. *The Promised Land*, Boston and New York: Houghton Mifflin Company, 1912.

Atlas, James. *Bellow: A Biography*, Toronto: Random House, 2000.

Auster, Paul Benjamin. *The New York Trilogy*, New York: Penguin Books, 1987.

Bach, Gerhard. (ed.), *The Critical Response to Saul Bellow*, Westport, Connecticut, London: Greenwood Press, 1995.

Baer, Ulrich. *Remnants of Song: Trauma and the Experience of Modernity in Charles Baudelaire and Paul Celan*, Stanford: Stanford University Press, 2000.

Bauman, Zygmunt. *Modernity and the Holocaust*, Oxford: Polity Press, 1989.

Baumgarten, Murray. and Gottfried, Barbara. *Understanding Philip Roth*, Columbia: University of South Carolina Press, 1990.

Bellow, Saul. "Mexican General," *Partisan Review*, Vol. IX, No. 3, 1942.

——*Dangling Man*, New York: Vanguard, 1944; New York: World, 1960.

——*The Victim*, New York: Vangurad Press, 1947.

——*The Adventures of Augie March*, New York: Viking Press, 1953.

——*Seize the Day*, New York: Viking, 1956.

——*Henderson the Rain King*, New York: Vikink, 1959.

——*An Age of Enormity*, "Foreword", Cleveland: World, 1962.

——*Herzog*, New York: New York: Viking, 1964; Penguin Group, 1976.

——*The Last Analysis*, New York: Viking, 1965.

——*Mosby's Memoirs*, New York: The Viking Press, 1968

——*Mr. Sammler's Planet*, New York: Viking, 1970.

——*Humboldt's Gift*, New York: Viking, 1975.

——*The Dean's December*, New York: Harper & Row, 1982.

——"What Kind of Day Did You Have?" in Saul Bellow, *Him with His Foot in His Mouth and Other Stories*, New York: Penguin Books, 1984.

——*More Die of Heartbreak*, New York: Dell Publishing, 1987.

——*A Theft*, New York: Penguin Books, 1989.

——*The Bellarosa Connection*, New York: Penguin Books, 1989.

——*It All Adds Up: From the Dim Past to the Uncertain Future*, London: Secker & Warburg, 1994.

——*Ravelstein*, New York: Penguin Books, 2000.

——"Leaving the Yellow House," in *Saul Bellow Collected Stories*, New York: Penguin Books, 2001.

Berger, Alan L. *Crisis and Covenant: The Holocaust in American Jewish Fiction*, New York: State University of New York Press, 1985.

Blau, Joseph L. and Baron, Salo Wittmayer. (eds.), *The Jews of the United States, 1790—1840, A Documentary History*, 3, vols., New York, 1963.

Bloom, Allan. *The Closing of The American Mind*, New York: Simon & Schuster, 1987.

Bloom, Harold. *Bernard Malamud*, New York, New Haven, Philadelphia: Chelsea House Publishers, 1986.

——*Modern Critical View: Bernard Malamud*, New York: Chelsea House Publisher, 1986.

Bonin, Jane F. *Prize-Winning American Drama*, New Jersey: Scarecrow Press, 1973.

Boyle, Andrew. (trans.), *Spinoza's Ethics and on the Correction of the Understanding*, London: Everyman's Library, 1970.

Braudy, Leo. *Norman Mailer — A Collection of Critical Essays*, New Jersey: Prentice-Hall, Inc. 1972.

Budick, Emily Miller. *Blacks and Jew in Literary Conversation*, Cambridge University Press, 1998.

Cahan, Abraham. *The Rise of David Levinsky*, New York, Harper & Brothers, 1917.

——*The Imported Bridegroom and Other Stories of the New York Ghetto*, New York, 1968.

——*Yekl: A Tale of the New York Ghetto*, New York, 1896.
Campbell, W. John. *Death of a Salesman Notes*, Toronto: Coles Publishing, 1989.
Caveney, Graham. *Screaming with Joy: the Life of Allen Ginsberg*, New York: Broadway Books, 1999.
Chabon, Michael. *The Amazing Adventure of Kavalier & Clay*, New York: Random House, 2000.
Chametzky, J., Felstiner, J., Flanzbaum, H., and Hellerstein, K. (eds.), *Jewish American Literature: A Norton Anthology*, New York and London: W. W. Norton & Company, 2001.
Chmiel, Mark. *Elie Wiesel and the Politics of Moral Leadership*, Philadelphia: Temple University Press, 2001.
Clayton, John Jacob. *Saul Bellow: In Defense of Man*, Bloomington and London: Indiana University Press, 1968.
Cohen, Sarah Blacher. (ed.) *Jewish Wry: Essays on Jewish Humor*, Bloomington and Indianapolis: Indiana University Press, 1987.
Cronin, Gloria L. *A Room of His Own: In Search of the Feminine in the Novels of Saul Bellow*, New York: Syracuse University Press, 2001.
Curly, Edwin, (ed. and trans.), *A Spinoza Reader: The Ethics and Other Works*, New Jersey: Princeton University Press, 1994.

Diner, Hasiar. *The Jews of the United States, 1654 to 2000*, Berkeley: University of California Press, 2004.
Dimont, Max I., *Jews, God and History*, New York: New American Library, 1962.
Dutton, Robert R. *Saul Bellow*, Boston: Twayne Publishers, 1982.

Emory Elliot, et. al. (eds.), *Columbia Literary History of the United States*, New York: Columbia University Press, 1988.

Farrell, Grace, (ed.), *Critical Essays on Isaac Bashevis Singer*, New York: G. K. & Co., 1996.
Field, Leslie A., Field, Joyce W. *Bernard Malamud and the Critics*, New York: New York University Press, 1971.
Fiedler, Leslie and Charles Harris. *Love and Death in the American Novel*, New York: Stein & Day, 1967.
Finkelstein, Norman. *The Holocaust Industry: Reflections on the Exploitation of*

Jewish Suffering, New York: Verso, 2000.

Flanzbaum, Hilene. *The Americanization of the Holocaust*, Baltimore and London: The John Hopkins University Press, 1999.

Friedman, Theodore., Gordis, Robert. (eds.), *Jewish Life in America*, New York, 1955.

Friedman, L. S. *Understanding Isaac Bashevis Singer*, Columbia and South Carolina: University of South Carolina, 1988.

Friedrich, Marianne M. *Character and Narration in the Short Fiction of Saul Bellow*, New York: Peter Lang, 1995.

Fuchs, Daniel. *Saul Bellow: Vision and Revision*, Durham: Duke University Press, 1984.

Gasset, Jose Ortega y. *Towards a Philosophy of History*, New York: W. W. Norton, 1941.

Girgus, Sam B. *The New Covenant: Jewish Writers and the American Idea*, Chapel Hill and London: The University of North Carolina Press, 1984.

Ginsberg, Allen. *Collected Poems, 1947—1980*, New York: Harper & Row Publishers, 1984.

Gittleman, Sol. *From Shtetl to Suburbia: The Family in Jewish Literary Imagination*, Boston: Beacon Press, 1978.

Glazer, Nathan. *American Judaism*, Chicago and London: The University of Chicago Press, 1972.

Glenday, Michael. *Saul Bellow and the Decline of Humanism*, London: Macmillan, 1990.

——*Norman Mailer*, New York: St. Martin's Press, 1995.

Gold, Michael. *Jews Without Money*, New York: Carroll & Graf Publishing, INC, 1996.

Goodman, Allegra. *Kaaterskill Falls*, New York: Delta, 1998.

Gordon, Milton M. *Assimilation in American Life*, New York: Oxford University Press, 1964.

Gutman, Stanley T. *Mankind in Barbary — The Individual and Society in the Novels of Norman Mailer*, New Hampshire: The University Press of New England, 1975.

Guttmann, Allen. *The Jewish Writer in America: Assimilation and the Crisis of Identity*, New York: Oxford University Press, 1971.

Hapgood, Hutchins. *The Spirit of the Ghetto*, Schocken: New York, 1965.

Harap, Louis. *Creative Awakening: The Jewish Presence in Twentieth-Century American Literature 1900—1940s*, New York: Greenwood Press, 1987.

Harris, Mark. *Saul Bellow: Drumlin Woodchuck*, Athens: The University of Georgia Press, 1980.

Heller, Joseph. *Catch -22*, New York: A Dell Book, 1955.

——*Good as Gold*, New York: Pocket Books, 1979.

——*God Knows*, New York: Alfred A. Knopf, 1984.

——*Picture This*, New York: G. P. Putnam's Sons, 1988.

——*Portrait of an Artist*, as an Old Man, New York: Simon & Schuster, 2000.

——*We Bombed in New Haven*, New York: Alfred A. Knopf, 1968.

Helmreich, Alan., Marcus, Paul. (eds.), *Blacks and Jews on the Couch*, Westport: Praeger Publisher, 1998.

Helterman, Jeffrey. *Understanding Bernard Malamud*, Columbia: University of South Carolina Press, 1985.

Heppner, Ernest G. *Shanghai Refuge: A Memoir of the World War II Jewish Ghetto*, University of Nebraska Press, 1993, 1995.

Hershinow, Sheldon J. *Bernard Malamud*, New York: Frederick Ungar Publishing Co., 1980.

Herberg, Will. *Protestant-Catholie — Jew: An Essay in American Religious Sociology*, New York: Anchor Book, Doubleday & Company, 1960.

Howe, Irving. *World of Our Fathers*, New York: Harcourt Brace Jovanovich, 1976.

——*A World More Attractive*, New York: Horizon Press, 1963.

——(ed.), *Selected Short Stories of Isaac Bashevis Singer*, New York: Random House, 1966.

——(ed.), *Jewish-American Stories*, New York: Penguin, 1977.

Hyland, Peter. *Saul Bellow*, London: Macmillan, 1992.

Isaacs, Alan. (ed.), *The Macmillan Encyclopedia*, London, Macmillan, 1997.

Isaacson, Ben. *Dictionary of the Jewish Religion*, New York: A Bantam Book, 1979.

Karpeles, Gustav. *Jewish Literature and Other Essays*, New York: Books for Library Press, 1971.

Kazin, Alfred. *A Walker in the City*, New York, 1951.

Koltun, Elizabeth. (ed.), *The Jewish Woman: New Perspective*, New York: Schocken Books, 1978.

Kramer, Michael. *New Essays on Seize the Day*, Cambridge: Cambridge University Press, 1998.

Kremer, Lillian (ed.). *Holocaust Literature. An Encyclopedia of Writers and Their Work* (2 volumes). New York and London: Routledge, 2003.

Lange, Nicholas De. *An Introduction to Judaism*, Cambridge: Cambridge University, 2000.

Lazarus, Emma. *Songs of a Semite*, New York, 1882.

Lesser, Allen. *Weave a Wreath of Laurel*, New York, 1938.

Levin, Meyer. *In Search*, New York: Horizon, 1950.

——*The Old Bunch*, New York: Viking, 1937.

Lewisohn, Ludwig. *Roman Summer*, New York and London: Harper, 1927.

——*The Island Within*, New York and London: Harper, 1928.

——*Mid-Channe: An American Chronicle*, New York and London: Butterworth, 1929.

——*The Answer: The Jew and the World, Past, Present, and Future*, New York: Liveright, 1939.

——*The American Jew: Character and Destiny*, New York: Farrar, Straus, 1950.

Liptzin, Sol. *The Jew in American Literature*, New York: Bloch Publishing Company, 1966.

Lloyd, Genevieve. *Spinoza and the Ethics*, London: Routledge, 1996.

Malamud, Bernard. *The Natural*, New York: Random House, 1961.

——*The Assistant*, New York: Farrar, Straus and Cudahy, 1957; New York: Dell, 1973.

——*The Magic Barrel*, New York: Farrar, Straus and Cudahy, 1958.

——*A New Life*, New York: Farrar, Straus and Company, 1961.

——*Idiot First*, New York: Farrar, Straus, 1963.

——*The Fixer*, New York: Farrar, Straus & Giroux, 1966.

——*Pictures of Fidelman: An Exhibition*, New York: Farrar, Straus, and Giroux, 1969.

——*The Tenants*, New York: Farrar, Straus & Giroux, 1971; London: Vintage, 1999.

——*Rembrandt's Hat*, New York: Farrar, Straus & Giroux, 1973.

———*Dubin's Lives*, New York: Farrar, Straus & Giroux, 1979.
———*God's Grace*, New York: Penguin Books, 1982.
Mahler, Raphael. *A History of Modern Jewry*, London: Valentine, Mitchell, 1971.
Malin, Irving, (ed.), *Saul Bellow and the Critics*, New York, 1967.
———(ed.), *Critical Views of Isaac Bashevis Singer*, New York: New York University Press, 1969.
McCarthy, Dennis J. S. J. (ed.), *Old Testament Covenant: A Study of Current Opinions*, Oxford: Basil Blackwell, 1972.
Miller, Arthur. *The Crucible*, New York: Penguin Books, 1995.
Miller, Ruth. *Saul Bellow: A Biography of the Imagination*, New York: St. Martin's Press, 1991.
Myrsiades, Kostas. (ed.) *The Beat Generation: Critical Essays*, New York: Peter Lang, 2002.

Nagel, James. *Critical Essays on Joseph Heller*, Boston: G. K. Hall & Co. 1984.
Newman, Judie. *Saul Bellow and History*, London: Macmillan Press, 1985.
Novick, Peter. *The Holocaust in American Life*, Boston, New York: Houghton Mifflin, 1999.

Ochshorn, Kathleen G. *The Heart's Essential Landscape: Bernard Malamud's Hero*, New York: Peter Lang, 1990.

Park, Robert E. and Ernest W. Burgess, *Introduction to the Science of Sociology*, in Milton M. Gordon, *Assimilation in American Life*, New York: Oxford University Press, 1964.
Pinsker, Sanford. *Understanding Joseph Heller*, Columbia: University of South Carolina, 1991.
Poirier, Richard. *Norman Mailer*, New York: The Viking Press, 1972.

Qiao, Guo Qiang. *The Jewishness of Isaac Bashevis Singer*, Oxford, Bern, Berlin, Bruxelles, Frankfurt am Main, New York, Wien: Peter Lang, 2003.

Richman, Sidney. *Bernard Malamud*, New Haven: College & University Press, 1966.
Rolyson, Carl. *The Lives of Norman Mailer — A Biography*, New York: Paragon House, 1991.

Rosenfeld, Isaac. *Preserving the Hunger: An Isaac Rosenfeld Reader*, Detroit: Wayne State, 1988.

——*Passage from Home*, New York: Dial, 1946.

Ross, Alan. *The Complete Works of Nathanael West*, New York: Farrar, Straus and Cudahy, 1957.

Roth, Henry. *Call It Sleep*, New York: Ballou, 1934.

Roth, Philip. *Goodbye, Columbus and Five Short Stories*, Boston: Houghton Mifflin, 1959.

——*Letting Go*, New York: Random House, 1962.

——*When She Was Good*, New York: Random House, 1967.

——*Portnoy's Complaint*, New York: Random House, 1969.

——*Our Gang*, New York: Random House, 1971.

——*The Breast*, New York: Holt, Rinehart & Winston, 1972.

——*The Great American Novel*, New York: Holt, Rinehart & Winston, 1973.

——*My Life as a Man*, New York: Holt, Rinehart & Winston, 1974.

——*Reading Myself and Others*, New York: Farrar, Straus and Giroux, 1975.

——*The Professor of Desire*, New York: Farrar, Straus & Giroux, 1977.

——*The Ghost Writer*, New York: Farrar, Straus & Giroux, 1979.

——*A Philip Roth Reader*, New York: Farrar, Straus & Giroux, 1981.

——*Zuckerman Unbound*, New York: Farrar, Straus & Giroux, 1981.

——*The Anatomy Lesson*, New York: Farrar, Straus & Giroux, 1983.

——*I Married a Communist*, Boston: Houghton Mifflin, 1998.

——*The Human Stein*, Boston: Houghton Mifflin, 2000.

——*Shop Talk: A Writer and His Colleagues and Their Work*, Boston: Houghton Mifflin, 2001.

——*The Dying Animal*, Boston: Houghton Mifflin, 2001.

——*The Plot against America*, Boston: Houghton Mifflin, 2004.

Rovit, Earl. (ed.), *Saul Bellow: A Collection of Critical Essays*, New Jersey: Prentice-Hall, 1975.

Salzberg, Joel. (ed.), *Critical Essays on Bernard Malamud*, Boston: G. K. Hall & Co., 1987.

Sanders, Edward. *The Poetry and Life of Alien Ginsberg*, New York: Woodstock, 2000.

Sanders, Ronald. "The Americanisation of Isaac Bashevis Singer", an unpublished essay in the library of University of Nottingham, U. K., 1989.

Seltzer, Robert M. *Judaism: A People and Its History*, New York: Macmillan Publishing Company, 1987.
——(ed.), *Judaism: A People and Its History*, New York: Macmillan Publishing Company, 1987.
Shapiro, Karl. *Poems of a Jew*, New York, 1958.
Shapiro, Michael. *The Jewish 100*, London: Simon & Schuster, 1997.
Shaw, Irwin. *Bread Upon the Waters*, New York: Delacorte Press, 1981.
Singer, Isaac Bashevis. *Satan in Goray*, New York: Avon Books, 1955.
——*Gimpel the Fool and Other Stories*, New York: Noonday, 1957.
——*The Magician of Lublin*, New York: Noonday, 1960.
——*In My Father's Court*, New York: Farrar, Straus and Giroux, 1966.
——*The Family Moskat*, London: The Anchor Press, 1966.
——*The Manor*, New York: Farrar, Straus & Giroux, 1967.
——*The Fearsome Inn*, New York: Scribners, 1967.
——*A Day of Pleasure*, New York: Farrar, Straus, and Giroux, 1969.
——*The Estate*, New York: Farrar, Straus, and Giroux, 1969.
——*Enemies: A Love Story* (New York: Farrar, Straus and Giroux, 1972).
——*The Wicked City*, New York: Farrar, Straus, and Giroux, 1972.
——*The Slave*, London: Jonathan Cape, 1973.
——*A Little Boy in Search of God: Mysiticism in a Personal Light*, Garden City: Doubleday, 1976.
——*A Young Man in Search of Love*, Garden City: Doubleday, 1978.
——*Shosha*, London: Jonathan Cape, 1979.
——*Lost in America*, Garden City: Doubleday, 1981.
——*The Collected Stories of Isaac Bashevis Singer*, London: Penguin Books, 1982.
——*The Penitent*, London: Jonathan Cape, 1983.
——*Love and Exile*, Garden City: Doubleday, 1983.
Sklare, Marshall, (ed.), *The Jews: Social Patterns of an American Group*, Glencoe, Ill., 1958.
Sorkin, Adam J. *Conversations with Joseph Heller*, Jackson: University Press of Mississippi, 1993.

Taylor, Benjamin (ed.). *Saul Bellow Letters*, New York: Viking, 2010.
Telushkin, Dvorah. *Master of Drearms—A Memoir of Isaac Bashevis Singer*, New York: Perennial, 1997.

Tytell, John. *Naked Angels: The Lives & Literature of the Beat Generation*, New York: McGraw-Hill Book, 1976.

Wade, Stephen. *Jewish American Literature Since 1945*, Edinburgh: Edinburgh University Press, 1999.

Walden, Daniel, (ed.), *Twentieth-Century American-Jewish Fiction Writers*, Detroit: Gale Research, 1984.

Werblowsky, R. J. ZWI., Wigder, G. *The Encyclopedia of the Jewish Religion*, London: Phoenix House, 1965.

Wild, John. (ed.), *Spinoza: Selections*, New York: Charles Scribner's Sons, 1958.

Zamir, Israel. *Journey to My Father, Isaac Bashevis Singer*, New York: Arcade Publishing, 1994.

Zott, Lynn. M. (ed.) *The Beat Generation: A Gale Critical Companion*, Detroit and New York: 2003.

Dictionary of Literary · Biography American Writers in Paris (Vol. 4), Detroit: Bruccoli Clark, 1984.

The Oxford Companion to the Bible, New York: Oxford: Oxford University Press, 1993.

The Oxford Dictionary of the Jewish Religion, Oxford, New York: Oxford University Press, 1997.

Dictionary of Biblical Interpretation, Nashville: Abingdon Press, 1999.

中文索引

A

《阿德墨托斯及其他》 34
阿莱汉姆 14,166,167,178,263,299,322-325,411
埃廷格 273,274
《埃娃:一部有关大屠杀的小说》 574
《艾利·威塞尔与道德领导的政治》 576
艾略特 63,86,113,152-154,157,162,167,385,418
爱泼斯坦 117,118,470,483,486
《爱与流放,早年生活——一部回忆录》 41
安德森 73,177,263
《安妮·弗兰克的日记》 132-134
安亭 xii,41,49,57,169,585,587,588,604,615
《安息日剧场》 485,520
《肮脏的丁格斯·马吉》 231
奥德茨 66,137-140,616
《奥德赛》 90
《奥吉·玛琪历险记》 339-341,353,354,361,367,369,380,386,408
奥斯特 599
奥兹克 xi-xiii,137,245-257,461,584

B

《巴巴里海岸》 549,564-568
《巴比特》 63
《巴尔索·斯奈尔的梦幻生活》 109,113
巴谢夫茨基 402,403,405,411
《白痴优先》 423
《白马颈上的红丝带》 56
《白色黑人:对颓废主义者的肤浅思考》 549
《拜占庭之夜》 187
《堡垒》 135
《悲哀的灰色荣誉:夏日林中劳作间的诗作》 527
悲悼文学 298,299

贝肯 590,592,593
《贝拉罗萨暗道》 339,380,381,384,411,417,581,584
贝娄 iv,v,x-xii,74,137,165,167,172,258,261,320,336-354,356-398,400-413,415-421,441,483,489,497,511,516,552,581-585,595-598,604,608,612-614,616
《贝娄的喜剧风格》 378
《贝娄书信集》 402,404
本杰明 40,174,402
《比利·巴思盖特》 217
比亚利科 299
《濒临死亡的动物》 509
《波特诺的抱怨》 485,495,498,499,516,616
波托克 574
伯恩斯坦 128,135,414
《伯艮博士的信仰》 155
《伯纳德·马拉默德》 424
《不是件可笑的事》 230
《不舒服》 339
《不同》 32
《不相关联系列》 143
《布拉格狂欢》 485,514
布莱德斯特里特 22

C

《财产》 263,264
《忏悔者》 264,286,294,309,318,319,599,604,610
车尔尼雪夫斯基 299
《成功的芬芳》 140
《城市里的步行者》 163,164
《城市之光》 527
《出埃及》 143,498
《初秋》 82
《创世记与其他》 206

中文索引

《垂死的肉身》 485
《次经传道书》 32
《从波罗特斯克到波士顿》 50
《粗心的爱：两种韵律》 527
"存在主义" 342,343
《错在哪儿：黑人与犹太人同盟的缔结与崩溃》 176

D

《大刀》 140
《大屠杀的美国化》 578
《大屠杀工业：对利用犹太苦难的思考》 575
《大屠杀文学参考指南》 573
《大西洋月刊》 50,230
《大主教的天花板》 206
《代价》 206
戴威斯 40
《戴卫·莱文斯基的发迹史》 43,45,47,48,171
《但以理书》 217-219,227,599
《当代犹太纪录》 165
《党派评论》 142,152,155,156,167,320,338,357,406,423
《倒霉的消息》 526
德勒兹 262,302
德雷福斯案 7
《灯塔》 403,406
《灯台》 414
《等待莱弗蒂》 138,139
《等待老左》 138
狄芒特 1,6,7,286,299
《敌人：一个爱情故事》 74,263,264,270,283,284,293,295,303,315,318,329,330,583,584,596,602
《第二十二条军规》 74,229-239,241-243
《第十八条军规》 230
《电视儿歌》 526
《店员》 viii,xi,423,426,429,431,433,434,454,463,465,466,480,588,604,606,616
《定居者》 135
《冬日旅行》 140
董鼎山 viii,ix
董乐山 viii
《都是我的儿子》 194
《读书》 vii-ix
多克托洛 xi-xiii,137,216-222,224-227,584,599,616
《堕落之后》 206

E

《二十世纪美国犹太小说家》 114
"二元性" 320,330-332

F

《发生了某件事情》 230,242
《发生了什么，一部戏剧》 71
法莱尔 131,403,404,412,550,551
《反美阴谋》 485
《反生活》 485,514,516-519
反犹主义 v,xiii,5,8,9,16,17,26,33,36,40,112,141,165,184,194,197,223,262,269,270,276,293,295,296,307,308,331,345,349,351-353,382,384,385,411,414,418-421,437,438,472,476-479,486,511,520,558,559,562,566,576,577,583,585,589,590,593,598,600,602,617
《反犹主义解析》 8,288,438
《房客》 423,454-456,458-463,478
《飞机梦：日记散文》 526
菲茨杰拉德 63,64,68,73,188
《菲利普·罗斯》 495
《菲利普·罗斯文选》 485
《费德尔曼的画像》 423,447,453,454
费德勒 117,159,220,221,324,329,330,394,486,516,520
芬克尔斯坦 575,576
《愤怒的葡萄》 550
《愤怒之门：押韵的诗，1948—1952》 527
冯亦代 vii,viii
《弗兰妮与佐伊》 208,209
弗兰兹鲍姆 578,580
弗洛斯特 553
弗洛伊德 79,86,110,118,119,173,364,368
福特 64,112
《福星高照的人》 194
《父辈的世界》 16,39,47,65,157,178-182
《富人，穷人》 187

G

《改变》 526
《改变世界》 95

《钢琴师：一位华沙幸存者的不寻常故事》
573
《港口》 76
戈德曼 137,149-152
戈尔德 xii,66,94-109,196,402,604,605,
608,616
《革马拉》 3
格古斯 218
格莱特斯坦 81,82,86,89-93
格雷德 137,140,143,146-148,574
《格雷的撒旦》 260,261,263-265,270,290,
292,314,583,596,598,601
格雷泽 17,24
《格林威治来的姑娘》 230
格罗特泽 403,404,411,412
《隔都的婚礼》 44
《更多人为伤心而死》 74
《公民》 131
《供水系统》 217
《孤心小姐》 110,113
古德曼 xi,599
古特曼 75,158,159,162,568
《关闭时间》 231
《鬼作家》 viii,485,514-516
郭继德 viii,199,200

H

《哈德逊河上的潜水石》 114
《哈德逊河上的阴影》 264,270,273,309,
489,584
《哈普沃兹16,1924》 208
哈西德主义 7,74,81
海勒 v,xiv,74,228-238,240-245,492,
494,518,519,552
海明威 viii,63,64,68,73,336,379,486,548
海尼 380
海普纳 590,592,593
《海斯特街》 43
豪 16,25,37-39,42,43,47,53,65,95,117,
137,156-159,172,173,176-182,219,
268,279,320,321,325-327,370,373,388,
427-429,453,455,458,463,495,502,514,
516,520,538,564,580,589,604,616
《嚎叫》 525-528,533-536,538,540-547,
616
《嚎叫与其他诗篇》 526

赫伯格 16,17
《赫佐格》 74,339,361,367-369,371,372,
374,375,381,383,386,395,411,415-417,
424,582,596,616
《黑暗的中心》 381
《黑孩子们和土生子们》 172
《黑人与犹太人：同盟与论争》 176
"黑色幽默" 106,228,229,232,233,238,
240,241,243
亨德里克 64
《红公鸡啼叫》 127
《红色渠道》 198
《湖滨少女》 574,580,584,594
华盛顿 20,21,52,152,174,176,240,
244,423
华兹华斯 553
《画出这个》 231,245
怀斯 24-29
《欢迎来到艰难岁月》 217,218
《荒原》 63,113,154,385
《蝗虫日》 112,113
《晃来晃去的人》 338,340,344-346,361,
381,384,385,393,408,552,596,597,604,
608,616
《谎言》 53,54,587
《回答：犹太人和世界，过去，现在以及未来》 80
《回旋诗及其他》 83
《回忆两个星期一》 viii
惠特曼 31,162,378,481,525,544
霍桑 34,322

J

《J.阿尔弗莱德·普鲁弗洛克的情歌》 167
"饥饿" 48
《饥饿的心》 56
《基辅怨》 xi,xiii,423,424,426,437,438,
441,454,463,478,596,597,600,616
《嫉妒，或者,意第绪在美国》 255
《记忆诗》 92
加西特 368,369
"间谍法" 64
《监狱》 423
《建筑师》 135
《焦点》 194
《杰·台·塞林格和通世作家》 viii

《解放了的朱克曼》 485,514,516
《解放者》 95,98
《解剖课》 485,514,516
《夏洛克计划：忏悔》 485,520
《金孩子》 139
金斯堡 137,524-530,532,534-538,540-546,616
《进口的新郎和有关纽约隔都的其他小说》 43
《九故事》 208
《就说是睡着了》 66,114-120,126,127,169,170,476,604,606,616

K
《卡茨基尔山的瀑布》 599
卡恩 41-44,46-49,171,615
卡津 95,96,117,137,159,162,164,165,548
《卡静论辛格》 vii,viii
《卡瓦勒和克雷的惊人的冒险》 599
《开放的头脑》 526
凯鲁亚克 379,524,525
凯瑟 63,187,230
《堪萨斯大学城市评论》 208
康拉德 379-381,384
《康涅狄格州的威吉利叔叔》 208
柯勒律治 553
《柯里尔》 208
《柯里温格的审判》 230
克汗 299
《克拉尔·马加利斯（五月之王）》 526
克莱顿 345,360,395,613
《空镜子：早期诗作》 526
"垮掉派" 526,544,616
《狂热者》 135
《狂热者伊莱》 485,487,489,518,520,574,580,584,596,597
《困扰》 135

L
拉第诺语 13
《拉维尔斯坦》 340,380,381,410,411,415,417,418,420,582,584,596
拉匝鲁斯 xii,19,33,34,50,127,615,616
莱昂斯 114,119,170,171
莱瑟 26-28,454,456-463
莱文 47,48,127-135,171,176,219,221,226,235,236,434-437,573,580,581,594,595,597,616
《莱文天使》 viii,479
莱耶理斯 81-86
《蓝光》 246
朗费罗 22,29,31,34
"朗尼根"三部曲 550
《劳动自由之声》 58
"老左派" 220,222
勒伽都 14
"冷战" 136,198,219-222
《离别黄屋》 396
《离家》 165,167,169,170
《黎明的荣誉》 194
李本斯鲍姆 58
里德 31,36,217,232
《理解菲利普·罗斯》 497
《理解约瑟夫·海勒》 228,229
《联系》 108
《两个星期一的回忆》 206
《两个早晨的独白》 338,344,406
《了不起的盖茨比》 63,64,188
《灵魂低语：诗，1972—1977》 527
刘易斯 63
《流血与其他三个中篇小说》 246
《卢布林的魔术师》 205,263,264,275,280,309,359,588,598
卢森堡夫妇案件 220,221
卢因森 74-81
《鹿苑》 549,568,569,571
《露西·克朗》 184
《旅行的中途》 142
《旅游巴士》 326,327,580,589
《伦勃朗的帽子》 423
《伦理学》 300,301,305-307,443
《论文选》 157
《罗马夏天》 76,77
《罗萨》 584
罗森费尔德 48,49,137,162,165-171
罗思 xi,39,66,114-120,122-127,169,170,476,558,561-564,604,606,608,616
罗斯 iv,v,viii,xi,xii,38,58,62,63,67,108,109,137,172,195,260,415,441,453,454,483-489,492-503,506-511,513,514,516-523,552,574,580-582,584,595-597,604,616

《裸者与死者》 xiv,233,549,551,554-566

M

《马贝尔·道奇在库劳尼亚别墅中的肖像》 72
马克·吐温 9,31,242,378,379,552
马拉默德 iv,viii,xi-xiii,6,14,101,137,173,196,244,393,411,415,422-435,437,438,441-447,449-456,458-472,474-481,483,511,552,574,580,584,585,588,594-597,599,600,604,606-608,616
玛高林 55,58-61,615
迈考德 29
迈耶 32,33,55,127,236,366,570,573,616
麦卡伦—沃尔特移民和归化法 199,220
麦卡锡 136,144,197-200,202,204,206,219,220,226,243,414,435-437,567,569,577,579
《麦克白》 31
《麦田里的守望者》 207-212,214,215,231,604
《没钱的犹太人》 66,94-98,100,103,104,107,108,196,604,605
《没有恶棍》 194
梅勒 iv,xi,xiii,xiv,137,233,242,336,379,442,548-572,616
梅绍武 vii,195,197
《美国场景》 39
《美国的倒塌：关于这些州的诗,1965—1971》 526
《美国国歌》 217
"美国化" 24,53,57,61,63-65,67,68,125,132,328,329,489,563,577,578,591,594
《美国梦》 549,572
《美国牧歌》 485,520,521
《美国人的素质》 71
《美国生活中的大屠杀》 574
《美国时钟》 206
《美国文学》 viii
《美国文学丛刊》 viii,479
《美国以色列人》 24,27
《美国犹太人：个性与命运》 80
《美国犹太人》 iii,499
"美国犹太文学" ii-iv,126
《美国犹太作家：同化与身份危机》 568
《美国与我》 85

《美女门肯》 29
门肯 28,29,31
"弥赛亚" 292,293
《迷惑男人的女巫》 29
《迷人的叛逆者》 29
《迷失的女人》 63
"迷惘的一代" 68,72,616
米勒 31,138,167-170,461
米切尔森 378
《秘密的奇迹》 573
密勒 v,viii,xi,xii,137,139,193-200,202-206,414,441,616
《免费度假房舍》 56
闵可夫 81,82,86
《名声与愚蠢》 246
摩西 2,3,20,23,26,34,81,259,288,292,361,475
《魔桶》 423
《莫施比的回忆录》 409
《莫斯凯家族》 261,263,264,267,268,270,275,279,305,306,308,309,323,590,596,597,616
《墨西哥将军》 407,410
默依斯 23,24
《木匠们,把屋梁抬高;西穆尔：一个介绍》 208,209
《牧师们的信仰》 20
"墓志铭" 60

N

《那时刻回来了：一首诗》 526
《那真不行》 383,406
内省主义 81-83,86
《你有怎样的一天?》 396-398
纽曼 258,352,367-369
《纽约号召》 95
《纽约客》 195,208,255
《纽约三部曲》 599
《奴隶》 260,263,264,275,276,290,291,293,302,303,315,318,322,588,596,601
《诺曼·梅勒：其人其书》 553
诺威克 573-576

O

欧品 137,140,143-146

中文索引

P
帕索斯 66,109,550,551
《帕特迈瑟文件》 246
《培养的原动无意识行为》 69
佩雷滋 324
《匹茨堡宣言》 40
《破碎的罗网》 75,76
普鲁斯特 71

Q
《Q. E. D》 69,71
《欺骗》 485
《其他等人》 484
《奇迹教师》 246
《祈祷》 527-529
《祈祷与其他诗篇,1958—1960》 526
《乞丐·窃贼》 187
"契约论" 3,4,250,286-290,293,295,296,299
《潜鸟湖》 217
《强迫》 128,135
乔叟 9
乔伊斯 71,86,119,127,143,157,486,553
《桥头眺望》 206
《窃贼》 340,396,398
《欲望教授》 485
《曲径》 82
《去看艾迪》 208
《确切》 340
《群众》 95

R
《人民之战:或,希莱尔和何罗德:由美国犹太小说家撰写的关于何罗德一世时代的历史小说》 25
《人鼠之间》 550
《人性的污点》 485,520,521,604
《日子》 59,82
《乳房》 485,509,514,616
《软纽扣:物体、食物、房间》 72

S
塞尔茨 3,5,6,62
塞林格 v,xiv,207-215,231,604,608,609
《塞姆勒先生的行星》 339
《三个女人》 70

《散落的树叶,匆匆写就的诗篇》 526
《散拍节奏》 217
桑福德 108,228,229,232,367
桑塔亚纳 69
莎士比亚 9,31,80,425,478,506
《傻瓜吉姆佩尔》 261,320,321,411
《上帝的恩赐》 423,462,470,471,474,476,478
《上帝之城》 217,584
《上帝知道》 230
《上海难民:二战犹太隔都回忆录》 590,592
《上海日记:一个年轻姑娘逃离希特勒的憎恨,来到被战争撕裂的中国的经历》 590,592,593
《少年朗尼根》 550
《射向月球的火箭》 140
《深邃的年代》 165,171
神秘教派 333
《审判日》 550
《升空:五部小说》 246
《生活的真相》 150
《生活费》 423
《胜负未决》 550
圣·方济 433,448,449
《圣经》 2,3,12,27,87,121,122,124,168,188,212,213,227,250,252,259,298,426,432,433,470,577,590,599
《盛开的桃花》 140
《失乐园》 140
《诗》 59,86
《诗集,1947—1980》 527
《诗人的生活:六部短篇小说和一部中篇小说》 217
《诗与翻译:写于14至16岁期间》 34
"施勒米埃勒" 351,363
施米埃尔 576
施瓦兹 137,149,152-158
"十字军" 13,577
《时间的魅力》 135
《时时刻刻》 231
史尼厄 299
《始与终》 165
《驶往美国的船只》 264
《世界交易会》 217
《世界是一个婚礼》 155,156
《事情原本如此》 69

《事实：一位小说家的自传》 485
《收获》 135
《受缚的朱克曼》 485,514,516
《受害者》 339,349,352,353,381,382,384,
　385,408,411,596
舒尔曼 378
《水上面包》 187-192,605,611
斯宾诺莎 6,7,13,261,262,271,286,299-
　310,442-447
《斯达兹·朗尼根的青年时代》 550
《斯德哥尔摩的救世主》 246,584
斯弗瑞姆 14,322,323,325
斯坦贝克 336,550
斯坦因 68-74
斯图文森特 15
斯兹皮尔曼 573
《死亡舞蹈》 35
《死亡与声誉：诗：1993—1997》 527
"宿主亵渎罪" 288
《随笔、书信、演讲等总辑：从朦胧的过去到不
　确定的未来》 340
《随波逐流》 484,485
所罗门 525,538,541-544,546
《索尔·贝娄：捍卫人类》 613
《索尔·贝娄与历史》 367

T

《他讲错话及其他故事》 339
《塔木德》 2,3,7,12,26,44-47,147,186,
　259,298,312,333,489-491
《太阳照样升起》 63,64,68
特立林 137,140-143,157,230,257,414,
　525,550,564,565
《天才宠儿》 139
《天生的运动员》 423,425,427,463
《甜蜜土地的故事》 217
《铁马》 526
同化　i,iii-vi,x,xii,8,12,19,20,22-24,47,
　55,58,61,62,75,76,78,79,81,101-103,
　128-131,138,161,162,173,181,254,259,
　273-286,297,316,330,341,346,416,419,
　420,431,432,458,463-466,468-470,
　487-489,493,516-518,521,523,558,
　563,585-589,591,593,599
"同仁剧场" 137
《头七年》 423

《推销员之死》 139,195,206,616
《托拉》 2,27,291,333,334,432,492
托洛茨基　167,337,354,400-413,415,
　417-419,421,565,566
陀思妥耶夫斯基　259,262,327,378,379,
　381-385

W

瓦格纳 68
《完全为了国家，一部书信体戏剧》 71
《晚饭前饮酒》 217
《往返耶路撒冷：私人报道》 339
《往日的爱情》 527
威茨曼 80
威尔豪森 3,4,287
《威尼斯商人》 9,80,425
威塞尔 576
《微光闪烁世界的继承者》 246
韦斯特 108-113,616
《为诗一辩》 553
《为我自己做广告》 548,549,565,568,570,571
《违反教规的弥赛亚》 264
《围巾》 246,249,255
《维系事件》 206
《伟大的美国小说》 485,514
温斯坦 108
《文学与革命》 401,412
《我不断回想：雅各·格莱特斯坦的关于犹太
　大屠杀的诗》 93
《我不再爱你》 229
《我父亲的房子》 132,573
《我们为什么到越南？》 549
《我们在纽黑文轰炸》 230,241,242
《我们这一伙》 485,499-503,509
《我们阵营的分裂与其他小说》 150
《我母亲的安息日》 147,574
《我娶了一个共产党员》 485,521
《我永远都不可能十全十美》 56
《我作为一个男人的生活》 485,514
沃尔顿 116,117
《无所事事》 230
"五月法令" 38
《雾都孤儿》 10,11

X

《西方文明》 27

西克思 20
"希腊化" 8,12
希特勒 iii,81,133,136,275,293,294,316,
    373,407,418,464,532,556,575,583,590,
    592,593
《昔日的一伙人》 130-132
锡德尼 553
《戏剧集》 199
《夏洛克最后的日子》 79,80
夏皮罗 137,149,159-162,269,308-310,
    319,366,417,599,610
《现代德国文学精神》 76
《现实三明治:1953—1960》 526
《乡下姑娘》 140
《香蕉鱼的绝佳日子》 208
《像格尔德一样美好》 230,243,244
《消息II》 526
《小说》 208
《小提箱》 255
肖 xiii,14,59,71,72,113,137,166,167,
    178,183-185,187-193,242,263,299,
    309,310,318-320,322,324,411,414,455,
    470,605,608,610,611,616
《肖霞》 264,318
《写遍各地的诗:多为七十年代》 527
谢邦 xi,585,599
谢曼 96
《心是一只钟》 526
辛格 vii,viii,x-xiii,6,41,74,113,137,172,
    205,243,249,258-270,272-286,289-
    315,317-335,343,344,354,359,364,393,
    411,434,483,489,511,516,552,580,
    582-585,588-590,595-599,601-604,
    608,610,616
《新巴勒斯坦》 81
《新共和》 109,152,167
《新年的忧伤》 526
《新群众》 95
《新生活》 423,434,597
"新左派" 220
《信条》 89
《信仰捍卫者》 486
《行进》 217
《行刑者之歌》 549
《醒来唱歌》 66,139
《性与独身姑娘》 231

徐崇亮 ix,x
《许多的爱》 527
《选民》 574
《雪城堡》 230
雪莱 75,366,553
《薰衣草》 116

Y
《1949年美国最佳短篇小说》 230
《1978年诺贝尔奖金获得者艾萨克·辛格》
    vii
雅各·瑞德·马库斯 iii,15,499
亚当姆 127
《亚玛与凯勒》 264
《严峻的考验》 197,200,202-206
《彦克·格莱特斯坦》 89
杨仁敬 viii
《耶考:一个纽约隔都的故事》 42
叶吉尔斯卡 xii,55-58,585,587,590,591,
    604,615
《夜晚的音乐》 140
《一个更迷人的世界》 178
《一个犹太人的诗》 160
《一群野蛮的人》 246
《一亿两千万》 95
《伊娃》 135
《遗产:一个真实的故事》 485,520,521
《以色列人》 25,29
以斯雷尔·乔舒亚 259
《艺术与热情》 246
《异教拉比》 245,247,251
《异教拉比及其他故事》 246
《异义》 177
《意第绪短篇小说名作选集》 177
《意第绪意思》 92
意第绪语 vii,12-14,42,46,50,59,67,81,
    82,86,87,89,95,120,127,147,164,166,
    167,178,260,261,263,264,267,270,272,
    278,299,317,320-322,324-326,329,378,
    416,424,434,479,489
《因星之心灵在觉醒……》 526
《阴间的颂歌与其他诗作,1977—1980》 527
《隐喻与记忆》 246
《应许之地》 49,50,53,169,604
《蝇王》 231
《尤利西斯》 71,119,143

《犹太每日前进报》 42,260,261,264,267,270
《犹太鸟》 viii,479
犹太启蒙运动 4,6,7,146,259,267,280,298,324,325,392
《犹太人、上帝及其历史》 1,6
《犹太人的归依》 486
《犹太小说与犹太作家》 ix
犹太性 i,v,xi,xii,12,14,16-18,46,80,87,117,129-131,134,141,149,158,166,211,213,218,249,250,309,316,321,323,324,330,335,341,342,353,369,400,401,411,413-415,417,418,421,422,424,425,429,434,449,463,495-499,515,521,522,529,558,610
《犹太学校的男生彦陶》 312,313,329
"犹太裔美国文学" ii
《幼狮》 184
《与原物一般大》 217
《雨王汉德森》 339,360-362,366,376,379,380,383,386,612
《院长的十二月》 376,377,381,383,395
《月球之火》 549
《阅读自己和他人》 485

Z
《再见,哥伦布》 484-487,489,494,516,597
《在本国土地上》 164
《在伯克利的一个奇怪的新住所》 526
《在岛屿里》 77,79
《在美国的犹太人》 64
《在她好的时候》 485
《在我父亲的法庭里》 260,263,300,315
《在新港犹太教堂里》 34
《在犹太教堂里》 246
《责任在梦中开始》 152,153,155,156
詹姆斯 9,39,69,71,86,95,127,143,246,359,362,379,384,385,403,404,515,543,553
《哲学,或类似的东西》 484
《这个民族》 80
《争论与窘境》 246
《整整一百万》 111,113
《正常原动无意识行为》 69
《芝加哥每日新闻》 127
《致命的秘密!或,密谋与将计就计:一部有关16世纪的小说》 32
《中间渠道》 76
"重建派" 40,152,431
"主流文学" i,iv,66,67
《抓住时日》 339,340,357,360,381,383,384,386,597
《庄园》 263,264,275
《追忆逝水年华》 71
卓别林 106,414
《自传》 89,91
"自然倾向" 262
《自由诗》 89
《最初的忧伤:破衣、民谣以及簧风琴之歌,1971—1974》 527
《最后的分析》 339
《最后的莫希干人》 574
《最容易的俳句》 527
《作家、知识分子、政治:主要的回忆》 410
《作为一个老人的艺术家的画像》 231

英文索引

A
"A Civilization within a Civilization?" 40
"A Conversation with Henry Roth" 118,119
A Cool Million 111
A Fire on the Moon 549
A Lost Lady 63
A Memory of Two Mondays 206
A New Life 423,435,436,481,597
"A Perfect Day for Bananafish" 208
A Philip Roth Reader 485
A Ship to America 264
A Strange New Cottage in Berkeley 526
A Theft 340,396,398
A View from the Bridge 206
A Walker in the City 163,164
A World More Attractive 172,173,178
Abramovitch 14,322
Admetus and Other Poems 34
Adventures of Mottel 167
Advertisements for Myself 549,564,565,567,568,571,572
After the Fall 206
Airplane Dreams: Compositions From Journals 526
Aleichem 14,166,178,322
Alexander 29,263,321,322
Alien Registration Act 199
All I Could Never Be 56
All My Sons 194
Allen Ginsberg, Collected Poems 1947—1980 524,528-533,535-543,545,546
Alpha and Omega 165
America, America 111
American Anthem 217
American Jewish Historical Society Publications 19
American Jewish Literature ii,117,119,334

American Judaism 24
American Pastoral 485,521,522
Amerike un ikh 85
Amistad 176
An Age of Enormity 165
An American Dream 549
"An Interview with Saul Bellow" 342,366,367,376-378,384
Anglo-Jewish Letters 10,11
Antin 41,49-52,54,587
anti-Semitism 8
"Anzia Yezierska" 55,58
Apologie for Poetrie 553
Appelfeld 483
Art & Ardor 246-250,257
Assimilation xiv,75,136,276,277,281,282,585,586
Assimilation and Community 274
Auster 599
Autobiography 73,89,90,484
"Auto-Obituary: The Death of the Artist in Henry Roth's *Call It Sleep*" 118
Awake and Sing! 66,139

B
Babbitt 63
Bacon 590
Baldwin 173
Barbary Shore 549,564
Baron 21,23
Beacon 403
Beggar, Thief 187
Bellarosa Connection 340,581
Bellow 159,165,336,337,340-343,348,349,351-356,360,362-365,367,370,378,379,381,382,384-386,388,390,393-398,401,405-407,409-413,415,416,418-

420,581,583,584
Benjamin　40,174,402-405,411,415,599
Berger　197,259,289,293,295,414
berit　287
Berman　176
Bernard Malamud　422,424,428,455
Bernard Malamud and the Critics　438,442
Bernstein　127,128,131,135,414
Bertha　29
Bialik　299
Big as Life　217
Billy Bathgate　217
"Black Boys and Native Sons"　172
Black Humour　232
Blacks and Jew in Literary Conversation　173,462
Blacks and Jews on the Couch　173,174,455
Blacks and Jews: Alliances and Arguments　176
Blau　21,23,219
Bloodshed and Three Novellas　246
Blue Light　246
Bradstreet　22
Bread Upon the Waters　187
Budick　173,461,462
Burgess　276,281,585
Burgin　xiii,263,298,310,311,326,327,332,344,354
Burnham　152,404
Bury the Dead　183

C
Cabalism　333
Cahan　41,43-47
Call It Sleep　66,114,117,120-125,127
Careless Love: Two Rhymes　527
"Castle of Snow"　230
Catch-*18*　230
Catch-*22*　230
Chabon　585
Chametzky　ii,iii,24-26,28,30,32,33,35,39,41,54,58-60,69,81-87,90,92,93,138,141,143-150,153,154,156,159,161-164,166,172,178,183,193,195,206,207,247,414,484,524,525,548,587,615
Change the World　95
Chaplin　414

Chauncy　21
Chicago Daily News　128
Chmelnicki　265
Chmiel　576
Chumitz　123
City Lights　527
City of God　217
Clevinger's Trial　230
Closing Time　231
cocaine　120
Cohen　106
Coleridge　553
Collected Poems, 1947—1980　527
Columbia Literary History of the United States　68
Compulsion　128
Compulsory Mis-Education　149
Conatus　262
Contemporary American Jewish Literature　517
Contemporary Jewish Record　163,165
Conversation with Isaac Bashevis Singer　263
Conversations with Joseph Heller　241
Coriolanus and His Mother　155
"Cost of Living"　423
"Cotton Mather and the Jews"　20
Creative Awaking: The Jewish Presence in Twentieth-Century American Literature 1900—1940s　441
Crisis and Covenant: The Holocaust in American Jewish Fiction　197,259,289,293,295,414
Critical Essays on Isaac Bashevis Singer　321-327,329,330,334,335
Critical Essays on Joseph Heller　242,243
Critical Views of Isaac Bashevis Singer　321,325,331,332,334
"Cultivated Motor Automatism"　69
Cutler　21

D
dangling　345
Dangling Man　348,349,385,393,394
Davies　10
Davis　40

Death & Fame: Poems: 1993—1997 527
Death of a Salesman 195
Death of a Salesman Notes 194-196,206
Deception 485
Deer Park 549,568
Diaspora 2
Dickens 10,11
Dictionary of Literary · Biography American Writers in Paris 68,71,73
Dimont 1,6,286,299,300,304,444
Dirty Dingus Magge 231
Discrete Series 144
Dissent 177
Diving Rock on the Hudson 114
Doctorow 216-219,221-223,225,226
Dr. Bergen's Belief 155
Dreyfus 7
Dreyfus Affair 174
Drinks Before Dinner 217
Dubin's Lives 423
Dunster 21

E
E. L. Doctorow: A Democracy of Perception 219
E. L. Doctorow: Essays and Conversations 216,218,219,221,222,225,226
Eli, the Fanatic 489-494,518,519
Elie Wiesel and the Politics of Moral Leadership 576
Elliot 68
Ellison 173
Empty Mirror: Early Poems 526
Enchanters of Men 29
Enemies, A Love Story 271,283-285,311,316,317
"Envy; or, Yiddish in America" 255
"Ernest Hemingway, and Gertrude Stein" 68
Esquire 208,230
Eva 135
Eva: A Novel of the Holocaust 574
Evening in Byzantium 187
expression 302

F
"Fabiu Lind's Days" 83

Fame and Folly 246
Farrell 321-327,329,330,334,335,550
Felstiner ii,iii,24-26,28,30,32,33,35,39,41,54,58-60,69,81-87,90,92,93,138,141,143-150,153,154,156,159,161-164,166,172,178,183,193,195,206,247,414,484,524,525,548,587,615
Fiedler 117,159,221,324,325,329,330,394,486,516
Finkelstein 14,575
First Blues: Rags, Ballads and Harmonium Songs, 1971—1974 527
Flanzbaum ii,iii,24-26,28,30,32,33,35,39,41,54,58-60,69,81-87,90,92,93,133,134,138,141,143-150,153,154,156,159,161-164,166,172,178,183,193,195,206,247,414,484,524,548,578,580,587,594,615
Focus 194
For the Country Entirely, A Play in Letters 72
For the Soul of the Planet is Wakening... 526
Foucault 206
Franny and Zooey 208
Fraye ferzn 89
Friedman 19,96,133,176,232,259,261,262,308,320,573
From Plotzk to Boston 50
From Shtetl to Suburbia: The Family in Jewish Literary Imagination 322,323
Frost 553

G
Gass 327,368,369
Gedenklider 92
Gesammelte Studien zum Alten Testament 3,4,287,288
Ghetto 43,44,590,593
"Gimpel the Fool" 320
Ginsberg 524,528-533,535-543,545,546
Ginsberg: A Biography 525,527,528,532
"Girl From Greenwich" 230
Gittleman 12,322,323
Glanz 81
Glatstein 82,86,90,93

Glazer 17,24
Glotzer 403
"Go to See Eddie" 208
God Knows 230
God's Grace 423,470 – 477
Gold 66,94 – 108,152,156 – 158,231,324,
  605,606
Golden 330,331,364
Golden Boy 139
Good as Gold 230,244
Goodbye, Columbus 484,487,488,490 – 494
Goodman 55,58,149,150,599
Grade 146 – 149,574
Granich 94
Group Theatre 137
*Growing Up Absurd: Problems of Youth in
  the Organized System* 149
Guttmann 49,55,75,94,136,158 – 160,162,
  163,196,244,568

H
Hapgood 41,42
Hapworth 16, 1924 208
Harby 23
Harper's Bazaar 423
Harvard Advocate 549
Hasidism 74
Haven 76
Heir to the Glimmering World 246
Hellerstein ii,24 – 26,28,30,32,33,35,39,
  41,54,58 – 60,69,81 – 87,90,92,93,138,
  141,143 – 150,153,154,156,159,161 –
  164,166,172,178,183,193,195,206,247,
  414,484,524,525,548,587,615
Helmreich 173,174,455
Henderson the Rain King 339,362 – 365
Heppner 590,593
Herberg 16
Hertzberg 40
Herzog 339,370,416
Hester Street 43
*Him with His Foot in His Mouth and Other
  Stories* 397
Hindus 324
Honors at Dawn 194
Hook 152

House of Un-American Activities Committee
  198
Howe 38,117,172,173,177,178,321,325,
  514
Howl 525
Howl and Other Poems 526
Hungry Hearts 56
Hyman 312,321,322

I
"I Don't Love You Any More" 229
*I Keep Recalling: The Holocaust Poems of
  Jacob Glastein* 93
I Married a Communist 485
Idiots First 423
In Dream Begin Responsibilities 152
In Dubious Battle 550
In My Father's Court 260,263,299,300,
  304,315
In Search 129
"In the Synagogue" 246
Incident at Vichy 206
Iron Horse 526
"Isaac Bashevis Singer Talks ... About
  Everything" 298,310,311,332,344,354
*Isaac Bashevis Singer — A Study of the
  Short Fiction* 263
*It All Adds Up: From the Dim Past to the
  Uncertain Future* 337,340,341,343,353,
  379,382,405 – 407,410

J
J. D. Salinger 207,209,214
James 23,39,68,69,71 – 73,152,173,202,
  207,209,214,242,243,364,404,415,416,
  442,520,550,553
Jewish American Literature ii,v,25,58,138,
  163,528
Jewish American Literature Since 1945 138
*Jewish American Literature: A Norton
  Anthology* ii,iii,24,26,28,30,32,33,35,
  39,41,54,59,60,69,81 – 87,90,92,93,
  138,141,143 – 150,153,154,156,159,
  161 – 164,166,172,178,183,193,195,206,
  207,247,414,484,524,525,548,587,615
Jewish Children 166

Jewish Literature and Other Essays 2
Jewish Wry: Essays on Jewish Humor 106
Jewishness 16
Jewish-American Stories 172,514
Jews Without Money 95-108,605,606
Jews, God and History 1,6,286,299,300, 304,444
Joshua 259
Joyce 71,438,442,553
Judaism: A People and Its History 168,304
Judezmo 13
Judgment Day 550

K
Kaaterskill Falls 599
Kaddish and Other Poems 526
Karpeles 2
Kazin 95,96,162-165,548
Kibuttz 128
Kinot 298
Kockin 120
Kral Majales (King of May) 526
Kredos 89

L
Labirint 82
Ladino 13
Lady of the Lake 574
Lamentation Literature 298
Landis 323
Lazarus 19,33,35,36
Leaving the Yellow House 396
Lebensboym 58
Lebeson 14
Legardo 14
Lesser 26,30,32
letter to Mrs. Davies 10,11
Letting Go 484
Levin 127,129,130,216,219,221,222,225, 226,573
Levison 176
Levitation: Five Fictions 246
Lewisohn 74,77-81
"Life Never Let Up" 117
Liptzin 20,22,28,29,31,432
Literature and Revolution 401,412

Lives of the Poets: Six Stories and a Novella 217
Longfellow 22
Loon Lake 217
Love and Exile, The Early Year — A Memoir 41
Lucy Crown 184
"Ludwig Lewisohn" in Daniel Walden 74, 135
Lyons 114,119,165,167,170,171,334

M
Mailer: His Life and Times 548
Malamud 422,425,428-430,432,434-436, 439-445,447,451-453,457-459,461, 470-477,481,607
Malkoff 330-332
Many Loves 527
Marcus 173,174,455,552,554
Margolin 58-60
Mather 19,432
Matzohs 123
mayer 21,23
Mayne 29
McCarthy 3,4,198,216,287,288,435
McCord 29
Menken 28-31
Menorah Journal 141,414
Message II 526
Metaphor and Memory 246
"Meyer Levin" 127,128,131,135
Midrashim 298
Mid-Channel: An American Chronicle 79
Miller 31,173,193,200-205,333,411,461, 462
Mind Breaths: Poems, 1972—1977 527
Minhag Amerika 25
Miriam 207
Miss Lonelyheart 110
Modern 216,274,297,325,521,522,564
Modern Critical View: Bernard Malamud 196,244
Modernism 325-327
Modernity 325,414,593
Moise 23
More Die of Heartbreak 339,386

Mosby's Memoirs 409
Mostly Sitting Haiku 527
Mowinckel 288
Mr. Sammler's Planet 339
Musar Movement 147
My Father's House 132,574
"My Grandmother" 160,161
My Life As a Man 485
My Mother's Sabbath Days 147,574
"My Quarrel with Hersh Rasseyner" 147–149

N
Naked Angels: the Lives and Literature of the Beat Generation 525
National Association for the Advancement of Colored People 174
National Institute of Arts and Letters Award 339
Native Son 173
New Year Blues 526
New York Herald Tribune 135
New York Times 135,332
Night Music 140
Nine Stories 208
No Laughing Matter 230,231
No Villain 194
"Normal Motor Automatism" 69
Norman Mailer: A Collection of Critical Essays 551,552,554
Norman Mailer: The Man and His Work 548,550,551,553,554,565
"Nothing to Be Done" 230
Novick 346,489,573–575
Now and Then 231

O
Odets 66,138
"Of Being Numerous" 144
Of Mice and Men 550
"Of This Time, of That Place" 142
Old Love Story 527
Old Testament Covenant: A Study of Current Opinions 3,4,287,288
On Native Grounds 164
Open Head 526

Operation Shylock: A Confession 485
Oppen 143,145
Our Gang 485,499,501–503,505,507, 508
Ozick 245–257

P
Paradise Lost 140
Park 276,281,569,585,586
Passage from Home 165,168–170
Passos 550
Patrimony: A True Story 485
Peretz 86,324
"Philosophy, Or Something Like That" 484
Picture This 231
Pictures of Fidelman: An Exhibition 423, 451–453
Pisan Cantos 162
Planet News 526
Plutonian Ode and Other Poems, 1977— 1980 527
Podhoretz 176
Poems 59,93
Poems All Over the Place: Mostly Seventies 527
Poems and Translations: Written between the Ages of Fourteen and Sixteen 34
Poems of a Jew 160
Poetical Works of Henry W. Longfellow 22
Politics and the Novel 178
Portnoy's Complaint 485,496–498
Portrait of Mabel Dodge at the Villa Curonia 72
Portrait of the Artist as an Old Man 231
Potok 574
Prager 333
Prague Orgy 485
Preserving the Hunger: An Isaac Rosenfeld Reader 48
Prinz 176
Protestant-Catholic-Jew: An Essay in American Religious Sociology 16
Proust 71
Psalm 144

Q
Quarrel and Quandary 246

R
Rabinovitch 14,166,322
Ragtime 217
Rahv 157
Raise High the Roof Beam, Carpenters; and Seymour: An Introduction 208
Ravelstein 340,418-420,583,584
Read 31,301,360
Reading Myself and Others 454,485,495, 498,500,509,510
Reading Philip Roth 483,496
Reality Sandwiches: 1953—1960 526
Reconstructionism 152
Red Channels 198
Red Ribbon on a White Horse 56
Reference Guide to Holocaust Literature 520,573
Rembrandt's Hat 423
Remembrance of Things Past 71
Rich Man, Poor Man 187
Rocket to the Moon 140
Roman Summer 76,77
Rondeaux and Other Poems 83
Rosa 58,584
Rosenfeld 48,165-171
Roth 10,11,66,114,117,119-125,127, 454,483,484,486-488,490-498,500- 503,505,507-513,515,518,519,521,522

S
Sabbath's Theatre 485
Sad Dust Glories: Poems during Work Summer in Woods 527
"Sailor off the Bremen" 183
Salinger 207,231
Sanders 328,329
Sanford 108,228-230,233,367,411,483, 486
Santayana 69
Satan in Goray 263,265-267,290,292, 311,314
Saul Bellow 346,350,355,357,358
Saul Bellow and History 367,369
Saul Bellow and the Decline of Humanism 352
Saul Bellow Letters 402,404,405,411,415
Saul Bellow: In Defense of Man 345,613, 614
Schechner 48
Schiff 174
Schwartz 152,154,156-158
Scrap Leaves, Hasty Scribbles 526
Seixas 20
Seize the Day 339,360,597
Selected Essays 157
Selihot 298
Sex and the Single Girl 231
Sforim 14,322
Shadows on the Hudson 264,489
Shanghai Diary: A Young Girl's Journey from Hitler's Hate to War-Torn China 590
Shanghai Refuge: A Memoir of the World War II Jewish Ghetto 590
Shapiro 109,159-161,444
Shaw 183,249,255
Shelley 553
Sherman 96,334,335
Shlemiel 351
Shosha 264,310,319
Sidney 40,152,422,424,553
Singer xiii,258-261,263,265-268, 270-272,277-286,290-294,298,299, 302-311,313,314,316-319,321-323, 325-335,344,354,584,610
Situation Normal 194
"Slaughterer" 312,313
Solomon 525
Something Happened 230,242
Songs of a Semite 36
Southern Christian Leadership Conference 175
Spinoza 6,262,300,301,442
Spinoza and the Ethics 262,301,302,304, 305
Spinoza: Selections 445,446
Spinoza's Ethics and on the Correction of the Understanding 301,304,305
Stein 68,71-73,394

Steinbeck 550
Stiles 21
Story 208, 229
Sweet Land Stories 217
Szipilman 573

T
Talmud 2
Tate 152
Tender Buttons: Objects, Food, Rooms 72
The Actual 340
The Adventures of Augie March 339, 354–356
The Amazing Adventure of Kavalier & Clay 599
The American Clock 206
The American Council for Judaism 80
The American Jew, 1585—1990: A History 15
The American Jew: Character and Destiny 80, 81
"The American Jewish Chronicle" 14
The American Scene 39
The Americanization of the Holocaust 133, 134, 414, 578, 580, 594
The Americanization of the Holocaust 133, 134, 414, 578, 580, 594
The Anatomy Lesson 485
The Answer: The Jew and the World, Past, Present, and Future 80
The Archbishop's Ceiling 206
The Architect 135
The Assistant 423, 429, 430, 432, 434, 607
The Beat Generation 524, 535
The Big Knife 140
The Book of Daniel 216, 217, 219, 221–223, 225, 226
The Break-Up of Our Camp and Other Stories 150
The Breast 485, 509–513
The Broken Snare 76
The Cambridge Guide to Jewish American Literature 534
The Cannibal Galaxy 246
The Catcher in the Rye 209, 231
The Change 526

The Chosen 574
The Citizens 131
The Collected Stories of Isaac Bashevis Singer 306, 307
The Collier's 208
The Combat of the People: or, Hillel and Herod: An Historical Romance of the Time of Herod I, by the American Jewish Novelist 25
The Complete Works of Nathanael West 109, 113
The Counterlife 485, 517
The Country Girl 140
The Creation of the World and Other Business 206
The Crucible 197, 200–205
The Dance of Death 35
The Day of the Locust 112
The Dean's December 376
The Diary of Anne Frank 132
The Dream Life of Balso Snell 109–111, 113
The Dying Animal 485
"The Eighty Yard Run" 183
The Enchanting Rebel 29
The Encyclopedia of the Jewish Religion 2, 298
The Estate 263
The Executioner's Song 549
The Facts of Life 150
The Facts: A Novelist's Autobiography 484
The Fall of America: Poems of These States, 1965—1971 526, 527
"The Fall of David Levinsky" 48
The Family Moskat 261, 263, 268, 270, 279, 280, 305, 308
The Fanatic 135
The Fatal Secret! Or, Plots and Counterplots: A Novel of the Sixteenth Century 32
"The First Sever Years" 423
The Fixer 423, 439–445, 447
The Flowering Peach 140
"The Four Monarchies" 22
"The Free Vacation House" 56
The Gates of Wrath: Rhymed Poems 1948—

1952 527
The Ghost Writer 485,514,515
"The Girls in Their Summer Dresses" 184
The Grapes of Wrath 550
The Great American Novel 485
The Great Gatsby 63
"The Greatest Thing in the World" 549
The Harvest 135
The Heart is a Clock 526
The Heart of Darkness 381
The Heart's Essential Landscape: Bernard Malamud's Hero 454,470
"The Hell It Can't" 406
The Holocaust in American Life 346,489,573-575
The Holocaust in American Life 346,489,573-575
The Holocaust Industry: Reflections on the Exploitation of Jewish Suffering 575
The Human Stain 485
The Imported Bridegroom and Other Stories of the New York Ghetto 44
The Island Within 77-79
"The Isolation of Modern Poetry" 158
The Jew in American Literature 22,29,31,432
The Jewish Way in Love and Marriage 512
The Jewish Woman: New Perspective 312
The Jewish Writer in America: Assimilation and the Crisis of Identity 49,55,94,158-160,162,163,568
The Jewishness of Isaac Bashevis Singer 134,258
The Jews 14
The Jews in America 64
The Jews of the United States, 1790—1840, A Documentary History 21,23
The Last Analysis 339
The Last Days of Shylock 79
"The Last Mohican" 574
"The Lie" 53,54,587
The Love Song of J. Alfred Prufrock 385
The Macmillan Encyclopedia 8,90,232,538
The Magic Barrel 423
The Magician of Lublin 205,263,281,282

The Making of Americans 71
The Man Who Had All the Luck 194
The Manor 263
The March 217
The Messiah of Stockholm 246
The Mexican General 407
The Middle of the Journey 142
The Moments Return: A Poem 526
The Naked and the Dead 549
The Natural 423,428
"The New Colossus" 19
The New Covenant: Jewish Writers and the American Idea 120,571
The New York Trilogy 599
The New Yorker 208
The Obsession 135
The Old Bunch 130
The Old Country 166
"The Other Margaret" 142
The Pagan Rabbi and Other Stories 246,251-254
"The Pagan Rabbi" 251-254
The Penguin Dictionary of Sociology 273
The Penitent 264,286,294,309,310,318,319,610
The Pianist: The Extraordinary Story of One Man's Survival in Warsaw 573
The Plot against America 485
"The Present State of Poetry" 158
The Price 206
"The Prison" 423
The Professor of Desire 485
The Promised Land 50-52
The Puttermesser Papers 246
the Reformed Society of Israelites 23
The Rise of David Levinsky 43,45-47
"The Secret Miracle" 573
The Settlers 135
The Shawl 246,255,256
The Sinning Messiah 264
The Slave 263,275,277-279,291,293,302-304,311
The Spell of Time 135
"The Spinoza of Market Street" 306,307
The Spirit of Modern German Literature 76

The Spirit of the Ghetto   42
The Stronghold   135
"The Suitcase"   255
The Sun Also Rises   63
The Sweet Smell of Success   140
The Tenants   423,454,457－459,461
The Victim   339,351,352
"The Vocation of the Poet in the Modern World"   158
The Waste Land   63,385
The Waterworks   217
The White Negro: Superficial Reflections on the Hipster   549
"The Wonder Teacher"   246
The World Is a Wedding   155
"The World of the Ceiling"   167
"The Young Folks"   208
The Young Lions   184
The Young Manhood of Studs Lonigan   550
Theatre Union   137
Things As They Are   69
This People   80
Three Lives   70
To Jerusalem and Back, A Personal Account   339
Tog   59,82
Torah   2
Towards A Philosophy of History   369
Trilling   140－142,414,550,565
Trotsky   401,403
Trust   245
TV Baby Poems   526
Twentieth-Century American-Jewish Fiction Writers   55,58,74,94,95,108,114,127, 128,131,135,140－142,152,156－158, 165,167,170,171,216－218,228,232, 241－243,245,246,250,258,336,414,422, 483,548,551,552,567,571
Twist   10
"Two Morning Monologues"   338,406

U
Ulysses   71
"Uncle Wiggily in Connecticut"   208
Under Forty: A Symposium of American Literature and the Younger Generation of American Jews   166
Under the Weather   339
Understanding Bernard Malamud   427,449, 455
Understanding Isaac Bashevis Singer   259, 261,262,308,320
Understanding Joseph Heller   228－230,233
Understanding Philip Roth   483,484,486, 496,497,522
Union of American Hebrew Congregations   24
University of Kansas City Review   208

V
Victim   350,352

W
Wade   v,138
Wagner   68
Waiting for Lefty   138
Walton   116
Washington   20,174
We Bombed in New Haven   230
Weave a Wreath of Laurel   30,32
Weinstein   108
Weizmann   80
Welcome to Hard Times   217
Wellhausen   3,287
West   108－111,113,173,216,233,336,342, 441,455,518
What Happened, A Play   71
What Kind of Day Did You Have?   396
What Went Wrong? The Creation and Collapse of the Black-Jewish Alliance   176
When She Was Good   485
Why are We in Vietnam   549
Wiesel   576
Winter Journey   140
Wise   24
Wisse   321,521,522
Wordsworth   553
World of Our Father: The Journey of the Eastern European Jews to America and the Life They Found and Made   178
World's Fair   217
Wright   172

Writers on the Left 98,136

Y
Yankev Glastshteyn 89
Yarme and Kayle 264
Yekl: A Tale of the New York Ghetto 42
"Yentl the Yeshiva Boy" 311,313,314,329
Yezierska 55,56

Yidishtaytshn 92
Young Lonigan 550
Yungharbst 82

Z
Zimmerli 3,4,287,288
Zuckerman Bound 485
Zuckerman Unbound 485